AU BONHEUR
DES FILLES

Du même auteur

Mange, prie, aime, Calmann-Lévy, 2008
Le Dernier Américain, Calmann-Lévy, 2009
Mes alliances : histoires d'amour et de mariages, Calmann-Lévy, 2010
La Tentation du homard, Calmann-Lévy, 2011
L'Empreinte de toute chose, Calmann-Lévy, 2014
Comme par magie, Calmann-Lévy, 2016

ELIZABETH GILBERT

AU BONHEUR DES FILLES

*Traduit de l'anglais (États-Unis)
par Christine Barbaste*

CALMANN
LÉVY

Titre original :
CITY OF GIRLS
Première publication : Riverhead Books,
une division de Penguin Random House LLC,
New York, 2019

© Elizabeth Gilbert, 2019
Tous droits réservés

Pour la traduction française :
© Calmann-Lévy, 2020

COUVERTURE
Conception graphique : Grace Han
Adaptation : Alistair Marca

ISBN 978-2-7021-5744-2

Pour Margaret Cordi,
mes yeux, mes oreilles, mon amie adorée

« Faites des bêtises, mais faites-les avec enthousiasme[1]. »

Colette

---

1. *Lettres à sa fille (1916-1953)*, Gallimard, 2003.

New York, avril 2010

J'ai reçu une lettre de sa fille, l'autre jour.
Angela.
J'avais souvent pensé à Angela au cours des années passées, mais cette lettre n'était que notre troisième contact direct.
Le premier remontait à 1971, l'année où j'avais réalisé sa robe de mariée.
Le deuxième datait de 1977 : elle m'avait écrit pour m'annoncer la mort de son père.
Cette fois, elle prenait la plume pour m'informer du décès de sa mère. Je ne sais pas trop à quelle réaction de ma part elle s'attendait. Elle se doutait peut-être que cette nouvelle allait me remuer. Pour autant, je ne soupçonne Angela d'aucune intention malveillante. Elle n'est pas comme ça. C'est quelqu'un de bon. Et surtout, bien plus important, d'intéressant.
Il n'empêche, apprendre que sa mère avait vécu tout ce temps a été une sacrée surprise. Je la supposais disparue depuis longtemps comme tant et tant d'autres, hélas. Mais pourquoi m'étonner de la longévité de quiconque quand moi-même je me cramponne à l'existence telle une bernacle à la quille d'un bateau ? Pourquoi serais-je la seule vieille femme qui continue à déambuler dans New York de son pas chancelant, en se refusant catégoriquement à abandonner sa vie ou ses biens immobiliers ?
De la lettre d'Angela, cependant, c'est la dernière phrase qui m'a affectée le plus.

« Vivian, m'écrivait-elle, maintenant que ma mère n'est plus là, je me demandais si vous accepteriez de me raconter qui vous étiez pour mon père. »

Ah.

Qui étais-je pour son père ?

Lui seul aurait pu répondre à cette question. Et puisqu'il a choisi de ne jamais parler de moi avec sa fille, ce n'est pas à moi de dire à Angela qui j'étais pour lui.

En revanche, je peux lui dire qui il était pour moi.

1

À l'été 1940, alors que je n'étais qu'une jeune écervelée de dix-neuf ans, mes parents m'envoyèrent vivre à New York, chez ma tante Peg, qui possédait une compagnie théâtrale.
Vassar College venait de me dispenser de poursuivre mes études au motif que je n'avais jamais assisté aux cours, et avais donc échoué à tous mes examens, sans exception, de première année. J'étais moins obtuse que pouvaient le laisser croire mes notes mais, apparemment, ça n'aide vraiment pas de ne pas étudier. En y repensant, je me demande bien à quoi j'occupais toutes ces heures que j'aurais dû passer en cours. Sans doute, me connaissant, à me préoccuper excessivement de mon apparence. (Je me souviens très bien que cette année-là, justement, j'avais très à cœur de maîtriser la technique des *victory rolls*, un vrai défi en soi, pour un style de coiffure qui *n'était pas très Vassar*.)
Je n'avais jamais trouvé ma place au sein de cette faculté. Il y avait pourtant l'embarras du choix. On pouvait croiser toutes sortes de filles et de bandes. Mais aucune n'avait stimulé ma curiosité, et je ne m'étais reconnue dans aucune d'elles. Cette année-là, à Vassar, il y avait la clique des révolutionnaires, reconnaissables à leurs austères pantalons noirs, et qui débattaient d'un soulèvement international. Le sujet ne m'intéressait pas. (Et ne m'intéresse toujours pas. En revanche, les pantalons noirs m'avaient tapé dans l'œil. Je les trouvais étrangement chics, sauf quand les poches faisaient des renflements disgracieux.) L'université comptait aussi dans ses rangs d'audacieuses pionnières, qui se destinaient à l'exercice de la médecine ou du droit, bien avant que les femmes n'accèdent en masse à ces carrières. Ces filles-là auraient dû piquer mon intérêt, mais il n'en fut rien (et ce, avant tout, parce qu'à mes yeux elles se ressemblaient toutes, avec

leurs jupes en laine informes qui semblaient taillées dans de vieux pulls, un détail qui à lui seul me déprimait).

Les effectifs de Vassar n'étaient cependant pas entièrement dénués de glamour : il y avait par exemple ces jolies médiévistes fleur bleue et au regard de biche ; ces amatrices d'art imbues de leur longue chevelure ; ces filles d'excellent pedigree et aussi racées que des lévriers. Mais je ne m'étais liée d'amitié avec aucune d'entre elles. Peut-être parce que je sentais, confusément, que toutes étaient plus intelligentes que moi. (Ce n'était pas entièrement de la paranoïa juvénile ; je maintiens aujourd'hui encore que toutes mes condisciples de Vassar me surpassaient en intelligence.)

Franchement, je ne comprenais pas ce que je faisais à la fac, hormis sacrifier à une destinée dont personne ne s'était donné la peine de m'expliquer le but. On me serinait depuis ma plus tendre enfance qu'un jour j'étudierais à Vassar, mais pour quoi faire ? Quel bénéfice étais-je censée en retirer, exactement ? Pourquoi devais-je cohabiter dans cette petite chambre malodorante avec une sincère future réformatrice sociale ?

À ce moment-là, de toute façon, je n'en avais déjà que trop soupé, des études. L'enseignement que m'avait dispensé pendant toutes ces années l'Emma Willard School for Girls et ses brillantes diplômées de l'une ou l'autre des Sept Sœurs ne suffisait donc pas ? J'étais pensionnaire depuis l'âge de douze ans ; peut-être avais-je le sentiment d'avoir purgé ma peine. Combien de livres faut-il lire pour prouver qu'on est capable d'en lire un ? Je sais déjà qui est Charlemagne, alors fichez-moi la paix, telle était ma vision des choses.

De surcroît, peu après la rentrée de ma funeste première année universitaire, j'avais découvert un bar, à Poughkeepsie, qui servait jusque tard dans la nuit de la bière bon marché au son d'un orchestre de jazz. Comme j'avais mis au point un plan astucieux pour m'évader discrètement du campus, qui impliquait de laisser une fenêtre ouverte dans les toilettes, et de cacher une bicyclette à proximité (j'étais le cauchemar de la surveillante du dortoir), je fréquentais assidûment ce lieu. J'avais par conséquent un peu de mal à assimiler les conjugaisons latines au saut du lit puisque le matin, en général, j'avais la gueule de bois.

Ce n'était cependant pas le seul obstacle.

Il me fallait bien trouver le temps de fumer toutes ces cigarettes, par exemple.

En deux mots, j'étais très occupée.

Voilà comment sur une promotion de trois cent soixante-deux brillantes étudiantes, je décrochai la trois cent soixante et unième place – un exploit qui fit dire à mon père, horrifié : « Doux Jésus, mais qu'a donc fait l'autre fille ? » Il se trouve que la malheureuse avait contracté la polio. Vassar, et c'était de bonne guerre, me renvoya alors dans mes pénates, en me priant poliment d'y rester.

Ma mère ne savait pas quoi faire de moi. Notre relation n'était pas des plus étroites, même dans les périodes de beau fixe. Elle était une mordue d'équitation, et comme je n'étais ni un cheval ni fascinée moi-même par les chevaux, nous n'avions jamais eu grand-chose à nous dire. Maintenant, en prime, à cause de mon échec, je lui faisais honte, et ma vue lui était presque insupportable. Contrairement à moi, ma mère avait plutôt bien réussi à Vassar, d'où elle était sortie diplômée d'histoire et de littérature française en 1915. Cette sacro-sainte institution m'avait admise en son sein grâce à son parrainage – et à ses généreuses contributions annuelles – et qu'avais-je fait de cette chance ? Chaque fois qu'on se croisait dans les couloirs de la maison, ma mère, tel un diplomate de carrière, me gratifiait d'un hochement de tête, poli mais glacial.

Si mon père était tout autant désemparé, la gestion de sa mine d'hématite l'empêchait toutefois de se tracasser outre mesure pour l'avenir de sa fille. Je l'avais déçu, certes, mais il avait pour l'heure de bien plus gros soucis. En tant qu'industriel et isolationniste convaincu, il craignait pour la bonne marche de ses affaires l'intensification de la guerre en Europe.

Quant à mon frère aîné, Walter, il était à Princeton, en train d'accomplir sûrement de grandes choses, et il ne se souciait guère de moi sinon pour désapprouver mon comportement irresponsable. Walter n'avait jamais rien fait d'irresponsable de sa vie. Au pensionnat, ses camarades lui vouaient un tel respect qu'ils l'avaient surnommé – je n'invente rien – l'Ambassadeur. Il faisait des études d'ingénieur afin de bâtir des infrastructures utiles à ses semblables partout dans le monde. (On peut ajouter à la litanie de mes péchés que je n'étais pas certaine de vraiment connaître le sens du mot « infrastructure ».)

Walter et moi n'avions que deux ans de différence, mais nous n'étions plus des camarades de jeu depuis fort longtemps. Mon frère avait remisé ses joujoux vers l'âge de neuf ans, et sa petite sœur avec. Je ne faisais pas partie de sa vie, et je le savais.

Mes amies, elles aussi, allaient de l'avant. L'avenir avait pour nom fac, travail, mari, âge adulte, autant de projets qui ne m'intéressaient pas, et que je ne comprenais pas. Il n'y avait donc personne alentour pour se préoccuper de mon sort, ou me distraire, et je me morfondais d'un ennui aussi mordant que des crampes d'estomac. Je passais mes journées à lancer une balle de tennis contre le mur de notre garage en sifflant *Little Brown Jug*, en boucle. Au bout de quinze jours, mes parents, excédés, m'expédièrent à New York, chez ma tante, et franchement, qui aurait pu le leur reprocher ?

Certes, ils s'inquiétèrent peut-être à l'idée que la grande ville puisse faire de moi une communiste, ou une droguée, mais tout valait mieux sans doute que d'écouter leur fille faire rebondir une balle contre un mur pour le restant de l'éternité.

Voilà donc ce qui m'amena à New York, Angela, New York, où tout a commencé.

L'expédition de la jeune délinquante se fit par train, et pas n'importe quel train : le mythique Empire State Express. Cet engin tout de chrome étincelant allait me livrer à bon port, directement d'Utica, où je fis poliment mes adieux à mes père et mère, avant de tendre mon bagage à un porteur, un geste qui me procura un sentiment d'importance. Je passai la totalité du voyage au wagon-restaurant, à siroter du lait malté et à grignoter des poires au sirop, tout en fumant des cigarettes et en feuilletant des magazines. J'étais bannie, certes, mais bannie avec style tout de même !

Les trains étaient tellement mieux en ce temps-là, Angela.

Je vais m'employer, je te le promets, à ne pas rabâcher combien tout était bien mieux à mon époque. Quand j'étais jeune, je détestais entendre les gens âgés ronchonner de la sorte *(Tout le monde s'en fiche ! Votre âge d'or n'intéresse personne, espèce de vieille pie !)* et je tiens à t'assurer une chose : je suis parfaitement consciente qu'à maints égards, les années quarante n'avaient rien d'enviable. L'efficacité des déodorants et des climatiseurs, par exemple, laissait tellement à désirer que tout le monde puait, surtout en été, et puis, bien sûr, nous avons aussi eu Hitler. Mais les trains, incontestablement, étaient mieux, en ce temps-là. Quand as-tu pu, toi, pour la dernière fois, siroter un lait malté en fumant une cigarette à bord d'un train ?

J'étais montée dans ce train vêtue d'une pimpante petite robe en rayonne : un imprimé d'alouettes sur fond bleu, des nervures jaunes autour de l'encolure, une jupe relativement étroite mais dotée de profondes poches rentrées. Si je garde un souvenir très précis de cette robe, c'est d'abord parce que j'ai une mémoire infaillible en ce qui concerne les vêtements, les miens comme ceux des autres, mais aussi parce que je l'avais réalisée moi-même. Et je m'étais très bien débrouillée. La jupe à mi-mollet, coupée dans le biais, avait un tombé très suivez-moi-jeune-homme, et je me souviens que j'avais cousu une double épaisseur d'épaulettes dans le fol espoir de ressembler à Joan Crawford. Je doute que ça ait marché : avec mon modeste chapeau cloche et le sac à main bleu tout simple emprunté à ma mère (et rempli de cosmétiques, de cigarettes et de pas grand-chose d'autre), je ressemblais moins à une sirène de grand écran qu'à ce que j'étais en réalité : une pucelle de dix-neuf ans s'en allant rendre visite à une parente.

Deux imposantes valises accompagnaient cette pucelle à New York. Dans l'une se trouvaient mes vêtements, tous soigneusement pliés dans du papier de soie ; l'autre renfermait des tissus, des galons et autres fournitures de couture qui me permettraient de réaliser d'autres toilettes. Car m'accompagnait également une caisse trapue qui abritait ma machine à coudre, une bête lourde, peu maniable, malaisée à transporter. Mais cette machine était ma belle et fantasque âme sœur, sans laquelle je ne pouvais vivre

Elle m'avait donc suivie.

Cette machine à coudre, et tout ce qu'elle m'apporta par la suite dans ma vie, était un cadeau de grand-mère Morris. Parlons donc un peu d'elle.

Peut-être le mot « grand-mère » fait-il surgir dans ton esprit, Angela, l'image d'une adorable et frêle vieille dame aux cheveux blancs. Oublie cette vision. Ma grand-mère était une grande femme au tempérament passionné, une coquette vieillissante qui se teignait les cheveux en brun acajou et traversait la vie dans un panache de parfum et de cancans, costumée comme pour une parade de cirque.

Il n'existait au monde de femme plus haute en couleur, au propre comme au figuré. Grand-mère Morris affectionnait les robes longues en velours frappé et les couleurs sophistiquées : ce que le commun des mortels dépourvu d'imagination voit rose, bordeaux ou bleu était pour elle « rose cendré », « rouge cordouan » ou « bleu della Robbia ». Elle avait les oreilles percées, une rareté pour les dames respectables, en ce temps-là, et ses luxueux coffrets à bijoux débordaient de chaînes, bracelets et boucles d'oreilles où les breloques s'enchevêtraient aux bijoux précieux. Elle avait un ensemble de sport réservé aux promenades en voiture dans la campagne, et ses chapeaux étaient si volumineux qu'au théâtre ou au cinéma il leur fallait leur propre siège. Elle aimait beaucoup les chatons, et les cosmétiques vendus par correspondance ; les faits-divers sensationnels qui s'étalaient dans les journaux à scandale la passionnaient ; et elle jouissait d'une petite réputation de poétesse romantique. Mais, plus que tout, ma grand-mère adorait les intrigues dramatiques. Elle ne ratait aucune des pièces, aucun des spectacles qui passaient en ville. Elle aimait également le cinéma, et m'invitait souvent à l'accompagner car nous avions exactement les mêmes goûts. Nous étions l'une comme l'autre attirées par les aventures d'innocentes jouvencelles en longues robes vaporeuses, enlevées par des hommes patibulaires coiffés de chapeaux sinistres, puis sauvées par de vaillants héros au menton fier.

Je l'adorais, forcément.

Mais ce sentiment n'était pas partagé par le reste de la famille. Ma grand-mère faisait honte à tout le monde, sauf à moi. Elle embarrassait et hérissait tout particulièrement sa belle-fille, ma mère, qui n'avait rien d'une personne frivole, et qui un jour l'avait taxée d'« d'éternelle damoiselle en pâmoison ».

Mère, faut-il le préciser, n'était pas connue pour sa poésie romantique.

Mais c'est grand-mère Morris qui m'apprit à coudre.

Elle-même était une couturière hors pair (elle avait été formée par sa propre grand-mère, une immigrante galloise qui avait réussi, en grande part grâce à ses talents d'aiguille, à se hisser du rang de domestique à celui de citoyenne américaine prospère) et elle espérait me passer le flambeau. Aussi, quand nous n'étions pas en train de sucer des caramels dans une salle de cinéma, ou chez elle à lire à voix haute des articles des magazines sur la traite des Blanches, nous cousions. Et c'était une affaire sérieuse. Grand-mère Morris ne craignait pas d'exiger de ma part de l'excellence. Elle cousait dix points sur un vêtement, puis me demandait de coudre les dix suivants – et s'ils ne rivalisaient pas de perfection avec les siens, elle les défaisait et m'obligeait à recommencer. Sous sa houlette, j'appris à manipuler et à dompter la résille ou la dentelle, jusqu'à n'être plus intimidée par la moindre étoffe, si caractérielle fût-elle. Mais aussi à travailler le bâti, la coupe, le matelassage. À douze ans, j'étais capable de réaliser un corset dans les règles de l'art – même si plus personne, hormis grand-mère Morris, n'avait l'usage d'un corset à baleines depuis les années dix.

Devant la machine à coudre, elle pouvait se montrer sévère, mais jamais je ne regimbais. Si ses critiques me piquaient au vif, elles ne me blessaient pas. Les vêtements me fascinaient suffisamment pour que je veuille apprendre, et je savais que grand-mère Morris ne cherchait qu'à encourager mes aptitudes.

Ses compliments étaient rares, mais ils nourrissaient mes doigts, qui gagnèrent en habileté.

J'avais treize ans lorsque grand-mère Morris m'offrit la machine à coudre qui embarquerait avec moi à bord du train pour New York. C'était une Singer 201 noire, aux courbes gracieuses et à la puissance meurtrière. (Elle cousait même le cuir ; j'aurais pu tapisser les sièges d'une Bugatti !) À ce jour, jamais je n'ai reçu meilleur cadeau. La Singer m'avait suivie à l'Emma Willard School, où elle m'avait procuré un énorme pouvoir au sein de cette communauté de jeunes pensionnaires privilégiées qui voulaient toutes être bien habillées mais n'avaient pas nécessairement des doigts de fée. Le bruit n'ayant pas tardé à courir que je pouvais coudre n'importe quoi, les filles n'avaient eu de cesse de toquer à ma porte pour me supplier de donner quelques centimètres à une ceinture trop étroite, de ravauder une couture, de reprendre à leur taille la robe de cocktail portée par leur aînée la saison précédente. J'avais passé mes années de pensionnat penchée sur cette Singer comme un mitrailleur sur son engin, mais le jeu en valait la chandelle. J'étais devenue populaire, et franchement, au pensionnat ou ailleurs, c'est la seule chose qui compte.

Je dois préciser tout de même que si ma grand-mère tenait tant à m'apprendre à coudre, c'est aussi parce que j'avais une morphologie peu commune. Depuis mon plus jeune âge, j'étais trop grande, trop maigre, et l'adolescence n'avait rien arrangé à l'affaire. Ma poitrine tardait à se développer, et mes membres étaient comme de jeunes arbres qui auraient poussé sur un buste interminable. Aucun vêtement du commerce ne serait jamais seyant sur un corps pareil. Et grand-mère Morris, bénie soit-elle, m'apprit comment m'habiller pour flatter ma grande taille, plutôt que de me donner l'air d'être montée sur échasses.

Je ne cherche pas ici à faire de l'autodérision. Je relaie simplement un fait relatif à mon physique : j'étais une grande perche, voilà tout. Et si tu crois entrevoir la suite de l'histoire – le vilain caneton qui part à la grande ville et découvre qu'en fin de compte il est beau – sois sans crainte, Angela, il ne s'agit pas de ça.

J'étais belle. Je l'avais toujours été.

Et, de plus, je l'avais toujours su.

Ma beauté est à coup sûr la raison pour laquelle, tandis que je dégustais mon lait malté et mes poires au sirop dans la voiture-restaurant de l'Empire State Express, un bel homme ne me quittait pas des yeux.

Il finit par m'aborder en me demandant la permission de m'offrir du feu. Je le laissai allumer ma cigarette. Puis il s'assit à ma table et commença à flirter. J'étais aux anges, mais ne sachant pas comment répondre à ses avances, je fixai obstinément la fenêtre, en feignant d'être perdue dans mes pensées, sourcils légèrement froncés pour parfaire la pose. J'avais probablement l'air myope et perdue tout court, et cette scène aurait pu prendre une tournure encore plus embarrassante si je ne m'étais pas laissée absorber pour de bon par mon reflet. Cette contemplation m'occupa un long moment. (Pardonne-moi, Angela, mais cette fascination pour sa propre apparence est indissociable du fait d'être jeune et belle.) Tout séduisant qu'il fût, cet inconnu peinait à rivaliser d'intérêt avec le tracé de mes sourcils. Certes, je l'avais travaillé avec soin et le résultat m'enchantait – il me *captivait*, même – mais il se trouve que cet été-là je m'entraînais à hausser un seul sourcil, comme Vivien Leigh dans *Autant en emporte le vent*. Tu t'en doutes, cela exigeait de la concentration, et tu comprends mieux pourquoi je ne vis pas le temps filer.

Quand je me détachai enfin de mon reflet, nous étions déjà entrés dans Grand Central Station, ma nouvelle vie était sur le point de commencer, et le bel homme avait disparu depuis belle lurette.

Mais ne t'inquiète pas, Angela, il y en aurait quantité d'autres à venir.

Ah ! Je dois aussi te dire, au cas où tu te demanderais ce qu'elle était devenue, que grand-mère Morris nous avait quittés presque un an plus tôt, en août 1939, quelques semaines avant ma rentrée à Vassar. Sa mort n'avait pas été une surprise – sa santé déclinait depuis plusieurs années – mais la perte de celle qui avait été tout à la fois ma meilleure amie, mon mentor et ma confidente m'avait dévastée.

Et tu sais quoi, Angela ? Ce profond chagrin n'est peut-être pas sans rapport avec mes piètres résultats universitaires. Peut-être n'étais-je pas, tout compte fait, une étudiante si médiocre. Peut-être avais-je été simplement *triste*.

N'est-ce pas curieux ? Je viens tout juste de faire le lien... C'est fou le temps qu'il faut, parfois, pour comprendre les choses.

2

J'arrivai sans encombre à New York – une jeune fille si fraîchement éclose qu'on aurait pu trouver des éclats de coquille dans mes cheveux.

Le matin, à la gare d'Utica, mes parents m'avaient informée, sans me donner plus de précisions, que tante Peg viendrait me chercher à Grand Central. On ne m'avait pas indiqué de point de rendez-vous, ni de numéro de téléphone à appeler en cas d'urgence, ni d'adresse à laquelle me rendre en cas de contretemps. J'étais juste censée « retrouver tante Peg à Grand Central ».

La gare de Grand Central était aussi grande et majestueuse que le laissait présager son nom, et, de ce fait, le lieu idéal pour échouer à retrouver la personne que l'on cherche. Sans surprise, je passai un très long moment plantée sur le quai avec mon monticule de bagages, à scruter les visages de la foule grouillante, sans parvenir à localiser celui de Peg.

Ce n'était pas faute de savoir à quoi ressemblait ma tante, puisque je l'avais rencontrée à quelques occasions, même si mon père et elle n'étaient pas proches. (Peut-être est-ce là un euphémisme. Mon père n'approuvait pas sa sœur, pas plus qu'il n'avait approuvé leur mère. « Ce doit être la belle vie, sillonner le monde, vivre au pays des illusions et jouer les paniers percés ! » lâchait-il avec un reniflement de mépris chaque fois qu'à table le nom de Peg venait dans la conversation, et je songeais : *Oui, ce doit être une belle vie...*)

Peg était déjà venue fêter Noël en famille, quand j'étais petite, mais rarement, vu qu'elle était toujours par monts et par vaux, en tournée avec sa compagnie de théâtre. Le souvenir le plus marquant que je gardais d'elle remontait à mes onze ans. Mon père devant se rendre à New York pour la journée, pour un rendez-vous d'affaire, je l'avais accompagné. Peg m'avait emmenée patiner à Central Park, puis nous étions allées voir le Père Noël (il était acquis que j'avais passé l'âge d'y croire, mais je n'aurais raté ça pour rien au monde et, à part moi, j'étais aux anges). En prime, nous avions déjeuné dans un restaurant qui proposait un buffet. Même si nous n'avions pas dormi en ville (mon père détestait New York et s'en méfiait), je peux t'assurer que cette journée avait été mémorable. Je m'étais régalée. Je trouvais ma tante fantastique. Loin de me traiter comme une enfant, elle s'était intéressée à la *personne* que j'étais. Cela signifie énormément pour une fillette de onze ans qui ne veut plus être considérée comme une gamine.

Plus récemment, tante Peg était revenue à Clinton pour les obsèques de sa mère. À l'église, nous étions assises côte à côte, et elle avait enveloppé ma main dans sa robuste poigne. Ce geste m'avait à la fois réconfortée et surprise (au risque de te choquer, je te précise que ma famille n'était pas prédisposée à ce genre de démonstration). Et après les funérailles, quand Peg m'avait serrée dans ses bras avec une force de bûcheron, je m'étais dissoute dans cette étreinte qui embaumait le savon à la lavande, les cigarettes et le gin, et j'avais libéré un Niagara de larmes. Je m'étais accrochée à elle à la façon d'un petit koala désespéré, mais elle ne pouvait pas s'attarder plus longtemps. Il lui fallait regagner immédiatement New York car elle avait un spectacle à produire le soir même. Après-coup, et quelque réconfortante qu'elle se fût montrée, je m'étais sentie un peu ridicule de m'être donnée en spectacle.

Je la connaissais à peine, après tout.

En fait, ce que je savais de ma tante Peg, le jour de mon arrivée à New York, se résume à ce qui suit.

Je savais que Peg était propriétaire d'une salle de spectacle située dans le centre de Manhattan, le Lily Playhouse, et que sa carrière dans le théâtre devait plus aux hasards de la vie qu'elle ne découlait d'une vocation.

Je savais qu'elle avait suivi une formation d'infirmière à la Croix-Rouge, assez curieusement, et qu'elle avait été en poste en France pendant la Grande Guerre. Chemin faisant, il s'avéra qu'elle était plus douée pour divertir les soldats blessés qu'elle ne l'était pour les soigner : elle s'y entendait comme personne pour produire des spectacles enlevés et drôles avec des bouts de ficelle. La guerre est une sinistre affaire, mais elle apprend *quelque chose* à chacun de nous. La Grande Guerre apprit à ma tante Peg l'art de monter un spectacle.

La paix revenue, Peg vécut un certain temps à Londres. Elle y travaillait dans le milieu du théâtre et elle produisait une revue dans le West End lorsqu'elle rencontra son futur mari, Billy Buell, un bel et fringant officier américain qui, après la guerre, avait lui aussi décidé de s'établir à Londres pour faire carrière dans le théâtre. Comme Peg, Billy venait du « beau monde ». (Grand-mère Morris disait volontiers que les Buell étaient « ignoblement riches ». Sachant combien ma grand-mère révérait la richesse, cette association de termes m'intrigua longtemps. À compter de quel degré la richesse basculait-elle dans « l'ignoble » ? Quand je finis par le lui demander, elle me répondit, comme si cela expliquait tout : « Ils sont de *Newport*, ma chérie. ») Mais Billy Buell, tout natif de Newport qu'il fût, et à l'instar de Peg, fuyait le milieu privilégié et cultivé dont il était issu. Il préférait le cran et les paillettes des saltimbanques au vernis oppressant de la Café society. En outre, Billy était un play-boy. Un « viveur », comme disait grand-mère Morris – sa façon à elle de souligner poliment qu'il aimait boire, dépenser sans compter et courir après les femmes.

Une fois mariés, Billy et Peg Buell rentrèrent en Amérique et fondèrent une compagnie théâtrale itinérante. Ils passèrent la majeure partie des années vingt en tournée avec une vaillante petite troupe, montant et démontant leurs tréteaux aux quatre coins du pays. Billy écrivait les pièces et y tenait le rôle principal ; Peg s'occupait de la production et de la mise en scène. Ils n'avaient jamais nourri de grandes ambitions ; ils voulaient juste s'amuser et éluder des responsabilités plus typiquement adultes. Mais en dépit de tous leurs efforts pour éviter le succès, celui-ci, sans le faire exprès, les pourchassa, et finit par les rattraper.

En 1930, alors que la crise s'intensifiait, que la nation tremblait et prenait peur, ma tante et son mari créèrent par pur accident un succès. Billy avait écrit une farce musicale intitulée *Une idylle épatante*, et les aventures de cette héritière et aristocrate britannique qui tombait amoureuse d'un play-boy américain (incarné par Billy

Buell, naturellement) étaient si pleines de gaieté et de drôlerie que le public buvait du petit-lait. C'était un peu superficiel et dans l'esprit boulevardier, comme toutes leurs productions, mais celle-là faisait un tabac. Aux quatre coins du pays, des mineurs et des fermiers en mal de baume au cœur alignaient leurs dernières piécettes pour voir *Une idylle épatante*. Ce spectacle un peu simplet et frivole se transforma en triomphe rentable, et il engrangea des louanges si abondantes dans la presse locale qu'en 1931 Billy et Peg furent invités à le monter à New York, où il tint l'affiche toute une année dans une célèbre salle de Broadway.

En 1932, la MGM adapta la pièce à l'écran. (Billy écrivit le scénario, mais ne joua pas dans le film. Le rôle échut à William Powell. À ce stade, Billy avait conclu que la vie de plumitif était plus facile que celle de comédien. Dramaturges et scénaristes décident eux-mêmes de leurs horaires, et ils ne sont pas à la merci d'un public, ni aux ordres d'un metteur en scène.) Le film rencontra un tel succès qu'*Une idylle épatante* donna naissance à *Un divorce épatant, Un bébé épatant, Un safari épatant*... Pendant quelques années, Hollywood débita ces suites fort lucratives comme autant de saucisses d'une trémie. Cet « épatant » filon rapporta pas mal d'argent à Billy et à Peg, mais il signa également la fin de leur mariage. Tombé sous le charme d'Hollywood, Billy y resta. Peg, elle, décida d'arrêter les tournées et, en 1935, avec sa part de royalties, elle s'offrit un grand et historique théâtre new-yorkais passablement décati : le Lily Playhouse.

Billy et Peg n'étaient pas officiellement divorcés. Même s'il n'y avait apparemment aucune animosité entre eux, après 1935 on ne pouvait cependant plus les considérer comme mari et femme. Ils ne vivaient plus sous le même toit, ils menaient leur vie professionnelle chacun de leur côté et, sur l'insistance de Peg, faisaient désormais bourse à part – une décision qui revenait à mettre hors de sa portée tout cet argent qui miroitait là-bas, à Newport. (Grand-mère Morris, qui ignorait pourquoi sa fille avait volontairement renoncé à la fortune de Billy, n'avait pas masqué sa déception : « Peg n'a jamais fait grand cas de l'argent, hélas. » Elle spéculait que Peg et Billy n'avaient pas légalement divorcé parce que « trop bohèmes » pour se préoccuper de ce détail. Ou peut-être parce qu'ils s'aimaient encore, mais d'un amour qui ne s'épanouit jamais mieux qu'avec un continent de distance entre époux. « Ne ris pas, me disait ma grand-mère. Quantité de couples s'entendraient bien mieux de cette façon. »)

Quoi qu'il en fût, oncle Billy resta absent du paysage pendant toute ma jeunesse, au début parce qu'il était en tournée puis, plus tard, parce qu'il s'était installé en Californie. Il était même tellement absent que je ne l'avais jamais rencontré. Pour moi, Billy Buell était un mythe, composé d'histoires et de photos ô combien glamour ! Grand-mère Morris et moi tombions souvent sur son portrait dans les gazettes d'Hollywood, ou sur une anecdote le concernant dans les chroniques de Walter Winchell et de Louella Parsons. Quelle extase c'était pour nous de le découvrir, dans *Variety*, parmi les invités au mariage de Jeanette MacDonald et de Gene Raymond ! Et de le voir, là, pile sous nos yeux, à deux pas de l'éblouissante mariée dans sa robe rose poudre, en grande conversation avec Ginger Rogers et son mari de l'époque, Lew Ayres ! « Regarde-le ! avait commenté ma grand-mère. En pleine conquête à l'autre bout du pays, pour ne pas changer. Et regarde comme Ginger Rogers lui sourit ! À la place de Lew Ayres, je garderais un œil sur ma femme. »

J'avais scruté le cliché avec la loupe bijou de ma grand-mère, et, effectivement, ce bel homme blond en smoking avait une main posée sur l'avant-bras de Ginger Rogers qui, à en croire son sourire étincelant, était ravie de l'attention. Billy Buell ressemblait plus à une star de cinéma que les vraies stars qui se tenaient à côté de lui.

Je n'en revenais pas que cet homme soit le mari de ma tante.

Peg était fantastique, bien sûr, mais tellement *ordinaire*.

Qu'avait-il bien pu lui trouver ?

À Grand Central, Peg restait introuvable, assez de temps ayant passé pour que j'abandonne tout espoir de la voir venir à ma rencontre sur le quai. Je confiai mes bagages à un porteur et partis me mêler, l'œil aux aguets, à la cohue qui se pressait dans les halls. Étrangement, je n'étais pas du tout désemparée de me retrouver seule à New York, sans plan précis ni chaperon. J'étais certaine que tout finirait par s'arranger. Peut-être est-ce là une marque de fabrique des privilèges : certaines jeunes filles bien éduquées ne peuvent tout bonnement pas *concevoir* que quelqu'un ne volera pas à leur secours dans les plus brefs délais.

Pour finir, je renonçai à déambuler et m'assis sur un banc, bien en vue, près du hall central, pour attendre mon salut.

Et tu sais quoi, Angela ? Tout vient à point à qui sait attendre.

Mon sauveur, s'avéra-t-il, était une petite femme aux cheveux courts et argentés, vêtue d'un modeste tailleur gris, et qui avançait dans ma direction comme un saint-bernard dans celle d'un skieur pris sous la neige – concentré sur sa mission et bien résolu à s'en acquitter.

À vrai dire, le tailleur en question n'était pas « modeste », le mot est trop faible : cette jupe droite et cette veste à double boutonnage évoquaient un tronçon de parpaing. C'était un de ces vêtements délibérément conçus pour abuser le monde et faire croire que les femmes n'ont ni seins, ni taille, ni hanches. À mes yeux, pareille horreur ne pouvait qu'arriver droit d'Angleterre. La femme arborait également de lourds souliers plats, noirs et lacés, et un chapeau vert démodé, en laine bouillie, comme ceux qu'affectionnent les directrices d'orphelinat. J'avais pu observer ce spécimen au pensionnat : la vieille fille qui dînait d'un bol d'Ovomaltine et entretenait sa vitalité à coups de gargarismes d'eau salée.

À la différence, cependant, que cette matrone taillée tout d'un bloc avait *délibérément fait le choix* d'être un passe-muraille.

Elle vint se planter devant moi, sourcils foncés, baissa brièvement les yeux vers un cadre en argent étonnamment grand qu'elle tenait à la main ; les releva.

« Vivian Morris ? » s'enquit-elle.

Son accent ne laissa plus planer de doute : le tailleur à double boutonnage n'était pas la seule importation de l'austérité britannique en ville.

J'acquiesçai.

« Vous avez grandi », observa-t-elle.

La remarque me désarçonna. Connaissais-je cette femme ? L'avais-je déjà rencontrée, plus jeune ?

Ma perplexité redoubla quand l'inconnue me montra la photo encadrée : il s'agissait d'un portrait de ma famille, datant d'environ quatre ans et réalisé dans un studio de photographie. (Une idée de ma mère : elle avait décrété qu'il nous fallait un « portrait officiel, une bonne fois pour toutes ».) On y voyait mes parents, en train d'endurer l'indignité de se faire photographier par un commerçant ; mon frère Walter, l'air songeur, une main posée sur l'épaule de notre mère ; une version plus jeune et plus dégingandée de ta servante, arborant une robe à grand col marin qui faisait bien trop petite fille.

« Je suis Olive Thompson, annonça la femme, avec une assurance qui indiquait qu'elle avait l'habitude de faire des annonces. La secrétaire de votre tante. Elle a eu un empêchement, une urgence au théâtre. Un petit incendie. Elle m'a envoyée à votre rencontre. Toutes mes excuses pour cette attente. J'étais là très en avance mais n'ayant que cette photo pour vous identifier, j'ai mis un certain temps à vous localiser. »

J'eus envie de pouffer, tant la scène me semblait hilarante. Comment avais-je pu ne pas remarquer ce bloc de silex sur pattes qui errait dans Grand Central avec un portrait de famille visiblement décroché à la hâte du mur d'un salon cossu, et qui scrutait chaque visage pour le comparer avec celui de cette adolescente sur la photo ?

Olive Thompson, elle, ne semblait pas trouver ça drôle du tout — comme souvent, allais-je bientôt le découvrir.

« Rassemblez vos bagages, commanda-t-elle. Puis nous prendrons un taxi pour rentrer au Lily. Le second spectacle a déjà commencé. Dépêchons-nous. Ne perdons pas de temps en jabotages. »

Je lui emboîtai donc le pas avec l'obéissance d'un caneton qui suit sa maman.

Sans jaboter. Ni trouver le courage de poser de plus amples questions sur ce « petit incendie ».

3

Partir vivre à New York, s'y installer pour la première fois, est une chance qui ne se présente pas deux fois dans une vie, Angela, et c'est toute une histoire.

Peut-être l'idée est-elle dénuée de romantisme pour toi, puisque tu es née ici. Tu pourrais la tenir pour un simple acquis, cette splendide ville qui est la tienne. Ou aussi, par les liens intimes et forcément uniques que tu entretiens avec elle, l'aimer encore plus que je ne l'aime. Tu as eu de la chance de grandir ici, cela ne fait aucun doute. Mais tu n'as jamais eu l'occasion de t'y *installer*, et ça, je le déplore pour toi. Tu as manqué une des grandes expériences de la vie.

New York en 1940!

Jamais plus il n'en existera de pareil. Je ne diffame pas tous les New York qui ont existé avant 1940, ni tous ceux qui lui ont succédé depuis. Tous ont leur importance. Mais cette ville a la particularité de se régénérer à travers le regard neuf que pose sur elle chaque jeune personne qui vient y faire son nid. Ce *New York-là,* celui que j'ai découvert, n'existera donc jamais plus. Il est cependant conservé pour toujours dans ma mémoire comme ces orchidées emprisonnées dans un presse-papiers, et il sera toujours à mes yeux mon New York parfait.

Tu peux avoir le tien, d'autres peuvent avoir le leur – mais celui-là sera toujours le mien.

De Grand Central au Lily Playhouse, la course n'était pas bien longue, mais le taxi nous fit traverser le cœur de Manhattan, ce qui reste la meilleure façon, pour un nouvel arrivant, de sentir la puissance de New York. Cette plongée dans la grande ville stimulait tous mes sens et je voulais tout regarder à la fois. Cela étant, mes bonnes manières se rappelèrent à mon souvenir et je m'obligeai à faire un brin de causette à Olive – causette qui tourna vite court : Olive Thompson n'était pas de ces personnes qui pensent que l'air doit être en permanence rempli avec des mots. Ses réponses pour le moins particulières ne faisaient qu'appeler d'autres questions dont je sentais qu'elles se heurteraient à de nouvelles réticences.

« Depuis quand travaillez-vous pour ma tante ? lui demandai-je.

— Depuis la nuit des temps. »

Je méditai un instant cette information. « Et quelles sont vos fonctions, au théâtre ?

— Rattraper au vol tout ce qui tombe, et éviter la casse. »

Le silence se réinstalla un instant ; je laissai cette information-là faire son chemin avant de me risquer à une nouvelle tentative.

« Quelle sorte de spectacle joue-t-on ce soir, au Lily Playhouse ?

— Une comédie musicale. Elle s'intitule *Ma mère et nous*.

— Oh ! J'en ai entendu parler.

— Non, sûrement pas. Vous confondez avec *Mon père et nous*, une pièce qui était à l'affiche de Broadway l'an passé. La nôtre s'intitule *Ma mère et nous*, et c'est une comédie musicale. »

Est-ce bien légal ? me demandai-je. Pouvait-on prendre le titre d'un grand succès de Broadway, changer un seul mot et se l'approprier ? (La réponse à cette question, du moins en 1940 et au Lily Playhouse, était : oui, pardi.)

« Mais que se passe-t-il si des gens achètent des billets pour votre spectacle par erreur, en pensant aller voir *Mon père et nous* ? » insistai-je

Et Olive de répondre, impassible : « Ce serait fâcheux, n'est-ce pas ? »

Plutôt que de m'enferrer dans le rôle de la bécasse casse-pieds, je pris le parti de me taire et je passai le restant de la course à regarder la ville défiler derrière ma vitre. J'avais amplement de quoi me distraire. Et quelles meilleures circonstances qu'une belle soirée d'été après la pluie pour admirer toutes les splendeurs que *midtown* avait à offrir ? Sous un ciel violet, spectaculaire, j'entr'apercevais des gratte-ciel aux façades réfléchissantes, des enseignes en néon, des rues à l'asphalte luisant. Les passants trottaient, couraient, fonçaient ou déambulaient paisiblement. À Times Square, au pied de volcans de lumières artificielles qui crachaient leur lave de publicités instantanées et d'informations incandescentes, défilaient à vive allure les enseignes de dancings, salles de jeu, de cinémas ou de théâtres et cafétérias. C'était un spectacle envoûtant.

À hauteur de la Huitième Avenue, le taxi rattrapa la 41ᵉ Rue qui, à l'époque, n'était pas belle. Elle ne l'est toujours pas, mais dans les années quarante elle n'offrait qu'un enchevêtrement d'échelles d'incendie adossées aux immeubles plus cossus des 40ᵉ et 42ᵉ Rues. Néanmoins, au cœur de ce bloc dépourvu de charme, se trouvait le Lily Playhouse, le théâtre de ma tante Peg, avec sa marquise illuminée qui annonçait *Ma mère et nous*.

Je le revois comme si c'était hier. Le Lily était un mastodonte Art nouveau, un style dont j'ignorais tout à l'époque, et que je jugeais simplement *mastoc*.

Et le foyer, Angela, sapristi ! Il n'y allait pas de main morte pour te signaler que tu ne mettais pas les pieds n'importe où ! Bois sombres, lambris ornementaux, plafonds sculptés, panneaux de céramique rouge sang, imposantes appliques Tiffany, ça ne plaisantait pas. Tous les murs étaient décorés de fresques encrassées de nicotine : des nymphes aux seins nus batifolaient avec des bandes de satires (et, bien sûr, tout invitait à parier que l'une d'elles allait se retrouver en cloque si elle n'y prenait pas garde) ; des demi-dieux luttaient avec des monstres marins, dans des corps-à-corps plus érotiques que violents (on avait l'impression que ces héros aux musculatures puissantes *ne voulaient pas* sortir victorieux du combat, si tu vois ce que je veux dire) ; des dryades s'extirpaient des arbres seins en avant ; des naïades s'ébattaient dans une rivière et jouaient à s'éclabousser entre elles ; le tout rythmé par des colonnes le long desquelles grimpaient des enchevêtrements denses de grappes de raisin, de glycine, et de lys, bien sûr. Franchement, on se serait cru dans un lupanar. J'adorai.

« Je vous emmène directement voir le spectacle, annonça Olive en consultant sa montre. Qui touche à sa fin, Dieu merci. »

Elle poussa les doubles portes qui menaient à la salle. Je suis au regret de dire qu'Olive Thompson donna franchement l'impression de répugner à tout *contact physique* avec son lieu de travail mais, en ce qui me concerne, je fus éblouie par ce gigantesque écrin aux couleurs fanées et baigné d'une lumière dorée. J'embrassai d'un seul regard la scène au plancher affaissé, les places à visibilité réduite, les lourds rideaux écarlates, la fosse d'orchestre exiguë, le plafond surchargé de dorures, et le lustre monumental – *si ce machin venait à tomber…*, songeait-on fatalement en le regardant.

Tout à la fois grandiose et croulant, le Lily me rappelait grand-mère Morris, qui avait adoré ces anciennes salles de spectacle clinquantes et qui, quelque part, leur ressemblait – une vieille coquette apprêtée à l'excès, drapée de pied en cap dans sa fierté et ses velours passés de mode.

On resta debout au fond de la salle, contre le mur, même s'il ne manquait pas de sièges libres. Pour tout dire, les travées n'étaient guère plus peuplées que la scène, et je n'étais pas la seule à l'avoir remarqué. Olive procéda à un rapide décompte des têtes, nota le résultat dans un calepin qu'elle avait sorti de sa poche, et soupira.

Sur scène, il devait effectivement s'agir du bouquet final tant la quantité de choses qui s'y passaient donnait le tournis. En rang d'oignon à l'arrière-plan, une dizaine de filles et garçons dansaient un cancan endiablé en souriant comme des possédés ; au centre, un séduisant jeune homme et sa fougueuse partenaire exécutaient un numéro de claquettes comme si leur vie en dépendait et chantaient à pleins poumons que tout irait désormais pour le mieux puisqu'ils étaient amoureux. Le côté gauche de la scène était occupé par une phalange de *showgirls* dont les costumes et les mouvements flirtaient avec les limites de la bienséance et la morale, et dont la contribution à l'intrigue (celle-là ou une autre, au demeurant) n'était pas très claire : ces filles ne faisaient rien d'autre que tourner lentement sur elles-mêmes, bras tendus, pour laisser admirer leur plastique d'amazones sous toutes les coutures. Sur le côté droit de la scène, un homme grimé en clochard jonglait avec des quilles de bowling.

Même pour un final, ça semblait interminable. L'orchestre continuait à aller crescendo et les danseurs à battre allègrement des jambes ; les jeunes amoureux à bout de souffle s'émerveillaient toujours de la vie *fantastique* qui les attendait ; les showgirls ne se lassaient pas de faire admirer leur silhouette, le jongleur, de transpirer et de lancer ses quilles… Jusqu'à ce que, soudain, dans un fracas d'instruments, un tourbillon de lumières et un grand lancer de bras synchronisé, tout se fige !

Applaudissements.

Pas un tonnerre d'applaudissements. Plutôt un crachin, auquel je participai poliment, contrairement à Olive, et qui ne dura guère, obligeant les artistes à se retirer dans un semi-silence, ce qui n'est jamais bon signe.

« Vous croyez qu'il a aimé ? demandai-je à Olive tandis que les spectateurs progressaient vers la sortie en file indienne, tel des travailleurs regagnant leurs pénates à la fin de la journée – ce qui était exactement le cas.

— Qui ça ?

— Le public.

— Le *public* ? » Olive battit des paupières. À croire qu'elle ne s'était jamais demandé ce qu'un public pensait d'un spectacle. Après une brève réflexion, elle ajouta : « Il vous faut comprendre une chose, Vivian. Nos spectateurs ne trépignent jamais d'impatience en arrivant au Lily, et ils n'en ressortent pas non plus transportés d'enthousiasme. »

Le ton paraissait indiquer qu'elle approuvait cet arrangement, ou, du moins, l'avait accepté.

« Venez, reprit-elle. Votre tante doit être en coulisses. »

Passer en coulisses, c'était plonger tête la première dans l'agitation fébrile et le brouhaha exubérant qui explose toujours après le baisser de rideau. Chacun et chacune s'activait, criait, fumait, se changeait. Les danseuses s'offraient du feu entre elles ; les showgirls retiraient leur coiffe ; une poignée d'hommes en bleu de travail transbahutaient des accessoires, sans pour autant se tuer à l'ouvrage. L'endroit résonnait de cascades de rires. Tous ces gens riaient à gorge déployée – sans raison apparente, simplement parce qu'ils étaient des gens du spectacle, et que c'est là, de toute éternité, leur façon d'être.

La femme aux cheveux auburn et gris qui tenait un bloc à pince et se détachait du lot par sa taille et sa solide corpulence n'était autre que ma tante Peg. Outre qu'elle avait, assez malencontreusement, adopté un style de coiffure courte qui lui donnait un petit air d'Eleanor Roosevelt – mais avec un menton mieux dessiné –, elle était fagotée d'une façon qui ne l'avantageait pas car *personne* n'a jamais été à son avantage en chemise d'homme, longue jupe en twill rose saumon, bas bleus et mocassins blanc cassé.

Cet accoutrement qui n'était ni ne sera jamais « à la mode » se remarquait d'autant plus que Peg était en train de parler avec deux des girls à la beauté enchanteresse. Entre le maquillage de scène qui les parait d'un glamour surnaturel, la chevelure rassemblée en rouleaux luisants sur le haut du crâne et le peignoir en soie rose enfilé par-dessus le costume, elles offraient l'image la plus ouvertement sexuelle de la féminité que j'eusse jamais vue. L'une d'elles était blonde – une *blonde platine*, en fait – et possédait une silhouette à faire verdir de jalousie Jean Harlow. L'autre était une brunette voluptueuse dont la beauté exceptionnelle m'avait déjà tapé dans l'œil depuis le fond de la salle.

« Vivvie! s'écria Peg en s'illuminant d'un sourire qui me fit chaud au cœur. Tu as réussi, petite! »

Petite!

Jamais personne ne m'avait appelée « petite » et je ne sais pas pourquoi, mais ça me donna envie de me jeter dans ses bras et de pleurer. C'était également très encourageant de m'entendre dire que j'avais *réussi*, comme si j'avais accompli un exploit! En vérité, mon seul exploit avait consisté à me faire bannir de la fac, puis de chez mes parents, avant de me perdre à Grand Central. Mais la joie que Peg me manifestait me mettait du baume au cœur. Je me sentais la bienvenue. Et plus que bienvenue, *désirée*.

« Tu as déjà fait la connaissance d'Olive, la gardienne en titre de notre zoo, reprit Peg. Je te présente Gladys, notre répétitrice de ballet. »

La blonde platine me décocha un grand sourire, fit claquer son chewing-gum et me lança : « Comment va?

— ... et voici Celia Ray, une des girls de notre revue.

— C'est un plaisir. Enchantée », dit Celia en tendant son bras de sylphide.

Celia avait une voix incroyable. Son accent new-yorkais était très prononcé, mais le plus frappant c'était ce timbre grave et rocailleux. Une showgirl avec la voix de Lucky Luciano.

« Tu as mangé? s'enquit Peg. Tu dois être affamée...

— Affamée, je n'irais pas jusque-là, mais je n'ai pas à proprement parler dîné.

— On va sortir, dans ce cas. On fera le tour des nouvelles en éclusant quelques verres.

— Peg, Vivian a eu une longue journée et ses bagages sont encore dans le hall, intervint Olive. Elle voudra sans doute se rafraîchir. Sans compter qu'il faudrait voir les notes avec la troupe.

— Vivian n'a pas l'air défraîchie, et les garçons peuvent se charger de monter ses affaires, asséna Peg. Quant aux notes, la troupe n'en a pas besoin.

— Une troupe a toujours besoin de notes.

— Il sera toujours temps de voir ça demain, éluda Peg, et la réponse ne sembla pas satisfaire Olive. Là tout de suite, je n'ai pas envie de parler boutique. Je meurs de faim, et pire, de soif. Sortons, d'accord ? »

Il me sembla entendre un soupçon de supplique dans sa voix, comme si elle cherchait à obtenir la permission d'Olive.

« Pas ce soir, Peg, trancha fermement cette dernière. La journée a été trop longue. Cette petite a besoin de se reposer et de s'installer. Bernadette nous a laissé un pain de viande, là-haut. Je peux préparer des sandwiches. »

Peg parut accuser le coup mais recouvra aussitôt son entrain.

« Alors, montons ! Suis-moi, Vivvie ! On y va ! »

Voilà quelque chose que j'allais apprendre à l'usage concernant ma tante : chaque fois qu'elle lançait « On y va ! », cela valait invitation pour quiconque se trouvait à portée d'oreille. Peg ne se déplaçait jamais qu'en bande, et elle n'était pas regardante. Tous ceux qui voulaient en être étaient les bienvenus.

Le petit groupe qui gagna ce soir-là l'étage du Lily Playhouse, où se trouvaient les quartiers d'habitation, comptait donc, outre Peg, Olive et moi, Gladys et Celia, les deux showgirls, ainsi qu'un jeune homme efféminé que Peg avait alpagué à la dernière minute tandis qu'il se dirigeait vers la sortie des artistes. J'avais alors reconnu un des danseurs du spectacle. De près, il paraissait avoir quatorze ans – et grand besoin d'un repas.

« Roland, monte donc dîner avec nous ! »

Il hésita. « Oh, c'est bon, Peg.

— Ne t'inquiète pas, mon chou, on a de quoi nourrir un régiment. Bernadette a fait un énorme pain de viande. »

Et quand Olive fit mine de vouloir protester, Peg la fit taire : « Ah, Olive, arrête de jouer les gouvernantes. Je peux bien partager mon dîner avec Roland ! Il a besoin de se remplumer, et moi, de perdre un peu de poids. Tout le monde y gagne. En plus, en ce moment, nous sommes à moitié solvables. On peut bien se permettre de nourrir quelques bouches supplémentaires ! »

En gravissant le grand escalier qui menait aux étages, je ne pouvais détacher mes yeux de Celia et Gladys. Jamais je n'avais vu pareilles splendeurs. J'avais côtoyé quelques aspirantes comédiennes, en pension, mais les deux girls n'avaient rien en commun avec les théâtreuses d'Emma Willard – des filles insupportables qui ne se lavaient jamais les cheveux, ne quittaient jamais leurs épais justaucorps noirs et se prenaient en toutes circonstances pour Médée. Gladys et Celia, elles, jouaient dans une catégorie différente. Elles étaient d'une *espèce* différente. J'étais subjuguée par leur glamour, leur accent, leur maquillage, le balancement de leur croupe drapée de soie – et à cet égard, Roland n'était pas en reste, il se mouvait avec tout autant de fluidité qu'elles. Subjuguée aussi par leur débit de parole et ces clabauderies lancées par bribes, comme des poignées de confettis.

« Sans son physique, elle serait à la rue !
— Sans ses *jambes*, tu veux dire !
— Ça ne suffira pas à la tirer d'affaire !
— Si, pour une saison de plus. *Peut-être.*
— D'autant qu'elle ne peut pas vraiment compter sur son jules.
— *Lui alors,* quel crétin !
— En attendant, puisque le champagne coule à flots, il aurait tort de se priver.
— Elle devrait lui mettre le marché en main !
— Pas dit qu'il en meure d'envie !
— Ouvreuse, ça ne la mènera nulle part.
— En attendant, elle se pavane avec ce joli diamant.
— Elle devrait essayer de regarder plus loin que le bout de son nez.
— Ouais, elle devrait se rabattre sur un de ces ploucs qui viennent flamber en ville. »

De qui pouvaient-ils bien parler ? Quel était donc le genre de *vie* que ces propos suggéraient ? Et qui était cette malheureuse dont on disséquait le cas dans l'escalier ? Comment allait-elle s'extraire de sa condition de simple ouvreuse si elle ne se décidait pas à regarder plus loin que le bout de son nez ? Qui lui avait offert le diamant ? Qui payait pour tout le champagne qui coulait à flots ? Tout ça m'intéressait au plus haut point ! Et c'était quoi, cette histoire de ploucs qui venaient à New York pour brûler vifs ?

Jamais je n'avais été plus avide de connaître le dénouement d'une histoire, et pourtant celle-là n'avait même pas d'intrigue, elle n'offrait que des protagonistes sans nom et des fragments d'action sans queue ni tête, mais qui laissaient planer le sentiment d'une crise imminente, et mon cœur battait fort d'excitation – comme le tien l'aurait fait, Angela, si tu avais été à la place de cette fille de dix-neuf ans frivole qui n'avait jamais pensé à rien de sérieux dans sa vie.

Nous étions arrivés sur un palier chichement éclairé. Peg poussa une porte et nous fit tous entrer. « Bienvenue à la maison, petite », me lança-t-elle.

Ce que ma tante Peg baptisait « la maison », c'étaient les deuxième et troisième étages du Lily Playhouse. C'est là que se trouvaient les quartiers de vie. (Le premier étage, comme je le découvrirais bientôt, abritait l'administration du théâtre.)

Je vis au premier coup d'œil que Peg n'était pas douée en matière de décoration d'intérieur. Son goût, à supposer que ce terme convienne ici, penchait vers les antiquités lourdes et passées de mode, les sièges dépareillés et un certain désordre. Aux murs, les gravures équestres aux couleurs fanées et les portraits sombres de vieux Quakers revêches étaient les mêmes qu'on trouvait chez mes parents – et étaient héritées à coup sûr des mêmes ancêtres. Il y avait, disséminés ici et là, un assez grand nombre d'objets en argent ou en porcelaine, bougeoirs, services à thé, qui avaient eux aussi un air familier. Certains semblaient précieux, mais on voyait qu'ils étaient relégués au rang de bibelots mal-aimés – contrairement aux cendriers, qui étaient également légion, et n'étaient à l'évidence pas là pour faire joli.

Je ne veux pas dire que l'endroit était un taudis. Ce n'était pas sale ; simplement, tout avait été disposé au petit bonheur la chance. J'entraperçus une salle à manger traditionnelle, ou du moins ce qui l'aurait été chez n'importe qui d'autre : chez Peg, une table de ping-pong trônait au beau milieu de la pièce et, détail plus curieux encore, on l'avait centrée sous un lustre bas qui devait singulièrement compliquer la tâche des joueurs.

On se retrouva tous dans un salon aux dimensions généreuses : la pièce était assez spacieuse pour être remplie à craquer de meubles, et accueillir en sus un piano à queue, poussé sans cérémonie contre un mur.

« Le bar est ouvert ! lança Peg en se dirigeant vers une console. Des martinis ? Ça intéresse quelqu'un ? »

La proposition sembla recueillir un franc succès : *Oui ! Tout le monde !*

Enfin presque. Olive déclina et observa Peg confectionner les martinis avec un froncement de sourcils, comme si elle calculait le prix de revient de chaque cocktail au demi-penny près – ce qui était probablement le cas.

Ma tante me tendit un verre aussi naturellement que si nous buvions ensemble depuis des années. J'étais aux anges. Je me sentais adulte. Mes parents buvaient (forcément, c'étaient des Wasps), mais jamais avec moi. Jusque-là, j'avais toujours consommé de l'alcool en cachette. Ce temps-là semblait révolu.

Santé !

« Venez, me dit Olive, je vais vous montrer vos appartements. »

Je lui emboîtai le pas dans un labyrinthe de couloirs, puis la secrétaire de Peg ouvrit une des portes. « C'est l'appartement de votre oncle Billy. Peg aimerait que vous vous y installiez, pour l'instant.

— Oncle Billy a un appartement ici ? » m'étonnai-je.

Olive soupira. « Votre tante tient ce pied-à-terre à la disposition son mari, au cas où il passerait en coup de vent. Un signe d'affection tenace à son égard… », ajouta-t-elle, du même ton (et je ne crois pas que c'était un tour de mon imagination) qu'elle aurait pu dire « urticaire rebelle ».

En tous les cas, merci de tout cœur, tante Peg ! Le pied-à-terre de Billy était fantastique. En plus d'être exempt du capharnaüm que j'avais pu observer ailleurs, il avait du *style*. Il se composait d'un petit salon doté d'une cheminée et d'un élégant bureau de laque noire sur lequel trônait une machine à écrire, et d'une chambre, avec un grand lit au cadre de chrome et de bois sombre. Le sol était recouvert d'une moquette blanche immaculée. Jamais de ma vie je n'avais foulé de moquette blanche. Dans le dressing contigu et plutôt spacieux se trouvait un grand miroir mural à encadrement chromé, une penderie rutilante et entièrement vide et, dans un coin, un petit lavabo. Tout était d'une propreté impeccable.

« Vous ne disposez pas de votre propre baignoire, malheureusement », m'informa Olive, tandis que les hommes en salopette déposaient mes malles et ma machine à coudre dans le dressing. Il y a une salle de bains commune de l'autre côté du couloir, que vous partagerez avec Celia, puisqu'elle loge en ce moment au Lily — mais ce n'est que temporaire. M. Herbert et Benjamin habitent dans l'autre aile, et ils ont leur propre salle de bains. »

J'ignorais qui étaient ce M. Herbert et ce Benjamin, mais sans doute n'allais-je pas tarder à le découvrir.

« Olive ? Et si Billy avait besoin de son appartement… ?

— Très sincèrement, j'en doute.

— Vous êtes sûre ? Je peux tout à fait m'installer ailleurs, si jamais… Je veux dire : je n'ai pas besoin d'un aussi bel endroit… »

Je mentais. Je voulais si ardemment ce petit appartement que je me l'étais déjà approprié en imagination. J'en avais besoin. C'était là, venais-je de décider, que j'allais *devenir quelqu'un*.

Olive me fixait de cette façon bien à elle, qui te donnait l'impression, dérangeante, qu'elle regardait tes pensées comme une de ces séquences d'actualités projetées avant le film au cinéma. « Vivian, votre oncle n'a pas mis les pieds à New York depuis plus de quatre ans. Je pense que vous pouvez sereinement dormir sur vos deux oreilles. »

Ô joie !

Je déballai quelques indispensables, puis je m'aspergeai le visage, me repoudrai le nez et me passai un peigne dans les cheveux avant d'aller retrouver l'univers de Peg, dans le vaste salon plein de fourbi, de nouveauté et d'éclats de conversations.

Olive rapporta de la cuisine un petit pain de viande, disposé sur un lit de laitue flétrie. Comme elle l'avait anticipé, cela n'allait pas suffire à nourrir toutes les bouches présentes. Du coup, elle repartit chercher des côtelettes froides et du pain. Elle dénicha même une demi-carcasse de poulet, une assiette de légumes au vinaigre et des restes de plats chinois, froids. Je remarquai que quelqu'un avait ouvert une fenêtre et mis en route un petit ventilateur, qui ne dissipait pas le moins du monde la touffeur estivale.

« Servez-vous, les enfants, dit Peg. Et mangez à votre faim. »

Gladys et Roland s'attaquèrent au pain de viande avec l'appétit d'une paire de manœuvres de ferme. Je me servis un peu de chop suey. Celia, installée dans un des canapés, continua à fumer et à siroter son martini. Jamais je n'avais vu quelqu'un tenir un verre ou une cigarette avec plus de panache.

« Comment s'est passée la représentation, ce soir ? demanda Olive. Je n'ai pu voir que la fin.

— Ce n'était pas du niveau du *Roi Lear*, mais pas loin », répondit Peg.

Le froncement de sourcils d'Olive s'accentua. « Pourquoi ? Que s'est-il passé ?

— Rien de spécial, et rien qui justifie d'en perdre le sommeil : on n'a pas fait d'étincelles, mais bon, ce spectacle n'en a jamais fait, et les spectateurs ne s'en sont pas portés plus mal. Tout le monde est reparti sur ses deux jambes. De toute façon, ce n'est pas un problème puisqu'on change l'affiche la semaine prochaine.

— Et la première représentation ? Combien a-t-on fait d'entrées ?

— Moins nous parlons de ça, mieux c'est, éluda Peg.

— *Peg*. À combien se monte la recette ?

— *Olive*. Ne pose pas de questions dont tu ne veux pas connaître la réponse.

— Il me faudra bien le savoir. On ne peut pas continuer à se contenter d'un public comme celui de ce soir.

— Ah ! que j'aime t'entendre parler de *public* ! D'après le décompte, nous avions quarante-sept personnes à la première représentation, ce soir.

— Peg ! Ça ne suffit pas !

— Arrête de te chagriner, Olive. N'oublie pas qu'en été les affaires tournent toujours au ralenti. Et puis, on a le public qu'on a. Si on voulait vraiment rameuter les foules, on mettrait à l'affiche des matchs de base-ball plutôt que du théâtre. Ou on investirait dans une climatisation. Concentrons-nous plutôt maintenant sur le spectacle à venir et faisons en sorte d'être prêts pour la semaine prochaine. Si on commence les répétitions dès demain matin, tout le monde peut être sur les rails pour mardi.

— Non, pas demain matin, objecta Olive. J'ai loué la scène à une école de danse pour enfants.

— Bravo. Toujours pleine de ressources, ma grande. Demain après-midi, en ce cas.

— Non plus. La salle est louée pour un cours de natation. »

Cette information laissa Peg sans voix. « Un cours de natation ? J'ai bien entendu ?

— C'est un programme offert par la municipalité aux enfants du quartier. Ils vont leur apprendre à nager.

— *Nager* ? Ils vont transformer notre scène en piscine, Olive ?

— Bien sûr que non. C'est un apprentissage sans eau. Ils appellent ça natation à sec.

— Tu veux dire qu'on apprend à ces mômes la *théorie* de la natation ?

— Plus ou moins. Ils apprennent les gestes de base. À plat ventre sur une chaise. C'est la ville qui paie.

— Et si on procédait autrement, Olive ? Tu dis à Gladys quand tu n'as pas loué la scène à une académie de danse ou de nage à sec, comme ça elle pourra organiser une répétition pour commencer à travailler les chorégraphies du spectacle *Mers du Sud*.

— Lundi après-midi, indiqua Olive.

— Gladys ? Tu as entendu ? Lundi après-midi ! relaya Peg à tue-tête. Peux-tu battre le rappel pour lundi après-midi ?

— De toute façon, je n'aime pas répéter le matin », répondit l'intéressée, si tant est que cela fût une réponse.

— Ça ne devrait pas être trop sorcier, Gladdie, observa Peg. Ce n'est jamais qu'un spectacle alimentaire. Improvise un truc, comme tu sais si bien faire.

— Je veux être dans le spectacle *Mers du Sud* ! s'écria Roland.

— Tout le monde veut en être, soupira Peg. Les petits jeunes adorent jouer dans ces drames exotiques et internationaux, Vivvie. Ils adorent les costumes. Rien que cette année, on a monté un spectacle indien, une histoire de jouvencelle chinoise, et une autre autour d'une danseuse espagnole. L'an passé, on a tenté une romance esquimaude, mais ce n'était pas terrible. Les costumes n'étaient pas très seyants, la fourrure, tu comprends, c'est lourd. Et pour les chansons, on ne s'était pas surpassés non plus. « Igloo » rimait si souvent avec « glouglou » qu'on en avait tous mal à la tête.

— Tu peux faire une des vahinés, Roland ! lança Gladys, et elle éclata de rire.

— J'ai le physique de l'emploi, non ? riposta-t-il en prenant une pose.

— Sans conteste. Tu es si menu qu'un de ces jours tu vas t'envoler. Je dois toujours faire gaffe à ne pas te placer à côté de moi, sur scène. Sinon, j'ai l'air d'une grosse vache.

— Peut-être parce que tu as pris du poids, ces derniers temps, Gladys, observa Olive. Si tu ne contrôles pas ce que tu manges, bientôt, tu ne rentreras même plus dans tes costumes.

— La silhouette, ça n'a *rien* à voir avec ce qu'on mange ! protesta Gladys en se resservant du pain de viande. Je l'ai lu dans un magazine. Ce qui importe, c'est de boire assez de *café*.

— Et moins *d'alcool*, railla Roland. Surtout si on ne le tient pas !

— Ce qui est mon cas, j'en conviens ! Tout le monde le sait. Mais laisse-moi te dire tout de même que si je tenais l'alcool, j'aurais une vie sexuelle bien moins remplie ! Celia, passe-moi ton bâton de rouge. »

Celia plongea la main dans la poche de son peignoir et, sans un mot, tendit le tube à Gladys. Celle-ci se tartina les lèvres d'une nuance de rouge incroyablement agressive, puis s'approcha de Roland et lui planta énergiquement un baiser sur chaque joue.

« Et voilà ! Maintenant, tu es la plus jolie fille de la pièce ! »

Roland ne parut pas prendre ombrage de la taquinerie. Son visage évoquait celui d'une poupée de porcelaine et mon œil averti avait remarqué que ses sourcils semblaient épilés. J'étais sidérée qu'il n'essaie même pas de se comporter virilement. Lorsqu'il parlait, il papillonnait des mains comme une débutante. Et il n'essuya même pas les traces de rouge à lèvres de ses joues ! À croire qu'il voulait ressembler à une femme ! (Excuse ma naïveté, Angela, mais à ce stade de ma vie je n'avais guère côtoyé d'homosexuels ; d'hommes homosexuels, du moins, car des lesbiennes, j'en avais rencontré quelques-unes. Je venais de passer un an à Vassar, après tout. J'étais peut-être une oie blanche, mais je n'étais pas aveugle.)

Peg reporta son attention sur moi. « Alors dis-moi, Vivian Louise Morris ! Que veux-tu faire de toi, pendant ton séjour à New York ? »

Que voulais-je faire de moi ? Eh bien, mais *ça* : m'abreuver de martinis avec des showgirls, de conversations sur les coulisses de Broadway, de cancans colportés par des garçons qui ressemblaient à des filles ! Et si en prime quelqu'un était disposé à raconter sa vie sexuelle palpitante, j'étais tout ouïe !

À défaut de pouvoir m'exprimer avec franchise, je répondis avec brio : « J'aimerais bien me balader au hasard ! Prendre ce qui vient ! »

Tous les regards convergèrent vers moi et tout le monde semblait attendre... *quoi* ? Que je développe, peut-être ?

« Mais le principal obstacle, c'est que je ne connais pas la ville. »

En réponse à cette précision qui me faisait passer pour une idiote, tante Peg attrapa une serviette en papier et entreprit d'esquisser une carte de Manhattan. Je regrette tellement de n'avoir pas réussi à conserver ce dessin, Angela ! Jamais je n'ai revu plan de New York plus charmant : une grosse carotte toute croche pour figurer la presqu'île ; un rectangle hachuré en son cœur – Central Park ; des ébauches de lignes ondulées de part et d'autre – l'Hudson et l'East River ; tout en bas, un $ pour signaler Wall Street ; tout en haut, une note de musique – Harlem –, coiffée d'un autre trait ondulé – la Harlem River ; et au centre, une étoile qui indiquait l'endroit où nous nous trouvions : Times Square. Le centre du monde ! Bingo !

« Tiens, dit Peg. Maintenant, tu sais t'orienter. Tu ne peux pas te perdre ici, petite. Il te suffit de suivre les plaques de rues. Tout est numéroté, ça ne pourrait pas être plus simple. Garde simplement ceci à l'esprit : Manhattan est une île. Les gens ont tendance à l'oublier. Si tu marches assez longtemps dans quelque direction que ce soit, tu te retrouveras dans l'eau. Donc, si tu butes sur une rivière, fais demi-tour. Tu apprendras vite à te repérer. Des gens plus bêtes que toi y sont arrivés.

— Oui, même Gladys, railla Roland.
— Fais gaffe, mon coco. Je suis née ici, riposta l'intéressée.
— Merci ! dis-je en empochant la serviette. Et si vous avez besoin d'un coup de main dans le théâtre, je serai ravie d'aider.
— Vraiment ? » fit Peg. Son étonnement semblait sincère. À l'évidence, elle n'avait pas attendu grand-chose de moi. Que lui avaient donc raconté mes parents ? « Tu peux aider Olive au bureau, si ça t'intéresse. Si tu aimes ce genre de choses. La paperasse, tout ça... »
Olive avait blêmi – et pas qu'elle, j'en ai bien peur. Cette suggestion ne nous convenait ni à l'une ni à l'autre.
« Ou bien tu peux travailler au guichet, poursuivit Peg. Tu peux vendre des billets. Tu n'es pas musicienne, n'est-ce pas ? Ce serait une surprise. Personne ne l'est, dans notre famille.
— Je sais coudre, dis-je, mais sans doute trop bas car personne ne sembla remarquer que j'avais parlé.
— Peg, pourquoi ne pas inscrire Vivian à la Katherine Gibbs School ? suggéra Olive. Elle pourrait apprendre la dactylo. »
Peg, Gladys et Celia poussèrent un grognement à l'unisson.
« Olive rêve de nous envoyer toutes chez Katherine Gibbs apprendre la dactylo, expliqua Gladys en mimant un frisson d'épouvante, comme si taper à la machine était du même ordre que casser des cailloux dans un camp de prisonniers de guerre.
— Katherine Gibbs forme des jeunes femmes employables, se justifia Olive. Ce que toute jeune femme devrait être.
— Je ne sais pas taper à la machine et je suis employable ! se récria Gladys. La preuve, je *suis* employée ! Par toi ! »
— Une danseuse de revue n'est jamais vraiment *employée*, Gladys, observa Olive. Elle peut, de temps à autre, décrocher un contrat. Ce n'est pas tout à fait pareil. Ta branche professionnelle n'est pas fiable. Une secrétaire, en revanche, trouve toujours du travail.
— Je ne suis pas juste danseuse de revue mais répétitrice de ballet, objecta Gladys, piquée au vif. Et une répétitrice peut toujours trouver du travail. De toute façon, si je suis à court d'argent, je me marierai, c'est tout.
— N'apprends jamais la dactylo, petite, me conseilla Peg. Et si jamais tu le faisais, ne va surtout pas le crier pas sur les toits, sinon

tu es bonne pour taper sur une machine jusqu'à la fin de tes jours. N'apprends jamais la sténo non plus. Ce serait signer ton arrêt de mort. Une fois qu'ils ont mis un bloc de sténo dans la main d'une femme, il y reste. »

Celia, la sublime créature qui se tenait à l'autre bout de la pièce, prit subitement la parole, pour la première fois depuis que nous étions montés dans l'appartement : « Tu as bien dit que tu savais coudre ? »

Sa voix grave et rocailleuse me prit une fois de plus au dépourvu. Et puis, elle me regardait, maintenant, ce que je trouvais un peu intimidant. Sans vouloir abuser à propos de Celia de l'image de « beauté incendiaire », je n'en vois pas d'autre : elle était de ces femmes qui consument tout sur leur passage, même quand ce n'était pas leur intention. Trop mal à l'aise pour soutenir ce regard de braise, je trouvai moins risqué de hocher la tête en direction de Peg : « Oui, je sais coudre. C'est grand-mère Morris qui m'a appris.

— Et tu couds quel genre de vêtements ? voulut savoir Celia.

— Eh bien, j'ai fait cette robe, par exemple.

— Tu as *fait* cette robe ? » répéta Gladys d'une voix stridente.

Dans un même élan, comme le faisaient toutes les filles dans ces circonstances, Roland et elle fondirent sur moi pour toucher, tâter, tripoter ma tenue, tels deux sublimes petits singes.

« Tu as vraiment fait ça ? demanda Gladys.

— Même le galon ? » voulut savoir Roland.

Mais ça, ce n'est rien ! voulais-je répondre. Franchement, comparé à ce dont j'étais capable, réaliser cette petite robe avait demandé bien moins d'adresse qu'il n'y paraissait. Mais par crainte de passer pour prétentieuse, je me contentai de préciser : « Je fais tous mes vêtements. »

Celia, depuis l'autre bout de la pièce, reprit la parole : « Tu peux faire des costumes de scène ?

— Oui, je suppose. Cela dépendrait du costume, mais je suis sûre que j'en suis capable.

— Tu pourrais faire quelque chose comme ça ? »

Elle se leva et laissa glisser son peignoir au sol pour révéler le costume qu'elle portait en dessous. (Je donne peut-être l'impression de théâtraliser la scène, mais Celia n'était pas fille à retirer ses vêtements comme n'importe quelle autre mortelle, elle les laissait toujours *glisser*.)

Le costume, un genre de maillot de bain deux pièces, était basique et conçu pour faire plus d'effet de loin que de près. Certes, ce short à taille haute orné de paillettes clinquantes et cette brassière qui supportait une broderie tape-à-l'œil de perles et de plumes la flattaient, mais compte tenu de sa plastique renversante, une liquette d'hôpital en aurait fait autant, et franchement la brassière aurait pu mieux tomber – ces bretelles, ça n'allait pas du tout.

« Oui, je pourrais faire ce genre de chose. Coudre les perles, ça me demanderait un peu de temps, mais c'est juste fastidieux. Le reste ne présente pas de difficulté. » Soudain, une idée fusa dans ma tête comme une balise éclairante dans un ciel nocturne : « Dites, si vous avez une costumière en chef, je pourrais peut-être travailler avec elle ? Je pourrais être son assistante ! »

Un éclat de rire général ébranla la pièce.

« Une *costumière en chef* ? Tu te crois où ? À la Paramount ? Tu crois qu'on planque Edith Head dans la cave ?

— Chaque fille est en charge de son costume, expliqua alors Peg. Si elles ne trouvent pas leur bonheur dans notre réserve, et c'est toujours le cas, elles se débrouillent par elles-mêmes. C'est une dépense, pour elles, mais les choses ont toujours fonctionné ainsi. Où as-tu trouvé le tien, Celia ?

— Je l'ai racheté à une showgirl. Tu te souviens d'Evelyn, qui dansait à El Morocco ? Elle s'est mariée et elle est partie vivre au Texas. Elle m'a refilé une pleine malle de costumes. J'ai de la chance.

— Tu as surtout eu de la chance de ne pas attraper la chaude-pisse.

— Roland ! Arrête avec ça ! protesta Gladys. Evelyn était une chouette gamine. Tu es juste jaloux parce qu'elle a épousé un cow-boy.

— Si tu as envie d'aider les petites avec leurs costumes, Vivian, je suis certaine que tout le monde appréciera, dit Peg.

— Tu pourrais me faire un costume *Mers du Sud* ? demanda Gladys. Comme les tenues des danseuses hawaïennes ? »

Autant demander à un grand chef s'il pouvait faire du porridge.

« Bien sûr. Demain, si tu veux.

« — Et moi ? demanda Roland. Tu pourrais me faire le même ?
— Je n'ai pas de budget pour de nouveaux costumes, prévint Olive. Nous n'en avons pas discuté.
— Olive, soupira Peg. Arrête de faire ta femme de vicaire. Laisse les petits s'amuser un peu. »

J'avais remarqué, bien malgré moi, que depuis que nous parlions couture, Celia ne me quittait plus des yeux. Être dans sa ligne de mire était à la fois euphorisant et terrifiant.

« Tu sais quoi ? me lança-t-elle après m'avoir scrutée encore plus attentivement. Tu es jolie. »

Pour être franche, en général, les gens remarquaient ce détail plus tôt. Mais qui aurait pu reprocher à une fille qui possédait un visage et un corps pareils de ne m'avoir guère accordé d'attention jusque-là ?

« Pour tout dire, reprit-elle en souriant pour la première fois de la soirée, tu me ressembles un peu. »

Que les choses soient bien claires, Angela : ce n'était pas du tout le cas.

Celia Ray était une déesse. Je n'étais encore qu'une adolescente. Mais si on s'en tenait aux grandes lignes, alors, oui, elle n'avait pas tout à fait tort : nous étions l'une et l'autre de grandes brunes au teint d'ivoire, avec de grands yeux bruns. Nous aurions pu passer pour cousines, à défaut de sœurs – et certainement pas jumelles. Nos silhouettes n'offraient aucun point commun : Celia était une pêche, et moi, un bâton. J'étais néanmoins flattée. Cela dit, je reste convaincue que Celia Ray ne m'aurait jamais prêté la moindre attention sans cette très vague ressemblance. Elle seule avait éveillé son intérêt. Pour Celia, vaniteuse comme elle l'était, me regarder devait s'apparenter à se contempler dans un miroir (très embué, et de très loin), et aucun miroir ne lui avait jamais renvoyé une image qu'elle n'aimât pas.

« Toi et moi, on devrait s'habiller pareil, un de ces soirs, et sortir en ville, proposa-t-elle, avec cet accent du Bronx qui savait se faire ronronnement. On pourrait se mettre dans de vilains draps ! »

Cette proposition pour le moins douteuse laissa sans voix et bouche bée l'élève d'Emma Willard que j'étais encore peu auparavant. Mais elle ne sembla pas émouvoir tante Peg, qui l'avait entendue au vol – et qui, ne l'oublions pas, était désormais *légalement responsable* de ma petite personne.

« Dites-moi, les filles, on s'amuse bien ! » nous lança-t-elle tout en s'affairant à préparer une nouvelle tournée de martinis.

À ce stade, Olive mit un terme aux réjouissances. La redoutable secrétaire du Lily Playhouse se leva et tapa des mains. « Ça suffit ! Si Peg ne va pas se coucher, elle ne s'en portera pas mieux demain matin.

— Ah ! la barbe, Olive, je vais te mettre mon poing dans l'œil ! se rebella l'intéressée.

— Peg, au lit, insista l'imperturbable Olive, en tirant sur sa gaine pour souligner sa détermination. *Tout de suite.* »

La compagnie se dispersa en se souhaitant bonne nuit, et je regagnai mon appartement (*mon appartement !*). Je continuai à défaire et ranger mes affaires, mais une joie nerveuse me donnait un léger tournis et m'empêchait de me concentrer.

J'étais en train de suspendre mes robes dans l'armoire quand Peg vint s'assurer que tout se passait bien.

« Tu es bien installée, ici ? me demanda-t-elle en balayant des yeux l'appartement immaculé.

— J'adore. C'est ravissant.

— Oui. Billy n'accepterait rien de moins.

— Peg, je peux te demander quelque chose ?

— Bien sûr.

— Et l'incendie ?

— Quel incendie, ma grande ?

— Olive a parlé d'un petit incendie, au théâtre, aujourd'hui... Je me demandais si c'était réglé.

— Oh, ça ! Ce n'était rien. Juste quelques vieux décors qui ont pris accidentellement feu derrière le bâtiment. J'ai des amis chez les pompiers, donc on ne risquait rien. Mince alors ! C'était *aujourd'hui* ? Ça m'était déjà sorti de la tête. » Peg se frotta les yeux. « Tu sais, petite, tu découvriras bien assez vite qu'au Lily Playhouse la vie n'est qu'une succession de petits incendies. Et maintenant, au lit ! Sinon, Olive va te faire coffrer par la maréchaussée. »

Je me couchai, donc. Ce serait ma première nuit à New York, et la première nuit (mais certainement pas la dernière) que je passerais dans le lit d'un homme.

Je ne me souviens pas qui débarrassa le bazar que nous avions laissé dans le salon.

Olive, probablement.

4

En l'espace de quinze jours, ma vie avait changé du tout au tout. J'avais notamment – mais ce n'est qu'un exemple parmi bien d'autres – perdu ma virginité. C'est une histoire sacrément cocasse, et je te la raconterai bientôt, Angela, si tu m'accordes encore un peu de ta patience, car pour l'heure je veux simplement souligner combien le Lily Playhouse était un univers radicalement différent de tous ceux que j'avais pu fréquenter jusque-là. On se serait cru dans un tableau vivant mettant en scène le glamour, la persévérance, la pagaille et la rigolade. C'était comme plonger dans un monde d'adultes qui se comportaient comme des enfants. Les notions d'ordre et de stricte discipline que mes parents et mes écoles privées avaient toujours tenté de m'inculquer de force ? Envolées ! Au Lily, personne n'observait les rythmes normaux d'une vie respectable, ni même ne se souciait d'essayer, hormis Olive, qui, elle, endurait un long calvaire. Libations et réjouissances étaient la norme. Les horaires des repas fluctuaient d'un jour sur l'autre. Certains pensionnaires dormaient jusqu'à midi. Personne ne commençait, ni ne terminait d'ailleurs, sa journée de travail à une heure bien définie. Les plans changeaient à vue d'œil, des visiteurs entraient et sortaient sans se présenter en bonne et due forme, ni prendre formellement congé, et la désignation des tâches n'était jamais bien claire.

Je ne tardai pas à apprendre – et la stupéfaction me laissa tout étourdie – que désormais, aucune figure d'autorité ne contrôlerait mes allées et venues. Je n'avais de comptes à rendre à personne, et personne n'attendait rien de moi. Si je voulais donner un coup de main pour les costumes, je le pouvais, mais rien ne m'y obligeait officiellement. Au Lily, il n'y avait ni couvre-feu ni appel avant l'extinction des feux. Il n'y avait pas de maîtresse d'internat, et encore moins de mère.

J'étais *libre*.

Légalement, bien sûr, tante Peg était responsable de moi. Notre lien familial lui conférait l'autorité parentale. Mais elle n'était pas mère poule, c'est le moins qu'on puisse dire. Elle était même la première libre penseuse que je rencontrai. D'après elle, chacun devait pouvoir arbitrer les décisions concernant sa vie – idée loufoque s'il en est, non ?

Le monde de Peg se nourrissait du chaos ambiant mais, étrangement, ça marchait. En dépit de toute cette pagaille, le Lily réussissait à donner deux représentations par soir – la première, qui débutait à 17 heures, attirait des femmes et des enfants ; la seconde, qui commençait à 20 heures et offrait un spectacle un peu plus leste, s'adressait à un public plus âgé, plus masculin. Il y avait également des matinées le dimanche et le mercredi. Et le samedi à midi avait toujours lieu un spectacle de magie gratuit pour les enfants du coin. Le reste du temps, Olive parvenait généralement à louer la salle pour des animations destinées au voisinage – mais avec des leçons de nage à sec, il n'y avait selon moi aucun risque de s'enrichir.

Notre public était issu du quartier et, à l'époque, c'était un vrai quartier, essentiellement peuplé d'Italiens et d'Irlandais, qui cohabitaient avec quelques catholiques d'Europe de l'Est et pas mal de famille juives. Les immeubles étroits et tout en profondeur qui entouraient le Lily étaient remplis à craquer d'immigrants de fraîche date – et par « remplis à craquer », je veux dire que les gens s'entassaient treize à la douzaine dans un seul logement. C'est d'ailleurs pour s'adapter à ce public d'anglophones débutants que Peg s'efforçait de produire des spectacles écrits dans une langue simple et accessible. Et nos artistes, qui n'étaient pas exactement issus d'une formation classique, ne s'en portaient pas plus mal quand il leur fallait mémoriser leur texte.

Nos spectacles n'attiraient pas les touristes, ni les critiques ni les vrais amateurs de théâtre. Nous proposions des divertissements populaires pour la classe ouvrière, rien de plus, et Peg insistait pour qu'on ne se fasse pas d'illusions à cet égard. « Je préfère montrer une bonne revue bien enlevée qu'un mauvais Shakespeare », disait-elle. Effectivement, le Lily ne présentait aucune des caractéristiques généralement associées à une authentique institution de Broadway.

Nous ne rodions pas nos spectacles par une petite tournée d'avant-premières, pas plus que nous ne donnions de fête glamour à l'issue des premières. Nous ne fermions pas au mois d'août, comme tant de salles de Broadway. (Nos clients ne prenant pas de vacances, nous n'en prenions pas non plus.) Nous ne faisions même pas relâche le lundi. Nous étions comme ces restaurants qui proposent ce qu'on appelait autrefois un « service continu » : nous servions du divertissement sept jours sur sept, douze mois sur douze. Du moment que le prix de nos billets restait comparable à celui des cinémas alentour (qui, avec les salles de machines à sous et les tripots, étaient nos principaux concurrents), on remplissait nos sièges sans trop de mal.

Le Lily n'était pas un théâtre burlesque (même si nombre de nos girls et de nos danseuses venaient de cet univers-là et, bénies soient-elles, avaient l'impudeur de le prouver) ni un théâtre de variétés, pour la simple raison que ce genre était déjà plus que moribond à ce stade de l'histoire. Nos petites pièces comiques s'en inspiraient cependant assez largement. Qualifier nos spectacles de « pièces » pourrait même relever d'un abus de langage. Ces bribes d'intrigues assemblées à la va-vite, qui n'étaient qu'un prétexte pour offrir à nos personnages d'amoureux un heureux dénouement, et à nos danseuses une occasion d'exhiber leurs jambes, étaient sans doute plus proches d'une « revue ». L'envergure des histoires que nous pouvions raconter était de toute façon limitée puisque le Lily Playhouse ne disposait que de trois toiles de scène : quel que soit le spectacle, l'action devait se situer, au choix, à un angle de rues dans une ville du XIXe siècle, dans un élégant salon bourgeois ou sur un paquebot.

Peg changeait l'affiche toutes les quelques semaines, mais les revues restaient plus ou moins les mêmes, et aucune n'était inoubliable. Comment ? Tu n'as jamais entendu parler d'*Herbes folles* – une idylle entre deux gamins des rues ? Ça ne m'étonne guère ! Ce spectacle-là ne resta que quinze jours à l'affiche, avant d'être remplacé par *Monte sur ce bateau !* – qui ne différait guère du premier mais qui, tu t'en doutes, se déroulait à bord d'un transatlantique.

« Si je pouvais améliorer la recette, je le ferais, me dit une fois Peg. Mais la recette marche. »

La recette en question était la suivante :

Régaler (ou tout au moins distraire) le public pendant un court moment (jamais plus de quarante-cinq minutes!) avec une vague histoire d'amour. Pour ce faire, il convenait de pousser sur le devant de la scène deux jeunes et sympathiques tourtereaux possédant un brin de voix et de talent pour les claquettes. Ce charmant petit couple, hélas, était en butte aux manigances d'un méchant, souvent un banquier, parfois un gangster – l'idée reste la même, seul le costume change – qui rongeait son frein et s'ingéniait à le détruire. Pour corser l'affaire, il fallait mettre dans le paysage une poule à la poitrine généreuse et pigeonnante – elle faisait les yeux doux à notre héros, mais lui n'avait d'yeux que pour son aimée – et un fringant rival qui tentait de ravir le cœur de la belle. Et pour ménager des respirations comiques, on comptait sur le personnage du vagabond soûl et mal rasé – le poil sur les joues était dessiné au bouchon de liège brûlé. Chaque spectacle comportait au moins une ballade sentimentale, qui faisait généralement rimer « mon bel oison » avec « pâmoison », et tous se clôturaient invariablement sur un cancan.

Applaudissements, rideau, et on reprenait tout depuis le début pour la représentation de 20 heures.

Les critiques dramatiques excellaient dans leur mission en ignorant notre existence. Cela valait probablement mieux pour tout le monde.

Je donne peut-être l'impression de dénigrer les productions du Lily, mais ce n'est pas le cas, Angela : je les adorais. Je donnerais n'importe quoi pour m'asseoir de nouveau au dernier rang de cette salle décatie et revoir un de ces spectacles. Pour moi, ces revues enthousiastes et sans prétention restent inégalées. Elles me rendaient heureuse. Elles étaient d'ailleurs conçues pour ça : rendre les gens heureux, sans leur imposer trop d'efforts de compréhension. Peg avait appris cette leçon pendant la Grande Guerre, quand il lui fallait distraire par des spectacles à sketches dansés et chantés des soldats fraîchement amputés ou dont la gorge avait été ravagée par le gaz moutarde. « Parfois, disait-elle, les gens ont juste besoin de se changer les idées. »

Notre boulot consistait à leur fournir matière à le faire.

Côté distribution, nos spectacles nécessitaient invariablement huit danseurs – quatre garçons et autant de filles – et également quatre showgirls, car le public n'en attendait pas moins. C'est pour elles qu'il venait au Lily. Peut-être te demandes-tu, Angela, où résidait la différence entre une « danseuse » et une « girl ». Dans la taille. Une girl devait mesurer au moins un mètre cinquante-cinq – sans les talons ni la coiffe à plumes – et posséder une plastique bien plus éblouissante que celle d'une danseuse lambda.

Pour ajouter à ta confusion, sache que si, à l'occasion, les girls pouvaient danser elles aussi (comme Gladys, par exemple), les danseuses, en revanche, restaient cantonnées à l'arrière-plan pour la simple raison qu'elles n'étaient pas assez grandes ni assez belles. Peu importe la quantité de maquillage ou l'ingéniosité des rembourrages : rien ni personne ne pouvait métamorphoser une danseuse modérément séduisante, de taille moyenne et relativement bien proportionnée en une sublime figure d'amazone, qui, au milieu du siècle à New York, était le standard de la showgirl.

Le Lily Playhouse intercepta nombre de ces artistes promises au succès. Certaines des girls qui débutèrent au Lily furent plus tard embauchées à Radio City ou au Diamond Horseshoe. Quelques-unes d'entre elles se hissèrent même tout en haut de l'affiche. Le plus souvent, cependant, nous rattrapions plutôt des filles dont la carrière était en perte de vitesse. Et crois-moi, nul ne peut donner plus émouvante leçon de courage qu'une danseuse de revue vieillissante qui auditionne pour un spectacle tarte et bas de gamme intitulé *Monte sur ce bateau !* dans l'espoir d'enchaîner les battements de jambes.

Mais nous avions aussi un petit groupe de régulières qui, spectacle après spectacle, se produisaient pour les humbles spectateurs du Lily. Gladys était un pilier de la troupe. Elle avait inventé une danse baptisée la « pagaille-pagaille », dont notre public ne se lassait pas, et qui figurait du coup dans chaque spectacle. Comment aurait-on pu ne pas adorer cette mêlée générale de girls qui, dans leur déchaînement, laissaient deviner les tressaillements de leurs appâts ?

« Pagaille-pagaille ! » réclamait le public au moment du rappel, et les girls leur donnaient satisfaction. Parfois, sur les trottoirs du quartier, il arrivait de croiser des gamins qui dansaient la pagaille-pagaille en partant à l'école.

Disons que c'était là notre legs culturel.

J'adorerais t'expliquer précisément comment la petite compagnie théâtrale de Peg demeurait solvable, mais, la vérité, c'est que je n'en sais rien. (L'histoire pourrait bien être celle de cette blague éculée : Comment gagne-t-on une petite fortune dans le show-business ? En ayant commencé avec une grosse.) Nous ne jouions jamais à guichets fermés, et nos billets étaient vendus trois fois rien. Sans compter que, tout merveilleux qu'il fût, le Lily Playhouse était un éléphant blanc de la pire espèce et un gouffre financier. La bâtisse fuyait et craquait de partout. Le circuit électrique datait d'Edison, la plomberie restait un mystère insondable, les peintures étaient lépreuses et le toit avait été conçu pour survivre à une journée sans une goutte pluie, mais guère plus. Ma tante Peg entretenait à grands frais son vieux théâtre croulant comme une héritière indulgente entretient l'addiction d'un amant opiomane. Autant dire que c'était une entreprise abyssale, désespérante et totalement vaine. Et que la tâche qui incombait à Olive ne l'était pas moins, puisque celle-ci tentait à l'inverse de juguler l'hémorragie d'argent.

« On n'est pas dans un hôtel parisien, ici ! » rouspétait-elle chaque fois qu'elle attrapait quelqu'un qui faisait couler l'eau chaude un peu trop longtemps.

Olive avait toujours l'air fatigué, et ce pour une bonne raison : elle était la seule adulte responsable de cette compagnie. Je ne tardai pas apprendre qu'Olive ne plaisantait pas lorsqu'elle disait travailler pour Peg « depuis la nuit des temps ». Pendant la Grande Guerre, Olive avait été infirmière dans les rangs de la Croix-Rouge, comme ma tante, et les deux femmes s'étaient rencontrées en 1917 en France, à l'arrière des lignes. Et quand, à la fin de la guerre, Olive avait décidé d'abandonner le métier d'infirmière pour suivre sa nouvelle amie dans l'arène du théâtre, elle avait endossé le rôle de la secrétaire de confiance, et embrassé un chemin de croix.

Du matin au soir, elle arpentait le Lily Playhouse en canonnant ordres, oukases et punitions, sans jamais se défaire de cet air harassé du bon chien de berger condamné à remettre le troupeau indiscipliné dans le droit chemin. Olive était la reine des règles : il était interdit de manger dans la salle (« On ne tient pas à avoir plus de rats que de spectateurs ! ») ; la *promptitude* était de rigueur pour toutes les répétitions ; ceux et celles qui étaient hébergées au

Lily ne pouvaient pas recevoir d'invité pour la nuit ; aucun remboursement n'était possible sans reçu. Et le fisc devait toujours être payé en premier.

Peg respectait les règles de sa secrétaire, certes, mais comme celui qui a perdu la foi le fait des lois de son Église : elle les trouvait estimables, sans s'y plier pour autant.

Et le reste d'entre nous suivait son exemple, même s'il nous arrivait parfois de faire semblant. Donc, Olive était perpétuellement épuisée et nous, à force de désobéissance, nous pouvions rester en enfance.

Peg et Olive occupaient, au troisième étage du Lily, deux appartements reliés par une pièce de vie commune. Cet étage abritait plusieurs autres chambres – que le premier propriétaire des lieux avait aménagées pour sa maîtresse – mais à la date de mon installation, elles étaient inoccupées. Peg m'expliqua qu'elles étaient réservées aux « vagabonds de dernière minute et autres itinérants ».

C'était cependant au deuxième étage, celui où j'étais installée, que se concentraient toutes les activités dignes d'intérêt. C'était là que se trouvait le piano, qui croulait généralement sous les verres à cocktail à moitié bus et les cendriers quasi pleins. (Parfois, en passant, Peg ramassait un verre abandonné et le vidait cul sec. Elle appelait ça « prendre son dividende ».) Là aussi qu'on se retrouvait tous pour manger, fumer, boire, s'engueuler, répéter. Vivre. Le deuxième étage était le *vrai* bureau du Lily Playhouse.

À cet étage habitait également un certain M. Herbert, que l'on me présenta comme « notre dramaturge ». C'est lui qui concoctait les intrigues sommaires de nos spectacles, et les étoffait de blagues et de gags. Il faisait en outre office de régisseur et d'attaché de presse.

« En quoi consiste le travail d'un attaché de presse, exactement ? lui demandai-je un jour.

— J'aimerais bien le savoir », me répondit-il.

Détail plus intéressant, M. Herbert était un ancien avocat, radié pour avoir détourné une somme considérable d'un client, et un des plus vieux amis de Peg. Qui ne lui tenait pas rigueur de son crime, au motif qu'à l'époque des faits il s'était remis à boire. « On ne peut pas reprocher ses actes à un homme qui a agi sous l'emprise de l'alcool », telle était sa philosophie. (« Nous avons tous nos fragilités », plaidait aussi celle qui accordait toujours une deuxième, puis une troisième voire une quatrième chance aux canards boiteux.) Parfois, quand nous n'avions pas mieux sous la main, M. Herbert enfilait pour nos spectacles le costume du vagabond ivre, et apportait à ce rôle un pathos naturel qui fendait le cœur.

Mais M. Herbert était *drôle*. Son humour était noir et pince-sans-rire, mais incontestablement drôle. Chaque matin, quand j'arrivais pour prendre mon petit déjeuner, je le trouvais attablé dans la cuisine en maillot de corps et vieux pantalon de costume avachi, devant sa tasse de café instantané et un pauvre pancake qu'il picorait sans appétit. Front plissé, il soupirait au-dessus de son bloc-notes et se triturait les méninges pour trouver les blagues et les répliques du prochain spectacle. Chaque matin, je le saluais d'un ton pimpant pour le seul plaisir de découvrir quelle serait la réponse neurasthénique du jour.

« Bonjour, monsieur Herbert !

— Voilà un point qui est sujet à débat », pouvait-il répondre.

Un autre jour :

« Bonjour, monsieur Herbert !

— Je consens à vous accorder le bénéfice du doute. »

Ou encore : « Bonjour, monsieur Herbert !

— Le bien-fondé de votre argument m'échappe. »

Ou : « Bonjour, monsieur Herbert !

— Je ne suis pas à la hauteur d'un tel événement. »

Ou bien encore ma préférée entre toutes : « Bonjour, monsieur Herbert !

— Mmm, vous êtes devenue une humoriste, vous. »

Un autre locataire du deuxième étage était un beau jeune homme noir, Benjamin Wilson, auteur-compositeur et pianiste du Lily. Benjamin était un garçon discret et raffiné, toujours vêtu de superbes costumes. En général, on le trouvait assis au piano à queue en train d'improviser quelque mélodie enlevée destinée à un prochain spectacle, ou de jouer du jazz pour son plaisir. Son registre comptait parfois des cantiques, mais uniquement quand il se croyait seul.

Le père de Benjamin était un pasteur respecté de Harlem, et sa mère, la directrice d'un collège privé de filles sur la 132e Rue. En d'autres termes, Benjamin était issu du gratin de Harlem. Il avait été formé pour servir son église, avant que l'univers du spectacle ne le détourne de cette vocation. Et maintenant qu'il était souillé par le péché, ses parents ne voulaient plus entendre parler de lui. Nombre de ceux et celles qui travaillaient au Lily Playhouse, apprendrais-je, se trouvaient dans un cas de figure similaire. À cet égard, Peg accueillait beaucoup de réfugiés.

À l'instar de Roland, le danseur, Benjamin avait bien trop de talent pour le dilapider au Lily. Mais dans la mesure où Peg lui offrait le gîte et le couvert en échange de contreparties somme toute légères, il s'y trouvait bien.

Une dernière personne habitait au Lily à la date de mon installation, et je l'ai gardée pour la fin puisqu'elle était celle qui comptait le plus pour moi : Celia – la showgirl, ma déesse.

Olive m'avait informée que Celia n'était hébergée sous notre toit que temporairement, le temps de « retomber sur ses pieds ». Peu avant mon arrivée, Celia avait été expulsée du Rehearsal Club, une pension de famille pour femmes, située sur la 53e Rue Ouest et où vivaient à l'époque beaucoup de danseuses et d'actrices de Broadway. Celia avait perdu le droit de séjourner dans cet établissement respectable et bon marché après s'être fait pincer en compagnie d'un homme dans sa chambre. Pour la dépanner, Peg lui avait proposé une chambre du Lily.

J'avais le sentiment qu'Olive désapprouvait cette solution – mais bon, Olive désapprouvait généralement tout ce que Peg proposait gratuitement aux gens. Et cette proposition-là n'avait rien de grandiose. La chambrette qu'occupait Celia au bout du couloir était sans commune mesure avec l'élégant pied-à-terre qu'oncle Billy n'utilisait jamais. Le refuge de Celia n'était guère plus qu'un galetas, avec un lit de camp et un pauvre bout de plancher sur lequel disperser ses vêtements. Il y avait bien une fenêtre, mais elle donnait sur une ruelle étouffante et malodorante.

Tout ça explique probablement pourquoi Celia emménagea dans mes appartements dès ma seconde nuit au Lily. Elle le fit sans me demander mon avis, et sans discussion préalable entre nous ; cela se produisit, tout simplement – et à une heure pour le moins inattendue. Au jour deux de mon séjour à New York, quelque part entre minuit et l'aube, Celia débarqua dans ma chambre, me réveilla d'un énergique coup dans l'épaule et articula d'une voix pâteuse :

« Pousse-toi. »

Obéissante, je me déportai vers l'autre rive du lit et Celia se laissa tomber comme une masse sur mon matelas, réquisitionna mon oreiller, entortilla le drap entier autour de son superbe corps, et sombra dans l'inconscience en l'espace de quelques secondes.

Ma foi, voilà qui était excitant !

Si excitant, pour tout dire, qu'il me fut impossible de me rendormir. Je n'osais plus faire le moindre mouvement. Même si j'étais privée d'oreiller et écrasée contre le mur, l'inconfort n'était pas mon problème le plus pressant. Que dictait le protocole, quand une girl ivre morte venait s'écrouler tout habillée sur votre lit ? Je n'en savais trop rien. Donc je ne fis rien. Je me contentai de rester immobile, d'écouter son souffle lourd, de respirer l'odeur de cigarette et de parfum dans ses cheveux – en me demandant comment nous allions gérer l'inévitable gêne le matin venu.

Celia s'éveilla aux alentours de 7 heures, quand l'intrusion aveuglante du soleil dans la chambre devint impossible à ignorer. Tout en se fendant d'un bâillement décadent, elle s'étira de tout son long, annexant *encore plus* d'espace dans le lit. Avec son maquillage et son audacieuse robe du soir, on aurait dit un ange qu'un trou dans le plancher de quelque night-club céleste avait précipité droit sur Terre.

« Salut Vivvie, dit-elle en clignant des yeux, incommodée par le soleil. Merci de m'avoir accueillie. Ce lit de camp qu'elles m'ont filé, c'est une torture. Je ne pouvais plus le supporter. »

Comme je n'aurais pas pu jurer, à ce stade, que Celia avait retenu mon prénom, entendre dans sa bouche ce diminutif affectueux me transporta de joie.

« Pas de problème. Tu peux dormir ici aussi souvent que tu veux.

— C'est vrai ? Sensass ! Je vais apporter mes affaires dès aujourd'hui. »

Bon... Apparemment, j'avais désormais une camarade de chambrée. (Ça ne me dérangeait pas. J'étais même honorée qu'elle m'ait choisie.) Par désir de faire durer ce moment étrange, exotique, j'osai engager la conversation :

« Dis, où étais-tu, hier soir ? »

Celia parut surprise que cela m'intéresse.

« À El Morocco. Et j'ai vu John Rockefeller.

— *Non !*

— Ce type est une plaie. Il voulait absolument danser, mais j'étais déjà accompagnée.

— Par qui ?

— Personne. Juste deux types qui ne risquent pas d'insister pour me présenter à leur mère.

— Quel genre de type ? »

Celia se rallongea, alluma une cigarette et entreprit de me raconter sa soirée par le menu : elle était en goguette avec deux garçons, juifs, qui prétendaient être des gangsters, jusqu'à ce qu'ils tombent sur de *vrais* gangsters juifs. Les imposteurs avaient dû décamper. Du coup, elle avait fini avec un autre larron, qui l'avait emmenée à Brooklyn puis lui avait payé une limousine pour rentrer au Lily. J'étais fascinée. On traînassa une heure de plus au lit afin qu'elle puisse me narrer dans les moindres détails, et de cette voix rauque inoubliable, une soirée dans la vie d'une certaine Celia Ray, showgirl à New York.

Le lendemain, la totalité des affaires de Celia avaient migré dans mon appartement. Ses fards de scène et ses pots de cold cream colonisaient désormais la moindre surface plane. Sur l'élégant bureau d'oncle Billy, ses flacons Elizabeth Arden et ses poudriers Helena Rubinstein se livraient une guerre de territoire. Ses longs cheveux formaient des dentelles dans mon lavabo. Un maquis spontané de brassières, bas résille, jarretelles, gaines avait poussé sur ma moquette. (Celia Ray avait de prodigieuses quantités de sous-vêtements et, je le jure, elle possédait un secret pour faire *se reproduire* les négligés). Les protège-aisselles usagés de ses robes filaient se planquer sous mon lit comme des souris. Sa pince à épiler me mordait la plante des pieds lorsque je marchais dessus.

Celia se croyait absolument tout permis. Elle essuyait son rouge à lèvres sur mes serviettes de toilette. Empruntait mes tricots sans me demander la permission. Des traînées de mascara maculaient mes taies d'oreiller ; mes draps étaient orange à cause de son fond de teint. Et pour cette fille, tout faisait office de cendrier – y compris, une fois, pendant que je m'y trouvais, la baignoire.

Pour incroyable que ça semble, tout ça m'était égal. J'aurais même voulu qu'elle reste là à jamais. Si, à Vassar, j'avais partagé ma chambre avec une camarade à ce point captivante, peut-être aurais-je fait un effort. À mes yeux, Celia Ray était la perfection incarnée. Elle était la quintessence de New York – un composite scintillant de sophistication et de mystère. J'étais prête à supporter n'importe quelle crasse ou malpropreté pour être dans son orbite.

En tous les cas, cette cohabitation semblait nous satisfaire l'une et l'autre : j'avais accès à son glamour et elle, à mon lavabo.

À aucun moment je ne demandai à tante Peg si elle était d'accord avec cet arrangement, ou avec le fait que Celia semblât résolue à s'installer indéfiniment au Lily. En y repensant, je trouve ma désinvolture incroyablement grossière. La politesse la plus élémentaire aurait exigé de recueillir l'aval de mon hôtesse. Mais j'étais bien trop égocentrique pour être polie – et Celia, bien sûr, n'avait rien à m'envier de ce côté-là. On fit donc simplement à notre guise, sans se poser de questions.

En outre, le chaos que Celia semait dans l'appartement ne m'inquiétait pas vraiment car je savais que Bernadette, la bonne de ma tante Peg, finirait par y mettre bon ordre. Six jours sur sept, cette âme discrète et efficace venait au Lily pour ranger et nettoyer derrière tout le monde. Elle briquait la cuisine et les salles de bains, cirait les planchers, préparait nos repas (repas qu'on mangeait, ou pas, ou encore qu'on partageait avec dix invités de dernière minute). C'était également elle qui passait les commandes à l'épicerie, appelait chaque jour ou presque le plombier et s'acquittait probablement de dix mille autres tâches ingrates, en sus desquelles il lui incombait maintenant de ranger après Celia Ray et moi. Ça semblait assez injuste.

Une fois, j'entendis Olive dire à un invité : « Bernadette est irlandaise, bien sûr, mais ça reste dans les limites du raisonnable, donc on la garde. »

C'est le genre de remarque qu'on se permettait à l'époque, Angela.

Malheureusement, c'est là tout ce dont je me souviens concernant Bernadette, et ce pour une raison très simple : en ces temps-là, je n'accordais guère d'attention aux domestiques. J'étais tellement habituée à leur présence qu'ils en devenaient presque transparents. Être servie était pour moi dans l'ordre des choses.

Pourquoi tant de présomption et d'arrogance crasse ? Parce que j'étais riche.

C'est un sujet que je n'ai pas encore abordé, Angela, alors traitons-le une bonne fois pour toutes : j'étais riche, et affreusement gâtée. J'avais grandi pendant la grande dépression, certes, mais la crise n'avait jamais acculé ma famille. Après le krach, au lieu des trois bonnes, des deux cuisinières, de la nounou, du jardinier et du chauffeur à plein temps, nous nous étions contentés de deux bonnes, une cuisinière et un chauffeur à mi-temps. Nous avions encore une *certaine* marge avant d'en être réduits à la soupe populaire.

Et comme dans mon pensionnat huppé, on s'était évertué à me tenir à l'écart de toute personne issue d'un autre milieu que le mien, je pensais que tous les enfants avaient grandi avec un gros poste de radio Zenith dans leur salon. Qu'ils avaient tous eu un poney. Je pensais que tous les hommes votaient républicain, et qu'il n'existait au monde que deux sortes de femmes : les diplômées de Vassar (comme ma mère), et celles qui avaient étudié à Smith (comme tante Peg, qui avait abandonné au bout d'un an pour s'engager dans la Croix-Rouge). Enfant, j'ignorais tout de la différence entre ces deux universités mais j'avais compris, à la façon dont ma mère l'évoquait, qu'elle était cruciale.

Et je pensais, assurément, que tout le monde avait des domestiques. Ma vie durant, il y avait eu une Bernadette pour veiller à mon confort. Quand je me levais de table, quelqu'un passait toujours débarrasser derrière moi. Mon lit était refait au carré chaque jour. Des serviettes de toilettes sèches se substituaient comme par magie à celles que j'avais laissées humides. Les chaussures négligemment abandonnées s'alignaient pendant que j'avais les yeux ailleurs. Tout cela grâce à quelque puissante force cosmique aussi immuable et invisible que la gravité, qui remettait de l'ordre dans ma vie et veillait à ce que mes culottes soient toujours propres.

Cela ne te surprendra donc peut-être pas d'apprendre qu'une fois installée au Lily je ne levai pas le petit doigt pour participer à l'entretien de la maisonnée – ni même à celui de l'appartement que Peg avait si généreusement mis à ma disposition. Jamais il ne me vint à l'esprit de donner un coup de main – ou qu'une showgirl n'était pas un animal de compagnie que je pouvais héberger dans ma chambre par simple caprice.

Ce que je n'arrive pas à comprendre, c'est pourquoi personne ne m'a jamais étranglée.

Tu rencontreras parfois des gens de ma génération, Angela, qui ont traversé de véritables épreuves pendant la grande dépression (dont ton père, bien sûr). Mais ils te diront souvent que, enfants, comme tout le monde autour d'eux tirait aussi le diable par la queue, ils n'avaient pas conscience de souffrir de privations inhabituelles.

Souvent, tu les entendras dire : « Je ne savais même pas que j'étais pauvre. »

Eh bien moi, Angela, c'était l'inverse : je ne savais pas que j'étais riche.

5

En l'espace d'une semaine, Celia et moi avions établi notre petite routine. Chaque soir après le spectacle, elle enfilait une robe du soir (qui ressemblait en général à un vêtement que, dans d'autres milieux, on aurait qualifié de « combinaison ») et elle filait en ville pour une nuit de débauche et de sensations fortes. De mon côté, je soupais avec tante Peg, j'écoutais la radio, je cousais, j'allais au cinéma, ou au lit en rongeant mon frein.

Ensuite, à quelque heure peu chrétienne de la nuit, je sentais le coup porté contre mon épaule et j'entendais l'injonction familière : « Pousse-toi ! » Je m'exécutais et Celia s'effondrait sur le matelas, dévorant tout mon espace, accaparant les oreillers et le drap. Parfois, elle sombrait sur-le-champ mais d'autres nuits elle se mettait à bavarder, embrumée par l'alcool, jusqu'à ce que le sommeil la cueille au beau milieu d'une phrase. Et il m'arrivait, au réveil, de m'apercevoir qu'elle me tenait la main dans son sommeil.

Le matin, on traînait au lit et elle me parlait des hommes qu'elle avait connus : ceux qui l'avaient emmenée danser à Harlem ou invitée au cinéma, à la séance de minuit. Ceux qui avaient eu un coupe-file pour voir Gene Krupa au Paramount, ou l'avaient présentée à Maurice Chevalier. Ceux qui l'avaient régalée de homards Thermidor et d'omelettes norvégiennes. (Il n'était rien que Celia eût refusé de faire – et rien qu'elle n'eût pas fait – pour un homard Thermidor et une omelette norvégienne.) Elle parlait de ces hommes comme s'ils ne signifiaient rien pour elle, et pour cause : c'était le cas. Dès lors qu'ils avaient réglé la note, elle avait souvent un mal fou à se souvenir de leur nom. Elle se servait d'eux de la même façon que de mes crèmes pour les mains et de mes bas – sans compter, et avec désinvolture.

« Une fille doit se créer des occasions », disait-elle souvent.

Très vite, elle me raconta l'histoire de sa vie.

À sa naissance dans le Bronx, Celia avait été baptisée Maria Teresa Beneventi. Son père était italien. De lui, elle avait hérité ces cheveux bruns brillants et ces sublimes yeux sombres. Sa mère, polonaise, lui avait légué sa taille et son teint de porcelaine.

Maria Teresa n'avait fait qu'un an d'études secondaires. Elle avait quitté le lycée à quatorze ans, après que sa liaison avec le père d'une amie avait fait scandale. « Liaison » est sans doute un terme impropre pour décrire des relations sexuelles entre un homme de quarante ans et une gamine tout juste pubère, mais c'est celui que Celia utilisa. Cette « liaison » lui valut d'être chassée de chez elle, et de tomber enceinte. Une situation dont son soupirant eut l'élégance et la courtoisie de « s'occuper » en payant un avortement. Le problème réglé, ne souhaitant pas s'impliquer davantage, l'amant s'en retourna se dévouer à ses femme et enfants, et il abandonna Maria Teresa à son sort, charge à elle de se débrouiller du mieux qu'elle pourrait en ce bas monde.

Elle travailla pendant un petit moment dans une boulangerie industrielle, où le patron lui donnait un emploi et un toit en échange de fréquentes « branlettes », un mot que je n'avais jamais entendu, mais dont Celia me précisa obligeamment le sens. (Chaque fois que j'entends des gens regretter l'innocence des jeunes filles d'antan, c'est cette image qui me vient, Angela : Maria Teresa Beneventi, quatorze ans, tout juste remise de son premier avortement et livrée à elle-même, en train de masturber son patron pour conserver son boulot et avoir un endroit sûr où dormir. *Oui, les amis, ça se passait comme ça à l'époque.*)

La jeune Maria Teresa ne tarda pas à découvrir qu'elle pouvait gagner plus d'argent en travaillant comme hôtesse dans un dancing qu'en enfournant des petits pains briochés pour le compte d'un pervers. Elle changea de nom et devint Celia Ray. Elle emménagea en cohabitation avec une poignée d'autres danseuses et elle lança sa carrière, qui consistait à mettre en avant sa splendeur dans l'intérêt de son propre avancement. Elle débuta comme taxi-girl au Honeymoon Lane Danceland, sur la Septième Avenue, où elle laissa des hommes la tripoter, transpirer contre elle et pleurer de solitude dans ses bras pour un salaire de cinquante dollars par semaine – plus des « à-côtés ».

À seize ans, elle tenta sa chance à un concours de beauté, mais le titre de Miss New York revint finalement à une candidate qui jouait du vibraphone sur scène en maillot de bain. Elle travailla aussi comme modèle : pour un photographe publicitaire, elle vendit tout et n'importe quoi, de la nourriture pour chien aux crèmes antifongiques ; pour des peintres et des écoles d'art, elle vendit sa nudité pendant des heures d'affilée. Elle était encore adolescente lorsqu'elle épousa un saxophoniste, qu'elle avait rencontré en tenant brièvement le vestiaire du Russian Tea Room. Mais les mariages avec des saxophonistes font le plus souvent long feu et celui de Celia ne fit pas exception ; en moins de temps qu'il n'en faut pour le dire, elle était divorcée.

Dans la foulée, elle partit s'installer en Californie avec une amie qui voulait comme elle devenir une star de cinéma. Celia parvint à décrocher quelques bouts d'essai, dont aucun ne déboucha sur un rôle parlant. (« Une fois, j'ai gagné vingt-cinq dollars en jouant une morte dans un film policier », me raconta-t-elle fièrement, avant de citer le titre d'un film dont je n'avais jamais entendu parler.) Elle quitta Los Angeles quelques années plus tard, après avoir pris conscience que « là-bas, à chaque coin de rue, il y avait une fille mieux roulée que moi, et qui n'avait pas l'accent du Bronx ».

De retour dans sa ville natale après cet épisode hollywoodien, elle décrocha un boulot au Stork Club comme danseuse de revue. C'est là qu'elle rencontra Gladys, la répétitrice de Peg, qui la recruta pour la troupe du Lily Playhouse. En 1940, à mon arrivée à New York, Celia travaillait pour ma tante depuis bientôt deux ans – la plus longue période de stabilité dans sa vie. Le Lily n'était pas un établissement glamour. On était très loin du standing du Stork Club. Mais, du point de vue de Celia, le boulot était facile, la paye, régulière, et le patron étant une patronne, cela la dispensait de passer ses journées à esquiver les mains baladeuses et les doigts lestes d'un type suintant de graisse. En outre, ses obligations professionnelles se terminaient à vingt-deux heures : quand elle quittait la scène du Lily, elle pouvait sortir et continuer à danser jusqu'à l'aube, souvent au Stork Club, mais pour le plaisir.

Comment toutes ces expériences s'additionnaient-elles dans la vie de quelqu'un qui affirmait n'avoir que dix-neuf ans ? Mystère et boule de gomme.

À ma joie, à ma surprise, Celia et moi devînmes amies.

Jusqu'à un certain point, bien sûr. Celia m'appréciait parce que j'étais sa bonne à tout faire. Même à l'époque, je savais qu'elle me considérait ainsi, mais ça ne me dérangeait pas. (Si tu connais quelque chose aux amitiés entre filles, tu n'ignores pas que l'une d'elles, d'une manière ou d'une autre, endosse toujours ce rôle.) Celia exigeait un certain degré de dévouement : que je lui frictionne les mollets quand elle avait des crampes, ou que je lui brosse les cheveux pour les faire bouffer. Souvent, elle s'exclamait : « Ah mince, Vivvie, je suis encore à court de clopes ! », en sachant pertinemment que j'allais courir lui en acheter. (« C'est merveilleusement gentil à toi, Vivvie », disait-elle en empochant les cigarettes, sans me les rembourser.)

Et, oui, elle était vaniteuse – au point de me faire passer pour une amatrice, en ce domaine. Franchement, je n'ai jamais vu personne capable de se perdre dans un miroir comme Celia Ray. Elle pouvait contempler la splendeur de son reflet indéfiniment, jusqu'à s'en déranger presque le cerveau. Je sais, je donne l'impression d'exagérer, mais ce n'est pas le cas. Je jure qu'un jour elle resta plantée deux heures devant la glace en se demandant si elle devait masser sa crème pour le cou *de bas en haut* plutôt que *de haut en bas*, pour prévenir l'apparition d'un double menton.

Mais il y avait aussi chez elle une gentillesse enfantine. Elle était particulièrement adorable le matin. Quand elle se réveillait dans mon lit, fatiguée et avec la gueule de bois, elle n'était qu'une gamine qui voulait rester blottie au chaud et potiner. Elle me racontait quels étaient ses rêves – de grands rêves aux contours imprécis. Ses aspirations me faisaient l'effet de chimères car Celia se projetait toujours sans transition dans une existence où tout n'était que gloire et richesse, sans plan de route précis – autre que conserver son physique et supposer que, un jour, le monde finirait bien par l'en récompenser.

En matière de stratégie, c'était un peu court. Mais, pour être juste, c'était déjà plus que je n'en avais pour ma propre vie.

J'étais heureuse.

On pourrait dire que j'étais devenue la costumière en chef du Lily Playhouse, j'imagine, pour la simple raison que personne ne s'opposait à ce que je m'octroie ce titre, ni ne me disputait la place.

Le fait est que je ne chômais pas. La troupe avait en permanence besoin de nouveaux costumes, et ne risquait guère de trouver son bonheur dans la réserve du Lily (une pièce humide et infestée d'araignées, remplie de nippes plus vieilles et plus sales que le bâtiment lui-même). Et comme les filles étaient toujours fauchées, j'appris à improviser astucieusement. Je découvris où trouver des étoffes abordables dans le quartier de la confection (voire plus au sud, sur Orchard Street, où elles étaient encore meilleur marché) et, mieux encore, comment faire la chasse aux invendus dans les friperies de la Neuvième Avenue. Il s'avéra que j'étais exceptionnellement douée pour transformer des tas de guenilles en de fabuleux costumes.

Ma friperie préférée, Lowtsky's Used Emporium and Notions, se trouvait au croisement de la Neuvième Avenue et de la 43e Rue. Les Lowtsky, des juifs originaires d'Europe centrale, avaient vécu quelques années en France et y avaient travaillé dans une manufacture de dentelle avant d'émigrer en Amérique. À leur arrivée à New York, ils s'étaient installés dans le Lower East Side et avaient exercé le métier de chiffonniers ambulants avant de prendre pignon sur rue à Hell's Kitchen et de se spécialiser dans les costumes de scène et la vente en gros de vêtements d'occasion. Le bâtiment de deux étages qu'ils possédaient désormais dans midtown regorgeait de trésors. On y trouvait notamment de vieilles robes de mariée et, de temps à autre, une robe haute couture vraiment spectaculaire dénichée à une vente de succession dans l'Upper East Side.

J'étais tout le temps fourrée chez Lowtsky's.

Un jour, j'y achetai pour Celia une robe de style edwardien d'un violet absolument saisissant. La guenille ne payait pas de mine, et Celia eut d'ailleurs un mouvement de recul quand je la lui montrai. Mais une fois que j'eus retiré les manches, ouvert un grand V dans le dos, creusé le décolleté et ceinturé l'ensemble d'une écharpe d'épais satin noir, la monstrueuse antiquité se métamorphosa en une robe du soir dans laquelle mon amie pouvait passer pour la maîtresse d'un millionnaire. Quand Celia entrait quelque part vêtue de cette robe, toutes les femmes présentes s'étranglaient de jalousie – et tout ça pour seulement deux dollars !

Quand elles virent ce que j'étais capable de faire pour Celia, toutes les autres filles du Lily me réclamèrent à leur tour des créations spéciales. Comme au temps du pensionnat, ma fidèle Singer 201 ne tarda pas à m'ouvrir grand les portes de la popularité. Les filles du Lily passaient leur temps à me tendre des trucs à raccommoder ou à recoudre – des robes sans fermeture Éclair, ou des fermetures Éclair sans robe. Je me souviens de Gladys me disant un jour : « Vivvie ! J'ai vraiment besoin de nouveaux habits. Je ressemble à une mamie. »

Ne va cependant pas croire, Angela, que mon sort était celui de la malheureuse demi-sœur des contes de fées, qui reste enchaînée à son rouet pendant que les plus jolies de la nichée s'en vont au bal. Quoi que suggèrent les apparences, j'étais infiniment reconnaissante à ces filles de m'avoir intégrée dans leur monde, et je dirais même que cet échange présentait plus de bénéfices pour moi que pour elles. Écouter leurs conversations constituait une éducation en soi – la seule, même, dont j'avais jamais eu envie. Et comme il y avait perpétuellement quelque chose qui nécessitait de faire appel à mes talents de couturière, les girls commencèrent à s'agréger autour de moi et de ma Singer toute-puissante, et mon appartement devint le point de ralliement de toutes les filles de la troupe. (Le fait qu'il soit plus agréable que les loges délabrées et humides du sous-sol, et plus près de la cuisine, jouait aussi en sa faveur.)

Voilà donc comment un jour, deux semaines à peine après mon installation au Lily, je me trouvai entourée d'un petit aréopage qui, cigarette au bec, me regardait coudre.

Un peu plus tôt, une des girls, Jennie, une native de Brooklyn, un amour de fille tout en vivacité et gentillesse, avec d'adorables dents du bonheur, s'était plainte de n'avoir rien pour se couvrir si l'air venait à fraîchir – elle avait ce soir-là un rendez-vous galant. Je lui avais promis de lui faire une jolie cape couvre-épaules, et je tenais donc parole. C'était le genre de service qui ne me demandait presque aucun effort mais m'attacherait l'affection de Jennie à jamais.

Et c'est ce jour-là – un jour pareil à un autre, comme on dit – que les girls se rendirent compte que j'étais toujours vierge.

Le sujet de ma virginité vint sur le tapis cet après-midi-là parce que les filles parlaient de sexe. Quand elles ne discutaient pas chiffons, argent ou restaurants, quand elles ne se demandaient pas comment devenir une star de cinéma – ou en épouser une – ou si elles devaient se faire arracher leurs dents de sagesse (elles affirmaient que Marlene Dietrich l'avait fait, pour accentuer le relief de ses pommettes), le sexe était leur seul et unique sujet de conversation.

Gladys, notre répétitrice de ballet, perchée sur un tas de linge sale que Celia avait abandonné par terre, me demanda si j'avais un petit ami – un « régulier », pour reprendre le terme qu'elle employa.

Ce n'était vraiment pas de chance : pour une fois que ces filles se souciaient d'en apprendre un peu plus sur moi (la fascination, est-il besoin de le préciser, n'était pas réciproque), je n'avais hélas rien de bien excitant à répondre.

« Non, je n'ai pas de petit ami. »

Gladys eut l'air alarmé.

« Mais tu es *mignonne*! Les hommes doivent te faire du gringue tout le temps! Il y en a forcément un qui t'attend, là-bas, chez tes parents. »

Comme j'expliquai qu'en ne fréquentant que des écoles de filles, on n'a guère d'occasions de rencontrer des garçons, Jennie alla droit au but :

« Mais tu l'as déjà fait, pas vrai? Tu as sauté le pas?

— Non, jamais.

— *Jamais*? répéta Gladys, les yeux écarquillés d'incrédulité. Pas même une fois? Pas même par *accident*?

— Pas même par accident », répondis-je, un peu interloquée. Comment était-il possible d'avoir une relation sexuelle par accident? (Sois sans crainte, Angela, aujourd'hui, je le sais. Rien n'est plus simple, une fois qu'on en a pris le pli, et je suis bien placée pour le savoir. Mais, à cette époque-là, je n'étais pas encore aussi affranchie.)

« Tu vas à l'église? demanda Jennie, comme si cela pouvait être la seule explication au fait que je sois encore vierge à dix-neuf ans. Tu te *réserves*?

— Non! L'occasion ne s'est jamais présentée, c'est tout. »

Les filles me dévisageaient maintenant d'un air soucieux, comme si j'avais révélé que je n'avais jamais appris à traverser une rue.

« Mais tu as déjà *fricoté*, reprit Celia.

— Et *bécoté*, pas vrai ? renchérit Jennie. Forcément !

— Un peu. »

C'était une réponse honnête ; dans le domaine sexuel, mon expérience restait *très* mince. Lors d'un bal à Emma Willard, j'avais laissé un élève de la Hotchkiss School (pour l'occasion, l'école acheminait par car un contingent de garçons, le genre de garçons que nous étions censées épouser un jour) me toucher les seins pendant que nous dansions. Mais peut-être suis-je trop généreuse : disons plutôt qu'après moult tâtonnements pour les *trouver*, il les avait tripotés sans me demander mon avis, et que je l'avais laissé faire. Par politesse, d'une part. Et aussi parce que je trouvais l'expérience intéressante. J'aurais même aimé qu'elle se poursuive, mais le bal s'était terminé et le garçon avait repris le bus pour rentrer à Hotchkiss avant qu'on puisse la pousser plus loin.

J'avais également laissé un homme m'embrasser dans un bar de Poughkeepsie, un de ces soirs où j'avais déjoué la surveillance des matonnes de Vassar et filé en ville sur mon vélo. Cet homme et moi étions en train de parler jazz (c'est-à-dire qu'il parlait et que je l'écoutais, parce que c'est comme ça qu'on parle jazz avec un homme), et d'un coup, sans crier gare – *waouh !* –, il m'avait clouée au mur et il frottait son sexe en érection contre mon bassin. Il m'avait embrassée jusqu'à ce que mes cuisses frémissent de désir. Mais quand il avait glissé sa main entre mes jambes, je m'étais dérobée et je lui avais échappé.

En pédalant vers le campus, je m'étais sentie un peu fébrile, nerveuse, partagée entre crainte et espoir d'être suivie. J'avais voulu en rester là, mais j'aurais bien voulu aussi pousser plus loin l'expérience. C'est toujours la même chanson. Quelle fille ne la connaît pas ?

Qu'avais-je d'autre sur mon curriculum vitae sexuel ? ah, oui, je m'étais entraînée avec mon amie d'enfance, Betty, à ce que nous appelions des « baisers d'amoureux ». Dans un même registre d'interprétations maladroites, et de façon tout aussi convaincante, on s'était aussi entraînées à « avoir des bébés » en fourrant un oreiller sous notre chemisier.

Une fois, j'avais été examinée par le gynécologue de ma mère. Elle s'inquiétait de plus en plus de constater qu'à quatorze ans je n'avais toujours pas mes règles. L'homme avait fureté là, en bas, pendant un petit moment – en présence de ma mère –, avant de décréter qu'il me fallait manger plus de foie. Cela n'avait rien eu d'une expérience érotique pour toutes les parties concernées.

Et puis aussi, entre dix et dix-huit ans, cent fois – au bas mot –, j'étais tombée amoureuse de tel ou tel ami de Walter. Avoir un frère populaire et joli garçon était tout bénéfice pour moi puisqu'il aimantait des garçons aussi beaux que lui. Malheureusement, tous étaient bien trop hypnotisés par Walter – qui était leur meneur, le capitaine de toutes les équipes de sport et la coqueluche de la ville – pour prêter attention à qui que ce soit d'autre.

Je n'étais cependant pas d'une ignorance crasse. Il m'arrivait de me caresser, mais même si je me sentais à la fois électrisée et coupable, je savais que ce n'était pas la même chose qu'une relation sexuelle. (Disons juste ceci : mes tentatives de plaisir solitaire étaient du même ordre que les cours de natation à sec.) En outre, je comprenais dans ses grandes lignes le fonctionnement de la sexualité humaine car, à Vassar, j'avais suivi un cours obligatoire intitulé « Hygiène », qui nous avait tout enseigné sans jamais rien nous expliquer. (En commentaire d'une planche représentant des ovaires et des testicules, par exemple, le professeur nous avait indiqué que les douches intimes à l'eau de Javel n'étaient pas un moyen de contraception moderne, ni sûr, et cette inquiétante mise en garde planta dans ma tête une vision qui me perturba à l'époque, et me perturbe encore aujourd'hui.)

« Bon, alors, quand vas-tu sauter le pas ? voulut savoir Jennie. Tu ne rajeunis pas !

— D'autant que la poisse, ce serait que tu rencontres aujourd'hui un garçon qui te plaît vraiment, et auquel tu serais obligée d'annoncer la mauvaise nouvelle, fit valoir Gladys.

— Ouais, renchérit Celia. Les vierges, ça en refroidit plein.

— Exact. C'est une responsabilité dont ils ne veulent pas, affirma Gladys. Et toi, pour ta première fois, tu ne veux pas le faire avec un type qui te plaît.

— Carrément, appuya Jennie. Imagine que tout aille de travers.

— Qu'est-ce qui pourrait bien aller de travers ? ai-je demandé.
— Tout ! s'exclama Gladys. Tu seras comme une poule devant un couteau et tu risques de passer pour une cruche ! Et si tu as mal, tu n'as pas envie de te retrouver à chialer dans les bras d'un type qui te *plaît* ! »

Allons bon. Voilà qui allait à l'encontre de tout ce qu'on m'avait enseigné sur le sexe, jusque-là. À mes camarades de classe et à moi-même, on nous avait toujours laissé entendre qu'un homme préférerait épouser une vierge. On nous avait aussi inculqué qu'une jeune fille devait préserver la fleur de son adolescence pour ne l'offrir qu'à celui qu'elle aimait. Dans le scénario idéal – et toute notre éducation cherchait à nourrir cette aspiration –, nous ne coucherions qu'avec un seul homme au cours de notre vie, et cette personne serait notre mari, que nous aurions rencontré à un bal de fin d'année d'Emma Willard.

À en croire ces filles, qui, *elles*, en connaissaient un rayon sur la vie, on m'avait donc induite en erreur ! Et j'avais de surcroît quelques soucis à me faire : j'avais déjà dix-neuf ans ! Que de temps perdu ! Et j'étais à New York depuis déjà deux semaines entières ! Qu'attendais-je donc ?

« C'est dur à faire ? demandai-je. La première fois, je veux dire ?
— Bien sûr que non, Vivvie, ne sois pas bête ! s'exclama Gladys. C'est le truc le plus simple qui ait jamais existé. En fait, tu n'as rien à faire. L'homme se chargera de tout. Mais tu dois au moins mettre le pied à l'étrier.
— Oui, ça, personne ne peut le faire à ta place », confirma Jennie d'un ton catégorique.

Seule Celia me regardait d'un air inquiet.

« Tu *tiens* à rester vierge, Vivvie ? » s'enquit-elle en me fixant de son beau regard si déstabilisant.

Même si le sens de sa question était peut-être bien *Tiens-tu à rester une oie blanche, et un objet de pitié pour ces jeunes femmes riches de maturité et d'expériences ?*, l'intention me toucha. Celia était prévenante ; elle voulait s'assurer, je pense, que personne ne me force la main.

Mais la vérité c'est que, assez subitement, je ne voulais plus rester vierge. Pas même un seul jour de plus.

« Non, je veux mettre le pied à l'étrier.

— Et nous ne serions que trop heureuses de t'y aider, dit Jennie.
— Tu as tes affaires, en ce moment ? voulut savoir Gladys.
— Non.
— En ce cas, ne perdons pas une seconde. Qui *connaissons*-nous qui pourrait convenir...
— Il faut quelqu'un de gentil, précisa Jennie pendant que Gladys cogitait. De prévenant.
— Oui, un vrai gentleman.
— Pas un crétin.
— Quelqu'un qui prendra ses précautions.
— Et qui ne sera pas brutal avec elle.
— Je sais qui ! » s'exclama soudain Celia.
Voilà comment leur plan prit forme.

Le Dr Harold Kellogg habitait dans une élégante maison de ville en bordure de Gramercy Park. Et comme Mme Kellogg s'absentait tous les samedis pour rendre visite à sa mère à la campagne, rendez-vous fut donc pris pour ma défloration un samedi matin à 10 heures – horaire romantique s'il en est.

Le Dr Kellogg et madame étaient des gens respectés dans la communauté. Ils auraient pu être des relations de mes parents. C'est d'ailleurs en partie pour cette raison que Celia avait pensé au Dr Kellogg – nous étions du même milieu social. Le couple avait deux grands fils étudiants en médecine à Columbia. Monsieur était membre du Metropolitan Club. À ses heures perdues, il aimait observer les oiseaux, collectionner les timbres, et coucher avec des showgirls.

En toute discrétion, cela dit. Un homme de sa réputation ne pouvait pas se permettre d'être vu en ville en compagnie d'une jeune femme dont le physique évoquait la figure de proue d'un navire à voiles – cela n'aurait manqué d'être remarqué. Du coup, les filles lui rendaient visite à domicile – et toujours le samedi matin, après le départ de sa femme. Il les faisait passer par l'entrée de service, et les recevait dans l'intimité de la chambre d'ami. Il leur offrait du champagne, puis il les dédommageait en espèces sonnantes et trébuchantes pour leur temps et le dérangement, et elles repartaient comme elles étaient venues. Tout devait être terminé à l'heure du déjeuner, car, l'après-midi, il recevait des patients.

Dans le cercle des showgirls du Lily, le Dr Kellogg était connu comme le loup blanc. Les visites du samedi faisaient l'objet d'une rotation, qui s'organisait en fonction du degré de gueule de bois ou de « dèche » des unes et des autres.

« Vous voulez dire que le Dr Kellogg vous paie pour coucher avec lui ? » me récriai-je, horrifiée, en découvrant que ces visites s'accompagnaient d'une contrepartie financière.

Gladys me dévisagea avec incrédulité : « Tu imaginais quoi, Vivvie ? Que c'est nous qui le payons ? »

Maintenant, écoute-moi bien, Angela : je sais qu'il existe un mot pour désigner les femmes qui monnaient leurs faveurs sexuelles. Il en existe même *des tas*. Cependant, aucune des showgirls que je fréquentais à New York en 1940 ne se serait reconnue dans l'un d'eux, alors qu'elles monnayaient pourtant activement leurs faveurs auprès de ces messieurs. Comment diable auraient-elles pu être des prostituées, puisqu'elles étaient des showgirls – un titre dont elles étaient très fières car conquis à force de travail acharné, et le seul auquel elles répondaient ? Mais la situation était bête comme chou, vois-tu : une showgirl ne gagnant pas des mille et des cents, il fallait bien se débrouiller avec les moyens du bord pour arrondir la paye (les chaussures, ça coûte cher !). D'où ce système d'*arrangements alternatifs* bien rodé, et dont tous les Dr Kellogg du monde étaient partie prenante.

En y repensant, d'ailleurs, rien ne dit que le Dr Kellogg lui-même considérait ces jeunes femmes comme des prostituées. Il devait plutôt voir en elles des « petites amies » – une dénomination illusoire, certes, mais flatteuse, et qui probablement le rassérénait.

En d'autres termes, même si le sexe faisait ouvertement l'objet d'une transaction financière, personne ne se prostituait pour autant. Il s'agissait juste d'un *arrangement alternatif* qui convenait à toutes les parties concernées puisque équilibré entre capacités de l'une et besoins de l'autre.

Je suis bien aise d'avoir pu clarifier ce point, Angela. Je tenais beaucoup à ce qu'il n'y ait pas de malentendu.

« Vivvie, tu dois bien comprendre qu'il est barbant, me prévint Jennie. Donc si jamais tu t'ennuies, ne va pas en conclure que c'est toujours comme ça.

— Mais vu qu'il est docteur, il saura comment s'y prendre avec notre Vivvie, objecta Celia. Pour cette fois, c'est tout ce qui compte. »

(*Notre Vivvie !* Qu'ils me firent chaud au cœur, ces mots !)

Le samedi matin arriva.

Attablées toutes les quatre dans un *diner* bon marché de la 18e Rue, au niveau de la Troisième Avenue, à l'ombre du métro aérien, nous attendions que sonnent 10 heures. Les filles m'avaient déjà montré la maison du docteur et l'entrée de service, au coin de la rue, que j'allais emprunter. Pour patienter, entre une gorgée de café et une bouchée de pancake, elles me dispensaient leurs ultimes conseils. Elles étaient excitées comme des puces. Être réveillées et alertes de si bon matin – et le week-end, en plus – était pour elles un exploit, mais aucune n'aurait loupé *ça* pour rien au monde.

« Il prendra ses précautions, Vivvie, souligna Gladys. Il le fait toujours, tu n'as donc pas à t'inquiéter.

— C'est moins agréable, mais indispensable », renchérit Jennie.

Par « précautions », je devinais, d'après le contexte, que le docteur utiliserait probablement un étui pénien ou une capote anglaise – des dispositifs dont j'avais appris l'existence lors de mon cours d'hygiène à Vassar. (J'en avais même manipulé un, qui avait circulé de fille en fille, flasque comme un crapaud disséqué.) Et si d'aventure il s'agissait d'autre chose, je le découvrirais bien assez tôt. Je n'allais certainement pas demander des éclaircissements.

« On te procurera un pessaire, plus tard, reprit Gladys. On a en toutes un. »

(Là encore, je donnai ma langue au chat ; ce n'est que plus tard que je fis le rapprochement avec ce que le professeur d'hygiène avait appelé un « diaphragme ».)

« Moi, j'en ai plus ! s'exclama Jennie. Ma grand-mère est tombée dessus. Elle m'a demandé ce que c'était, et comme je lui ai dit que ça servait à nettoyer les beaux bijoux, elle me l'a pris !

— À nettoyer les *beaux bijoux* ? s'étrangla Gladys.

— Ben, fallait bien que je réponde un truc ! »

— Certes, mais j'ai du mal à voir comment on s'y prendrait pour nettoyer un bijou avec un pessaire, insista Gladys.

— Oh, j'en sais rien ! Demande à ma grand-mère, puisque c'est elle qui s'en sert, maintenant !

— D'accord, d'accord. Et toi, du coup, tu te sers de quoi ? Pour prendre tes précautions ?

— Ben, de rien pour l'instant… Puisque mon pessaire est dans la tirelire de ma grand-mère.

— Jennie ! se récrièrent Celia et Gladys à l'unisson.

— Je sais, je sais. Mais je fais gaffe.

— Toi, faire gaffe ? Ça m'étonnerait ! s'exclama Gladys. Vivian, ne fais pas comme cette écervelée. Ce n'est pas quelque chose à prendre à la légère. »

Celia plongea la main dans son sac et me tendit un paquet enveloppé de papier kraft. À l'intérieur, je trouvai une petite serviette blanche en tissu-éponge, soigneusement pliée, neuve. Il y avait encore l'étiquette avec le prix.

« Tiens. Au cas où tu saignerais.

— Merci, Celia. »

Mon amie haussa les épaules, détourna le regard et, à ma grande surprise, rougit. « Il arrive qu'on saigne. Tu seras contente de l'avoir sous la main.

— Ça t'évitera de gâcher les belles serviettes de Mme Kellogg, précisa Gladys.

— Surtout, ne touche rien de ce qui appartient à Mme Kellogg ! renchérit Jennie.

— Sauf son mari ! piailla Gladys, et les trois éclatèrent de rire.

— Hou là, Vivvie ! s'exclama Celia. Il est 10 heures passées. Tu devrais y aller. »

Je me levai, au prix d'un effort, mais un étourdissement m'obligea aussitôt à me rasseoir lourdement sur la banquette du box. Mes jambes avaient bien failli se dérober. Je ne pensais pas être nerveuse. Mais mon corps, apparemment, était d'un avis différent.

« Ça va aller, Vivvie ? s'inquiéta Celia. Tu es sûre que tu veux le faire ?

— Certaine. On ne peut plus certaine.

— Ce que je te suggère, c'est de penser à autre chose, reprit Gladys. C'est ce que je fais, moi. »

Le conseil me parut sage. Je pris plusieurs inspirations profondes – comme ma mère m'avait appris à le faire avant de sauter un obstacle, à cheval – et me levai. En marchant vers la porte, je lançai, sous le coup d'une gaieté et d'une bonne humeur un brin surréalistes :

« À tout à l'heure, les filles !

— On ne bouge pas d'ici. On t'attend ! promit Gladys.

— Ça ne devrait pas être long ! » précisa Jennie.

6

Le Dr Kellogg était en embuscade derrière sa porte de service. J'eus à peine de temps de toquer qu'elle s'ouvrit.

« Entrez, entrez, me pressa-t-il, fébrile, en vérifiant que nul voisin n'épiait la scène. Et refermons cette porte, très chère. »

C'était un homme de taille moyenne, au visage banal, vêtu d'un costume en conformité avec son âge et son milieu social. (Je serais bien incapable d'être plus précise : j'ai complètement oublié à quoi il ressemblait. Il était de ces hommes dont on oublie les traits alors même qu'on les a sous les yeux.)

« Vivian, merci de me rendre visite, dit-il en me serrant la main. Montons nous installer, voulez-vous ? »

Il s'exprimait comme le médecin qu'il était. Pour un peu, je me serais cru en consultation chez mon ancien pédiatre de Clinton, pour faire examiner une otite. Il y avait là un mélange des genres à la fois rassurant et immensément absurde. Je sentis un rire monter dans ma gorge, mais je parvins à le contenir.

On traversa sa maison, qui était élégante et bien tenue mais nullement mémorable. Dans les pâtés de maisons voisins, il existait probablement une centaine de foyers décorés exactement de la même façon. Le seul détail dont je me souvienne, ce sont des canapés tapissés de soie et agrémentés de repose-tête. J'ai toujours détesté les repose-tête. Il me conduisit directement dans la chambre d'amis, où deux flûtes de champagne nous attendaient sur un guéridon. Les rideaux étaient tirés – pour faire abstraction du fait qu'il était 10 heures du matin, je suppose – et il referma la porte derrière nous.

« Installez-vous sur le lit, Vivian. Mettez-vous à l'aise », dit-il en me tendant une des flûtes.

Je m'assis avec raideur au bord du matelas. Je m'attendais à moitié à ce qu'il aille se savonner les mains avant de revenir vers moi avec un stéthoscope, mais non. Il tira une chaise, s'assit face à moi, cala les coudes sur ses genoux, et avança le buste, exactement comme quelqu'un dont le métier consiste à poser un diagnostic.

« Alors, comme ça, Vivian, notre amie Gladys m'a dit que vous étiez vierge.

— C'est exact, docteur.

— Allons, allons, nul besoin de formalités. Nous sommes amis. Appelez-moi Harold.

— Ma foi... Merci bien. Harold. »

À compter de cet instant, la situation bascula à mes yeux dans une comédie hilarante, qui dissipa toute la nervosité que j'avais pu ressentir jusque-là. Ma réponse affectée, cette petite chambre d'invité, ce vilain couvre-lit en acétate vert menthe (j'ai oublié le visage du docteur Kellogg mais la couleur de ce couvre-lit reste gravée dans ma mémoire), cet homme en complet veston, face à moi, dans ma robe en rayonne jaune bouton d'or (si le Dr Kellogg avait nourri des doutes quant à ma virginité avant de me rencontrer, la robe à elle seule avait dû les lever), tout se liguait pour atteindre à des sommets d'absurdité. Cet homme était habitué aux girls, et c'était sur *moi* qu'il tombait.

« Bien, bien, Gladys m'a informé que vous souhaitiez... » Il marqua une hésitation, le temps de trouver une formulation délicate : « ... vous *défaire* de votre virginité.

— C'est exact, Harold. Je souhaite m'en *expurger*. »

J'avoue qu'avoir délivré la toute première repartie intentionnellement drôle de ma vie avec un sérieux inébranlable me procura une satisfaction infinie.

Le docteur hocha la tête ; un bon clinicien, doté d'un piètre sens de l'humour.

« Pourquoi ne pas vous déshabiller ? proposa-t-il. Je vais faire de même, et nous pourrons commencer. »

J'ignorais si je devais retirer *tous* mes vêtements. En temps normal, chez le médecin, je gardais le « bas », comme disait ma mère. (*Pourquoi, pourquoi pensais-je à elle en cet instant ?*) Cela étant, en temps normal, je n'allais pas chez le médecin pour coucher avec lui. Je pris rapidement la décision de me dévêtir entièrement pour ne pas passer pour une oie blanche pudibonde, et je m'allongeai sur le dos, bras le long du corps et jambes raides, sur ce dessus-de-lit en acétate qui me retournait l'estomac.

La tentation faite femme.

Le Dr Kellogg conserva son caleçon et son tricot de corps, ce qui me parut injuste. Pourquoi pouvait-il demeurer partiellement vêtu quand je devais, moi, être nue comme un ver?

« Si vous aviez l'amabilité de vous déplacer de quelques centimètres pour me faire une petite place... Voilà, parfait... Comme ça. Alors, alors, qu'avons-nous là? »

Il s'allongea à côté de moi, se redressa sur un coude et commença à me détailler du regard. Cela fut moins pénible que tu pourrais l'imaginer, Angela, car j'étais une jeune fille vaniteuse. Quelque part, au tréfonds, je trouvais tout à fait justifié que l'on me contemple. Ce qui dans mon physique me souciait au premier chef, c'était ma poitrine – ou sa quasi-absence, plutôt – mais le docteur Kellogg, bien qu'habitué à une tout autre catégorie de silhouette, semblait s'accommoder de ce qui s'offrait à ses yeux. S'en délecter, même.

« Des seins de vierge! s'émerveilla-t-il. Des seins que nul homme n'a jamais touchés! »

N'exagérons pas non plus, songeai-je. *Nul homme adulte, à la rigueur.*

« Je vais maintenant commencer à les caresser, Vivian. Pardonnez-moi si jamais j'ai les mains froides. »

Il fit scrupuleusement comme annoncé: d'abord le sein gauche, puis le droit, puis de nouveau le gauche, et encore le droit. Il avait effectivement les mains froides, mais elles se réchauffèrent assez vite. Au début, sous le coup d'une vague panique, je gardai les yeux fermés. Ce sentiment fut cependant de brève durée. *Voilà qui n'est pas inintéressant! C'est parti!*

À un moment donné, cela commença même à devenir agréable, et la crainte de louper quoi que ce soit me décida à rouvrir les yeux. Je voulais, j'imagine, voir mon corps se faire ravager. Ah! le narcissisme de la jeunesse! Je voulais me contempler, admirer ma taille fine et la courbe de mes hanches. J'avais emprunté le rasoir de Celia pour me raser les jambes et, à la faveur de la lumière tamisée, mes cuisses étaient superbes, lisses, douces. Même mes seins avaient fière allure, sous ses mains.

Regarde ça! Des mains d'homme sur ta poitrine nue!

Je risquai un regard vers le visage du Dr Kellogg. Le sang lui était monté aux joues, il avait les sourcils légèrement froncés de concentration, et il respirait fort, par le nez. Je vis là un bon signe. Je l'excitais. Et c'était vraiment très agréable d'être caressée – agréable de voir la peau de mes seins rosir, de la sentir se réchauffer au contact de ses paumes.

« Je vais maintenant prendre votre téton dans ma bouche, annonça-t-il. C'est ce qui se fait couramment. »

Si seulement il s'était abstenu de commentaire! Il donnait l'impression de suivre un *protocole médical*. J'avais nourri bien des fantasmes, au cours des années, mais dans aucun d'entre eux mon amant ne donnait l'impression de faire une consultation à domicile.

Il se pencha pour prendre mon sein dans sa bouche, comme promis, et cette sensation-là aussi était agréable. Je n'en avais même jamais ressentie d'aussi délicieuse. Je refermai les yeux et m'interdis le moindre mouvement, dans l'espoir de prolonger cette exquise expérience... qui, hélas, s'interrompit abruptement:

« Nous allons procéder prudemment, Vivian. Étape par étape. »

Bonté divine! On aurait cru – et cela réveillait un souvenir d'enfance détestable et franchement inopportun – qu'il s'apprêtait à m'introduire un thermomètre dans le rectum.

« Ou bien préférez-vous au contraire en finir rapidement?

— Je vous demande pardon?

— J'imagine volontiers combien être allongée pour la première fois aux côtés d'un homme est pour vous alarmant. Peut-être préférez-vous que l'acte soit promptement exécuté, afin de ne pas prolonger votre inconfort? Ou bien voudriez-vous au contraire que je prenne mon temps, et que je vous enseigne deux ou trois choses? Certaines de celles que Mme Kellogg apprécie, par exemple? »

Ô doux Jésus! Voilà bien la dernière chose dont j'avais envie! Mais je ne savais pas quoi lui répondre, et restai donc à le regarder bêtement.

« Je dois être à pied d'œuvre à midi pour mes patients, reprit-il d'un ton sec, visiblement agacé par mon mutisme. Nous avons cependant amplement le temps de batifoler, si ça vous dit. Mais il va nous falloir décider sans tarder. »

Qu'est-on censé répondre à ça ? Comment aurais-je pu savoir ce que j'attendais de lui ? Batifoler, ça pouvait vouloir dire n'importe quoi. Pour toute réponse, je battis des paupières.

« Oh ! le petit caneton a peur... »

Son ton s'était radouci, mais sa condescendance m'inspira une légère envie de meurtre.

« Pas du tout », répondis-je, ce qui était la vérité. Je n'avais pas peur, puisqu'en me présentant chez lui, j'avais prévu de me faire déflorer ce jour-là. J'étais simplement perplexe. Tout cela était tellement fastidieux ! Fallait-il donc négocier et discuter chaque point ?

« Tout va bien aller, petit caneton. J'ai déjà fait ça. Vous êtes affreusement pudique, n'est-ce pas ? Pourquoi ne me laissez-vous pas tracer la voie ? »

Il glissa une main jusqu'au creux de mon entrejambe et la pressa contre mon sexe, sans fléchir les articulations, comme quand on présente un sucre à un cheval et qu'on ne tient pas à se faire mordre. Puis il se mit à frotter sa paume contre mon pubis. Ce n'était pas si désagréable. Voire pas désagréable du tout. Je fermai les yeux et je m'émerveillai de sentir de nouveau monter comme par magie cette sensation ténue, mais plaisante, jusqu'à ce que Mme Kellogg et ses *repose-tête* viennent une fois de plus gâcher la fête :

« Mme Kellogg aime que je fasse ça. Que ma main tourne et tourne dans ce sens... puis tourne et tourne dans l'autre... »

Je vis clairement quel allait être le problème : le bavardage.

Comment faire pour qu'il arrête de parler ? Je ne pouvais décemment pas lui demander de se taire sous son propre toit – surtout quand il me rendait l'immense service de perforer mon hymen. Étant une jeune fille bien élevée, j'étais habituée à traiter avec une certaine déférence les hommes détenteurs d'une autorité. Je ne me voyais pas lui lancer : « Auriez-vous l'amabilité de la boucler ? » Cela aurait été extrêmement contraire à mon caractère.

Il me vint une idée : et si je lui demandais de m'embrasser ? Ne serait-il pas réduit au silence, si sa bouche était occupée ? Mais cela m'obligerait à répondre à ses baisers. En avais-je envie ? Rien n'était moins sûr. Quel était le pire scénario ? Le silence, au prix des baisers ? Ou pas de baisers, mais cette voix agaçante ?

« Votre petit minou aime-t-il les caresses ? s'enquit-il en augmentant la pression de sa paume sur mon pubis. Votre petit minou ronronne-t-il ?

— Harold... ? Pourrais-je vous demander de m'embrasser ? »

Peut-être suis-je injuste avec le Dr Kellogg.

C'était un homme plutôt bon. Il cherchait à m'aider, à me rassurer – et je suis convaincue qu'il voulait que tout se passe sans douleur pour moi. Qu'il voulait *s'abstenir de tout mal* – et peut-être respecter ainsi, même dans cette situation, le serment d'Hippocrate.

Ou bien... Il n'était pas si bon que ça – comment savoir, puisque je ne l'ai jamais revu ? N'en faisons pas non plus un héros. Peut-être qu'il ne cherchait pas du tout à m'aider, qu'il se délectait juste de ce frisson qu'il s'offrait en déflorant une jeune fille sous son propre toit, pendant que son épouse rendait visite à sa mère.

Car une chose est sûre : la situation l'excitait. Je le découvris quand il s'écarta pour « prendre ses précautions ». Cet instant aurait dû être à marquer d'une pierre blanche – le premier pénis en érection que je voyais ! Sauf que, justement, je n'en vis pas grand-chose. Parce que le pénis en question était couvert d'un préservatif et dissimulé sous la main de son propriétaire, mais surtout parce qu'en deux temps trois mouvements, le Dr Kellogg était allongé sur moi.

« Vivian, j'ai décidé que plus vite j'entrerai, mieux ce sera pour vous. Dans ce cas précis, je crois qu'il vaut mieux ne pas procéder par degrés. Serrez-les dents, car je vais maintenant vous pénétrer. »

Sitôt dit, sitôt fait.

Eh bien voilà, nous y étions.

La douleur fut bien moindre que je ne le redoutais ; ça, c'était la bonne nouvelle. La mauvaise ? Une sensation bien moins agréable qu'escomptée. J'avais espéré que l'acte proprement dit amplifierait ce que je ressentais quand il m'embrassait les seins ou me caressait le pubis. Las ! La pénétration avait – assez soudainement – chassé le plaisir, si léger fût-il, que j'avais pu expérimenter jusque-là, pour laisser place à une sensation puissante et très dérangeante. Je sentais indubitablement sa *présence* en moi, mais de là à l'identifier comme une bonne chose, ou une mauvaise... Tout ça me rappelait un peu les crampes menstruelles. C'était juste effroyablement *bizarre*.

Il donnait des coups de reins, et entre deux gémissements, mâchoires serrées, il marmonna : « Mme Kellogg, me suis-je aperçu, préfère quand je... »

Je n'ai jamais su comment son épouse préférait copuler puisque je l'interrompis aussitôt d'un baiser. Pour lui clouer le bec, puisque la ruse avait déjà fait ses preuves, mais surtout pour m'occuper du temps qu'il me besognait. J'avais beau, comme on l'a vu, n'avoir guère d'expérience en matière de baisers, je devinais assez bien comment s'y prendre, et c'est de toute façon un savoir-faire qui s'apprend sur le tas. Ne pas désunir nos lèvres tandis qu'il s'activait en moi était un sacré défi, mais je pouvais compter sur ma motivation : je ne voulais *vraiment pas* réentendre le son de sa voix.

Au dernier moment, après avoir écarté subitement son visage du mien, il lâcha cependant encore un mot :

« Exquis ! » s'écria-t-il.

Puis il creusa les reins, donna un dernier coup de boutoir, et c'en était terminé.

Le Dr Kellogg s'éclipsa dans une autre pièce, probablement pour faire une rapide toilette. Puis il vint se rallonger à côté de moi et il me serra étroitement dans ses bras.

« Petit caneton, petit caneton, quel bon petit caneton bien sage ! Ne pleurez pas, petit caneton. »

Je ne pleurais pas – j'étais à mille lieues de pleurer – mais il ne le remarqua pas.

Assez rapidement, il se releva et me pria poliment de m'assurer qu'il n'y avait pas de sang sur le couvre-lit, puisqu'il avait oublié d'étendre un drap.

« Nous ne voudrions pas que Mme Kellogg remarque une tache, expliqua-t-il. J'ai baissé la garde, je le crains. D'ordinaire, je suis plus prudent. Cette imprévoyance ne me ressemble pas vraiment.

— Oh ! j'ai apporté une serviette ! » dis-je en attrapant mon sac à main, heureuse de cette diversion.

Il n'y avait pas l'ombre d'une tache de sang. (J'imagine que mon hymen n'avait pas résisté aux innombrables promenades équestres de mon enfance. Merci, mère!) Et, à mon grand soulagement, je n'avais même pas mal.

« Bon, Vivian, vous éviterez de prendre un bain pendant les deux prochains jours, car cela pourrait provoquer une infection. Vous pouvez faire votre toilette, mais uniquement par aspersion – ne vous immergez pas. Et si vous remarquez des sécrétions, ou un inconfort, Gladys ou Celia vous conseilleront une douche vaginale vinaigrée. À mon avis, cependant, tout devrait se passer sans encombre. Vous êtes une fille solide et en bonne santé. Vous vous êtes bien débrouillée, aujourd'hui. Je suis fier de vous. »

Je n'aurais pas été surprise outre mesure s'il m'avait tendu une sucette.

Pendant qu'on se rhabillait, le Dr Kellogg y alla de quelques considérations sur le beau temps. Avais-je remarqué les pivoines en fleurs dans Gramercy Park, le mois dernier? Non, lui répondis-je, car je n'habitais pas encore à New York à ce moment-là. En ce cas, et en raison de son extrême brièveté, je *devais* guetter leur floraison au printemps prochain, insista-t-il d'un ton docte. (On pourrait être tenté d'entendre là un commentaire bien senti sur la brièveté de ma propre floraison – mais ne créditons pas le Dr Kellogg d'un talent pour la poésie ou le pathos. Selon moi, il aimait bien les pivoines, rien de plus.)

« Permettez que je vous raccompagne, petit caneton », dit-il en me précédant dans l'escalier. On retraversa le salon semé de repose-tête pour gagner l'entrée de service. En passant devant la cuisine, il prit une enveloppe, sur la table, et me la tendit.

« Un témoignage de ma gratitude. »

Je savais que c'était de l'argent, et cela m'était insupportable.

« Oh! non, je ne puis accepter, Harold.

— Ah! mais vous le devez.

— Non, en aucun cas.

— Ah! mais j'insiste.

— Je n'en ferai rien. »

Mon objection, je dois le préciser, n'était pas dictée par le refus de passer pour une prostituée – ne me tiens pas en si haute estime, Angela! – mais par une politesse sociale profondément enracinée en moi. Mes parents m'octroyaient chaque semaine de l'argent de poche, vois-tu, que tante Peg me donnait le mercredi, donc je n'avais sincèrement pas besoin de l'argent du Dr Kellogg. En outre, une petite voix intérieure puritaine me soufflait que je n'avais pas vraiment mérité cet argent. Tout en ne connaissant pas grand-chose au sexe, il me paraissait improbable que cet homme eût passé un bon moment. Une fille qui se contente de s'allonger sur le dos, bras le long du corps, et ne fait rien que s'attaquer à ta bouche chaque fois que tu veux en placer une, cette fille-là ne peut pas être une affaire au plumard, pas vrai ? Quitte à me faire payer pour coucher, je voulais avoir fait quelque chose qui le mérite.

« Vivian, j'exige que vous preniez ceci.

— Harold, je refuse. »

Il fronça imperceptiblement les sourcils.

— Vivian, je vous prie instamment de ne pas faire de scène, reprit-il, résolu à me mettre de force l'enveloppe dans les mains.

— Très bien », capitulai-je. (Que dites-vous de *ça*, mes prestigieux ancêtres ? Argent contre sexe, et pour le galop d'essai, en plus !)

« Vous êtes une charmante jeune fille, Vivian. Et ne vous inquiétez pas. Vos seins ont tout le temps de s'étoffer.

— Merci, Harold.

— Mais si vous buvez huit onces de babeurre par jour, cela devrait les aider à se développer.

— Merci. Je vais suivre ce conseil », mentis-je.

Le Dr Kellogg, supposai-je, était gynécologue, ou pédiatre – je penchais plutôt pour cette dernière hypothèse. À l'instant de franchir la porte, je voulus en avoir le cœur net : « Harold, puis-je vous demander quelle est votre spécialité médicale ? »

— Je suis vétérinaire, chère enfant. Maintenant, s'il vous plaît, transmettez mon affection à Gladys et à Celia. Et n'oubliez pas d'observer les pivoines au printemps prochain ! »

Je m'élançai dans la rue en hululant de rire et entrai en trombe dans le *diner* où les filles m'attendaient.

« Un *vétérinaire* ? m'écriai-je d'une voix de crécelle avant même qu'elles puissent ouvrir la bouche. Vous m'avez envoyée chez un *vétérinaire* ?

— Comment ça s'est passé ? demanda Gladys. Tu as eu mal ?

— *Un vétérinaire*! Vous m'aviez dit qu'il était *docteur*!
— Il l'est! Sinon, il ne s'appellerait pas Dr Kellogg! s'entêta Jennie.
— J'ai l'impression que vous m'avez envoyée me faire *stériliser*! »
Je me laissai choir dans le box et m'écrasai avec soulagement contre le corps tiède de Celia. J'étais secouée de pied en cap par une tempête d'hilarité. Il me semblait que ma vie venait d'exploser. J'étais déchaînée, déstabilisée, submergée par l'effervescence de mes sens et par trop d'émotions – révulsion, embarras, fierté – totalement déconcertantes, mais également fantastiques. L'effet après-coup était bien plus frappant que ne l'avait été l'acte proprement dit. Je n'en revenais pas de ce que je venais de faire. Et si cette audace – coucher avec un inconnu! – semblait avoir jailli d'une autre que moi, jamais cependant je ne m'étais à ce point sentie moi-même.

De plus, en regardant cette tablée de girls, j'éprouvais une gratitude si intense que je faillis fondre en larmes. C'était tellement *merveilleux* qu'elles soient là! Mes amies! Mes plus vieilles amies au monde! Je ne les connaissais que depuis quinze jours, mais je les aimais toutes si fort! Elles m'avaient attendue! Elles veillaient sur moi!

« Mais c'était comment? insista Gladys.
— C'était bien. *Bien* », répondis-je, avant de me jeter sur les restes de pancakes de notre petit déjeuner avec une voracité proche de la violence. Mes mains tremblaient. Jamais je n'avais été à ce point affamée, et rien ne semblait pouvoir apaiser cette fringale.

« À ce détail près qu'il n'arrêtait pas de jacasser à propos de sa femme! repris-je, en noyant les pancakes sous une nouvelle rasade de sirop d'érable.
— M'en parle pas! renchérit Jennie. Pour ça, c'est le pire!
— C'est vrai, il est pénible, concéda Gladys. Mais pas malveillant, et c'est tout ce qui compte.
— Tu as eu mal? demanda Celia.
— Tu sais quoi? Non. Et je n'ai même pas eu besoin de la serviette.
— Tu as de la chance. Une chance folle.
— Je ne dirais pas que c'était une partie de plaisir, mais je ne peux pas non plus dire le contraire. Je suis juste heureuse que ce soit terminé. Il doit exister des façons bien pires de perdre sa virginité, non?

— Toutes les autres, confirma Jennie. Tu peux me croire, je les ai toutes essayées.

— Vivvie, je suis très fière de toi, reprit Gladys. Aujourd'hui, tu es devenue une femme. »

Elle leva sa tasse de café vers moi et l'entrechoqua avec mon verre d'eau. Jamais cérémonie initiatique n'a procuré autant de plénitude et de satisfaction que cet instant où je trinquai avec Gladys la répétitrice de ballet.

« Combien t'a-t-il donné ? voulut savoir Jennie.

— Oh ! J'avais déjà oublié ! »

Je sortis l'enveloppe de mon sac et la tendis à Celia d'une main tremblante.

« Ouvre-la, toi. »

Celia ne se fit pas prier. Elle compta les billets en quelques mouvements de pouce bien entraînés et annonça : « Cinquante.

— *Cinquante dollars* ! piailla Jennie. En général, il donne vingt !

— Comment va-t-on les claquer ? s'interrogea Gladys.

— On doit en faire un truc spécial », dit Jennie.

Quel poids cela m'ôtait que les filles considèrent cet argent comme le *nôtre* et non uniquement le mien ! Cela dissipait la tache de ma mauvaise conduite – si cela a un sens. Et renforçait aussi le sentiment de camaraderie.

« Je veux aller à Coney Island, décréta Celia.

— Pas le temps, objecta Gladys. On doit être de retour au Lily à 16 heures.

— On a amplement le temps, insista Celia. On fera vite. On mange des hot dogs, on regarde la mer puis on rentre direct à la maison. On n'a qu'à prendre un taxi. On a de l'argent, oui ou non ? »

On partit à Coney Island, toutes vitres baissées, cigarette au bec, en riant et en cancanant. C'était la journée la plus chaude de l'été jusque-là. Le ciel était d'un bleu électrisant. J'étais logée sur la banquette arrière entre Celia et Gladys, pendant que Jennie, installée à l'avant, baratinait le chauffeur, qui n'en avait pas cru sa chance quand cette brochette de beautés s'était engouffrée dans son taxi.

« Sacrées carrosseries que vous avez là, les filles ! s'extasia-t-il.

— Ah ! ne nous aguichez pas, monsieur ! » protesta Jennie, mais on voyait bien que le compliment lui faisait plaisir.

En repensant à mon action du jour, un scrupule me mordilla la conscience.

« Vous n'avez jamais de peine pour Mme Kellogg ? demandai-je à Gladys. Quand vous couchez avec son mari, je veux dire ? Tu crois que je *devrais* en avoir ?

— Parfois, il faut savoir arrêter de culpabiliser ! Sinon, on passerait notre temps à ça ! »

Cette réponse, j'en ai bien peur, exprimait l'étendue de nos tortures morales.

« La prochaine fois, je veux le faire avec quelqu'un d'autre, annonçai-je. Tu penses que je pourrai trouver quelqu'un d'autre ?

— Sans problème », m'assura Celia.

À Coney Island, tout était rutilant, tapageur, amusant. La foule dense qui se pressait le long de la promenade mêlait des familles exubérantes, de jeunes couples, des gamins poisseux qui laissaient exploser la joie que moi-même je ressentais. On flâna devant les panneaux publicitaires vantant les spectacles de monstres. On galopa jusqu'au rivage pour patauger dans l'eau. On mangea des pommes d'amour et des sorbets au citron. On se fit prendre en photo avec un hercule. On acheta des animaux en peluche, des cartes postales, et des miroirs de poche en souvenir. J'offris à Celia un ravissant panier en osier orné de coquillages et des lunettes de soleil aux autres filles. Et une fois réglée la course du taxi qui nous ramena à midtown, il restait encore neuf dollars de l'argent du Dr Kellogg.

« C'est assez pour t'offrir un steak au restaurant ! » s'exclama Jennie.

On arriva au Lily Playhouse juste à temps pour le premier spectacle. Olive, aux cent coups à l'idée que les girls puissent louper le lever du rideau, s'agitait comme une toupie en houspillant tout le monde et en nous reprochant notre manque de promptitude. Mais les filles foncèrent dans leur loge et en ressortirent en moins de deux, toutes ruisselantes de paillettes, plumes d'autruche et glamour.

Tante Peg, qui bien sûr se trouvait là elle aussi, me demanda, assez distraitement, si j'avais passé une journée amusante.

« Et comment !

— C'est bien. Tu dois t'amuser, tu es jeune. »

Juste avant d'entrer en scène, Celia m'attrapa la main et la serra. J'agrippai son bras et me penchai vers sa splendeur.

« Je n'arrive toujours pas à croire que j'ai perdu ma virginité, aujourd'hui ! lui chuchotai-je.

— Elle ne te manquera jamais. »

Et tu sais quoi, Angela ?

Elle avait entièrement raison.

7

Et ça commença.

Maintenant que j'avais été initiée, je voulais que le sexe soit omniprésent dans ma vie – et, à New York, tout me donnait la sensation d'en être. De la façon dont je voyais les choses, il me fallait rattraper le temps perdu. Je n'avais gâché que trop d'années à me barber – et à barber mon prochain. C'en était terminé ! Et j'avais tant à apprendre ! Je voulais que Celia m'enseigne tout ce qu'elle savait sur les hommes, le sexe, New York, la *vie*. Elle le faisait avec joie et à compter de ce moment je ne fus plus sa suivante – du moins plus seulement – mais sa complice. Celia n'était plus la seule à rentrer ivre, au milieu de la nuit, après une folle équipée en ville : désormais, nous étions deux.

Cet été-là, on alla chercher les sources d'ennuis à la pelle et à la pioche, et on ne rentra jamais bredouille. Dans une grande ville, une jolie jeune femme qui court après les ennuis ne fait jamais chou blanc. Mais quand *deux* jolies jeunes femmes leur courent après, ils les plaqueront au sol à chaque carrefour – et c'est exactement ce que nous voulions. Nous nous dévouions à notre quête du bon temps avec un zèle frôlant l'hystérie, aiguillonnées par une boulimie d'hommes, mais aussi de nourriture, de cocktails, de danses anarchiques, et de cette musique qui donne envie de fumer trop de cigarettes et de rire en reversant la tête.

Les autres filles du Lily commençaient parfois la soirée avec nous mais elles parvenaient rarement à suivre le rythme que Celia et moi leur imposions. Si j'étais à la traîne, Celia accélérait la cadence, et vice versa. Je sentais parfois qu'on s'observait l'une l'autre pour deviner comment la soirée allait se poursuivre. En général, on n'en avait pas la moindre idée – on savait juste qu'on voulait encore un autre frisson.

Notre plus grande motivation, je crois, résidait dans cette peur partagée du vide. Chaque journée comptait cent heures, et si on échouait à les remplir toutes nous allions dépérir d'ennui.

Le sillon que nous avions choisi de creuser cet été-là consistait essentiellement à *folâtrer* – et nous le labourions avec un acharnement infatigable qui, aujourd'hui encore, me donne le tournis si j'essaie de l'imaginer.

Quand je repense à l'été 1940, Angela, je nous vois, Celia Ray et moi, tels deux points sombres qui se déplacent dans New York, poussés par le vent du désir dans cette forêt d'ombres et de néons, mus par une quête perpétuelle d'action. Et quand j'essaie de me remémorer en détail cet été-là, il semble se fondre en une seule longue nuit suffocante de chaleur.

Sitôt le spectacle terminé, Celia et moi enfilions une robe du soir, la plus légère, la plus droite et étroite possible, et nous nous élancions à l'assaut de la ville au galop, certaines de n'avoir que trop tardé et d'être en train de louper quelque chose d'essentiel et de follement gai : *comment avaient-ils pu commencer sans nous ?*

Si la soirée débutait invariablement chez Toots Shor's, à El Morocco ou au Stork Club, nul ne pouvait prédire où elle se terminerait aux petites heures du matin. Quand animation et nouveauté n'étaient pas au rendez-vous dans les établissements de midtown, nous étions toujours prêtes à sauter dans une rame de la ligne A, direction Harlem, pour écouter Count Basie ou boire un verre au Red Rooster. Mais nous pouvions tout aussi bien nous rabattre sur le Ritz pour faire les zouaves avec une bande d'étudiants de Yale, ou encore filer downtown pour guincher avec des socialistes au Webster Hall. La seule règle semblait être la suivante : danser jusqu'à épuisement, puis trouver la force de continuer encore un peu.

Nous nous déplacions à une telle vitesse que parfois j'avais l'impression que la ville elle-même me traînait en remorque, que cette rivière urbaine m'aspirait dans son tumulte de musiques, de lumières, de festivités. Mais d'autres nuits c'était *nous* qui semblions remorquer la ville entière car, où que nous allions, on nous suivait. Au fil de ces soirées grisantes, nous croisions des hommes que Celia connaissait déjà, ou en rencontrions de nouveaux en chemin. Parfois les deux.

Je pouvais embrasser trois hommes séduisants d'affilée, ou le même homme à trois reprises – par moments, j'avais du mal à suivre.

Trouver des hommes, ce n'était jamais difficile.

Et ce d'autant moins que Celia Ray n'avait pas sa pareille pour entrer dans un bar. Elle lançait sa splendeur devant elle comme un soldat lance une grenade dans un nid de mitrailleurs, puis elle lui emboîtait le pas et évaluait le carnage. Par sa seule présence, elle aimantait la totalité de l'énergie sexuelle contenue dans un lieu. Elle flânait, d'un air las et blasé, et siphonnait au passage tout ce que la salle comptait de petits amis ou de maris – sans fournir le moindre effort dans sa conquête.

Les hommes regardaient Celia Ray comme ils l'auraient fait d'une boîte de céréales dans laquelle ils brûlaient de glisser la main pour découvrir quel joujou les y attendait.

Elle, elle les regardait comme s'ils étaient des lambris sur le mur.

Et ça les rendait encore plus fous d'elle.

Un soir, sur la piste de danse, un téméraire lui lança : « Montre-moi que tu sais sourire, poupée.

— Montre-moi d'abord que tu possèdes un yacht », marmonna Celia, avant de le planter sans cérémonie pour un autre raseur.

Ma présence à ses côtés ne faisait que doubler l'effet produit car notre ressemblance était désormais assez frappante – du moins sous des éclairages tamisés. Cela devait à la similitude de taille et de carnation, mais aussi au fait que je portais maintenant des robes près du corps comme les siennes, que je me coiffais comme elle, calquais ma démarche sur la sienne, et rembourrais mes soutiens-gorge dans l'espoir que ma poitrine évoque vaguement la sienne.

Je ne suis pas vantarde, Angela, mais nous formions un duo plutôt irrésistible.

En fait, si, j'aime bien me vanter, alors ne privons pas une vieille femme de ses heures de gloire : nous étions *renversantes*. Sur notre passage, des tablées entières d'hommes pouvaient succomber au coup du lapin.

Au comptoir, sans s'adresser à personne en particulier, Celia disait : « Faites-nous une remise à niveau », et l'instant d'après, cinq hommes nous tendaient des cocktails – trois pour elle, et deux pour moi – dont il ne restait plus une seule goutte dix minutes plus tard.

D'où diable tirions-nous toute cette énergie ?

Ah, oui, je me souviens : de la jeunesse. C'est elle qui alimentait nos turbines. Les matins étaient toujours difficiles, bien sûr. La gueule de bois pouvait être d'une cruauté implacable. Mais si j'avais besoin de récupérer à un moment donné dans la journée, je pouvais, pendant une répétition ou un spectacle, m'effondrer sur un tas de vieux rideaux pour faire une sieste. En dix minutes, j'étais requinquée, et prête à repartir à la conquête de la ville sitôt que les applaudissements se seraient tus.

On peut vivre comme ça, quand on a dix-neuf ans (ou, dans le cas de Celia, quand on le prétend).

Un soir où nous titubions dans la rue, ivres, j'entendis une femme d'un certain âge dire : « Ces filles courent au-devant des ennuis. » Elle avait entièrement raison, mais ce qu'elle n'avait pas compris, c'est que c'était délibéré.

Ah ! les impérieux appétits de la jeunesse ! Quel délice de se laisser aveugler par ces désirs juvéniles, qui inévitablement nous poussaient droit au bord d'un précipice, ou nous acculaient dans des impasses que nous avions nous-mêmes fabriquées.

Dire que l'été 1940 me vit faire des étincelles en matière de sexe serait exagéré ; néanmoins, le sujet me devint extrêmement familier.

Mais pour ce qui est des étincelles, franchement, non.

Épanouir sa sexualité, quand on est une femme, signifie apprendre à retirer du plaisir de l'acte sexuel, voire à l'orchestrer pour atteindre l'orgasme. Cela exige du temps, de la patience et un amant attentionné, soit une combinaison complexe de conditions que je ne devais pas voir réunies avant un petit moment. Pour l'heure, ma vie sexuelle se résumait à des expériences enchaînées au hasard des rencontres, et tambour battant. (Par hantise de louper mieux à l'autre bout de la ville, Celia et moi n'aimions pas nous attarder trop longtemps dans un même lieu, ou avec un même homme.)

Cet été-là, entre mon impatience de croquer la vie à pleines dents et ma curiosité pour le sexe, j'étais insatiable mais également réceptive. C'est ainsi que je me vois aujourd'hui, quand j'y repense : réceptive à tout ce qui charriait une suggestion, même très vague, d'érotisme et d'illicite : l'éclat des néons la nuit dans une rue de midtown; les cocktails servis dans des coques de noix de coco à la Hawaiian Room de l'hôtel Lexington; une invitation à un match de boxe, ou dans un night-club qui n'avait pas pignon sur rue. Réceptive aussi à l'égard de quiconque pouvait jouer d'un instrument ou danser avec un certain panache, de quiconque possédait une voiture. J'étais capable de suivre absolument n'importe qui, et il va sans dire que quand un homme, dans un bar, m'abordait avec deux verres en disant : « Je me retrouve avec un cocktail en trop. Peut-être pourriez-vous m'aider à résoudre ce problème, mademoiselle ? », la réponse était naturellement « Ma foi, monsieur, avec grand plaisir. »

C'était si gratifiant de se montrer secourable !

Je précise pour notre défense que Celia et moi ne couchions tout de même pas avec *tous* ceux qui croisaient notre chemin.

Mais avec la plupart, cela dit.

La question, pour nous, n'était pas tant de trancher avec qui coucher – ce point-là, franchement, était secondaire – qu'*où* coucher ?

Et la réponse était : n'importe où.

N'importe quel endroit faisait notre affaire : les élégantes suites d'hôtels payées par des hommes d'affaires de passage ; les cuisines d'un petit night-club de l'East Side, une fois le service terminé ; le pont d'un ferry – je ne sais plus comment nous avions atterri là en pleine nuit, mais je me souviens du reflet dansant et flou des lumières sur l'eau ; l'arrière de taxis (ça semble inconfortable, et crois-moi, Angela, ça l'était, mais ce n'était pas non plus infaisable) ; dans un cinéma ; dans une loge au sous-sol du Lily Playhouse – ou du Diamond Horseshoe, ou du Madison Square Garden ; à Bryant Park, malgré les rats qui rôdaient peut-être à nos pieds ; dans la touffeur de ruelles obscures de midtown, à deux pas d'intersections hantées par les taxis en maraude ; sur le toit du Puck Building ; dans des bureaux de Wall Street, où seuls les gardiens de nuit auraient pu nous entendre.

Ivres, le regard halluciné, perfusées aux dirty martinis, écervelées, en apesanteur – Celia et moi étions cet été-là deux tourbillons électriques qui se propulsaient dans les rues de New York, sans trajectoire définie, dans une quête permanente de tout ce que la vie pouvait offrir. On n'en loupait pas une miette, mais on passait aussi à côté de tout. Je sais que nous assistâmes à un entraînement de Joe Louis, et que nous allâmes écouter Billie Holiday, sans pouvoir me souvenir d'un seul détail. Nous étions trop distraites par notre propre histoire pour accorder beaucoup d'attention à toutes ces merveilles qui nous étaient offertes. (Par exemple, le soir où j'entendis Billie Holiday, j'avais mes règles, et je boudais parce qu'un garçon qui me plaisait venait d'emballer une autre fille. Voilà mon compte rendu de la performance de Billie Holiday.)

Nous buvions plus que de raison puis nous foncions bille en tête sur une bande de jeunes hommes guère plus frais que nous – et après la collision, nous nous comportions exactement comme tu l'imagines. Nous suivions des garçons rencontrés dans un bar jusque dans un autre bar, où nous flirtions avec de nouveaux venus. Des bagarres éclataient à cause de nous, et quelqu'un y laissait invariablement des plumes, puis Celia choisissait parmi les survivants ceux qui nous emmèneraient vers la prochaine escale – où le tumulte recommençait. On rebondissait d'un enterrement de vie de garçon à un autre – des bras d'un homme dans ceux du suivant. Un soir, au restaurant, en plein dîner, on échangea même nos cavaliers.

« Il est pour toi, m'annonça Celia, au nez et à la barbe de l'homme qui commençait déjà à la raser. Je vais aux toilettes. Tiens-lui chaud.
— Mais c'est *le tien*...! protestai-je tandis que l'homme se rapprochait déjà obligeamment de moi. Et tu es mon amie !
— Oh Vivvie, fit-elle, avec un apitoiement affectueux. Tu ne peux pas perdre une amie comme moi juste en lui piquant son jules ! »

J'eus fort heureusement très peu de contacts avec ma famille, cet été-là.

La dernière chose que je voulais, c'est qu'ils soient au courant de mes faits et gestes.

Ma mère m'adressait chaque semaine, en même temps que mon argent de poche, un aperçu des nouvelles courantes : mon père s'était luxé l'épaule en jouant au golf ; mon frère s'était mis en tête de quitter Princeton au semestre suivant pour s'engager dans la Navy et servir son pays ; elle-même avait triomphé de telle ou telle adversaire lors de tel ou tel tournoi de tennis. En retour, je leur écrivais une carte postale sur laquelle, semaine après semaine, je ressassais les mêmes informations sans intérêt : je me portais bien, je travaillais d'arrache-pied au théâtre, New York était une ville très agréable, et merci pour l'argent de poche. À l'occasion, je m'autorisais à mentionner un détail inoffensif : « L'autre jour, j'ai déjeuné au Knickerbocker avec tante Peg, et nous avons passé un charmant moment. »

Je taisais, il va sans dire, ma récente visite chez un médecin, avec mon amie Celia la showgirl, pour me procurer un pessaire. (En toute illégalité puisque, à l'époque, un médecin n'avait pas le droit de prescrire de moyen de contraception à une célibataire. Mais c'est là tout le bénéfice d'avoir des amies qui connaissent du monde ! Le médecin de Celia était une Russe laconique, qui avait accédé à ma demande sans poser de question, ni sourciller.)

Je ne les informais pas davantage de certains autres menus événements – une alerte grossesse, par exemple, fausse, par chance –, ou encore une alerte à la gonorrhée, qui s'avéra, Dieu merci, une simple infection pelvienne bénigne, mais qui me fit endurer douleurs et angoisses pendant une semaine. Je leur cachais aussi que je partageais désormais assez régulièrement le lit d'un certain Kevin « Ribsy » O'Sullivan, qui organisait des paris clandestins dans Hell's Kitchen. (Cela bien sûr ne m'empêchait pas de folâtrer avec d'autres hommes tout aussi infréquentables – mais qui ne pouvaient pas s'enorgueillir d'un sobriquet aussi pittoresque que Kevin Sac d'os.)

Je ne mentionnais pas non plus que, maintenant, échaudée par l'alerte à la gonorrhée, j'avais *toujours* dans mon sac à main des prophylactiques (que me procuraient obligeamment mes petits amis, parce que voyez-vous, mère, à New York, seuls les hommes sont autorisés à acheter des prophylactiques !)

Non, je ne leur disais rien de tout ça.

En revanche, je les informais que la sole au beurre blanc du Knickerbocker était un pur régal.

Ce qui était la vérité.

Et pendant ce temps, nuit après nuit, Celia et moi tourbillonnions sans faiblir, fonçant droit au-devant des ennuis, petits et grands.

L'alcool nous rendait imprudentes et paresseuses. On perdait la notion du temps et au fil des cocktails bus on oubliait les noms de nos cavaliers. On buvait des gin-fizz jusqu'à ne plus savoir mettre un pied devant l'autre. Comment, dès lors, aurions-nous pu nous soucier de notre sécurité ? C'était à d'autres – à des inconnus, le plus souvent – qu'il incombait de veiller sur nous (Je revois Celia, une nuit, hurler à un homme : « Ce n'est pas à toi de dire à une fille comment elle doit vivre ! » Nous avions pourtant affaire à un gentleman qui, poliment, essayait juste de nous escorter saines et sauves jusqu'au Lily.)

Se jeter de la sorte dans l'agitation du monde, se rendre disponibles pour tout ce qui se présentait comportait toujours une part de péril. Tout pouvait arriver. Et, souvent, cela ne manquait pas.

L'effet que Celia produisait sur les hommes, vois-tu, était à double tranchant. Il les rendait obéissants et soumis, jusqu'au moment où le sortilège n'opérait plus. Ces hommes étaient vraiment bonne pâte et, parfois, ils restaient tout disposés à faire nos quatre volontés. Mais il arrivait aussi que certains, assez soudainement, perdent patience. Leur frustration ou leur colère franchissaient un cap, et passé ce point de non-retour, ces hommes se transformaient en sauvages. Alors que tout le monde s'amusait, flirtait, plaisantait et se narguait en riant, l'ambiance basculait et on sentait émerger une menace chargée d'énergie sexuelle, et de violence.

À compter de là, plus rien ne pouvait enrayer la mécanique, et ça tournait à la foire d'empoigne.

La première fois que je fus témoin de ce phénomène, Celia, qui avait vu venir le retournement quelques instants avant qu'il ne se produise, me chassa de la pièce dans laquelle nous nous trouvions – la suite présidentielle du Biltmore Hotel – en compagnie de trois hommes rencontrés un peu plus tôt dans la salle de bal du Waldorf. Ces hommes avaient des billets plein les poches et travaillaient à l'évidence dans un créneau professionnel douteux. (Le racket, dirais-je, s'il me fallait parier.) Au début, ils étaient aux petits soins pour Celia – infiniment déférents, reconnaissants de son attention à leur égard, transpirants de nervosité pour faire plaisir à cette superbe fille et à son amie. *Ces jeunes dames aimeraient-elles qu'on commande une autre bouteille de champagne ? Auraient-elles envie de visiter la suite présidentielle du Biltmore ? Leur plairait-il qu'on fasse monter des pinces de crabe ? Qu'on allume la radio ? Qu'on l'éteigne ?*

Étant nouvelle à ce petit jeu, je m'amusais de la servilité de ces trois voyous, et je me délectais de voir combien les pouvoirs de notre féminité les intimidaient, les affaiblissaient. Ça me donnait envie de me moquer d'eux. *Les hommes sont si faciles à contrôler!*

Mais une fois dans la suite présidentielle, la situation ne tarda pas à se retourner. Celia se trouva soudain prise en sandwich, sur le canapé, entre deux des hommes, et ils n'avaient plus l'air ni serviles ni faibles. Ils ne faisaient rien de spécial, mais le ton avait changé. L'expression de leurs visages aussi, et tout ça ne me disait rien qui vaille. Je pris peur. D'autant que le troisième larron, maintenant, me reluquait et ne semblait plus, lui non plus, être d'humeur au badinage. Pour décrire le changement qui s'était opéré, une seule analogie me vient à l'esprit: on est en train de pique-niquer, on passe un moment délicieux et, soudain, une tornade se dessine à l'horizon. La pression atmosphérique chute. Le ciel s'obscurcit. Les oiseaux arrêtent de pépier. Et ce désastre fonce droit sur nous.

« Vivvie, lança Celia pile à ce moment. Fonce au bar m'acheter des cigarettes.

— Tout de suite?

— *File.* Et attends-moi en bas. »

J'eus le temps de gagner la porte avant que le troisième homme ne puisse s'interposer et, à ma grande honte, je la refermai derrière moi, abandonnant mon amie dans la chambre. Je ne faisais que lui obéir, mais il n'empêche, je sentais que ce n'était pas bien. Quelles que soient les intentions de ces hommes, Celia se retrouvait livrée à elle-même. Pourquoi m'avait-elle sommée de vider les lieux? Parce qu'elle ne voulait pas que je voie ce qu'on allait lui faire – ou ne voulait pas que je subisse le même sort – mais qu'importe: ce bannissement me ravalait au statut d'enfant. J'avais beau avoir peur – peur de ces hommes et peur pour Celia – je me sentais aussi laissée-pour-compte. Et je détestais ça. Je fis les cent pas dans le hall de l'hôtel pendant une heure en me demandant si je devais alerter le directeur. Mais l'alerter de quoi, au juste?

Quand Celia me rejoignit, elle était seule. Aucun des hommes qui nous avaient avec tant de sollicitude menées à l'ascenseur plus tôt dans la soirée n'avait daigné la raccompagner.

Sitôt qu'elle m'aperçut, elle vint vers moi.

« Voilà ce que j'appelle une façon nulle de terminer une soirée, observa-t-elle.

— Ça va ?

— Oui, sensass, répondit-elle en tirant sur l'ourlet de sa robe. Et toi, ça va ? »

Elle était aussi belle que toujours, n'était le coquard sur son œil gauche.

« *Comme un premier rêve d'amour* », l'assurai-je.

Voyant que je regardais son arcade tuméfiée, elle reprit : « T'inquiète, Vivvie. Gladys arrangera ça. Elle est championne pour dissimuler un œil au beurre noir. Il y a des taxis, dehors ? Le premier qui a la bonté de passer, je le prends. »

Je lui dénichai un taxi, et on rentra au bercail sans échanger un mot de plus.

Celia fut-elle traumatisée par les événements de cette nuit-là ?

On est en droit de penser que ce fut le cas, n'est-ce pas ?

À ma grande honte, Angela, je dois avouer que je n'en sais rien. Je ne lui reparlai jamais de ce qui s'était passé. Et je ne décelai aucun signe de traumatisme chez elle. Mais, encore une fois, je n'en cherchais probablement pas — je n'aurais pas su quoi chercher, de toute façon. Peut-être espérais-je que, s'il n'était jamais plus mentionné, cet affreux incident s'effacerait de lui-même, comme l'œil au beurre noir ? Ou bien me disais-je que Celia était accoutumée aux mauvais traitements compte tenu de ses origines et de son histoire ? (Malheureusement, peut-être était-ce le cas.)

J'aurais pu lui poser quantité de questions, cette nuit-là dans le taxi (à commencer par « Tu es *sûre* que ça va ? »), mais je ne le fis pas. Je ne la remerciai pas non plus de m'avoir sauvée d'une agression certaine. J'étais gênée qu'elle ait ressenti le besoin de me sauver, gênée qu'elle me voie comme plus innocente et fragile qu'elle. Jusqu'à cette date, j'avais pu me bercer d'illusions et croire que Celia Ray et moi étions exactement pareilles, deux jeunes femmes aguerries et pleines de cran lancées à la conquête de la ville, et qui ne cherchent qu'à s'amuser. Force était de constater que je me leurrais : me frotter au danger avait été pour moi une activité ludique, mais Celia, elle, *savait* ce qu'était le danger. Elle connaissait les facettes obscures de la vie, que moi j'ignorais. Elle savait des choses qu'elle ne voulait pas que je sache.

Quand je repense à tout ça aujourd'hui, Angela, je mesure avec effarement combien ces violences semblaient banales, à l'époque – aux yeux de Celia, mais également aux miens. Comment, par exemple, ai-je pu ne pas me demander pourquoi Gladys était si experte dans l'art de maquiller un œil au beurre noir ? Je suppose que notre attitude était : *Bah, les hommes sont comme ça, et ils ne changeront pas !* Il faut comprendre qu'en ce temps-là, des sujets aussi sombres n'étaient jamais abordés en public et que, par conséquent, nous ne les abordions pas non plus en privé. Donc voilà : je ne reparlai jamais avec Celia de ce qui s'était passé ce soir-là. Elle n'en reparla pas non plus. On se contenta de l'oublier.

Et dès le lendemain soir, crois-le ou non, nous étions reparties en goguette, à l'affût de nouvelles aventures, à ce changement près : je m'étais promis que dorénavant je ne quitterais plus les lieux, sous aucun prétexte. Pas question de me faire congédier une fois de plus ! Quoi que Celia fasse, je le ferais aussi. Quoi qu'il lui arrive, cela m'arriverait aussi.

Parce que je ne suis plus une enfant, me disais-je, comme le font toujours les enfants.

8

Une guerre se profilait à l'horizon, au fait.

Elle avait même commencé, pour tout dire, et faisait déjà pas mal de ravages. Loin d'ici, bien sûr, en Europe, mais un grand débat agitait les Américains : devions-nous, ou pas, nous joindre aux hostilités ?

Ce débat, faut-il le préciser, je n'y participais pas. Il était cependant difficile d'y échapper.

Peut-être estimeras-tu que j'aurais dû remarquer plus tôt qu'une guerre nous pendait au nez mais, franchement, le sujet n'avait pas encore pénétré ma conscience. Ici, tu dois me reconnaître le mérite d'une inattention excessive. C'était un sacré tour de force, à l'été 1940, d'ignorer que le monde était à deux doigts d'un conflit généralisé, mais c'est exactement ce que j'avais réussi à faire. (Pour ma défense, mon entourage immédiat l'ignorait tout autant.) Je ne me souviens pas avoir jamais entendu Celia, Gladys ou Jennie discuter de l'état de préparation de l'armée américaine, ou de l'urgence de voter une loi pour accroître la taille de notre marine. Je n'étais pas politisée, c'est le moins qu'on puisse dire. Je ne connaissais pas le nom d'un seul membre du cabinet de Roosevelt, par exemple. J'avais retenu, en revanche, que la seconde épouse de Clark Gable, une mondaine texane maintes fois divorcée, s'appelait Ria Franklin Prentiss Lucas Langham Gable – et on dirait bien que ce patronyme épuisant à prononcer restera à jamais gravé dans ma mémoire.

Au mois de mai, quand les Allemands avaient envahi les Pays-Bas et la Belgique, j'avais d'autres chats à fouetter puisque j'étais à Vassar, en train d'échouer à mes examens. (Je me souviens cependant de mon père affirmant que tout ce chambard serait terminé d'ici la fin de l'été car l'armée française renverrait sans tarder les Allemands chez eux. Et vu la quantité de journaux qu'il lisait, je m'étais dit qu'il avait probablement raison.)

À la mi-juin, pile au moment où je partais m'installer à New York, les Allemands étaient entrés dans Paris – dommage pour les théories de papa –, mais trop de choses excitantes intervenaient alors dans ma vie pour me permettre de suivre ces développements de près. Ce qui se passait à Harlem et dans le Village m'inspirait bien plus de curiosité que le sort de la ligne Maginot. Et quand, au mois d'août, la Luftwaffe avait commencé à bombarder des cibles britanniques, j'étais dans les affres de mes alertes grossesse et gonorrhée, et cette information-là aussi m'était un peu passée au-dessus de la tête.

L'histoire a un pouls, dit-on. Eh bien je n'ai jamais été capable de l'entendre, pas même lorsqu'il me tambourinait aux oreilles.

Avec plus de sagesse et d'attention, j'aurais pu comprendre que l'Amérique, fatalement, serait un jour ou l'autre entraînée dans cette conflagration. J'aurais pu prêter plus attention au fait que mon frère songeait à s'engager dans la Navy. J'aurais pu m'inquiéter des possibles répercussions de cette décision sur l'avenir de Walter – et le nôtre à tous –, et prendre également conscience que, parmi les jeunes boute-en-train avec lesquels je batifolais chacune nuit, certains avaient pile l'âge requis pour être expédiés au front le jour où l'Amérique entrerait dans cette guerre. Si j'avais su à l'époque ce que je sais maintenant, si j'avais soupçonné que nombre de ces magnifiques jeunes hommes allaient perdre la vie dans l'enfer du Pacifique sud ou sur les champs de bataille en Europe, j'aurais couché avec encore plus d'entre eux.

Si je te donne l'impression d'être facétieuse, crois-moi, il n'en est rien. Mes regrets sont sincères. Si j'avais su que tant de ces jeunes hommes seraient bientôt brisés, brûlés, blessés, condamnés, nous aurions *encore plus* profité de tout ce que la vie nous offrait. Je me demande où j'en aurais trouvé le temps, certes, mais, je me serais démenée pour les caser jusqu'au dernier dans mon emploi du temps.

Si seulement j'avais su ce qui nous attendait, Angela !

D'autres que moi y prêtaient attention, cela dit. Olive suivait de très près les nouvelles en provenance de sa mère patrie. La situation l'angoissait, mais comme Olive se faisait toujours du mauvais sang pour tout, ses inquiétudes n'impressionnaient pas grand monde. Chaque matin au petit déjeuner, devant ses œufs aux rognons, elle dévorait tous les articles sur le sujet dans *The New York Times, Barron's*, le *Herald Tribune* (même si ce dernier penchait du côté républicain), voire dans les quotidiens britanniques quand elle en trouvait. Même tante Peg (qui d'ordinaire ne lisait que le *Post*, pour la rubrique base-ball) avait commencé à suivre l'actualité avec plus d'inquiétude. Elle avait déjà vécu un conflit mondial et ne tenait pas à en connaître un autre. Sa loyauté à l'égard de l'Europe était profondément ancrée, et indéfectible.

Au fur et à mesure que l'été avançait, Peg et Olive se forgèrent la certitude que les Américains devaient se joindre à l'effort de guerre. Quelqu'un devait aider les Britanniques et voler au secours des Français! L'une et l'autre soutenaient sans réserve le président tandis qu'il essayait de recueillir l'appui du Congrès pour passer à l'action.

J'avais été choquée d'apprendre que Peg avait trahi sa classe et toujours apprécié Roosevelt: mon père le haïssait et était un isolationniste véhément. Un vrai pro-Lindbergh, mon bon vieux papa. Du coup, je supposais que toute ma famille haïssait Roosevelt. Mais bon, nous étions à New York, et les gens, ici, avaient des vues différentes.

Je me souviens de Peg s'écriant un matin, au petit déjeuner, à la lecture des journaux: « J'ai atteint ma limite avec les nazis! » Et dans une flambée de rage, elle avait tapé du poing sur la table: « Ça suffit! Il faut les arrêter! Qu'attendons-nous? »

Si cette scène est restée gravée dans ma mémoire, c'est parce que je n'avais jamais vu Peg à ce point contrariée. Pour quoi que ce soit. Sa réaction creva un instant la bulle de mon égocentrisme et m'obligea à un effort d'attention. *Mince alors! Si tante Peg est à ce point en pétard, c'est que ça doit vraiment tourner vinaigre!*

Mais la vérité, c'est que je ne me doutais pas que cette guerre lointaine entraînerait des conséquences directes dans ma vie, du moins jusqu'en septembre 1940.

C'est à cette date qu'Edna et Arthur Watson emménagèrent au Lily Playhouse.

9

Je vais supposer, Angela, que tu n'as jamais entendu parler d'Edna Parker Watson.

Tu es probablement un peu trop jeune pour connaître les détails de sa grande carrière théâtrale. En outre, Edna a toujours joui de plus de notoriété à Londres qu'à New York.

Il se trouve que j'avais entendu parler d'elle avant de la rencontrer, mais uniquement parce qu'elle était l'épouse d'Arthur Watson : ce bel acteur anglais venait d'incarner l'idole de ces dames dans *Aux portes de midi*, un mélodrame sur fond de guerre, et j'avais vu des photos du couple dans les magazines. J'admets que c'était presque criminel de ne connaître Edna qu'à travers son mari, qu'elle surpassait – et de loin – en tant que comédienne, et qu'être humain. Mais ainsi vont les choses. Lui la surpassait par son physique, et dans ce monde superficiel un beau visage signifie tout.

Si Edna avait fait du cinéma, peut-être aurait-elle accédé de son vivant à plus de célébrité ; peut-être même son nom serait-il encore dans les mémoires aujourd'hui – comme celui de Bette Davis ou de Vivien Leigh, dont elle était l'égale. Mais Edna se refusait à jouer devant une caméra. Ce n'était pourtant pas faute d'occasions car Hollywood vint maintes fois frapper à sa porte. Mais, étrangement, elle tint bon et continua à décliner les propositions de ces puissants producteurs. Elle refusait même de participer à des pièces radiophoniques : la voix humaine, elle en était convaincue, perd quelque chose de vital et de sacré lorsqu'elle est enregistrée.

Non, Edna Parker Watson était une pure comédienne de planches, et le problème avec les comédiens de planches, c'est qu'ils tombent dans l'oubli une fois disparus. Or qui n'a jamais vu Edna sur scène ne peut pas comprendre la puissance de son magnétisme.

Elle était la comédienne préférée de George Bernard Shaw, cela dit – cela t'aide-t-il un peu ? Ce grand dramaturge déclara, et le mot est resté célèbre, que son interprétation de Jeanne d'Arc ferait à jamais autorité : « Ce visage lumineux qu'on distingue sous l'armure, écrivit-il – qui ne le suivrait pas dans la bataille, ne serait-ce que pour le contempler ? »

Non, même ça, cela échoue à faire comprendre qui elle était vraiment.

Avec toutes mes excuses à M. Shaw, je vais m'employer de mon mieux à décrire Edna avec mes propres mots.

Je fis donc la connaissance d'Edna et Arthur Watson au cours de la troisième semaine de septembre 1940.

Leur arrivée au Lily Playhouse, comme souvent pour les invités de passage sous le toit de cette institution, n'avait pas été exactement planifiée. Mais la leur s'accompagnait d'une urgence et d'un chaos qui dépassaient l'échelle de ce à quoi nous étions habitués.

Edna était une vieille connaissance de Peg. Elles s'étaient liées d'amitié en France, pendant la Grande Guerre, mais s'étaient plus ou moins perdues de vue – jusqu'à cette fin d'été 1940, où les Watson débarquèrent à New York car Edna devait y répéter une pièce avec Alfred Lunt. Malheureusement, les financements destinés à cette production s'étaient évanouis dans la nature avant que quiconque puisse mémoriser une seule ligne de dialogue (la pièce ne fut d'ailleurs jamais montée), et quand le couple avait voulu reprendre le bateau pour rentrer en Angleterre, les Allemands bombardaient déjà le pays. En quelques semaines de raids aériens, leur maison londonienne avait été rasée par une bombe de la Luftwaffe – « réduite à un tas d'allumettes », à en croire Peg.

Edna et Arthur Watson se retrouvèrent coincés à New York, au Sherry-Netherland. Il y avait pire point de chute pour des réfugiés, mais cet hôtel était financièrement au-dessus de leurs moyens puisque aucun des deux n'avait de travail. Ils étaient devenus des artistes sans toit et sans ressources, piégés en terre étrangère.

Peg eut vent de leur détresse par le téléphone arabe du milieu du théâtre. Bien évidemment, elle leur proposa de les accueillir au Lily, avec l'assurance qu'ils pourraient y séjourner aussi longtemps que nécessaire. Elle ajouta qu'elle pourrait même leur trouver un emploi dans certains de ses spectacles, s'ils avaient besoin d'un revenu – et rien contre le fait de s'encanailler.

Comment les Watson auraient-ils pu refuser ? Où pouvaient-ils aller ?

Ils emménagèrent donc au Lily, et voilà comment la guerre fit irruption dans ma vie.

Leur arrivée coïncida avec les premiers frimas d'automne.

Cet après-midi-là, j'étais sur le trottoir, devant le théâtre, en train de discuter avec Peg, quand leur taxi se rangea devant nous. Je revenais de faire des emplettes chez Lowtsky's et je trimbalais un sac de crinolines dont j'avais besoin pour réparer les « tutus » de nos danseuses. (Notre spectacle du moment, intitulé *En piste, Jacky!*, racontait l'histoire d'un gamin des rues sauvé d'un destin criminel tout tracé par l'amour d'un beau petit rat. On m'avait assigné pour mission de travestir nos robustes danseuses de claquettes en ballerines dignes des plus grandes compagnies. J'avais fait de mon mieux avec les costumes, mais les filles n'arrêtaient pas de déchirer leurs jupons, à force de pagaille-pagaille, j'imagine. L'heure était donc au ravaudage.)

L'arrivée des Watson s'accompagna de pas mal d'effervescence et remue-ménage car, compte tenu de leurs très nombreux bagages, ils avaient réquisitionné une escorte de trois voitures.

En regardant Edna Parker Watson émerger du taxi comme elle l'aurait fait d'une limousine, je songeai que jamais de ma vie je n'avais vu femme plus élégante que cette Anglaise petite et svelte, aux hanches étroites et à la poitrine menue. La veste en serge bleu paon fermée par un double rang de boutons dorés qui montait jusqu'au col, ourlé d'une tresse dorée lui aussi ; le pantalon gris légèrement évasé au bas des jambes ; les souliers à embout en cuir noir glacé, qui auraient pu passer pour des souliers d'homme sans leurs élégants petits talons très féminins ; les lunettes de soleil à monture d'écaille ; le casque brillant de cheveux bruns crantés ; les lèvres peintes avec la nuance de rouge parfaite, sur un visage nu par ailleurs ; le béret noir tout simple basculé crânement d'un côté : tout, dans cette apparition qui évoquait un gradé militaire miniature revêtu du plus chic des uniformes, devait bouleverser irrémédiablement mon sens du style.

Les girls new-yorkaises étincelantes de paillettes que j'avais passé l'été à admirer, et qui pour moi incarnaient jusque-là la quintessence du glamour, me parurent d'un coup tapageuses et clinquantes comparées à ce petit bout de femme avec sa veste à la ligne affûtée, son pantalon impeccablement coupé, et ses chaussures d'homme qui n'en étaient pas tout à fait.

Je venais de rencontrer l'*authentique* glamour, et je peux dire sans exagérer que chaque jour de ma vie à compter de cet instant j'ai essayé de calquer mon style sur celui d'Edna Parker Watson.

Peg se précipita vers Edna pour la serrer étroitement dans ses bras. « Edna ! » s'écria-t-elle en soulevant sa vieille amie et en la faisant tournoyer. La Perle de rosée de Drury Lane nous fait l'honneur d'aborder sur nos humbles rivages !

— Ma chère Peg ! Tu n'as pas pris une ride ! » Edna se dégagea d'entre les bras de ma tante, recula d'un pas et leva les yeux vers la façade du Lily. « C'est *tout* à toi ? Le bâtiment *entier* ?

— Oui, hélas, tout à moi. Ça t'intéresserait de l'acheter ?

— Je n'ai pas un sou vaillant, chérie, sinon, ce serait oui, sans une hésitation. C'est absolument *charmant*. Et toi, tu es devenue *imprésario* ! Un magnat du théâtre ! Cette façade me rappelle celle de ce bon vieux Hackney. C'est ravissant. Je comprends tout à fait pourquoi il te fallait l'acheter.

— C'est sûr, je ne pouvais pas faire autrement, railla Peg. Sinon, qui sait ? J'aurais pu devenir riche et couler de vieux jours confortables, ce qui n'aurait réussi à personne, pas vrai ? Mais assez parlé de mon maudit théâtre ! Ce qui est arrivé à ta maison, et arrive à cette pauvre Angleterre, me rend littéralement malade !

— Très chère Peg, dit Edna en posant délicatement sa paume contre la joue de ma tante. Oui, c'est désolant. Mais Arthur et moi sommes en vie et, grâce à toi, nous avons maintenant un toit sous lequel dormir. Bien d'autres ne peuvent pas en dire autant.

— À ce propos... Où est Arthur ? J'ai tellement hâte de le rencontrer ! »

En ce qui me concerne, je l'avais déjà repéré.

Arthur Watson était le beau brun au menton en galoche et aux airs de star de cinéma qui, en cet instant, gratifiait le chauffeur de taxi d'un immense sourire et d'une poignée de main trop énergique et enthousiaste. Bien bâti et doté d'une bonne paire d'épaules, il était beaucoup plus grand qu'il ne le paraissait à l'écran – un détail extrêmement anormal pour un acteur. C'était le plus bel homme qu'il m'avait été donné de voir de près, mais il y avait dans sa prestance quelque chose d'artificiel. Le cigare fiché entre ses lèvres, par exemple, évoquait un accessoire. Et cette boucle un brin canaille qui retombait devant un œil aurait été bien plus séduisante si elle n'avait pas semblé si délibérément étudiée. (Tout le truc du détail canaille, Angela, c'est qu'il ne devrait jamais paraître intentionnel.) Je ne saurais donner meilleure description que celle-ci : Arthur ressemblait à un *acteur* qu'on aurait engagé pour jouer le rôle d'un bel homme avantageusement bâti qui serre la main d'un chauffeur de taxi.

Arthur vint vers nous à grandes foulées sportives et secoua la main de Peg avec autant d'énergie qu'il en avait déployé avec ce pauvre chauffeur.

« Madame Buell. C'est bigrement généreux de votre part de nous offrir un toit !

— Tout le plaisir est pour moi, Arthur. J'adore votre femme.

— Et moi donc ! » renchérit Arthur d'une voix tonitruante en serrant Edna contre lui avec une force qui arracha à l'intéressée un sourire rayonnant de plaisir – et non un cri de douleur comme on aurait pu le craindre.

« Et voici ma nièce, Vivian, reprit Peg. Elle passe tout l'été chez moi, pour apprendre comment user jusqu'à la corde une troupe de théâtre.

— La *fameuse* nièce ! » s'exclama Edna, comme si elle entendait chanter mes louanges depuis des années. Elle me planta un baiser sur chaque joue, en faisant flotter autour de nous des effluves de gardénia. « Ça alors, Vivian, vous êtes tout simplement éblouissante ! S'il vous plaît, dites-moi que vous n'êtes pas une aspirante actrice et que vous n'allez pas gâcher votre vie au théâtre, même si vous êtes sans nul doute assez jolie pour ça ! »

Son sourire à elle était bien trop chaleureux et sincère pour l'industrie du spectacle. Elle me faisait le compliment de son entière attention et, par conséquent, je craquai instantanément.

« Non, je ne suis pas actrice, répondis-je. Mais j'adore vivre au Lily avec ma tante.

— Ça, je n'en doute pas une seconde, chérie. Peg est merveilleuse. »

Arthur interrompit cet échange en tendant sa main pour broyer la mienne.

« Bigrement heureux de vous rencontrer, Vivian ! Depuis quand avez-vous dit que vous êtes actrice ?

Je craquai beaucoup moins sur lui.

« Oh. Je ne suis pas…, commençai-je à répondre, mais Edna posa une main sur mon bras.

— Ne faites pas attention, Vivian, me chuchota-t-elle au creux de l'oreille, comme si nous étions les meilleures amies du monde. Arthur est parfois *un peu* distrait, mais il finit toujours par tout comprendre.

— Et si nous allions boire un verre dans ma véranda ? lança Peg. Ah zut, j'ai oublié d'acheter une maison avec véranda ! Qu'à cela ne tienne ! Allons boire un verre dans le salon crasseux dans les étages de mon théâtre, et on fera semblant d'être dans ma véranda.

— Génial, Peg, approuva Edna. Avec quelle *violence* tu m'as manqué ! »

Quelques tournées de martinis plus tard, il me semblait connaître Edna Parker Watson depuis toujours.

Jamais je n'avais vu plus charmante présence illuminer une pièce. Avec son visage plein de vivacité et ses yeux gris en perpétuel mouvement, elle m'évoquait une reine des elfes. Rien, chez elle, n'était tout à fait semblable aux apparences. À son rire jovial et vigoureux, à son pas élastique et énergique, on devinait que ce teint pâle et cette silhouette effroyablement menue n'étaient pas les signes d'une constitution fragile ou délicate.

Je suppose qu'on pouvait la qualifier de fausse frêle.

L'origine exacte de sa beauté était difficile à localiser car ses traits n'étaient pas parfaits – contrairement à ceux des filles avec lesquelles j'avais folâtré tout l'été. Son visage, plutôt rond, était dépourvu de ces pommettes hautes et saillantes qui étaient si à la mode en ce temps-là. En outre, elle n'était plus toute jeune. Elle devait avoir au moins cinquante ans, et n'essayait pas de le cacher. De loin, il était impossible de deviner son âge – j'apprendrais plus tard qu'elle avait pu incarner Juliette jusqu'à quarante ans bien sonnés sans que quiconque s'en émeuve. De près, en revanche, on remarquait le froissement des paupières, le relâchement de l'ovale du visage, les fils argentés qui parsemaient son élégant carré court. Mais sa jeunesse d'esprit faisait d'elle une quinquagénaire très peu convaincante. Ou bien cela venait-il du fait que son âge la préoccupait si peu qu'elle ne projetait aucune inquiétude à ce sujet ? Le problème de bien des actrices vieillissantes, c'est qu'elles veulent entraver à tout prix le cours de la nature. Dans le cas d'Edna, tout laissait croire, à l'inverse, à une entente cordiale.

Le plus grand cadeau que lui avait fait la nature, cependant, était cette chaleur humaine qui émanait d'elle. Tout ce qu'embrassait son regard était pour elle source de délectation, et cela donnait envie de rester près d'elle pour se prélasser dans son ravissement. À la vue d'Edna, même le visage ordinairement sévère d'Olive se détendit pour accueillir une rare expression de joie. Les deux femmes s'étreignirent comme de vieilles amies, qu'elles étaient, au demeurant : plus tard ce soir-là, j'appris qu'Edna, Peg et Olive s'étaient toutes les trois connues en France pendant la Grande Guerre. Edna était alors membre d'une troupe britannique itinérante qui donnait des spectacles pour les soldats blessés, spectacles que tante Peg et Olive aidaient à produire.

« Quelque part sur cette planète, il existe une photographie de nous trois devant une ambulance de campagne, et je donnerais n'importe quoi pour la revoir. Nous étions ensachées dans ces effroyables chasubles, mais nous étions si jeunes !

— Oui, je me souviens de cette photo, dit Olive. Elle nous montrait *crottées* de la tête aux pieds.

— C'était un champ de bataille, Olive. Nous étions perpétuellement crottées, observa Edna. Je n'oublierai jamais le froid et l'humidité. J'en étais réduite à fabriquer mon maquillage de scène avec de la poussière de brique et du lard, vous vous souvenez ? Et j'étais si nerveuse à l'idée de jouer devant les soldats ! Ils étaient tous affreusement blessés. Tu te rappelles ce que tu m'as dit, Peg, quand j'ai demandé comment j'allais pouvoir chanter et danser devant ces pauvres garçons brisés ?

— Par bonheur, ma chère Edna, je ne garde jamais aucun souvenir de ce que j'ai pu dire, répliqua Peg.

— Eh bien moi, je n'ai pas oublié. Tu m'as dit : "Chante plus fort, Edna, et danse plus énergiquement, en les regardant droit dans les yeux." Tu m'as dit : "Ne t'avise pas d'avilir ces courageux garçons avec ta pitié." J'ai suivi tes conseils à la lettre mais, Dieu que cela a été douloureux !

— Tu travaillais très dur, se remémora Olive d'un ton approbateur.

— Oh, Olive, moins dur que vous, les infirmières ! protesta Edna. Vous souffriez toutes de dysenterie et d'engelures mais je t'entends encore dire : "Au moins, nous n'avons pas des blessures de baïonnettes infectées, les filles ! Haut les cœurs !" Vous étiez héroïques. Surtout toi, Olive. Tu faisais face à toutes les urgences. Je ne l'oublierai jamais. »

Le compliment illumina le visage d'Olive d'une expression on ne peut plus inhabituelle, et qui, je crois bien, était une expression de bonheur.

« Edna jouait un pot-pourri de Shakespeare pour nos hommes, m'expliqua Peg. Je me souviens avoir trouvé que l'idée était catastrophique. Je pensais que Shakespeare allait les ennuyer à pleurer, mais non, ils adoraient ça.

— Uniquement parce qu'ils n'avaient pas vu une jolie petite Anglaise depuis des mois, tempéra Edna. Je me souviens qu'à la fin du monologue d'Ophelia, un des soldats avait crié : "C'est mieux qu'une virée au bordel !" Je continue à penser que jamais je n'ai reçu meilleure critique. Tu participais à ce spectacle, Peg. Tu jouais mon Hamlet. Ces bas-de-chausses t'allaient à ravir !

— Je ne *jouais* pas Hamlet, je lisais juste les répliques, corrigea Peg. Je n'ai jamais su jouer, Edna. Et je déteste *Hamlet*. As-tu déjà assisté à une représentation de *Hamlet* qui ne t'ait pas donné envie de te mettre la tête dans le four en rentrant chez toi ? Moi, jamais.

— Le nôtre était plutôt réussi, je trouve ! protesta Edna.

— Parce que c'était une version *abrégée*, insista Peg. Et c'est toujours ainsi que Shakespeare devrait être monté.

— Si je me souviens bien, pourtant, tu campais un Hamlet drôlement jouasse, reprit Edna. Le plus jouasse, peut-être, de toute l'histoire du théâtre.

— Mais *Hamlet* n'est pas censé être joyeux ! » intervint Arthur Watson, l'air perplexe.

Un ange passa. Comme cela se produisait souvent, allais-je découvrir sans tarder, après qu'Arthur Watson avait parlé. Cet homme pouvait faire littéralement caler les conversations les plus étincelantes simplement en ouvrant la bouche.

Tous les regards s'étaient tournés vers Edna. Comment allait-elle réagir au commentaire idiot de son mari ?

En lui décochant un grand sourire affectueux, s'avéra-t-il. « C'est exact, Arthur. *Hamlet* n'a pas la réputation d'être une pièce joyeuse, mais Peg, en apportant son entrain naturel au rôle, avait déridé toute l'histoire.

— Ah… ! Bigrement bien joué de sa part, en ce cas ! Cela dit, je ne sais pas ce que M. Shakespeare aurait pensé de ça. »

Peg sauva la situation en saisissant la balle au bond : « M. Shakespeare se serait retourné dans sa tombe, Edna, s'il avait su qu'on m'autorisait à partager la scène avec une artiste de ta trempe. Ce que tu dois comprendre, petite, enchaîna-t-elle en se tournant vers moi, c'est qu'Edna est l'une des plus grandes comédiennes de sa génération.

— Peg ! protesta l'intéressée avec un grand sourire. Arrête de parler de mon âge !

— Edna, je crois qu'elle voulait juste dire que tu es une des plus grandes comédiennes de ton temps, corrigea Arthur. Elle ne parle pas du tout de ton âge.

— Merci pour cette clarification, chéri, répliqua Edna sans aucune trace d'ironie ni d'agacement. Et merci de ta gentillesse, Peg.

— Edna est la plus grande shakespearienne que tu rencontreras de ta toute vie, Vivian, insista encore Peg. Elle a ça dans le sang. À ce qu'on raconte, au berceau déjà elle pouvait réciter les sonnets à rebours, avant de les mémoriser plus tard dans le bon sens.

— Ç'aurait pourtant été plus simple de les apprendre directement dans le bon sens, marmonna Arthur.

— Mille mercis, Peg, dit Edna, sans relever cette fois, Dieu merci, la remarque de son mari. Tu as toujours été trop indulgente avec moi.

— Nous allons devoir te trouver de quoi t'occuper pendant ton séjour ici ! lança Peg en se tapant la cuisse pour l'emphase. Je serais ravie de t'associer à un de nos affreux petits spectacles, mais ils sont si indignes de toi !

— Rien n'est indigne de moi, chère Peg. J'ai joué Ophelia enfoncée dans la boue jusqu'aux genoux.

— Ah, mais tu n'as pas vu nos spectacles ! Ils te feront regretter la boue. Et je n'ai pas grand-chose pour te payer, en tous les cas pas ce que tu vaux.

— Ce sera déjà mieux que ce que nous gagnerions en Angleterre, à supposer que nous puissions y retourner.

— Je préférerais que tu décroches un rôle dans un théâtre plus réputé, expliqua Peg. Et ce n'est pas ce qui manque à New York, si j'en crois la rumeur. Personnellement, je n'ai jamais mis les pieds dans aucun d'eux, mais j'ai cru comprendre que ça existait.

— La saison est un peu trop avancée, observa Edna. À la mi-septembre, toutes les productions ont déjà bouclé leur distribution. Et n'oublie pas que je suis moins connue ici, chérie. Tant que Lynn Fontanne et Ethel Barrymore seront encore de ce monde, jamais je ne décrocherai les meilleurs rôles à New York. Il n'empêche que j'aimerais beaucoup travailler tant que je suis ici, et je sais qu'il en est de même pour Arthur. Je suis polyvalente, Peg, tu me connais. En fond de scène, avec le bon éclairage, je peux encore jouer une femme plus ou moins jeune. Je peux jouer une Juive, une bohémienne, une Française. Voire un jeune garçon, à la rigueur. Au pire, Arthur et moi vendrons des cacahuètes dans le foyer. Nous viderons les cendriers. Nous voulons juste payer notre écot.

— Hé, doucement, Edna, intervint Arthur Watson avec sévérité. Je ne crois pas que ça me plairait, de vider des cendriers. »

Ce soir-là, Edna assista aux deux représentations d'*En piste, Jacky !* Une paysanne de douze ans venant au théâtre pour la première fois n'aurait pas pu s'enthousiasmer davantage pour notre épouvantable petit spectacle.

« C'est tellement amusant ! s'extasia-t-elle lorsque la troupe eut vidé la scène après le dernier rappel. Vous savez, Vivian, je suis une enfant de la balle et j'ai commencé ma carrière dans ce genre de productions. Je suis née dans les coulisses, cinq minutes avant ma première entrée en scène. »

Edna insista pour aller féliciter la troupe dans les loges. Quelques-uns de nos artistes la connaissaient de nom, mais ils étaient l'exception. Les autres ne voyaient en Edna qu'une charmante dame qui les complimentait ; cela leur suffisait amplement et ils faisaient cercle autour d'elle pour se repaître de ses largesses.

J'attirai Celia à l'écart. « C'est Edna Parker Watson !

— Ah ouais ? fit mon amie, nullement impressionnée.

— C'est une célèbre comédienne britannique. Mariée à Arthur Watson.

— L'Arthur Watson d'*Aux portes de midi* ?

— Oui ! Ils vont habiter ici. Leur maison à Londres a été bombardée.

— Mais il est *jeune*, objecta Celia en dévisageant Edna. Comment peut-il être marié avec elle ?

— Je n'en sais rien. Mais elle n'est pas la première venue.

— Si tu le dis, concéda Celia, l'air dubitatif, avant d'enchaîner : Où va-t-on ce soir ? »

Pour la première fois depuis notre rencontre, je n'étais pas sûre de *vouloir* sortir. Il me semblait que je préférerais passer un peu plus de temps en compagnie d'Edna. Juste pour une soirée.

« Je veux que tu fasses sa connaissance, Celia. Elle est célèbre et je suis dingue de sa façon de s'habiller. »

J'entraînai donc Celia pour la présenter fièrement à Edna.

Nul ne peut anticiper la réaction d'une femme quand on lui présente une girl, et qui plus est une girl en costume de scène, intentionnellement apprêtée pour éclipser toutes ses semblables et leur donner le sentiment d'être insignifiante. Oui, cela exige une sacrée confiance en soi d'affronter le somptueux éclat d'une girl sans ciller, sans éprouver de ressentiment ni se liquéfier.

Eh bien, Edna, toute menue qu'elle fût, possédait exactement ce genre d'assurance.

« Celia, vous êtes une splendeur ! s'écria-t-elle une fois achevées les présentations. Une vraie liane ! Et ce visage ! Vous pourriez mener la revue des Folies Bergère, ma chère !

— C'est à Paris, indiquai-je à Celia qui, distraite par les compliments, ne prit pas garde à mon ton condescendant, Dieu merci.

« — Et d'où venez-vous, Celia ? enchaîna Edna, tête inclinée, en braquant tous les feux de son attention sur mon amie.
— Je suis d'ici. De New York. »
(Comme si cet accent aurait pu naître ailleurs.)
« J'ai remarqué que vous dansiez exceptionnellement bien, pour une fille de votre taille. Avez-vous étudié la danse classique ? Votre port semble suggérer que vous avez reçu une solide formation.
— Non, répondit Celia dont le visage était maintenant illuminé de plaisir.
— Et vous jouez, également ? La caméra doit vous adorer. Vous avez l'étoffe d'une star de cinéma.
— Oui, je joue, à l'occasion, répondit Celia, avant d'ajouter – non sans aplomb pour quelqu'un qui avait en tout et pour tout interprété un cadavre dans un film de série B –, mais je ne suis pas encore très connue.
— S'il y a une justice en ce monde, vous ne tarderez pas à l'être. Persévérez, ma chère. Vous avez choisi le bon créneau. Vous avez un visage fait pour votre époque. »

Gagner l'affection de quelqu'un à coups de compliments est chose aisée. Trouver celui qui fera mouche l'est beaucoup moins. Tout le monde disait à Celia qu'elle était belle, mais personne ne lui avait jamais dit qu'elle avait un port de ballerine, ou un visage fait pour son époque.

« Dites, les filles, je m'aperçois qu'avec toute cette excitation, je n'ai pas encore défait mes bagages. Seriez-vous libres pour me prêter main-forte ?
— Volontiers ! » répondit Celia avec l'enthousiasme d'une gamine de treize ans.

Et à cet instant, devant mes yeux ébahis, la déesse se fit femme de chambre.

Dans l'appartement du troisième étage qu'Edna allait occuper avec son mari, le plancher du salon avait disparu sous une avalanche de malles, de cartons et de boîtes à chapeau.

« Eh bien ! Nous ne sommes pas au bout de nos peines, plaisanta Edna. Sans vouloir vous commander, les filles, on s'y met ? »

Pour ma part, je ne demandais pas mieux, tant je mourais d'impatience de manipuler ses vêtements. Je pressentais qu'ils seraient splendides – et ils l'étaient. Déballer les malles d'Edna était une leçon en génie vestimentaire. Je remarquai sans tarder que rien, dans cette garde-robe, n'avait été laissé au hasard ; chaque pièce était pensée pour s'inscrire dans ce style particulier qui croisait le chic du petit Lord Fauntleroy et l'élégance d'une mondaine parisienne.

Edna avait une collection pour le moins impressionnante de vestes. Elles étaient visiblement la pièce maîtresse de son esthétique vestimentaire et chacune offrait une variation d'un même style – coupe ajustée, élégante, un brin martiale. Certaines étaient ourlées de caracul, d'autres passepoilées de satin. Si quelques-unes étaient aussi strictes que des vestes d'équitation, d'autres se voulaient plus fantaisie, mais toutes s'ornaient de boutons dorés de formes différentes, et de doublures en soie aux couleurs de pierres précieuses.

« J'ai un tailleur indien, à Londres, qui les réalise spécialement pour moi, précisa Edna lorsqu'elle me surprit en train de chercher les griffes. Au fil du temps, il en est venu à bien connaître mes goûts. Comme il crée inlassablement de nouveaux modèles, je ne me lasse jamais de les acheter. »

Venaient ensuite les pantalons – une sacrée collection là aussi. Certains étaient longs et amples mais d'autres avaient des jambes étroites et un ourlet qui semblait tomber juste au-dessus de la cheville.

« Je me suis habituée à ces pantalons quand j'étudiais la danse, m'expliqua Edna. À Paris, toutes les danseuses en portaient, et ces filles étaient d'un chic ! Je les surnommais la "Brigade des chevilles fines". »

Ce fut pour moi une révélation. Jamais je n'avais été adepte des pantalons avant de découvrir à quel point ils étaient seyants sur Edna. Même Garbo et Hepburn avaient échoué à me convaincre qu'une femme en pantalon pouvait être féminine et glamour. Mais en découvrant ceux d'Edna, je me pris à songer qu'eux seuls pouvaient rendre une femme à la fois féminine et glamour.

« Dans la vie de tous les jours, je préfère m'habiller en pantalon, souligna Edna. Je suis petite, mais je fais de grandes enjambées. J'ai besoin de pouvoir bouger librement. Il y a des années de ça, un journaliste a écrit que j'avais un "petit côté garçon manqué affriolant". C'est le plus beau compliment que m'ait fait un homme ! »

Celia lui décocha un regard perplexe, mais je comprenais exactement ce qu'Edna voulait dire, et j'adorais l'idée.

On s'attaqua ensuite à la malle remplie de chemisiers. Quantité d'entre eux s'ornaient de ruches, ou de jabots au charme suranné. C'était par cette attention portée aux détails, compris-je, qu'une femme en costume pouvait encore ressembler à une femme. Il y avait en particulier une blouse en crêpe de Chine à col montant, couleur poudre, qui provoqua chez moi un douloureux pincement d'envie lorsque je l'effleurai. Quant à la suivante – une élégante pièce en mousseline de soie ivoire, fermée par de minuscules boutons en nacre le long de la nuque et dotée de manches quasi immatérielles –, elle m'arracha une exclamation :

« Elle est *parfaite* !

— Merci de le remarquer, Vivian. Vous avez l'œil. Ce petit haut vient de chez Coco Chanel en personne. Elle me l'a donné – si on peut imaginer Coco donner quoi que ce soit gratuitement ! Un moment de faiblesse de sa part, sans doute. Elle souffrait peut-être d'une intoxication alimentaire, ce jour-là. »

Celia et moi laissâmes échapper un hoquet.

« Vous connaissez Coco Chanel ? m'écriai-je.

— Personne ne *connaît* Coco, ma chère. Elle ne permettrait jamais pareille chose. Disons que nous sommes des connaissances. Je l'ai rencontrée il y a des années de ça, à l'époque où je jouais à Paris. J'habitais quai Voltaire, et j'apprenais le français – ce qui est tout bénéfice pour une comédienne. Cette langue n'a pas sa pareille pour vous enseigner à faire bon usage de votre bouche. »

Jamais je n'avais entendu combinaison de mots plus sophistiquée que *ça*.

« Comment est-elle ?

— Coco ? » Edna marqua une pause et ferma les yeux, comme si elle cherchait les mots justes. En les rouvrant, elle sourit et dit : « Coco Chanel est douée, ambitieuse, rusée, mal-aimée et acharnée au travail, et c'est aussi une *anguille* faite femme. Et dans son désir de domination du monde, elle me fait plus peur que Mussolini ou Hitler. Non, je plaisante, elle n'est pas si redoutable. Elle ne devient dangereuse que lorsqu'elle commence à vous appeler son amie. Mais elle est bien plus intéressante que le laisse entendre ma description. Dites, les filles, que pensez-vous de ce chapeau ? »

Elle avait sorti d'une boîte un homburg semblable à un couvre-chef masculin, mais pas tout à fait. Celui-ci était en feutre mou couleur prune et agrémenté d'une unique plume rouge. Elle le coiffa et joua avec un sourire espiègle à prendre une pose de mannequin.

« Il vous va magnifiquement bien, mais je ne vois personne porter ce genre de chapeau, en ce moment, observai-je.

— Merci. En matière de chapeaux, la mode actuelle m'insupporte. Coiffer un de ces bric-à-brac tarabiscotés au motif qu'il flatte l'allure générale serait au-dessus de mes forces. Un Homburg flattera toujours votre silhouette à la perfection, s'il a été fait spécialement pour vous. Un chapeau mal choisi me contrarie et m'oppresse. Et pour mal les choisir, il n'y a que l'embarras du choix. Mais hélas, il faut bien que les modistes mangent, j'imagine.

— *Ça*, j'adore ! s'exclama Celia en tirant sur une longue écharpe de soie jaune qu'elle enroula aussitôt en turban.

— Bien joué, Celia ! s'exclama Edna. Vous êtes de ces rares filles auxquelles une écharpe enroulée autour de leur tête donne une touche d'élégance. Quelle chance ! Si je m'enturbannais de la sorte, j'aurais l'air d'une sainte au tombeau. Elle vous plaît ? Gardez-la.

— C'est vrai ? Merci ! s'écria Celia en paradant dans la chambre d'Edna, à la recherche d'un miroir.

— Je ne sais même pas pourquoi je l'ai achetée. Sans doute parce que les écharpes jaunes étaient à la mode, cette année-là. Retenez bien la leçon, mes chéries ! Tout l'intérêt de la mode, c'est qu'on n'est pas tenu de la suivre, quoi qu'on en dise. Aucune tendance n'est obligatoire, ne l'oubliez jamais – et la femme qui s'habille trop dans le style du moment passera pour peu sûre d'elle. Paris, c'est bien beau, mais on ne peut pas emboîter le pas à toutes ses lubies juste parce que c'est Paris, non ? »

On ne peut pas emboîter le pas à toutes ses lubies juste parce que c'est Paris !

Aussi longtemps que je vivrai, jamais je n'oublierai cette tirade. Et ce discours, pour moi, était certainement plus stimulant que tout ce qu'avait pu dire Churchill.

Celia et moi étions maintenant affairées à déballer une pleine malle de produits de bains et de beauté, et nous nous pâmions de bonheur devant le raffinement de ces articles de toilette. Il y avait des huiles de bains parfumées à l'œillet, des frictions à la lavande, des diffuseurs de senteur pour les tiroirs et les placards, et quantité de lotions dans d'élégants flacons en verre portant des instructions en français. C'était positivement *grisant*. J'aurais pu me sentir gênée par nos débordements d'enthousiasme mais comme Edna semblait prendre un plaisir sincère à nos cris de ravissement – et même, pour tout dire, s'amuser autant que nous –, j'en conçus le sentiment extravagant qu'elle nous appréciait peut-être vraiment. Je trouvai cette idée captivante, et elle continue à me captiver aujourd'hui. Pour des raisons évidentes, les femmes d'un certain âge ne goûtent pas toujours la compagnie de filles jeunes et belles. Mais ce n'était pas le cas d'Edna.

« Je pourrais vous regarder pétiller pendant des heures ! » nous dit-elle.

Et Dieu sait qu'on pétillait ! Jamais je n'avais vu une telle garde-robe. Edna avait carrément une valise entière de gants – et chaque paire était délicatement enveloppée dans de la soie assortie à la doublure.

« N'achetez jamais de gants bon marché ou de mauvaise facture, nous enseigna Edna. Ce n'est pas là qu'il faut faire des économies. Avant d'en acheter une paire, demandez-vous toujours si vous seriez inconsolable d'en égarer un dans un taxi. Si la réponse est non, passez votre chemin. On devrait n'avoir que des gants si beaux qu'en perdre un soit un crève-cœur. »

À un moment donné, le mari d'Edna nous rejoignit mais, si beau qu'il fût, sa présence était sans importance, comparée à cette garde-robe exotique. Edna lui planta un baiser sur la joue et le renvoya d'où il venait. « Il n'y a pas encore de place pour un homme, Arthur. Va donc boire un verre quelque part et distrais-toi jusqu'à ce que ces chères petites aient terminé. Ensuite, je te le promets, je vous trouverai une petite place, à toi et à ton affreux baluchon de voyage. »

Arthur afficha un air boudeur mais obtempéra.

« Dites, il est sacrément beau gosse ! » s'exclama Celia après son départ.

Je redoutai qu'Edna ne se froisse, mais elle se contenta de rire. « Il est indéniablement *beau gosse*, comme vous dites. Pour ne rien vous cacher, je n'en ai jamais vu deux comme lui. Après presque dix ans de mariage, je ne me lasse toujours pas de le regarder.

— Mais il est *jeune* ! »

J'aurais volontiers botté le train à Celia pour son impolitesse mais, là encore, Edna sembla ne pas prendre ombrage de la remarque. « Oui, chère Celia, il est jeune – bien plus que moi. Cela est une de mes plus grandes réussites, je crois bien.

— Ça ne vous inquiète pas ? insista Celia. Il doit y avoir un tas de jolies souris qui veulent lui mettre le grappin dessus, non ?

— Les souris ne m'inquiètent pas, très chère. Il est facile de s'en débarrasser.

— Ooh ! fit Celia avec une expression qui hésitait entre admiration et crainte.

— Quand une femme a réussi par elle-même, elle peut s'amuser en épousant un bel homme bien plus jeune qu'elle. Voyez cela comme la récompense d'un dur labeur. Quand j'ai rencontré Arthur, il était encore presque un blanc-bec. Il était menuisier et il construisait les décors d'une pièce d'Ibsen dans laquelle je jouais. *Un ennemi du peuple*. Mme Stockmann est un rôle insipide, mais notre rencontre a égayé l'expérience tout le temps que la pièce est restée à l'affiche, et Arthur n'a jamais cessé d'égayer ma vie depuis. Vous savez, les filles, je l'adore. Mais c'est mon troisième mari, bien sûr. Aucun premier mari ne ressemble à Arthur. En ce qui me concerne, le premier était fonctionnaire, et je ne crains pas de dire qu'il faisait aussi l'amour comme un fonctionnaire. Le second était directeur de théâtre – une erreur que je ne ferai pas deux fois. Et maintenant, il y a ce cher Arthur, si beau et avec qui je me sens pourtant si bien. Un dernier cadeau que m'a fait la vie. Je l'aime tellement que j'ai même pris son nom, contre l'avis de mes amis du théâtre qui me disaient de n'en rien faire puisque le mien était déjà connu. Jamais je n'avais pris le nom de mes autres maris, voyez-vous. Mais Edna Parker Watson, ça sonne bien, vous ne trouvez pas ? Et vous Celia ? Avez-vous déjà eu un mari ? »

Elle en a eu de nombreux, Edna, avais-je envie de répondre. *Mais un seul qui était vraiment à elle.*

« Ouais, fit Celia. Un saxophoniste.

— Doux Jésus ! Ça n'a donc pas duré, je suppose ?

— Vous supposez bien, m'dame. » De l'index, Celia traça une ligne en travers de sa gorge pour indiquer, j'imagine, la mort de l'amour.

— Et vous Vivian ? Mariée ? Fiancée ?

— Ni l'un ni l'autre

— Mais quelqu'un a bien une place à part, dans votre cœur ?

— Non, personne en particulier, répondis-je, d'un ton qui provoqua un éclat de rire de la part d'Edna.

— Vous avez quelqu'un ! Je le vois bien.

— Quelques-uns, disons », glissa Celia.

Je ne pus retenir un sourire, et Edna me toisa d'un regard approbateur.

« Bien joué, Vivian ! Vous devenez de plus en plus intéressante à chaque minute qui passe. »

Plus tard ce soir-là – probablement bien après minuit –, Peg vint voir si tout se passait bien. Elle s'installa dans un fauteuil profond avec son verre, le petit dernier avant le passage du marchand de sable. Celia et moi achevions de défaire les malles, et Peg semblait prendre plaisir à nous regarder.

« Diantre, Edna, tu as beaucoup d'habits.

— Ce n'est là qu'une petite partie de la collection, Peg. Si tu voyais mes placards, à la maison... Mon Dieu, reprit-elle après un temps. J'avais encore oublié qu'il n'y a plus de maison et que j'ai tout perdu. Ma contribution à l'effort de guerre, j'imagine. Il faut croire que M. Goering avait impérativement besoin de détruire une garde-robe que je constituais depuis plus de trois décennies pour que la race aryenne puisse prospérer. Je ne vois pas très bien à quoi cela lui sert, mais ce qui est fait est fait, hélas. »

J'étais émerveillée par la légèreté avec laquelle Edna semblait prendre la destruction de sa maison. Peg l'était apparemment tout autant : « Je t'avoue, Edna, que je m'attendais à te trouver un peu plus ébranlée.

— Enfin, Peg ! Tu me connais mieux que ça ! Ou bien as-tu oublié combien je suis douée pour m'adapter aux circonstances ?

On ne peut pas mener une vie de barreau de chaise et trop s'attacher aux choses. »

Peg se fendit d'un grand sourire amusé et complice.

« C'est ça, les saltimbanques ! » lança-t-elle à mon intention, en secouant la tête.

Celia venait d'extraire d'une malle une élégante robe du soir en crêpe noir, avec un col haut, des manches longues, et une petite broche en perles délibérément décentrée.

« Celle-là, c'est pas n'importe quoi ! s'exclama-t-elle.

— Elle produit son petit effet, n'est-ce pas ? dit Edna en plaquant la robe devant elle. Mais j'ai toujours eu une relation difficile avec cette robe. En fonction de la coupe, le noir peut faire de vous la femme la plus élégante, ou la plus mal fagotée. Je ne l'ai portée qu'une seule fois. J'avais l'impression d'être une veuve grecque. Mais je l'ai gardée parce que j'aime bien le détail en perles. »

Je m'approchai et tendis respectueusement la main. « Puis-je ? »

J'étalai la robe sur le canapé et l'effleurai ici et là, pour mieux la sentir.

« Le problème ne vient pas de la couleur, mais des manches, diagnostiquai-je. L'étoffe des manches est plus lourde que celle du corsage, vous voyez ? Cette robe devrait avoir des manches en mousseline – ou pas de manches du tout, ce qui vous irait encore mieux, menue comme vous êtes. »

Edna étudia la robe puis me regarda avec surprise.

« Je crois bien que vous avez mis le doigt sur quelque chose, Vivian.

— Je pourrais la retoucher, si vous me faites confiance.

— Notre Vivvie est une couturière démoniaque ! affirma Celia fièrement.

— C'est la vérité, renchérit Peg. Vivian est notre costumière en titre.

— C'est elle qui fait tous les costumes de nos spectacles. Elle a fait les tutus que nous portions ce soir.

— Vraiment ? fit Edna, plus impressionnée qu'elle n'aurait dû l'être – même ton chat saurait faire un tutu, Angela. Ainsi, non contente d'être belle, vous êtes également douée ! Ça alors ! Et on dit que le Seigneur ne donne jamais des deux mains ! »

Je balayai le compliment d'un haussement d'épaules.

« Tout ce que je sais, c'est que je peux arranger ce qui vous chagrine dans cette robe. Je serais d'avis de la raccourcir, également. Avec un ourlet juste au-dessous de la cheville, elle serait plus seyante sur vous.

— Vous me semblez beaucoup plus calée que moi, question vêtements, observa Edna, car j'étais sur le point de reléguer cette vieillerie aux oubliettes. Et moi qui vous rebats les oreilles depuis des heures avec mes leçons de mode et de style ! Ce serait plutôt à moi de vous écouter. Mais dites, ma chère, où donc avez-vous appris à comprendre si bien une robe ? »

Je ne peux pas imaginer qu'une femme de la stature d'Edna Parker Watson puisse écouter avec fascination une fille de dix-neuf ans parler de sa grand-mère des heures durant. C'est pourtant ce qu'elle fit, avec générosité – et même plus : elle était pendue à chacun de mes mots.

À un moment donné pendant mon monologue, Celia s'éclipsa. Je ne devais pas la revoir avant l'aube, lorsqu'elle s'effondrerait sur notre lit ivre et en piteux état, comme d'habitude. Peg finit également par prendre congé, après un coup sec frappé à la porte et un rappel à l'ordre d'Olive.

Il ne resta donc qu'Edna, enroulée sur le canapé de son nouveau logis, et moi pour poursuivre cette conversation jusqu'aux petites heures du matin. La jeune fille bien élevée que j'étais s'en voulait de monopoliser son temps, mais comment résister à ses attentions ? Edna voulait tout savoir de ma grand-mère, et les détails de ses frivolités et de ses excentricités la ravissaient. (« Quel personnage ! Il faudrait s'en inspirer pour une pièce ! ») Chaque fois que j'essayais de détourner le sujet de ma petite personne, Edna y revenait. Ma passion pour la couture semblait lui inspirer une curiosité sincère. Et quand je lui appris que je pouvais réaliser un corset à baleines si besoin était, elle ne cacha pas sa stupéfaction.

« Mais vous êtes une costumière-née ! La différence entre une robe et un costume évidemment, c'est que les robes sont *bâties* et que les costumes sont *construits*. Quantité de gens de nos jours peuvent coudre un vêtement mais rares sont ceux qui savent les construire. Un costume est un accessoire de scène, Vivvie, autant que n'importe quel meuble ou objet, et il se doit d'être résistant. On ne sait jamais ce qui peut se passer pendant un spectacle, et un costume doit parer à toute éventualité. »

Je racontai à Edna comme ma grand-mère excellait à dénicher les minuscules vices cachés de mes réalisations, et exigeait que j'y mette bon ordre sur-le-champ. « "Personne ne le remarquera!" protestais-je, mais grand-mère Morris me rétorquait : "Détrompe-toi, Vivian. Les gens le remarqueront, sans même savoir ce qui leur a écorché le regard. Ils remarqueront juste que quelque chose cloche. Ne leur offre pas cette chance."

— Elle avait mille fois raison! approuva Edna. Voilà pourquoi j'accorde une attention toute particulière à mes costumes. Et je déteste qu'un metteur en scène impatient me dise "Personne ne le remarquera!" Ah, il y en a eu, des prises de bec mémorables! Comme je dis toujours aux metteurs en scène "Quand je suis sous les feux de la rampe et que trois cents paires d'yeux me fixent pendant deux heures, ces yeux finiront par remarquer tous les détails qui clochent – dans ma coiffure, dans mon teint, dans ma voix, et bien évidemment dans ma robe." Non pas que les spectateurs soient des maîtres en matière de style, Vivian. Simplement, une fois qu'ils sont captifs dans leurs fauteuils, ils n'ont rien d'autre à faire que de chercher la petite bête. »

Et moi qui croyais avoir eu tout l'été des conversations d'adulte parce que j'avais passé mon temps avec une bande de girls qui connaissaient la vie! Voilà ce qu'était une véritable conversation entre adultes : on parlait de savoir-faire, d'expertise, d'esthétique. Je n'avais jamais rencontré personne (à l'exception de grand-mère Morris, évidemment) qui, dans le domaine de la couture, en sache plus que moi. Que ça intéresse autant que moi. Qui comprenne, ou respecte cela en tant qu'art.

J'aurais pu continuer à parler vêtements et costumes avec Edna pendant encore un siècle ou deux, mais Arthur Watson finit par faire irruption dans la chambre et par exiger de pouvoir profiter de son *fichu lit* avec sa *fichue moitié*.

Le lendemain matin, pour la première fois depuis deux mois – et l'événement était à marquer d'une pierre blanche –, je me réveillai sans l'ombre d'une gueule de bois.

10

Dès la semaine suivante, tante Peg était déjà à pied d'œuvre pour monter un spectacle dont Edna serait la vedette. Elle était résolue à donner du travail à son amie, mais avec un emploi à la hauteur de son talent (car, franchement, on ne peut pas proposer à une des plus grandes actrices de son temps de jouer dans *En piste, Jacky!*)

Olive, en revanche, était tout sauf convaincue que ce soit là une bonne idée. Malgré toute son affection pour Edna, elle jugeait que, d'un point de vue commercial, produire un bon spectacle (ou même seulement à moitié bon) au Lily n'avait pas de sens : cela allait casser la recette.

« Nous avons un petit public, Peg, fit-elle valoir. Nos spectateurs sont des gens humbles, mais nous n'avons qu'eux, et ils nous sont fidèles. Nous leur devons fidélité en retour. On ne peut pas faire faux bond à leurs attentes, et certainement pas pour une seule comédienne, sinon on ne les reverra plus. Notre tâche est de servir la communauté de ce quartier. Et ce quartier ne veut pas voir d'Ibsen.

— Moi non plus! abonda Peg. Mais je déteste voir Edna réduite au désœuvrement, et je déteste encore plus l'idée de l'enrôler dans un de nos assommants petits spectacles.

— *Assommants* ou pas, ils payent les notes d'électricité, Peg. Et encore, tout juste. Ne prends pas le risque pas de tout casser en changeant tout.

— Et si on montait une comédie ? Avec une intrigue qui plairait à notre public, mais qui serait assez intelligente pour être à la hauteur du talent d'Edna ? »

Peg se tourna vers M. Herbert. Attablé devant le petit déjeuner, en pantalon informe et bras de chemise comme à son habitude, il se torturait à contempler le vide.

« Monsieur Herbert ? Une pièce à la fois drôle et intelligente serait-elle dans vos cordes ?

— Non, répondit l'intéressé sans même lever les yeux.

— Bon, sur quoi travaillez-vous, en ce moment ? Quel est le prochain spectacle sur le pont ?

— Il s'intitule *New York est une fête*. Je vous en ai parlé le mois dernier.

— Ah oui, celui qui se déroule dans un speakeasy. Je m'en souviens. Des garçonnes, des gangsters, de l'alcool de contrebande à gogo, ce genre de fadaises. Quelle est l'intrigue, déjà ?

— *L'intrigue ?* répéta M. Herbert, l'air à la fois blessé et perplexe, comme s'il n'avait jamais envisagé qu'un spectacle du Lily Playhouse puisse nécessiter une intrigue.

— Peu importe, trancha Peg. Y aurait-il un rôle pour Edna ?

— Je ne vois pas bien comment, répondit M. Herbert sans se départir de sa douloureuse perplexité. Nous avons une ingénue, un héros, un méchant… mais pas de femme d'un certain âge.

— L'ingénue pourrait-elle avoir une mère ?

— Peg, l'ingénue est *orpheline*, pointa M. Herbert. On ne peut pas modifier ce détail. »

L'argument était de poids ; l'ingénue devait impérativement être orpheline. Sinon, l'histoire perdrait tout son sens ; et le public se révolterait. Il se mettrait à lancer des chaussures et des briques sur les comédiens, si l'ingénue n'était pas orpheline.

« Qui est le patron du speakeasy, dans votre script ?

— Personne.

— Eh bien, ne pourrait-il pas en être autrement ? Ne pourrait-il pas être une patronne ? »

M. Herbert se frictionna le front ; Peg lui aurait demandé de repeindre le plafond de la chapelle Sixtine qu'il n'aurait pas semblé plus accablé.

« Cela serait problématique à tous égards, répondit-il.

— Peg, intervint Olive. Edna Parker Watson en tenancière de speakeasy, personne n'y croira. Pourquoi diable un bar clandestin new-yorkais serait-il tenu par une Anglaise ? »

Le visage de Peg se défit. « Zut ! Tu as raison, Olive. Tu as la mauvaise habitude d'avoir toujours raison. Et je le déplore. » Un long moment, Peg se tritura les méninges en silence. Puis soudain, elle s'exclama : « Ah ! que le diable m'emporte, mais si seulement Billy était là ! Lui pourrait écrire un truc épatant pour Edna. »

Voilà une remarque qui retint mon attention.

Outre que je n'avais encore jamais entendu ma tante blasphémer, c'était la première fois qu'elle évoquait devant moi ce mari dont elle était séparée. Et je n'avais pas été la seule à tendre l'oreille à la mention de Billy. Tant Olive que M. Herbert donnaient l'impression d'avoir reçu des seaux de glace dans le dos.

« Oh ! Peg, non, souffla Olive. N'appelle pas Billy. S'il te plaît, sois raisonnable.

— Je peux ajouter qui vous voudrez dans la distribution, proposa M. Herbert, subitement coopératif. Dites-moi ce dont vous avez besoin, et je le ferai. Le speakeasy peut avoir un patron, bien sûr. Enfin, une patronne. Et elle peut très bien être anglaise.

— Billy appréciait énormément Edna, poursuivit Peg, comme pour elle-même. Et il l'a vue sur scène. Il comprendrait comment tirer le meilleur parti de son talent.

— Peg, tu ne veux pas que Billy se mêle de nos productions, prévint Olive.

— Je vais l'appeler. Pour qu'il me souffle quelques idées. Cet homme est une machine à pondre des idées.

— Vous ne pouvez pas l'appeler ! protesta M. Herbert. Il est cinq heures du matin sur la Côte Ouest ! »

Cet échange offrait un spectacle fascinant. À la seule mention de Billy, le degré d'anxiété dans la pièce avait indubitablement atteint un pic.

« En ce cas, je l'appellerai dans l'après-midi, conclut Peg. Même si ça ne nous assure en rien qu'il sera plus réveillé à ce moment-là.

— Oh, Peg, non, répéta Olive d'une voix plombée de désespoir.

— Juste pour lui soutirer quelques idées, Olive. J'ai besoin de lui. Et un coup téléphone, ça ne mange pas de pain. »

Ce soir-là, à l'issue de la dernière représentation, c'est une Peg triomphante qui invita une petite troupe à souper chez Dinty Moore, sur la 46e Rue. Elle avait parlé à Billy dans l'après-midi, et elle voulait nous faire part des idées qu'il lui avait soufflées pour la pièce.

Autour de la table étaient réunis les Watson, M. Herbert, Benjamin, le pianiste (que je voyais pour la première fois en dehors du théâtre), moi, et Celia bien sûr, puisque nous étions inséparables.

« Bien, écoutez-moi tous, commença Peg. Billy a trouvé une solution : nous allons bel et bien monter *New York est une fête*. L'intrigue se situera pendant la Prohibition, et sera une comédie, bien sûr. Edna, tu joueras la patronne du speakeasy. Mais pour que l'histoire tienne debout et soit rigolote, Billy propose qu'on fasse de toi une aristocrate – une veuve débrouillarde qui, à la mort de son mari, se retrouve embringuée dans le trafic d'alcool par accident. Billy suggère que tu aies été ruinée par le krach. Pour t'en sortir, tu commences à distiller du gin dans ta baignoire, puis tu transformes ton hôtel particulier en tripot. Ce personnage, Edna, justifiera aux yeux du public ton raffinement inné. Tu pourras ainsi conserver cette distinction pour laquelle tu es connue et adorée, et tu auras toute ta place dans une revue comique avec girls et danseuses – puisque c'est le genre de spectacle qu'aime notre public. Je trouve l'idée géniale. D'après Billy, ce pourrait être amusant que le bar clandestin soit également un boxon. »

Olive fronça les sourcils. « Je ne goûte pas trop l'idée de situer notre spectacle dans un boxon.

— Eh bien moi si ! se récria Edna avec jubilation. Je l'adore. Mère maquerelle *et* patronne de speakeasy ! Quel régal ! Vous n'imaginez pas quel *baume* ce sera de jouer enfin dans une comédie ! Avec mes quatre derniers rôles, j'ai incarné soit une femme déchue qui assassinait son amant, soit l'épouse martyre d'un homme assassiné par une femme perdue. Le drame, ça finit par être usant. »

Peg rayonnait. « On peut dire ce qu'on veut de Billy, mais cet homme est un génie. »

À en juger à sa mine, Olive avait quantité d'arguments pour contrer cette affirmation, mais elle les garda par-devers elle.

« Benjamin, pour ce spectacle, tu dois te surpasser, reprit Peg en reportant son attention sur notre pianiste. Edna a un beau timbre d'alto, et j'aimerais entendre cette voix remplir comme il se doit le Lily. Écris-lui des chansons plus enlevées que ces balades à l'eau de rose que je te demande en général de composer. Ou vole quelque chose à Cole Porter, comme tu le fais parfois. Mais débrouille-toi pour que ce soit *exceptionnel*. Je veux que ce spectacle swingue.

— Je ne vole rien à Cole Porter, se défendit Benjamin. Je ne vole jamais rien à personne.

— Ah bon ? Je le croyais. Ta musique sonne tellement comme celle de Cole Porter.

— Je ne sais pas trop comment prendre ça, Peg... »

Peg haussa les épaules. « Alors ce serait Cole Porter qui te vole, Benjamin – va savoir ? Compose-nous juste quelques airs fantastiques, c'est tout ce que je te demande. Et veille à ce que celui destiné à Edna soit le clou du spectacle. Celia, enchaîna-t-elle en se tournant vers mon amie, j'aimerais que tu joues l'ingénue. »

Ici, M. Herbert sembla sur le point d'intervenir, mais Peg l'invita à se taire.

« Non, fit-elle avec un geste d'impatience. Ouvrez tous grand vos oreilles : cette ingénue-là sera différente. Cette fois, je ne veux pas d'une petite orpheline en robe blanche et aux mirettes perpétuellement écarquillées. Telle que je l'imagine, notre héroïne est extrêmement provocante par sa démarche et sa façon de parler – ce serait toi, Celia – mais ce bas monde n'a pas encore imprimé sa marque sur elle. Sexy, mais avec un petit air d'innocence.

— Une putain avec le cœur sur la main, résuma Celia, qui était plus maligne qu'il n'y paraissait.

— Exactement. »

Edna effleura le bras de Celia. « Disons que votre personnage est une *colombe souillée*.

— Pas de souci, c'est dans mes cordes, lui assura Celia en se resservant une côtelette de porc. Monsieur Herbert, combien de répliques vais-je avoir ?

— Mais je n'en sais rien ! s'impatienta notre dramaturge, l'air de plus en plus chagrin. Je ne sais pas comment écrire un personnage de... colombe souillée.

— Je peux vous souffler quelques idées », proposa Celia.

Une dramaturge-née, celle-là.

« Edna ? Sais-tu ce qu'a dit Billy, quand je lui ai appris que tu étais ici ? reprit Peg. Il s'est exclamé : "Ah ! je suis jaloux de New York !"

— Il a dit ça ?

— Oui. Quel charmeur, n'est-ce pas ? Il a également dit : "Fais gaffe, car quand Edna est sur scène on ne sait jamais à quoi s'attendre :

certains soirs, elle est excellente ; d'autres, elle atteint à la perfection." »

Edna était aux anges. « C'est tellement gentil de sa part. Billy n'a jamais eu son pareil pour donner à une femme la sensation d'être séduisante – parfois pendant plus de dix minutes consécutives. Mais Peg, je dois te poser une question. As-tu un rôle pour Arthur ?

— Naturellement ! »

Je compris à la seconde qu'il n'en était rien et que, pour tout dire, ma tante avait même oublié jusqu'à l'existence d'Arthur Watson. Mais il était là, attablé avec nous dans toute sa beauté simplette, en train d'attendre son rôle comme un labrador attend sa baballe.

« Évidemment que j'ai un rôle pour Arthur, reprit Peg. Je veux qu'il joue... (Elle marqua une hésitation, mais si brève qu'elle aurait pu passer inaperçue pour qui ne connaissait pas ma tante.) Le policier. Oui, Arthur. J'ai prévu de vous faire jouer le policier qui s'acharne à vouloir fermer le speakeasy, et qui est amoureux du personnage d'Edna. Pensez-vous pouvoir prendre un accent américain ?

— Je peux prendre *n'importe quel* accent », asséna Arthur, vexé – et je sus immédiatement qu'il en était incapable.

Edna frappa dans ses mains. « Un policier ! Et tu seras amoureux de *moi*, très cher ! On va bien rigoler.

— C'est la première fois que j'entends parler de ce personnage de policier, observa M. Herbert.

— Mais non, monsieur Herbert. Le policier a toujours fait partie du script, insista Peg.

— Quel script ?

— Celui que vous commencerez à écrire demain au chant du coq. »

M. Herbert semblait à deux doigts d'une attaque.

« Aurai-je également droit à ma chanson ? s'enquit Arthur.

— Ah. » Peg marqua de nouveau cette hésitation. « *Oui*. Benjamin, n'oublie pas de composer pour Arthur cette chanson – *celle* dont nous avons parlé. *La complainte du policier*. S'il te plaît. »

Benjamin soutint le regard de Peg et répéta, avec une pointe à peine perceptible de sarcasme : « La complainte du policier.

— C'est ça, Benjamin. Celle dont nous avons déjà parlé.

— Dois-je juste voler une complainte de policier à Gershwin ? »

Mais Peg, déjà, reportait son attention sur moi.

« Et maintenant, les costumes ! lâcha-t-elle avec pétulance.

— Nous n'aurons quasiment aucun budget pour les costumes », réagit aussitôt Olive.

Le visage de Peg se défit d'un coup. « Crotte. J'avais oublié ce détail.

— Ce n'est pas un problème, la rassurai-je. Je me fournirai chez Lowtsky's. Les robes de garçonnes, ce n'est pas très compliqué.

— Excellent, Vivian, approuva Peg. Je sais que tu te débrouilleras à merveille.

— Avec un budget strict, ajouta Olive.

— Avec un budget strict, agréai-je. Je prendrai sur mon argent de poche, s'il le faut. »

Tandis que la conversation se poursuivait et que tout le monde – à l'exception de M. Herbert – s'échauffait et y allait de ses suggestions, je m'éclipsai aux toilettes. En ressortant dans le couloir, je manquai d'entrer en collision avec un séduisant jeune homme qui arborait une large cravate et une expression plutôt carnassière, et qui paraissait m'attendre.

« Dites, votre amie, là-bas…, me lança-t-il avec un mouvement de tête en direction de Celia. Elle est renversante. Vous aussi, d'ailleurs.

— Oui, il paraît, répliquai-je en soutenant son regard.

— Que diriez-vous d'aller chez moi, les filles ? demanda-t-il sans s'embarrasser de préliminaires. Je suis avec un ami qui a une auto. »

Je l'étudiai plus attentivement. Il avait tout l'air d'une très mauvaise affaire. Un loup, avec une idée derrière la tête. Ce n'était pas le genre d'homme avec lequel une gentille fille aurait dû frayer.

« Ça pourrait s'envisager, répondis-je – et c'était vrai. Mais nous devons d'abord terminer une réunion avec nos associés.

— Vos associés ? pouffa-t-il. Et vous faites des affaires dans quel domaine, poupée ? » ajouta-t-il en considérant l'échantillon d'humanité bigarré qui composait notre tablée : une sublime girl propre à provoquer des infarctus ; un homme aux cheveux blancs, d'apparence négligée, en bras de chemise ; deux femmes d'un certain âge – l'une grande et fagotée comme l'as de pique, l'autre petite et passe-muraille ; une dame aisée et vêtue avec style ; un homme à la beauté éclatante et au profil spectaculaire ; et enfin un jeune homme noir très élégant dans son costume à fines rayures à la coupe parfaite.

« Nous sommes des saltimbanques », lui répondis-je.

Comme si nous aurions pu être autre chose.

Le lendemain matin, je me réveillai comme d'habitude de bonne heure, en proie à ma gueule de bois typique de l'été 1940. Mes cheveux empestaient la transpiration et le tabac, et mes membres étaient tout emmêlés avec ceux de Celia. (Les bras vont-ils t'en tomber, Angela, si je te dis que nous avions suivi le loup et son ami, en fin de compte, et que la nuit avait été exténuante ? J'avais la sensation d'avoir été repêchée dans le Gowanus Canal.)

Dans la cuisine, je trouvai M. Herbert dans une posture inédite à ce jour : front écrasé sur la table et mains poliment jointes sur les genoux. Son abattement avait apparemment franchi un nouveau palier.

« Bonjour, monsieur Herbert.

— Je suis prêt à examiner tout élément susceptible de corroborer cette allégation, répliqua-t-il sans décoller le front de la table.

— Comment vous sentez-vous, aujourd'hui ?

— Allègre. Brillant. En gloire. Un sultan en son palais. »

Il n'avait toujours pas relevé la tête.

« Le script avance comme vous voulez ?

— Vivian, agissez en philanthrope et arrêtez de poser des questions. »

Le lendemain à la même heure, je trouvai M. Herbert au même endroit, figé dans la même posture – et ainsi en alla-t-il plusieurs matins de suite. Comment pouvait-on rester aussi longtemps le front écrasé sur une table sans souffrir d'un anévrisme ?

« Il va s'en sortir ? demandai-je à Peg.

— Écrire une pièce n'a rien de facile, Vivian. Le problème, ici, c'est que pour la toute première fois, je lui demande d'écrire un bon script. Il en est tout tourneboulé. Mais voici ma vision des choses : pendant la guerre, les ingénieurs de l'armée britannique disaient

"Faisable ou pas, nous pouvons le faire." Au théâtre aussi, ça marche comme ça, Vivian. C'est comme une guerre ! Je demande souvent aux gens de se surpasser – enfin, je le leur demandais, avant que l'âge ne me rende trop coulante. Alors oui, j'ai une entière confiance en M. Herbert. »

Je ne pouvais pas en dire autant.

Une nuit où Celia et moi rentrions tard, et ivres pour ne pas changer, nous trébuchâmes sur un corps qui gisait par terre, dans le salon. Celia poussa un cri. J'allumai une lampe et identifiai M. Herbert, allongé en travers du tapis, sur le dos, en train de contempler le plafond, mains repliées sur la poitrine. L'espace d'un moment affreux, je le crus mort. Puis il battit des paupières.

« Monsieur Herbert ! Que faites-vous là ?

— Je prophétise, répondit-il sans bouger.

— Et vous prophétisez quoi, au juste ? parvins-je à articuler d'une voix pâteuse.

— Un destin tragique.

— Oh. Eh bien… Passez une bonne nuit. »

J'éteignis la lumière et alors que Celia et moi entrions en titubant dans notre chambre, j'entendis M. Herbert marmotter : « Splendide. Je vais assurément m'y employer. »

Pendant que M. Herbert souffrait, le reste d'entre nous s'affairait à monter un spectacle qui n'avait pas encore de livret.

Peg et Benjamin avaient déjà commencé à travailler sur les chansons ; assis tout l'après-midi devant le piano à queue, ils testaient des mélodies et des idées pour les paroles.

« Je veux que le personnage d'Edna s'appelle Mme Alabastar, décida Peg. Ça a un côté prétentieux, et il existe foison de rimes.

— Snobinard, combinard, bobinard, braquemart, égrena Benjamin. Oui, je peux trouver de quoi faire.

— Olive ne laissera jamais passer braquemart. Et vise plus haut. Dans le premier tableau, quand elle se découvre ruinée, débrouille-toi pour que la chanson soit exagérément verbeuse. Il faut qu'on sente combien elle est sophistiquée. Utilise des mots plus recherchés, pour la rime. Égrillard, bézoard, Zanzibar…

— Ou alors, dans le refrain, on pourrait poser une série de questions à son sujet, suggéra Benjamin. Par exemple : Qui l'a croisée ? Qui l'a empoignée ? Qui l'a sonnée ?

— Le krach du dollar ! Son coup de Trafalgar !

— Cette pauvre Alabastar, la grande dépression l'a laminée.

— Asphyxiée. Fracassée. La voilà plus pauvre qu'un pasteur. »

— Hé, doucement, Peg ! » Benjamin arrêta subitement de pianoter. « Mon père est pasteur, et il n'est pas pauvre.

— Je ne te paie pas pour détacher les doigts de ce clavier, Benjamin. Continue à improviser. On arrivait justement quelque part.

— Vous ne me payez pas du tout, répliqua Benjamin en croisant les mains sur ses genoux. Vous ne m'avez pas payé depuis trois semaines ! Vous n'avez payé personne, d'ailleurs, à ce que j'ai entendu dire.

— Ah bon ? Mais de quoi vis-tu ?

— De prières. Et des restes de votre dîner.

— Pardon ! Pardon, petit ! Je vais en toucher deux mots à Olive. Mais pas tout de suite. Reprends depuis le début, et ajoute cette fioriture qui m'avait bien plu, le jour où je t'avais trouvé au piano, tu te souviens ? C'était le dimanche où on suivait le match des Giants à la radio.

— Je n'ai pas le commencement d'une idée de ce dont vous parlez, Peg.

— *Joue*, Benjamin. Il n'y a que comme ça qu'on le retrouvera. Ensuite, je veux que tu écrives pour Celia une chanson intitulée : « Je serai sage comme une image, un jour. » Penses-tu pouvoir nous composer un petit air pour ça ?

— Je peux composer tout ce qu'il vous plaira, du moment que vous me nourrissez, et me payez. »

De mon côté, je concevais les costumes de la distribution, mais me consacrais surtout à ceux destinés à Edna.

Qui s'inquiétait, au vu de mes croquis, que sa silhouette ne soit « avalée » par la coupe trop droite de ces robes des années vingt.

« Si ce style ne me flattait pas à l'époque, quand j'étais jeune et fringante, je doute qu'il en aille autrement aujourd'hui que je suis vieille et décatie. Il vous faut me marquer la taille d'une manière ou d'une autre. Je sais, ce n'était pas la mode, dans ces années-là, mais vous allez devoir ruser. D'autant que j'ai pris un peu trop d'embonpoint, ces derniers temps. Alors, je vous en prie, trouvez une solution.

— Il n'y a pas une once d'embonpoint chez vous, protestai-je, sans aucune flagornerie.

— Oh, si, hélas ! Mais cela étant, ne vous inquiétez pas, une semaine avant la première, j'adopterai mon régime à base d'eau de riz, de pain grillé, d'huile minérale et de laxatifs. Je vais mincir. En attendant, placez des soufflets, et vous pourrez reprendre la taille plus tard. Et aussi : si je suis amenée à danser souvent, vous devrez faire des coutures résistantes, vous comprenez, n'est-ce pas, chérie ? Rien ne doit lâcher ni s'envoler pendant que je suis sous les feux de la rampe. J'ai encore de bonnes jambes, Dieu merci, donc n'ayez pas peur de les montrer. Quoi d'autre ? Ah, oui, mes épaules. Elles sont plus étroites qu'il n'y paraît. Et mon cou est épouvantablement court, donc procédez avec prudence, surtout si vous songez à m'affubler d'un chapeau à large bord. Si à cause de vous je devais ressembler à un bouledogue français, boudiné et court sur pattes, Vivian, je ne vous le pardonnerais jamais. »

Edna connaissait dans les moindres détails les caprices de sa silhouette et cela m'inspirait un immense respect. Rares sont les femmes qui savent ce qui les flatte, ou les dessert. Edna, elle, était en ce domaine la précision incarnée. Je voyais que l'habiller serait en soi un apprentissage dans l'art du costume.

« Vivian, ne perdez jamais de vue que vous créez des vêtements pour la scène. Appuyez-vous sur la forme plus que sur le détail. N'oubliez pas que le spectateur le plus proche se trouvera à dix pas de moi. Vous devez penser sur une grande échelle. Des couleurs fortes, des lignes nettes. Un costume est un *paysage*, pas un *portrait*. Et, certes, je veux des robes renversantes, très chère. Mais elles ne doivent pas me voler la vedette. Ne m'éclipsez pas, chérie. Vous comprenez ? »

Je comprenais parfaitement. Et j'adorais la tournure que prenaient ces conversations. J'adorais être avec Edna. Pour être honnête, je commençais même à m'enticher d'elle. Elle avait presque supplanté Celia comme objet central de mon admiration et de ma ferveur. Celia restait toujours aussi formidable, bien sûr, et nous poursuivions nos folles équipées en ville, mais je n'avais plus autant besoin d'elle. Edna recelait des trésors de glamour et de sophistication qui m'excitaient bien plus que tout ce que Celia pouvait offrir.

Edna me parlait « dans ma langue », si je puis dire, encore que ce serait en partie inexact, car le langage de la mode, je ne le parlais pas encore aussi couramment qu'elle. Néanmoins, Edna Parker Watson était la première personne que je rencontrais dont la langue maternelle était celle que je voulais maîtriser : la langue des vêtements qui sortaient du lot.

Quelques jours plus tard, Edna m'accompagna au Lowtsky's Used Emporium and Notions, où j'espérais dénicher des étoffes et des idées. La perspective d'entraîner une femme aux goûts si raffinés dans ce maelström de bruits, de textiles et de couleurs me rendait un peu nerveuse (l'odeur qui imprégnait les lieux rebutait généralement la clientèle haut de gamme), mais Edna fut sur-le-champ conquise par Lowtsky's, comme seule pouvait l'être une femme qui comprenait véritablement vêtements et étoffes. Elle tomba aussi sous le charme de la jeune Marjorie Lowtsky, qui nous accueillit avec sa question standard : « Vous cherchez quoi ? »

Marjorie était la fille des propriétaires. À la faveur de mes multiples excursions depuis le début de l'été, j'avais lié plus ample connaissance avec cette gamine au visage lunaire, à l'intelligence vive et au style vestimentaire résolument excentrique. Dans ce domaine, ce jour-là, elle s'était surpassée en arborant de gros souliers à boucle dignes d'un Père Pèlerin croqué par un enfant, une longue traîne de brocard doré et une toque blanche de cuisinier piquée d'une énorme broche ornée d'un faux rubis. Sous cet accoutrement, son uniforme d'écolière. L'ensemble était d'un ridicule achevé, comme d'habitude, mais on aurait eu tort de prendre Marjorie Lowtsky à la légère. Ses parents ne parlant pas un anglais parfait, c'était elle qui, depuis son plus jeune âge, jouait les intermédiaires avec les clients. À quatorze ans, le commerce de la fripe n'avait plus aucun secret pour elle.

Elle pouvait prendre des commandes et distribuer des menaces en quatre langues – russe, français, yiddish et anglais. C'était une gamine étrange, mais dont l'aide m'était devenue essentielle.

« Nous avons besoin de robes des années vingt, Marjorie, lui expliquai-je. Des belles robes. Des robes de dames riches.

— Vous voulez commencer par jeter un coup d'œil là-haut ? Dans la Collection ? »

La malicieusement nommée « Collection » était un petit rayon, au deuxième étage, où les Lowtsky exposaient leurs trouvailles les plus rares et les plus précieuses.

« Pour l'instant, nous n'avons pas le budget pour ne serait-ce que poser les yeux sur la Collection.

— Je vois. Vous voulez des robes de dames riches à des prix de dames pauvres. »

Edna éclata de rire. « Vous avez cerné à la perfection notre dilemme, ma chère.

— C'est exact, Marjorie, renchéris-je. Nous sommes venues farfouiller, pas dépenser sans compter.

— Commencez par chercher là-bas. » Marjorie nous indiqua du doigt l'arrière du bâtiment. « Tout ce qui est à côté du quai de déchargement est arrivé au cours des derniers jours. Maman n'a même pas eu le temps de s'y pencher. Vous pourriez avoir la main heureuse. »

Les grands bacs de blanchisserie industrielle débordant de ces fripes que les Lowtsky achetaient et revendaient au poids exigeaient d'avoir le cœur bien accroché. On pouvait trouver de tout, là-dedans : des salopettes d'ouvrier élimées comme des sous-vêtements aux taches suspectes, des chutes de tissus d'ameublement ou de la soie de parachute, des blouses en pongé de soie fané, des pochettes en dentelle française, des tentures d'un autre siècle, voire la précieuse robe de baptême en satin d'un arrière-grand-père. Fouiller dans ces bacs était un travail physique, et qui faisait transpirer ; un acte de foi. Cela exigeait de croire qu'on allait dénicher un trésor dans tous ces rebuts, et il fallait le chasser avec conviction.

Edna, à ma grande admiration, s'attela à la tâche sans une hésitation. J'eus le sentiment qu'elle avait déjà fait ce genre de choses. Côte à côte, bac après bac, nous nous activâmes en silence, en cherchant quoi, nous n'en savions rien.

Au bout d'environ une heure, Edna s'écria soudain : « A-ha ! »

Je tournai la tête et je la vis agiter triomphalement quelque chose à bout de bras. Triomphante, elle pouvait l'être puisque sa trouvaille, s'avéra-t-il, était une *robe de style*[1] pour le soir, des années vingt, en mousseline pourpre, ourlée de velours, brodée de perles et de fil d'or.

« *Incroyable !* Elle sera parfaite pour Mme Alabastar ! m'exclamai-je.

— N'est-ce pas ? Et admirez ceci... » Edna retourna le col noir du vêtement pour révéler l'étiquette d'origine : *Lanvin, Paris*. Je parie qu'une personne très riche a acheté cette robe en France, il y a vingt ans, et l'a à peine portée, à en juger par son état. Délicieux. Elle va *étinceler* sur scène ! »

En un instant, Marjorie Lowtsky nous avait rejoints.

« Alors, les enfants, qu'avez-vous trouvé de beau, là-dedans ? s'enquit la seule enfant présente sur les lieux.

— Ah, Marjorie, pas d'entourloupe ! l'asticotai-je, en ne plaisantant qu'à moitié car j'avais peur, soudain, qu'elle ne nous arrache cette merveille des mains pour la vendre dans la Collection. Respectez la règle du jeu. Edna a trouvé cette robe dans les bacs, à la loyale. »

Marjorie haussa les épaules. « En amour comme à la guerre, tous les coups sont permis. Mais c'est une belle pièce. N'oubliez pas de la noyer sous un tas de nippes quand vous passerez à la caisse. Maman me tuerait, si elle savait que je laisse cette robe nous filer sous le nez. Je vais vous donner un sac et quelques guenilles pour la cacher.

— Merci, Marjorie ! Vous êtes une alliée de premier ordre !

— Vous et moi, on est toujours de mèche, non ? me lança-t-elle avec un sourire en coin. Mais motus et bouche cousue, hein ? Vous ne voudriez pas me faire renvoyer. »

Marjorie tourna les talons et Edna la regarda s'éloigner avec émerveillement. « Cette enfant vient-elle vraiment de dire "En amour comme à la guerre, tous les coups sont permis" ?

— Je vous avais prévenue que vous aimeriez Lowtsky's.

---

1. En français dans le texte.

— Pour l'aimer, je l'aime. Et j'aime encore plus cette robe. Et vous, très chère, qu'avez-vous trouvé ? »

Je lui tendis un négligé aérien, d'un rose fuchsia qui écorchait les yeux. Edna le plaqua contre elle et cilla.

« Oh, non, chérie. Vous ne pouvez pas me faire mettre ça. Le public serait encore plus au supplice que moi.

— Non, Edna, c'est pour Celia. Pour la scène de la séduction.

— Aaah ! Oui… c'est plus logique. » Edna réexamina plus attentivement le négligé, et secoua la tête. « Bonté divine, Vivian, si vous faites parader cette girl sur scène dans cet accoutrement de rien du tout, on est sûr de casser la baraque. Les hommes feront la queue sur des kilomètres. Je vais devoir attaquer sans tarder ma diète à l'eau de riz, sinon personne ne prêtera la moindre intention à ma pauvre petite personne. »

11

J'eus vingt ans le 7 octobre 1940.
J'allais pour la première fois célébrer mon anniversaire à New York, et pour l'occasion, comme tu l'imagines peut-être, Angela, je sortis avec les girls. On succomba aux avances de quelques play-boys, on but tournée sur tournée de cocktails aux frais de la princesse, on s'amusa comme jamais, puis, d'un coup, on tentait de retrouver le chemin du bercail avant le lever du soleil, avec la sensation de nager à contre-courant dans de l'eau de cale.

J'avais à peine dormi huit minutes, semblait-il, que je me réveillai en proie à la plus curieuse des sensations. Quelque chose ne tournait pas rond. J'avais la gueule de bois, certes, peut-être même étais-je encore ivre, mais il n'empêche, je sentais que quelque chose n'était pas comme d'habitude. Je tendis la main pour vérifier que Celia était bien allongée à côté de moi dans le lit. Mes doigts effleurèrent sa peau familière. Sur ce front-là, tout était normal.
Alors pourquoi sentais-je une odeur de tabac?
De tabac à pipe.
Je m'assis, et ma tête me fit savoir illico combien cette décision était regrettable. Je me rallongeai et la reposai sur l'oreiller, je respirai vaillamment à quelques reprises en priant mon crâne de me pardonner cette agression, puis je tentai de me rasseoir, plus lentement, plus respectueusement cette fois.
Tandis que mes yeux s'accoutumaient à la lumière blafarde du petit matin, je distinguai une silhouette, dans un fauteuil, de l'autre côté de la pièce. Une silhouette masculine. Qui nous observait, pipe au bec.
Celia avait-elle ramené un homme à la maison? Avais-*je* ramené un homme?

Une vague de panique enfla en moi. Celia et moi étions des libertines, je crois avoir été claire sur ce point, mais un minimum de respect à l'égard de Peg (ou la crainte que m'inspirait Olive, plus vraisemblablement) m'avait toujours retenue de recevoir des hommes dans notre chambre. Que s'était-il passé ?

« Imaginez mon ravissement, dit l'inconnu en rallumant sa pipe. Rentrer à la maison et trouver deux filles dans mon lit ! Et aussi éblouissantes l'une que l'autre ! C'est comme si j'avais ouvert ma glacière pour y prendre du lait, et découvert une bouteille de champagne. *Deux* bouteilles de champagne, en fait. »

Je ne comprenais toujours rien.

Et puis soudain, eurêka !

« Oncle Billy ?

— Allons bon. Vous êtes ma nièce ? » L'homme se mit à rire. « Zut. Voilà qui limite considérablement nos possibilités. Comment vous appelez-vous, ma jolie ?

— Vivian Morris.

— Aaah... Je comprends mieux. Vous êtes bel et bien ma nièce. Quelle nouvelle déprimante ! Si je vous séduisais, la famille verrait cela d'un très mauvais œil, j'imagine. Je pourrais me réprouver moi-même, d'ailleurs. Je deviens malheureusement un parangon de moralité, sur mes vieux jours. L'autre est-elle aussi ma nièce ? Je ne l'espère pas. Elle ne semble pas taillée pour être la nièce de qui que ce soit.

— Elle, c'est Celia, indiquai-je en désignant la belle endormie. C'est mon amie.

— Votre amie très particulière, s'amusa Billy, si j'en juge par vos dispositions de couchage. Quelle jeune femme moderne vous faites, Vivian ! J'approuve de tout cœur. Et n'ayez crainte, je n'en dirai rien à vos parents. D'autant que si jamais cela leur revenait aux oreilles, ils me feraient à coup sûr porter le blâme.

— Je, je m'excuse de... », bafouillai-je, sans pouvoir terminer ma phrase. *Je m'excuse d'avoir investi votre appartement ? Réquisitionné votre lit ? Je m'excuse d'avoir mis ces bas à sécher sur le manteau de votre cheminée ? D'avoir semé des traînées de maquillage orangé sur votre belle moquette blanche ?*

« Oh, ne vous inquiétez. Je ne vis pas ici. Le Lily est le bébé de Peg, pas le mien. Je descends toujours au Racquet and Tennis Club. Je ne néglige jamais de régler ma cotisation en temps et en heure, même si Dieu sait qu'elle n'est pas donnée. C'est plus tranquille, là-bas, et ça me dispense de rendre des comptes à Olive.

— Mais cet appartement est le vôtre.

— En titre uniquement, grâce à la bonté de votre tante Peg. Je passais juste chercher ma machine à écrire qui, maintenant que j'en parle, semble avoir disparu.

— Je l'ai rangée dans un des placards à linge du couloir.

— Vraiment? Eh bien, faites comme chez vous, petite.

— Je suis dés...

— Je plaisante, Vivian. Vous pouvez rester ici. Je ne viens que rarement à New York, de toute façon. Je ne supporte pas le climat. Il me provoque des laryngites. Et cette fichue ville n'a pas sa pareille pour vous ruiner votre plus belle paire de souliers blancs. »

Avec une bouche moins sèche, un cerveau moins imbibé de gin, moins embrumé, moins bourdonnant, peut-être aurais-je été en mesure de formuler les mille et une questions qui se débattaient dans mon esprit : *Que fait oncle Billy ici ? Qui l'a laissé entrer ? Pourquoi est-il en smoking de bon matin ? Et moi, au fait – qu'ai-je sur le dos ? Pas grand-chose, apparemment, sinon une combinaison – qui n'est même pas la mienne, mais celle de Celia. Mince ! Cela veut-il dire qu'elle n'a rien sur le dos ? Et où est passée ma robe ?*

« Trêve d'amusement, trancha Billy en se levant. Ce petit fantasme d'anges tombés dans mon lit était un pur régal, mais puisqu'il apparaît que vous êtes ma pupille, je vais vous laisser et tenter de me dégoter une tasse de café dans ce rade. Vous m'avez l'air d'en avoir bien besoin vous aussi, petite. Et si je puis me permettre, j'espère vraiment que vous faites ça chaque soir. Une belle cuite, avant de rouler dans un lit avec une belle femme. Vous ne sauriez faire meilleur usage de votre temps. Je ne suis pas peu fier d'être votre oncle. Nous allons nous entendre comme larrons en foire. Au fait, lança-t-il en marchant vers la porte, à quelle heure Peg se lève-t-elle ?

— Vers 7 heures, en général. »

Il consulta sa montre. « Épatant ! J'ai hâte de la voir !

— Dites... Comment êtes-vous arrivé jusqu'ici ? »

Je lui demandai, bien sûr, comment il était entré dans l'immeuble. Peg ayant forcément veillé à ce que son mari (ou son ex-mari, ou que sais-je) possède un jeu de clés du Lily, c'était une question idiote. Et mal formulée de surcroît.

« Avec le 20th Century Limited, m'indiqua Billy. Si vous avez l'oseille, c'est le seul moyen de se transporter confortablement de Los Angeles à New York. Le train a fait un arrêt à Chicago, pour embarquer quelques passagers. Et Doris Day a voyagé dans le même wagon que moi, tout du long. Nous avons joué au gin-rami en traversant les grandes plaines. Doris est une plaisante compagnie, vous savez. Une fille épatante. Bien plus rigolote que ne le laisse croire sa réputation de sainte. Je suis arrivé hier soir et j'ai filé au club. Une manucure et une coupe de cheveux plus tard, je suis sorti renouer avec quelques vieux bandits, autres épaves et crève-la-faim, et me voilà. Je passais chercher ma machine à écrire et saluer la famille. Trouvez-vous un peignoir, petite, et venez m'aider à débusquer de quoi préparer un petit déjeuner. Croyez-moi, vous ne voulez pas louper ce qui va suivre. »

Une fois que j'eus trouvé l'énergie de me hisser à la verticale, je gagnai la cuisine, où m'attendait le plus insolite des tandems.

À une extrémité de la table, M. Herbert, fidèle à lui-même en pantalon informe et tricot de peau, le cheveu blanc en bataille, faisait grise mine devant sa tasse de café instantané. Face à lui, mon oncle Billy – grand, mince, le teint doré par le soleil californien, le smoking impeccablement coupé – donnait l'impression de se prélasser dans un salon, et savourait son verre de scotch. Il avait un petit air d'Errol Flynn – mais un Errol Flynn trop flemmard pour fanfaronner.

On aurait dit que l'un de ces hommes allait partir pelleter un wagon de charbon, et l'autre dîner avec Rosalind Russell.

Je saluai notre dramaturge comme à notre habitude.

« Bonjour, monsieur Herbert.

— J'en resterais sans voix si cela venait à s'avérer.

— Faute de mettre la main sur le café, et le Sanka étant au-dessus de mes forces, je me suis rabattu sur le scotch, se justifia Billy. Mieux vaut ça que rien. Une petite goutte ne vous ferait pas de mal, Vivian. Vous donnez l'impression d'avoir sacrément mal aux cheveux.

— Tout ira mieux quand j'aurai bu un café, lui assurai-je, sans en être totalement convaincue.

— Au fait, lança Billy à l'intention de M. Herbert. Peg m'a parlé d'une nouvelle pièce. Comment avance le livret ? J'adorerais y jeter un coup d'œil.

— Il n'y a pas grand-chose à voir, répondit M. Herbert en baissant un regard douloureux sur le cahier posé devant lui.

— Puis-je ? insista Billy en tendant le bras.

— Je préférerais que... Oh, peu importe ! » dit M. Herbert – l'homme qui capitulait toujours avant le combat.

Billy feuilleta lentement le cahier. Le silence était insoutenable et M. Herbert fixait le plateau de la table.

« On dirait des listes de bonnes blagues, commenta Billy. Même pas des blagues, d'ailleurs, juste leur chute. Et je vois beaucoup de dessins d'oiseaux.

— Dans l'espoir d'être prévenu si de meilleures idées venaient à germer spontanément, répondit M. Herbert avec un haussement d'épaules défaitiste.

— En tout cas, les oiseaux sont pas mal. » Billy reposa le cahier.

Voyant que pour seule réponse aux persiflages de Billy, ce pauvre M. Herbert affichait un air encore plus torturé qu'à son habitude, je me sentis portée par un élan protecteur : « Monsieur Herbert, vous a-t-on présenté Billy Buell, le mari de Peg ? »

Billy éclata de rire. « Oh, ne vous inquiétez pas, petite. Donald et moi sommes de vieilles connaissances. C'est mon avocat, pour tout vous dire – du moins l'était-il quand on le laissait encore pratiquer le droit. Et je suis le parrain de Donald Jr – du moins l'étais-je. Donald est nerveux uniquement parce qu'il sait que je n'ai pas annoncé ma visite. Et il se demande comment ça va se passer, avec les échelons supérieurs de la hiérarchie. »

Donald ! Il ne m'avait jamais effleuré l'esprit que M. Herbert puisse avoir un prénom.

À propos des échelons supérieurs de la hiérarchie, Olive apparut sur le seuil de la cuisine.

Elle avança de deux pas, avisa Billy, ouvrit la bouche, la referma, et tourna les talons.

Après cette apparition, on resta un moment sans parler. On peut dire qu'Olive avait réussi son entrée – et sa sortie.

« Il vous faut lui pardonner, dit enfin Billy. Il est très rare qu'Olive soit à ce point heureuse de voir quelqu'un.

— Miséricorde, marmotta M. Herbert en posant le front sur la table.

— Allons, Donald, ne t'inquiète pas. Ça va aller. À défaut de nous apprécier, Olive et moi avons du respect l'un pour l'autre. Ou, plutôt, je la respecte. Ce qui nous fait au moins un point commun. Nous entretenons d'excellentes relations solidement établies sur un profond respect à sens unique. »

Billy sortit sa pipe, craqua une allumette avec l'ongle du pouce et se tourna vers moi.

« Et comment se portent vos parents, Vivian ? J'ai toujours eu de l'affection pour votre mère et le moustachu. Enfin, du moins pour votre mère. Une femme impressionnante. Qui ne laisserait jamais une amabilité franchir ses lèvres. Je crois cependant que cette affection était réciproque. Ce que la bienséance l'obligerait à nier, bien sûr. Avec votre père, en revanche, ça n'a jamais collé. Il est tellement rigide ! Je le surnommais le Diacre – uniquement dans son dos, il va de soi, par politesse. Bref. Comment vont-ils ?

— Ils vont bien.

— Ils sont toujours mariés ? »

Je fis oui de la tête, mais la question m'avait décontenancée. Que mes parents puissent être autre chose que mariés ne m'était jamais passé par l'esprit.

« Ils n'ont jamais de liaison, n'est-ce pas ? Vos parents.

— Mes *parents* ? Des liaisons ? Non !

— Leur vie doit cruellement manquer de fantaisie, n'est-ce pas ?

— Mmh…

— Connaissez-vous la Californie, Vivian ? » demanda Billy dans un coq-à-l'âne bienvenu.

— Non.

— Vous devriez venir. Vous adoreriez. On y trouve le meilleur jus d'orange, le climat est exceptionnel, et les Californiens font des ponts d'or aux natifs de la côte Est issus de notre milieu. Ils nous trouvent tellement raffinés qu'ils sont prêts à nous décrocher le soleil et la lune juste pour apporter une touche d'élégance à leur cambrousse. Si en prime vous leur racontez que vous avez été en pension et que vos ancêtres sont arrivés en Nouvelle-Angleterre à bord du *Mayflower* – pour eux, c'est comme si vous étiez une Plantagenêt. Présentez-vous avec un accent aristo comme le vôtre, et ils vous offriront les clés de la ville. Si on ne se débrouille pas trop mal au tennis ou au golf, cela suffit presque pour faire carrière – sauf quand on boit trop. »

Décidément, cette conversation – à 7 heures du matin, au lendemain des festivités de mon anniversaire – allait à une allure beaucoup trop soutenue. Je faisais de mon mieux pour la suivre mais ma participation se borna, je le crains, à dévisager Billy en battant des paupières.

Et puis : avais-je vraiment un accent aristo ?

« Comment occupez-vous vos journées au Lily, Vivian ? reprit Billy. Avez-vous trouvé à vous rendre utile ?

— Je couds. Je fais les costumes.

— C'est un choix intelligent. Une costumière trouvera toujours du travail, et son âge ne sera jamais un problème. Le créneau à éviter, c'est celui d'actrice. Et votre superbe amie, dans la chambre : elle est actrice ?

— Celia ? Non, c'est une showgirl.

— Ah, ça, ce n'est pas un boulot facile. Il y a quelque chose, chez les showgirls, qui me brise toujours le cœur. La jeunesse et la beauté, c'est un bail à très court terme. Quand bien même vous seriez la plus belle girl de la ville, il s'en présentera bientôt dix plus jeunes, plus fraîches, et puis dix autres... Ça n'arrête jamais. Sans parler de celles qui ont vieilli et pourrissent sur pied, en attendant toujours leur heure. Mais votre amie, elle percera, tant qu'elle en a les moyens. Elle détruira un cœur après l'autre dans quelque grande marche romantique et mortifère, et peut-être inspirera-t-elle des chansons à quelqu'un, peut-être un homme se tuera-t-il pour elle – mais cela ne durera pas. Avec un peu chance – encore que ce destin n'ait rien d'enviable –, elle épousera un vieux fossile plein aux as. Et si elle a beaucoup de chance, par un bel après-midi, son vieux fossile passera de vie à trépas sur un green, en lui léguant toute sa fortune alors qu'elle est encore assez jeune pour en profiter. Les jolies filles savent toujours que ça ne durera pas. Elles sentent combien tout ça n'est que provisoire. Alors j'espère que votre amie profite du mieux qu'elle peut de sa jeunesse et de sa beauté. C'est le cas ?

— Oui, je crois. »

Je ne connaissais personne qui profitât autant que Celia de sa jeunesse et de sa beauté.

« Parfait. Et j'espère que vous n'êtes pas en reste. Ceux qui vous diront qu'à trop s'amuser on gaspille sa jeunesse, ceux-là se trompent. La jeunesse est un trésor irremplaçable qu'il convient de dilapider. C'est la seule attitude respectable à son égard. Alors faites bon usage de la vôtre, Vivian. Dilapidez-la sans compter. »

Tante Peg entra sur ces entrefaites dans la cuisine, sanglée dans son peignoir en flanelle écossaise et coiffée au pétard à mèche.

« Pegsy ! » s'écria Billy en se levant d'un bond. Son visage s'était illuminé de joie et sa nonchalance s'était évanouie en un instant.

« Veuillez me pardonner, monsieur... Je ne vous remets pas... », répondit Peg, mais elle souriait, elle aussi.

Ils tombèrent dans les bras l'un de l'autre. Cette étreinte, je ne la qualifierais pas d'amoureuse, mais elle était solide, empreinte d'amour – ou de quelque autre sentiment très puissant. Quand ils s'écartèrent, sans se lâcher tout à fait, ils restèrent un long moment à se regarder dans les yeux et je vis, contre toute attente, quelque chose qui m'avait échappé jusque-là : à sa façon bien à elle, Peg était *belle*. Son visage rayonnait en cet instant d'un tel éclat que sa contenance entière s'en trouvait modifiée. Ce n'était pas tant la réverbération de la beauté de Billy qui l'éclairait d'un jour nouveau que sa présence, qui dévoilait soudain une autre femme. Je pus entrevoir le visage de la courageuse jeune fille qui s'était engagée dans la Croix-Rouge pendant la guerre ; celui de la jeune femme aventureuse qui, une décennie durant, avait tracé la route et tiré le diable par la queue avec une petite troupe itinérante. Elle ne semblait pas seulement avoir rajeuni de dix ans mais paraissait aussi, d'un coup, la fille la plus rigolote de la ville.

« Je me suis dit que j'allais te rendre visite, ma puce, dit Billy.

— C'est ce dont m'a informée Olive. Tu aurais pu prévenir.

— Je ne voulais pas t'embêter. Et comme je ne voulais pas non plus que tu me dises de ne pas venir, j'ai préféré m'organiser tout seul. D'autant que j'ai une secrétaire, maintenant, et elle s'est occupée de tout. Elle s'appelle Jeanne-Marie. Une fille intelligente, efficace, dévouée. Tu l'adorerais, Peg. C'est Olive – en version féminine.

Peg s'écarta. « Nom d'un chien, Billy, tu n'arrêtes donc jamais ?
— Hé, ne m'en veux pas ! Je plaisantais. Tu sais bien que c'est plus fort que moi. Et je suis *nerveux*, Pegsy. À l'idée que tu me mettes à la porte, alors que je viens tout juste d'arriver. »

M. Herbert se leva. « Je crois que je vais vous laisser », annonça-t-il en joignant le geste à la parole.

Peg prit sa place et but une gorgée du café froid qu'il avait abandonné. En la voyant froncer les sourcils, je me levai pour lui préparer une tasse de Sanka. Et pile au moment où je me demandais si, en cet instant sensible, j'avais ma place dans la cuisine, Peg dit : « Bonjour, Vivian. As-tu bien fêté ton anniversaire ?

— Un peu trop.

— Et as-tu fait la connaissance de ton oncle Billy ?

— Oui, nous étions en train de discuter…

— Oh grands dieux ! Surtout, ne retiens rien de ce qu'il te raconte.

— Pegsy, tu es absolument superbe, asséna Billy.

— Sacré compliment, pour une femme comme moi, observa-t-elle en passant les doigts dans ses cheveux courts, avec un grand sourire qui creusa ses rides.

— Il n'en existe *aucune autre* comme toi. J'ai vérifié. Je suis catégorique.

— Billy. Change de disque.

— Jamais.

— Alors, dis-moi, quel bon vent t'amène à New York ? Quelqu'un t'a engagé ?

— Du tout. Je suis en congé sans solde. Quand tu m'as appris qu'Edna était ici et que tu essayais de monter un spectacle digne de ce nom pour elle, je n'ai pas pu résister à l'envie de faire le voyage. Je ne l'ai pas revue depuis 1919 ! Je ne pouvais pas laisser passer pareille aubaine. Tu sais que je l'adore. Et quand en plus tu m'as dit que tu avais confié le script à *Donald Herbert*, là, j'ai su qu'il me fallait voler à ton secours.

— Merci, c'est terriblement aimable de ta part. Mais si j'avais besoin d'être secourue, Billy, je te l'aurais fait savoir. Je te le promets. Tu aurais été la quatorzième ou la quinzième personne que j'aurais appelée.

— Mais je suis toujours sur la liste ! » observa-t-il avec un sourire.

Peg alluma une cigarette, qu'elle me tendit avant d'en allumer une pour elle. « Sur quoi travailles-tu en ce moment, à Hollywood ?

— Sur un tas de rien. Tout ce que j'écris, je peux m'enorgueillir d'y poser la mention DI – délibérément insignifiant. Je m'ennuie, mais je suis grassement payé. Assez, du moins, pour nous assurer, à ma frugalité et à moi-même, un train de vie confortable. »

Peg partit d'un éclat de rire. « Ta frugalité. Ta *légendaire* frugalité. Oui, Billy, tu es un modèle de renonciation. Un moine, quasiment.

— Je suis un homme aux goûts humbles, comme tu sais.

— Dit l'homme qui vit à Malibu et se présente au petit déjeuner vêtu comme un milord. L'humilité personnifiée. Combien as-tu de piscines, maintenant ?

— Aucune. Je profite de celle de Joan Fontaine.

— Et qu'est-ce que Joan gagne à cet arrangement ?

— Le plaisir de ma compagnie.

— Bon sang, Billy, elle est mariée ! Avec Brian. Ton ami Brian.

— Peg, tu sais que j'adore les femmes mariées. Et heureuses en ménage, idéalement. Quelle amie plus fiable, pour un homme, que l'épouse comblée d'un autre ? Sois sans crainte, Pegsy, Joan est juste une bonne copine. Brian Aherne peut dormir sur ses deux oreilles. »

Mon regard allait et venait, irrésistiblement, entre Peg et Billy. J'essayais de les imaginer dans une relation de couple. Si, physiquement, ils ne semblaient pas faits l'un pour l'autre, cette conversation scintillante d'intelligence, ces taquineries, ces piques lourdes de sous-entendus, et l'attention sans partage qu'ils s'accordaient l'un à l'autre témoignaient, elles, d'une évidente intimité. Mais qu'étaient-ils l'un pour l'autre ? Des amants ? Des amis ? Des frère et sœur ? Des rivaux ? Plutôt que de m'acharner à tirer leur relation au clair, je me contentai de regarder les éclairs qui fusaient entre eux.

« J'aimerais qu'on profite de mon séjour pour passer un peu de temps ensemble, Pegsy. Ça fait si longtemps qu'on ne s'est pas vus !

— Qui est-elle ? demanda Peg.

— Qui est qui ?

— La femme qui vient de te plaquer, et à cause de qui je t'inspire subitement tant de nostalgie. Allons, crache le morceau : qui était la dernière Miss Billy en date ?

— Tu m'insultes. Tu crois me connaître si bien ? »
Peg se contenta de le fixer.
« Bon, si tu insistes... Elle s'appelait Camilla.
— Une danseuse, vais-je préjuger hardiment.
— Ah ! C'est là que tu te trompes ! Une *nageuse* ! Elle travaille dans un spectacle de sirènes. Ça a été franchement sérieux entre nous pendant quelques semaines, puis elle a décidé de suivre un autre chemin. »

Peg gloussa. « Franchement sérieux pendant quelques semaines. Tu t'écoutes, parfois ?

— Pegsy, profitons de ce que je suis ici pour sortir. Rien que toi et moi. Allons écouter du jazz ! Laissons des musiciens gaspiller leur talent pour nos oreilles béotiennes ! Retournons dans ces bars qu'on aimait tant, ceux qui ferment à 8 heures du matin ! Ce n'est pas drôle de sortir sans toi. Hier soir, j'étais au El Morocco – quelle déception ! Je n'ai vu que la sempiternelle même clique, qui parlait des sempiternelles mêmes choses. »

Peg lui décocha un sourire. « Heureusement pour toi, tu vis à Hollywood, où les conversations sont bien plus variées et captivantes ! Mais non, non, non, Billy, nous ne sortirons pas ensemble. Je n'ai plus l'endurance qu'il faut pour ça. Et ces soirées alcoolisées ne me valent rien. Tu le sais.

— Ah bon ? Tu veux dire qu'Olive et toi, vous ne vous soûlez jamais ensemble ?

— Rigole autant que tu veux, mais puisque tu tiens à le savoir, la réponse est non. Voilà comment ça marche maintenant : j'essaie de me soûler, et Olive essaie de m'en empêcher. Cet arrangement me réussit très bien. Je ne sais pas trop ce qu'Olive gagne, elle, à jouer mon chien de garde, mais je suis diablement contente qu'elle accepte ce rôle.

— Bon, d'accord. Mais laisse-moi au moins te donner un coup de main pour le spectacle. Tu sais pertinemment que de ce tas de notes à un livret, il y a loin, très loin, plaida Billy en tapotant d'un doigt manucuré le carnet de M. Herbert. Tu sais aussi que Donald aura beau se mettre en quatre, tu n'arriveras pas à extirper de lui ce que tu attends. Alors laisse-moi m'y atteler à fond avec ma machine à écrire, mon crayon et ma gomme. Tu sais que c'est dans mes cordes.

Montons une super pièce. Offrons à Edna quelque chose qui sera digne de son talent.

— Chuuut, siffla Peg en se cachant le visage dans les mains.

— Allons, Peg! Prends un risque.

— Tais-toi. Je réfléchis à m'en faire éclater la cervelle. »

Billy consentit à se taire et à patienter.

« Je ne peux pas te payer, dit-elle finalement en relevant les yeux.

— Je suis à l'abri du besoin, Peg. Cela a toujours été un de mes talents.

— Tu ne peux prétendre à aucun droit sur ce que nous faisons ici. Olive s'y opposera.

— Je te laisse l'entière propriété des droits, Peg. Et qui sait? Cette association pourrait te rapporter un joli tas de piécettes. Je dirais même plus: laisse-moi t'écrire ce spectacle, et s'il est aussi bon qu'il peut l'être selon moi, tu vas gagner tellement d'argent que tes ancêtres n'auront jamais plus besoin de retravailler.

— Il te faudra coucher par écrit que tu travailleras bénévolement. Olive va insister. Et je finance la production sur mes deniers, pas les tiens. Plus question de mélanger nos billes. J'ai laissé trop de plumes à ce jeu-là. Si tu veux qu'Olive t'autorise à rester, les règles doivent être celles-là, Billy.

— N'est-ce pas *ton* théâtre, Peg?

— Oui, sur le papier. Mais je ne peux rien faire sans Olive. Tu le sais. Elle m'est indispensable.

— Indispensable, peut-être, mais quelle enquiquineuse!

— Oui, mais j'ai besoin d'elle. Je n'ai pas besoin de toi. Cela a toujours été la différence entre vous deux.

— Pardieu! Quelle endurance, cette Olive! Je n'ai jamais compris ce que tu lui trouvais, hormis le fait qu'elle accourt sitôt que tu la siffles. Là doit résider son attrait… Je n'ai jamais pu t'offrir une telle loyauté, j'imagine. Un vrai roc, cette Olive. Mais elle ne me fait pas confiance.

— Tu as raison sur absolument tous les points.

— Peg, explique-moi pourquoi cette femme se défie de moi? Je ne comprends pas. Je suis totalement, grandement, extrêmement digne de confiance.

— Plus tu rajoutes d'adverbes, moins tu inspires confiance. Tu le sais, n'est-ce pas ?

— Oui, reconnut Billy en partant d'un éclat de rire. Et toi tu sais que je peux écrire ce script de la main gauche tout en jouant au tennis de la droite, et en faisant tourner un ballon sur mon nez en prime.

— Le tout sans renverser une seule goutte de ta gnôle.

— De *ta* gnôle, corrigea Billy en levant son verre. Je me suis servi dans ton bar.

— Mieux vaut que ce soit toi que moi, à cette heure-ci.

— Je veux voir Edna. Elle est réveillée ?

— Elle se lève plus tard. Laisse-la dormir. Son pays est en guerre, elle vient de perdre sa maison et tout ce qu'elle possédait. Elle mérite un peu de répit.

— Je repasserai plus tard, en ce cas. Je vais retourner au club, prendre une douche, me reposer, et à mon retour, on se met au travail. Ah, au fait ! Merci de m'avoir évincé de mon superbe appartement ! Non contentes d'avoir annexé mon lit, ta nièce et sa copine ont éparpillé leurs dessous aux quatre coins de mon précieux pied-à-terre dont je n'ai jamais profité. Et ça cocotte autant qu'une distillerie de parfum soufflée par une bombe, là-dedans. »

Je commençai à bredouiller des excuses, mais tant Peg que Billy les repoussèrent d'un geste impatient. Rien de tout ça n'avait d'importance, apparemment. Qu'est-ce qui en avait, d'ailleurs, quand ils étaient à ce point exclusivement concentrés l'un sur l'autre ? Qu'ils acceptent ma présence n'était-il pas déjà un privilège ? Pour continuer à en jouir, mieux valait que je la boucle.

« Au fait, il est comment, son mari ? reprit Billy.

— Le mari d'Edna ? Hormis sa bêtise et son absence de talent, il n'a aucun défaut. Je dirai qu'il est anormalement beau.

— Ça, je le savais, j'ai vu *Aux portes de midi*. J'ai vu comment il joue – enfin, si on peut appeler ça jouer. Un regard de vache laitière, mais une allure sensationnelle, avec son écharpe d'aviateur. Comment est-il en tant qu'homme ? Il lui est fidèle ?

— Je n'ai jamais entendu dire le contraire.

— Bon... C'est déjà ça, pas vrai ?

— Oui, il y a de quoi s'émerveiller, n'est-ce pas ? persifla Peg avec un rictus amusé. Imagine ! Un homme fidèle ! Mais tu as raison, c'est déjà ça. Elle aurait pu plus mal tomber.
— La messe n'est pas encore dite.
— Le hic, c'est qu'elle lui trouve un grand talent.
— Dont il n'a encore donné aucune preuve. Allons droit au but, Peg : sommes-nous obligés de l'inclure dans la distribution ?
— *Nous* ? releva Peg, avec un sourire teinté cette fois de tristesse. C'est un brin déconcertant d'entendre ce pronom dans ta bouche.
— Pourquoi donc ? Je suis fou de "nous" !
— Jusqu'au moment où tu *nous* prends en grippe, et disparais. Vas-tu t'investir vraiment dans cette aventure, Billy ? Ou bien sauteras-tu dans le prochain train pour Los Angeles sitôt que l'ennui pointera le bout le son nez ?
— Si tu veux bien de moi, j'en suis. Et je me tiendrai à carreau. Comme un condamné en liberté conditionnelle.
— Tu as intérêt. Et en ce qui concerne Arthur Watson, la réponse est oui. Nous n'avons pas le choix. Mais on lui trouvera bien un emploi. Il est beau, et il n'a pas inventé l'eau tiède. Il jouera donc le rôle d'un bel homme qui n'a pas inventé l'eau tiède. C'est de toi que je tiens cette règle, Billy – toujours travailler à partir du matériau dont on dispose. Tu te souviens de ce que tu me disais, à l'époque où on était sur la route ? "Si je n'ai sous la main qu'une grosse dondon et un escabeau, j'écrirai une pièce intitulée *La Dondon et l'escabeau*."
— Tu te souviens encore de ça ? Incroyable ! se récria Billy. Sans vouloir faire mon prétentieux, *La Dondon et l'escabeau*, ce n'est pas un si mauvais titre...
— Tu es prétentieux. Toujours. »
Billy tendit brusquement le bras et posa la main sur celle de Peg. Qui le laissa faire.
« Pegsy, dit-il, et dans ces deux syllabes il me sembla entendre l'écho de décennies d'amour.
— William, répondit-elle du même ton, et là aussi je crus entendre l'écho de décennies d'amour – mais de décennies d'exaspération, aussi.
— Olive n'est pas trop fâchée de me voir ici ? »

Peg retira sa main.

« Tu veux nous rendre service, Billy ? Ne fais pas semblant de t'en soucier. Je t'aime, mais je déteste quand tu fais ton faux jeton.

— Tu sais quoi ? Les apparences sont trompeuses. Je suis plus attentionné qu'on veut bien le penser. »

12

Une semaine plus tard, Billy Buell avait écrit un script pour *New York est une fête*.

Une vraie prouesse, à ce qu'il paraît, mais il faut souligner que Billy, attablé dans notre cuisine avec sa pipe et sa machine à écrire, avait travaillé d'un seul trait jusqu'au point final. On peut dire ce qu'on veut de Billy Buell, mais il s'y entendait comme personne pour faire fuser les mots, et cette explosion créatrice ne semblait s'accompagner d'aucune souffrance. Nulle crise de doute, point de cheveux arrachés. À peine s'interrompait-il de temps à autre pour réfléchir – du moins est-ce l'impression qu'il donnait quand on le voyait rivé à sa table, dans son beau pantalon en daim, son pull en cachemire blanc et ses impeccables souliers faits sur mesure chez Maxwell, à Londres, et pianoter posément sur sa machine, comme sous la dictée de quelque inspiration divine.

« Il a un talent monstrueux, tu sais, me dit Peg un après-midi où nous étions dans le salon, en train de réaliser des croquis de costumes, bercées par le cliquetis des touches qui nous arrivait de la cuisine. Avec lui, tout a l'air facile. Y compris donner l'impression que ça l'est. Les idées jaillissent de sa tête comme l'eau d'un torrent. Le problème, c'est de le mettre au travail. Pour ça, il faut que sa Rolls-Royce ait besoin d'un moteur neuf, ou qu'il rentre de vacances en Italie sans plus un sou sur son compte. Un talent monstrueux, mais une tendance tout aussi monstrueuse à la paresse. C'est la malédiction qui te poursuit quand tu viens de la classe oisive, je suppose.

— Mais alors, pourquoi travaille-t-il à ce point d'arrache-pied, maintenant ?

— Va-t'en savoir. Peut-être parce qu'il adore Edna. Ou qu'il m'adore, moi. Ou bien parce qu'il a besoin de quelque chose de moi, mais quoi ? On ne le sait pas encore. Peut-être aussi commence-t-il à s'ennuyer en Californie, ou à se sentir seul. Franchement, je ne vais pas m'acharner à décortiquer ses motivations. Je suis contente qu'il fasse le boulot, et je lui en sais gré, mais le plus important, c'est de ne pas compter sur lui, pour quoi que ce soit, et à quelque échéance que ce soit. Demain, voire dans une heure, il peut perdre tout intérêt et s'évanouir dans la nature. Billy a horreur de se sentir un fil à la patte. Si je veux qu'il me fiche la paix, il me suffit de lui dire que j'ai désespérément besoin de lui pour quelque chose. Il décampera aussi sec, et je ne le reverrai plus avant quatre ans. »

Le script était vierge de toute rature le jour où Billy tapa le dernier mot, et je n'ai pas souvenir de l'avoir vu y apporter la moindre correction. En plus des dialogues et des indications scéniques, il avait écrit les paroles des chansons qu'il allait demander à Benjamin de composer.
Et c'était un *bon* script – à ce que je pouvais en juger par ma maigre expérience, du moins. C'était intelligent, drôle et enjoué, haletant et sans un temps mort. Je comprenais pourquoi la 20th Century Fox tenait à le garder dans son écurie, et pourquoi Louella Parsons avait écrit un jour dans sa chronique : « Tout ce que touche Billy Buell fait un succès au box-office ! Même en Europe ! »
Dans sa version de *New York est une fête*, Billy racontait toujours l'histoire d'une certaine Mme Elenora Alabastar – une riche veuve ruinée par le krach de 1929, qui transforme son hôtel particulier en casino et maison de passe pour se maintenir à flot –, mais il avait ajouté de nouveaux personnages tout aussi pittoresques à l'intrigue, dont Victoria, la fille fantastiquement snob de Mme Alabastar (qui ouvrirait le spectacle sur une note comique en chantant « Maman est une trafiquante de rhum »), et un cousin d'Angleterre. Cet aristocrate désargenté tourné aventurier, interprété par Arthur Watson, s'échinait à obtenir la main de Victoria afin de mettre la main sur la belle demeure familiale. (« Tu ne peux pas faire jouer un policier américain par Arthur Watson, avait expliqué Billy à Peg. Personne n'y croira. Il ne peut jouer qu'un crétin d'Anglais. En plus, ce rôle lui plaira davantage, il aura de plus beaux costumes et il pourra faire son mariole en complet veston. »)

Le héros de l'intrigue sentimentale était un gamin né du mauvais côté de la barrière, un chien fou répondant au nom de Lucky Bobby. Ce Bobby-la-Chance, qui réparait autrefois les voitures de Mme Alabastar, l'aidait désormais à faire tourner le tripot installé dans sa maison – et devenait aussi effroyablement riche que sa patronne. Son pendant féminin était une girl éblouissante prénommée Daisy, qui avait une plastique de rêve mais aspirait tout bêtement à se marier et à avoir une tripotée d'enfants. « Laisse-moi te tricoter des chaussons, mon bébé », serait sa chanson signature – interprétée à la façon d'un strip-tease. Et ce rôle serait, naturellement, joué par Celia Ray.

Quand sonne l'heure du dénouement, Daisy la showgirl part s'établir à Yonkers avec Lucky Bobby pour faire une ribambelle de bébés ; la fille snob tombe amoureuse du gangster le plus enragé de la ville, apprend le maniement d'une mitraillette et dévalise des banques à tire-larigot pour financer ses goûts de luxe – « C'est ma dernière pinte de diamants », s'alarme-t-elle dans son grand solo ; le cousin louche, banni, s'en retourne vers ses rivages anglais sans hériter de la belle demeure ; et Mme Alabastar s'éprend du maire de la ville – un homme qui ne jure que par la loi et l'ordre et qui s'est éreinté, en pure perte, pendant toute la durée du spectacle, à faire fermer son speakeasy. Les deux convolent en justes noces, le maire démissionne de son mandat et devient barman. (Leur dernier duo, qui, une fois rejoints par l'ensemble de la distribution, se transformerait en grand final, s'intitulait « Deux bien tassés pour nous ».)

Billy avait également ajouté quelques personnages secondaires : un ivrogne qui se prétend aveugle pour se dispenser de travailler mais reste un joueur de poker et pickpocket hors pair (Billy essaya de convaincre M. Herbert d'endosser ce rôle à visée purement comique : « À défaut d'écrire le script, Donald, joue au moins dans cette fichue pièce ! ») ; la mère de la showgirl, une vieille poule qui rechigne à quitter le devant de la scène (sa chanson s'intitulait « Appelez-moi Madame Casanova ») ; un banquier qui cherche à saisir l'hôtel particulier. Et une grande troupe de danseurs et de chanteurs, bien plus que nos habituels quatre garçons et quatre filles, si Billy avait son mot à dire – afin de transformer la pièce en une production plus ambitieuse et plus dynamique.

Peg adorait le script.

« Je suis infichue d'écrire la moindre ligne, mais je sais reconnaître une histoire épatante, et là, on en tient une. »

Edna était tout aussi enthousiaste. Sous la plume de Billy, Mme Alabastar, de caricature de grande mondaine, était devenue une femme d'esprit, intelligente et pleine d'ironie. Edna était présente dans chaque tableau et elle s'était vu attribuer les répliques les plus étincelantes.

« Billy ! s'exclama-t-elle en refermant le script. C'est exquis, mais tu me gâtes trop ! On ne va voir que moi !

— Pourquoi diable voudrais-je te faire disparaître de scène ne serait qu'un seul instant ? Si j'ai la chance de travailler avec Edna Parker Watson, je compte bien que ça se sache !

— Tu es trop chou. Mais cela fait si longtemps que je n'ai pas joué la comédie, Billy. J'ai peur d'être un peu rouillée.

— N'essaie pas d'être drôle, et tu le seras. C'est là toute l'astuce, en matière de comédie. Contente-toi de faire ce truc que vous, les Britanniques, savez si bien faire naturellement. Tu jettes tes répliques au public comme si tout ça était le cadet de tes soucis, et ce sera génial. La comédie n'est jamais aussi drôle que quand on jette les saillies avec l'air de ne pas y toucher. »

Observer les échanges entre Edna et Billy était passionnant. Ils paraissaient liés par une authentique amitié, et on voyait qu'ils s'amusaient bien ensemble, mais sous les taquineries, on sentait aussi poindre le respect et l'admiration qu'ils avaient l'un pour l'autre. Le premier soir où ils s'étaient revus, Billy avait dit à Edna : « Tout ce qui s'est passé depuis notre dernière rencontre étant sans grande conséquence, je te propose de faire l'impasse sur le sujet en buvant un verre. »

Et Edna avait répondu : « Il n'est rien sur quoi je sois disposée à faire l'impasse, ni personne. »

Un jour, Billy me dit, en présence de l'intéressée : « Du temps où je la fréquentais à Londres, il y a bien longtemps de ça, une foultitude d'hommes connurent la joie de se faire briser le cœur par notre chère Edna. Je n'en fus pas, mais uniquement parce que j'étais déjà amoureux de Peg. Dans ses jeunes années, Edna fauchait un homme après l'autre. Il fallait voir ça. Ploutocrates, artistes, généraux, politiciens – tous finissaient en menus morceaux.

— C'est faux, protesta Edna, avec un sourire qui laissait entendre l'exact contraire.

— J'adorais te regarder décimer tes victimes, Edna. Tu t'y prenais si admirablement bien que ces malheureux n'avaient pas la moindre chance de s'en remettre. Tu mâchais le travail à toutes celles qui passeraient après toi pour les ramasser à la petite cuillère, et les mener par le bout du nez. Non, vraiment, tu rendais service à l'humanité. Je sais qu'elle a l'air d'une petite poupée, Vivian, mais ne sous-estimez jamais cette femme. On se doit de la respecter, et soyez bien consciente que sous ses vêtements si impeccablement stylés se cache une colonne vertébrale en acier.

— Tu me surestimes, Billy », affirma Edna – mais là encore avec un sourire qui semblait dire : *Oui, mon bon monsieur, vous avez entièrement raison.*

Quelques semaines plus tard, je me trouvais avec Edna dans mon appartement, en plein essayage de la robe qu'elle porterait pour la scène finale. Edna tenait à ce que celle-ci soit sensationnelle : « Faites-moi une robe qui m'oblige à me surpasser », m'avait-elle commandé – et sans vouloir me vanter, je m'étais moi aussi surpassée.

C'était une robe du soir en résille brodée de strass, doublée de deux couches de soufflé de soie turquoise. (J'en avais déniché un rouleau entier chez Lowtsky's, qui m'avait coûté presque la totalité de mes économies personnelles.) À chaque mouvement, la robe scintillait, mais sans clinquant, comme un reflet de lumière sur l'eau, et la soie épousait sa silhouette sans *trop* la mouler (Edna avait la cinquantaine, après tout) ; j'avais en outre ménagé une fente le long de la jambe droite, afin qu'elle puisse danser à son aise. L'un dans l'autre, on aurait dit une fée parée pour aller faire la tournée des grands-ducs.

Edna l'adorait.

« J'ignore comment vous avez fait, Vivian, s'extasia-t-elle en pirouettant devant le miroir pour capturer chaque scintillement, mais vous avez réussi à me faire paraître grande ! Et ce bleu est rafraîchissant, éclatant de jeunesse. J'étais pétrifiée à l'idée que vous m'habilliez en noir. J'aurais eu l'air bonne pour l'embaumement. Ah ! il me tarde de montrer cette robe à Billy ! Nul homme ne comprend mieux que lui les atours féminins. Sachez une chose au sujet de votre oncle,

Vivian : Billy Buell est une perle rare. Quand il affirme aimer les femmes, contrairement à bien d'autres, il dit *vrai*.

— D'après Celia, c'est un play-boy.

— Évidemment, chérie ! Quel bel homme digne de ce nom ne l'est pas ? Cependant, Billy reste d'une espèce à part. Les play-boys courent les rues mais, en général, ils n'apprécient pas la compagnie d'une femme au-delà des gratifications évidentes. Un homme qui conquiert toutes celles qu'il veut mais n'attache de valeur à aucune d'entre elles est un homme à fuir. Billy, lui, aime sincèrement les femmes – et pas seulement celles dont il veut triompher. Nous avons toujours partagé des moments délicieux, lui et moi. Il sera tout aussi content de parler chiffons avec moi que d'essayer de me séduire. Et rares sont les dramaturges à écrire des dialogues plus exquis que lui pour les femmes. La plupart ne savent créer que des personnages de séductrices, de femme éplorée ou d'épouse fidèle. C'est à pleurer d'ennui.

— D'après Olive, il n'est pas digne de confiance.

— Olive se trompe. On peut faire confiance à Billy. On peut absolument lui faire confiance pour être lui-même. Olive n'aime pas ce qu'il est, c'est tout.

— Et qu'est-il ? »

Edna s'accorda un temps de réflexion. « Libre, décida-t-elle. Et dans la vie, vous ne rencontrerez pas grand monde qui le soit, Vivian. Billy n'en fait toujours qu'à sa guise, et je trouve cela rafraîchissant. Olive, par tempérament, est plus organisée – et Dieu merci, sinon, rien ne marcherait droit ici –, donc elle se méfie de tous ceux qui refusent les entraves. Mais moi, j'apprécie leur compagnie. Ces gens-là m'enthousiasment. L'autre facette magique de Billy, si je puis dire, c'est qu'il est très bel homme. Et un bel homme ne me laisse jamais insensible, Vivian, vous l'aurez déjà sûrement compris. La seule présence de sa beauté a toujours été un plaisir en soi. Mais attention ! C'est un charmeur, et s'il vous sort le grand jeu, je ne donne pas cher de vous. »

Billy avait-il déjà sorti le grand jeu à Edna ? La question me traversa forcément l'esprit, mais j'étais trop polie pour chercher à connaître la réponse. En revanche, je trouvai le courage de demander : « Et Peg et Billy… ?

Je ne savais même pas comment formuler ma question, mais Edna comprit instantanément l'idée générale et sourit.

« Vous vous interrogez sur la nature de leur lien ? Tout ce que je peux vous dire, c'est qu'ils s'aiment sincèrement. Ils sont tellement semblables, intellectuellement ! Et ils partagent le même humour, voyez-vous. Quand ils étaient plus jeunes, il y en avait toujours un pour allumer la mèche, l'autre démarrait au quart de tour, et c'était un vrai feu d'artifice. Ce pouvait être intimidant pour les non-initiés, on ne savait jamais trop comment suivre le mouvement. Mais Billy voue une adoration à Peg, depuis toujours. Après... Demeurer loyal à une seule femme, ce serait effroyablement limitant pour un homme comme Billy Buell. Mais son cœur a toujours appartenu à Peg. Et ils se régalent à travailler ensemble — comme vous ne tarderez pas à le voir. Le seul problème, c'est que Billy sait y faire pour semer le chaos, et je ne suis pas certaine que Peg soit encore en quête de chaos. Ces temps-ci, elle recherche plus la loyauté que la rigolade.

— Mais... ils sont toujours *mariés* ? »

Ce par quoi je voulais dire, naturellement : *Couchent-ils encore ensemble ?*

Edna croisa les bras et me regarda, tête légèrement inclinée.

« Mariés selon les critères de qui ? demanda-t-elle et, voyant que je ne répondais pas, elle sourit et enchaîna : Il y a des subtilités, très chère. En mûrissant, vous découvrirez qu'il n'y a même pratiquement *que ça*, des subtilités. Même si je m'en veux de vous décevoir, mieux vaut que vous l'appreniez sans tarder : la plupart du temps, le mariage n'est ni le paradis ni l'enfer, mais juste un purgatoire. Cela étant, l'amour a droit au respect, et Billy et Peg possèdent le véritable amour. Maintenant, chérie, si vous pouviez faire quelque chose pour empêcher cette ceinture de me remonter sur les côtes chaque fois que je lève les bras, je vais tout simplement mourir de gratitude. »

Parce que le prestige d'Edna allait élever le ton de la pièce, Billy était convaincu que l'ensemble de la distribution devait rivaliser de qualité avec sa vedette. « Le Lily Playhouse vient d'obtenir ses certificats de pedigree, nous expliqua-t-il. Ceci est une exposition canine d'un tout autre niveau, les enfants. Avec cette production, on doit hausser la barre jusqu'au cran le plus haut. »

Vu d'où nous partions, le pari n'était pas gagné, on s'en doute.

Après avoir assisté à plusieurs représentations d'*En Piste, Jacky !*, Billy n'avait pas fait mystère de son dédain à l'égard de notre petite troupe.

« De la camelote, mon chou. Tous autant qu'ils sont, avait-il asséné à Peg.

— Arrête de me caresser dans le sens du poil, ou je vais croire que tu as une idée derrière la tête.

— De la camelote à 24 carats, et tu le sais.

— Cesse de me flatter, Billy, et va droit au but.

— Les showgirls, passe encore, puisqu'elles ne sont là que pour le décor. Elles peuvent rester. Mais les comédiens et comédiennes sont abominables. On va devoir recruter quelques nouveaux talents. Les danseurs et les danseuses sont assez mignons, ils ont tous un petit air de mauvaise graine, ce qui n'est pas pour me déplaire… mais quelle lourdeur ! De vrais chars d'assaut. J'adore leurs petits museaux mais mieux vaut les cantonner à l'arrière-plan et faire venir quelques vrais danseurs qu'on placera à l'avant, au moins six. Pour l'instant, le seul que je supporte de voir caracoler sur le devant de la scène, c'est ce petit Roland, il est de la jaquette mais il est fantastique. Du coup, les autres doivent être de son calibre. »

En fait, Billy était tellement impressionné par le charisme de Roland qu'il avait voulu lui attribuer un solo chanté intitulé : « Dans la marine, peut-être ? » Sous couvert de parler d'un jeune homme qui rêvait de s'enrôler dans la Navy pour étancher sa soif d'aventures, la chanson aurait astucieusement fait allusion à l'homosexualité extrêmement évidente de Roland. « Je verrais quelque chose dans l'esprit de "You're the Top", tout en suggestion et sous-entendus », nous avait exposé Billy.

Olive avait instantanément enterré l'idée.

« Olive, faisons-le ! avait supplié Peg. C'est drôle. De toute façon, les femmes et les enfants dans le public ne saisiront pas l'allusion. Cette histoire est censée être osée. *Corsons* un peu la recette, pour une fois. »

Mais le verdict d'Olive avait clos le chapitre : trop corsé pour le grand public.

Et Roland n'avait pas eu sa chanson.

Olive, il faut bien le dire, n'était pas ravie de tout ça.

Elle était la seule, au Lily, sur qui l'enthousiasme de Billy restait sans prise. Du jour où il était arrivé, elle avait commencé à bouder, et n'avait plus cessé depuis. Franchement, son air perpétuellement renfrogné et son attitude revêche commençaient à me taper sur les nerfs. Ses petites remarques désobligeantes pour le moindre sou dépensé, son contrôle sur tout matériau à connotation vaguement sexuelle, sa dévotion servile à son train-train rigide, ses pinailleries sans fin, sa façon de rejeter systématiquement les idées intelligentes que proposait Billy, de doucher l'enthousiasme, d'étouffer la rigolade, c'était tout bonnement épuisant.

Prenons par exemple le projet de Billy d'engager six danseurs supplémentaires. Peg était entièrement partante, jusqu'à ce que le verdict d'Olive tombe : « Beaucoup de tracas et de plumes pour un bénéfice nul. »

Quand Billy fit valoir que six danseurs supplémentaires étofferaient le spectacle et lui donneraient une tout autre dimension, Olive répliqua : « Six danseurs supplémentaires coûteraient de l'argent que nous n'avons pas, sans rien ajouter de notable à la pièce. Chaque semaine de répétition coûte quarante dollars par tête, et tu veux engager six personnes de plus ? Où me proposes-tu de trouver les fonds ?

— On ne peut pas gagner d'argent sans mise de départ, Olive, lui rappela Billy. Et les fonds, je peux te les avancer.

— J'aime encore moins cette idée. Et je n'ai aucune confiance en ta parole. Rappelle-toi ce qui s'est passé à Kansas City en 1933.

— Je n'ai aucun souvenir de ce qui s'est passé à Kansas City en 1933.

— Le contraire m'aurait étonné, intervint Peg. Tu es parti en nous laissant la note. Nous avions loué cette immense salle de concert pour ce grand spectacle de variétés que tu voulais me faire produire, tu as engagé des dizaines d'artistes sur place, tu as tout mis à mon nom, et tu t'es volatilisé à Saint-Tropez pour un tournoi de backgammon. J'ai dû vider le compte de la compagnie pour tout rembourser pendant que toi et tes dollars restiez aux abonnés absents pendant trois mois.

— Bon sang, Pegsy, tu racontes ça comme si j'avais commis un *méfait*.

— Sans rancune, bien sûr, répliqua Peg avec un sourire sardonique. Je connais ta passion pour le backgammon. Mais Olive n'a pas tort. Pour l'instant, le Lily Playhouse est tout juste créditeur. On ne peut pas prendre de risque inconsidéré.

— Ah, je ne peux que m'inscrire en faux ! Parce que si vous, mesdames, êtes prêtes pour une fois à vous mouiller, je peux vous aider à monter un spectacle que les gens auront envie de voir. Et quand les gens ont envie de voir un spectacle, ça fait rentrer des sous. Après toutes ces années, je n'en reviens pas de devoir vous expliquer comment marche le business. Allons, Pegsy, ne me tourne pas le dos. Quand un sauveur vole à ton secours, ne lui envoie pas des flèches.

— Le Lily Playhouse n'a pas besoin d'être sauvé, riposta Olive.

— Oh que si, Olive ! s'exclama Billy. Regarde autour de toi ! Tout a besoin d'être réparé et remis au goût du jour. Vous en êtes encore quasiment à l'éclairage au gaz. Votre salle est aux trois quarts vide tous les soirs. Vous avez besoin d'un succès. Laissez-moi vous en offrir un. Avec Edna dans la distribution, on tient une chance en or. Mais on ne doit pas se relâcher sur quoi que ce soit. Si on arrive à faire venir quelques critiques – *et j'y arriverai* – on ne peut pas avoir une distribution qui ait l'air déguenillée comparé à Edna. Allons, Pegsy... Ne sois pas lâche. Et n'oublie pas, tu pourras te la couler douce, sur cette pièce, puisque je vais t'aider à la mettre en scène, comme au bon vieux temps. Allez, mon chou, saisis ta chance ! Prends le pari. Tu peux continuer à bricoler tes petits spectacles sans envergure et aller lentement vers la faillite, ou bien frapper un grand coup. Faisons ça ! Tu as toujours été une grande dame téméraire avec l'argent. Tentons l'expérience, encore une fois.

Peg hésita. « Bon, on pourrait peut-être engager juste *quatre* danseurs supplémentaires... Olive ?

— Ne te laisse pas éblouir par ses miroirs aux alouettes, Peg, avertit Olive. Ce n'est pas dans nos moyens. Ni quatre ni même deux. J'ai des livres de comptes pour le prouver.

— Olive, tu t'inquiètes trop pour l'argent, lança Billy. Tu as toujours été comme ça. L'argent n'est pas ce qu'il y a de plus important au monde.

— Dixit William Ackerman Buell troisième du nom, de Newport, Rhode Island.

— Fiche-moi la paix avec ça, Pegsy. Tu sais bien que je me fiche royalement de l'argent.

— C'est exact, Billy, tu t'en fiches royalement, grinça Olive. Contrairement à ceux d'entre nous qui ont oublié de naître dans une famille à l'abri du besoin. Le hic, c'est que tu incites Peg à en faire autant. Et ça nous a valu à chaque fois des problèmes, par le passé. Je ne permettrai pas que ça se reproduise.

— On a toujours eu largement assez d'argent pour nous tous, protesta Billy. Arrête de faire ta *capitaliste*, Olive. »

Peg se mit à rire et me glissa en aparté, en feignant de chuchoter : « Ton oncle Billy aime bien se piquer de socialisme, petite. Mais hormis le volet amour libre, je ne suis pas certaine qu'il en comprenne les principes.

— Et vous, Vivian, vous en pensez quoi ? » demanda Billy, en s'avisant soudain de ma présence.

Être entraînée dans cette conversation me mit profondément mal à l'aise. C'était un peu comme écouter mes parents se disputer – en plus déconcertant encore, parce que là ils étaient au nombre de trois. Pour avoir été souvent témoin, au cours des quelques derniers mois, de prises de bec entre Peg et Olive à propos d'argent, je savais comment réagir. Tout enfant apprend à se frayer un chemin entre deux adultes qui se disputent. Mais que faire quand ils sont *trois*, dont un électron libre qui jette de l'huile sur le feu ?

« Je pense que chacun de vous a fait valoir un argument de poids. »

Sans doute était-ce la mauvaise réponse, car maintenant, ils étaient tous les trois en pétard contre *moi*.

Pour finir, il fut convenu qu'on embaucherait quatre danseurs supplémentaires, et que Billy paierait la note. C'était une décision qui mécontentait tout le monde. Mon businessman de père, lui, aurait pu qualifier le compromis de négociation réussie : « Chaque partie devrait quitter la table avec le sentiment d'avoir fait une mauvaise affaire, m'avait-il un jour expliqué avec tristesse. Comme ça, tu as l'assurance que personne ne s'est fait balader, et que personne ne prendra trop d'avance. »

13

L'arrivée de Billy Buell avait produit un autre effet sur notre petit monde : depuis qu'il était au Lily Playhouse, tout le monde buvait davantage – et c'est un euphémisme.

Après avoir lu ce qui précède, Angela, tu te demandes peut-être comment il nous était physiquement possible de boire plus que nous ne le faisions déjà, mais voilà tout le problème avec l'alcool : on peut toujours se surpasser, si on est sincèrement investi. Ce n'est qu'une question de discipline, franchement.

La grande différence, c'est que désormais tante Peg nous accompagnait dans nos libations. Là où autrefois elle se contentait de quelques martinis et partait au lit à une heure raisonnable – conformément à l'emploi du temps strict d'Olive –, maintenant, après le spectacle, Billy et elle sortaient boire ensemble, jusqu'à ne plus marcher droit. Absolument chaque soir. Celia et moi les accompagnions souvent le temps de quelques verres, avant de filer faire la fête et semer le trouble ailleurs.

Au début, je trouvais ça bizarre de vadrouiller en ville avec ma tante quinquagénaire et fagotée comme l'as de pique, mais la bizarrerie fit long feu quand j'eus découvert combien on pouvait se marrer avec elle dans un night-club – surtout après quelques verres. Cela tenait en grande partie au fait que Peg connaissait absolument tout le monde dans le milieu du divertissement, et que tout le monde la connaissait. Et dans le cas contraire, alors ils connaissaient Billy, et tous voulaient prendre de ses nouvelles après toutes ces années. Du coup, les tournées se succédaient à notre table à un rythme soutenu, en général accompagnées par le propriétaire des lieux, qui s'asseyait souvent avec nous pour cancaner sur Hollywood et Broadway.

Billy et Peg me paraissaient toujours aussi désassortis, lui si beau en smoking blanc, avec ses cheveux lissés en arrière, et elle en robe de mémère, sans le moindre maquillage, mais ils étaient charmants et, où que nous allions, ils aimantaient tout le monde autour d'eux.

Et ils vivaient sur un grand pied : Billy commandait du filet mignon et du champagne (il n'était pas rare qu'il parte vagabonder ailleurs avant l'arrivée des plats, mais il ne négligeait jamais de boire le champagne), et il tenait table ouverte. Il parlait sans discontinuer du spectacle que Peg et lui étaient en train de monter, en prédisant qu'il allait casser la baraque. (Ce battage, m'expliqua-t-il, ressortait d'une tactique marketing : nul ne devait ignorer que *New York est une fête* serait bientôt à l'affiche et que ce serait un bon spectacle. « Je n'ai encore jamais rencontré l'attaché de presse capable d'ébruiter une information plus vite que je ne peux le faire dans un night-club », affirmait-il.)

Tout cela était fort amusant, à une exception près : Peg s'efforçait toujours de se montrer responsable et de rentrer de bonne heure au bercail, et Billy s'ingéniait à lui mettre des bâtons dans les roues. Je me souviens d'une soirée à l'Algonquin où, quand Billy dit « Voudrais-tu un autre verre, chère épouse ? », je vis Peg grimacer de douleur.

« Je ne devrais pas, Billy. Ce n'est pas bon pour moi. Laisse-moi reprendre mes esprits, et essayer de me montrer raisonnable.

— Pegsy, je ne t'ai pas demandé si tu *devrais* boire un autre verre, mais si tu en voulais un.

— Évidemment que j'en *veux* un autre ! J'en veux toujours un autre. Mais pas trop chargé, s'il te plaît.

— Dois-je aller droit au but et t'en commander directement trois pas trop chargés ?

— Non, William, l'un après l'autre. C'est comme ça que je savoure les joies de l'existence, ces temps-ci.

— À ton excellente santé, répondit-il en levant son verre, puis il héla le serveur. Du moment que l'approvisionnement ne se tarit pas, je pense pouvoir survivre avec un régime de cocktails pas trop chargés », ajouta-t-il.

Ce soir-là, Celia et moi abandonnâmes Billy et Peg pour vivre nos propres aventures. En rentrant au bercail, pas très fraîches et comme d'habitude à l'heure où le ciel se tend d'un voile gris, nous eûmes la surprise de trouver le salon illuminé. Nous découvrîmes un tableau inattendu : Peg en train de ronfler sur le canapé, tout habillée, un pied déchaussé, un bras rabattu sur le visage ; Billy, en smoking blanc, assoupi dans un fauteuil à côté d'elle. Et sur la table entre eux, une futaie de bouteilles vides et des cendriers débordants de mégots.

À notre entrée, Billy se réveilla : « Oh, salut les filles. » Il avait la voix pâteuse et le blanc de l'œil couleur cerise.

« Pardon, dis-je d'une voix guère plus alerte. On ne voulait pas vous déranger.

— *Elle*, pas de risque de la déranger, observa Billy en gesticulant vaguement en direction du canapé. Elle est complètement cuite. Je n'ai pas réussi à lui faire monter la dernière volée de marches. Dites, les filles, vous pourriez peut-être me donner un coup de main…? »

Aucun de nous trois ne tenait vraiment debout, mais nous entreprîmes d'aider une personne encore plus ivre que nous à monter jusqu'à sa chambre. La manœuvre n'avait rien de facile, car Peg n'était pas une petite femme, et nous n'étions pas au zénith de nos forces – ni de notre grâce. Nous la traînâmes tant bien que mal dans l'escalier, comme nous l'aurions fait d'un tapis roulé, puis jusqu'à la porte de son appartement – en faisant pas mal de boucan, et en riant, j'en ai bien peur, comme des marins en goguette.

Quand nous poussâmes la porte, nous tombâmes nez à nez avec la dernière personne qu'on a envie de voir quand on est soûle comme une grive.

Olive comprit la situation en un clin d'œil – non qu'elle fût difficile à comprendre.

Je m'attendais à ce qu'elle éclate d'une colère noire. Au lieu de quoi, elle s'agenouilla et prit la tête de Peg entre ses mains. Puis elle leva les yeux vers Billy. Son visage était défait de chagrin.

« Bonsoir, Olive. Bon, écoute, tu sais comment ça se passe…, bafouilla Billy.

— S'il vous plaît apportez-moi une serviette mouillée, demanda-t-elle à mi-voix à personne en particulier. Bien fraîche.

— Je ne saurais même pas comment m'y prendre », dit Celia en se laissant glisser le long du mur et jusqu'à terre.

Je courus à la salle de bains et m'agitai en tous sens pour venir à bout d'un problème après l'autre – allumer une lumière, dénicher une serviette, ouvrir un robinet, distinguer l'eau chaude de l'eau froide, mouiller une serviette sans me mouiller moi-même (raté!), ressortir de la salle de bains.

À mon retour, Edna avait rejoint la scène (vêtue, je ne pus m'empêcher de le remarquer, d'un ravissant pyjama de soie rouge et d'une luxuriante robe de chambre lamée or) et elle aidait Olive à traîner Peg à l'intérieur de l'appartement. Les deux femmes, je suis navrée de le souligner, semblaient déjà avoir fait ça.

Edna me prit la serviette mouillée des mains et la pressa contre le front de son amie. « Allons Peg, réveille-toi maintenant. »

Billy, un peu en retrait, oscillait sur ses pieds, le teint verdâtre, fin beurré. Pour une fois, il faisait son âge.

« Elle voulait juste s'amuser un peu », plaida-t-il d'une voix faiblarde.

Olive se redressa. « Tu ne peux t'en empêcher, hein? gronda-t-elle à mi-voix. Tu l'éperonnes toujours quand tu sais qu'elle a besoin de tenir fermement les rênes. »

Billy sembla brièvement sur le point de s'excuser mais, finalement, commit l'erreur classique du pochtron, qui consiste à s'enferrer: « Ah! n'en fais pas toute une histoire, Olive! Ça va aller. Elle voulait juste boire quelques derniers verres, une fois rentrée.

— Elle n'est pas comme toi, répliqua Olive et, sauf erreur de ma part, des larmes brillaient dans ses yeux. Elle ne peut pas s'arrêter après dix verres. Elle ne l'a jamais pu.

— William, intervint Edna avec douceur. Je crois qu'il est temps pour toi d'y aller. Pour vous aussi, les filles. »

Le lendemain, Peg resta au lit jusque tard dans l'après-midi. Mais cela mis à part, rien ne perturba le train-train, et personne ne mentionna les événements de la nuit précédente.

Et le lendemain soir, Peg et Billy étaient de retour à l'Algonquin et payaient des tournées à tous les clients du bar.

14

Billy avait pris l'initiative scandaleuse de faire passer des auditions pour *New York est une fête* – de *vraies* auditions, annoncées dans la presse professionnelle – afin de rehausser le niveau habituel de la troupe du Lily.

C'était là une nouveauté extravagante. Peg, Olive et Gladys avaient suffisamment d'entregent dans le quartier pour que nos spectacles trouvent toujours leur distribution par le bouche-à-oreille, sans passer par la case auditions. Mais Billy voulait des artistes d'une toute autre envergure que ceux qui croisaient dans le périmètre de Hell's Kitchen. D'où ces auditions en bonne et due forme.

Un jour entier durant, le Lily vit donc défiler un flot de candidats – danseurs, chanteurs, comédiens – et je fus autorisée à assister aux performances aux côtés de Billy, Peg, Olive et Edna. Je trouvai l'expérience terriblement angoissante. Regarder tous ces gens disposés à faire des pieds et des mains pour décrocher un rôle à tout prix me rendait nerveuse.

Très vite, je me lassai. (Tout peut devenir ennuyeux, à la longue, Angela, même le spectacle déchirant de la vulnérabilité. Surtout quand tout le monde chante la même chanson, exécute les mêmes pas de danse ou rabâche les mêmes répliques, heure après heure.)

On auditionna d'abord les danseuses. Ce défilé de jolies filles qui donnaient la charge pour intégrer notre nouvelle troupe provoquait le tournis tant par le nombre que par la variété. Boucles châtains pour celle-là, beaux cheveux blonds pour cette autre. Une grande. Une petite. Une fille aux hanches généreuses qui soufflait et grondait comme un dragon. Une femme qui avait largement passé l'âge de gagner sa vie en dansant. Une jeune fille à la frange rectiligne et aux mouvements affreusement cadencés, qui donnait l'impression de participer à un défilé militaire. Toutes se démenaient à en perdre haleine. On les voyait transpirer, on les entendait souffler tandis qu'elles mettaient tout leur cœur à exécuter ces envolées de claquettes pleines de panique et d'optimisme et qui soulevaient des nuages de poussière devant les feux de la rampe. Chez les danseuses, les ambitions n'étaient pas seulement visibles, mais aussi audibles.

Billy fit un léger effort pour impliquer Olive dans le processus d'auditions, en pure perte. On aurait dit qu'elle nous punissait en suivant à peine leur déroulement. Pour tout dire, elle lisait les éditoriaux du *Herald Tribune*.

« Dis, Olive, comment as-tu trouvé cette souris ? Séduisante ? lui demanda-t-il, à propos d'une très jolie fille qui nous avait chanté une très jolie chanson.

— Non. » Elle ne daigna même pas détacher les yeux de son journal.

« C'est très bien ainsi, Olive, reprit Billy. Quel ennui ce serait, si toi et moi avions toujours le même goût en matière de femmes.

— J'aime bien celle-là, intervint Edna en désignant une très belle brune qui lançait sa jambe à la verticale avec une décontraction déconcertante. Elle semble moins acharnée à nous plaire que les autres.

— Bon choix, Edna, approuva Billy. Moi aussi je l'aime bien. Mais as-tu conscience qu'il y a une vingtaine d'années, elle aurait été ton portrait craché ?

— Mince alors ! C'est vrai qu'il y a un petit air. Voilà pourquoi elle ne pouvait que me taper dans l'œil, n'est-ce pas ? Grands dieux, quelle vieille vaniteuse je fais !

— Bon, à l'époque, j'aimais bien ce genre de physique, et je l'aime toujours bien. Embauchez-la, trancha Billy. En fait, on va faire en sorte d'aligner toutes les autres danseuses sur elle. Je veux un bataillon de jolies petites brunes – des formats poney plutôt que pur-sang. Je ne veux pas que l'une d'entre elles ratatine Edna, visuellement.

— Merci, très cher, dit l'intéressée. Tout le monde répugne à être ratatiné visuellement. »

Quand vint le moment d'auditionner les candidats pour le rôle principal masculin, mon intérêt ressuscita miraculeusement et assez soudainement. Une parade de jeunes hommes séduisants avaient maintenant investi la scène pour chanter chacun à leur tour la chanson que Billy et Benjamin avaient mitonnée pour le rôle de Lucky Bobby. (« L'été quand l'air est doux/un petit gars a le regard baladeur/et si sa poupée lui prend le chou/il ira le balader ailleurs. »)

Alors que je trouvais tous les candidats fantastiques – mais, on l'a vu, mon discernement en matière d'homme n'était pas très affûté –, Billy les écartait l'un après l'autre : celui-ci était trop court sur pattes (« Il devra embrasser Celia, et Olive ne nous laissera sans doute pas investir dans un escabeau ») ; celui-là trop typiquement américain (« Qui va croire que ce robuste campagnard nourri au grain puisse être un gosse issu d'un quartier difficile de New York ? ») ; cet autre trop efféminé (« On a déjà dans la troupe un garçon qui ressemble à une fille » ; cet autre encore trop sérieux (« On ne cherche pas un enfant de chœur, les amies ! »)

Et puis, en fin de journée, émergea des coulisses un grand brun efflanqué, en costume lustré par l'usure, pantalon feu de plancher et manches trop courtes. Il s'avança mains dans les poches, le chapeau en feutre rabattu vers l'arrière, tout en mastiquant son chewing-gum et en souriant comme le type qui sait où est planqué le magot.

Quand Benjamin, qui était au piano, commença à jouer, le jeune homme leva une main pour l'interrompre.

« T'emballe pas, coco. Dites, c'est qui le taulier, ici ? » lança-t-il en nous dévisageant.

En entendant cette gouaille de New-Yorkais pur jus – ce verbe tranchant et sûr de soi, ce ton teinté d'autodérision –, Billy se redressa dans son fauteuil

« Elle, indiqua-t-il en désignant Peg.

— Non, *elle*, corrigea Peg en montrant Olive, qui resta le nez plongé dans son journal.

— C'est juste histoire de savoir qui j'dois impressionner, voyez-vous, expliqua le jeune homme en scrutant plus attentivement Olive. Et si c'est cette nénette, peut-être bien que j'devrais arrêter les frais tout de suite et rentrer chez moi, si vous voyez c'que j'veux dire. »

Billy éclata de rire. « Tu me plais bien, fiston. Si tu sais chanter, le rôle est à toi.

— Oh, chanter, j'sais faire, m'sieur. Vous faites pas de souci pour ça. Et j'sais danser, aussi. C'est juste que j'veux pas perdre mon temps à faire le pitre si c'est cuit d'avance. Vous me suivez ?

— En ce cas, je corrige ma proposition, dit Billy. Le rôle est à toi, point final. »

Voilà qui avait capté l'attention d'Olive. Paniquée, elle détacha les yeux de son journal.

« On ne l'a même entendu lire son texte, objecta Peg. Nous ne savons pas s'il peut jouer.

— Fais-moi confiance, il est parfait, trancha Billy. Je le sens dans mes tripes.

— Félicitations, m'sieur, lança le jeune homme. Vous avez pris la bonne décision. Mesdames, vous serez pas déçues. »

Et ça, Angela, c'était Anthony.

Je ne vais pas tergiverser ou y aller par quatre chemins, Angela : je tombai amoureuse d'Anthony Roccella, et lui de moi – à sa façon, et au moins pendant un temps. La meilleure, c'est que je réussis à tomber amoureuse de lui en quelques heures à peine, ce qui est un modèle d'efficacité. (On sait très bien faire ça, quand on est jeune, comme tu dois le savoir. En fait, ces flambées d'amour fou sont la condition naturelle de la jeunesse. La seule surprise, ici, c'est que cela ne me soit pas arrivé plus tôt.)

Le secret d'un coup de foudre, évidemment, c'est de ne pas connaître du tout la personne. Il suffit d'identifier un trait excitant chez elle, et de lancer son cœur sur ce seul et unique trait, à toute berzingue, en ayant foi dans le fait qu'il offrira un socle suffisamment solide à une dévotion durable.

Le trait qui m'excita, chez Anthony, c'était son arrogance. Et si je n'étais pas la seule à l'avoir remarquée – c'était grâce à sa gouaille et à son impertinence qu'il avait intégré la distribution de notre pièce, après tout –, je fus la seule à en tomber amoureuse.

Des jeunes hommes arrogants, j'en avais fréquentés tant et plus depuis mon installation en ville. (C'est New York, Angela : on les y élève en batterie.) Mais l'arrogance d'Anthony avait un petit plus : elle était sincèrement désinvolte. Tous les garçons pétris de suffisance que j'avais rencontrés jusque-là, même quand ils affectaient la nonchalance, avaient l'air de vouloir, d'attendre quelque chose – ne serait que du sexe. Anthony, lui, ne manifestait ni faim ni désir. Quelque tour que prennent les événements, cela lui convenait toujours. Qu'il gagne ou qu'il perde, il restait inébranlable. Dans une situation donnée, s'il n'arrivait pas aux fins souhaitées ou espérées, il passait son chemin, mains dans les poches, nullement démonté, et allait retenter sa chance ailleurs. Quoi que la vie lui offre, il pouvait le prendre, ou le laisser.

Et comme la règle valait aussi pour moi, comme tu peux l'imaginer, je n'eus d'autre choix que de craquer complètement sur lui.

Anthony vivait au quatrième étage d'un immeuble sans ascenseur, sur la 49e Rue Ouest, entre les Huitième et Neuvième Avenues. Il habitait avec son frère aîné, Lorenzo, qui était chef de brigade au restaurant Latin Quarter, où Anthony travaillait comme serveur quand il n'avait pas de contrat de comédien. Ses parents, me raconta-t-il, avaient eux aussi vécu dans cet appartement, mais ils étaient morts tous les deux – une information dont Anthony me fit part sans marque patente de chagrin. (Les parents : encore une chose qu'il pouvait prendre, ou laisser.)

Anthony était né et avait grandi à Hell's Kitchen. Il était un pur produit de ce quartier. Enfant, il avait joué au *stickball* sur la 49e Rue, et il avait appris à chanter à l'église de la Sainte-Croix, à quelques blocs à peine de là. Au cours des quelques mois à venir, j'allais me familiariser avec cette rue – et plus encore avec cet appartement, dont le souvenir est cher à mon cœur car ce serait dans le lit du grand frère, Lorenzo, que j'allais connaître mon premier orgasme. (Anthony, lui, n'avait pas de lit à proprement parler ; il dormait sur le canapé du salon, et nous annexions la chambre de son frère quand celui-ci était au travail. Par chance, Lorenzo travaillait beaucoup, ce qui me laissait amplement le temps de me laisser gâter par le jeune Anthony.)

J'ai mentionné tantôt qu'une femme a besoin de temps, de patience et d'un amant attentif pour devenir une bonne affaire au lit. Craquer pour Anthony Roccella me donna enfin accès à ces trois ingrédients indispensables.

On se retrouva dans le lit de Lorenzo le soir même de notre rencontre.

Les auditions terminées, Anthony était monté au bureau signer un contrat et récupérer un exemplaire du script, puis avait pris congé. À peine avait-il disparu que Peg me demanda de le rattraper pour parler avec lui des costumes. D'un coup d'un seul, je revins à une attitude professionnelle – *tout de suite, m'dame* – et jamais je n'avais descendu plus vite l'escalier du Lily.

Je rattrapai Anthony sur le trottoir, l'alpaguai par le bras et, le souffle court, me présentai.

En vérité, il n'y avait pas grand-chose dont j'avais besoin de discuter avec lui. Le complet bon marché dans lequel il avait passé son audition ferait un costume parfait pour le rôle de Lucky Bobby. Certes, sa coupe était un peu moderne pour notre pièce, mais avec la bonne paire de bretelles, et complété d'une large cravate bien criarde, il ferait l'affaire – et mieux encore : parce que ce complet était de la vilaine camelote, mais portée de façon charmante, il serait pile-poil dans le ton du personnage. Ce n'était sans doute pas l'argument le plus judicieux à faire valoir, mais c'est celui que j'exposai à Anthony.

« Vous m'traitez de charmante camelote ? » demanda-t-il, ses yeux bruns et vifs plissés d'amusement – et eux aussi étaient extrêmement charmants.

De près, je m'aperçus qu'il était plus vieux qu'il n'y paraissait sur scène. Il était moins gamin efflanqué que jeune homme élancé, et il approchait de la trentaine plutôt que de la vingtaine. C'était sa minceur et sa démarche insouciante qui le faisaient paraître beaucoup plus jeune.

« C'est fort possible, répondis-je. Mais il ne faut pas le prendre en mauvaise part.

— Vous, par contre, vous m'avez pas l'air d'une pacotille bon marché, riposta-t-il en me toisant sans hâte.

— Mais charmante tout de même ?

— Très. »

On se dévisagea longuement, sans rien ajouter, et il y avait pas mal d'informations communiquées dans ce silence – toute une conversation, dirais-je même. C'est là le flirt dans sa forme la plus pure : une conversation qui se passe de mots, un chapelet de questions muettes qu'on égrène de son seul regard, et auxquelles la réponse sera invariablement : *Peut-être.*

Peut-être, peut-être, peut-être.

Le silence s'éternisa au point de devenir inconfortable mais, têtue que j'étais, je me refusais à le briser, comme à rompre le contact oculaire. Pour finir, il éclata de rire, et j'en fis autant.

« Comment vous appelez-vous, poupée ?

— Vivian Morris.

— Vous seriez libre, ce soir, pour passer un peu de temps avec moi, Vivian Morris ?

— Peut-être.

— Peut-être oui, ou bien… ? »

Je haussai les épaules.

Il pencha la tête de côté et me scruta plus attentivement, sans se départir de son sourire. « Oui ? répéta-t-il.

— Oui, décidai-je, et au diable les *peut-être*.

— Oui ?

— Oui ! m'exclamai-je, en pensant que, peut-être, il ne m'avait pas entendue la première fois.

— Oui ? »

Là, je compris enfin que sa question portait maintenant sur autre chose. Nous ne parlions pas de sortir au restaurant ou au cinéma. Il me demandait si j'étais *vraiment* libre ce soir-là.

« *Oui* », confirmai-je, d'un ton entièrement différent.

Une demi-heure plus tard, nous étions dans le lit de son frère.

Je compris immédiatement que cette expérience sexuelle serait différente de celles auxquelles j'étais habituée. Tout d'abord, je n'étais pas ivre, et lui non plus. Ensuite, nous n'étions pas dans un vestiaire de night-club ou sur une banquette de taxi. Nous n'étions ni contraints à des contorsions inconfortables ni pressés par l'urgence. Anthony Roccella avait tout son temps. Et il aimait bien discuter en travaillant – mais pas comme l'épouvantable Dr Kellogg. Lui, il me posait des questions espiègles, et j'adorais ça. À mon avis, il aimait juste m'entendre dire et répéter « oui », et j'étais plus qu'heureuse de lui faire ce petit plaisir.

« Tu sais que t'es jolie, n'est-ce pas ? demanda-t-il après avoir verrouillé la porte derrière nous.

— Oui.

— Tu vas venir t'asseoir sur le lit avec moi, d'accord ?

— Oui.

— Tu sais que j'vais être obligé de t'embrasser, tellement t'es jolie ?

— Oui. »

Et – miséricorde ! – ce garçon *embrassait* comme personne. Une main sur chacune de mes joues pour immobiliser mon visage, il goûta délicatement ma bouche tout en caressant de ses longs doigts la naissance de ma nuque. D'après mon expérience, les hommes tendaient à expédier ce chapitre d'une relation sexuelle – les baisers, que j'avais toujours adorés – mais Anthony, lui, ne semblait pas pressé de passer à autre chose, et il paraissait en retirer autant de plaisir que moi. C'était une première.

Après un long, un très long moment, il s'écarta et annonça : « Voilà c'qu'on va faire maintenant, Vivian Morris. Je vais m'asseoir là, sur ce lit, et toi, tu vas te mettre là, debout, sous l'ampoule, et tu vas enlever ta robe pour moi.

— Oui. » (Une fois qu'on a commencé à le dire, ce mot, il vient tout seul !)

Je fis exactement ce qu'il me demandait, puis je défis ma robe, je la laissai glisser à mes pieds et, pour masquer ma nervosité, je lançai les bras en l'air – *Ta-dam !*

Anthony explosa de rire, et la honte aussitôt fondit sur moi – honte de ma maigreur, honte de mes petits seins.

« Non, non, poupée, protesta-t-il devant ma mine déconfite, toujours en riant, mais avec douceur maintenant. J'me moque pas de toi. J'ris juste parce que j't'aime vraiment bien. T'y vas pas par quatre chemins, c'est mignon. »

Il se leva pour ramasser ma robe, et me la tendit.

« Et si tu la remettais, poupée ?

— Pardon, je suis désolée, c'est pas grave, je comprends, débitai-je sans chercher à être compréhensible, mais en pensant : *J'ai tout gâché, c'est fini.*

« Non, non, écoute-moi, bébé. Tu vas renfiler cette robe, et j'vais te redemander de l'enlever, mais *beaucoup* plus lentement, cette fois, d'accord ? Va moins vite en besogne.

— Tu es fou.

— J'veux juste te regarder le refaire. Allez, poupée ! Fais durer le plaisir – j'ai attendu ce moment toute ma vie !

— Tu mens !

— Bon, ouais, d'accord. Mais pour sûr, maintenant qu'il est arrivé, je l'apprécie. Donc, tu me le rejoues ? Vraiment lentement, cette fois. »

Il se rassit sur le lit ; je renfilai ma robe puis allai lui présenter mon dos pour qu'il la reboutonne. Ce qu'il fit, lentement et soigneusement. J'aurais pu sans problème m'en charger moi-même, bien sûr, mais je tenais à lui confier cette tâche. Jamais je n'avais fait expérience plus érotique et plus intime que sentir les doigts d'un jeune homme fermer des boutons dans mon dos – mais ça, c'était sur le point de changer.

Je repartis me poster au centre de la pièce, je fis un peu bouffer mes cheveux, je souris à Anthony, il me sourit. On aurait dit deux idiots.

« Vas-y, lentement, m'intima-t-il d'une voix traînante. Fais comme si j'étais pas là. »

C'était la toute première fois que j'étais *observée*. Au cours des derniers mois, quantité d'hommes avaient promené leurs mains partout sur moi, mais trop peu m'avaient appréciée avec leurs yeux. Je pivotai pour lui présenter mon dos, comme par timidité – et j'étais un peu timide, en vérité. Jamais je ne m'étais sentie aussi nue, alors que j'étais encore habillée ! Je repliai un bras derrière le dos, défis les boutons et laissai la robe glisser de mes épaules. Elle resta bloquée au niveau des hanches, mais je n'y touchai pas. Je dégrafai mon soutien-gorge, fis glisser ses bretelles le long des bras, le lâchai sur la chaise à côté de moi, et restai là sans bouger, mon dos nu offert à ce regard que je sentais posé sur moi, et qui faisait l'effet d'un courant électrique le long de mon épine dorsale. Je restai comme ça un long moment, à attendre qu'il dise quelque chose, mais rien ne venait. Quelque chose m'excitait, dans le fait de ne pas voir son visage – de ne pas savoir ce qu'il faisait derrière moi, sur le lit. Je peux, encore aujourd'hui, sentir sur ma peau le mordillement de l'air frais, automnal, qui flottait dans cette chambre.

Je me retournai, lentement, et en gardant le regard baissé. Ma robe était toujours tire-bouchonnée autour de ma taille, mais mes seins étaient nus. Anthony ne dit toujours rien. Je fermai les yeux, et m'abandonnai à cette inspection, à cette contemplation. Le courant que j'avais senti dans ma colonne vertébrale était venu s'enrouler autour de moi, et je fus prise d'un léger vertige. La tête me tournait. Bouger, parler, cela semblait impossible.

« Voilà, on s'est compris, dit-il enfin. *Maintenant*, tu peux venir ici, avec moi. »

Il me guida et me fit allonger sur le lit. Il écarta quelques mèches de mes yeux. Je m'attendais plus ou moins à ce que, à ce stade, il se jette sur mes seins, ou ma bouche, mais non. Il ne bougea pas, et cette absence d'urgence de sa part me rendait un peu dingue. Je n'eus même pas droit à un nouveau baiser. Il se contentait de me sourire.

« Hé, Vivian Morris, j'ai une idée du tonnerre. Tu veux savoir laquelle ?

— Oui.

— Voilà ce qu'on va faire maintenant. Tu vas rester allongée, tu vas me laisser enlever le reste de tes vêtements, puis tu vas fermer tes beaux petit yeux... Et après... Tu sais c'que j'vais faire après ?

— Non.

— J'vais te montrer l'essentiel. »

Peut-être est-il difficile pour quelqu'un de ta génération, Angela, de concevoir combien le sexe oral était un concept radical pour une jeune femme de la mienne. Je savais ce qu'était une fellation, évidemment (j'en avais pratiqué quelques-unes, mais sans être certaine d'aimer ça, ni même en comprendre l'intérêt, pour tout dire) mais l'idée qu'un homme puisse poser sa bouche sur un sexe de *femme*? Ça, ça ne se faisait pas.

Laisse-moi nuancer mon propos. Bien sûr que ça se *faisait*. Chaque génération aime bien s'imaginer qu'elle a découvert le sexe, mais je ne doute pas qu'en 1940, partout dans New York, et surtout dans le Village, des femmes bien plus sophistiquées que moi faisaient l'expérience du cunnilingus. Simplement, je n'en avais jamais entendu parler. Dieu sait pourtant que la fleur de ma féminité en avait vu de toutes les couleurs, cet été-là. On l'avait froissée, pétrie, frottée, sondée, pénétrée – c'est fou ce que les garçons aiment *farfouiller*, et vigoureusement de surcroît. Mais *ça,* jamais.

Sa bouche s'était retrouvée entre mes jambes si rapidement, et mon choc avait été tel, quand j'avais subitement compris quelle était sa destination et son intention, que j'avais lâché un : « Oh ! » Je voulus me redresser, me rasseoir, mais un bras s'abattit aussitôt sur mon torse. Anthony écrasa fermement sa paume sur ma poitrine pour me maintenir allongée – sans s'interrompre une seule seconde de son côté.

« *Oh !* » redis-je.

Et puis, je l'ai sentie. Cette sensation qui était en train de croître, là, en bas, et dont j'ignorais qu'elle puisse exister. Je pris l'inspiration la plus vive de ma vie, et je ne suis pas certaine d'avoir relâché mon souffle au cours des dix minutes qui suivirent. Je me souviens, comme si c'était hier, que je perdis toute capacité de voir ou d'entendre pendant un petit moment, et qu'il se produisit un court-circuit dans mon cerveau – qui n'a probablement jamais été entièrement réparé depuis. Mon être entier était frappé de stupéfaction. Je m'entendais produire des bruits dignes d'un animal, mes jambes tremblaient, incontrôlables (non pas que je tentai de les contrôler) et mes mains s'agrippaient si fort à mes cheveux que mes ongles imprimèrent leur morsure dans mon propre crâne.

Et ça, ce n'était que le début.

La sensation s'intensifia.

Et s'intensifia encore plus.

Puis je m'entendis hurler, aussi fort que si j'étais broyée sous les roues d'un train. Une main s'écrasa sur ma bouche, et je mordis cette paume de toutes mes forces.

Puis vint le *pic*, et là je passai plus ou moins de vie à trépas.

Quand tout fut terminé, je haletais, je pleurais, je riais, je tremblais, sans pouvoir m'arrêter, et Anthony Roccella, lui, arborait son petit sourire suffisant.

« Hé ouais, bébé, fit le jeune homme efflanqué que j'aimais maintenant de tout mon cœur. C'est ça, l'essentiel. »

Bon, une expérience pareille, ça change une fille à jamais, non ?

Voici le détail le plus extraordinaire, cependant : le soir de cette mémorable rencontre, on ne coucha même pas ensemble. Non seulement il n'y eu pas eu de rapport sexuel à proprement parler, mais je ne fis non plus rien pour lui offrir du plaisir en retour de la puissante révélation qu'il venait de me faire. Et il ne semblait pas avoir besoin que je lui fasse quoi que ce soit. On aurait dit que ça lui était complètement égal que je reste clouée sur le lit, comme si je venais de tomber d'un avion en vol.

Encore une fois, cette incroyable absence d'urgence, cette façon qu'il avait de prendre, ou de laisser, selon son humeur, participait du charme d'Anthony Roccella, et je commençais à comprendre d'où lui venait son immense confiance en soi – pourquoi ce jeune homme sans le sou se pavanait comme si la ville entière lui appartenait. Comment un homme qui était capable de faire *ça* à une femme, et de façon entièrement désintéressée en plus, pourrait-il ne pas avoir une très haute opinion de lui-même ?

Il me tint dans ses bras un petit moment, il se moqua gentiment de mes cris et mes pleurs de plaisir, puis il alla chercher deux bières dans une glacière.

« Tu vas avoir besoin d'un petit remontant, Vivian Morris », dit-il en m'en tendant une – et il avait raison.

À aucun moment il ne se déshabilla, ce soir-là.

Ce garçon m'avait ravagée jusqu'à me faire perdre conscience sans même retirer sa vilaine et pourtant charmante veste !

Naturellement, dès le lendemain soir, j'étais de retour dans cette même chambre pour m'abandonner aux somptueux pouvoirs de sa bouche et me tordre de plaisir une fois de plus. Le surlendemain, rebelote. Et il restait toujours habillé de pied en cap, sans rien demander en retour. Le troisième soir, j'osai enfin demander : « Mais toi ? Tu n'as pas besoin… ?

— T'inquiète, bébé, me répondit-il avec un grand sourire. On va y venir. »

Et on y vint, pour sûr – et comment ! – mais il attendit que je crie littéralement famine.

Je peux bien te le dire, Angela : il a attendu jusqu'à ce que je le *supplie*.

Ce qui me plaçait dans une position un brin épineuse : comment une jeune femme bien éduquée qui se consume de désir pour cet organe mâle innommable formule-t-elle sa supplique ?

Aurais-tu la bonté de...

Si cela ne t'embête pas de...

Je n'avais tout simplement pas en ma possession le vocabulaire requis pour ce type d'échanges. Certes, j'avais fait quantité de choses osées et peu ragoûtantes depuis mon arrivée à New York mais, au tréfonds, je restais une jeune dame bien élevée – et les jeunes dames bien élevées ne réclament jamais quoi que ce soit. Au cours des quelques mois précédents, je m'étais surtout *prêtée* à des choses osées et peu ragoûtantes, je m'étais *livrée* à des hommes toujours pressés d'en arriver au fait. Là, c'était différent. Je voulais Anthony, mais lui n'était pas pressé d'accéder à mon désir, et celui-ci s'en trouvait exacerbé.

Quand on en arrivait au point où je bégayais des questions telles que « Tu penses qu'un jour on pourrait peut-être...? », il arrêtait ce à quoi il était occupé, il se redressait sur un coude et me lançait avec un grand sourire : « On pourrait peut-être quoi ?

— Si jamais tu voulais...

— Si jamais je voulais *quoi*, bébé ? Dis-moi. »

Je ne répondais rien, et son sourire s'élargissait. « Désolé, bébé, j'comprends pas. Faut que tu sois plus claire. »

Mais j'en étais bien incapable, du moins jusqu'à ce qu'il m'apprenne à l'être.

« Y a certains mots que tu dois apprendre, bébé, m'expliqua-t-il une nuit où il jouait à me mettre les nerfs en pelote. Et on fera rien de plus tant que j't'entends pas les dire. »

C'est là qu'il m'enseigna les mots les plus crus que j'eusse jamais entendus. Des mots qui me firent rougir et me consumer de honte. Il me les fit répéter après lui, se délecta de mon malaise puis il recommença à me mettre au supplice, et quand l'incendie de désir inassouvi atteignit un pic qui me coupa le souffle, il arrêta tout, et il ralluma la lumière.

« Bon, voilà ce qu'on va faire, maintenant, Vivian Morris : tu vas me regarder bien droit dans les yeux, et tu vas me dire *exactement* ce que t'attends de moi – en te servant des mots que j't'ai appris. Y a que comme ça que ça arrivera, poupée. »

Et – oh! Angela, que Dieu me vienne en aide! – j'obtempérai.

Je le regardai droit dans les yeux et je le suppliai, comme une trotteuse à deux dollars.

Pour ce qui est de la suite… Disons que je l'avais bien cherché.

Maintenant que j'étais entichée d'Anthony, la dernière chose dont j'avais envie, c'était de sortir en ville avec Celia et de lever les premiers venus pour un petit frisson facile, rapide et sans plaisir. Tout ce que je voulais, c'était être avec lui, clouée sur le lit de son frère Lorenzo, aussi souvent que possible. Tout ça pour dire qu'une fois Anthony entré dans le paysage, je laissai tomber Celia sans trop de cérémonie.

Est-ce que je lui manquais ? Je n'en sais rien : elle ne montra jamais aucun signe en ce sens, et ne prit pas non plus ses distances de façon notable. Elle continua simplement à vivre sa vie, et à se montrer amicale à chacune de nos collisions – qui se produisaient en général dans le lit, quand elle s'effondrait, ivre, au petit matin. En y repensant aujourd'hui, j'ai le sentiment de lui avoir manqué de loyauté en la délaissant ainsi à deux reprises : la première fois pour Edna, et la seconde pour Anthony. Mais peut-être les jeunes gens sont-ils juste des animaux sauvages, en ce sens que leurs affections et leurs allégeances varient au gré de leurs caprices. Celia pouvait elle aussi se montrer capricieuse, sans aucun doute. Je comprends maintenant qu'à vingt ans j'avais besoin d'être en permanence entichée de quelqu'un – et que je n'étais pas très regardante, apparemment. Quiconque de plus charismatique que moi faisait mon affaire, et ça, ce n'était pas ce qui manquait, à New York. J'étais un être humain encore en devenir et je manquais tellement de centre de gravité que je cherchais constamment à me raccrocher à une attache, à m'ancrer à l'attrait de tel ou telle. Mais il va de soi que je ne pouvais être entichée que d'une seule personne à la fois.

Et pour l'heure, cette personne était Anthony.

J'étais hébétée, ensuquée, flapie d'amour. Je pouvais à peine me concentrer sur mes tâches au sein du théâtre car franchement *quelle importance* ? Je crois que si je continuais à mettre les pieds au Lily, c'est uniquement parce qu'Anthony s'y trouvait tous les jours pour les répétitions, et que cela me donnait l'occasion de le voir. Je n'aspirais qu'à une seule chose : être dans son orbite. À la fin des répétitions, je l'attendais telle une pauvre crétine et je ne le lâchais plus d'une semelle, je courais lui acheter un sandwich à la langue chaque fois qu'il en exprimait le désir, et je me vantais auprès de quiconque voulait bien m'écouter que j'avais un petit ami, et que c'était *à la vie à la mort*.

Non contente d'avoir, comme tant d'autres jeunes idiotes avant moi, contracté le virus de l'amour et du stupre, je pensais qu'Anthony Roccella en était l'inventeur.

Jusqu'au jour où j'eus cette conversation avec Edna.

Je lui faisais essayer un chapeau pour le spectacle.

« Vous êtes distraite, Vivian, remarqua-t-elle. Ce n'est pas la couleur dont nous étions convenues pour le ruban.

— Ah bon ? »

Elle effleura le ruban en question, qui était rouge vif. « Vous le voyez vert émeraude, vous ?

— Non, je ne crois pas.

— C'est ce garçon, reprit Edna. Il monopolise toute votre attention. »

Je ne pus retenir un grand sourire. « C'est certain. »

Edna sourit à son tour, avec indulgence. « Vous devriez savoir que quand il est dans les parages, chère Vivian, vous vous comportez exactement comme un petit animal en chaleur. »

En récompense de sa franchise, je la piquai accidentellement dans le cou avec une épingle. « Pardon ! Je suis désolée ! » me récriai-je, mais de quoi m'excusais-je ? De ma maladresse, ou de mon comportement de chienne en chaleur ? J'aurais été incapable de le dire.

Edna tapota posément la perle de sang sur son cou avec son mouchoir.

« Ne vous mettez pas martel en tête, très chère. Ce n'est pas la première fois qu'on me troue la peau, et c'est probablement largement mérité. Mais écoutez-moi, chérie. Ayant l'âge d'être une relique archéologique, je sais deux ou trois bricoles sur la vie. N'allez pas croire que je ne me réjouis pas de votre affection pour Anthony. C'est délicieux d'observer une jeune personne tomber amoureuse pour la première fois. Cette façon que vous avez de pourchasser votre cher et tendre... C'est absolument charmant.

— Anthony est une merveille, Edna. C'est un rêve devenu réalité.

— Naturellement, chérie. Ils le sont toujours. Mais j'ai un petit conseil pour vous. Accueillez cet entreprenant jeune homme dans votre lit, cela va sans dire, et couchez-le dans vos Mémoires quand vous serez célèbre. Mais il y a quelque chose que vous ne devez faire à aucun prix.

Je pensais qu'elle allait dire « l'épouser », ou « tomber enceinte. »

Eh bien non. Edna nourrissait une inquiétude de tout autre nature.

« Ne laissez pas cette histoire faire capoter le spectacle.

— Pardon?

— À ce stade d'une production, Vivian, nous devons tous pouvoir compter les uns sur les autres pour maintenir un certain degré de discernement et de professionnalisme. On peut avoir l'impression qu'il s'agit juste de bons moments de rigolade, et certes, on rigole bien, mais il y a beaucoup de choses en jeu. Votre tante investit sans compter tout ce qu'elle a dans cette pièce – son corps, son âme, et aussi tout son argent –, et nous ne voudrions pas conduire son spectacle dans le précipice. C'est là la solidarité entre bonnes gens du spectacle, Vivian : chacun s'efforce de ne pas ruiner le spectacle ou la vie des autres. »

Je ne comprenais rien à ce laïus, et sans doute cela se lisait-il sur mon visage car elle fit une nouvelle tentative.

« Ce que j'essaie de vous dire, Vivian, c'est que si vous voulez tomber amoureuse d'Anthony, alors tombez – et qui pourrait vous reprocher de vouloir votre petit exploit? Mais promettez-moi que vous resterez avec lui jusqu'à la fin de la course. Il est bon comédien, bien meilleur que la moyenne, et cette production a besoin de lui. Je ne veux pas de perturbations. Si l'un de vous vient à briser le cœur de l'autre, je risque de perdre non seulement un excellent premier rôle masculin, mais également une formidable habilleuse. Pour l'heure, j'ai besoin de vous deux – et en pleine possession de vos moyens. Et votre tante en a besoin tout autant. »

Sans doute avais-je l'air ahuri, car elle ajouta : « Permettez-moi de vous dire les choses encore plus simplement, Vivian. Comme me le serinait le pire de mes ex-maris – cet épouvantable metteur en scène : "Vis ta vie comme tu l'entends, mon ange, mais ne la laisse pas saloper ce foutu spectacle." »

15

Les répétitions de New York est une fête battaient désormais leur plein. La date de la première avait été arrêtée au 29 novembre 1940, juste après Thanksgiving, pour essayer d'attirer les vacanciers.

Pour l'essentiel, tout se passait bien. La musique était sensationnelle et les costumes avaient vraiment de la classe, si je puis dire ça moi-même. Le clou de la pièce, évidemment, c'était Anthony Roccella – du moins à mon avis. Mon petit ami pouvait chanter jouer, danser et c'était un vrai feu d'artifice. (J'avais entendu Billy dire à Peg : « Dénicher des filles – ou des garçons, au demeurant – qui dansent comme des anges, ce n'est pas sorcier. Mais un homme qui danse comme un homme, c'est un oiseau rare. Ce petit gars est à la hauteur de tous les espoirs que j'ai placés en lui. »)

En outre, Anthony était un comique-né, et il était absolument convaincant dans le rôle de ce jeune délinquant futé qui poussait une riche veuve à convertir sa salle de bal en bar clandestin et sa demeure en maison de passe. Et ses scènes avec Celia étaient fantastiques. Ils formaient un couple magnifique. Dans un de leurs duos particulièrement mémorables, ils dansaient un tango pendant qu'Anthony susurrait à l'oreille de sa partenaire qu'il voulait lui montrer « un p'tit coin de Yonkers ». De la façon dont il le chantait, ce « p'tit coin de Yonkers » semblait être une zone érogène d'un corps féminin – et Celia répondait assurément comme si cela l'était. C'était le moment le plus sexy de la pièce. N'importe quelle femme avec un pouls qui battait aurait été d'accord – enfin, de mon point de vue.

D'autres, naturellement, auraient soutenu que le clou du spectacle était la performance d'Edna Parker Watson ; à n'en pas douter, ils auraient eu raison. Même moi, tout étourdie d'amour que j'étais, je voyais combien Edna était fantastique. J'avais assisté à beaucoup de représentations théâtrales dans ma vie, mais jamais jusque-là je n'avais vu une *vraie* comédienne, uniquement des poupées disposant de quatre ou cinq expressions – tristesse, peur, colère, amour, bonheur – qu'elles alternaient jusqu'au baisser de rideau. Edna, elle, avait accès à toutes les nuances des émotions humaines. Elle était naturelle, chaleureuse, majestueuse, et elle pouvait interpréter une scène de neuf façons différentes en une heure de temps, et se débrouiller pour que chacune des variations paraisse être l'interprétation parfaite.

C'était aussi une actrice généreuse. Par sa seule présence sur scène, elle rehaussait le niveau des performances de tous les autres comédiens. Elle savait comment tirer le meilleur de chacun. Lors des répétitions, elle se mettait volontiers légèrement en retrait pour laisser l'un ou l'autre prendre la lumière, et elle les encourageait d'un sourire radieux. C'est rare, chez les grandes comédiennes, mais Edna pensait toujours aux autres. Par exemple, un jour où Celia s'était présentée aux répétitions avec des faux cils, Edna la prit à l'écart pour l'avertir qu'elle serait bien inspirée de renoncer à cet artifice sur scène : en projetant une ombre devant les yeux, les faux cils lui donneraient un « air cadavérique, et ça, chérie, personne n'en a envie ».

Une vedette plus jalouse se serait bien gardée d'un tel conseil. Mais Edna n'était jamais jalouse.

Au fil des répétitions, elle façonna une Mme Alabastar bien plus subtile que celle suggérée dans le script. Elle transforma son personnage en une femme lucide, consciente de l'absurdité de son destin, mais qui continuait courageusement malgré tout à jouer au jeu de la vie, en acceptant que ce soit parfois à ses dépens. Son ton était ironique, mais jamais froid. Elle projetait l'image d'une survivante qui n'avait rien perdu de sa capacité à ressentir.

Et lorsqu'elle chantait son solo romantique, une ballade toute simple intitulée « Je songe à tomber amoureuse », toutes les personnes présentes dans la salle étaient saisies d'admiration et d'émerveillement. Peu importe le nombre de fois où nous l'avions déjà entendue chanter sa ballade, chacun suspendait ses activités pour l'écouter. Elle n'avait pas une voix exceptionnelle (elle pouvait être un peu hasardeuse parfois sur les notes hautes), mais elle apportait une telle intensité à l'instant qu'on ne pouvait s'empêcher de se redresser dans son siège et de prêter l'oreille.

La chanson évoquait les tourments d'une femme d'un certain âge qui décidait de tomber amoureuse une dernière fois, tout en sachant que c'était une erreur. Quand Billy avait écrit ces paroles, il n'avait rien voulu d'aussi poignant. L'intention de départ, je pense, était d'amener un élément léger, et amusant : *Regardez comme c'est mignon ! On peut tomber amoureux même quand on n'est plus tout jeune !* Mais Edna avait demandé à Benjamin de ralentir le tempo, et de le transposer dans une tonalité plus sombre, et cela changeait tout. Désormais, lorsqu'elle arrivait au dernier couplet (« Je ne connais rien à rien/Mais pour quoi sommes-nous sur terre ?/Je songe à tomber amoureuse ») on sentait que cette femme était *déjà* amoureuse, et que c'était un état sans retour. On sentait qu'elle craignait pour son cœur maintenant qu'elle avait perdu le contrôle d'elle-même. Mais on sentait aussi l'espoir qui l'habitait.

Il ne se passa pas une seule fois, je crois, quand Edna chanta sa ballade pendant les répétitions, sans qu'à la fin on l'applaudisse.

« C'est une vraie de vraie, petite, me glissa un jour Peg dans les coulisses. Edna est la comédienne avec un grand C. Même si tu vis très vieille, n'oublie jamais que tu as eu l'immense chance de voir un maître à l'œuvre. »

Nous avions un comédien plus problématique, j'en ai bien peur, en la personne d'Arthur Watson.

Le mari d'Edna ne pouvait rien faire. Il ne pouvait pas jouer – il n'arrivait même pas à mémoriser son texte ! – et il ne pouvait certainement pas chanter. (L'écouter chanter, avait diagnostiqué Billy, « c'est comme avoir le plaisir rare d'envier les sourds ».) Il dansait également comme un pied, et à chacun de ses déplacements il donnait l'impression d'être sur le point de renverser quelque chose. Comment avait-il pu être menuisier de plateau sans se scier accidentellement un bras ? Mystère. À son crédit, cependant, Arthur était sacrément beau dans ses atours de scènes – un habit queue-de-pie et un chapeau haut de forme –, mais c'est à peu près tout ce que je peux dire en sa faveur.

Quand il devint évident qu'Arthur était incapable d'interpréter le rôle, Billy réduisit ses répliques à l'essentiel pour faciliter la tâche à ce pauvre homme, et lui permettre d'arriver au bout d'une phrase. (Par exemple, plutôt que de lui faire dire, dans sa réplique d'ouverture : « Je suis Barchester Headley Wentworth, cinquième comte d'Addington et cousin au troisième degré de feu votre mari » il avait simplifié l'affaire en : « Je suis votre cousin d'Angleterre. ») Il avait également supprimé son monologue. Et même le numéro de danse qu'il était censé faire avec Edna lorsque son personnage essayait d'entrer dans les bonnes grâces de Mme Alabastar.

« À croire que ces deux-là n'ont jamais été présentés, avait dit Billy à Peg en le regardant évoluer sur scène, avant de renoncer carrément à les faire danser ensemble. Comment est-ce possible qu'ils soient *mari et femme* ? »

Edna s'efforçait d'aider son mari, mais il acceptait mal les ordres, et chaque fois qu'elle essayait d'affiner sa performance, il se mettait à bredouiller de vexation.

« Je ne comprendrai décidément jamais de quoi tu parles, très chère ! » lui lança-t-il sèchement, un jour où Edna tentait de lui expliquer pour la dixième fois la différence entre cour et jardin.

Ce qui nous rendait le plus fous, c'est qu'Arthur ne pouvait s'empêcher de siffler pour accompagner la musique qui montait de la fosse – même quand il se trouvait sur scène, en train d'interpréter son personnage. Personne ne pouvait l'en dissuader.

Un après-midi, Billy perdit patience. « Arthur ! gueula-t-il. Votre personnage ne peut pas entendre cette musique ! C'est le thème d'ouverture !

— Bien sûr que je l'entends ! protesta Arthur. Ces fichus musiciens sont pile *là* ! »

Billy, au comble de l'exaspération, se lança alors dans un laïus sur la différence entre musique *diégétique* (que les personnages sur scène peuvent entendre), et musique *extradiégétique* (que seul le public est censé entendre.)

« Veuillez me parler en anglais ! » aboya Arthur.

Billy, patiemment, fit une nouvelle tentative : « Imaginez, Arthur, que vous regardez un western avec John Wayne. À l'image, on voit John Wayne chevauchant seul dans une mesa, et, soudain, il se met à siffloter pour accompagner le thème principal. Vous voyez le ridicule ?

— Ce que je ne vois pas, c'est pourquoi, de nos jours, un homme ne peut pas siffler sans se faire agresser », renifla Arthur.

(Plus tard, je l'entendis demander à un des danseurs : « Une *mesa* ? Qu'est-ce que c'est encore que ce machin ? »)

Souvent, quand j'observais Edna et Arthur Watson, je m'efforçais d'imaginer comment elle faisait pour le supporter.
La seule explication qui me venait, c'est qu'Edna adorait sincèrement la beauté, et beau, Arthur l'était sans conteste. (Il ressemblait à Apollon – si Apollon était ton boucher de quartier – mais oui, il était beau.) Cette explication était sensée à bien des égards car il n'était rien, dans la vie d'Edna, qui ne fût beau. Je n'ai jamais rencontré personne qui se souciât autant d'esthétique que cette femme. Pas une seule fois je ne la vis autrement qu'apprêtée de façon exquise – et je la voyais à toute heure du jour et de la nuit. Être impeccablement soignée à la table du petit déjeuner ou dans l'intimité de sa propre chambre exige une certaine quantité de travail et d'engagement – mais telle était Edna, toujours disposée à bosser sans compter ses heures.
Ses cosmétiques étaient beaux. Le petit réticule à cordon dans lequel elle rangeait sa monnaie était beau. La façon dont elle lisait ou chantait ses répliques sur scène. Dont elle repliait ses gants. Non contente d'être une experte en beauté sous toutes ses formes, elle la faisait rayonner autour d'elle.
Je crois d'ailleurs que si Edna appréciait autant ma compagnie et celle de Celia, c'est en partie parce que nous étions belles, nous aussi. Plutôt que d'être engagée dans une compétition avec nous – comme quantité d'autres femmes d'un certain âge auraient pu l'être – elle semblait revigorée par notre présence. Je nous revois, un jour, marcher toutes les trois dans la rue, Edna entre Celia et moi. Subitement, elle nous prit chacune par un bras, et déclara avec un grand sourire : « Quand je me promène flanquée de deux jeunes lianes comme vous, je me sens telle une perle rare sertie entre deux rubis étincelants. »

Une semaine avant la première, tout le monde était malade. Nous avions tous attrapé le même rhume et la moitié des girls avaient les yeux rouges à force de partager le même pain de mascara infesté de microbes (l'autre moitié avait des morpions pour avoir partagé leurs bas de costumes malgré mes multiples mises en garde). Peg voulait décréter une journée de relâche générale afin que les artistes puissent se reposer et guérir, mais Billy lui opposa un refus catégorique. Il continuait à trouver les dix premières minutes du spectacle « spongieuses » – pour le dire autrement, le rythme n'était pas assez enlevé, et ça n'avançait pas assez vite.

« On ne dispose pas de beaucoup de temps pour conquérir un public, les enfants, déclara-t-il à la troupe un après-midi où l'ouverture progressait laborieusement. On doit l'attraper immédiatement. Qu'importe que le deuxième acte soit bon si le premier s'est traîné en longueur. Les spectateurs se seront taillés à l'entracte. »

Peg prit la défense de la troupe : « Ils sont juste fatigués, Billy. »

Et ils l'étaient, pour sûr ; la plupart se produisaient aussi chaque soir dans nos deux spectacles. En attendant le coup d'envoi de première de notre nouvelle production, il fallait bien que le Lily continue à tourner.

« Eh bien oui, la comédie est un art difficile, riposta Billy. La légèreté exige beaucoup de travail. Je ne peux pas les laisser se relâcher maintenant. »

Il leur fit recommencer le tableau d'ouverture trois fois de plus, ce jour-là – avec, à chaque fois, un résultat légèrement différent, et légèrement pire. La troupe endura l'épreuve avec courage, mais quelques-unes des girls semblaient regretter de s'être embarquées dans cette galère.

Avec les répétitions, la salle était devenue crasseuse – une vraie poubelle, encombrée de chaises pliantes, semée de gobelets de café à moitié bus, empuantie par la fumée de cigarettes. Bernadette, la bonne, essayait de tenir le désordre sous contrôle, mais la tâche était sans fin. Tout le monde était grincheux, agressif. La situation n'avait rien de glamour, pour personne. En dépit des coiffes et des turbans, même nos plus jolies danseuses, avec leurs traits tirés d'épuisement, leurs lèvres et leurs joues irritées par le rhume, paraissaient ternes.

Au cours de la dernière semaine de répétitions, par une après-midi pluvieuse, Billy sortit en coup de vent chercher nos sandwiches du déjeuner, et revint trempé comme une soupe.

« Bon sang, je hais New York! pesta-t-il en lâchant son chargement de sacs en papier imbibés d'eau.

— Juste par curiosité, Billy, lança Edna. Que ferais-tu en ce moment, si tu étais à Hollywood?

— Quel jour est-on ? Mardi ? » Billy consulta sa montre et soupira. « Je serais en train de jouer au tennis avec Dolores del Rio.

— Ç'a l'air épatant, mais vous avez pensé à mes clopes ? lui demanda Anthony, pile au moment où Arthur Watson déballait un des sandwiches et s'exclamait : "Comment ? Vous avez oublié la moutarde ?" »

L'espace d'un moment, je crus que Billy allait les cogner l'un et l'autre.

Peg s'était mise à boire pendant la journée – pas au point d'être visiblement ivre, mais j'avais remarqué qu'elle gardait une flasque à portée de main et s'octroyait souvent une petite gorgée. Et je dois admettre que même moi, qui à l'époque buvais avec beaucoup d'insouciance, je m'inquiétais de cette nouvelle habitude. Plusieurs soirs par semaine maintenant, je retrouvais Peg inconsciente dans le salon, au milieu d'un ramassis de bouteilles, parce qu'elle n'avait pas réussi à monter dans sa chambre.

Le pire de tout, c'est que l'alcool ne la détendait pas – bien au contraire. Une fois où elle nous surprit en train de nous bécoter Anthony et moi, dans les coulisses, en plein milieu d'une répétition, elle m'agressa verbalement pour la première fois depuis que je la connaissais.

« Bon Dieu de bois, Vivian, crois-tu pouvoir ne serait-ce que dix minutes garder tes lèvres loin de mon premier rôle masculin ? »

(La réponse honnête ? Non. Non, je ne le pouvais pas. Il n'empêche que cette sortie me blessa. Ce genre de critique n'était pas dans le caractère de Peg.)

Puis, il y eut le jour où éclata l'algarade à propos des billets.

Peg et Billy voulaient commander des rouleaux neufs, afin de refléter les nouveaux tarifs. Ils voulaient de grands billets colorés sur lesquels serait imprimé *New York est une fête*. Olive voulait utiliser nos vieux rouleaux de billets, qui portaient tout bêtement la mention « Entrée », mais elle voulait aussi maintenir nos anciens tarifs.

Peg campa sur ses positions : « Pas question que les gens payent le même prix pour voir Edna Parker Watson ou un de mes spectacles stupides de filles. »

Olive campa encore plus fermement sur les siennes : « Notre public ne peut pas débourser quatre dollars pour un fauteuil d'orchestre, et nous n'avons pas les moyens de faire imprimer de nouveaux rouleaux.

— Si l'orchestre n'est pas dans leurs moyens, ils pourront toujours se rabattre sur le balcon pour trois dollars.

— Même ça, c'est trop cher pour notre public.

— En ce cas, peut-être que ce public n'est plus le nôtre, Olive. Peut-être que nous en aurons un nouveau, désormais. D'un meilleur niveau, juste pour une fois.

— On n'est pas là pour servir la clientèle chic, riposta Olive. Nous sommes là pour les classes ouvrières, ai-je besoin de le rappeler ?

— Eh bien, peut-être que, une fois dans leur vie, les *classes ouvrières* de ce quartier apprécieraient de voir un spectacle de qualité, Olive. Peut-être n'apprécient-ils pas d'être traités comme des gens pauvres et sans goût. Peut-être pensent-ils que ça pourrait valoir le coup de payer un peu plus pour voir de la qualité. As-tu réfléchi à *ça* ? »

Ces chamailleries allaient bon train depuis plusieurs jours, mais elles atteignirent leur point critique quand, une après-midi en pleine répétition, Olive fit irruption dans la salle, interrompant Peg qui était en train de reprendre une danseuse sur son placement.

« Je reviens de chez l'imprimeur, annonça-t-elle. Il en coûtera deux cent cinquante dollars pour imprimer les cinq mille nouveaux billets que tu veux, et je refuse de payer. »

Peg pivota sur ses talons et hurla : « Putain de merde, Olive ! Combien vais-je devoir te *payer* pour que tu arrêtes de parler de fric ? »

Le silence s'abattit dans la salle et tout le monde se changea en statue de sel.

Peut-être te souviens-tu, Angela, de l'effet de souffle qu'une exclamation vulgaire produisait en société avant que tout le monde, enfants compris, ne se mette à les égrener dix fois avant le petit déjeuner. C'était l'égal d'une déflagration. Et entendre un tel propos sortir de la bouche d'une femme ? Jamais. Même Celia conservait un langage relativement châtié. Même Billy se gardait de la moindre vulgarité. (En ce qui me concerne, il arrivait que des mots peu respectables franchissent mes lèvres, mais seulement dans l'intimité, uniquement parce qu'Anthony m'obligeait à les prononcer avant de coucher avec moi – et en rougissant toujours autant à chaque fois.)

Alors entendre quelqu'un *crier* pareils vocables ?

Je me demandai un instant où ma délicieuse vieille tante Peg avait bien pu apprendre à manier un tel langage, mais j'imagine que quand on a soigné des soldats blessés au front pendant une guerre de tranchées, on a probablement tout entendu.

Olive resta sonnée comme après une gifle, et voir cette femme qui en imposait toujours par son autorité plantée là, avec sa facture, était un spectacle affreux. Elle porta une main à sa bouche, et ses yeux s'emplirent de larmes.

Aussitôt, Peg se liquéfia de remords.

« Olive, pardon ! Pardon ! Je ne le pensais pas. Je suis une abrutie. »

Elle s'avança vers sa secrétaire, mais Olive secoua la tête et détala en direction des coulisses. Peg s'élança après elle. Toutes les personnes qui avaient assisté la scène se regardèrent, sous le choc. Nous étions suffoqués.

Ce fut Edna qui, la première, reprit ses esprits, et peut-être cela n'avait-il rien de surprenant.

« Si je peux me permettre une suggestion, Billy…, commença-t-elle d'une voix posée. Tu pourrais demander à la troupe de reprendre cette chorégraphie depuis le début. Je crois que Ruby a compris, maintenant, où sont ses marques, n'est-ce pas, ma chère ? »

La petite danseuse opina, sans piper mot.

« Depuis le début ? » répéta Billy, l'air hésitant. Jamais je ne l'avais vu à ce point mal à l'aise.

« C'est cela, confirma Edna avec son habituel vernis de politesse. Et… Billy ? Si tu pouvais, s'il te plaît, rappeler à chacun qu'il doit rester concentré sur son rôle et sur le travail qui nous occupe, ce serait idéal. Veillons à garder un ton léger, aussi. Je sais que vous êtes tous fatigués, mais nous pouvons y arriver. Comme vous êtes en train de le découvrir, mes amis, jouer la comédie est parfois pénible. »

L'affaire des billets aurait pu s'effacer de ma mémoire, n'aurait été ce qui suivit.

Ce soir-là, je me rendis comme d'habitude chez Anthony, fin prête pour ma séance de débauche sensuelle. Malheureusement, son frère rentra indécemment tôt du travail, et à minuit il me fallut repartir au Lily, plus qu'un peu frustrée, et avec le sentiment d'être en exil. J'étais également agacée qu'Anthony ne me raccompagne pas – mais ça, c'était lui tout craché. Ce garçon avait pléthore de qualités en or, mais la galanterie n'en faisait pas partie.

Bon d'accord, peut-être n'avait-il qu'une seule qualité en or.

Quoi qu'il en soit, j'étais énervée et distraite lorsque j'arrivai au Lily, et j'avais aussi probablement renfilé mon chemisier à l'envers. En grimpant l'escalier, j'entendis de la musique. Benjamin était au piano en train de jouer « Stardust », et son interprétation était mélancolique, beaucoup plus lente et feutrée que d'ordinaire. Cette vieille chanson avait beau être, même à l'époque, ringarde et mièvre, elle avait toujours été une de mes préférées. J'ouvris sans bruit la porte du salon pour ne pas interrompre l'artiste. La pièce n'était éclairée que par la petite lampe posée sur le piano. Benjamin jouait si doucement que ses doigts effleuraient à peine les touches. Puis j'avisai, au centre du salon plongé dans la pénombre, Peg et Olive en train de danser ensemble un genre de slow – c'était plus une étreinte oscillante qu'autre chose. Olive avait le visage écrasé contre la poitrine de Peg qui, elle, avait calé sa joue sur la tête de sa cavalière. Les deux avaient les yeux fermés et étaient étroitement enlacées, comme si elles avaient besoin de s'accrocher l'une à l'autre. Quel que soit le monde où elles étaient – quels que soient l'époque, les souvenirs ou l'histoire qu'elles se remémoraient dans cette étreinte silencieuse, elles étaient dans un ailleurs qui n'appartenait qu'à elles.

Je restai à les observer, incapable de bouger, incapable de comprendre la scène que j'avais sous les yeux – et, en même temps, incapable de *ne pas* la comprendre.

Au bout d'un petit moment, Benjamin leva les yeux en direction de la porte. J'ignore comment il avait senti ma présence. Il n'arrêta pas de jouer, et rien ne changea dans son expression, mais il continua à me regarder, et je restai clouée sur le seuil à le dévisager moi aussi, peut-être parce que je cherchais une explication, ou des instructions. Il ne m'offrit rien de tout ça, mais il y avait quelque chose dans ses yeux qui disait : « Ne fais pas un pas de plus dans cette pièce. »

Je ne m'y serais pas risquée, par crainte de faire du bruit et d'alerter Peg et Olive. Je ne voulais pas les embarrasser, ni m'humilier. Mais quand je sentis que la chanson touchait à sa fin, je n'eus plus le choix : il me fallait m'éclipser, ou me laisser prendre.

Je reculai et refermai délicatement la porte, sous le regard vigilant de Benjamin, qui attendit que j'aie débarrassé le plancher pour effleurer l'ultime note mélancolique.

Je passai les deux heures suivantes dans un *diner* de Times Square ouvert toute la nuit, sans trop savoir jusqu'à quand patienter pour que la voie soit libre. Je ne savais pas où aller d'autre. Je ne pouvais pas retourner chez Anthony, et je sentais encore peser sur moi le regard de Benjamin, qui m'intimait de ne pas franchir le seuil – *pas maintenant, Vivian.*

Jamais je n'avais déambulé seule dans les rues de la ville à une heure aussi tardive, et cela m'effrayait plus que je ne voulais bien l'admettre. Sans Celia, Anthony ou Peg pour me guider, j'étais désemparée. Je n'étais pas encore devenue une vraie New-Yorkaise, vois-tu. Je restais une touriste. On ne devient une vraie New-Yorkaise que lorsqu'on se sent de taille à aborder la ville sans l'aide de personne.

Je m'étais donc engouffrée dans l'endroit le plus éclairé que j'avais trouvé, où une vieille serveuse fatiguée me resservit du café sans commentaire, ni rechigner. Dans un box en face du mien, un marin et sa petite amie, ivres tous les deux, se disputaient au sujet d'une certaine Miriam. La fille se méfiait de cette Miriam, le matelot la défendait, et chacun campait fermement sur ses positions. Tantôt je croyais la fille, tantôt je croyais son petit ami. Je sentais qu'il m'aurait fallu voir à quoi ressemblait cette Miriam avant de rendre un verdict et d'affirmer que le marin avait été infidèle à sa belle.

Peg et Olive étaient *lesbiennes* ?

Mais... c'était impossible ! Peg était mariée. Et Olive était... *Olive.* Un être asexué, avec de la naphtaline en guise de chair. N'y avait-il aucune autre explication à cette étreinte de deux femmes entre deux âges, dans la pénombre, au son de la plus triste chanson d'amour du monde ?

Certes, elles s'étaient querellées ce jour-là, mais était-ce ainsi qu'on se rabibochait avec sa secrétaire après une dispute ? Je n'avais guère d'expérience en matière de gestion d'entreprise, mais cette embrassade ne me semblait pas professionnelle. Ni même normale entre deux amies. Je partageais chaque nuit mon lit avec une femme – et pas n'importe laquelle, mais une des plus belles femmes de New York – et nous ne nous étreignions pas de la sorte.

Et en admettant qu'elles soient lesbiennes – alors, depuis *quand* ? Olive travaillait déjà pour Peg avant que cette dernière ne rencontre Billy. Était-ce un développement nouveau dans leur relation, ou bien en avait-il toujours été ainsi ? Qui était au courant ? Edna ? Mes parents ? Billy ?

Concernant Benjamin, la réponse ne faisait aucun doute. La seule chose qui l'avait ébranlé, dans cette scène, avait été ma présence. Lui arrivait-il souvent de jouer du piano pour elles, afin qu'elles puissent danser ? Que se passait-il dans ce théâtre, derrière les portes closes ? Était-ce là la vraie origine de ces perpétuelles chamailleries et de cette tension entre Billy, Peg et Olive ? Se pouvait-il que la querelle larvée entre Olive et Billy, loin de concerner l'argent, l'alcool ou l'exercice d'un contrôle, soit en réalité une compétition sexuelle ? Subitement, il me revint une pique que Billy avait lancée à Olive, pendant les auditions : « Quel ennui ce serait, si toi et moi avions toujours le même goût en matière de femmes. » Se pouvait-il qu'Olive Thompson, ce moellon de femme engoncée dans ses tailleurs en laine et sa suffisance morale, soit une *rivale* pour Billy Buell ? N'était-ce pas une idée parfaitement saugrenue ?

Je repensai à Edna, me disant à propos de Peg : « Ces temps-ci, elle recherche plus la loyauté que la rigolade. »

Bon, Olive était loyale, il fallait lui reconnaître ça. Et si on n'avait pas besoin de rigoler, on avait frappé à la bonne porte, je suppose.

Je regagnai le théâtre vers 2 h 30.

J'ouvris sans bruit la porte du salon, mais il n'y avait plus personne. Les lumières étaient éteintes. C'était comme si la scène n'avait jamais eu lieu mais, en même temps, il me semblait encore voir l'ombre des deux femmes au centre de la pièce.

Je filai au lit. Quelques heures plus tard, la tiédeur familière du corps engourdi d'alcool qui s'était laissé choir sur le matelas me réveilla.

« Celia, chuchotai-je. Il faut que je te demande quelque chose.

— Je dors », marmonna-t-elle d'une voix poisseuse.

Je la poussai du doigt, la secouai. Elle grogna et se retourna.

« Celia, s'il te plaît, réveille-toi. C'est important. Dis… Est-ce que ma tante Peg est lesbienne ?

— Est-ce qu'un chien aboie ? » marmotta Celia – et la seconde d'après, elle dormait à poings fermés.

16

Extrait du compte-rendu de *New York est une fête*, par Brooks Atkinson, paru dans le *New York Times*, le 30 novembre 1940 :

> *Que la pièce soit dépourvue de vraisemblance ne signifie en aucun cas qu'elle est dépourvue de charme. L'écriture est vive et affûtée, la distribution, presque intégralement excellente... Mais ce qui fait de* New York est une fête *un régal, c'est la rare chance de voir Edna Parker Watson à l'œuvre. Cette comédienne britannique maintes fois louée possède un don inné pour le comique et, disons-le tout net, inattendu chez une tragédienne aussi illustre. Regarder Mme Watson se mettre en retrait pour apprécier la clownerie dans laquelle son personnage se retrouve régulièrement empêtré est une merveille. Ses réactions sont si drolatiques et subtiles qu'elle tire excellemment bien son épingle de cette réjouissante petite bouffonnerie.*

La première avait été un épisode terrifiant – et litigieux, aussi.

Billy avait rempli la salle en rameutant de vieux amis et des grandes gueules, des chroniqueurs et des ex-petites amies, ainsi que tous les publicitaires, critiques et journalistes qu'il connaissait de nom ou de réputation. (Et il connaissait *tout le monde*.)

Peg et Olive s'étaient pourtant l'une et l'autre vigoureusement opposées à cette idée.

« Je ne sais pas si nous sommes prêts pour ça », avait dit Peg.

On aurait cru entendre une épouse qui panique en apprenant que son mari a invité son patron à dîner le soir même, et qu'il attend un repas parfait au pied levé.

« On a intérêt à l'être, lui rétorqua Billy. La première est dans une semaine.

— Je ne veux pas de critiques dans ce théâtre, décréta Olive. Je ne les aime pas. Ces gens peuvent être effroyablement *antipathiques*.

— Crois-tu vraiment dans notre pièce, Olive ? demanda Billy. Te plaît-elle seulement ?

— À l'exception de certains passages, non.

— Je ne puis résister à l'envie de te demander, même si je sais que je vais le regretter : *lesquels* ? »

Olive s'accorda le temps de la réflexion. « L'ouverture. Elle ne me déplaît pas. »

Billy leva les yeux ciel. « Tu es une plaie ambulante, Olive. Peg, enchaîna-t-il en reportant son attention sur ma tante, on doit prendre ce risque. On doit faire du battage. Je ne veux pas être la seule personnalité à assister à la première.

— Laisse-nous une semaine au moins pour nous roder.

— Ça ne fera aucune différence, Pegsy. Si on fait un four le premier soir, rodage ou pas, on aura gaspillé notre temps et notre argent. Pour la première, il nous faut des gens de poids dans le public, sinon, ça ne marchera jamais. Il faut qu'ils adorent la pièce, et qu'ils disent à leurs amis de venir la voir. C'est comme ça qu'on lance la machine. Et puisque Olive ne me laissera pas dépenser un *cent* en encarts publicitaires, il nous faut frapper un grand coup le premier soir. Plus vite on jouera à guichets fermés, plus vite Olive arrêtera de me regarder comme si j'étais un meurtrier – et comment veux-tu qu'on joue à guichets fermés si personne ne sait qu'on joue ?

— Inviter ses connaissances sur son lieu de travail pour qu'elles nous fassent de la publicité gratuite, je trouve ça vulgaire, asséna Olive.

— Très bien. En ce cas, dis-moi comment on s'y prend pour alerter les gens sur le fait que nous avons un spectacle à l'affiche, Olive ? Tu veux que j'aille faire l'homme-sandwich au coin de la rue ? »

À sa mine, il me sembla qu'Olive n'aurait pas été contre.

« Tant que le placard ne clame pas que "la fin est proche", plaisanta Peg, avec un air mi-figue, mi-raisin.

— Pegsy ! Où est passée ton assurance ? protesta Billy. On tient de quoi faire un tabac. Tu le sais. Tu sais que c'est une bonne pièce, tu le sens. L'instinct ne trompe jamais.

Mais Peg continuait d'hésiter. « Tu m'as si souvent seriné ça, Billy. En général, tout ce que me soufflait mon instinct, c'est que j'allais me retrouver sur la paille.

— Cette fois, tu vas dormir sur un matelas d'or, ma petite dame. Laisse-moi faire, et tu vas voir ce que tu vas voir. »

Sous la plume de Heywood Broun, dans le *New York Post* :

> *Edna Parker Watson étincelle depuis bon nombre d'années sur les scènes britanniques, et après avoir vu* New York est une fête, *on regrette que ce joyau ne soit pas venu plus tôt illuminer nos rivages. Ce qui aurait pu n'être qu'une simple curiosité se transforme en une soirée théâtrale mémorable, grâce à l'interprétation spirituelle et d'une rare finesse que Mme Watson donne de son personnage haut en couleur […] Les chansons de Benjamin Wilson crépitent de délectation, et les danseurs sont des étoiles montantes […] Le nouveau venu sur la scène new-yorkaise, Anthony Roccella, ne manque pas d'attraits dans son interprétation de ce Roméo citadin au style tapageur, et la sensualité de Celia Ray, en mettant la concentration du spectateur au supplice, donne à l'ensemble la saveur d'un spectacle pour public adulte.*

Les derniers jours précédant la première, Billy dépensa sans compter – plus encore que d'habitude. Il engagea deux masseuses norvégiennes pour délasser nos danseurs et nos vedettes. (« À Hollywood, on fait ça tout le temps, avec les stars qui sont à cran, expliqua-t-il à Peg qui s'effarait de la dépense. Tu verras, ça va les calmer immédiatement. ») Il fit venir un médecin, qui administra à tout le monde des injections de vitamines. Il demanda à Bernadette de rameuter autant de cousines (et de petites-cousines) qu'elle pourrait en dénicher pour briquer le théâtre jusqu'à le rendre méconnaissable. Il embaucha des hommes du quartier pour lessiver la façade du bâtiment au jet, et veiller à ce que toutes les ampoules de sa grande enseigne lumineuse brillent de mille feux. Il fit aussi remplacer toutes les gélatines des éclairages de scène.

Le soir de la couturière, il fit livrer un buffet par Toots Shor's : caviar, poissons fumés, mini-sandwiches – la totale. Il engagea un photographe pour immortaliser la troupe au grand complet et en costume pour les illustrations du dossier de presse. Il avait fait remplir le foyer de grandes gerbes d'orchidées, qui avaient probablement coûté plus cher que les frais de scolarité de mon premier semestre de fac (mais étaient tout aussi probablement un meilleur investissement.) Il avait aussi fait venir une esthéticienne, une manucure et une maquilleuse pour Edna et Celia.

Le jour de la première, il rameuta quelques gamins et quelques chômeurs du quartier qu'il rémunéra cinquante *cents* par tête (ce qui était plutôt grassement payé, du moins pour les gamins) pour simplement baguenauder sur le trottoir, devant le théâtre, afin de donner l'impression que quelque événement extrêmement excitant était imminent. Et il recruta le gamin dont la voix portait le mieux pour crier en continu : « Complet ! Complet ! »

En toute fin de journée, avant le lever du rideau, Billy se présenta avec des cadeaux surprises pour Edna, Peg et Olive – à titre de porte-bonheur, leur dit-il. À Edna, il offrit un délicat jonc en or de chez Cartier qui cadrait parfaitement avec ses goûts. Peg eut droit à un beau portefeuille en cuir de chez Mark Cross – « Tu en auras bientôt besoin, Pegsy, lui dit-il avec un clin d'œil. Quand le compteur des entrées commencera à s'affoler, le tien va céder aux coutures. » Quant à Olive, il lui présenta cérémonieusement une boîte exagérément emballée qui révéla, une fois débarrassée des papiers, des nœuds et des rubans, une bouteille de gin.

« Pour ta réserve personnelle, précisa Billy. Pour t'aider à anesthésier l'ennui sans fond que cette production semble t'infliger. »

Sous la plume de Dwight Miller, dans le *New York World-Telegram* :

> *Nous ne saurions trop recommander aux amateurs de théâtre de passer outre l'inconfort des vieux fauteuils du Lily Playhouse, outre les écailles du plafond qui risquent de tomber dans leurs cheveux quand les danseurs se déchaînent sur scène, outre encore les décors mal conçus et les éclairages capricieux. Oui, nous les enjoignons à passer outre tous ces menus inconvénients pour se transporter d'urgence jusqu'à la Neuvième Avenue afin de voir Edna Parker Watson dans* New York est une fête.

Pendant que le public pénétrait dans le théâtre, on se rassembla tous en coulisses pour écouter le glorieux brouhaha d'une salle comble.

« Approchez, dit Billy à tous les artistes, qui étaient costumés, maquillés et à cran. C'est votre grand jour. »

La troupe fit cercle autour de lui. Je m'étais glissée à côté d'Anthony et je lui tenais la main, immensément fière. Il m'embrassa avec fougue, puis il libéra sa main et se mit à boxer l'air, en esquissant un sautillement, comme s'il se préparait à monter sur un ring.

Billy sortit une flasque de sa poche, en but une rasade généreuse puis la tendit à Peg, qui fit de même.

« Bon, vu que je n'ai aucun talent avec les mots, et que je déteste être au centre de l'attention, les discours, ce n'est pas mon fort », commença-t-il. La troupe rit avec indulgence. « Mais je tiens à vous dire, à tous, que ce que vous avez accompli ici, en un temps très restreint, et avec un budget encore plus restreint, est ce que le théâtre peut accomplir de mieux. En ce moment, il n'y a rien, à Broadway – ni dans le West End, j'en mettrais ma main au feu – qui surpasse ce qu'on s'apprête à offrir à tous ces gens ce soir.

« Je ne suis pas certaine qu'en ce moment, il y ait quoi que ce soit à l'affiche des théâtres londoniens, chéri, corrigea sèchement Edna. À l'exception peut-être de "Chantons sous les bombes"... »

La troupe éclata de rire, là aussi.

« Merci, Edna, tu me rappelles que je voulais te mentionner. Écoutez-moi tous. Si jamais vous vous sentez gagnés par la nervosité, si vous êtes déstabilisés, regardez Edna. À compter de cet instant, elle est votre capitaine, et vous ne pourriez pas être en de meilleures mains. Vous n'aurez pas d'autres occasions de partager la scène avec une artiste en possession d'un tel sang-froid. Rien ne peut l'ébranler. Donc laissez son aplomb vous servir de guide. Défaites-vous de vos crispations en regardant combien elle est détendue. N'oubliez pas qu'un public pardonnera tout à un artiste, sauf d'être mal à l'aise sur scène. Et si jamais vous oubliez vos répliques, continuez à baragouiner n'importe quoi, elle trouvera toujours un moyen de sauver la mise. Faites-lui confiance. Elle faisait déjà ça à l'époque de l'Invincible Armada, n'est-ce pas, Edna ?

— Et même avant, je crois bien », répondit l'intéressée en souriant.

Edna était incandescente dans sa robe Lanvin trouvée dans les corbeilles de Lowtsky's. Je l'avais adaptée sur mesure avec infiniment de soins, et je n'étais pas peu fière du résultat. Son maquillage était lui aussi exquis, bien entendu. Elle était telle qu'en elle-même, mais en plus frappant, plus souverain. Avec son carré noir brillant et cette exhubérante robe rouge, elle évoquait une laque chinoise vernie, sans un défaut, et d'une valeur inestimable.

« Une dernière chose, avant de céder la parole à votre fidèle productrice, reprit Billy. Souvenez-vous que ce public n'est pas venu ici, ce soir, dans l'idée de vous détester, mais parce qu'il veut vous adorer. Au cours des années, Peg et moi avons monté des milliers de spectacles, devant toutes sortes de publics, et je sais ce que veut un public : il veut tomber amoureux. Alors laissez-moi vous donner un vieux tuyau d'un routier du vaudeville : si vous lui montrez d'emblée que vous l'aimez, le public ne pourra pas se retenir de vous aimer en retour. Donc : on fonce, et on noie ce public sous un déluge d'amour ! »

Il marqua une pause, s'essuya les yeux, et reprit : « Maintenant écoutez bien. J'ai arrêté de croire au bon Dieu pendant la Grande Guerre – et vous en auriez fait autant si vous aviez vu ce que j'ai vu. Mais il m'arrive de faire des rechutes, quand j'ai un peu trop bu en général, ou que mes émotions sont un peu trop à fleur de peau. Et c'est justement le cas, alors, pardonnez-moi, mais, voilà : recueillons-nous, et disons une petite prière. »

Je n'en croyais pas mes oreilles, mais Billy était sérieux.

Chacun inclina la tête. Anthony reprit ma main, et je sentis ce frisson que me procurait systématiquement la moindre de ses attentions, même la plus insignifiante. Quelqu'un s'empara de mon autre main et la serra. Une main familière ; je savais que c'était celle de Celia.

Je crois que jamais je n'avais été aussi heureuse qu'en cet instant.

« Mon Dieu, de quelque nature que tu sois, fais luire ta face sur ces humbles artistes. Fais luire ta face sur ce vieux théâtre décati et sur tous ces cossards, dans la salle, et fais en sorte qu'ils nous aiment. Fais luire ta face sur notre modeste et futile entreprise. Ce que nous tentons ici ce soir est insignifiant dans le cruel dessein du monde, mais nous le tentons quand même, alors fais que nos efforts soient récompensés. Nous te demandons cela en ton nom, qui que tu sois, et que l'on croie en toi ou pas, ce qui est le cas de la plupart d'entre nous. Amen.

— Amen, répondîmes-nous à l'unisson.

Billy but une autre rasade de sa flasque. « Tu veux ajouter quelque chose, Peg ? »

Peg se fendit d'un grand sourire et, à cet instant, elle semblait avoir vingt ans.

« Juste ça : En piste, les enfants, et cassez la baraque ! »

Sous la plume de Walter Winchell, dans le *New York Daily Mirror* :

> *Peu m'importe la pièce dans laquelle joue Edna Parker Watson, du moment qu'elle y joue ! Elle surpasse, et de loin, d'autres actrices qui croient s'y connaître ! […] Et toute souveraine qu'elle soit, elle s'y entend aussi pour faire bouillir la marmite ! […]* New York est une fête *est un chef-d'œuvre de sornettes – et si vous croyez entendre là un reproche, chers lecteurs, croyez-moi, vous entendez mal. En ces périodes sombres, nous avons tous grand besoin de sornettes […] Celia Ray – et on a envie de conspuer tous ceux qui nous l'ont cachée pendant toutes ces années – est une petite coquine iridescente. Vous n'auriez peut-être pas envie, mesdames, de la laisser seule avec votre petit ami ou votre mari, mais qui peut juger une starlette ? […] Et que les ronchonneuses soient rassurées : ce spectacle a quelque chose de savoureux à leur offrir à elles aussi. J'ai entendu toutes ces dames du public soupirer après Anthony Roccella – qui devrait franchement faire du cinéma […] Donald Herbert est hilarant en pickpocket aveugle […] Maintenant, en ce qui concerne Arthur Watson – il est encore beaucoup trop vert pour son épouse, mais elle est beaucoup trop bonne pour lui, et je parierais volontiers que là réside la clé de leur longévité ! J'ignore s'il est aussi raide et crispé à la ville que sur scène, mais, le cas échéant, je plains sincèrement sa délicieuse et ravissante épouse !*

Edna suscita le premier éclat de rire du spectacle.

Acte I, scène 1 : Mme Alabastar prend le thé avec une brochette de dames opulentes. Alors que la conversation roule sur tout et rien, elle mentionne, en passant, que son mari a été renversé par une voiture la veille au soir. Ces dames hoquettent de conserve, et l'une d'elles souffle : « Est-ce… critique, très chère ?

— Ça l'est toujours, non ? » réplique Mme Alabastar.

Suit un long silence. Ces dames se regardent, interloquées. Mme Alabastar remue posément son thé, petit doigt en l'air.

Puis elle regarde son auditoire, et dit, de son air le plus innocent.
« Pardonnez-moi – vous parliez de son état ? Oh ! il est mort. »

Un grondement de rire secoua le public.

En coulisses, Billy attrapa la main de ma tante et dit : « On les tient, Pegsy. »

Sous la plume de Thomas Lessig, dans le *Morning Telegraph* :

> *Le sex-appeal chargé à bloc de Miss Celia Ray gardera plus d'un gentleman rivé à son siège, mais le public avisé serait bien inspiré de braquer son regard sur Edna Parker Watson – un phénomène médiatique international qui, avec* New York est une fête, *va enfin voir sonner son heure de gloire en Amérique.*

Plus tard dans l'acte I, Lucky Bobby essaie de convaincre Mme Alabastar de mettre au clou ses objets de valeur afin de financer le speakeasy.

« Je ne peux pas vendre ça ! s'indigne-t-elle en agitant une imposante montre à gousset en or au bout d'une belle chaîne. Elle me vient de mon mari !

— Vous z'avez pas perdu au change, ma bonne dame », approuve Lucky Bobby.

Edna et Anthony frappaient leurs répliques au-dessus de la rampe comme des volants de badminton – sans en laisser tomber un seul.

« Mais mon père m'a appris à ne jamais mentir, tromper ni voler ! proteste Mme Alabastar.

— Le mien aussi ! l'assure Lucky Bobby la main sur le cœur. L'honneur est tout ce qu'un homme possède dans ce monde, qu'il me disait – *sauf* quand il se présente l'occase de faire un gros coup. Dans ce cas, c'est réglo d'escroquer son frère et de vendre sa sœur à une maison close.

— À cette clause près que ce soit une maison *de qualité*, osé-je espérer ?

— Ah ! Vous et moi, on est de la même graine, ma petite dame ! » s'enthousiasme Lucky Bobby, et les deux se lancent dans leur duo « Nous sommes deux démons que la vie a abâtardis ». (Ah, quel combat il avait fallu livrer pour qu'Olive concède l'usage de cette épithète dans une chanson !)

C'était mon passage préféré du spectacle. Au milieu de la chanson, Anthony exécutait un petit intermède de claquettes en solo, qui enflammait littéralement la salle. Je revois encore luire son grand sourire de prédateur, tandis qu'il martelait le plancher comme s'il cherchait à passer au travers. Et le public – sélectionné parmi la crème des amateurs de théâtre de New York – de marteler lui aussi des pieds en rythme, telle une bande de péquenauds. Il me semblait que mon cœur allait exploser. *Ils l'adorent*, songeai-je. Puis, comme un arrière-goût à ma joie, je sentis une discrète morsure d'amertume : *Ce garçon va devenir une star, et je vais le perdre.*

Mais le numéro, déjà, se terminait, et Anthony se précipita en coulisse. Quand il me plaqua contre un mur, dans son costume moite de transpiration, et qu'il m'embrassa de toute la puissance de sa gloire, j'oubliai un instant mes craintes.

« J'suis le meilleur, grogna-t-il. T'as vu ça, bébé ? J'suis le meilleur. Le meilleur de tous les temps !

— Oui, oui ! Tu es le meilleur, le meilleur de tous les temps », abondai-je, car c'est ce que fait une fille de vingt ans éperdument amoureuse. (Cela étant, pour nous rendre justice à tous les deux, il était bel et bien électrisant.)

Ensuite, Celia fit son strip-tease – en chantant d'une voix plaintive, et avec cet accent rauque du Bronx, combien elle se languissait d'un bébé – et là, le public se retrouva tout simplement *pris au filet*. Elle se débrouillait pour projeter à la fois une image adorablement candide et pornographique – un tour de force s'il en est. À la fin de son numéro de danse, le public beuglait comme un ramassis d'ivrognes devant un spectacle de burlesque. Et elle n'excitait pas que les hommes ; je jure que j'entendis également quelques voix féminines dans ce déchaînement.

Puis vint le plaisant fredonnement de l'entracte, le bavardage des messieurs qui allumaient leur cigarette dans le foyer, le bruissement satiné des dames qui se pressaient aux lavabos. Billy me demanda d'aller me mêler à la foule pour prendre le pouls des réactions. « Je le ferais bien moi-même, me dit-il, mais trop de gens me connaissent. Je ne veux pas entendre les réactions de politesse ; je veux savoir ce qu'ils pensent vraiment. Cherchez de *vraies* réactions.

— Et ça ressemble à quoi, de vraies réactions ?

— S'ils parlent de la pièce, c'est bon signe. S'ils se demandent où ils ont garé leur voiture, c'est mauvais signe. Mais, surtout, traquez les expressions de fierté. Quand les spectateurs sont heureux d'assister à un spectacle, ils ont toujours cet air fier et auto-satisfait. Comme si ces fichus égocentriques avaient eux-mêmes écrit la pièce ! Alors filez, et revenez me dire qu'ils ont l'air fier comme des paons. »

Je partis me frayer un chemin dans la foule en scrutant ces visages réjouis, rosis. Tous ces gens avaient l'air riche, bien nourri, et profondément satisfait. Dans les conversations, il n'était question que du spectacle – de la plastique de Celia, du charme d'Edna, des danseuses, des chansons. Tout le monde se remémorait les bons mots et les blagues, qui les faisaient de nouveau rire aux éclats.

« Jamais je n'ai vu autant de personnes aussi fières d'elles-mêmes, rapportai-je à Billy.

— Parfait. Et elles ont bien raison de l'être. »

Avant la reprise, Billy dispensa encore un petit discours à la troupe, mais plus bref celui-là.

« Tout ce qui compte, maintenant, c'est l'impression que vous allez leur laisser. Si vous laissez retomber la tension au milieu du deuxième acte, ils oublieront qu'ils vous ont adorés au premier. Vous devez les reconquérir sans attendre. Quand vous arriverez au final, ça ne doit pas être simplement bon, mais *prodigieux*. Du punch, les enfants ! Encore et toujours du punch ! »

Acte II, scène 1 : Le maire à cheval sur la loi et l'ordre rend visite à Mme Alabastar, avec la ferme intention de faire fermer le tripot et le claque qu'elle est désormais réputée diriger. Il vient incognito, mais Lucky Bobby l'a repéré et sonne l'alerte. Les showgirls enfilent prestement des uniformes de domestiques sur leurs justaucorps pailletés, les croupiers se déguisent en maîtres d'hôtel, on étend à la hâte des nappes en dentelle sur les tables de jeu, et les clients font mine d'être là pour visiter le jardin. Le pickpocket aveugle, sous les traits de M. Herbert, débarrasse poliment monsieur le maire de son manteau – avant de se servir dans son portefeuille. Mme Alabastar invite son hôte à boire une tasse de thé dans le solarium, tout en faisant discrètement tomber une poignée de jetons dans son décolleté.

« Vous vivez dans un petit palais, chère madame, observe le maire en scrutant les lieux, à la recherche de signes d'activités illégales. Quel luxe. Vos ancêtres seraient-ils arrivés à bord du *Mayflower* ?

— Mes aïeux ! Non ! se récrie Edna en exagérant son accent aristo et en s'éventant élégamment avec un jeu de cartes de poker. Pourquoi diable seraient-ils venus en transport en commun quand ils possédaient leurs propres bateaux ? »

Vers la fin du spectacle, quand Edna chanta son émouvante ballade, « Je songe à tomber amoureuse », un tel silence régnait dans la salle qu'on aurait pu la croire déserte. Et sitôt qu'eut résonné la dernière note mélancolique, le public se leva comme un seul homme pour l'acclamer. Et l'obligea à revenir saluer quatre fois avant que la pièce puisse reprendre son cours. J'avais déjà entendu l'expression « clou du spectacle », sans vraiment en comprendre le sens – avant de voir Edna Parker Watson fixer l'attention de toute une salle.

Quand arriva le final, je fus distraite et agacée par la piètre performance d'Arthur Watson, qui s'efforçait en dansant de suivre la cadence générale, et échouait lamentablement. Par chance, sa médiocrité ne semblait pas trop perturber le public, qui entonnait le refrain en frappant dans les mains. (« Gin, péché et p'tite pépée/Et maintenant envoyez les bébés ! ») Le Lily Playhouse scintillait d'une joie pure et unanime.

Puis le rideau tomba. Suivi des rappels – de très nombreux rappels. Des saluts – quantité de saluts. Des bouquets de fleurs furent jetés sur scène. Et enfin les lumières se rallumèrent ; le public se pressa au vestiaire, avant de s'évanouir tel un nuage de fumée.

Artistes et membres de l'équipe, tous pareillement épuisés, nous restâmes un moment à errer sur cette scène vide, pour s'attarder dans la poussière de ce que nous venions de créer. Nous étions tous sans voix, incrédules, éberlués par le tour de force que nous venions de réaliser.

Sous la plume de Nichols T. Flint dans le *New York Daily News* :

Le dramaturge et metteur en scène William Buell a été diablement malin de confier un rôle de cette légèreté à Edna Parker Watson. Mme Watson se jette dans cette pochade sirupeuse mais intelligente avec l'enjouement d'une bonne joueuse-née. Ce faisant, elle s'est couverte de gloire tout en élevant le niveau des comédiens qui l'entourent. On ne peut demander spectacle plus divertissant que celui-ci, surtout en ces temps sombres. Allez voir cette pièce et oubliez vos soucis. Mme Watson nous rappelle pourquoi nous devrions importer plus de comédiens londoniens à New York – et peut-être ne pas les laisser repartir.

On passa le reste de la soirée chez Sardi's, à attendre l'arrivée des comptes-rendus en noyant notre impatience dans l'alcool. Faut-il le préciser ? La troupe du Lily n'avait pas pour habitude d'attendre la parution des critiques chez Sardi's – ni de susciter des critiques tout court –, mais ce spectacle-là n'avait rien d'ordinaire.

« Tout dépendra de ce que diront Atkinson et Winchell, nous expliqua Billy. Si on est adoubés à la fois par le haut et le bas du panier, là, on tient un succès.

— Je ne sais même pas qui est Atkinson, observa Celia.

— Ma toute belle, depuis ce soir, lui sait qui tu es, ça je peux te le promettre. Il te dévorait des yeux.

— Il est connu ? Il a de l'argent ?

— C'est un journaliste, Celia. Non, il n'a pas d'argent. Seulement du pouvoir. »

À cet instant, il se produisit une chose remarquable. Olive s'avança vers Billy avec un martini dans chaque main, et lui en offrit un. Billy accepta, surpris, mais sa surprise redoubla quand Olive tendit l'autre verre pour trinquer avec lui.

« Tu as fait montre d'une compétence remarquable, avec ce spectacle, William, lui dit-elle. Vraiment remarquable. »

Billy éclata de rire. « *J'ai fait montre d'une compétence remarquable ?* Venant de toi, Olive, je vais prendre ça comme le plus grand compliment jamais fait à un metteur en scène. »

Edna fut la dernière à nous rejoindre. Elle avait été assaillie à la sortie des artistes par des admirateurs qui voulaient un autographe. Elle aurait pu éviter cela en attendant dans son appartement que la foule se disperse, mais non – elle avait fait la grâce de sa présence à tous ces gens. Sans doute s'était-elle ensuite accordé un petit bain rapide, car quand elle arriva chez Sardi's, elle était fraîche comme une rose dans son petit tailleur bleu et son étole en renard jetée avec décontraction sur une épaule. À son bras, il y avait son bel idiot de mari qui avait failli ruiner notre final en dansant comme un pied – mais qui rayonnait comme s'il était la star de la soirée.

« La grande Edna Parker Watson, celle sur laquelle nul ne tarit d'éloges! s'écria Billy, et on se mit tous à l'applaudir.

— Attention Billy, nul n'a encore prononcé d'éloge. Arthur, chéri, voudrais-tu me commander le cocktail le plus *glacial* qu'ils aient? »

Arthur s'éloigna en direction du bar, et je me demandai s'il serait assez malin pour retrouver son chemin.

« Grâce à toi, c'est un vraiment grand succès, Edna, insista Peg.

— Le mérite vous en revient entièrement, mes chéris, répliqua Edna en contemplant Peg et Billy. C'est vous les créateurs et les génies. Moi, je ne suis qu'une humble réfugiée de guerre reconnaissante d'avoir un travail.

— Je n'ai hélas qu'une envie : boire jusqu'à tomber raide morte, reprit Peg. L'attente des comptes-rendus me rend chèvre. Comment peux-tu rester si calme, Edna?

— Qui te dit que je ne suis pas déjà ivre, et à deux doigts de m'effondrer?

— Ce soir, je devrais être raisonnable et mettre la pédale douce, dit Peg. Oh, et puis zut! Je n'ai pas envie d'être raisonnable. Vivian, pourrais-tu rattraper Arthur, et lui demander de multiplier par trois ou quatre la commande qu'il allait passer? »

S'il est capable de faire la multiplication, songeai-je en gagnant le bar.

J'essayais d'attirer l'attention du barman quand une voix d'homme lança près de moi : « Puis-je vous offrir un verre, mademoiselle? »

Je pivotai en accrochant déjà un sourire aguicheur à mes lèvres – et me retrouvai nez à nez avec Walter. Mon frère.

Il me fallut un instant pour le reconnaître tant il était incongru de le voir à ici, à New York, dans mon univers, entourée de mes amis. En outre, notre air de famille me laissa un instant interloquée. Nos visages se ressemblaient tellement que, l'espace de quelques secondes profondément déstabilisantes, je crus presque m'être cognée contre un miroir.

Qu'est-ce que *Walter* fabriquait ici?

« Tu n'as pas l'air ravie de me voir », reprit-il avec un sourire circonspect.

Je ne savais pas si j'étais ravie, ou son contraire. J'étais juste extrêmement désorientée. La présence de Walter ne pouvait signifier qu'une seule chose : je devais être dans de sales draps. Mes parents avaient-ils eu vent de mon comportement immoral, et envoyé mon grand frère pour me ramener au bercail ? Je me surpris à regarder par-dessus l'épaule de Walter pour voir s'ils étaient là également – ce qui aurait été le signal définitif que la belle vie était terminée.

« Ne sois pas si nerveuse, Vee. Je suis seul. » On aurait dit qu'il lisait dans mon esprit, ce qui ne m'aida pas à me détendre. « Je suis venu voir votre petite pièce. Ça m'a bien plu. Vous avez bien travaillé, les enfants.

— Que fais-tu à New York, Walter ? » D'un coup, je pris conscience que ma robe était beaucoup trop décolletée, et je me souvins qu'il y avait un fantôme de suçon sur mon cou.

« J'ai arrêté la fac, Vee.

— Tu as quitté Princeton ?

— Oui.

— Papa est au courant ?

— Oui. »

Tout ça était incompréhensible. C'était moi, la délinquante de la famille, pas Walter. Mais c'était lui qui maintenant laissait tomber ses études et Princeton ? Une vision s'imposa à moi : Walter, en proie à un accès de folie furieuse, jetant aux orties des années de bonne conduite pour venir à New York et se joindre à moi dans un carrousel de cocktails et de bringues, et danser à s'en fracasser les os au Stork Club. Peut-être avais-je été pour lui une source d'inspiration !

« Je m'engage dans la Navy. »

Ah. J'aurais dû me douter que je faisais fausse route.

« Je commence l'école des officiers dans trois semaines, juste après Noël. L'entraînement se déroule ici, à New York, dans l'Upper West Side. La Navy a un cuirassé désarmé au mouillage sur l'Hudson, qu'ils utilisent comme centre de formation. Comme en ce moment il y a une pénurie de gradés, ils acceptent n'importe qui ayant fait deux ans d'études. Ils vont nous entraîner en seulement trois mois. Si tout se passe bien, je sortirai avec le grade de sous-officier et je serai déployé au printemps. J'irai où on aura besoin de moi.

— Qu'a dit papa, sur le fait que tu renonces à Princeton ? »

Ma propre voix sonnait bizarre à mes oreilles, guindée. L'étrangeté de cette rencontre continuait à me déstabiliser, mais je m'efforçais d'entretenir la conversation, de faire comme si tout ça était parfaitement normal, comme si Walter et moi avions l'occasion de bavarder ensemble chez Sardi's chaque semaine.

« Il enrage, évidemment. Mais il n'a pas son mot à dire. Je suis majeur. J'ai appelé Peg, et quand je lui ai annoncé que je venais à New York, elle m'a proposé de m'héberger le temps que ma formation commence. Pour visiter un peu la ville. »

Walter allait loger au Lily ? Avec notre clique de *dégénérés* ?

« Mais tu n'étais pas obligé pour autant de t'engager dans la Navy », observai-je bêtement.

(Dans mon esprit, Angela, les seuls à s'engager dans la marine étaient des jeunes hommes de la classe ouvrière, dont c'était l'unique option pour gravir l'échelle sociale – je crois même avoir entendu mon père tenir ce propos, un jour.)

« Il y a une guerre en Europe, Vee. Et l'Amérique y prendra part tôt ou tard.

— Mais toi, rien ne t'oblige à y prendre part. »

Walter me dévisagea avec une expression à la fois perplexe et réprobatrice. « C'est mon pays, Vee. Bien sûr que je dois y prendre part. »

Une joyeuse clameur monta à cet instant de l'autre côté de la salle. Un petit vendeur de journaux venait d'arriver avec, sous le bras, un assortiment des premiers tirages du jour.

Les éloges affluaient déjà.

Et tiens, regarde, Angela, j'ai gardé mon préféré pour la fin.

Sous la plume de Kit Yardley, dans le *New York Sun* du 30 novembre 1940 :

> New York est une fête *est un spectacle qui vaut largement le détour, ne serait-ce que pour admirer les costumes d'Edna Parker Watson – tous plus exquis les uns que les autres, et dans les moindres détails.*

17

Nous avions brillamment réussi notre coup.

En l'espace d'une semaine, au lieu de supplier les gens de venir voir notre petit spectacle, on refusait du monde à l'entrée. Arrivé Noël, Peg et Billy avaient remboursé leur mise de départ, et les shekels commençaient à pleuvoir pour de bon, du moins à en croire Billy.

On pourrait penser que le succès aurait aplani les tensions entre Peg, Olive et Billy, mais il n'en était rien. En dépit de toutes les louanges, malgré des représentations qui se jouaient tous les soirs à guichets fermés, Olive se débrouillait pour se faire un sang d'encre au sujet de l'argent. L'hosanna avait été pour elle une expérience éphémère, à laquelle elle avait mis un terme dès le lendemain de la première.

L'inquiétude d'Olive tenait – comme elle ne manquait pas de nous le rappeler quotidiennement – à la nature capricieuse du succès. C'est bien beau que *New York est une fête* renfloue nos caisses, disait-elle, mais qu'adviendra-t-il du Lily le jour où on retirera la pièce de l'affiche ? Nous avions perdu notre public de quartier. L'augmentation de nos tarifs et notre comédie cosmopolite avaient éloigné de nous les classes ouvrières que le Lily avait humblement distraites pendant tant d'années. Comment pouvions-nous être certains qu'elles reviendraient, une fois que nous aurions renoué avec notre répertoire routinier ? Car, il ne fallait pas se leurrer – tôt ou tard, nous renouerions avec lui. Billy ne resterait pas éternellement à New York, et il n'avait pas non plus promis de nous écrire d'autres succès. En outre, une fois qu'Edna aurait cédé aux sirènes d'une compagnie plus prestigieuse que la nôtre – ce qui finirait par se produire, inévitablement – nous perdrions notre poule aux œufs d'or. On ne pouvait pas espérer qu'une artiste d'un tel prestige reste *ad vitam aeternam* dans notre petit théâtre minable. Et Edna partie, attirer d'autres comédiens de son calibre serait au-dessus de nos moyens. La vérité, c'est que toute cette abondance avait été bâtie sur le talent d'une seule personne, et que c'était là une façon aberrante de faire tourner une entreprise.

Voilà la vision négative et déprimante dont Olive nous rebattait les oreilles jour après jour. Nous étions tous ivres de notre triomphe, et cette infatigable Cassandre nous rappelait en permanence que la ruine était en embuscade au coin de la rue.

« Oui, fais gaffe, Olive, persiflait Billy. Veille bien à ne pas profiter une seule minute de cette bonne fortune, et ne laisse personne d'autre le faire. »

Mais même moi, je voyais bien qu'Olive avait raison sur un point: notre succès reposait entièrement sur Edna, qui, soir après soir, délivrait une performance extraordinaire. Elle se débrouillait pour réinventer le rôle de Mme Alabastar à chaque représentation. Certains comédiens, quand ils trouvent la juste interprétation de leur personnage, la figent en reproduisant encore et toujours les mêmes expressions, les mêmes réactions. Mais la Mme Alabastar d'Edna semblait toujours offrir un nouveau visage. Edna ne récitait pas ses répliques, elle les *inventait* – du moins était-ce l'impression qu'elle donnait. Et parce qu'elle jouait en permanence sur différents registres d'élocution et de ton, les autres comédiens devaient à leur tour rester alertes et agiles.

Et New York récompensa assurément Edna pour son talent.

Elle avait une longue carrière de comédienne à son actif, mais le succès phénoménal de *New York est une fête* fit d'elle une star.

Être qualifié de « star », Angela, est décisif mais délicat. C'est un titre que seul le public peut décerner à un artiste. Les critiques ne peuvent pas faire une star. Un succès au box-office non plus. Même l'excellence n'en est pas capable. Une star ne naît que quand un vaste public se prend d'amour pour quelqu'un; quand il est disposé à piétiner devant la sortie des artistes des heures durant uniquement pour l'apercevoir. Quand Judy Garland enregistre une version de « Je songe à tomber amoureuse », mais que tous ceux qui ont vu *New York est une fête* affirment que ta version est la meilleure, voilà ce qui fait de toi une star. Quand Walter Winchell se met à relayer des potins te concernant dans sa chronique hebdomadaire, voilà ce qui fait de toi une star.

Ça, et quelques autres signes qui ne trompent pas : une table réservée d'office chez Sardi's chaque soir après le spectacle ; l'annonce que Helena Rubinstein allait baptiser une ombre à paupières « Edna's Alabastar » ; la double page dans *Woman's Day,* avec les adresses des chapeliers favoris d'Edna Parker Watson.

Il y avait aussi les fans, qui noyaient Edna sous un déluge de lettres et de sollicitations. (« Ma tentative de carrière sur les planches ayant avorté à la suite de revers financiers de mon mari, accepteriez-vous de me prendre sous votre aile ? Vous seriez étonnée, je crois, de voir combien notre style de jeu est similaire. ») Mais également cette lettre incroyable (et si peu dans le caractère de la dame) de Katharine Hepburn : « Très chère Edna, je viens de voir votre performance sur scène, et elle m'a rendue folle. Je sais que je vais revenir la voir au moins quatre fois, et ensuite je sauterai dans une rivière parce que jamais je ne serai aussi bonne que vous ! »

Je suis au courant de toutes ces lettres parce qu'Edna me demandait de les lire – et, parce qu'elle admirait l'élégance de mon écriture, d'y répondre à sa place. C'était une tâche facile, dès lors que je n'avais plus de nouveaux costumes à concevoir puisque, semaine après semaine, *New York est une fête* ne quittait pas l'affiche. Mis à part les réparations et la maintenance, ma mission de costumière était terminée, et c'est pour cette raison que, dans le sillage du succès de notre spectacle, je devins plus ou moins la secrétaire particulière d'Edna.

C'était moi qui refusais les invitations et les requêtes. Qui organisai la séance de photos pour *Vogue.* Fis visiter le Lily à un reporter de *Time* pour un article intitulé « La recette d'un succès ». Moi encore qui escortai le critique dramatique à la plume effroyablement acerbe Alexander Woollcott lorsqu'il fit un portrait d'Edna pour *The New Yorker.* Nous étions tous très inquiets à l'idée que Woollcott assassine Edna (« Alec ne se contente jamais d'un coup de griffe quand il peut mordre à pleines dents », avait prévenu Peg). Mais nos inquiétudes se révélèrent inutiles, car voici ce que Woollcott écrivit sur Edna :

> *Edna Parker Watson possède le visage d'une femme qui a toujours rêvé sa vie sur une trajectoire ascendante. À en croire son front épargné par les marques d'inquiétude ou de chagrin, ses rêves ont été en large part exaucés, et ses yeux brillent de l'attente d'autres bonnes nouvelles à venir.* […]

Ce que cette comédienne possède aujourd'hui dépasse la simple sincérité de sentiments : elle dispose d'un catalogue inépuisable d'humanité. [...] Jouissant d'un registre dramatique par trop étendu pour se limiter à Shakespeare et à Shaw, elle a récemment fait don de son talent à New York est une fête *– le spectacle le plus renversant et le plus vertigineux que New York nous ait offert depuis un bon petit moment. [...] Regarder Mme Watson se métamorphoser en Mme Alabastar, c'est assister à la transfiguration de la comédie en art. [...] Quand, à la sortie des artistes, une admiratrice, le souffle court d'un trop-plein d'émotion, l'a remerciée d'être enfin venue à New York, Mme Watson a répondu : « Vous savez, ma chère, ce n'est pas comme si je croulais sous les propositions, pour l'instant. » Si Broadway a un minimum de jugeote, voilà une situation à laquelle il devrait bientôt être remédié.*

Grâce à *New York est une fête*, Anthony était lui aussi en train de devenir un peu une star. Il avait décroché des rôles dans quelques pièces radiophoniques, qu'il pouvait enregistrer les après-midi, sans interférer avec les horaires de représentation. Et la Miles Tobacco Company avait fait de lui son nouveau porte-parole et visage. (« Pourquoi trimer, quand on peut fumer ? ») Il avait donc maintenant de coquettes rentrées d'argent, pour la première fois de sa vie. Mais il n'avait pas amélioré pour autant ses conditions de logement.

J'avais commencé à faire pression pour le convaincre de louer un appartement tout à lui. Pourquoi un jeune premier aussi prometteur continuerait-il à cohabiter avec son frère, dans un appartement sombre et inconfortable qui empestait l'oignon frit ? Je le poussais à louer un plus bel appartement, dans un immeuble avec ascenseur et portier, peut-être même un jardin à l'arrière – et surtout pas à Hell's Kitchen. Mais Anthony refusait d'en entendre parler. Je ne sais pas pourquoi il résistait autant à l'idée de quitter cet appartement crasseux, au troisième étage sans ascenseur, mais je crois deviner qu'il me suspectait de chercher à le rendre plus *mariable*.

Et naturellement il avait raison.

Le problème était que mon frère avait fait la connaissance d'Anthony et, faut-il le préciser, qu'il n'approuvait pas cette relation.

Si j'avais pu la lui cacher, je l'aurais fait avec joie mais, hélas, Anthony et moi manifestions sans grande discrétion la nature de notre lien, et mon frère était bien trop observateur pour que cela lui ait échappé. En plus, maintenant qu'il habitait provisoirement au Lily, Walter pouvait voir ce qui se passait dans ma vie, et il voyait tout : l'alcool qui coulait à flots, le badinage et les lutineries tous azimuts, les reparties chahuteuses, la dépravation générale des gens de théâtre. J'avais espéré qu'il puisse se laisser embringuer dans cette atmosphère de rigolade (naturellement, les girls essayèrent à maintes reprises d'attirer mon joli garçon de frère dans leurs bras), mais il était bien trop collet monté pour mordre à l'appât du plaisir. Certes, il buvait volontiers un cocktail ou deux, mais pas question pour lui de *batifoler*. Plutôt que de se joindre à nous, il donnait l'impression de nous surveiller.

J'aurais pu, pour m'épargner la réprobation de Walter, demander à Anthony d'édulcorer ses attentions charnelles à mon égard, mais Anthony n'était pas le genre d'homme à modifier son comportement pour mettre quelqu'un à l'aise. Donc, il continuait à m'empoigner, à m'embrasser ou à me mettre une tape au derrière, que Walter se trouvât dans la pièce, ou pas.

Mon frère observa, jugea et délivra son verdict sans appel : « Anthony ne semble pas très mariable, Vee. »

À compter de là, impossible de me sortir ce mot si lourd de conséquences de l'esprit. Jamais, avant cette conversation, je n'avais songé à épouser Anthony, ni même envisagé que je puisse un jour le vouloir. Mais soudain, avec la réprobation de Walter suspendue comme un couperet au-dessus de ma tête, il m'insupportait que mon petit ami ne soit pas considéré comme *mariable*. Le mot me faisait l'effet d'une insulte – et peut-être aussi un peu d'un défi. J'avais l'impression qu'il me fallait le relever, et résoudre le problème.

Rendre mon homme un peu plus présentable – tu vois.

C'est avec cette idée derrière la tête que j'avais commencé à suggérer à Anthony – sans beaucoup de subtilité, je le crains – mille et une façons d'améliorer son statut aux yeux du monde. Ne se sentirait-il pas plus adulte s'il ne dormait plus sur un canapé ? Ne serait-il pas plus séduisant avec moins de gomina dans les cheveux ? Ne passerait-il pas pour un homme plus raffiné s'il arrêtait de mâcher perpétuellement ses chewing-gums ? Et son langage – ne pouvait-il pas lui donner un ton plus soutenu ? Par exemple, quand Walter lui avait demandé s'il nourrissait des aspirations professionnelles ailleurs que dans l'industrie du spectacle, Anthony lui avait répondu avec un grand sourire : « Dirait bien qu'faut croir'que non. » N'y aurait-il pas eu une manière plus cultivée de répondre à cette question ?

Anthony savait exactement ce que j'étais en train de faire – il était loin d'être bête – et cela lui déplaisait souverainement. Il m'accusait de vouloir le faire « rentrer dans le rang » pour complaire à mon frère, et il résistait des quatre fers. Il ne faisait vraiment rien pour se mettre Walter dans la poche.

Rapidement, la tension entre eux devint si palpable qu'on aurait pu l'écrabouiller à coups de masse. C'était une question de classe sociale, d'éducation, de menace sexuelle, de rivalité entre un frère et un amant. Mais sans doute cette tension était-elle aussi juste, en partie, la compétition de deux jeunes virilités sans entraves. L'un et l'autre avaient de la fierté et du machisme à revendre, et il n'existait aucune pièce, dans tout New York, assez spacieuse pour les deux.

La situation atteignit son paroxysme un soir où, avec une petite bande d'artistes du Lily, on se retrouva chez Sardi's après le spectacle. Nous étions au comptoir et Anthony me pelotait (sans que j'y trouve à redire, évidemment) quand il surprit Walter le fixer d'un regard noir. En moins de temps qu'il n'en faut pour le dire, les deux jeunes hommes étaient poitrail contre poitrail.

« Tu veux que j'arrête ma p'tite histoire avec ta frangine, pas vrai ? lança Anthony d'un ton impérieux, en envahissant un peu trop l'espace vital de Walter. Ben, essaie voir un peu, capitaine ! »

Le sourire dont Anthony gratifia Walter à cet instant – un sourire mauvais – dénotait une menace qu'il était impossible de ne pas voir. Pour la première fois, j'entr'aperçus chez mon amoureux le petit bagarreur de Hell's Kitchen. C'était également la première fois que je voyais Anthony prendre apparemment quelque chose à cœur. Il ne s'agissait cependant pas de moi ni de notre relation, mais plutôt du plaisir qu'il aurait à mettre son poing dans la figure de mon frère.

Walter soutint le regard d'Anthony sans ciller. « Si tu veux t'en prendre à moi, petit gars, ne le fais pas avec des mots », gronda-t-il à voix basse.

Anthony jaugea son adversaire. Il prit bonne note de la carrure de footballeur, du cou puissant de lutteur – et se ravisa. Il baissa

les yeux et battit en retraite, en lâchant un éclat de rire désinvolte.
« T'inquiète, cap'taine. Y a zéro souci entre nous. »
Il retrouva sa nonchalance habituelle et s'éloigna.
Anthony avait pris la bonne décision. On pouvait reprocher beaucoup de choses à Walter (son élitisme, son puritanisme, son côté collet monté), mais il n'avait rien d'une demi-portion, ni d'un lâche.
Mon frère aurait pu réduire mon petit ami en bouillie.
N'importe qui pouvait voir ça.

Le lendemain, Walter m'invita à déjeuner au Colony, histoire d'avoir une « petite conversation ». Devinant très bien sur quoi (ou plutôt sur qui) allait porter cette conversation, je la redoutais.
« S'il te plaît, ne parle pas d'Anthony à maman et à papa », demandai-je à Walter sitôt qu'on fut assis à notre table. Il m'en coûtait d'abord le sujet mais, sachant que Walter allait le faire de toute façon, il me semblait préférable de plaider d'emblée ma cause. Ma plus grande crainte, c'était qu'il rapporte mes bêtises à mes parents, et que ceux-ci rappliquent pour me couper les ailes.
Walter prit son temps pour répondre.
« Je tiens à être juste, Vee.
Évidemment. Walter voulait toujours être juste.
J'attendis la suite. Comme souvent en face de mon frère, je me sentais telle une écolière convoquée chez la directrice. J'aurais tellement aimé qu'il soit mon allié ! Mais il ne l'avait jamais été. Même quand il était petit, jamais il n'avait gardé un secret pour moi, ni conspiré avec moi contre les adultes. Il avait toujours été un prolongement de mes parents. Il s'était toujours comporté comme un père, plutôt que comme un pair. Au reste, je l'avais toujours traité comme tel.
« Tu ne peux pas folâtrer de la sorte éternellement, tu sais.
— Oui, bien sûr, mentis-je, puisque mon plan était bel et bien de continuer sur cette lancée éternellement.
— Tu vis au pays des chimères, Vee. À un moment donné, il te faudra ranger les ballons et les cotillons et grandir.
— Sans aucun doute.
— Tu as reçu une bonne éducation. Tu dois faire confiance à ça. Bon sang ne saurait mentir. Pour l'instant, tu joues à la saltimbanque, mais le moment venu, tu te caseras et tu épouseras celui qu'il te faut.

— Évidemment, abondai-je en hochant la tête, comme si c'était là précisément mon plan.

— Si je n'avais pas foi en ton bon sens, je te réexpédierais immédiatement à la maison, à Clinton.

— Je ne te le reproche pas ! m'écriai-je. C'est ce que je ferais moi aussi, si je n'avais pas foi en moi-même. »

Cette réponse n'avait pas beaucoup de sens, mais elle sembla l'amadouer. Je connaissais assez bien mon frère, heureusement, pour savoir que mon seul espoir de salut était d'abonder sans réserve dans son sens.

« Ça me rappelle le Delaware », reprit-il après un autre long silence, d'un ton un peu radouci.

La remarque me désarçonna. Le Delaware ? Puis il me revint que Walter, l'été précédent, avait séjourné dans cet État. Il avait travaillé quelques semaines dans une centrale électrique, si mes souvenirs étaient bons, pour apprendre quelques bricoles en matière d'ingénierie électrique.

« Oui, bien sûr ! Le Delaware ! » Je ne voyais pas du tout le rapport avec notre conversation, mais j'avais perçu une note positive, et je voulais l'encourager.

« Là-bas, il m'est arrivé de fréquenter des gens assez frustes. Tu vois de quoi je parle. Parfois, tu as envie de te frotter à des personnes qui n'ont pas reçu la même éducation que toi. Tu cherches à élargir tes horizons. Peut-être à étoffer ta personnalité. »

Ça, pour le coup, c'était drôlement prétentieux.

Néanmoins, de façon encourageante, il sourit.

Je souris à mon tour. J'essayai d'offrir l'image d'une personne qui travaille à élargir ses horizons et à étoffer sa personnalité en fraternisant volontairement avec ses inférieurs. Une image difficile à maîtriser en une seule expression, mais je fis de mon mieux.

« Bah, tu veux t'amuser, c'est de ton âge. Il n'y a aucun mal à ça. » À son ton, il semblait *presque* convaincu par son propre diagnostic.

« C'est exactement ça Walter. Je veux juste m'amuser. Inutile de t'inquiéter pour moi. »

Son visage s'assombrit aussitôt. J'avais commis une erreur tactique. Je l'avais contredit.

— Bien au contraire, Vee. J'ai toutes les raisons de m'inquiéter car je commence l'école de formation des officiers d'ici quelques jours. Je serai basé sur le cuirassé, *uptown*, et je ne serai plus là pour garder un œil sur toi. »

Alléluia ! songeai-je tout en opinant d'un air grave.

« Je vois ta vie prendre une direction qui ne me plaît guère, enchaîna Walter. Voilà ce que je voulais te dire, aujourd'hui. Une direction qui ne me plaît pas du tout.

— Et je peux tout à fait le comprendre ! renchéris-je, en revenant à ma stratégie.

— Promets-moi qu'il n'y a rien de sérieux entre toi et cet Anthony.

— Absolument rien, mentis-je.

— Tu n'as pas sauté le pas, au moins ? »

Je ne puis m'empêcher de rougir. Non par pudeur, mais par culpabilité. Néanmoins, cela œuvra en ma faveur. Sans doute offrais-je l'image d'une innocente jeune fille, gênée d'entendre son frère évoquer sa vie sexuelle, même à mots couverts.

Walter rougit lui-aussi. « Je te demande pardon pour cette question, reprit-il, dupé par ma fausse candeur. Mais j'ai besoin de savoir.

— Je comprends. Mais jamais je ne… Non, jamais ! Pas avec quelqu'un comme lui. Ni avec *personne*, Walter.

— Alors tout va bien. Je te crois sur parole. Je ne dirai rien à mère et à papa, pour Anthony… (Là, je respirais facilement pour la première fois de la journée.) Mais tu dois me promettre une chose.

— Tout ce que tu veux.

— Si jamais il y a le *moindre* problème avec ce garçon, tu m'appelleras.

— Bien sûr, tu as ma parole. Mais il n'y aura pas de problème, je serai prudente. Promis. »

Subitement, Walter me sembla vieux. Ce ne devait pas être facile, d'être un frère aîné de vingt-deux ans et de la graine de grand homme qui s'en va à la guerre. Il essayait de conjuguer ses devoirs familiaux et patriotiques.

« Je sais que tu mettras un terme à cette histoire avec Anthony bientôt, Vee. Promets-moi simplement de te montrer intelligente.

Je sais combien tu l'es. Tu ne ferais rien d'imprudent. Tu as trop la tête sur les épaules pour ça. »

Ça me brisa un peu le cœur, je l'avoue, de voir mon frère creuser aussi profondément dans son imagination immaculée pour trouver à tout prix de bonnes raisons de penser le meilleur de moi.

18

Je n'ai pas du tout envie de te raconter l'épisode qui va suivre, Angela.
Je crois que je cherchais à repousser ce moment.
Car il est douloureux, cet épisode.
Laisse-moi grappiller encore un peu de temps.
Oh, et puis, non! Finissons-en!

Nous étions maintenant à la fin mars 1941.
L'hiver avait été interminable. Un peu plus tôt dans le mois, une violente tempête avait frappé New York et la ville avait mis des semaines à réémerger de sous la neige. Nous en avions tous ras-le-bol du froid. Le Lily, tu t'en doutes peut-être, était une vieille bâtisse traversée de courants d'air, et les loges étaient plus adaptées au stockage des fourrures qu'au réchauffement des êtres humains.
Nous avions tous des engelures et des boutons de fièvre. Et nous, les filles, on rêvait toutes d'enfiler nos jolies petites robes printanières pour exhiber de nouveau nos silhouettes, plutôt que d'être momifiées à grand renfort de pardessus, de caoutchoucs, d'écharpes. J'avais vu certaines de nos danseuses, avant de sortir le soir, enfiler sous leur robe des sous-vêtements longs – qu'elles retiraient furtivement dans les toilettes du night-club, avant de les renfiler tout aussi discrètement à la fin de la soirée, avant de braver la nuit glaciale. Crois-moi, une girl en robe de soie et sous-vêtements longs, ça casse le glamour. Durant tout l'hiver, je m'étais cousu fébrilement de nouveaux habits printaniers – dans l'espoir irrationnel que si ma garde-robe était plus estivale, le temps le serait aussi.
Vers la fin mars, la vague de froid nous laissa enfin un répit.

C'était une de ces journées de printemps lumineuses, réjouissantes, qui te laissent croire que l'été est peut-être déjà là. N'étant pas à New York depuis assez longtemps pour éviter le piège (toujours se méfier du mois de mars à New York!), j'avais laissé flamber ma joie à cette réapparition du soleil.

Nous étions lundi, jour de relâche au Lily. Je trouvai au courrier du matin une invitation adressée à Edna; une association, la Ladies British-American Protection, organisait ce soir-là au Waldorf une collecte dont le bénéfice irait intégralement aux groupes de pression qui tannaient les États-Unis pour entrer en guerre.

Mme Watson accepterait-elle d'honorer l'événement de sa présence? s'enquéraient les organisatrices en s'excusant d'une invitation aussi tardive. Son nom apporterait un immense prestige à l'événement. Aurait-elle de surcroît l'immense gentillesse de demander à son jeune partenaire, Anthony Roccella, de se joindre à elle? Et ces deux vedettes accepteraient-elles de chanter leur célèbre duo de *New York est une fête* pour le plus grand ravissement de cette assemblée de dames?

Je déclinais la plupart des invitations que recevait Edna sans même la consulter. Tout le monde lui réclamait plus d'énergie qu'elle ne pouvait en partager, alors que le calendrier des représentations était astreignant et généralement incompatible avec toute activité sociale sans rapport avec le spectacle. Je faillis donc décliner cette invitation-là aussi, avant de me raviser. Si une cause tenait à cœur à Edna, c'était bien cette campagne pour pousser les États-Unis à s'impliquer dans la guerre. Bien des soirs, je l'avais entendue discuter avec Olive et s'inquiéter à ce sujet. Et la requête de ces dames semblait somme toute modeste – une chanson, une danse, un souper.

Sitôt que je lui eus relayé l'invitation, Edna décida de l'accepter. Cet hiver interminable l'avait rendue folle, expliqua-t-elle, et toute occasion de mettre le nez dehors était la bienvenue. Et, bien sûr, que ne ferait-elle pas pour cette pauvre Angleterre! Elle me demanda d'appeler Anthony, pour voir s'il serait disposé à l'accompagner à la soirée et à chanter leur duo. Étonnamment – encore que pas tant que ça – Anthony accepta. Il se moquait comme d'une guigne de la politique – par comparaison, je passais même pour Fiorello LaGuardia –, mais il adorait Edna. Si j'ai oublié jusque-là de mentionner ce détail, pardonne-moi, Angela. Cela deviendrait lassant de dresser la liste de toutes les personnes qui adoraient Edna Parker Watson. Pars du principe que c'était le cas de tout le monde.

« Pas de souci, bébé. J'vais traîner Edna là-bas. On va bien s'marrer. »

« Merci *infiniment*, chérie, me dit Edna lorsque je lui confirmai qu'Anthony serait son cavalier. À nous deux, nous allons enfin infliger une défaite à Hitler, et je serai de retour à l'heure pour le marchand de sable, rien que ça ! »

Cette affaire aurait dû en rester là.

Elle aurait dû n'être qu'une simple interaction – deux artistes populaires prennent l'innocente décision d'assister à un événement politique sans grande conséquence, organisé par un groupe de New-Yorkaises huppées, bien intentionnées, et bien incapables d'influer sur le cours d'une guerre.

Mais rien n'en resta là parce que, pendant que j'aidais Edna à s'habiller, son mari débarqua. En voyant sa femme s'apprêter de façon aussi épatante, Arthur voulut savoir où elle allait. Edna l'informa qu'elle faisait un saut au Waldorf, pour une levée de fonds que des dames organisaient au bénéfice de l'Angleterre. Arthur commença à bouder. Ils avaient prévu d'aller au cinéma, ce soir-là, lui rappela-t-il. (« Zut alors ! Notre seul soir de relâche de la semaine ! ») Edna s'excusa. (« Mais chéri, c'est pour *l'Angleterre* ! ») Et cette petite friction conjugale sembla s'arrêter là.

Mais une heure plus tard, l'arrivée d'un Anthony en smoking (il en avait fait un peu trop, si je peux me permettre) remit le feu aux poudres.

« Qu'est-ce qu'il fiche là, celui-là ? grinça Arthur en fixant Anthony d'un regard ouvertement suspicieux.

— Il m'accompagne à la soirée, chéri.

— Et pourquoi est-ce *lui* qui t'accompagne ?

— Parce qu'il a été *invité*, chéri.

— Tu n'as pas parlé d'un rendez-vous *galant*.

— Parce que ce n'en est pas un, chéri. Nous faisons juste une *apparition* ensemble. Ces dames veulent qu'Anthony et moi chantions notre duo pour elles.

— Et pourquoi ce n'est pas *moi* qu'elles ont invité à chanter un duo avec toi ?

— Chéri ! Mais parce que nous n'avons pas de duo ensemble ! »

Anthony commit l'erreur de s'esclaffer, et Arthur pivota face à lui. « Vous trouvez ça drôle, d'emmener la femme d'un autre au Waldorf ? »

Éternel diplomate, Anthony fit claquer son chewing-gum et rétorqua : « Ouais, j'trouve ça *assez* drôle. »

Arthur sembla sur le point de lui sauter à la gorge, mais Edna, toujours alerte, s'interposa entre les deux hommes et posa sa main menue et impeccablement manucurée sur le torse de son mari. « Arthur, chéri, garde ton sang-froid. C'est un engagement professionnel, rien de plus.

— Professionnel, ah oui ? Es-tu *payée* ?

— Chéri, c'est une soirée de *bienfaisance*. Personne n'est payé.

— Je n'en retire aucun bienfait, *moi* ! se récria Arthur, et Anthony, une fois de plus avec son tact inné, se mit à rire.

— Edna, voudriez-vous qu'Anthony et moi attendions dans le couloir ? proposai-je.

— Pas question. J'suis très bien ici, bébé, dit Anthony.

— Restez », trancha Edna en s'adressant à nous deux.

Elle se retourna vers son mari et le visage patient et aimant qu'elle lui avait montré jusque-là avait revêtu une expression plus glaciale. « Arthur, je vais assister à cette soirée, et Anthony m'y accompagne. Nous allons chanter notre duo devant une poignée de vieilles dames inoffensives et grisonnantes, réunir quelques sous pour l'Angleterre, et je te verrai en rentrant.

— La coupe est pleine ! explosa Arthur. Comme si ça ne suffisait pas que chaque journal de New York oublie que je suis ton mari, il faut que tu l'oublies toi aussi ? Tu n'iras nulle part. Je m'y oppose !

— Le type, il s'y croit, commenta obligeamment Anthony.

— Dit le *type* qui ressemble à un *serveur*, avec sa veste de smoking », riposta Arthur.

Anthony haussa les épaules. « Il m'arrive de faire le serveur. Mais moi, au moins, j'ai pas besoin de ma femme pour m'acheter des nippes.

— Dehors ! Immédiatement ! tonna Arthur.

— Pas question, l'ami. La dame m'a invité. C'est elle qui décide.

— Ma femme ne va *nulle part* sans moi! asséna Arthur – une affirmation un peu ridicule car, au cours des derniers mois, j'avais vu Edna se rendre en de nombreux endroits sans lui.

— Z'êtes pas son chaperon, lui rétorqua Anthony.

— Anthony, s'il te plaît, dis-je en m'avançant pour poser une main sur son bras. Allons attendre dans le couloir. Nous n'avons pas à nous mêler de ça.

— Et t'es pas mon chaperon non plus, sœurette », se rebiffa Anthony en chassant ma main et en me lançant un regard mauvais.

J'eus un mouvement de recul, comme si j'avais reçu un coup de pied. Jamais il ne m'avait parlé aussi sèchement.

Edna nous dévisagea tour à tour.

« Vous êtes décidément tous des enfants », commenta-t-elle à mi-voix.

Elle enfila un autre sautoir de perles, puis rassembla son chapeau, ses gants et son sac à main. « Arthur, je te vois à mon retour, à 22 heures.

— Non tu ne me verras pas! explosa l'intéressé. Parce que je ne serai pas là! Que dis-tu de *ça*, hein?

— Vivian, merci de votre aide, reprit Edna en ignorant son mari. Et profitez bien de votre soirée libre. Anthony, venez. »

Edna s'éloigna avec mon petit ami et me laissa seule avec son mari – qui était tout aussi secoué et troublé que moi.

Je crois sincèrement que si Anthony ne m'avait pas envoyée paître, j'aurais balayé l'incident tout entier d'un revers de main, je l'aurais ravalé au rang de querelle insignifiante entre Edna et son mari puéril et jaloux. Je l'aurais vu pour ce qu'il était: un problème qui ne me concernait en rien. Et j'aurais probablement quitté la pièce à la suite d'Edna et d'Anthony, pour sortir boire des verres avec Peg et Billy.

Mais la réaction d'Anthony m'avait profondément ébranlée, et j'étais comme clouée sur place. Qu'avais-je fait pour mériter une telle giclée de vitriol? *Tu n'es pas mon chaperon non plus, sœurette!* Qu'avait-il voulu dire par là? Quand avais-je jamais essayé de jouer les chaperons? (Autrement qu'en le poussant avec insistance à déménager, bien sûr. À s'habiller et à s'exprimer différemment. À moins utiliser de mots d'argot. À adopter une coiffure plus classique. À ne plus mâcher de chewing-gum en permanence. Et en lui faisant des reproches, chaque fois que je le surprenais à flirter avec une danseuse. Mais à part ça? Franchement, je laissais une totale liberté à ce garçon.)

« Cette femme me détruit à petit feu, lâcha Arthur quelques instants après le départ d'Edna et d'Anthony. C'est une *destructrice* d'hommes.

— Pardon? dis-je quand j'eus retrouvé l'usage de ma voix.

— Vous devriez garder un œil sur votre petit roquet pommadé, si vous tenez à lui. Elle n'en fera qu'une bouchée. Elle les aime jeunes. »

Encore une fois, sans l'explosion de colère d'Anthony, je n'aurais pas prêté la moindre attention aux propos d'Arthur Watson. Tout le monde avait collectivement pris le pli de ne jamais prêter attention à ce que disait Arthur Watson. J'aurais dû faire preuve de plus de jugeote, ici.

« Oh, jamais elle ne... »

Je ne savais même pas comment terminer ma phrase.

« Comme si elle allait se gêner! asséna Arthur. Elle a déjà commencé, pauvre nunuche aveugle! »

Il me sembla qu'un nuage de particules noires passait devant mes yeux.

Edna et *Anthony*?

Un vertige me saisit et je tendis la main vers la chaise derrière moi.

« Je sors, annonça Arthur. Où est Celia?

— *Celia*? » Pourquoi cette question? Qu'avait à voir Celia dans tout ça?

« Oui, *Celia*. Elle est dans votre chambre?

— Probablement.

— Eh bien descendons la chercher, et allons voir ailleurs. Venez, Vivian. Prenez vos affaires. »

Et qu'est-ce que je fis?

Je suivis cet abruti.

Pourquoi?

Parce que j'étais une jeune idiote immature, Angela, et qu'à cet âge-là j'aurais suivi un panneau stop.

Voilà comment, finalement, je passai cette belle fausse soirée printanière en ville avec Celia Ray et Arthur Watson. Mais pas qu'avec eux, s'avéra-t-il. Se joignirent à nous deux nouveaux et improbables camarades de Celia – Brenda Frazier et Shipwreck Kelly.

Ces deux noms, Angela, ne te disent sans doute rien – du moins je l'espère. Ils étaient bien trop au centre de l'attention, quand ils étaient jeunes et célèbres. Ils connurent leurs minutes de gloire en 1941. Brenda était une héritière et une débutante ; Shipwreck, un joueur de football star. Les journaux à scandale les suivaient à la trace. C'est pour Brenda que Walter Winchell forgea ce terme odieux de « célébutante ».

Si tu te demandes ce que ce couple sophistiqué fabriquait à traîner avec mon amie Celia Ray, sache que je me posais moi-même la question. Mais je ne tardai pas à démêler la situation. Apparemment, le couple le plus en vue de New York avait adoré *New York est une fête*, et adopté Celia. Elle était devenue leur dernier accessoire en date – au même titre que les voitures décapotables et les rivières de diamants qu'ils achetaient sur un coup de tête. Il crevait les yeux que ces trois-là faisaient la foire ensemble depuis déjà des semaines. Et je ne m'étais aperçue de rien, accaparée par ma romance avec Anthony. Mais à l'évidence, pendant que mon attention était dirigée ailleurs, Celia s'était trouvé de nouveaux meilleurs amis.

Non pas que j'étais jalouse, bien sûr.

Enfin, pas au point que ce soit flagrant.

Ce soir-là, nous partîmes donc faire la tournée des grands-ducs dans l'opulente décapotable Packard blanc cassé de Shipwreck Kelly. Il était au volant, Brenda était sur le siège passager, et Arthur, Celia et moi étions serrés à l'arrière, mon amie assise entre nous deux.

Brenda Frazier me fut d'emblée antipathique. La rumeur la disait la fille la plus riche du monde – imagine, du coup, je te prie, combien j'étais fascinée et intimidée. Comment *s'habille* la fille la plus riche du monde ? Cette très jolie brune avait beau me déplaire souverainement, j'étais captivée et je la buvais des yeux pour essayer d'imprimer tous les détails – l'amoncellement de peaux de vison, le solitaire de sa bague de fiançailles peu ou prou de la taille d'un ovule vaginal, la quantité assez sidérante de taffetas et de nœuds noirs qui dépassaient de sous les dépouilles animales. On aurait dit qu'elle partait à un bal – ou qu'elle en revenait. Elle avait abusé de poudre blanche et ses lèvres étaient peintes en rouge vif. Un tricorne noir agrémenté d'une voilette (le genre de couvre-chef qu'Edna décrivait désobligeamment comme « un nid en équilibre sur un tumulus de cheveux ») coiffait d'opulentes anglaises. Je n'adhérais pas particulièrement à son style, mais je devais lui reconnaître une chose : elle avait l'air riche. Brenda ne parlait pas beaucoup, mais lorsqu'elle ouvrait la bouche, elle s'exprimait avec cet accent guindé, façonné dans les écoles privées les plus huppées, et qui m'exaspérait. Elle s'acharnait à convaincre Shipwreck de rabattre la capote parce que le vent ruinait sa mise en plis. Elle n'avait pas l'air marrante.

Shipwreck Kelly me déplaisait tout autant. Je n'aimais pas son surnom, ni ses joues flasques et rougeaudes ni ses taquineries tapageuses. C'était le genre d'homme à t'asséner une tape dans le dos. J'ai toujours détesté ça.

Et il me déplaisait *vraiment* de constater que Brenda et Shipwreck semblaient si bien connaître Celia et Arthur – semblaient habitués à les voir ensemble, je veux dire. Comme si Celia et Arthur formaient un couple. C'est ce qui me sauta aux yeux quand Shipwreck lança à notre brochette installée sur la banquette arrière : « Dites, les enfants, ça vous dirait de retourner dans cette boîte de Harlem ?

— Non, pas Harlem. Pas ce soir, répondit Celia. Il fait trop froid.

— C'est pour ça qu'on dit mars au balcon, Pâques aux tisons ! » s'esclaffa Arthur.

Quel abruti.

Mais je ne pus m'empêcher de remarquer son humeur subitement allègre, et son bras glissé autour de Celia.

Pourquoi avait-il glissé le bras autour de Celia ?

Que se passait-il, ici ?

« Allons juste sur la 52e, trancha Brenda. Je ne tiendrai pas jusqu'à Harlem sans la capote. J'ai trop froid. »

Elle voulait parler de la 52e Rue, que tous les noctambules connaissaient. La Rue du Swing. Le Temple du Jazz.

« On va où ? demanda Shipwreck. Chez Jimmy's Ryan, au Famous Door ? Au Spotlite ?

— Spotlite, décida Celia. Louis Prima y joue, ce soir. »

On remonta donc onze blocs de plus dans cette voiture d'un luxe ridicule, laissant à toute la faune de midtown amplement le temps de nous apercevoir, et de faire courir le bruit que Brenda Frazier et Shipwreck Kelly se dirigeaient vers la 52ᵉ Rue à bord de leur décapotable Packard. Le résultat fut qu'un parterre de photographes attendaient pour nous mitrailler sitôt qu'on posa un pied sur le trottoir devant le night-club.

Cet interlude, je dois l'admettre, ne me déplut pas.

Je fus ivre en quelques minutes. Si tu crois que les serveurs, à l'époque, s'empressaient de servir des cocktails aux filles comme Celia et moi, tu aurais dû voir avec quelle célérité les consommations apparaissaient devant les filles comme Brenda Frazier.

Je n'avais pas dîné, et j'étais encore ébranlée par ma dispute avec Anthony. (Dans mon esprit, c'était la pire conflagration des temps modernes, et elle m'avait anéantie.) L'alcool me monta directement à la tête. Sur scène, l'orchestre n'y allait pas de main morte. Quand Louis Prima vint nous saluer à notre table, j'étais déjà soûle comme une grive, et je me fichais de Louis Prima comme de ma première chemise.

« Que se passe-t-il entre Arthur et toi ? demandai-je à Celia.

— Rien d'important.

— Tu couches avec lui ? »

Elle haussa les épaules.

« Celia ! Réponds-moi ! »

Je la vis soupeser ses options, et opter pour la vérité.

« En toute confidence ? Ouais. Ce mec est nul, mais ouais.

— Celia... Il est *marié*! Marié à *Edna*! » J'avais un peu trop haussé le ton. Plusieurs têtes se retournèrent, mais qu'importe.

« Viens, sortons prendre l'air, dit Celia. Juste toi et moi. »

Un instant plus tard, nous étions sur le trottoir, dans le vent polaire de mars. J'avais quitté le Lily sans prendre de manteau, dupée par cette journée printanière. J'avais été dupée par le temps. *Et pas seulement.*

« Mais... Et Edna dans tout ça ?

— Eh bien quoi, Edna ? répliqua Celia.

— Elle l'aime.

— Elle aime surtout la chair fraîche. Elle a toujours un jeune mâle à ses côtés. Un nouveau à chaque pièce. C'est ce qu'il m'a dit. »

De la chair fraîche. Un jeune mâle. Comme Anthony.

« Réfléchis un peu ! lança Celia en voyant ma tête. Tu crois que leur mariage est réglo ? Tu crois qu'Edna n'est plus sur le marché ? Une grande star comme elle, qui contrôle les cordons de la bourse ? Populaire comme elle est ? Tu crois qu'elle attend sagement que ce jean-foutre rentre au bercail ? Ça m'étonnerait ! En plus, ce n'est pas comme si elle avait décroché le gros lot avec ce type, tout mignon qu'il soit. Donc lui non plus ne reste pas sagement à l'attendre. Ce sont des *continentaux*, Vivvie. C'est monnaie courante, là-bas.

— Là-bas où ?

— En Europe, pardi ! » dit-elle en gesticulant vaguement vers quelque continent lointain régi par des règles entièrement différentes.

J'étais choquée au-delà du raisonnable. Depuis des mois que j'étais assaillie de jalousies mesquines chaque fois qu'Anthony flirtait avec les jolies petites danseuses, pas une seule fois je n'avais songé à me méfier d'Edna. Edna Parker Watson était mon amie – et, en plus, elle était *vieille*. Pourquoi me volerait-elle mon Anthony ? Et pourquoi la choisirait-il à mes dépens ? Mon esprit se tordait de douleur et d'inquiétude, jusqu'à la nausée. Comment avais-je pu me tromper à ce point sur Edna ? Et sur Anthony ? Je n'avais jamais décelé le moindre signe de cette trahison. Et comment avais-je pu ne pas remarquer que mon amie couchait avec Arthur Watson ? Pourquoi ne me l'avait-elle pas dit plus tôt ?

Une image me revint, soudain : Peg et Olive enlacées, en train de danser au son de « Stardust ». Je me souvins combien cette scène m'avait choquée. Qu'ignorais-je d'autre ? Jusqu'à quand les appétits lubriques, les petits secrets sordides des uns et des autres allaient-ils me surprendre ?

Edna m'avait traitée d'enfant.

Je me sentais comme telle.

« Oh, Vivvie, ne fais pas ta dinde », m'asticota Celia en voyant ma mine déconfite.

Elle m'attira entre ses longs bras pour me réconforter. Pile au moment où j'allais m'effondrer contre sa poitrine et libérer un flot pathétique de pleurnicheries ivres, une voix familière et agaçante lança dans mon dos :

« Je viens voir ce que vous fabriquez, toutes les deux, dit Arthur Watson. Si je dois escorter deux beautés de votre acabit en ville, je ne peux pas les laisser sans surveillance, pas vrai ? »

Comme je commençais à m'arracher des bras de Celia, Arthur ajouta : « Non, non, Vivian. Ne vous gênez pas pour moi. »

Et, nous enlaçant chacune d'un bras, il enveloppa notre étreinte dans la sienne, sans difficulté, car si Celia et moi étions toutes les deux grandes, Arthur, lui, avait une carrure athlétique. Celia pouffa, et Arthur l'imita.

« Voilà qui est mieux, murmura-t-il dans mes cheveux. N'est-ce pas ? »

De fait, quelque part, oui – c'était mieux.

Beaucoup mieux.

Déjà parce qu'il faisait chaud, entre leurs bras. J'étais frigorifiée, à être restée sans manteau sur ce trottoir battu par le vent glacial qui me mordait les pieds et les mains. (À moins que – pauvre de moi – tout le sang n'ait afflué dans mon pauvre cœur lacéré et brisé !) Mais maintenant, j'étais au chaud, du moins en partie. Un de mes flancs était pressé contre le corps dense et monumental d'Arthur, et mon buste était collé à la poitrine outrageusement moelleuse de Celia. Mon visage était écrasé au creux de son cou à l'odeur si familière. Je sentis Celia remuer, lever la tête, et commencer à embrasser Arthur.

Quand je compris ce qui se passait, je fis un petit effort – essentiellement par bienséance – pour m'extraire de leur étreinte. Mais uniquement un petit effort. Je me sentais trop bien dans ce nid douillet.

« Vivvie est un petit chaton triste, ce soir, minauda Celia après ce long, cet interminable baiser passionné.

— Qui est un petit chaton triste ? Elle ? » demanda Arthur, avant de m'embrasser à mon tour, sans toutefois lâcher Celia.

Voilà qui était une conduite quelque peu particulière.

Il m'était déjà arrivé d'embrasser une conquête de Celia, mais jamais avec le visage de mon amie à quelques centimètres du mien. Et celui-ci n'était pas n'importe quelle conquête – mais Arthur Watson, que je détestais. Et dont j'aimais beaucoup l'épouse. Qui vraisemblablement, en cet instant, était en train de s'ébattre avec mon petit ami – et si Anthony déployait ses talents pour faire à *Edna* ce qu'il pouvait me faire à moi...

La pensée était trop insoutenable.

Un sanglot monta dans ma gorge. J'écartai mes lèvres de celles d'Arthur, mais je n'eus pas le temps de reprendre mon souffle que, déjà, Celia s'emparait de ma bouche.

« Bien, bien, on s'est compris… », dit Arthur.

En tous ces mois d'aventures sensuelles, jamais je n'avais embrassé une fille – jamais, même, cette idée ne m'avait traversé l'esprit. Tu pourrais penser, Angela, qu'au point où j'en étais arrivée, les péripéties et les caprices de la vie ne me surprenaient plus si aisément. Mais l'offensive de Celia me stupéfia. Et continua à me stupéfier tandis que mon amie forçait sa langue dans ma bouche.

Ma première impression fut qu'embrasser Celia était comme goûter à un *luxe* débridé de douceur, de lèvres, de chaleur. Tout, chez elle, était moelleux, absorbant – sa bouche incroyablement souple, ses seins généreux, son parfum fleuri – et comme prêt à m'engloutir. Cela n'avait rien de commun avec le fait d'embrasser un homme – pas même Anthony, qui savait pourtant le faire avec une rare tendresse. Même le plus délicat des baisers masculins serait passé pour brutal comparé à cette expérience, à ces lèvres semblables à des sables mouvants, à du velours. Je n'arrivais pas à m'en détacher. Quelle personne saine d'esprit l'aurait voulu ?

Il me fit l'effet d'un rêve qui durait mille ans, ce baiser sous le réverbère. Les yeux dans les yeux (ses beaux yeux si semblables aux miens), lèvres contre lèvres (ses lèvres si charmantes et si semblables aux miennes), Celia Ray et moi avions finalement atteint le zénith absolu de nos narcissismes respectifs.

Et puis, Arthur rompit cette transe.

« Dites les filles, je m'en veux de jouer les trouble-fête mais il est temps de filer d'ici pour rejoindre un chouette hôtel que je connais. »

Il souriait comme un homme qui venait de gagner au tiercé – ce qui était le cas, quelque part.

C'est loin d'être aussi sensass qu'on veut bien le dire, Angela.

C'est un fantasme pour beaucoup de femmes, je le sais – un grand lit, dans une luxueuse chambre d'hôtel, un bel homme et une jolie fille disponibles pour leur plaisir. Mais je découvris vite que, d'un point de vue purement logistique, quand trois personnes s'engagent dans des exploits sexuels en même temps, la situation peut devenir à la fois problématique et ardue. On ne sait jamais où diriger son attention, vois-tu. Tous ces membres enchevêtrés ! On peut vite passer son temps à dire : *Oh ! pardon, je ne t'avais pas vue ! Ah mince ! Vous étiez là !* Et pile au moment où on commence à trouver son rythme, où les choses deviennent agréables, une tierce partie vient tout interrompre. Sans compter qu'on ne peut jamais vraiment savoir quand c'est fini. Alors qu'on pense en avoir terminé avec son plaisir, on s'aperçoit que ce n'est pas le cas de tous les partenaires, et il faut repartir dans la mêlée.

Néanmoins, peut-être cette triade aurait-elle été plus satisfaisante avec un homme autre qu'Arthur Watson. Il était vigoureux et endurant, certes, mais tout aussi rebutant dans un lit qu'à la ville – et ce pour les mêmes raisons. Il ne se préoccupait que de sa petite personne, et c'était exaspérant. Je sentais qu'Arthur était très fier et très imbu de son physique, et qu'il organisait des tableaux uniquement pour attirer un maximum d'attention sur sa musculature et sa beauté. Il donnait en permanence l'impression de poser pour nous, ou de s'admirer lui-même. N'était-ce pas ridicule ? Comment peut-on être dans un lit avec Celia Ray et celle que j'étais à vingt ans, et n'avoir d'yeux que pour son propre corps ? Quel abruti !

Et puis il y avait le problème de Celia – Celia, dont je ne savais que faire. Volcanique dans ses extases, labyrinthique dans ses besoins secrets, elle était comme l'éclair dans un ciel d'orage, et c'était trop pour moi. Elle redevenait une inconnue. Elle partageait mon lit depuis presque un an, nous dormions blotties l'une contre l'autre, mais là, dans ce lit d'un genre entièrement différent, elle était une Celia entièrement différente. Cette Celia-là était un pays inconnu, dont j'ignorais la langue. Et je ne retrouvais nulle part mon amie dans cette femme brune aux yeux résolument clos, dans ce corps en perpétuel mouvement qui semblait attisé par quelque incube ivre de fièvre et de courroux.

Au milieu de tout cela – pile à l'épicentre, en fait –, jamais je ne m'étais sentie plus seule, ou plus perdue.

Je dois préciser, Angela, que j'avais failli faire machine arrière devant la porte de la chambre d'hôtel. *Failli* – avant que me revienne à l'esprit la promesse que je m'étais faite plusieurs mois plus tôt: ne jamais plus me dérober face au danger si Celia devait s'engager dans quelque folie. Quelque périlleuse que soit l'entreprise, je la suivrais.

Tout éculée que cette promesse semblât maintenant, tout déconcertant que ce fût de vouloir encore rivaliser avec les exploits de mon amie quand tant de choses avaient changé au cours des derniers mois, je mis – non sans ironie – un point d'honneur à ne pas la trahir, et je restai. Voilà une expression de l'immaturité de mon sens de l'honneur.

Mais j'avais probablement d'autres raisons, aussi.

La rebuffade cinglante de mépris d'Anthony un peu plus tôt dans la soirée – *sœurette*! – restait cuisante.

Je me rappelais Celia évoquer les petits arrangements conjugaux d'Edna et Arthur – « Ce sont des *continentaux*, Vivvie » – et me regarder comme la créature la plus pitoyablement naïve qu'elle eût jamais rencontrée.

J'entendais encore Edna me traiter d'« enfant ».

Qui veut redevenir un enfant?

Je franchis donc le seuil de cette chambre d'hôtel et, d'un coin à l'autre de ce lit, je m'employai avec la dernière énergie à être *continentale*, à ne pas être un *enfant*, à explorer et tripoter les corps olympiens d'Arthur et de Celia en espérant découvrir les preuves de quelque chose d'essentiel à mon sujet.

Mais ce faisant, dans le seul recoin de mon cerveau épargné par l'ivresse, la tristesse, la lubricité ou la sottise, je savais que cette décision ne m'apporterait que du chagrin.

Dieu sait que j'avais raison.

19

Nul besoin d'être grand sorcier pour deviner ce qui m'attendait.

À un moment donné, nos activités prirent fin. Arthur et Celia s'endormirent immédiatement – ou sombrèrent dans l'inconscience. Peu après – j'avais perdu le fil du temps –, je me levai, m'habillai et me hâtai de rentrer à la maison. Je parcourus les onze blocs qui me séparaient du Lily en courant, bras serrés autour de mon corps court vêtu et grelottant dans le cruel vent de mars.

Il était minuit largement passé lorsque je pénétrai en trombe dans le salon du deuxième étage.

Je compris sur-le-champ que quelque chose n'allait pas : toutes les lampes étaient allumées et, assis là, dans un épais nuage de fumée de cigarette et de pipe, se trouvaient Olive, Peg et Billy, ainsi qu'un homme que je n'avais jamais vu. Et tous me regardaient.

« La voilà ! s'écria Olive en se levant d'un bond. Nous t'attendions.

— Qu'importe, marmonna Peg. C'est trop tard. »

Le sens de cette remarque m'échappait, mais je ne me laissai pas troubler outre mesure car j'entendais à sa voix que Peg était extrêmement ivre. J'étais bien plus inquiète de la présence d'Olive à pareille heure. Et qui était cet inconnu ?

« Bonsoir... » Que pouvais-je dire d'autre ? Ça aide toujours de commencer par les préliminaires d'usage.

« Nous avons une urgence, Vivian », répondit Olive, et c'est son calme qui me mit la puce à l'oreille.

Quelque drame affreux avait dû se produire ? Olive ne cédait à l'hystérie que face à des problèmes insignifiants, et réservait son sang-froid aux crises avérées.

Quelle conclusion en tirer, sinon que quelqu'un était mort ?

Mes parents ? Mon frère ? Anthony ?

Clouée sur place sur mes jambes flageolantes, enveloppée de relents de sexe, j'attendis que la terre s'ouvre sous mes pieds – ce qui ne manqua pas d'arriver, mais en déjouant tous mes pronostics.

« Voici Stan Weinberg, reprit Olive en me présentant l'inconnu. Un vieil ami de Peg. »

En fille polie et bien élevée que j'étais, je m'avançai pour lui serrer la main, mais je fus coupée net dans mon élan en voyant M. Weinberg rougir et détourner la tête.

« Stan est secrétaire de rédaction dans l'équipe de nuit du *Mirror*, poursuivit Olive de ce même ton plat, déconcertant. Il y a quelques heures de ça, il nous a apporté une mauvaise nouvelle. Par courtoisie, il est venu nous prévenir que Walter Winchell publiera des révélations dans sa chronique, demain après-midi. »

Olive resta à me fixer, comme si cette information se passait d'explications.

« Des révélations ? À quel sujet ?

— Au sujet de ce qui s'est passé ce soir, entre toi, Arthur et Celia.

— Mais… Je… Que s'est-il passé ? »

Je te le promets, Angela, je ne cherchais pas à m'esquiver. Ma perplexité était sincère et, sur le moment, cette étrange histoire qu'on me racontait m'était étrangère, elle semblait être arrivée à une autre que moi. Qui étaient ces gens dont on me parlait – Arthur, Vivian, Celia ? Qu'avais-je à voir avec eux ?

« Vivian, ils ont des photos. »

Cette information-là eut le mérite de me remettre les idées en place et de me dégriser d'un coup.

Il y avait un photographe dans la chambre d'hôtel ? m'alarmai-je à part moi – avant que me reviennent en mémoire les baisers que Celia, Arthur et moi avions échangés sur le trottoir de la 52e Rue. Pile sous un réverbère. Superbement éclairés, au plus grand bénéfice des photographes de tabloïds qui rôdaient devant le Spotlite depuis le début de la soirée dans l'espoir d'apercevoir Brenda Frazier et Shipwreck Kelly.

Nous avions dû leur offrir un sacré spectacle.

C'est à ce moment-là que j'avisai la grande chemise en papier kraft posée sur les genoux de M. Weinberg. Sans doute renfermait-elle les fameuses photos. Miséricorde !

« Nous essayons de trouver un moyen d'empêcher cette publication, Vivian, expliqua Olive.

— On ne peut pas l'empêcher. »

Jusque-là, Billy s'était tenu coi. Lui aussi était ivre, à en juger par son élocution pâteuse. « C'est à la loyale, petite. Edna est célèbre, Arthur est son mari, c'est donc une *information*. Et quelle information ! Le mari d'une star, lui-même à moitié star, surpris en train d'embrasser ce qui ressemble à deux showgirls devant un night-club. Et on voit ensuite cet homme prendre une chambre d'hôtel avec non pas une, mais deux femmes, dont aucune n'est la sienne. Une histoire aussi croustillante, rien ne peut l'empêcher de paraître. Winchell fait ses choux gras de ce genre de scandale. Cet homme est un reptile ! Je ne peux pas le souffrir. Je le connais depuis l'époque où on faisait les tournées, et je l'ai toujours détesté. J'aurais dû lui interdire de venir voir notre spectacle. Pauvre Edna. »

Edna. Son prénom me fit l'effet d'un uppercut à l'estomac.

« Edna est au courant ?

— Oui, Vivian. Nous étions ensemble lorsque Stan a apporté les photos. Elle est partie se coucher. »

Je crus que j'allais vomir. « Et Anthony…

— Il est au courant lui aussi. Il est rentré chez lui. »

Tout le monde savait. Il n'y avait aucun espoir de salut, dans aucune direction.

« Dans l'immédiat, Vivian, Anthony et Edna sont le cadet de tes soucis, si je puis dire, enchaîna Olive. Tu es face à un problème bien plus gros. Stan nous a dit que tu avais été identifiée.

— Identifiée ?

— Oui. Ils savent qui tu es, au journal. Quelqu'un, au night-club, t'a reconnue. Cela signifie que ton nom – ton nom complet – sera imprimé dans la chronique de Winchell. Mon objectif est d'empêcher cela de se produire. »

En désespoir de cause, je me tournai vers Peg – parce que j'attendais d'elle, ma tante, du réconfort, ou des conseils ? Peut-être. Mais Peg, tête à la renverse sur le dossier du canapé, avait les yeux fermés. Je voulais la secouer, la supplier de prendre soin de moi, de me sauver.

« C'est trop tard », répéta-t-elle d'une voix pâteuse.

Stan Weinberg opina solennellement, sans détacher les yeux de ses mains crispées sur cette hideuse chemise en kraft d'apparence pourtant si inoffensive. Il me faisait penser à un employé des pompes funèbres, tout confit de dignité et de réserve en présence d'une famille effondrée de douleur.

« Nous ne pouvons pas empêcher Winchell de se faire l'écho des errements d'Arthur, dit Olive. Ni d'étendre ses commérages à Edna, puisque c'est une star. Mais Vivian est ta *nièce*, Peg. On ne peut pas laisser son nom être associé à pareil scandale alors qu'il n'est qu'accessoire dans l'histoire. Cela ruinerait la vie de cette malheureuse. Donc, Billy, si tu voulais bien appeler les gens que tu connais, au studio, et leur demander d'intervenir…

— Pour la dixième fois, Olive, le studio ne peut rien faire dans le cas qui nous occupe. L'histoire concerne New York, pas Hollywood. Le studio ne fait pas la pluie et le beau temps, ici. Et même en admettant qu'il soit en mesure d'étouffer l'affaire, je refuse de jouer cette carte. Qui voudrais-tu que j'appelle ? Zanuck en personne ? Tu me vois le réveiller à une heure pareille pour lui dire : "Salut Darryl, pourrais-tu sortir la nièce de ma femme du pétrin ?" Qui sait si un jour je n'aurai pas moi-même besoin qu'il intercède pour me tirer d'un mauvais pas ? Alors non, je ne peux rien faire. Et arrête de jouer les mères poules, Olive. Advienne que pourra. Ce ne sera pas beau à voir pendant quelques semaines, mais le scandale finira par se tasser. Comme toujours. Tout le monde y survivra. Ce n'est jamais qu'un petit pamphlet dans un journal. Quelle importance ?

— Je vais tout arranger, je vous le promets, dis-je, comme une sotte.

— Il n'y a rien à arranger, petite, trancha Billy. Et pour l'heure, vous feriez mieux de la boucler. Vous avez causé assez de dégâts pour une nuit.

— Peg, dit Olive en allant la secouer sur le canapé. *Réfléchis.* Tu dois bien avoir une idée. Tu connais des gens. »

Mais Peg se contenta de répéter : « Il n'y a rien à faire. »

Je m'avançai jusqu'à une chaise et m'assis. Ma très mauvaise conduite s'étalerait dès le lendemain dans les pages à scandale, et il n'y avait rien à faire pour empêcher cela. Mes parents seraient au courant. Mon frère aussi. Toutes mes anciennes camarades de classe. Tout New York.

Olive avait dit vrai : ma vie serait ruinée. Et si jusque-là je n'en avais pas pris le plus grand soin, je l'admets, elle m'importait tout de même assez pour que je veuille lui éviter la *ruine*. J'avais beau, depuis un an, multiplier les imprudences, je continuais, je crois, à entretenir la pensée lointaine qu'un jour je me laverais de mes péchés de jeunesse et redeviendrais respectable – que ma bonne éducation reprendrait le dessus, comme l'avait dit mon frère. Mais avec un tel degré de scandale, un tel degré de publicité, tout retour à la respectabilité était exclu à jamais.

Et puis, il y avait Edna. Qui savait déjà tout. Une autre vague de nausée me submergea.

« Comment Edna l'a-t-elle pris ? » osai-je demander d'une voix tremblante.

Olive me considéra avec une expression, me sembla-t-il, apitoyée, mais ne répondit pas.

« À votre avis ? lança Billy, qui était, lui, moins enclin à la pitié. Cette femme est dure comme le roc mais son cœur, comme chez tout un chacun, est fait d'un alliage fragile. Alors oui, Vivian, Edna est passablement dévastée. Qu'une pin-up dévore à bouche-que-veux-tu le museau de son mari, elle aurait pu trouver la force de l'encaisser – mais deux ? Dont l'une n'était autre que vous ? Allons Vivian, comment se sent-elle, d'après vous ? »

Je me cachai le visage derrière les mains, en songeant que je n'avais plus qu'à me maudire d'être née.

« Pour un homme avec tes antécédents, je te trouve effroyablement moralisateur, William, entendis-je Olive gronder d'une voix chargée d'une note d'avertissement.

— Bon Dieu, je hais ce Winchell ! s'exclama Billy, en ignorant le commentaire. Et c'est réciproque. Je suis sûr qu'il m'incendierait, moi aussi, s'il pensait pouvoir se faire rembourser par l'assurance.

— Billy, appelle le studio, demande-leur d'intervenir, plaida une nouvelle fois Olive. Ils ont tous les pouvoirs, là-bas.

— Non, Olive, le studio n'a *pas* tous les pouvoirs. Il ne peut pas étouffer une affaire aussi incandescente. Nous sommes en 1941, plus en 1931. Plus personne ne jouit d'un tel poids. Winchell possède plus de pouvoir que le président. Tu peux bien me tanner jusqu'à Noël, ma réponse sera toujours la même : je ne peux rien faire, et le studio non plus.

— Trop tard », marmotta Peg, avant de lâcher un gros soupir d'impuissance.

Je fermai les yeux et me mis à me balancer d'avant en arrière sur ma chaise. Le dégoût que je m'inspirais, ajouté à l'alcool, me donnait la nausée.

Un petit moment avait passé, j'imagine, car quand je relevai la tête, je vis Olive revenir dans le salon, revêtue de son manteau et avec son sac à main, et Stan Weinberg avait pris congé, en abandonnant l'affreuse nouvelle tel un sillage nauséabond. Peg, toujours avachie sur le canapé, tête renversée contre les coussins, marmonnait sporadiquement des paroles sans queue ni tête.

« Vivian, va te changer, m'ordonna Olive. Choisis des vêtements plus pudiques – une de ces robes à fleurs que tu as apportées de Clinton, par exemple. Mais fais vite, s'il te plaît. Et n'oublie pas de prendre un manteau et un chapeau. On sort, et il fait froid dehors. Je ne sais pas à quelle heure nous rentrerons.

— Comment ça, *on sort* ? »

Seigneur ! Cette nuit des horreurs n'aura donc jamais de fin ?

« Nous allons au Stork Club. Je vais aller discuter avec Walter Winchell en personne de notre problème. »

Billy éclata de rire. « Olive au Stork Club ! Pour exiger une audience auprès du grand Winchell ! Il y a de quoi se tenir les côtes ! J'étais loin de me douter que tu *connaissais* l'existence du Stork Club, Olive ! Sinon, j'aurais parié que tu pensais qu'il s'agissait d'une maternité ! »

Olive ignora la pique. « S'il te plaît, Billy, empêche Peg de boire davantage. Dès qu'elle sera remise d'aplomb, il lui faudra les idées claires pour nous aider à traverser cette tempête.

— Comment voudrais-tu qu'elle boive *davantage* ! s'exclama Billy en gesticulant vers son épouse prostrée. Regarde-la !

— Vivian, dépêche-toi, va te préparer. Et n'oublie pas que tu es une jeune fille pudique – habille-toi en conséquence. Profites-en pour te recoiffer, enlève un peu de maquillage et rafraîchis-toi du mieux que tu pourras. Et lave-toi les mains sans lésiner sur le savon. Tu empestes autant qu'un bordel. »

Je n'en reviens pas, Angela, de constater combien rares sont ceux à connaître encore aujourd'hui le nom de Walter Winchell. À une époque, il était l'homme le plus puissant de tous les médias américains et, partant, un des hommes les plus puissants du pays. Il chroniquait les frasques des gens riches et célèbres, mais il était tout aussi riche et célèbre qu'eux – même plus, peut-être. Son public l'adulait, ses proies le redoutaient. Il bâtissait et anéantissait les réputations au gré de ses caprices, comme un gamin qui édifie puis piétine des châteaux de sable. Certains affirmaient même que le président Roosevelt lui devait sa réélection au motif que Winchell, fervent partisan de l'entrée en guerre des États-Unis, avait ordonné sans détour à ses lecteurs fidèles de voter pour lui – et qu'ils avaient été des millions à obéir.

Cette célébrité depuis longtemps assise, Winchell l'avait acquise sans rien faire d'autre que vendre des ragots sur les uns et les autres, et grâce à sa plume incisive. Ma grand-mère et moi avions été des lectrices assidues de ses chroniques, naturellement. Nous étions pendues à ses mots. L'homme savait tout sur tout le monde ; il avait des antennes partout.

Le Stork Club, en 1941, était pour ainsi son bureau. Le monde entier savait ça. Moi, en tout cas, je le savais pour l'y avoir aperçu des dizaines de fois lors de mes équipées nocturnes avec Celia. Je l'avais observé tenir cour depuis son trône : la table 50, qui lui était en permanence réservée. On pouvait l'y trouver toutes les nuits entre 23 heures et 5 heures. C'était là qu'il accomplissait sa sale petite besogne, et que les vassaux venaient, des quatre coins de son empire, ramper à ses pieds pour solliciter des faveurs, ou lui offrir les potins dont il avait besoin pour nourrir le ventre monstrueux de sa chronique.

Winchell appréciait la compagnie des jolies showgirls (qui ne les apprécie pas ?) et Celia avait été invitée à sa table à plusieurs reprises. Il connaissait son nom. Ils avaient souvent dansé ensemble – et quoi qu'en dise Billy, l'homme était bon danseur. Mais en dépit des nombreuses soirées que j'avais passées au Stork, jamais je n'avais osé m'asseoir à la table de Winchell. D'une part parce que, n'étant ni showgirl, ni actrice, ni héritière, ma petite personne ne l'aurait guère intéressé. Mais aussi parce que cet homme m'inspirait une peur bleue – sans que j'aie, à l'époque, aucune raison de le craindre.

Eh bien maintenant, j'en avais une.

Dans le taxi, Olive et moi n'échangeâmes pas un mot. Je me consumais trop de peur et de honte pour engager la conversation, et Olive n'était pas du genre à la meubler en parlant de la pluie et du beau temps. En ne m'adressant pas la parole, elle ne cherchait pas à m'humilier, ni à me faire sentir sa réprobation, à la façon d'une maîtresse d'école – alors qu'elle aurait eu toutes les raisons de le faire. Non, ce soir-là, Olive était une femme investie d'une mission, et entièrement concentrée sur la tâche à accomplir. Si j'avais eu tous mes esprits, j'aurais pu être touchée, et ébahie, que ce soit elle plutôt que Peg, ou même Billy, qui se mouille pour moi. Mais j'étais trop désemparée et abattue pour prendre garde à cette amnistie.

La seule chose qu'elle me dit en descendant du taxi fut la suivante : « Tu n'adresses pas la parole à Winchell, compris ? *Pas un mot*. Soit belle et tais-toi, comme on dit. C'est ta seule tâche ici. Suis-moi. »

À l'entrée du Stork, on buta sur les deux portiers, que je connaissais bien. James et Nick. Eux aussi me connaissaient, même s'ils ne s'en aperçurent pas d'emblée. La jeune femme qu'ils avaient l'habitude de voir était l'acolyte glamour de Celia Ray, or, là, mon apparence était loin, très loin de celle de la noceuse qui, pour aller danser au Stork, revêtait des robes de soirée, des fourrures, ou des bijoux empruntés à Celia. Conformément aux instructions d'Olive prônant la modestie vestimentaire – et auxquelles, heureusement, j'avais eu le bon sens d'obéir –, j'avais récuré mon visage et enfilé, sous mon ancien blazer d'écolière, la petite robe toute simple dans laquelle j'avais débarqué à New York tous ces mois auparavant. Je devais ressembler à une adolescente de quinze ans.

Sans compter que je me trouvais en une compagnie pour le moins inhabituelle. Je n'étais pas au bras de la pulpeuse Celia Ray, mais à la remorque d'une certaine Miss Olive Thompson – une dame austère qui, avec ses lunettes à monture métallique et son vieux pardessus marron, ressemblait à une bibliothécaire scolaire. À la *mère* d'une bibliothécaire scolaire, même. Nous n'avions certainement pas le profil de la clientèle susceptible de flatter la réputation d'un établissement comme le Stork.

En voyant Olive se diriger d'un pas décidé vers l'entrée, James et Nick, dans un même élan, firent barrage de leurs mains.

« Navré madame, mais le night-club est complet. Nous n'acceptons plus de clients, ce soir. »

C'était un mensonge, bien sûr. Si Celia et moi, revêtues de toute notre splendeur, avions voulu entrer, ces portes se seraient ouvertes si vite qu'elles auraient pu se dégonder.

« M. Sherman Billingsley est-il là ? » demanda Olive, nullement découragée.

Les deux portiers échangèrent un regard. D'où cette bibliothécaire passe-muraille pouvait-elle connaître Sherman Billingsley, le propriétaire du club ?

Olive profita de leur hésitation pour insister : « Veuillez je vous prie prévenir M. Billingsley que la directrice du Lily Playhouse est là pour s'entretenir avec M. Winchell d'une affaire urgente et extrêmement grave. Dites-lui que je viens de la part de sa bonne amie Peg Buell. Nous n'avons pas beaucoup de temps devant nous. Cela concerne la publication potentielle de ces photographies. »

Olive plongea la main dans son sac qui ne payait pas de mine et en exhuma le vecteur de ma ruine – la fameuse enveloppe en kraft, qu'elle tendit aux portiers. La tactique était audacieuse, mais aux grands maux les grands remèdes. Nick ouvrit l'enveloppe, jeta un œil aux clichés, laissa échapper un sifflement dans sa barbe, releva le regard vers moi, le reporta sur les photos, et là, quelque chose se modifia dans son expression. Il me remettait, maintenant.

Il haussa un sourcil et se fendit d'un sourire libidineux. « Ça fait un bail qu'on t'avait pas vue, Vivian. Mais je comprends pourquoi, maintenant. Tu avais fort à faire, j'imagine. »

Je me consumai de honte – tout en comprenant une évidence : *Ce n'est que le début.*

« Je vous prie de prendre garde à la façon dont vous parlez à ma nièce, monsieur », intervint Olive, d'une voix d'airain qui aurait pu transpercer un coffre-fort.

Ma nièce ?

Depuis quand Olive me présentait-elle comme sa nièce ?

Nick s'excusa, intimidé. Mais Olive n'en avait pas terminé.

« Jeune homme, soit vous nous conduisez auprès de M. Billingsley – qui n'appréciera pas d'avoir vent de votre grossièreté envers deux personnes qu'il considère pour ainsi dire comme sa famille – ou bien vous nous menez directement à la table de M. Winchell, puisque c'est là que je vais aller de toute façon – quoi qu'il m'en coûte, et quel que soit le nombre de personnes qui perdront leur travail pour m'avoir mis des bâtons dans les roues ».

C'est incroyable, la trouille que peut inspirer à de jeunes hommes une femme mûre et mal fagotée, à la voix sévère, mais c'est un fait : ils sont terrifiés. J'imagine que ces femmes leur rappellent leur mère, des religieuses, ou des dames catéchistes. Le traumatisme des réprimandes et des corrections de l'enfance laisse des traces très profondes.

Nick et James se consultèrent des yeux, toisèrent Olive une dernière fois, et décidèrent comme un seul homme : *Donnons à cette vieille peau tout ce qu'elle veut.*

Voilà comment nous fûmes livrées directement à la table de Walter Winchell.

Olive s'assit en face du grand homme mais, d'un geste, m'intima de rester debout et en retrait. On aurait dit qu'elle faisait bouclier de son petit corps trapu pour me protéger du journaliste le plus venimeux du monde. Ou bien peut-être voulait-elle juste me tenir à distance de la conversation pour m'empêcher d'intervenir – et risquer de gâcher sa stratégie.

Elle écarta le cendrier de Winchell et déposa la chemise en kraft devant lui. « Je suis venue parler de *ça* », annonça-t-elle.

Winchell ouvrit la chemise et étala les photos en éventail sur la table. C'était la première occasion qui m'était donnée de les voir. Tout en n'étant pas assez près pour distinguer les détails, j'en voyais assez : deux filles, un homme, tout enchevêtrés sur un trottoir. On comprenait en un éclair ce qui se tramait entre eux.

Winchell haussa les épaules. « Je ne peux rien pour vous. Je les ai déjà achetées.

— Je sais, répondit Olive. Et à ce que j'ai compris vous les publierez demain dans l'édition du soir.

— Dites, ma petite dame, on pourrait savoir qui vous êtes ?
— Olive Thompson. Je suis la directrice du Lily Playhouse. »

Je scrutai le visage de Winchell et vis le boulier de son esprit additionner deux et deux. « Hm ! Ce trou à rats où se joue *New York est une fête*, dit-il en allumant une cigarette au tison de la précédente.

— C'est bien ça, confirma Olive, sans se froisser le moins du monde d'entendre notre théâtre traité de "trou à rats" – car, franchement, qui aurait pu le contester ?

— C'est un bon spectacle, reprit Winchell. J'en ai même fait un compte-rendu élogieux. »

Il semblait en attendre un certain crédit, mais Olive n'était pas femme à distribuer ses remerciements gratuitement, pas même dans ces circonstances, où elle venait devant Winchell pour faire une génuflexion.

« Et qui est le petit lapin qui se planque derrière vous ? reprit-il.
— Ma nièce. »

Apparemment, nous nous en tenions à cette histoire.

« Ne devrait-elle pas déjà être au lit ? » railla Winchell en me toisant.

Jamais je ne l'avais approché d'aussi près, et cette proximité me déplaisait souverainement. Grand, avec un nez crochu, l'homme avait la quarantaine bien sonnée, une peau rose de bébé et un tic dans la mâchoire. Il arborait un costume bleu marine aux plis tranchants comme des lames, avec une chemise en oxford bleu ciel, des souliers lacés à bout fleuri marron et un chapeau élégant de feutre gris. Winchell ressemblait à ce qu'il était : un homme fortuné et puissant. Ses mains n'étaient jamais au repos mais, tandis qu'il me toisait, ses yeux étaient d'une immobilité déconcertante. Un regard de prédateur. Si on arrivait à dépasser la peur de se voir éviscéré, on pouvait lui trouver une certaine séduction physique.

Cet examen minutieux cependant, fut de courte durée. Après analyse – *femme, jeune, sans connexion, insignifiante* –, je ne l'intéressais pas. Je ne pouvais lui être d'aucune utilité.

Olive tapota du doigt une des photos. « Le gentleman qui figure sur ses clichés est le mari de notre star.

— Je sais très bien qui est ce lascar, ma petite dame. Arthur Watson. Une mauviette sans talent. Bête à manger du foin. Et bien meilleur pour chasser la gueuse que pour jouer, à en croire ces preuves. Et il va se prendre une sacrée dérouillée, quand sa femme verra ces photos !

— Elle les a déjà vues.

— Comment vous les êtes-vous procurées ? » Winchell ne masquait plus son irritation. « Ces photos sont ma propriété. À quoi jouez-vous, à les montrer aux quatre coins de la ville ? Vous faites payer les gens ? Vous vendez des tickets ? »

Olive ne répondit pas aux railleries ; elle se contenta de fixer Winchell de son regard le plus ferme.

Un serveur approcha pour demander si ces dames souhaitaient commander à boire.

« Non merci, répondit Olive. Nous appartenons à la ligue de tempérance. »

Une affirmation que quiconque s'approchant assez pour sentir mon haleine aurait pu aisément réfuter.

« Bon, si vous comptez me demander de renoncer à publier cette histoire, vous perdez votre temps, asséna Winchell. Je suis journaliste, et quand une histoire est avérée ou intéressante je n'ai d'autre choix que la publier. Et dans le cas qui nous occupe, l'histoire est *à la fois* avérée et intéressante. Le mari d'Edna Parker Watson qui fricote avec deux gourgandines ? Qu'attendez-vous de moi, ma petite dame ? Que par pudeur je contemple mes souliers pendant qu'une célébrité s'en donne à cœur joie avec des showgirls au beau milieu de la 52ᵉ Rue ? Comme chacun sait, il me répugne de publier des indiscrétions sur des couples mariés, mais si les gens tiennent absolument à conduire leurs indiscrétions sans une once de discrétion, que voulez-vous que j'y fasse ? »

Olive continuait à braquer sur lui son regard glacial. « J'attends de votre part un minimum de décence.

— Vous êtes un sacré numéro, vous ! Pas du genre à vous effrayer facilement, hein ? Je commence à vous remettre. Vous travaillez pour Billy et Peg Buell.

— C'est exact.

— Cela tient du miracle que ce théâtre minable soit toujours en activité. Comment vous y prenez-vous, pour conserver votre public, année après année ? Vous les payez pour venir ? Vous les soudoyez ?

— Nous les contraignons à revenir en leur proposant d'excellents divertissements, répondit Olive. Et en retour, ils nous récompensent en achetant des billets. »

Winchell éclata de rire, tambourina du bout des doigts sur la table. et inclina la tête de côté.

« Je vous aime bien, en dépit du fait que vous travaillez pour cette vermine arrogante de Billy Buell. Vous ne manquez pas de culot. Vous feriez une bonne secrétaire pour moi.

— Vous en avez déjà une excellente, monsieur, en la personne de Rose Bigman – une femme que je considère comme une amie. Je doute qu'elle apprécierait que vous m'embauchiez. »

Winchell repartit d'un éclat de rire. « Vous en savez plus que moi sur tout le monde! » Puis le rire s'évanouit, sans avoir jamais atteint ses yeux. « Bon, écoutez, je ne peux rien pour vous, ma petite dame. Navré si cela froisse les sentiments de votre star, mais je ne vais en aucun cas passer cette histoire à la trappe.

— Ce n'est pas ce que je vous demande.

— Alors quoi? Que voulez-vous de moi? Je vous ai proposé un travail, un verre…

— Ce qui m'importe, c'est que le nom de cette jeune fille n'apparaisse pas dans le journal, dit Olive en reposant un doigt sur un des clichés.

— Et pourquoi diable devrais-je taire son nom?!

— Parce qu'elle est une innocente.

— Drôle de façon de le montrer. » De nouveau, ce rire froid, mouillé.

« Imprimer le nom de cette pauvre petite dans votre journal n'ajoutera rien à l'histoire, insista Olive. Les autres parties concernées par ce chahut sont des personnages publics – un acteur et une showgirl. Tout le monde connaît déjà leur nom. Et s'exposer à la curiosité malsaine du public est un risque auquel ils ont consenti en embrassant la carrière qui est la leur. Votre article leur fera du mal, sans nul doute, mais il n'y aura pas mort d'homme. Ce genre d'exposition participe des inconvénients de la célébrité. Mais cette petite, ici, n'est qu'une étudiante de bonne famille, poursuivit Olive en tapotant la photo qui me montrait, quelques heures (quelques siècles!) plus tôt, tête renversée d'extase. Ce scandale va la terrasser.

Si vous publiez son nom, c'est son avenir tout entier qui est compromis.

— Hé, minute ! On parle de cette gamine-*là* ? » demanda Winchell en me montrant du doigt.

Ce doigt braqué sur moi me donna l'impression d'avoir été sélectionnée dans une foule par le bourreau.

« Oui, confirma Olive. C'est ma nièce. Une gentille jeune fille. Qui étudie à Vassar. »

(Olive prenait ses aises avec la vérité. Oui, j'avais fréquenté Vassar, mais personne ne pouvait m'accuser, je pense, d'y avoir jamais *étudié*.)

Winchell continuait à me dévisager. « En ce cas, petite, pourquoi êtes-vous ici plutôt qu'à la fac ? »

Franchement, en cet instant, j'aurais préféré y être. Mes jambes menaçaient de se dérober, mes poumons, de se dégonfler. Jamais je n'avais été plus heureuse d'être dispensée de répondre. Je fis de mon mieux pour offrir l'image d'une gentille bas-bleu, étudiante dans une université respectable, et sobre comme un chameau – un rôle de composition pour lequel j'étais singulièrement mal taillée ce soir-là.

« Elle est en visite à New York, expliqua Olive. Elle vient d'une petite ville, d'une bonne famille, mais ces derniers temps, hélas, elle s'est mal entourée. Elle n'est pas la première à qui ça arrive, ni la dernière. Elle s'est fourvoyée, c'est tout.

— Et vous ne voulez pas que je l'envoie à l'équarrissage pour si peu ?

— Exactement. C'est ce que je vous demande de prendre en considération. Imprimez cette histoire si vous ne pouvez pas faire autrement. Imprimez même ces photos. Mais n'étalez pas dans le journal le nom d'une innocente jeune fille. »

Winchell examina une fois de plus les photos, et posa le doigt sur celle qui me montrait en train de dévorer le visage de Celia à bouche-que-veux-tu, un bras enroulé comme un serpent autour du cou d'Arthur.

« Effectivement… Une authentique innocente.

— Elle a été séduite, argumenta Olive. Elle a commis une erreur. Cela peut arriver à n'importe quelle jeune fille.

— Et que me proposez-vous, pour continuer à offrir des visons à ma femme et à ma fille, si j'arrête de publier des ragots au seul motif que des innocentes commettent des erreurs ?

— J'aime bien le prénom de votre fille », bafouillai-je à cet instant, sans réfléchir.

Le son de ma propre voix me causa un choc. Je n'avais vraiment pas prévu de parler – les mots étaient sortis tout seuls de ma bouche. Il fit également sursauter Winchell et Olive. Cette dernière pivota vivement vers moi et me fusilla du regard, pendant que Winchell reculait légèrement contre son dossier, perplexe.

« Pardon ?

— Pas maintenant, Vivian, ordonna Olive. On se tait.

— Ah, la ferme ! gronda Winchell. Que disiez-vous, mon petit ?

— J'aime bien le prénom de votre fille, répétai-je, comme sous l'emprise de son regard. Walda.

— Que savez-vous de ma Walda ? » demanda-t-il, impérieux.

Si j'avais eu les idées bien en place, ou si j'avais été en mesure de broder une histoire intéressante, j'aurais pu lui faire une réponse différente – mais compte tenu des circonstances, et terrifiée comme je l'étais, je ne réussis qu'à dire la vérité.

« Son prénom m'a toujours plu. Mon frère s'appelle Walter, voyez-vous, comme vous. Et le père de ma grand-mère se prénommait Walter, lui aussi. C'est ma grand-mère qui a choisi le prénom de mon frère. Elle voulait qu'il perdure dans la famille. Elle a commencé à écouter vos émissions de radio parce que votre prénom lui plaisait. Elle lisait aussi toutes vos chroniques. Nous les lisions ensemble, dans le *Graphic*. Walter était le prénom préféré de ma grand-mère. Elle était tellement contente lorsque vous avez prénommé vos enfants Walter et Walda ! Elle avait obligé mes parents à m'appeler Vivian parce que le V est la moitié d'un W, mais quand vous avez baptisé votre fille Walda, elle a regretté de ne pas y avoir pensé pour moi. Elle trouvait que c'était un prénom intelligent, et un bon présage. Elle ne ratait aucun de vos passages au *Lucky Strike Dance Hour*. Elle a toujours aimé votre prénom. Moi aussi, je regrette de ne pas m'appeler Walda. Ma grand-mère aurait été si heureuse ! »

Mon inspiration était en perte de vitesse et je tournais en rond, en plus de raconter je ne sais quelles inepties.

« Qui a invité ce *compendium* ? plaisanta Winchell en me montrant du doigt.

— Ne faites pas attention à elle, intervint Olive. Elle est nerveuse.

— Je n'ai pas d'ordre à recevoir de vous, ma petite dame, riposta-t-il avant de reporter une fois de plus son attention glaçante sur moi. J'ai comme l'impression de vous avoir déjà vue, petite. Vous êtes déjà venue ici, n'est-ce pas ? Avec Celia Ray, je me trompe ? »

Défaite, je fis signe que non. Je vis les épaules d'Olive se voûter.

« Ouais, c'est bien ce qui me semblait. Vous vous pointez ici ce soir toute proprette et mignonnette, mais ce n'est pas le souvenir que j'ai de vous. Je vous ai vue, ici même, engagée dans toutes sortes de parties de jambes en l'air, alors je trouve fort de café que vous cherchiez à me convaincre que vous êtes une jeune fille respectable. Écoutez-moi bien, vous deux : j'ai compris où vous voulez en venir, avec votre raffut. Je vois clair dans votre jeu : vous cherchez à me tordre le bras, et je déteste ça. Mais ce qui m'échappe, poursuivit-il en braquant le doigt vers Olive, c'est pourquoi *vous*, vous vous démenez pour sauver cette fille. Vous ne trouverez personne dans ce club qui puisse témoigner qu'elle est une vierge effarouchée, et je sais pertinemment qu'elle n'est pas votre nièce. Vous n'êtes même pas des compatriotes, si j'en juge par votre accent.

— C'est ma nièce, s'entêta Olive.

— Petite, êtes-vous la nièce de cette dame ? » me lança Winchell.

J'étais terrifiée à l'idée de lui mentir, mais pareillement terrifiée à celle de dire la vérité. Ma solution à ce mauvais pas consista à m'écrier : « Pardon ! », avant d'éclater en sanglots.

« Ha ! gronda Winchell. Vous me donnez mal au crâne, toutes les deux. »

Puis il me tendit son mouchoir et me désigna un fauteuil. « Asseyez-vous, petite. Vous me faites passer pour un sale type. Les seules filles que je veux voir pleurer, ce sont les showgirls et les starlettes dont je viens de briser le cœur. »

Il alluma deux cigarettes et m'en tendit une. « À moins que la ligue de tempérance ne vous l'interdise ? » persifla-t-il avec un sourire cynique.

J'acceptai l'offrande avec reconnaissance et tirai goulûment et nerveusement sur la cigarette.

« Dites, quel âge avez-vous ?
— Vingt ans.
— Vous n'êtes donc pas tombée de la dernière pluie. Non pas que ça empêche quoi que ce soit... Mais dites-moi... Vous disiez que vous me lisiez dans *Graphic*. Vous n'êtes pas un peu trop jeune pour ça ?
J'opinai. « Vous étiez le journaliste préféré de ma grand-mère. Elle me lisait toujours vos chroniques, quand j'étais petite.
— Son préféré, ah oui ? Qu'aimait-elle chez moi – à part mon superbe prénom, qui a déjà fait l'objet d'une tirade pour le moins mémorable ? »
La question n'avait rien de difficile. Je connaissais les goûts de ma grand-mère. « Elle appréciait votre façon de saupoudrer vos articles de mots d'argot, ou passés de mode, comme "épousailles" plutôt que "mariage". Elle aimait les polémiques que vous lanciez, et vos chroniques théâtrales. Elle disait que vous regardiez vraiment les spectacles, qu'ils vous tenaient à cœur, ce qui n'est pas le cas de la plupart des critiques.
— Elle disait tout ça, votre vieille grand-mère ? Parfait, parfait. Et où est ce génie fait femme, maintenant ?
— Elle nous a quittés, répondis-je, de nouveau au bord des larmes.
— Quel dommage ! Je déteste perdre un lecteur fidèle. Et votre frère, celui qu'on a baptisé en mon honneur. Quelle est son histoire ? »
J'ignore où Winchell avait été pêcher l'idée que mon frère avait été baptisé Walter en son honneur, mais je n'allais pas me risquer à le contredire.
« Il est dans la Navy, monsieur. Il s'entraîne pour devenir officier.
— Il s'est engagé ?
— Oui, monsieur. Il a laissé tomber Princeton.
— Voilà ce dont nous avons besoin, en ce moment ! Il nous en faudrait plus, des garçons comme lui – des volontaires assez courageux pour aller combattre Hitler sans qu'on ait besoin de leur souffler leur devoir. Il est joli garçon ?
— Oui, monsieur.
— Naturellement, avec un prénom pareil. »

Quand le serveur approcha pour demander si nous avions besoin de quelque chose, je fus à deux doigts de commander un double gin-fizz, par pure habitude – mais j'eus la présence d'esprit de me raviser à temps. Le serveur s'appelait Louie. Je l'avais déjà embrassé. Dieu merci, il sembla ne pas me reconnaître.

« Écoutez, il vous faut déguerpir, maintenant, reprit Winchell. Vous nuisez au standing de cette table. Je ne sais même pas comment vous avez réussi à entrer, avec la touche que vous avez !

— Nous partirons quand nous aurons eu l'assurance que vous ne publierez pas le nom de Vivian demain dans le journal, répondit Olive, qui n'avait pas son pareil pour pousser les gens *toujours un cran plus loin*.

— Hé ! on ne se pointe pas à la table 50 du Stork Club pour me donner des ordres, ma petite dame, riposta vertement Winchell. Je ne vous dois rien. C'est la seule assurance que vous obtiendrez.

« Je vous dirais bien de vous tenir à carreau à compter de maintenant, mais je sais que vous ne le ferez pas, enchaîna-t-il en s'adressant à moi. Je ne lève pas l'acte d'inculpation – vous avez fait une chose infecte, petite fille, et vous avez été prise la main dans le sac. Vous n'en êtes probablement pas à votre premier exploit, mais jusque-là vous aviez eu assez de chance pour passer entre les mailles du filet. Eh bien, ce soir, votre chance a atteint son terminus. S'empêtrer dans pareille histoire avec un propre-à-rien qui est marié et une lesbienne qui a le feu aux fesses, ce n'est pas ce que j'appelle une vie pour une jeune fille de bonne famille. Mais vous ferez d'autres stupidités à l'avenir, si je connais la nature humaine. Alors voilà tout ce que je peux vous dire : si une soi-disant gentille fille de votre trempe s'entête à s'acoquiner avec une grue comme Celia Ray, elle va devoir apprendre à se défendre par elle-même. Cette vieille chouette, ici, a beau être une épine dans mon pied, elle fait montre d'un sacré courage en montant au front pour vous. Je ne vois pas trop pourquoi votre sort lui importe tant, ni en quoi vous méritez sa défense. Mais à compter de dorénavant, petite fille, battez-vous pour vous-même. Et maintenant, *ouste* ! Vous avez suffisamment gâché ma soirée, à faire fuir tous les gens importants, tels deux épouvantails. »

20

Le lendemain, je restai cachée dans ma chambre aussi longtemps que je le pus, en guettant le retour de Celia afin de pouvoir parler de toute cette histoire avec elle.

Mais j'attendis en vain.

Je n'avais pas fermé l'œil de la nuit et j'avais les nerfs à vif. Il me semblait que des milliers de sonnettes étaient reliées à mon cerveau et qu'elles retentissaient toutes en même temps. Quant à me risquer dans la cuisine pour petit-déjeuner, ou déjeuner, c'était au-dessus de mes forces – j'avais bien trop peur de croiser quelqu'un, et au premier chef Edna.

Dans l'après-midi, je sortis discrètement acheter le journal, pour lire la chronique de Winchell, et je l'ouvris devant le kiosque, en bataillant contre cette bise de mars qui voulait emporter au loin mes mauvaises nouvelles.

Ils avaient publié la photo sur laquelle Arthur, Celia et moi étions en train de nous étreindre. On distinguait vaguement mon profil, mais il était impossible de me reconnaître catégoriquement. (À la faveur d'un éclairage faiblard, toutes les jolies brunes se ressemblent.) Arthur et Celia, en revanche, étaient identifiables comme en plein jour. Et c'est tout ce qui comptait, je suppose.

Je déglutis douloureusement et m'obligeai à lire la chronique qu'avait commise Walter Winchell dans l'édition du soir du *New York Daily Mirror*, ce 25 mars 1941 :

> *Un certain « M. Edna Parker Watson » s'est distingué hier soir par un comportement aussi inadéquat qu'inélégant. Pourquoi mégoter quand, pour se réchauffer, on peut avoir deux showgirls pour le prix d'une ? ... Hé oui, ce Rosbif avide n'est autre qu'Arthur Watson, surpris devant le Spotlite*

en train d'embrasser voracement sa collègue de New York est une fête, Celia Ray, ainsi qu'une autre citoyenne tout en jambes de Lesbos... Voilà ce que j'appelle une bien plaisante façon d'occuper son temps, cher monsieur, pendant que vos concitoyens luttent au péril de leur vie contre Hitler... Quel remue-ménage, sur ce trottoir, hier soir!... Espérons que nos trois chérubins écervelés se seront bien régalés à s'offrir en pâture aux objectifs, car quiconque doté d'un brin de jugeote a d'ores et déjà compris que la rigolade se terminera pour certains devant M. le juge. En attendant, Arthur Watson a dû se prendre une sacrée rouste... Quelle sale journée pour les Watson. Que ne sont-ils restés au lit!... On n'a encore rien inventé de mieux!

« Une citoyenne tout en jambes de Lesbos. »
Mais pas de nom.
Olive m'avait sauvée.

Vers 18 heures ce soir-là, on frappa à ma porte. C'était Peg, l'air aussi peu frais et tout aussi nauséeux que moi.
Elle s'assit sur mon lit jonché de vêtements.
« Merde », lâcha-t-elle, et elle semblait peser ses mots.
Elle s'en tint là un petit moment, avant d'ajouter : « On peut dire que tu as mis un sacré bazar, petite.
— Peg, je suis affreusement désolée.
— Économise ta salive, ce n'est pas moi qui vais te jeter la pierre. Mais c'est sûr que tout ça nous apporte bien des ennuis – de toutes sortes. Je me démène depuis l'aube avec Olive pour tenter de déblayer les décombres.
— Je suis tellement navrée.
— Tu devrais vraiment te taire. Garde ta contrition pour d'autres que moi, tu vas en avoir besoin. Mais il nous faut parler de deux ou trois bricoles. Tout d'abord, sache que Celia a été renvoyée. »
Renvoyée ! À ma connaissance, jamais personne n'avait été renvoyé du Lily.
« Mais... Où va-t-elle aller ?
— Ailleurs. Elle est finie. Elle est bonne pour les oubliettes. Je lui ai demandé de venir récupérer ses affaires ce soir pendant le spectacle. Et toi, je te demande de ne pas être dans cette chambre quand elle arrive. Je ne veux pas d'autre tumulte. »

Celia s'en allait et je n'aurais même pas la possibilité de lui dire au revoir ? Mais *où* s'en allait-elle ? Je savais qu'elle n'avait pas un sou vaillant. Ni aucun point de chute. Pas de famille. Elle allait finir dans le caniveau.

« Je n'avais pas le choix, se justifia Peg. Je ne pouvais pas obliger Edna à partager plus longtemps la scène avec cette fille. Et si je ne m'étais pas débarrassée de Celia après un tel ramdam, j'étais bonne pour une révolution de palais. Tout le monde est remonté contre elle. Je ne pouvais pas prendre ce risque. Donc, je l'ai remplacée par Gladys. Elle est moins piquante, mais elle fera l'affaire. J'aimerais bien pouvoir également virer Arthur, mais Edna s'y opposera – même s'il se pourrait que lui aussi prenne la porte. Ça, c'est à elle d'en décider. Cet homme est un fauteur de troubles, mais que veux-tu ? Elle l'aime.

— Et Edna... Elle va jouer, ce soir ?

— Évidemment. Pourquoi ne jouerait-elle pas ? Elle n'a rien à se reprocher, elle. »

La remarque m'arracha une grimace, mais j'étais vraiment sidérée d'apprendre qu'Edna allait se produire ce soir-là. Je pensais qu'elle chercherait à se cacher, en se réfugiant dans un sanatorium, par exemple, ou qu'elle resterait à pleurer derrière une porte fermée à double tour. Je m'étais imaginé que peut-être le spectacle serait annulé, et retiré de l'affiche.

« Cette soirée n'aura rien d'agréable pour elle, convint Peg. Tout le monde a lu Winchell, évidemment, et il y aura beaucoup de chuchotements dans la salle. Le public a le goût du sang dans la bouche et il ne va pas la lâcher des yeux, il voudra la voir bafouiller et se débattre. Mais Edna est une battante, elle fera face. Mieux vaut en finir le plus vite possible – c'est son sentiment. Le spectacle doit continuer. Sa force est une grande chance pour nous. Si elle n'était pas à ce point résolue, si elle n'était pas une aussi bonne amie, elle aurait probablement rendu son tablier – et où en serions-nous ? Par chance, elle sait comment reprendre le dessus, et elle le fera. »

Peg alluma une cigarette avant de poursuivre.

« J'ai également eu une conversation avec ton petit ami. Anthony veut nous quitter. Il ne s'amuse plus, dit-il. Pour le citer, et quoi qu'il entende par là, "on lui tape sur le système". Plus spécifiquement, *tu* lui tapes sur le système. J'ai réussi à le convaincre de rester, mais nous devons le payer davantage, et il a stipulé qu'il ne veut plus que tu "l'embêtes". Parce que tu lui as "fait une crasse". Il en a terminé avec toi. Il ne veut plus t'entendre lui "faire du prêchi-prêcha". Je ne fais que répéter ses paroles, Vivvie, et je crois avoir relayé l'essentiel de son message. J'ignore de quoi il sera capable ce soir, mais on ne va pas tarder à le découvrir. Olive aussi a eu une longue conversation avec lui, ce matin, pour tenter de le garder sur les rails. Alors ce serait mieux que tu te tiennes à l'écart de sa route, à partir de maintenant. Fais comme s'il n'existait pas. »

J'avais envie de vomir. Celia était bannie. Anthony ne voulait plus me parler. Et, par ma faute, Edna allait devoir affronter sous peu un public qui voulait la voir trébucher sur la corde raide.

« Je ne vais pas y aller par quatre chemins, Vivvie, reprit Peg. Depuis quand fricotes-tu avec Arthur Watson?

— Je ne fricote pas avec lui! Hier soir était la première, la seule fois! »

Ma tante me scruta attentivement, comme pour déterminer si je disais la vérité, ou pas. Pour finir, elle sembla évacuer le sujet. Peut-être me croyait-elle. Peut-être pas. Peut-être aussi était-elle arrivée à la conclusion que c'était sans importance.

Je n'avais pas l'énergie de plaider ma cause – qui n'en méritait pas tant, de toute façon.

« Pourquoi as-tu fait ça, Vivvie? » La question charriait plus de perplexité que de jugement. « Bah, qu'importe! enchaîna-t-elle en voyant que je tardais à répondre. La raison est toujours la même pour tout le monde.

— Je pensais qu'Edna couchait avec Anthony, répondis-je piteusement.

— Eh bien tu te trompais! Je connais Edna, et je peux te promettre qu'elle n'a jamais fait ce genre de choses, et ne le fera jamais. Et quand bien même cela aurait été vrai – ce n'est pas une raison suffisante, Vivian.

— Je suis affreusement désolée, Peg.

— Tu sais que cette gaudriole sera reprise par tous les torchons de la ville? De toutes les villes? *Variety* va en parler. Ainsi que tous les tabloïds de Hollywood. De Londres. Olive a reçu tout l'après-midi des appels de journalistes qui voulaient une déclaration. Et les photographes sont massés à la sortie des artistes. C'est une telle déchéance pour une femme comme Edna – pour une personne aussi digne.

— Peg, dis-moi ce que je peux faire. S'il te plaît.

— Rien. Rien, sinon garder profil bas et la boucler, et espérer que tout le monde se montrera charitable envers toi. Au fait, il paraît qu'Olive et toi êtes allées au Stork, hier soir ? »

J'opinai.

« Sans vouloir tomber dans le mélodrame, Vivvie, j'espère que tu as bien compris qu'Olive t'a sauvée de la ruine ?

— Oui.

— Tu imagines ce que tes parents auraient dit ? Dans un milieu comme le tien, avoir ce genre de réputation ? Et photos à l'appui, par-dessus le marché. »

Je pouvais l'imaginer. Je *l'avais* imaginé.

« Ce n'est pas très juste, Vivvie. Tout le monde ici va devoir encaisser les coups sans broncher – à commencer par Edna – mais toi, tu vas t'en tirer sans une égratignure et échapper à toute punition.

— Je sais, je suis désolée. »

Peg soupira. « Enfin... Une fois de plus, Olive a sauvé la situation. J'ai perdu le décompte des fois où elle a volé à notre rescousse, à *ma* rescousse, au cours des années. C'est la femme la plus remarquable et la plus honorable que j'aie jamais connue. J'espère vraiment que tu l'as remerciée.

— Oui, je l'ai fait, répondis-je, même si je n'en aurais pas mis ma main à couper.

— Je regrette de ne pas vous avoir accompagnées au Stork Club, mais, à ce qu'on m'a rapporté je n'étais pas en état. Je collectionne un peu trop les soirées comme celle d'hier, dernièrement. À boire du gin comme si c'était de l'eau pétillante. Je ne me souviens même plus être rentrée à la maison. Cela dit, ne nous voilons pas la face, c'est moi qui aurais dû plaider ta cause auprès de Winchell. Pas Olive. Je suis ta tante, après tout. Devoir de famille. Et cela aurait été sympathique que Billy nous prête main-forte, mais quand il s'agit de se mouiller pour quelqu'un, on ne peut jamais compter sur lui. Non pas que ce soit sa responsabilité, ici. Non, c'était mon travail, et je l'ai abandonné à quelqu'un d'autre. Ça me rend malade, petite. J'aurais dû mieux te surveiller depuis le début.

— Tu n'y es pour rien, protestai-je, en toute sincérité. Tout est ma faute.

— Une chose est sûre : le mal est fait. Et il semblerait que mon histoire avec la bouteille soit arrivée en bout de course, une fois de plus. Ça se termine toujours comme ça, tu vois, quand Billy rapplique. Au début, tout que n'est que rigolade et confettis, ça repart comme au bon vieux temps et c'est épatant, et puis un beau matin, au réveil, j'apprends que le monde est devenu dingo pendant que j'étais aux abonnés absents, et qu'Olive a dû se démener pour tout arranger derrière mon dos. Je ne sais pas pourquoi je n'arrive pas à retenir la leçon. »

Je ne savais même pas quoi dire à ça.

« Bon, essaie de garder le moral, Vivvie. Ce n'est pas la fin du monde, comme on dit. C'est difficile à croire pour toi aujourd'hui, mais je t'assure qu'il y a pire épreuve dans la vie. Il y a des gens qui n'ont plus de jambes.

— Est-ce que je suis renvoyée ? »

Peg éclata de rire.

« Renvoyée ? D'où ? De quoi ? Tu n'as jamais été embauchée ! » Elle consulta sa montre et se leva. « Une dernière chose. Ce soir, Edna ne veut pas te voir avant d'entrer en scène. Gladys l'aidera à s'habiller. En revanche, elle souhaite te voir après le spectacle. Elle m'a demandé de te dire qu'elle t'attendrait dans sa loge.

— Oh ! bon Dieu, Peg. »

La nausée était de retour.

« Tu devras l'affronter à un moment ou un autre. Autant que ce soit maintenant. Elle ne sera pas tendre avec toi, je pense. Mais elle mérite une chance de s'en prendre à toi – et toi, tu mérites ce qui t'attend. Sois au rendez-vous et excuse-toi, si elle te le permet. Ne nie pas ce que tu as fait. Et encaisse les coups sans te plaindre. Plus vite tu seras aplatie au sol, plus vite tu pourras commencer à reconstruire ta vie. C'est du moins ce que m'a appris l'expérience. Fais confiance à une vieille professionnelle en la matière. »

Le soir venu, j'assistai au spectacle debout au fond de la salle, dans les ténèbres. Le seul royaume auquel j'appartenais.

Si les spectateurs étaient venus au Lily Playhouse pour observer Edna Parker Watson se trémousser d'inconfort, ils repartirent déçus. Clouée sur scène telle un papillon par ce projecteur à la lumière blanche et brûlante – scrutée par des centaines d'yeux, objet de chuchotements et de gloussements –, elle excella comme jamais, sans consentir le moindre signe de nervosité à cette populace assoiffée de sang. Sa Mme Alabastar était amusante, charmante, détendue. Edna évoluait avec plus d'économie et de grâce que jamais, tête haute. Son assurance était inentamée, son visage ne révélait rien d'autre que le plaisir qu'elle prenait à être la vedette de ce spectacle léger et joyeux.

Le reste de la distribution, en revanche, était au début visiblement sur les dents. Les comédiens loupaient leurs marques, bafouillaient leurs répliques, jusqu'à ce que la performance résolument imperturbable d'Edna ne remette la leur sur les rails. Elle était la force gravitationnelle qui les stabilisait tous. Ce qui la stabilisait, *elle*, je ne saurais le dire.

La performance d'Anthony au premier acte (et je ne pense pas que ce soit un tour de mon imagination) était plus incisive, plus agressive que d'habitude. Il était plus Bobby le Féroce que Bobby la Chance. Là encore, Edna parvint à canaliser son jeu dans le bon registre.

Mon amie Gladys – qui avait repris le rôle de Celia et enfilé son costume – était parfaite et elle dansa sans anicroche. Il manquait à son interprétation cette dimension comique et cette note alanguie qui avaient fait mouche avec Celia, mais elle fit le job avec compétence, et c'est tout ce dont le spectacle avait besoin.

Arthur était épouvantablement mauvais – comme toujours. Mais ce soir-là, de surcroît, il avait aussi une mine de déterré. Des cernes couleur cendre lui donnaient l'air maladif et il passa le plus clair de sa performance à éponger sa nuque ruisselante de transpiration, tout en braquant sur sa femme, à l'autre bout de la scène, un pathétique regard de chien battu. Il n'essayait même pas de masquer son désarroi. Heureusement, son rôle avait été tellement élagué qu'Arthur ne resta pas assez longtemps en scène pour tout gâcher.

Edna fit ce soir-là une altération importante au spectacle. Pour chanter sa ballade, au lieu de diriger son visage et sa voix vers les cieux comme d'habitude, elle s'avança droit jusqu'au bord de la scène, et elle chanta en regardant frontalement le public, en le scrutant même. Elle choisissait des spectateurs et gardait un moment le regard rivé au leur, chantant pour eux avec passion. Jamais sa voix n'avait été plus riche, plus conquérante. (« Cela me sera fatal à coup sûr/ et je m'en mordrai probablement les doigts/mais je songe à tomber amoureuse. ») Elle donnait l'impression de défier son public, un spectateur après l'autre – de demander, impérieuse : *Vous n'avez jamais été blessé, vous ? Vous n'avez jamais eu le cœur brisé ? Vous n'avez jamais pris de risques par amour ?*

Quand le rideau retomba, elle avait réussi à les faire pleurer – et elle reçut leurs ovations l'œil sec.

Jamais, à ce jour, je n'ai vu femme plus imposante.

Je toquai à la porte de sa loge d'une main plus gourde qu'un morceau de bois.

« Entrez. »

J'avais comme du coton dans les oreilles, dans la tête ; un goût de gruau de maïs parfumé à la cigarette dans la bouche ; les yeux secs et brûlants à cause du manque de sommeil et des larmes. Je n'avais rien mangé depuis vingt-quatre heures et je n'imaginais pas pouvoir recommencer un jour. Je portais encore la robe que j'avais enfilée pour aller au Stork Club. Je ne m'étais pas brossé les cheveux de la journée – je n'avais pas été capable d'affronter un miroir – et mes jambes me donnaient la sensation curieuse d'être détachées du reste de mon corps ; je ne comprenais pas comment elles savaient encore marcher. D'ailleurs, l'espace d'une minute, elles semblèrent l'avoir oublié. Puis, d'un coup, je me propulsai dans la loge, comme quelqu'un qui saute dans l'océan glacé du haut d'une falaise.

Edna était debout face au miroir de sa coiffeuse ; l'éclairage vif des ampoules dessinait comme un halo autour d'elle. Elle avait les bras croisés, le corps détendu. Elle m'attendait, toujours vêtue de son costume – cette robe sensationnelle que j'avais créée pour elle tant de mois plus tôt. En soie bleue chatoyante, et brodée de strass.

Je m'avançai, les yeux au sol. J'avais beau dépasser cette femme d'une bonne tête, je me sentais aussi minuscule qu'un rongeur à ses pieds.

« Et si vous parliez la première ? » lança-t-elle.

Je n'avais pas vraiment réfléchi à un quelconque préambule. Mais son *invitation* n'en était pas réellement une. C'était un ordre. Je me mis donc à déverser d'un débit haché un salmigondis de pénitences, une liturgie de justifications noyées dans un torrent d'excuses pathétiques. D'appels au pardon. De contritions. Mais de lâcheté et de déni, aussi. (« Edna, c'était la seule et unique fois ! ») Et je dois dire, à mon grand regret, qu'à un moment donné dans ce flot désordonné je citai même Arthur Watson parlant de sa femme. (« Elle les aime jeunes. »)

Edna me laissa me débattre sans m'interrompre, ni répondre, jusqu'à ce que, d'un dernier bégaiement, j'eus craché mon ultime salve d'inepties. Puis j'attendis, nauséeuse sous son regard fixe.

« Ce que vous ne comprenez pas, Vivian, commença-t-elle d'un ton inquiétant de douceur, c'est que vous n'êtes pas une personne intéressante. Vous êtes jolie, oui, mais uniquement parce que vous êtes jeune. Cette joliesse se fanera bientôt. Mais intéressante, vous ne le serez jamais. Je vous dis ceci, Vivian, parce que je crois bien que vous vous entretenez dans l'illusion du contraire : vous nourrissez l'idée fausse que votre vie a de l'importance. Or il n'en est rien. J'ai pensé, un temps, que vous aviez le potentiel pour devenir une personne intéressante, mais je faisais erreur. Votre tante Peg est intéressante. Olive Thompson est intéressante. Je suis intéressante. Vous, vous êtes inintéressante. Vous comprenez ce que je vous dis ? »

Je hochai la tête.

« Vous, Vivian, vous êtes juste un *certain genre* de personne. Un *certain genre* de femme, pour être plus précise. Commune, ordinaire, sans intérêt. Croyez-vous que je n'en aie jamais croisé, des femmes comme vous ? Votre engeance ne saura jamais que rôder furtivement, sournoisement, jouer à ses petits jeux ennuyeux et vulgaires, et provoquer des petits problèmes du même acabit. Vous êtes le genre de femme, Vivian, qui ne peut pas être amie avec une autre femme, parce que vous jouerez toujours avec des jouets qui ne sont pas les vôtres. Les femmes comme vous croient souvent être une personne d'importance parce qu'elles peuvent gâcher la vie des autres. Mais elles ne sont ni importantes ni intéressantes. »

En me voyant ouvrir la bouche, prête à laisser jaillir d'autres âneries décousues, Edna m'arrêta d'un geste. « Vous pourriez vouloir préserver ce qu'il vous reste de dignité, ma chère, en ne disant rien de plus. »

Ce ne fut pas tant la remarque elle-même qui m'anéantit que le fait qu'elle l'ait prononcée sans l'ombre d'un sourire – ni la moindre pointe d'affection.

« Il y a autre chose que vous devriez savoir, Vivian. Si votre amie Celia a passé tant de temps avec vous, c'est parce qu'elle vous prenait pour une aristocrate – mais vous n'en êtes pas une. Et vous passiez tant de temps avec Celia parce que vous la preniez pour une star – ce qu'elle n'est pas. Elle n'en sera jamais une, pas plus que vous ne serez un jour une aristocrate. Vous n'êtes qu'une paire de filles effroyablement quelconques. Un *certain genre* de filles. Comme il en existe un million. »

Je sentis mon cœur se ratatiner, jusqu'à n'être plus qu'une boule de papier aluminium froissé et comprimé dans son poing gracile.

« Voudriez-vous savoir ce qu'il vous faudrait faire Vivian, pour ne plus être un *certain genre* de personne et devenir à la place une vraie personne ? »

Sans doute avais-je hoché la tête, car elle enchaîna :

« Eh bien je vais vous le dire. Il n'y a rien que vous puissiez faire. Vous aurez beau essayer de toutes vos forces, tout au long de votre vie, d'acquérir de la substance, ça ne marchera jamais. Vous ne serez jamais *rien*, Vivian. »

Elle me sourit tendrement.

« Et, à moins que j'aie loupé mon pari, conclut-elle, vous n'allez probablement plus tarder à rentrer chez vos parents. À retourner à la place qui est la vôtre. N'est-ce pas, chérie ? »

21

Je passai l'heure qui suivit dans la cabine téléphonique d'un drugstore du coin qui restait ouvert toute la nuit, à essayer de joindre mon frère.

J'étais folle de détresse.

J'aurais pu appeler Walter depuis le Lily, mais je ne voulais pas que quiconque m'entende, – et j'avais de toute façon trop honte de moi pour montrer mon visage dans le théâtre. D'où le drugstore.

J'avais en ma possession le numéro du standard des baraquements de l'OCS, dans l'Upper West Side, que Walter m'avait donné en cas d'urgence. C'était une urgence. Mais il était aussi 23 heures, et personne ne décrochait. Nullement découragée, je continuais à glisser ma pièce dans la fente et à écouter la sonnerie sans fin à l'autre bout du fil. Passée la vingt-cinquième, je raccrochais et recommençais – en sanglotant et en hoquetant tout du long.

La répétition du processus devint hypnotique – composer le numéro, compter les sonneries, raccrocher, écouter la pièce tomber, la re-glisser dans la fente, re-composer le numéro, re-compter les sonneries. Raccrocher. Sangloter. Hoqueter.

Et puis, subitement, une voix excédée hurla dans mon oreille : « Oui ! Quoi ? »

Je faillis lâcher le combiné. J'avais été aspirée dans une telle transe que j'en avais oublié à quoi servaient les téléphones.

« J'ai besoin de parler à Walter Morris, dis-je lorsque j'eus repris mes sens. S'il vous plaît, monsieur. C'est une urgence familiale. »

L'homme éructa une bordée d'épithètes peu amènes à mon endroit et m'infligea un sermon sur le thème *Vous avez vu l'heure ?*, mais sa rage faisait pâle figure face à mon désespoir, et ma remarquable interprétation de la petite sœur hystérique – qui n'avait rien d'un rôle de composition, pour le coup – eut facilement raison de l'indignation de cet inconnu. Ses rappels véhéments au protocole ne signifiaient rien pour moi, et sans doute avait-il fini par le comprendre puisqu'il alla chercher mon frère.

Je patientai un long moment, continuant à alimenter le taxiphone. J'essayai de me calmer en écoutant ma respiration hachée résonner dans la cabine exiguë.

Et enfin, Walter. « Vee, que se passe-t-il ? »

Entendre la voix de mon frère suffit à disloquer, une fois de plus, la petite fille perdue que j'étais devenue en un millier de morceaux. Entre deux lames de sanglots et de haut-le-cœur, je lui racontai tout – absolument tout.

« Tu dois me sortir d'ici, le suppliai-je quand j'eus terminé. Tu dois me ramener à la maison. »

J'ignorais comment Walter allait se débrouiller pour tout organiser en si peu de temps – et en pleine nuit de surcroît. Je ne savais pas comment ça marchait, dans l'armée, les congés, les permissions… Mais je ne connaissais personne d'aussi débrouillard que mon frère, donc il allait résoudre le problème d'une manière ou d'une autre. J'en avais la certitude. Walter pouvait arranger tout et n'importe quoi.

Pendant que Walter œuvrait de son côté à mon exfiltration (obtenir sa permission, trouver un véhicule à emprunter), je fis mes bagages. D'une main fébrile, je fourrai vêtements et chaussures dans ma valise, je rangeai ma machine à coudre. Puis j'écrivis à l'intention de Peg et Olive une longue lettre délavée de larmes dans laquelle je me lacérais, et que je déposai sur la table de la cuisine. Je ne me souviens plus de ce que je leur disais dans cette lettre, mais elle bouillonnait d'hystérie, pour sûr. Avec le recul, je regrette de n'avoir pas sobrement écrit « Merci d'avoir pris soin de moi, et pardon de m'être comportée comme une idiote », point final. Peg et Olive avaient suffisamment de soucis sur les bras de leur côté. Elles n'avaient pas besoin par-dessus le marché de mes vingt pages de confession.

Mais elles les ont eues tout de même.

Juste avant l'aube, Walter se gara devant le Lily.

Il n'était pas seul. Mon frère avait trouvé un véhicule à emprunter, oui, mais la transaction était assortie d'une condition. Plus précisément : d'un chauffeur. Un grand jeune homme maigrichon et arborant le même uniforme que Walter se trouvait au volant de la vieille Ford. Un camarade de l'OCS – au physique d'Italien, et avec un accent de Brooklyn très prononcé. Il allait faire le voyage avec nous. Apparemment, ce tas de ferraille était le sien.

Ça m'était complètement égal. Je me fichais que cet inconnu me voie en mille morceaux. Acculée par mon désespoir, je n'avais besoin que d'une seule chose : quitter le Lily Playhouse sur-le-champ, avant que ses habitants ne se réveillent et ne voient ma sale tête. Je ne pouvais pas rester une seule minute de plus sous le même toit qu'Edna. Avec sa froide retenue, elle m'avait ordonné de partir, et j'avais reçu le message cinq sur cinq. Je devais partir.

Immédiatement.

Sortez-moi d'ici – c'était là mon seul souci.

On traversa le pont George Washington au moment où le soleil se levait. Je ne pouvais même pas regarder New York s'éloigner dans mon dos. Ça m'était insupportable. Alors que j'étais en train de *me* soustraire à la ville, je faisais l'expérience inverse : j'avais la sensation qu'on me la soustrayait, comme on le fait d'un objet de valeur d'entre les mains d'un enfant, parce que j'avais fait la preuve que je n'étais pas digne de confiance.

Une fois passé le pont, Walter s'en prit violemment à moi. Jamais je ne l'avais vu dans une telle colère. Il n'était pas du genre à faire étalage de sa mauvaise humeur, mais là il ne s'en priva pas. Je déshonorais le nom de notre famille, m'asséna-t-il. La vie m'avait gâtée, et j'avais tout gâché par mes imprudences. J'étais indigne des largesses de nos parents, qui avaient gaspillé leur argent en investissant dans mon éducation et mes études. Utilisées, jusqu'à l'usure, puis jetées à la casse – voilà ce que la vie réservait aux filles comme moi, m'expliqua-t-il, et compte tenu de mon comportement j'avais de la chance de ne pas être en prison, ni enceinte, ni laissée pour morte dans un caniveau. Et comment pourrais-je trouver maintenant un mari respectable ? Quel homme voudrait de moi, même en ne connaissant que des bribes de mon histoire ? À force de fréquenter des chiens, j'étais en partie devenue chienne moi-même. Et je ne devais jamais raconter à nos parents ce que j'avais fait à New York, ni quel degré de calamités j'avais provoqué. Non pour *me* protéger (je ne méritais pas de l'être), mais pour les protéger, *eux*. Mère et papa ne s'en remettraient jamais, d'apprendre combien leur fille s'était déshonorée. Et il me fit bien comprendre que c'était la dernière fois qu'il volait à mon secours.

« Estime-toi chanceuse que je ne te conduise pas directement dans une maison de correction », conclut-il.

Tout ce laïus, il l'avait délivré devant le jeune homme qui nous conduisait – comme si celui-ci était invisible, sourd, ou sans importance.

Ou comme si j'étais devenue si répugnante que Walter n'avait plus cure de préserver mon image.

J'affrontai en silence son déluge de vitriol. Et c'était douloureux, oui. Mais bien moins que ma confrontation, la veille, avec Edna. Walter, au moins, me faisait l'égard d'être en colère, là où le sang-froid inébranlable d'Edna avait été horriblement *réducteur*. Je préférais les flammes de mon frère à la glace d'Edna, sans une hésitation.

De toute façon, à ce stade, j'étais devenue presque insensible à toute douleur. Je n'avais pas dormi depuis près de quarante-huit heures – pendant lesquelles j'avais été ivre, baisée, effrayée, avilie, jetée, et blâmée. J'avais perdu ma meilleure amie, mon petit ami, mon cercle amical, mon travail amusant, mon estime de moi, et New York. Je venais d'apprendre de la bouche d'Edna, une femme que j'aimais et admirais, que j'étais une moins que rien, à peine un être humain – et que de surcroît je ne serais jamais rien. J'en avais été réduite à supplier mon frère de me sauver, et à lui révéler que je ne valais pas mieux que la dernière des gueuses. J'avais été mise à nu, éventrée, fouaillée. Franchement, il n'était rien ou presque que Walter puisse dire pour ajouter à ma honte, ou me blesser davantage.

Mais, s'avéra-t-il, notre *chauffeur*, lui, le pouvait.

Profitant de ce que Walter interrompait un instant son sermon (uniquement pour reprendre son souffle, j'imagine), le gringalet assis au volant ouvrit la bouche pour la première fois.

« Ce doit être une sacrée déception, pour un type aussi droit que toi, Walt, d'écoper d'une sœur qui se comporte comme une sale petite putain. »

Ça, je l'ai senti passer, pour le coup.

Ces mots firent plus que me piquer au vif ; ils me consumèrent jusqu'au noyau de mon être, comme si j'avais avalé de l'acide.

Je n'en croyais pas mes oreilles que ce blanc-bec ait dit ça, mais surtout qu'il l'ait dit *devant mon frère*. Avait-il bien *regardé* Walter Morris et son mètre quatre-vingts tout en muscles et autorité ?

Le souffle coupé, j'attendis que Walter lui en colle une – ou à tout le moins lui mette une avoinée.

Mais Walter ne répondit rien.

Il n'allait rien objecter à l'inculpation, apparemment. Parce qu'il était d'accord.

L'écho de ces mots brutaux ricocha un long moment dans l'habitacle clos et exigu – et dans des espaces encore plus exigus et clos de mon esprit.

Sale petite putain, sale petite putain, sale petite putain…

Jusqu'à ce qu'ils se diluent enfin dans un silence encore plus brutal que celui qui s'étalait autour de nous comme une mer d'encre.

Je fermai les yeux, et la laissai m'engloutir.

Mes parents – qui n'avaient pas été prévenus de notre arrivée – furent d'abord fous de joie de voir Walter, avant que la perplexité et l'inquiétude ne les rattrapent : que faisait-il ici, et pourquoi était-il avec moi ? Mais Walter n'offrit guère d'explications. J'avais été prise d'une nostalgie du bercail, dit-il, et il avait décidé de me reconduire à Clinton. Il s'en tint là, et je n'ajoutai pas plus amples détails. Mon frère et moi ne faisions même pas l'effort de nous comporter normalement pour donner le change à nos parents.

« Mais… jusqu'à quand restes-tu, Walter ? voulut savoir ma mère.

— Je ne reste pas. Pas même pour dîner. » Il devait repartir immédiatement à New York, expliqua-t-il, pour ne pas manquer une autre journée d'entraînement.

« Et Vivian ? Combien de temps va-t-elle rester ?

— À vous de voir. » Walter haussa les épaules comme si mon sort ou la durée de mon séjour était le cadet de ses soucis.

Dans une famille d'un autre milieu que le nôtre, il s'en serait peut-être suivi des questions plus inquisitrices. Mais, au cas où tu n'aurais jamais fréquenté de Wasps, Angela, sache que dans la culture dont je suis issue on n'obéit qu'à une seule règle d'engagement, qui est au centre de tout, et qui est la suivante :

Le sujet est clos – définitivement.

Et nous pouvons appliquer cette règle à tout et n'importe quoi : un ange qui survole la table, ou le suicide d'un parent.

S'abstenir de plus amples questions, telle est l'antienne de ma tribu.

Donc, sitôt que mes parents eurent entendu le message et compris que ni Walter ni moi ne justifierions plus avant cette mystérieuse visite – cette mystérieuse livraison, plutôt –, ils laissèrent tomber le sujet.

Une fois qu'il m'eut déposée dans la maison qui m'avait vue naître, Walter sortit mes bagages de la voiture, fit ses adieux à nos parents (un baiser pour ma mère, une poignée de main pour mon père) et, sans un autre mot à mon intention, fit demi-tour pour aller se préparer pour une autre guerre, bien plus importante.

22

La période qui suivit fut dominée par une tristesse trouble, aux contours insaisissables.

Je m'enfonçai dans l'apathie, comme si un moteur avait calé à l'intérieur de moi. Mes actes ayant été source de déception, j'arrêtai d'agir. Habitant désormais de nouveau sous leur toit, je laissais mes parents organiser mon quotidien et obéissais sans piper mot à tout ce qu'ils proposaient.

Je prenais le petit déjeuner avec eux, et j'aidais ma mère à préparer les sandwiches du déjeuner. Le dîner (cuisiné par la domestique, évidemment) était servi à 17 h 30, et suivi de la lecture des journaux du soir et des parties de cartes au son de la radio.

Mon père me suggéra de travailler dans sa société, et j'acceptai. Il m'affecta au service clientèle où, sept heures par jour, je traitais de la paperasse et répondais au téléphone si personne d'autre n'était disponible. J'appris l'art du classement – plus ou moins. Me faire passer pour une secrétaire aurait pu me valoir des ennuis avec la justice, mais cela avait le mérite de meubler mes journées, et mon père m'allouait un petit salaire en échange de mon « travail ».

Tous les matins, papa et moi partions à l'usine ensemble, et nous rentrions le soir ensemble à la maison. Pendant le trajet, la conversation se résumait aux diatribes paternelles – contre la tentation de l'Amérique d'entrer en guerre ; contre Roosevelt, qui se laissait instrumentaliser par les syndicats ; ou contre les communistes, qui ne tarderaient plus à prendre le contrôle du pays. (Il aura toujours eu plus peur des Rouges que des fascistes, mon bon vieux papa.) J'entendais ce qu'il disait, mais je ne peux pas dire que je l'écoutais vraiment.

J'étais perpétuellement distraite. Une idée fixe aux semelles de plomb arpentait continûment l'intérieur de ma tête, et me rappelait sans répit que j'étais une sale petite putain.

Tout me semblait frappé de petitesse : l'exiguïté de ma chambre d'enfant ; l'étroitesse de mon lit de petite fille. Les plafonds trop bas, le bruit de fond de la conversation de mes parents le matin. Les voitures clairsemées sur le parking de l'église le dimanche. Le choix de produits limité et familier dans la vieille épicerie locale. La cafétéria qui fermait à 14 heures. Mon placard rempli de vêtements d'adolescente. Mes poupées. Tout cela m'entravait, et m'étouffait de morosité.

Chaque mot qui sortait de la radio avait à mes oreilles un son spectral. Qu'elles fussent enjouées ou tristes, les chansons me donnaient le cafard. Les pièces radiophoniques peinaient à accrocher mon attention. Parfois, j'entendais la voix de stentor de Walter Winchell, qui colportait ses potins sur les ondes ou lançait des appels pressants en faveur d'une intervention en Europe, et une crampe me nouait le ventre – mais mon père éteignait rageusement le poste en disant : « Cet homme n'aura pas de répit tant qu'il restera un seul brave petit Américain qu'on n'aura pas envoyé se faire trouer la peau par les Boches ! »

Dans notre exemplaire du magazine *Life* qui arriva à la mi-août, je découvris un article consacré à *New York est une fête*, la fameuse pièce qui faisait fureur à New York, et illustré par un portrait de la célèbre comédienne britannique Edna Parker Watson. Elle était sensationnelle, sur cette photo. Elle portait un des tailleurs que je lui avais faits l'année précédente – gris foncé, cintré, avec un col en taffetas rouge sang d'un chic féroce. Il y avait une autre photo, qui la montrait en promenade dans Central Park avec Arthur, main dans la main. (« Malgré son succès retentissant, Mme Watson reste intarissable d'éloges sur le mariage, son rôle de prédilection : "Bien des comédiennes se diront mariées à leur art, nous confie l'élégante star, mais, moi, si on m'en donne le choix, je préfère être mariée à un homme !" »)

À la lecture de ces lignes, il me sembla que ma conscience était une petite barque pourrie en train de sombrer dans la vase. Mais en y repensant aujourd'hui, je dois dire que je ressens avant tout de la rage. Arthur Watson était sorti indemne de la situation. Celia avait été bannie par Peg, et moi par Edna – mais Arthur lui, malgré ses méfaits et ses mensonges, avait eu tout loisir de poursuivre le cours de sa charmante vie auprès de sa charmante épouse, comme si rien ne s'était jamais passé.

On s'était débarrassé des sales petites putains. L'homme, lui, on l'avait amnistié.

À l'époque, je n'avais vu que du feu à cette hypocrisie, bien sûr.

Mais aujourd'hui, elle me crève les yeux.

Le samedi soir, j'accompagnais mes parents aux soirées dansantes de notre country club. Les musiciens ne cassaient pas trois pattes à un canard, et ce que nous avions toujours appelé pompeusement la « salle de bal » m'apparaissait maintenant pour ce qu'elle était : une salle à manger de dimension moyenne, dont on avait poussé les tables. Et je savais que pendant ce temps, à New York, l'hôtel St. Regis avait rouvert le Viennese Roof pour l'été, et que je n'y danserais jamais plus.

Pendant ces soirées du country club, je bavardais avec de vieilles amies ou des connaissances du voisinage. Je faisais de mon mieux. Certaines, sachant que j'avais séjourné à New York, essayaient de faire rouler la conversation sur ce sujet – « Comment peut-on vouloir vivre entassés les uns sur les autres ? Ça me dépasse ! » De mon côté, je faisais aussi des efforts en leur parlant de leur chalet au bord du lac, de leurs dahlias, de leur recette de gâteau au café, ou de n'importe quoi d'autre qui paraissait leur tenir à cœur. Les danses traînaient en longueur. J'acceptais toutes les invitations, sans accorder plus d'attention à un cavalier qu'aux autres.

Le week-end, ma mère participait à ses concours hippiques. Quand elle me le demandait, je l'accompagnais. Je m'installais sur les gradins, avec mes mains blanchies par le froid et mes bottes boueuses, et je regardais les chevaux tournicoter sur l'hippodrome en me demandant comment on pouvait avoir envie d'occuper son temps à ça.

Ma mère recevait régulièrement des lettres de Walter, qui se trouvait désormais sur un porte-avions stationné au large des côtes de Virginie. Il racontait qu'il était agréablement surpris par la qualité des repas, et qu'il s'entendait bien avec tous les gars. Il demandait de transmettre ses salutations à ses amis de Clinton. Jamais il ne mentionnait mon nom.

Ce printemps-là, je fus conviée à quantité de mariages, et cet enchaînement donnait lui aussi le tournis. D'anciennes camarades de classe convolaient et tombaient enceintes – dans cet ordre. Incroyable, non? Un jour, sur un trottoir, je tombai sur Bess Farmer, une amie d'enfance qui avait également fréquenté l'Emma Willard School. Elle poussait son premier-né dans un landau, et attendait déjà un second enfant. Bess était un amour – une fille vraiment intelligente, au rire contagieux. Excellente nageuse, elle avait aussi montré un certain don pour les matières scientifiques. La ravaler à son seul statut de femme au foyer aurait été insultant et dégradant, mais le fait est que la voir avec son gros ventre me donna des sueurs froides.

Des filles avec lesquelles je nageais autrefois dans les rivières alentour, à l'époque où nous n'étions toutes que des crevettes asexuées et pétaradant d'énergie, s'étaient métamorphosées en matrones potelées, en mères pondeuses sujettes aux fuites de lait. Ça me dépassait.

Mais Bess semblait heureuse.

Et moi, j'étais une sale petite putain.

Poignarder dans le dos une femme qui m'avait aidée et témoigné sa bonté, n'était-ce pas atteindre le plus haut degré de l'ignominie?

Je traversai bien d'autres journées agitées et dormis par intermittence au travers de nuits encore plus éprouvantes.

Je faisais tout ce qu'on me disait de faire, je filais droit, sans causer d'ennui à personne, mais un problème demeurait: je n'arrivais toujours pas à me supporter.

Je rencontrai Jim Larsen par l'entremise de mon père.

Jim était un homme de vingt-sept ans, sérieux, respectable, en charge de la logistique dans la société minière de mon père. Il s'occupait du transport, des manifestes, des factures, des commandes. Des expéditions, également. Il était doué pour les mathématiques et, grâce à son savoir-faire avec les chiffres, il gérait au mieux la complexité des tarifs d'acheminement, les coûts de stockage, le suivi des chargements. Je ne fais que répéter ici des phrases que j'ai mémorisées à l'époque où je courtisais Jim Larsen, pour pouvoir expliquer aux gens en quoi consistait son travail.

Mon père tenait Jim en haute estime en dépit de ses origines modestes. Il voyait en lui un jeune homme déterminé et promis à un bel avenir – une sorte de version prolétaire de son propre fils. Il appréciait le fait que Jim ait débuté comme machiniste et se soit rapidement hissé jusqu'à une position d'autorité par sa ténacité et son mérite. Il projetait de le nommer un jour directeur général de l'entreprise. « Ce garçon est meilleur comptable que la plupart de mes comptables, et meilleur contremaître que la plupart de mes contremaîtres », disait-il.

« Jim Larsen n'a pas l'étoffe d'un chef, disait-il encore, mais il appartient à cette catégorie d'hommes fiables qu'un chef veut avoir à ses côtés. »

Jim était un garçon tellement poli qu'il demanda à mon père la permission de m'inviter à sortir avant même de m'avoir adressé un traître mot. Mon père la lui accorda. C'est même ce dernier qui m'annonça que j'avais rendez-vous avec Jim Larsen. À ce moment-là, je ne savais même pas qui était Jim Larsen. Mais les deux hommes avaient déjà tout arrangé sans me consulter, donc je suivis leur plan.

Pour notre premier rendez-vous, Jim m'invita chez le limonadier de la ville. Il m'observa attentivement manger ma glace, pour s'assurer que j'étais satisfaite. Ma satisfaction lui importait, ce qui était déjà quelque chose. Tous les hommes ne sont pas comme ça.

Le week-end suivant, il m'emmena faire une promenade au bord du lac, pour regarder les canards.

Le troisième week-end, on se rendit à une petite foire du comté, et il m'offrit une peinture de tournesols que j'avais admirée – « Pour le mur de votre chambre », me dit-il.

Je le fais passer pour plus rasoir qu'il n'était.

Encore que... Non.

Jim était un homme bien. Je devais lui reconnaître ça. (Mais attention, Angela : quand une femme dépeint son soupirant comme un « homme bien », tu peux parier qu'elle n'est pas amoureuse. Néanmoins, Jim était gentil, et – pour lui rendre tout à fait justice – pas seulement ça.) Il avait une intelligence profonde des mathématiques, il était honnête, et plein de ressources. Il n'était pas astucieux mais il avait l'esprit vif. Et il était joli garçon. Il avait cette beauté typiquement américaine – cheveux couleur sable, yeux bleus, corps mince et musclé. En la matière, si j'ai le choix, ma préférence n'ira pas aux hommes blonds et sincères, mais il n'y avait assurément rien qui clochait dans son physique. N'importe quelle femme aurait reconnu en lui un bel homme.

Au secours ! J'essaie de le décrire, et j'arrive à peine à me souvenir de lui.

Que puis-je dire d'autre, au sujet de Jim Larsen ? Il jouait du banjo, et chantait dans la chorale de l'église. À ses heures perdues, il était recenseur et pompier bénévole. Et bricoleur. Il pouvait absolument tout réparer, de la porte moustiquaire au rail d'acheminement de la mine d'hématite.

Il conduisait une Buick – qu'il troquerait un jour pour une Cadillac, mais pas avant de l'avoir méritée, et seulement après avoir offert une maison plus spacieuse à sa mère, avec laquelle il habitait. Cette mère sanctifiée était une veuve mélancolique qui sentait les pommades médicales et conservait perpétuellement sa bible à portée de main. Elle passait ses journées derrière la fenêtre, à épier ses voisins, à l'affût de la glissade qui les précipiterait dans le péché. Jim me demanda de l'appeler « Mère », ce que je fis, même si je ne me sentais pas à l'aise en sa présence.

Jim veillait sur elle depuis la mort de son père, plusieurs années auparavant, alors qu'il était encore au lycée. Ce père, un immigrant norvégien qui avait exercé le métier de forgeron, n'avait pas tant enfanté que *forgé* un fils, qu'il avait façonné dès son plus jeune âge en homme, en être humain infailliblement responsable et respectable. Il avait fait du bon travail, et il avait eu le nez creux. Sa mort avait propulsé son fils dans l'âge adulte à quatorze ans.

Jim semblait m'apprécier. Il me trouvait marrante. Il n'avait guère eu d'occasion, dans sa vie, de se frotter à l'ironie, mais mes piques et mes petites blagues l'amusaient.

Après quelques semaines de cour, il commença à m'embrasser. C'était agréable, mais il ne s'autorisait pas d'autres libertés avec mon corps. Je ne demandais rien de plus, de mon côté. Je ne me jetais pas sur lui avec voracité, mais uniquement parce qu'il ne m'en inspirait aucune. Plus rien ni personne ne m'en inspirait, d'ailleurs. Je n'avais plus accès à mes appétits sexuels. On aurait dit que tout ce que j'abritais de passion, de désirs ou de besoins était stocké dans un garde-meuble, ailleurs, loin, très loin. Peut-être à Grand Central. Ma seule latitude était d'emboîter le pas à Jim. Quoi qu'il fasse, quoi qu'il veuille, ça m'allait très bien.

Il était plein de sollicitude. Il me demandait si la température de telle ou telle pièce me convenait. Il prit le pli affectueux de m'appeler « Vee » – mais uniquement après avoir recueilli mon consentement. Que le hasard l'ait conduit à choisir justement le diminutif qu'employait mon frère me mettait mal à l'aise, mais je ne dis rien. Il aida ma mère à réparer un obstacle équestre, et elle lui en sut gré. Il aida mon père à transplanter quelques rosiers.

Jim commença à venir jouer aux cartes avec nous le soir. Cela n'était pas déplaisant. Ses visites étaient un répit bienvenu, une alternative à la radio et à la lecture des journaux du soir. J'étais consciente que mes parents acceptaient pour moi de briser un tabou social en recevant un employé dans leur foyer. Mais ils le faisaient de bonne grâce.

Mon père commençait à l'apprécier de plus en plus.

« Ce Jim Larsen, personne dans toute la ville n'a plus la tête sur les épaules que lui », disait-il.

Ma mère, elle, déplorait probablement que Jim soit d'une moindre condition sociale. Elle-même s'était mariée à hauteur exacte de la sienne, ni au-dessus ni en dessous de son rang, en épousant un homme du même âge, aussi riche qu'elle, ayant reçu la même éducation, et atteint le même niveau d'études. Elle avait espéré, j'en suis sûre, que je ferais de même. Elle accepta cependant Jim – et chez ma mère, l'acceptation était toujours un substitut à l'enthousiasme.

Sans être fringant, Jim pouvait être romantique à sa façon. Un jour où nous roulions en ville, il me dit : « Quand je vous promène dans ma voiture, je sens que tout le monde me couvre d'un regard envieux. »

Où diable était-il allé chercher une remarque pareille ? Je me le demande. Mais c'était gentil, n'est-ce pas ?

Du jour au lendemain, nous étions fiancés.

Je ne sais pas pourquoi j'avais accepté d'épouser Jim Larsen, Angela.

Enfin si, je sais très bien pourquoi : j'étais vile et infâme, et Jim Larsen était pur et honorable. Je pensais pouvoir, peut-être, par son nom immaculé, effacer mes inconduites. (Cette stratégie, soit dit en passant, n'a jamais fonctionné pour qui que ce soit, mais ça n'empêche personne de s'acharner à vouloir la mettre en œuvre.)

Et puis je l'aimais bien, d'une certaine façon. Il ne ressemblait à aucune de mes fréquentations de l'année précédente. Il ne me rappelait pas New York. Ni le Stork Club, Harlem ou un bar enfumé de Greenwich Village. Il ne me rappelait pas Billy Buell, Celia Ray ou Edna Parker Watson. Et sûrement pas Anthony Roccella. Mais, surtout, il ne me rappelait pas celle que j'étais devenue – une sale petite putain.

En sa compagnie, je pouvais me contenter d'être celle que je prétendais être – une gentille fille de bonne éducation, qui travaillait dans l'entreprise paternelle et dont nulle page de son passé ne méritait de mention particulière. Il me suffisait de laisser Jim me guider, de calquer mon comportement sur le sien, et de ravaler ma petite personne au dernier rang de mes préoccupations – ce à quoi j'aspirais très précisément.

Voilà comment je dérapai vers le mariage, comme une voiture qui fait une sortie de route sur un éboulis de gravier.

C'était maintenant l'automne 1941. Le projet consistait à convoler au printemps de l'année suivante, quand Jim aurait économisé assez d'argent pour acquérir une maison que nous pourrions partager avec sa mère, sans se gêner les uns les autres. Il m'avait acheté une bague de fiançailles plutôt jolie, mais elle me donnait l'impression de regarder la main d'une inconnue.

Maintenant que nous étions fiancés, nos activités sensuelles prenaient un tour plus intense. On garait la Buick au bord du lac, Jim m'enlevait mon chemisier et se délectait de ma poitrine – en s'assurant avant d'oser quoi que ce soit, bien entendu, qu'il ne me mettait pas dans l'embarras. J'étais à l'aise avec cet arrangement. On s'allongeait sur la vaste banquette arrière et on se trémoussait l'un contre l'autre – ou, plutôt, il se trémoussait sur moi, et je le laissais faire. (Je n'osais pas me montrer entreprenante au point d'accompagner le mouvement ; en outre, je n'en avais pas vraiment envie.)

« Oh Vee, soufflait-il, en proie à une extase candide. Tu es la plus jolie fille du monde. »

Un soir, la situation s'emballa un peu, jusqu'à ce qu'il s'écarte, au prix d'un effort considérable. Il se frictionna le visage pour reprendre ses esprits. « Je ne peux rien faire avec toi avant notre mariage », me dit-il quand il eut retrouvé l'usage de la parole.

J'étais allongée sur la banquette, la jupe tire-bouchonnée autour de la taille, les seins caressés par l'air frais de l'automne. Je percevais l'emballement de son pouls; le mien battait normalement.

« Jamais plus je ne pourrais regarder ton père en face, si je prenais ta virginité avant que tu sois ma femme. »

La déclaration m'arracha un hoquet – une réaction involontaire, et audible, au choc causé par la mention de ma « virginité ». Je n'avais pas pensé à ça! Tout en jouant depuis des mois le rôle de la jeune fille pure, je n'imaginais pas que Jim puisse sincèrement croire que j'en étais une. Mais pourquoi ne l'aurait-il pas cru? Quel signe lui avais-je donné du contraire?

J'avais donc un problème. Jim saurait. Lors de notre nuit de noces, il saurait qu'il n'était pas mon premier visiteur.

« Qu'y a-t-il, Vee? Quelque chose ne va pas? »

Tu vois, Angela, à l'époque, dans quelque situation que ce soit – et surtout celles qui étaient stressantes, dire la vérité n'était pas chez moi un réflexe spontané. Apprendre la franchise m'a pris des années, et je sais pourquoi : parce que souvent, la vérité est terrifiante. Une fois que tu l'as laissée entrer quelque part, tout s'en trouvera peut-être changé à jamais.

Néanmoins, je la dis :

« Je ne suis plus vierge, Jim. »

Pourquoi l'avoir dit? Je ne sais pas. Sous l'effet de la panique, peut-être. Ou parce que je n'étais pas assez maligne pour inventer un mensonge plausible. Ou encore parce qu'il arrive un moment où le masque d'hypocrisie pèse si lourd sur la conscience qu'on le laisse se fissurer pour se montrer tel qu'on est.

Jim me dévisagea un long moment avant de répondre :

« Que veux-tu dire par là? »

Doux Jésus! *À son avis?*

« Je ne suis plus vierge, Jim », répétai-je, comme si le problème venait de ce qu'il avait mal entendu la première fois.

Il se rassit bien droit et continua à me dévisager, le temps de reprendre ses esprits.

Sans un mot, je renfilai mon chemisier. Ce n'est pas le genre de conversation qu'on a envie d'avoir avec les seins à l'air.

« Pourquoi ? demanda-t-il finalement, les traits durcis par la douleur et la blessure de la trahison. Pourquoi n'es-tu plus vierge, Vee ? »

C'est là que je fondis en larmes.

Angela, accorde-moi ici un instant pour te dire quelque chose.

Je suis maintenant une vieille femme. Et en tant que telle, j'ai atteint un âge où les jeunes filles en larmes m'horripilent. Tout particulièrement si elles sont jeunes et jolies – où, pire, jeunes, jolies *et* issues d'un milieu aisé : faute de n'avoir jamais eu besoin d'obtenir quelque chose de haute lutte, celles-là se désintègrent au moindre trou d'air. Ces temps-ci, quand je vois de jolies jeunes filles pleurer pour un oui ou pour un non, j'ai envie de les étrangler.

Mais il semblerait que toutes les jolies jeunes filles savent d'instinct fondre en larmes, et elles le font parce que *ça marche* : les larmes sont un écran qui fera diversion, comme le nuage d'encre libéré par la pieuvre. Des torrents de larmes peuvent dévier des conversations pénibles et altérer le cours de conséquences naturelles : qui (et au premier chef les hommes) ne déteste pas voir une jolie jeune fille pleurer, et ne se précipitera pas machinalement pour la réconforter, en oubliant ce dont ils étaient en train de parler l'instant avant ? À tout le moins, une bonne cataracte de larmes ménagera une *pause*, et permettra à la jolie jeune fille de gagner un peu de temps.

À un point de mon existence, j'ai arrêté de répondre aux défis de la vie par des torrents de larmes, parce que franchement il n'y a aucune dignité dans cette réponse. Ces temps-ci, je suis le genre de vieille mégère au cuir tanné qui, dans le taillis de vérité le plus hostile, préférera rester l'œil sec et sans défense plutôt que s'avilir, et avilir toute autre personne, par des larmes manipulatrices.

Mais à l'automne 1941 je n'étais pas encore devenue cette femme-là.

Donc, je pleurai toutes les larmes de mon corps sur la banquette arrière de la Buick de Jim.

« Qu'y a-t-il, Vee ? »

Jamais il ne m'avait vue pleurer. J'entendis vibrer dans sa voix un contre-courant de désespoir. Instantanément, il avait oublié le choc qu'il venait d'encaisser pour s'occuper de moi. « Pourquoi pleures-tu, ma chérie ? »

Sa sollicitude ne fit que redoubler mes sanglots.

Il est tellement bon, et moi je ne vaux tellement rien !

Il m'attira dans ses bras, en me suppliant de me calmer. Et parce que j'étais incapable de parler, et incapable d'arrêter de pleurer, il prit la situation en main et s'inventa une histoire qui expliquerait pourquoi je n'étais plus vierge.

« Quelqu'un t'a fait quelque chose d'horrible, n'est-ce pas, Vee ? Quelqu'un à New York ?

Eh bien Jim, des tas de gens m'ont fait des tas de choses, à New York – mais je ne peux pas dire qu'aucune d'entre elles était particulièrement horrible.

Cette réponse – la seule qui aurait été juste et honnête – étant bien sûr impossible, je continuai à sangloter dans ses bras protecteurs, et mon silence ponctué de haut-le-cœur lui offrit amplement de temps de broder autour de sa petite fable.

« C'est pour ça que tu es revenue de New York, n'est-ce pas ? demanda-t-il, comme si tout, soudain, devenait limpide. Quelqu'un t'a violentée, n'est-ce pas ? C'est de là que vient ta réserve ? Oh Vee. Ma pauvre, pauvre fille. »

Mes haut-le-cœur continuèrent.

« Hoche juste la tête si c'est vrai. »

Oh ! bon Dieu. Comment s'extirpe-t-on de pareil malentendu ?

Faute de pouvoir répondre avec honnêteté, la situation était inextricable. En lui avouant que je n'étais plus vierge, j'avais déjà joué ma seule et unique carte de sincérité pour l'année ; je n'en avais pas d'autre dans mon jeu. Son histoire était préférable, de toute façon.

Que Dieu me pardonne. Je hochai la tête.

(Je sais. C'est mal, c'est affreux, et je me sens affreusement mal de coucher cela par écrit, mais je ne suis pas venue vers toi pour te mentir, Angela. Je veux que tu saches exactement qui j'étais à cette époque-là – et c'est ce qui s'est passé.)

« Je ne vais pas t'obliger à en parler », reprit Jim en me caressant tendrement les cheveux, le regard perdu dans le vague.

Je hochai de nouveau la tête, les yeux toujours noyés de larmes : *Oui, s'il te plaît, ne m'y oblige pas.*

Il semblait plutôt soulagé de se dispenser d'entendre les détails.

Il me tint dans ses bras un long moment, jusqu'à ce que mes pleurs se tarissent. Puis, avec un sourire vaillant, quoiqu'un peu tremblotant, il ajouta : « Ça va aller, Vee, tu ne risques plus rien maintenant. Et sache que *jamais* je ne te reprocherai d'être souillée. Sois sans crainte – je n'en parlerai jamais à personne. Je t'aime, Vee. Je vais t'épouser en dépit de ça. »

Des paroles pleines de noblesse, quand son visage, lui, disait : *J'apprendrai tant bien que mal à supporter le poids de ce répugnant fardeau.*

« Moi aussi, je t'aime, Jim », mentis-je, et je l'embrassai dans un élan qui aurait pu passer pour de la gratitude et du soulagement.

De toute ma vie, Angela, jamais je ne suis sentie aussi vile, aussi infâme.

L'hiver revint.

Les jours raccourcirent et se rafraîchirent. Le matin, il faisait encore nuit quand je partais au travail avec mon père, et quand nous rentrions il faisait déjà noir.

Je tricotai un pull pour Jim, pour Noël. Ma machine à coudre était restée dans sa boîte depuis mon retour à la maison neuf mois plus tôt ; le simple fait de poser les yeux sur elle me rendait triste et me déprimait, mais je m'étais récemment mise au tricot. J'étais habile de mes mains, et le maniement de l'épais fil de laine me venait facilement. J'avais commandé par correspondance un modèle de pull norvégien – classique, avec des motifs de flocons de neige bleus et blancs – et je travaillais à mon ouvrage chaque fois que j'étais seule. Jim étant fier de son héritage scandinave, un cadeau qui lui rappellerait la patrie de son père pourrait lui plaire, me disais-je. En réalisant ce pull, je m'imposais d'atteindre l'excellence que ma grand-mère aurait exigée de moi, détricotant sans état d'âme des rangs entiers s'ils n'étaient pas parfaitement réguliers. J'étais certes une novice en tricot, mais ce premier ouvrage serait d'une perfection irréprochable.

À part ça, je ne prenais aucune initiative personnelle ; j'allais où on me disait d'aller, je classais les dossiers qui devaient l'être (plus ou moins par ordre alphabétique), et quoi qu'on décidât autour de moi, je suivais le mouvement.

C'était un dimanche. Après l'église, Jim et moi étions allés voir *Dumbo*, en matinée. Quand on sortit du cinéma, la nouvelle s'était déjà répandue comme une traînée de poudre : les Japonais venaient d'attaquer la flotte américaine à Pearl Harbor.

Le lendemain, nous étions en guerre.

Jim n'était pas tenu de s'engager.

Il aurait eu quantité de bonnes raisons pour esquiver la guerre. Outre qu'il était déjà assez vieux pour échapper sans doute à la conscription, il était le seul soutien financier d'une mère veuve et il occupait un poste d'encadrement dans une mine d'hématite – un minerai essentiel à l'effort de guerre. S'il l'avait voulu, ce n'étaient pas les motifs de report d'incorporation qui lui auraient manqué.

Mais un homme de la trempe de Jim Larsen ne peut accepter que d'autres partent faire la guerre à sa place. Il n'avait pas été *forgé* ainsi.

Le 9 décembre, nous étions seuls chez lui – sa mère était allée déjeuner avec sa sœur, dans une autre ville –, et il me demanda si nous pouvions avoir une conversation sérieuse. C'est là qu'il m'annonça sa résolution de s'enrôler. C'était son devoir, m'expliqua-t-il. Et s'il n'aidait pas son pays en cette heure où il avait en besoin, jamais plus il ne serait capable de vivre en bonne entente avec lui-même.

Selon moi, il s'attendait à ce que j'essaie de le dissuader, mais je n'en fis rien.

« Je comprends, dis-je.

— Et il y a autre chose dont nous devrions discuter. » Il inspira profondément. « Je ne veux pas te bouleverser, Vee, mais j'ai beaucoup réfléchi. Compte tenu des circonstances, je pense que nous devrions annuler nos fiançailles. »

Là encore, il scruta ma réaction, attendant mes protestations.

« Continue, répondis-je.

— Je ne peux pas te demander de m'attendre, Vee. Ce n'est pas bien. Je ne sais pas combien de temps durera cette guerre, ni ce qu'il adviendra de moi. Je pourrais revenir blessé, ou ne pas revenir du tout. Tu es jeune. Tu ne devrais pas renoncer à ta vie pour moi. »

Ce petit couplet appelle un certain nombre de précisons.

Tout d'abord, je n'étais plus si jeune que ça. J'avais vingt et un ans – ce qui, d'après les standards de l'époque, faisait quasiment de moi une vieille bique. (Crois-moi, Angela, en 1941, pour une femme de vingt et un ans, une rupture de fiançailles n'avait rien d'une plaisanterie.) Ensuite, quantité de jeunes couples aux quatre coins de l'Amérique se trouvaient cette semaine-là dans le même mauvais pas puisque le pays était en train de déployer des millions de *boys* dans le Pacifique. Mais beaucoup, justement, se *hâtaient* de se marier avant leur départ. Pour nombre d'entre eux, cette ruée vers l'autel était évidemment motivée par les sentiments, la peur d'un possible trépas et le désir de consommer leur union auparavant. Chez certains, il y avait aussi l'impulsion urgente de caser autant de vie que possible en peu de temps. (Ton père, Angela, comme bien des jeunes Américains qui allaient être précipités dans la bataille, scella son destin en épousant à la hâte sa petite amoureuse du quartier – mais je ne t'apprends rien, naturellement.)

Les jeunes Américaines n'étaient pas en reste : elles étaient des millions à vouloir que leur chéri leur passe la bague au doigt avant que la guerre n'emporte tous les garçons. Certaines cherchaient même à épouser des soldats qu'elles connaissaient à peine, anticipant que si jamais le garçon mourait au combat sa veuve percevrait une indemnité de dix mille dollars (ces filles étaient surnommées les « Annie Allocations » – et la première fois que j'entendis parler d'elles, je fus un peu soulagée à l'idée qu'il existait finalement pire que moi.)

En tout cas, la tendance générale, cette semaine-là, était plus aux noces précipitées qu'aux ruptures de fiançailles. Partout dans le pays, un même scénario se répétait, des garçons et des filles aux regards rêveurs échangeaient le même serment – « Je t'aimerai toujours, quoi qu'il arrive, et je vais te le prouver en t'épousant sans plus attendre ! »

Mais ce n'était pas ce qu'était en train de dire Jim. Lui ne suivait pas le scénario. Moi non plus.

« Voudrais-tu que je te rende la bague, Jim ? » lui demandai-je.

L'ai-je rêvé ? Je ne crois pas : une expression de profond soulagement se peignit sur son visage – brièvement, mais j'en compris immédiatement le sens. C'était le soulagement d'un homme qui venait de comprendre qu'il lui était offert une issue – auquel s'ajoutait la gratitude sans fard de pouvoir se délier de sa parole sans perdre son honneur.

Il retrouva sa contenance en une fraction de seconde, mais sa réaction m'avait sauté aux yeux.

« Tu sais que je t'aimerai toujours, Vee.

— Moi aussi je t'aimerai toujours, Jim », répondis-je consciencieusement.

Nous avions retrouvé les rails du scénario.

Je fis glisser la bague de mon doigt et la posai résolument dans sa paume tendue. Je reste convaincue à ce jour qu'il était aussi heureux de récupérer cette bague que moi de m'en défaire.

Nous étions donc sauvés l'un de l'autre.

Tu vois, Angela, l'Histoire n'est pas accaparée par la destinée des nations au point de négliger de modeler celle de deux personnes insignifiantes. Au nombre des multiples retombées de la Seconde Guerre mondiale figure ce rebondissement minuscule à l'échelle la planète : Jim Larsen et Vivian Morris se virent miséricordieusement épargnés par les liens du mariage.

Une heure après avoir rompu nos fiançailles, on se retrouva engagé dans le rapport sexuel le plus extravagant, le plus mémorable et le plus éreintant qui se puisse imaginer.

L'initiative, je suppose, était venue de moi.

Oh ! je peux bien l'avouer : elle était venue de moi – catégoriquement.

Après avoir repris possession de sa bague, Jim m'avait tendrement enlacée et embrassée. C'était une de ces étreintes par laquelle un homme entend signifier à une femme qu'il n'a pas voulu heurter ses sentiments. Mais mes sentiments n'avaient pas été heurtés – bien au contraire : comme si un bouchon avait sauté de mon crâne, je sentais jaillir le flot bouillonnant et enivrant de la liberté. Jim allait disparaître de ma vie – et de son plein gré en plus !

J'allais m'extraire de ce mauvais pas blanche comme neige, et sans qu'on puisse le blâmer lui non plus – mais, ça, c'était accessoire ! La menace avait été levée. Il n'y avait plus lieu de faire semblant. N'ayant plus la bague au doigt, les fiançailles ayant été rompues et étant assurée de garder ma réputation intacte, je pouvais tomber le masque. Je n'avais plus rien à perdre.

Et donc, quand il me gratifia d'un autre baiser tout de tendresse et de contrition, je plongeai ma langue dans sa gorge, jusqu'à la glotte, ou pas loin.

Jim, je l'ai dit, était un homme bien. Assidu à l'église. Respectueux. Mais un homme, néanmoins. Et mon baiser fougueux ouvrait la voie à une permissivité sexuelle totale. Il répondit au quart de tour. (Je ne connais aucun homme qui serait resté de marbre – dit-elle en toute modestie.) Qui sait ? Peut-être l'esprit de liberté qui soufflait l'enivrait-il lui aussi ? En tous les cas, une poignée de minutes plus tard, je l'avais poussé à reculons jusqu'à sa chambre, à l'autre bout de la maison, je l'avais culbuté sur son petit lit en pin et j'arrachais ses vêtements et les miens sans plus aucune retenue.

Je vis immédiatement que, dans le domaine des choses de l'amour, j'en savais beaucoup plus long que lui. S'il avait déjà couché avec une femme, il n'en avait manifestement pas retenu grand-chose. Il naviguait autour de mon corps comme quand on conduit dans un quartier inconnu – lentement, prudemment, en cherchant nerveusement du regard les plaques de rues et les points de repère. Je compris très vite que j'allais devoir prendre le volant, si je puis dire. J'avais appris quelques bricoles, à New York, et en un rien de temps je sollicitai ces bonnes vieilles aptitudes rouillées pour m'arroger le contrôle, prestement et sans la moindre explication – le privant ainsi du loisir de protester, ou de se demander ce que j'avais derrière la tête.

Ce que je veux dire, Angela, c'est que je fis tourner cet homme en bourrique. Je ne voulais pas lui laisser la plus petite chance de se raviser ou de freiner mon plaisir. Peu importe qu'il fût à bout de souffle et en train de se consumer – je m'arrangeai pour qu'il le reste le plus longtemps possible. Et je lui accorderai ceci : il avait les plus belles épaules que j'aie jamais vues.

Doux Jésus ! Que le sexe m'avait manqué !

Ce que je n'oublierai jamais, c'est l'expression peinte sur son visage de bon Américain propre sur lui tandis que je le chevauchais avec un abandon total – une expression où la terreur et la perplexité le disputaient à l'excitation et à l'extase. Ses yeux bleus candides qui me fixaient entre émerveillement et panique semblaient demander : « Mais qui es-tu ? »

Probablement les miens lui répondaient-ils : « Je n'en sais fichtre rien, l'ami, mais c'est pas tes oignons. »

Quand l'incendie fut éteint, à peine Jim pouvait-il me regarder ou me parler.

Et je m'en fichais à un point qui dépasse l'entendement.

Jim partit faire ses classes le lendemain.

Et trois semaines plus tard, je me réjouis d'apprendre que je n'étais pas enceinte. J'avais fait un sacré pari en couchant avec lui sans prendre de précautions. Mais le jeu en avait valu la chandelle.

Je terminai le pull norvégien et l'expédiai à mon frère pour Noël. Walter étant stationné dans le Pacifique sud, je n'étais pas certaine qu'il aurait l'usage d'un gros pull en laine, mais il se fendit d'un mot poli de remerciements. C'était la première fois qu'il communiquait directement avec moi depuis notre épouvantable trajet de retour à Clinton. Ça marquait une évolution bienvenue. Une détente dans nos relations, si on veut.

Des années plus tard, je découvris que Jim Larsen avait été décoré de la Distinguished Service Cross, pour son extrême bravoure dans les combats contre les forces ennemies, qu'il s'était établi au Nouveau-Mexique, avait épousé une femme aisée et avait été élu sénateur. Au temps pour mon cher papa qui avait prédit que Jim n'avait pas l'étoffe d'un meneur d'hommes.

En tout cas, tant mieux pour lui.

On s'en était bien sortis tous les deux, finalement.

Tu vois, Angela ? Les guerres ne sont pas nécessairement néfastes pour tout le monde.

23

Le départ de Jim me valut beaucoup de sympathie de la part de mes parents et de nos voisins. Tous supposaient que j'avais le cœur brisé d'avoir perdu mon fiancé. Je n'avais pas mérité leur sympathie, mais l'acceptai pareillement. Elle était préférable à l'opprobre et à la suspicion. Et elle me dispensait d'explications.

Mon père, lui, était furax que Jim Larsen ait abandonné *et* sa mine d'hématite *et* sa fille (dans cet ordre de rancœur, sans nul doute). Ma mère, quoiqu'un peu déçue que je ne me marie finalement pas en avril comme prévu, donna l'impression qu'elle survivrait à ce coup dur. Elle avait d'autres projets pour ce week-end-là, me dit-elle. Dans l'État de New York, avril est un mois chargé, pour les concours hippiques.

Pour ma part, j'avais la sensation d'émerger d'un sommeil de somnambule. Mon seul désir était maintenant de trouver quelque chose d'intéressant à faire de ma vie. J'envisageai très, très brièvement de demander à mes parents de reprendre mes études, mais le cœur n'y était pas. Cela étant, je voulais m'en aller de Clinton. Je savais que retourner à New York était exclu dès lors que j'y avais coupé tous mes ponts, mais je pouvais envisager d'autres grandes villes. Philadelphie et Boston avaient la réputation d'être agréables. C'était une option…

J'avais juste ce qu'il fallait de bon sens pour comprendre que pour m'installer ailleurs j'aurais besoin d'argent. Je ressortis donc la machine à coudre de sa boîte et transformai notre chambre d'amis en atelier. Je fis circuler le mot que j'étais de nouveau disponible pour réaliser retouches et vêtements sur mesure et, très vite, j'eus grandement de quoi faire. La saison des mariages revenait et les futures mariées avaient besoin de robes. Il y avait cependant un hic : la pénurie de tissu. Outre qu'il était devenu impossible de trouver de belles dentelles ou des soieries importées de France, dépenser des sommes folles pour un luxe aussi extravagant qu'une robe de mariée était vu comme antipatriotique. Je mis donc à profit les talents de récupération que j'avais peaufinés au Lily Playhouse pour créer de petites merveilles à partir de rien.

Une de mes amies d'enfance, Madeleine, une fille intelligente, devait se marier à la fin du mois de mai, et ses parents tiraient le diable par la queue depuis l'infarctus de son père, l'année précédente. Elle n'aurait pas pu s'offrir une belle robe en temps de paix, et encore moins maintenant. Ensemble, on passa au peigne fin le grenier familial, et je réalisai pour mon amie la plus romantique des parures nuptiales en désassemblant, puis réassemblant les robes de mariée de ses deux grands-mères. Ce n'était pas une réalisation facile (la soie ancienne est très fragile, et je devais la manier aussi délicatement que de la nitroglycérine), mais cette composition entièrement nouvelle, avec longue traîne en dentelle ancienne et tout le tremblement, fonctionna à merveille.

Madeleine était si reconnaissante qu'elle me demanda d'être sa demoiselle d'honneur. Pour cette occasion, je me cousis un petit tailleur vert irlandais très élégant, avec une veste à basque, à partir d'un coupon de soie sauvage que j'avais hérité de ma grand-mère et stocké sous mon lit des années plus tôt. (Depuis que j'avais rencontré Edna Parker Watson, j'essayais de porter des tailleurs aussi souvent que possible. Cette femme m'avait appris, entre autres leçons, qu'un tailleur donne toujours l'air plus chic et important qu'une robe. Et surtout pas trop de bijoux ! « La grande majorité du temps, disait Edna, les bijoux ne font que tenter de dissimuler un vêtement mal choisi ou peu seyant. ») Eh oui, je ne pouvais toujours pas m'empêcher de penser à Edna.

Tant Madeleine que moi étions splendides et, mon amie étant très populaire, il y avait foule à son mariage. À la suite de ça, je gagnai toutes sortes de clientes. La noce m'offrit également l'occasion d'embrasser un des cousins de la mariée – dehors, contre une clôture tapissée de chèvrefeuille.

Je commençais à me sentir redevenir un peu plus moi-même.

Un après-midi où j'avais la nostalgie d'un zeste de frivolité, je chaussai une paire de lunettes de soleil achetée quelques mois plus tôt à New York – uniquement parce que Celia s'était extasiée devant elles. Les verres étaient très sombres, et la monture, noire, immense, était incrustée de paillettes de nacre. Je ressemblais à une sauterelle géante en vacances sur une plage, mais j'en étais folle.

Retrouver ces lunettes avait réveillé la douloureuse absence de Celia. Tout me manquait : la contemplation de son glorieux spectacle ; les moments passés à nous habiller, à nous pomponner, à conquérir New York ensemble ; entrer avec elle dans un night-club et voir tous les hommes présents baver d'envie. (Bon Dieu ! Je crois bien que cette sensation me manque toujours, soixante-dix ans plus tard !) Je me demandais ce qu'elle était devenue. Était-elle retombée sur ses pieds ? Je l'espérais de tout cœur mais je nourrissais les pires craintes. Je redoutais qu'elle ne soit reléguée à la casse, fauchée, réduite aux pires extrémités, abandonnée de tous.

Quand je descendis de ma chambre avec mes lunettes absurdes et que je croisai ma mère, elle s'arrêta net. « Pour l'amour du ciel, Vivian, qu'est-ce que c'est que *ça* ?

— Ça s'appelle la mode, lui répondis-je. Ce genre de monture est très dans le vent en ce moment à New York.

— Je ne suis pas certaine d'être heureuse d'avoir vécu assez longtemps pour voir ça. »

Je ne retirai pas mes lunettes pour autant.

Comment aurais-je pu lui expliquer que je les portais en l'honneur d'une camarade tombée au combat derrière les lignes ennemies ?

En juin, je demandai à mon père si je pouvais arrêter de travailler pour lui. Je gagnais autant avec mes travaux de couture qu'en faisant semblant de classer des paperasses et de répondre au téléphone. Et non seulement mon activité de couturière était plus gratifiante, mais – mieux encore – mes clientes me payant en espèces, cela me dispensait de déclarer mes gains à l'Oncle Sam. Ce dernier argument fit mouche auprès de mon père, qui me laissa partir. Il aurait fait n'importe quoi pour rouler l'Oncle Sam.

Pour la première fois de ma vie, j'avais quelques sous de côté.

Je ne savais pas à quoi les employer, mais ils étaient là.

Avoir des économies, ce n'est certes pas tout à fait la même chose qu'avoir un projet – mais ça laisse s'épanouir le sentiment de la possibilité d'un projet à plus ou moins court terme.

Les jours rallongèrent.

Un soir de la mi-juillet, j'étais à table avec mes parents quand on entendit une voiture se garer dans notre allée. Mes parents sursautèrent, comme à chaque fois qu'un imprévu venait perturber, même très légèrement, leur train-train.

« C'est l'heure du dîner », observa mon père en se débrouillant pour transformer ces quelques mots en un sermon sombre sur l'inévitable effondrement de la civilisation.

J'allai ouvrir la porte. C'était tante Peg. Elle avait le visage rouge et moite à cause de la chaleur, et son accoutrement défiait l'imagination – une chemise d'homme écossaise, beaucoup trop grande pour elle, sous une salopette ample, et un vieux chapeau de paille sous le ruban duquel on avait glissé une plume de dinde. Jamais de ma vie, je crois, je n'avais été plus surprise ou plus heureuse de voir quelqu'un. Pour tout dire, ma surprise et ma joie étaient telles que j'en oubliai d'avoir honte de mes incartades passées. Je me jetai à son cou avec une joie débridée.

« Petite ! Tu as bonne mine ! » s'exclama-t-elle avec un grand sourire.

Mes parents accueillirent l'arrivée de Peg avec nettement moins d'enthousiasme, mais ils s'adaptèrent du mieux qu'ils purent à cette visite inopinée. Notre domestique s'empressa de dresser un autre couvert. Mon père proposa un cocktail à sa sœur, mais à mon grand étonnement, celle-ci lui répondit qu'elle préférerait du thé glacé – si ce n'était pas trop de dérangement.

Peg se laissa choir sur une chaise, épongea son front moite d'une de nos délicates serviettes en fil, puis elle nous sourit et lança : « Alors, ça va comment, dans la cambrousse ?

— J'ignorais que tu avais une voiture, observa mon père en guise de réponse.

— Je n'en ai pas. Celle-ci appartient à un chorégraphe de mes connaissances, qui me l'a prêtée parce qu'il partait à Martha's Vineyard avec la Cadillac de son petit ami. C'est une Chrysler. Elle roule pas trop mal, pour un vieux tacot. Si ça te tente de l'essayer, je suis sûre que mon ami n'y verrait pas d'inconvénient.

— Comment t'es-tu procuré les bons d'essence ? » demanda encore mon père à sa sœur – qu'il n'avait pas vue depuis plus de deux ans. (Si tu te demandes pourquoi mon père posait cette question plutôt que de sacrifier à des paroles de bienvenue plus convenues, sache, Angela, qu'il avait ses raisons. Le rationnement d'essence était entré en vigueur dans l'État de New York quelques mois plus tôt, et mon père ne décolérait pas : il ne s'était pas tué à la tâche pour vivre sous la coupe d'un gouvernement totalitaire ! Qu'allaient-ils nous inventer, ensuite ? Imposer à un homme d'aller au lit à telle heure plutôt que telle autre ?)

Je priai pour qu'on change rapidement de sujet.

« Oh ! fit Peg. J'ai rassemblé quelques timbres de rationnement de-ci, de-là, et graissé quelques pattes au marché noir. En ville, ce n'est pas si compliqué de dégoter des bons d'essence. Les gens ont moins besoin de leur voiture. Louise, enchaîna-t-elle d'une voix chaleureuse en se tournant vers ma mère, comment vas-tu ?

— Je vais bien, Peg, je vais bien, répondit l'intéressée en considérant sa belle-sœur avec une expression que je qualifierais moins de suspicieuse que de circonspecte. (Je ne pouvais pas l'en blâmer. Une visite de Peg à Clinton ne rimait à rien. Ce n'était pas Noël, et personne n'était mort.) Et toi, comment vas-tu ?

— J'ai toujours aussi mauvaise réputation. Mais c'est bien agréable de s'échapper du grand bazar de la ville pour venir ici. Je devrais faire ça plus souvent. Je suis navrée de débarquer comme ça à l'improviste. C'était une décision soudaine. Et tes chevaux, Louise, ils vont bien ?

— Pas trop mal. Il y a moins de concours, depuis la guerre, bien sûr, et ils n'ont pas trop apprécié ces grosses chaleurs, mais ils se portent bien.

— Qu'est-ce qui t'amène ? » demanda mon père.

On ne peut pas dire que mon père haïssait sa sœur, mais elle lui inspirait un mépris assez violent. De son point de vue, Peg n'avait rien fait d'autre de sa vie qu'en profiter sans voir plus loin que le bout de son nez (ce qui était peu ou prou la vision que Walter avait de moi, maintenant que j'y pense), et sans doute n'avait-il pas totalement tort.

On aurait cependant pu s'attendre de sa part à un accueil un brin plus hospitalier, à défaut d'être sincère.

« Eh bien, Douglas, je suis venue demander à Vivian si elle accepterait de retourner à New York avec moi. »

En entendant ces mots, une porte rouillée au centre de mon cœur s'ouvrit d'un coup et un millier de colombes blanches s'en échappèrent. Je n'osais même pas dire un mot. J'avais peur, si j'ouvrais la bouche, que l'invitation s'évanouisse.

« Pourquoi ? demanda mon père.

— J'ai besoin d'elle. L'armée m'a commandé une série de spectacles pour les ouvriers des chantiers de la Navy, à Brooklyn. Cela se passera à la pause déjeuner. Un peu de propagande, quelques saynètes dansées et chantées, une pincée de drames sentimentaux... Histoire de garder le moral, quoi ! Je manque de mains pour faire tourner le théâtre et gérer en sus la commande de la Navy. J'aurais vraiment besoin de Vivian.

— Mais... Qu'est-ce que Vivian a à voir avec les drames sentimentaux ? s'étonna ma mère.

— Plus que tu ne pourrais imaginer, lui rétorqua Peg – sans me regarder, heureusement, mais je sentis néanmoins une rougeur envahir mon cou.

— Elle vient tout juste de se réinstaller ici ! protesta ma mère. Et New York ne lui a pas réussi, l'an dernier. Elle a souffert du mal du pays.

— Le mal du pays ? C'était donc ça ? » lança Peg, en me regardant cette fois droit dans les yeux et en ébauchant discrètement un sourire.

Je sentis la rougeur gagner mes joues, mais je n'osais toujours pas parler.

« Écoutez, ça n'a pas besoin d'être éternel, reprit Peg. Vivian pourra toujours revenir à Clinton, si jamais le mal du pays la reprend. Mais moi, je suis dans la panade. C'est affreusement compliqué d'embaucher, en ce moment. Tous les hommes sont partis. Même mes showgirls sont allées travailler à l'usine. Et tout le monde peut payer mieux que moi. J'ai besoin de mains sur le pont. De mains de confiance. »

Confiance !

« C'est compliqué pour moi aussi de trouver des travailleurs, fit savoir mon père.

— Quel rapport ? Vivian travaille pour toi ?

— Plus maintenant, mais elle a travaillé quelque temps pour moi, et je pourrais avoir de nouveau besoin d'elle. Elle pourrait beaucoup apprendre, je pense, si elle retravaillait pour moi.

— Oh. Vivian a-t-elle un penchant particulier pour l'industrie minière ?

— Je trouve juste que tu as fait beaucoup de route pour trouver une petite main. Tu aurais sans doute pu pourvoir le poste sans venir jusqu'ici. Mais je n'ai jamais compris pourquoi tu résistes toujours à tout ce qui pourrait te faciliter la vie.

— Vivian n'est pas une petite main, mais une costumière sensationnelle.

— Qu'est-ce qui te fait dire ça ?

— Des années de recherche exhaustive dans le domaine du théâtre, Douglas.

— Ah ! Le *domaine* du théâtre.

— J'aimerais y aller, dis-je en retrouvant enfin ma voix.

— Mais pourquoi ? s'étonna mon père. Pourquoi voudrais-tu repartir dans cette ville où les gens vivent entassés les uns sur les autres, sans jamais voir la lumière du jour ?

— Dit l'homme qui a passé la plus grande part de sa vie dans une mine », ironisa Peg.

On aurait dit un couple d'enfants. Je n'aurais pas été surprise s'ils avaient commencé à se bourrer de coups de pied sous la table.

Tous les regards étaient maintenant braqués sur moi, dans l'attente de ma réponse. Pourquoi voulais-je aller à New York ? Comment pouvais-je l'expliquer ? Comment expliquer à mes parents que cette proposition, comparée à la demande en mariage de Jim Larsen, revenait à vouloir comparer un sirop pour la toux à du champagne ?

« J'aimerais retourner à New York parce que je souhaite élargir mes perspectives de vie », annonçai-je, avec une note assez prononcée d'autorité qui, je le sentis, retint l'attention générale. (Je dois confesser que j'avais récemment entendu cette phrase dans une pièce radiophonique à l'eau de rose, et que je l'avais retenue, mais qu'importe – elle collait pile-poil à la situation. Et en plus, elle disait vrai.)

« Nous ne t'aiderons pas financièrement, me prévint ma mère. Tu as passé l'âge de recevoir de l'argent de poche.

— Je n'ai pas besoin d'argent de poche. Je gagnerai ma vie.

— Il te faudra trouver un travail », intervint mon père.

Peg dévisagea son frère avec stupéfaction. « C'est incroyable, Douglas, à quel point tu ne m'écoutes jamais. Je viens tout juste de te dire, là, à cette table, que j'avais du travail pour Vivian.

— Elle aura besoin d'un *vrai* travail.

— Elle *aura* un vrai travail. Elle travaillera pour la Navy, exactement comme son frère. Elle sera employée par le gouvernement. »

Cette fois, c'était moi qui brûlais d'envie de donner des coups de pied à Peg sous la table. Pour mon père, il n'existait guère pire combinaison de mots que « employée par le gouvernement ». Il aurait mieux valu que Peg annonce que j'exercerais le métier de pickpocket.

Ma mère y alla d'une nouvelle mise en garde : « Tu sais que tu ne peux pas continuer éternellement à aller et venir entre ici et New York.

— Je ne le ferai pas, promis-je – et ce n'était pas des paroles en l'air.

— Je ne veux pas que ma fille passe sa vie à travailler dans un théâtre », asséna mon père.

Peg leva les yeux au ciel. « Oui, ce serait un gâchis épouvantable.

— Et je n'aime pas New York. On n'y trouve que des gagnants au rabais.

— Oui, c'est notoire qu'on ne trouve personne qui ait réussi, à Manhattan », railla Peg.

Sans doute mon père ne tenait-il pas vraiment à son argument car il ne creusa pas plus loin.

Franchement, je pense que mes parents étaient tout disposés à m'autoriser à partir parce qu'ils étaient fatigués de ma présence. De leur point de vue, j'avais passé l'âge de vivre sous leur toit – le *leur*, pas le mien. J'aurais dû quitter le nid depuis longtemps, idéalement pour transiter par l'université avant de finaliser la manœuvre par un mariage. Dans notre culture familiale, il n'était pas bienvenu, une fois sorti de l'enfance, de s'éterniser dans le cocon familial. Même quand j'étais encore enfant, d'ailleurs, ma présence n'était pas souhaitée plus que ça, si on en juge par tout le temps que j'avais passé en pension ou en camps de vacances.

Avant de pouvoir donner son aval, mon père avait juste besoin de se payer encore un peu la tête de sa sœur : « Je ne suis pas convaincu que New York aurait une bonne influence sur Vivian. Je détesterais voir ma fille devenir démocrate.

— À ta place, je ne m'inquiéterais pas trop pour ça, lui rétorqua Peg avec un bon gros sourire de satisfaction. J'ai creusé le sujet, et il s'avère que le parti démocrate n'accepte pas les anarchistes. »

La pique arracha un éclat de rire à ma mère — ce qui était à porter à son crédit.

« J'y vais, tranchai-je. J'ai bientôt vingt-deux ans, et il n'y a aucune perspective pour moi à Clinton. À compter de maintenant, ce devrait être à moi de choisir l'endroit où je vis.

— Tu exagères un peu, Vivian, protesta ma mère. Tu n'auras vingt-deux ans qu'en octobre, et tu n'as jamais gagné ta vie. Tu n'as pas la moindre idée de comment le monde fonctionne. »

Je voyais cependant qu'elle était agréablement surprise de la détermination qui s'entendait dans ma voix. Après tout, ma mère avait passé sa vie sur un cheval, à foncer vers un fossé ou des obstacles. Peut-être était-elle convaincue que, face aux défis et aux obstacles de la vie, une femme devait *sauter*.

« Si tu prends cet engagement, nous attendrons de toi que tu le mènes à bon terme, reprit mon père. Dans la vie, personne ne peut se permettre de rester en deçà de ses promesses. »

Mon cœur accéléra.

Ce dernier petit sermon mollasson était sa façon de dire oui.

Le lendemain matin, je partis pour New York avec Peg.

Au volant de son véhicule d'emprunt, Peg insistait pour ne pas dépasser les soixante kilomètres heure ; à cette allure patriotique, il nous fallut une éternité pour arriver à destination, mais je m'en fichais. La sensation d'être ramenée quasi de force dans un lieu que j'adorais — et où j'avais cru ne plus être la bienvenue — m'emplissait d'une telle allégresse qu'étirer l'attente m'importait peu. Ce trajet en voiture était pour moi aussi exaltant que les montagnes russes de Coney Island. J'étais plus excitée que je ne l'avais été en un an. Excitée, oui, mais également nerveuse.

Qu'allais-je retrouver à New York ?

Qui allais-je retrouver ?

« Tu as fait un choix de poids. Bravo, petite, me dit Peg sitôt qu'on prit la route.

— Tu as vraiment besoin de moi à New York ? »

Je n'avais pas osé poser cette question en présence de mes parents.

Peg haussa les épaules. « Bah ! je te trouverai bien une utilité. Mais franchement, Vivian, ajouta-t-elle avec un sourire, c'est plutôt vrai. J'ai eu les yeux plus gros que le ventre, avec cette commande du chantier naval, et j'aurais dû venir te chercher plus tôt. Mais je voulais te laisser tout le temps de te remettre les idées en place. D'après mon expérience, c'est toujours important de s'accorder une pause entre deux catastrophes. Tu as pris un sacré coup sur la tête, l'an dernier. Je me suis dit que tu avais besoin d'un petit moment de récupération.

À cette référence à la première de mes *catastrophes*, mon estomac fit un petit salto.

« À ce propos, Peg...

— Le chapitre est clos.

— Je suis désolée de ce que j'ai fait.

— Évidemment. Moi aussi je suis désolée de quantité de choses que j'ai faites. Tout le monde est désolé. Et c'est bien de l'être – mais n'en fais pas une obsession. Le seul avantage qu'il y a à être protestant, c'est que personne n'attend de nous qu'on rampe de contrition *ad vitam aeternam*. Ton péché était véniel, Vivian, pas mortel.

— Je ne sais pas ce que ça veut dire.

— Je ne suis pas sûre de le savoir non plus. C'est juste un truc que j'ai lu un jour. Voilà ce que je sais, en revanche : les péchés de chair ne te vaudront pas de châtiment dans l'au-delà – tu ne seras punie que dans *cette* vie. Comme tu l'as appris.

— Mais je regrette d'avoir causé tant de problèmes à tout le monde.

— C'est facile de trouver la sagesse, après coup. Mais à quoi bon avoir vingt ans, si ce n'est pas pour faire des erreurs grossières ?

— Tu en as fait, toi, quand tu avais vingt ans ?

— Évidemment ! Sans taper aussi fort que toi, je me suis bien défendue sur ce terrain. »

Elle sourit, pour me montrer qu'elle me taquinait. À moins qu'elle ne fût sérieuse ? Qu'importe, tant qu'elle me ramenait à New York.

« Merci d'être venue me chercher, Peg.

— Tu me manquais, tu sais ! Je t'aime bien, petite, et une fois que je me suis prise d'affection pour quelqu'un, c'est définitif. C'est une de mes règles dans la vie. »

Jamais personne ne m'avait fait compliment plus merveilleux. Je marinai dans ce nectar un petit moment, puis, lentement, la marinade tourna à l'aigre : je venais de me souvenir que tout le monde n'avait pas autant d'indulgence que tante Peg.

« Je suis nerveuse à l'idée de revoir Edna », avouai-je, après un long moment.

Peg accusa la surprise. « Pourquoi diable la verrais-tu ?

— Pourquoi ne la verrais-je pas, plutôt ? Je vais forcément la croiser au Lily.

— Edna n'est plus au Lily, petite. En ce moment, elle répète *Comme il vous plaira* au Mansfield. Arthur et elle ont quitté le théâtre au printemps. Ils se sont installés au Savoy. Tu n'étais pas au courant ?

— Mais... Comment ça se passe pour *New York est une fête* ?

— Oh ! mon Dieu. Tu n'es donc au courant de rien !

— De quoi devrais-je l'être ?

— En mars, le Morosco Theatre a proposé à Billy d'accueillir *New York est une fête*. Il a accepté l'offre, et embarqué le spectacle avec lui.

— *Embarqué le spectacle ?*

— Oui.

— Il a pris le spectacle ? Il l'a *volé* au Lily ?

— Bon, vu qu'il l'a écrit et mis en scène, techniquement il était dans son bon droit. C'est l'argument qu'il a fait valoir, en tout cas. Non pas que je me sois lancée dans une bataille d'arguments. Cette bataille-là était perdue d'avance.

— Mais... » Je ne me sentis pas la force d'aller plus loin dans ma question. *Mais qu'est devenue la distribution ?* aurais-je pu demander.

« Billy fonctionne comme ça, petite. Pour lui, c'était une bonne affaire. Tu connais le Morosco. Ils ont mille places, donc c'est plus rentable. Edna l'a suivi, naturellement. Ils ont poursuivi le spectacle pendant quelques mois, jusqu'à ce qu'Edna s'en lasse – comme d'habitude. Elle est partie retrouver son Shakespeare. Ils l'ont remplacée par Helen Hayes, ce qui ne fonctionne pas, à ce que j'en vois. Ne me comprends pas mal, hein ? J'aime bien Helen, elle est en tout point du niveau d'Edna – mais il lui manque ce *truc* qu'a Edna. Elle est unique. Ça ne les empêche pas de remplir la salle soir après soir. Pour Billy, c'est une vraie planche à billets. »

J'étais effarée. Sans voix.

« Remets-toi, petite. On dirait que tu es tombée de la lune.

— Mais du coup, comment ça se passe, pour le Lily ? Pour Olive et toi ?

— Rien n'a changé. On trime, et on avance, péniblement. On recommence à monter nos petites productions idiotes. On essaie de regagner notre humble public de quartier. C'est plus dur, maintenant qu'une bonne moitié est partie faire la guerre. Grosso modo, ça ne nous laisse que les grands-mères et les enfants. C'est pour ça que j'ai accepté la commande du chantier naval – on a besoin d'une autre source de revenu. Olive avait raison, évidemment, depuis le début. Elle savait qu'on se retrouverait le bec dans l'eau une fois que Billy aurait repris ses joujoux et levé le camp. J'imagine que je le savais moi aussi. Ça se finit toujours comme ça, avec lui. Et il a embarqué nos meilleurs artistes, bien sûr. Gladys l'a suivi. Jennie et Roland aussi. »

Elle disait tout ça d'un ton léger, comme si rien n'était plus banal que la trahison et la ruine.

« Et Benjamin ?

— Malheureusement, il a été mobilisé. Et ça, je ne peux pas le mettre sur le dos de Billy. Mais tu imagines, Benjamin à l'armée ? Coller un fusil dans des mains aussi talentueuses, quel gaspillage ! J'en suis malade pour lui.

— Et M. Herbert ?

— Ah ! lui, il est toujours là. M. Herbert et Olive ne me quitteront jamais !

— Pas de signe de Celia ? »

Ce n'était pas vraiment une question. Je connaissais par avance la réponse.

« Non, aucun. Mais je suis sûre qu'elle va bien. Celia est un chat qui a encore six vies en elle, crois-moi. Le plus intéressant dans tout ça, tu vois, c'est que Billy avait raison. Il disait qu'on pouvait créer une pièce à succès tous les deux, et c'est bien ce qu'on a fait. On a réussi ! Olive n'a jamais cru dans *New York est une fête*. Elle pensait que ce serait un bide, mais elle avait faux sur toute la ligne. C'était un spectacle fantastique. J'ai eu raison, je crois, de prendre le risque de m'associer à Billy. Tout le temps que ça a duré, on a bien rigolé. »

J'observais le profil de ma tante, à l'affût d'un signe qui indiquerait qu'elle était bouleversée, ou meurtrie, mais je n'en trouvai aucun.

En tournant la tête et en me surprenant en train de la dévisager, elle éclata de rire: « Essaie de prendre un air moins choqué, Vivian. Ça te fait paraître simplette.

— Mais Billy t'avait promis les droits de la pièce! J'étais là! Je l'ai entendu te le dire, dans la cuisine, le matin de son arrivée au Lily.

— Billy promet tout un tas de choses, et il se débrouille toujours pour ne jamais rien coucher par écrit.

— Je n'en reviens pas qu'il t'ait fait un coup pareil!

— Écoute, petite, j'ai toujours su comment il est, et ça ne m'a pas retenue de l'inviter. Je ne regrette rien. Ç'a été une aventure. Tu dois apprendre à accepter ce qui vient avec plus de légèreté. Le monde est perpétuellement en train de changer. Apprends à accueillir ces changements. Quelqu'un te fait une promesse, puis la brise. Une pièce recueille de bonnes critiques, mais plie faute de spectateurs. Un mariage a l'air solide, or un jour les gens divorcent. Le monde vit en paix pendant un petit moment, jusqu'à ce qu'une nouvelle guerre éclate. Si tu te laisses bouleverser à chaque fois, tu finis dingo, et malheureuse, et quel bien y a-t-il à ça? Bon, assez parlé de Billy! Comment s'est passée ton année? Où étais-tu, au moment de Pearl Harbor?

— Au cinéma, en train de regarder *Dumbo*. Et toi?

— Aux Polo Grounds, au dernier match des Giants de la saison. Tout d'un coup, vers la fin du deuxième quart, ils ont commencé à diffuser des annonces vraiment bizarres. Ils disaient que les militaires réservistes devaient se présenter immédiatement au bureau central. J'ai tout suite compris que quelque misère nous pendait au nez. Ensuite, Sonny Franck a été blessé, et ça m'a distraite. Non pas que Sonny Franck ait quoi que ce soit à voir avec tout ça, mais c'est un joueur du feu de Dieu. Quelle journée tragique! Tu étais au cinéma avec ce type, ton ex-fiancé? Comment s'appelait-il?

— Jim Larsen. Comment as-tu appris que j'avais été fiancée?

— Par ta mère, hier soir, pendant que tu faisais tes bagages. On dirait que tu l'as échappé belle! Même ta mère semblait soulagée, encore qu'elle soit difficile à déchiffrer. Mais elle est convaincue que tu ne l'aimais pas beaucoup. »

La remarque me surprit. Pas une seule fois ma mère et moi n'avions eu une discussion intime au sujet de Jim – ou sur n'importe quel autre sujet, d'ailleurs. Comment avait-elle su ?

« C'était un homme bon et gentil, dis-je, pitoyablement.

— Tant mieux pour lui. Décerne-lui une médaille pour ça, si ça te chante mais, à l'avenir, évite d'épouser un homme au seul motif qu'il est gentil. Essaie de ne pas prendre l'habitude de te fiancer, pour commencer. Si on ne fait pas gaffe, ça peut conduire au mariage. Pourquoi avais-tu accepté sa demande, d'ailleurs ?

— Je ne savais pas quoi faire d'autre de moi. Et comme je disais, il était gentil.

— Tant de filles se marient précisément pour cette raison. Franchement, trouve autre chose pour t'occuper. Bon Dieu, mesdames, inventez-vous un hobby !

— Et toi, pourquoi t'es-tu mariée ?

— Parce qu'il me *plaisait*, Vivvie. Billy me plaisait beaucoup. C'est la seule raison valable pour épouser qui que ce soit. Et je l'apprécie toujours autant, tu sais. J'ai dîné avec lui pas plus tard que la semaine dernière.

— *Ah bon ?*

— Oui, bien sûr. Écoute, je peux comprendre que tu aies une dent contre Billy en ce moment – et, crois-moi, tu n'es pas la seule – mais qu'est-ce que je t'ai dit tout à l'heure, au sujet de ma règle de vie ? »

Voyant que je ne répondais pas (parce que je l'avais déjà oubliée), elle enchaîna : « Une fois que je me suis prise d'affection pour quelqu'un, c'est définitif.

— Ah oui, c'est vrai. »

Je restai dubitative, cependant.

« C'est quoi le problème, Vivvie ? reprit Peg avec un sourire espiègle. Tu penses que la règle ne devrait valoir que pour toi ? »

C'était déjà le soir lorsqu'on atteignit New York.
Nous étions le 15 juillet 1942.

Manhattan nous attendait, fièrement perché sur son nid de granit, niché entre ses deux fleuves aux eaux sombres. Ses bouquets de gratte-ciel scintillaient telles des colonnes de lucioles dans l'air velouté de l'été. Une fois franchi l'imposant Washington Bridge, large et long comme une aile de condor, on pénétra enfin dans la ville, dans ce lieu dense et chargé de signification – la plus belle des métropoles que le monde ait jamais connues. C'est du moins ce que j'ai toujours pensé.

J'étais submergée de révérence.

J'allais planter ma petite vie en ce lieu, et ne jamais plus en repartir.

24

Le lendemain matin, comme tous ces mois auparavant, je me réveillai dans l'ancienne chambre de Billy mais, cette fois, sans Celia, sans gueule de bois, et sans désastre à affronter.

Il fallait bien avouer que c'était agréable d'avoir le lit pour moi toute seule.

Je passai un petit moment à écouter les bruits du Lily Playhouse en train de reprendre vie – des bruits que je pensais ne jamais plus entendre de ma vie. Quelqu'un devait faire couler un bain car les tuyaux pétaradaient en signe de protestation. Deux téléphones étaient déjà en train de sonner, un à notre étage, et l'autre dans les bureaux en dessous. Je me sentais tellement heureuse que la tête m'en tournait un peu.

J'enfilai ma robe de chambre et en entrant dans la cuisine pour me préparer du café je trouvai M. Herbert à sa place habituelle, en tricot de corps, en train de siroter son Sanka et de contempler fixement son cahier en attendant de trouver quelque bonne blague pour un spectacle à venir.

« Bonjour, monsieur Herbert ! »

Il releva la tête et, à ma stupéfaction, se fendit d'un sourire.

« Je vois que vous avez été réhabilitée, Miss Morris. C'est une bonne chose. »

À midi ce même jour, j'étais au Brooklyn Navy Yard avec Peg et Olive qui m'expliquaient les tâches à effectuer.

Nous avions pris le métro à *midtown*, jusqu'à la station York Street, avant de poursuivre en tramway. Pendant trois ans, qu'il pleuve ou qu'il vente, j'effectuerais ce trajet presque quotidiennement, au côté de dizaines de milliers d'autres New-Yorkais qui partaient au travail ou en revenaient. À la longue, la monotonie de ces navettes deviendrait fastidieuse, épuisante, parfois même démoralisante. Mais, pour l'heure, la nouveauté était euphorisante. J'avais revêtu un élégant tailleur lilas (ce serait la dernière fois que je ferais assaut d'élégance pour me rendre dans ce lieu crasseux et graisseux), mes cheveux étaient propres et souples. Toutes les paperasses étaient en ordre afin que je puisse officiellement être admise comme employée de la Navy, rattachée au service de construction et maintenance des navires, pour un salaire de 70 *cents* de l'heure – une fortune pour une fille de mon âge.

J'avais appréhendé de revoir Olive. La honte que m'inspiraient mes frasques restait vive, tout comme celle d'avoir eu besoin d'elle pour me sauver des griffes de Walter Winchell. Je redoutais de sa part des réprimandes, du dédain, du mépris. Notre premier tête-à-tête eut lieu ce matin-là, juste avant notre départ pour Brooklyn. Nous descendions l'escalier quand Peg se souvint qu'elle avait oublié son Thermos. Elle remonta en vitesse, me laissant un instant seule avec Olive sur le palier du premier étage. Je décidai de saisir cette chance de m'excuser et de la remercier de m'avoir galamment sauvé la mise.

« Olive, j'ai une immense dette...
— Vivian, m'interrompit-elle, ne sois pas trop *avide*. »
Et cette conversation en resta là.
Nous avions du pain sur la planche, et ça ne laissait pas de temps pour les jabotages.

Dans le détail, notre travail était le suivant :
L'armée nous chargeait de produire deux spectacles par jour au Brooklyn Navy Yard, dans une cafétéria grouillante d'activité située sur Wallabout Bay. Tu dois comprendre, Angela, que ce chantier naval était *gigantesque* avec ses bâtiments répartis sur plus de quatre-vingt hectares, et sa centaine de milliers (ou peu s'en faut) d'employés, qui tout au long des années de guerre, firent les trois huit. Il y avait plus de quarante cafétérias en activité sur le site, et nous avions pour mission de « divertir et éduquer » les usagers de celle qui portait le numéro 24, et que tout le monde surnommait Sammy, pour une raison que je n'ai jamais entièrement élucidée. Sammy nourrissait des milliers de bouches par jour et servait d'énormes quantités

de nourriture ramollie à force d'être réchauffée, à des ouvriers qui n'étaient guère plus vaillants.

Il nous incombait de distraire ces travailleurs épuisés pendant qu'ils se restauraient, mais pas seulement : nous étions aussi des propagandistes. À travers nous, la Navy distillait des informations et des opinions. Nous devions galvaniser la colère des ouvriers à l'endroit d'Hitler et de Hirohito, mais également entretenir chez eux le souci du bien-être de nos *boys* outre-Atlantique – en leur rappelant que, chaque fois qu'ils bâclaient leur travail, ils faisaient courir un risque aux marins américains. Nous devions alerter notre public sur l'omniprésence des espions, et leur rappeler que les langues trop déliées faisaient couler les navires. Nous devions dispenser des leçons de sécurité, et les dernières nouvelles du front. Et tout ça en composant avec les censeurs militaires, qui venaient souvent s'asseoir au premier rang pour s'assurer que nos spectacles ne déviaient pas de la ligne du parti. (Mon censeur préféré, un certain M. Gershon, était un homme génial. Je passais tellement de temps avec lui qu'on devint amis. Je fus même invitée à la bar-mitsva de son fils.)

Nous devions communiquer toutes ces informations à nos ouvriers en trente minutes, deux fois par jour.

Pendant trois ans.

Et il nous fallait renouveler notre matériau, sinon le public risquait de nous bombarder de nourriture. (« C'est chouette d'être de retour sur le terrain », commenta joyeusement Peg la première fois qu'on se fit huer – et je pense qu'elle était sincère.) C'était un travail impossible, ingrat, épuisant, et, en termes de « théâtre », la Navy ne mettait pas grand-chose à notre disposition pour l'accomplir. À l'avant de la cafétéria se trouvait une petite scène – une simple estrade de planches, en réalité. Nous n'avions ni rideaux ni éclairages, et notre « orchestre » se résumait à un piano de bastringue dont jouait une habitante du quartier, Mme Levinson, un petit bout de femme qui, de façon tout à fait incongrue, martelait les touches avec tant d'énergie que la musique s'entendait jusqu'à Sands Street. Nos accessoires étaient des cageots à légumes et la « loge » était un recoin de la cuisine, à côté de la plonge. Quant à nos comédiens, ils n'étaient pas exactement la crème de la crème. La guerre avait clairsemé les rangs de la communauté du spectacle. Entre les artistes partis combattre et ceux qui s'étaient dégoté de bons jobs dans l'industrie de guerre, nous en étions réduites à recruter ceux qu'Olive appelait, sans grande gentillesse, « les égarés et les éclopés ». (À ça, Peg répliquait, pas très gentiment non plus : « En quoi cela diffère-t-il de n'importe quelle autre compagnie théâtrale ? »)

Donc, nous improvisions. Des sexagénaires jouaient de jeunes soupirants, et des quadragénaires épaissies par l'âge, des ingénues – et ce en échange d'un salaire bien moindre que celui qu'ils auraient pu gagner en travaillant à la chaîne. Du coup, la troupe souffrait d'une perpétuelle hémorragie. On voyait la jolie fille qui, la veille, poussait la chansonnette sur notre scène, s'attabler le lendemain pour sa pause déjeuner, en bleu de travail, un fichu noué sur la tête, une clé à molette dans la poche, et une paye hebdomadaire rondelette en route. C'était ardu de la ramener sous les feux de la rampe, après ça – d'autant que nous n'avions même pas de rampe.

Même s'il m'arrivait d'écrire le script d'une saynète, voire les paroles d'une chanson, ma tâche première restait bien sûr de créer les costumes. Entre mon budget quasi inexistant et la pénurie de tissu, jamais mon travail n'avait été aussi difficile. D'autant que la raréfaction ne touchait pas que les tissus : boutons, fermetures à glissière, crochets ou pressions étaient également devenus introuvables. Je devais faire montre d'une inventivité féroce. Mon exploit le plus éclatant fut la création d'un gilet pour le roi Victor-Emmanuel III d'Italie, taillé dans un jacquard damassé bicolore que j'avais arraché d'un canapé en train de pourrir sur le trottoir, à l'angle de la Dixième Avenue et de la 44ᵉ Rue, un matin avant le passage des éboueurs. (Je ne prétendrai pas que le costume sentait bon, mais notre roi était vraiment royal – ce qui n'est pas rien quand on sait qu'il était joué par un vieil homme au torse creux qui, une heure avant le « lever de rideau », cuisinait une marmite de haricots dans la cuisine du Sammy.)

Il va sans dire que je fréquentais assidûment le Lowtsky's Used Emporium and Notions, plus encore qu'avant la guerre. Marjorie Lowtsky, qui était maintenant au lycée, devint ma dénicheuse de matières premières. L'entreprise étant désormais sous contrat avec l'armée, les volumes et la variété des stocks avaient décru même chez eux, mais les Lowtsky restaient les grossistes les mieux approvisionnés de la ville. En échange d'une modeste rétrocession de mon salaire, Marjorie sélectionnait et mettait de côté pour moi les plus belles pièces. Franchement, jamais je n'aurais pu faire mon travail sans son aide. Tandis que la guerre traînait en longueur, on s'attacha sincèrement l'une à l'autre malgré notre différence d'âge, et je ne tardai pas à la considérer comme une amie – si excentrique fût-elle.

Je me souviens encore de la première fois où nous partageâmes une cigarette. Après avoir exploré le contenu de plusieurs bacs, je m'accordai une pause sur le quai de déchargement de l'entrepôt, au plus fort de l'hiver.

« Je peux tirer une taffe ? » demanda une voix dans mon dos.

C'était la jeune Marjorie, cinquante kilos toute mouillée, ensevelie sous un de ces absurdes manteaux en raton laveur que les étudiants des années vingt affectionnaient, et coiffée d'un chapeau de la police montée canadienne.

« Pas question ! Tu n'as que seize ans !

— Exactement. Et dix déjà que je fume. »

Sous le charme, je cédai à sa demande et lui tendis ma clope. Elle aspira avec une adresse impressionnante, puis déclara, en contemplant la ruelle avec une grimace désenchantée et désabusée que je trouvais malgré moi comique : « Cette guerre ne me satisfait pas, Vivian. Elle me contrarie. »

Je m'efforçai de retenir un sourire.

« Elle te contrarie, ah ouais ? En ce cas, fais quelque chose, écris une lettre bien sentie à ton député. Va parler au président. Mets-y un terme.

— Le truc, c'est que j'attends de grandir depuis une éternité, mais maintenant, y a plus rien qui vaille le coup. La vie se résume à se battre, se battre, se battre, et travailler, travailler, travailler. C'est exténuant.

— Ça finira bien un jour », dis-je, sans être vraiment certaine de ce que j'avançais.

Elle tira une fois de plus longuement sur la cigarette, et reprit, d'un ton très différent : « Tous les gens de ma famille, en Europe, ils ont plein de soucis, tu sais. Hitler s'arrêtera pas tant qu'il ne se sera pas débarrassé du dernier d'entre eux. Maman ne sait même plus où sont ses sœurs, ni leurs enfants. Mon père est pendu au téléphone avec les consulats, pour essayer de les faire venir ici. C'est souvent moi qui dois traduire. On dirait bien qu'il n'y a aucune issue possible pour eux.

— Oh! Marjorie. Je suis désolée. C'est affreux. »

Je ne savais trop quoi dire d'autre. Cette situation semblait bien trop grave, trop lourde à affronter pour une lycéenne. J'avais envie de la serrer dans mes bras, mais Marjorie n'était pas le genre de personne à se laisser réconforter par une étreinte.

« Tout le monde me déçoit, reprit-elle après un long silence. Les adultes, tous autant qu'ils sont – comment ont-ils pu laisser le monde dérailler à ce point?

— Je ne sais pas, ma puce. Mais j'ai l'impression qu'il n'y a plus personne qui sache vraiment ce qu'il fait.

— Oui, *apparemment*, trancha-t-elle avec un dédain appuyé et en envoyant d'une chiquenaude le mégot dans la ruelle. C'est pour ça qu'il me tarde d'être adulte, tu vois. Pour ne plus être à la merci de gens déboussolés et qui font n'importe quoi. Plus tôt je pourrai prendre totalement le contrôle de ma vie, mieux elle s'en portera.

— Ça me semble un plan excellent, Marjorie. Bon, n'ayant moi-même jamais rien planifié dans ma vie, je suis mauvais juge. Mais à t'entendre, toi, tu as tout organisé. »

Marjorie me dévisagea avec épouvante. « Tu n'as jamais eu de *plan*? Et tu t'en sors *quand même*?

— Nom d'un chien, Marjorie, je croirais entendre ma mère.

— Pardon, Vivian, mais si tu n'es pas capable de planifier ta vie, tu as grand besoin d'une mère. »

Je ne pus retenir un éclat de rire. « Arrête de me sermonner, petite. Je suis assez vieille pour être ta baby-sitter.

— Ha! Jamais mes parents ne me confieraient à quelqu'un d'aussi irresponsable que toi.

— Et ils auraient probablement raison.

— Je te taquine, tu le sais, n'est-ce pas? Tu sais que je t'ai toujours appréciée. Hé, file-moi une autre cigarette, tu veux? Pour plus tard.

— Je ne devrais vraiment pas, dis-je en lui en tendant quelques-unes. Évite juste que ta mère apprenne que je te fournis.

— Depuis quand mes parents ont-ils besoin de savoir ce que je fabrique ? » demanda cette étrange adolescente. Elle cacha les cigarettes dans les replis de son imposant manteau en fourrure et me décocha un clin d'œil. « Bien, dis-moi sur quel genre de costumes tu travailles aujourd'hui, et je te trouve tout ce qu'il te faut. »

New York avait changé depuis mon premier séjour.
La frivolité, sauf à être utile et patriotique – danser avec les soldats et les marins à la Stage Door Canteen, par exemple – était morte et enterrée. La ville était plombée de sérieux et de gravité. On s'attendait à chaque instant à une attaque, ou à une invasion – nous étions convaincus que les Allemands allaient nous bombarder et nous réduire en poussière, comme ils l'avaient fait à Londres. Il y avait des coupures générales d'électricité. Certaines nuits, même Times Square et cette portion de Broadway furent plongés dans le noir total, se transformant soudain en un caillot sombre qui luisait dans la nuit comme une flaque de mercure. Tout le monde était en uniforme, ou prêt à servir la patrie. Même notre M. Herbert s'était porté volontaire pour surveiller d'éventuels raids aériens nocturnes et il arpentait le quartier avec son casque blanc et son brassard rouge délivrés par les autorités. (Quand il partait faire ses rondes, Peg disait : « Cher monsieur Hitler, s'il vous plaît, ne nous bombardez pas avant que M. Herbert ait eu le temps d'alerter tous nos voisins. Bien à vous, Pegsy Buell. »)

Mon souvenir le plus prégnant de ces années de guerre, c'est surtout une sensation omniprésente de rudesse. Nous autres New-Yorkais souffrions moins que bien d'autres populations de par le monde, mais tout s'était *dégradé* – on ne trouvait plus de beurre ni de bons morceaux de viande, plus de maquillage de qualité, plus aucun article de mode en provenance d'Europe. Toutes les friandises, tous les mets fins avaient disparu. Cette guerre était un colosse affamé qui exigeait tout de nous – notre temps et notre labeur, mais aussi notre huile de cuisson, notre caoutchouc, nos métaux, notre papier, notre charbon. Il ne nous restait que des miettes. Je me brossais les dents avec du bicarbonate de soude. Je prenais soin de ma dernière paire de bas nylon comme je l'aurais fait de prématurés. (Et quand elle fut bonne pour la poubelle, mi-1943, je me mis à porter des pantalons tout le temps.) J'avais tellement à faire, et se procurer du shampooing était devenu tellement difficile que je m'étais coupé les cheveux – un carré court et net, très semblable à celui d'Edna Parker Watson.

C'est pendant la guerre que je devins enfin une New-Yorkaise. J'avais fini par trouver mes repères pour me déplacer dans la ville. J'ouvris un compte en banque, et m'inscrivis dans une bibliothèque. J'avais maintenant mon cordonnier préféré (et il m'en fallait un, à cause des rationnements de cuir), et aussi mon dentiste attitré. Je me liai d'amitié avec quelques collègues du chantier naval, et nous allions manger ensemble au Cumberland Diner en sortant du travail. (J'étais fière, le repas terminé, de payer mon écot quand M. Gershon disait : « Les amis, faisons passer le chapeau. ») C'est aussi pendant la guerre que j'appris à être à l'aise seule dans un bar ou dans un restaurant. Beaucoup de femmes trouvent ça curieusement difficile, mais une fois que je fus parvenue à dompter mes réticences, je découvris que s'attabler seule dans un restaurant paisible, à côté de la devanture, est un des plus grands plaisirs secrets de la vie.

Pour trois dollars, je rachetai une bicyclette à un gamin de Hell's Kitchen, et cette acquisition m'ouvrit de nouvelles perspectives. J'étais en train d'apprendre que rien n'est plus important que la liberté de mouvement. Je voulais m'assurer de pouvoir quitter New York rapidement, en cas d'attaque. Je sillonnais toute la ville à vélo – c'était un moyen bon marché et efficace pour faire mes courses – mais dans quelque recoin de mon esprit, j'étais convaincue que je pourrais distancer la Luftwaffe si besoin était, et cela m'apportait une sensation de sécurité délirante.

Je devins une exploratrice de mon vaste environnement urbain. Je rôdais beaucoup en ville, et ce aux heures les plus bizarres. J'aimais tout particulièrement me promener la nuit, et apercevoir à travers les fenêtres des bribes de la vie de parfaits inconnus, qui avaient chacun leurs propres horaires de repas, ou de travail. Les âges et les races se côtoyaient. Quand certains se reposaient, d'autres travaillaient. Certains étaient seuls et livrés à eux-mêmes, d'autres en joyeuse et turbulente compagnie. Je ne me lassais jamais de ces scènes. Je me délectais de la sensation d'être un petit point d'humanité parmi tant d'autres dans un vaste océan d'âmes.

Plus jeune, j'avais voulu me trouver à l'épicentre de tout ce qui se passait en ville, mais j'en arrivai progressivement à comprendre qu'il n'existe pas de centre à New York. Le centre est partout où quelqu'un vit sa vie. C'est la ville aux centaines de milliers de centres.

Savoir ça, étrangement, décuplait la magie des lieux.

Pendant la guerre, je me désintéressai des hommes.

D'une part parce qu'il était difficile d'en croiser ; tous ou presque étaient à la guerre. Ensuite, je n'avais pas envie de batifoler. En adéquation avec le nouvel état d'esprit, tout de gravité et de sacrifices, qui enveloppait New York, je mis plus ou moins de côté mon désir sexuel à partir de 1942 et jusqu'en 1945 – un peu comme on recouvre un beau meuble d'un drap avant de partir en vacances. (Sauf que je n'étais pas en vacances ; je passais mon temps à travailler.) Je m'habituai rapidement à me déplacer en ville sans être accompagnée d'un homme. J'oubliai même qu'une jeune fille respectable était censée, la nuit, marcher au bras d'un homme. Outre qu'elle semblait désormais archaïque, cette règle était surtout devenue impossible à observer.

Il y avait tout bêtement une pénurie d'hommes, Angela.

Une pénurie de bras.

Un après-midi où je traversais midtown à bicyclette, j'aperçus Anthony Roccella qui sortait d'une salle de jeux. Voir son visage me causa un choc, mais j'aurais dû me douter que je le croiserais un jour ou l'autre. N'importe quel New-Yorkais te le dira : ici, fatalement, un jour ou l'autre, on croise tout le monde sur un trottoir. C'est pour ça que c'est une ville dans laquelle il ne fait vraiment pas bon avoir un ennemi.

Anthony n'avait pas du tout changé. Cheveux gominés, chewing-gum, sourire suffisant. Il ne portait pas l'uniforme (un détail inhabituel pour un homme de son âge en bonne santé ; sans doute avait-il réussi à se dérober à l'appel – mais pourquoi n'étais-je pas étonnée ?) et il était accompagné d'une petite blonde, mignonne. Sitôt que je l'aperçus, mon cœur entama une petite rumba. Cela faisait des années qu'un homme n'avait plus fait jaillir en moi l'étincelle du désir ; mais que cela se produisît à la vue d'Anthony n'avait rien de surprenant, bien sûr. Je m'immobilisai d'un coup à quelques mètres de lui, et le fixai. Quelque chose en moi voulait qu'il me voie. Si ce fut le cas, peut-être ne me reconnut-il pas – avec mes cheveux courts et mon pantalon, je ne ressemblais plus à la fille qu'il avait connue. Mais il est possible qu'il m'ait vue, reconnue, et qu'il ait choisi de ne m'accorder aucune attention.

Cette nuit-là, je me consumai de solitude, mais aussi de désir et de frustration – je ne vais pas mentir à ce sujet – et je pris moi-même les choses en main, si je puis dire. Par chance, j'avais appris comment procéder (et toutes les femmes devraient en faire autant).

Concernant Anthony, je ne le recroisai plus jamais, ni n'entendis plus parler de lui. Walter Winchell avait prédit qu'il deviendrait une star de cinéma, mais ce destin-là lui échappa.

Ou bien qui sait ? Peut-être qu'Anthony ne tenta même jamais sa chance.

Quelques semaines plus tard, un de nos comédiens m'invita à une soirée caritative qui se tenait à l'hôtel Savoy. Il s'agissait d'une levée de fonds au bénéfice des orphelins de guerre. La présence de Harry James et Son Orchestre étant la promesse de passer un moment amusant, je décidai de surmonter ma fatigue. Mais une fois au Savoy, je ne fis pas de vieux os : en plus de ne connaître personne, il n'y avait pas l'ombre d'un cavalier au physique potable. Finalement, ce serait plus drôle de rentrer à la maison et de dormir.

En quittant la salle de bal, je me cognai contre une invitée.

« Excusez-moi », marmonnai-je, avant de me rendre compte immédiatement que c'était *elle*. Edna Parker Watson.

J'avais oublié qu'elle habitait au Savoy. Sinon, jamais je ne serais allée à cette réception.

Elle leva les yeux et soutint mon regard. Tailleur marron de gabardine souple, petite blouse d'un orange espiègle, étole en lapin posé avec désinvolture sur une épaule – elle était d'un chic impeccable, comme toujours.

« Il n'y a pas de mal », répondit-elle avec un sourire poli.

Je savais qu'elle m'avait reconnue – le contraire était impossible : le visage d'Edna m'était assez familier pour n'avoir pas raté ce bref scintillement de contrariété derrière son masque d'un calme inflexible.

J'avais réfléchi pendant près de quatre ans à ce que je lui dirais si nos chemins venaient à se recroiser. Ce moment venu, je n'arrivai à articuler que son prénom, une main tendue vers son bras.

« Je suis navrée, mais je ne crois pas vous connaître », dit-elle, avant de poursuivre son chemin.

Quand on est jeune, Angela, on peut se bercer de l'illusion que le temps guérira toutes les blessures, que tout finira par se tasser. C'est une idée fausse, et en vieillissant, on apprend cette triste vérité : certaines choses demeurent irréparables, certaines erreurs ne peuvent jamais être rachetées – ni par le passage du temps, ni non plus par nos vœux les plus fervents.

D'après mon expérience, c'est la leçon la plus dure de toutes.

Passé un certain âge, nous vivons tous dans un corps constitué de secrets et de hontes, de chagrins et de vieilles blessures jamais guéries. Notre cœur peu à peu s'endolorit, et se déforme pour épouser les contours de toute cette douleur – et pourtant, d'une façon ou d'une autre, on continue à aller de l'avant.

25

L'année 1944 touchait à sa fin, et j'avais fêté mes vingt-quatre ans.
Je continuais à travailler nuit et jour au chantier naval. Je ne me souviens pas avoir pris un seul jour de repos. J'étais en train d'amasser un joli petit magot, avec mes salaires de guerre, mais je m'épuisais à la tâche, et en plus il n'y avait rien à quoi dépenser cet argent. Le soir, je n'avais presque plus l'énergie de jouer au gin-rami avec Peg et Olive et, plus d'une fois, pendant le trajet de retour, je m'endormis dans le métro et me réveillai à Harlem.

Tout le monde était sur les rotules.

Le sommeil était devenu une denrée précieuse que chacun appelait de ses vœux. En vain.

Nous savions que nous étions en train de gagner la guerre – la dérouillée que nous infligions aux Allemands et aux Japonais donnait lieu à quantité de fanfaronnades – mais de là à savoir quand tout ça se terminerait enfin... Ce qui n'empêchait bien entendu personne de propager racontars et spéculations stériles du matin au soir.

Tout le monde était d'avis que la guerre serait terminée d'ici Thanksgiving.

Et quand vint décembre : ce sera plié d'ici Noël, disait tout le monde.

Mais 1945 arriva, et nous étions toujours en guerre. Au Sammy, nous continuions à assassiner Hitler dix fois par semaine dans nos saynètes de propagande, mais ça ne semblait pas l'affecter outre mesure.

Pas de panique, disait-on. Tout sera conclu d'ici à la fin février.

Début mars, mes parents reçurent une lettre de mon frère, stationné quelque part dans le Pacifique sud sur son porte-avions, dans laquelle il disait : « Vous entendrez bientôt parler d'une reddition. J'en suis sûr. »

Ce furent les dernières nouvelles qu'on eut de lui.

Angela, je sais que tu es mieux placée que quiconque pour connaître l'histoire de l'*USS Franklin*. Je dois avouer à ma grande honte que je ne connaissais même pas le nom du bâtiment de mon frère avant d'apprendre que, le 19 mars 1945, un pilote japonais l'avait pris pour cible, tuant Walter et plus de sept cents hommes.

Toujours responsable dans sa conduite, Walter n'avait jamais mentionné le nom du porte-avions dans sa correspondance – au cas où ces lettres tomberaient entre les mains de l'ennemi, et révéleraient des secrets d'État. Je savais seulement qu'il se trouvait sur un grand bâtiment de guerre quelque part en Asie, et qu'il avait promis que la guerre toucherait bientôt à sa fin.

C'est ma mère qui, la première, fut prévenue de sa mort. Elle faisait du cheval dans un champ voisin lorsqu'elle aperçut une vieille voiture remonter à vive allure notre allée. Ce détail avait de quoi interloquer : à la campagne, les gens évitent en général de rouler à tombeau ouvert sur des chemins gravillonnés quand il y a un cavalier en selle dans les parages. Ma mère reconnut immédiatement ce vieux tacot noir affublé d'une seule portière blanche : il appartenait à Mike Roemer, le télégraphiste de la Western Union – qui en descendit, accompagné de sa femme, pour aller toquer à notre porte.

Les Roemer n'étant pas le genre de gens que ma mère fréquentait, ils n'avaient aucune raison de se présenter chez les Morris, sauf… sauf à avoir réceptionné un télégramme porteur d'une nouvelle suffisamment terrible pour que l'employé de la Western Union ait jugé devoir l'annoncer en personne – et avec le renfort de son épouse, afin qu'elle puisse offrir un réconfort féminin à la famille endeuillée.

Ma mère observa la scène, et *comprit* immédiatement.

Je me suis toujours demandé si, à cet instant, pour fuir l'horrible nouvelle, elle avait eu l'impulsion de faire faire demi-tour au cheval et de galoper à bride abattue dans la direction opposée. J'en doute, cependant. Mère n'était pas ce genre de personne. Elle mit pied à terre et marcha très lentement en direction de la maison, en guidant son cheval derrière elle. Elle m'expliqua, plus tard, qu'elle avait jugé imprudent de rester en selle alors qu'elle était en état de choc. Je la vois comme si j'avais été là, avancer avec précaution un pied devant l'autre, conduire son cheval avec son application coutumière. Elle savait pertinemment ce qui l'attendait sur le seuil de la maison, et elle n'était pas pressée. Jusqu'à ce qu'on lui tende le télégramme, son fils était toujours vivant.

Les Roemer pouvaient bien patienter un peu.

Ce qu'ils firent.

Quand elle atteignit finalement la porte, Mme Roemer, le visage strié de larmes, l'attendait les bras grands ouverts, pour une étreinte de réconfort à laquelle ma mère, faut-il le préciser, se refusa.

Mes parents n'organisèrent même pas d'obsèques pour Walter.

Et au premier chef parce qu'il n'y avait pas de corps à inhumer. Le télégramme nous informait que le lieutenant Walter Morris avait eu des funérailles en mer, avec les honneurs militaires, et nous demandait expressément de ne pas divulguer aux amis ou à la famille le nom de son bâtiment, ni sa position, afin de ne pas accidentellement « aider l'ennemi ». Comme si nos voisins de Clinton étaient des saboteurs et des espions...

En l'absence de dépouille, ma mère ne voulait pas entendre parler de cérémonie – elle trouvait ça trop horrible – et mon père était trop brisé par la colère et le chagrin pour affronter sa communauté endeuillée. Il avait vitupéré l'implication de l'Amérique dans cette guerre, il avait bataillé aussi contre l'engagement de Walter. Il se refusait maintenant à toute cérémonie qui honorerait le fait que le gouvernement lui avait volé son plus grand trésor.

Je rentrai passer une semaine auprès d'eux. Je m'employai de mon mieux à les aider, mais ils m'adressaient à peine la parole. Quand je leur demandai s'ils voulaient que je reste avec eux à Clinton – et j'étais prête à le faire –, ils me dévisagèrent comme si j'étais une étrangère. J'eus le net sentiment qu'ils voulaient même que je m'en aille, pour dérober leur chagrin aux regards d'un témoin. Ma présence, faut-il croire, ne servait qu'à leur rappeler que leur fils n'était plus de ce monde.

Si jamais ils ont pensé qu'on leur avait pris le mauvais enfant – le plus noble, le meilleur – pour ne leur laisser que celui de moindre importance, ils sont tout pardonnés. Il m'arrivait de le penser moi-même.

Après mon départ, ils purent de nouveau s'effondrer dans leur silence.

Je n'ai probablement pas besoin de te dire qu'ils ne furent jamais plus les mêmes.

La mort de Walter fut pour moi une déflagration.

Je te jure, Angela, que pas une seule minute je n'avais envisagé que mon frère puisse être blessé ou tué dans cette guerre. Cela peut sembler stupide, ou naïf, de ma part, mais si tu avais connu Walter, tu aurais compris ma confiance aveugle. Il avait toujours excellé en tout, il était puissant, il avait une intelligence instinctive. Jamais, dans sa longue pratique sportive, il n'avait été blessé. Même ses pairs le considéraient comme un demi-dieu. Quel mal aurait-il pu lui arriver ?

Et je ne me faisais non plus aucun souci pour quiconque servait sous son autorité – contrairement à lui, d'ailleurs, puisque le seul et unique sujet d'inquiétude qu'il mentionnait dans ses lettres à nos parents concernait la sécurité et le moral de ses hommes. Je supposais que quand on était sous les ordres de Walter Morris, on ne risquait rien. Qu'il veillait au grain.

Le problème, naturellement, venait de ce que Walter n'était que lieutenant. Ce n'était pas lui qui commandait le bâtiment – mais le capitaine Leslie Gehres. C'était lui, le problème.

Mais tu sais déjà tout ça, n'est-ce pas, Angela ?

Du moins je le suppose.

Je suis désolée, ma chérie, mais je ne sais vraiment pas ce que ton père t'a raconté de cette histoire.

À New York, Peg, Olive et moi organisâmes notre propre cérémonie pour Walter, dans la petite église méthodiste voisine du Lily. Au fil des années, le pasteur était devenu un ami et, restes ou pas restes, il avait accepté de faire un service à la mémoire de mon frère. Nous n'étions pas nombreux sur les bancs, mais c'était important pour moi d'honorer son nom, d'une manière ou d'une autre – et Peg avait été de mon avis.

Peg et Olive me flanquaient tels deux piliers – ce qu'elles étaient. Il y avait là M. Herbert. Billy était absent – il avait regagné Hollywood un an plus tôt, lorsque *New York est une fête* avait finalement quitté l'affiche de Broadway. M. Gershon, mon censeur de la Navy, vint lui aussi, ainsi que la pianiste du Sammy, Mme Levinson, et la famille Lowtsky au grand complet. (« C'est la première fois que je vois autant de Juifs à des obsèques méthodistes », déclara Marjorie en balayant l'église des yeux, et la réflexion me fit rire – merci, Marjorie.) Une poignée de vieux amis de Peg vinrent également – mais pas les Watson. Je n'aurais pas dû m'en étonner, je suppose, mais j'avoue que j'avais envisagé qu'Edna, au moins elle, vienne pour témoigner sa sympathie à Peg.

Quand le chœur entonna « His Eye is on the Sparrow », je pleurai sans pouvoir m'arrêter. La disparition de Walter me plongeait dans un état de sidération – et je pleurais non pas tant le frère que j'avais perdu que celui que je n'avais jamais eu. À l'exception d'une poignée d'images mignonnes et pommelées du soleil de la petite enfance (lui et moi cheminant de conserve à dos de poney – mais qui sait si ces réminiscences étaient seulement exactes?), j'aurais cherché en vain des souvenirs tendres de cette imposante silhouette avec laquelle j'avais prétendument partagé ma jeunesse. Peut-être que si mes parents n'avaient pas tant attendu de lui – s'ils lui avaient permis d'être un petit garçon ordinaire et non l'*héritier mâle* – lui et moi aurions pu devenir des amis, en grandissant, voire des confidents. Mais ça n'avait jamais été le cas. Et maintenant, il n'était plus là.

Je passai la nuit à pleurer, mais le lendemain j'étais de retour au travail.

C'était là le lot commun, pendant ces années.

On pleurait, Angela, et puis on repartait travailler.

Le 12 avril 1945, Roosevelt mourut.

Pour moi ce fut comme si je perdais encore un parent proche. C'est à peine si je me souvenais avoir connu un autre président. Quoi que mon père pensât de lui, j'adorais Roosevelt – comme beaucoup d'Américains, au demeurant. Et sans nul doute comme tout le monde à New York.

Le lendemain, au chantier naval, l'ambiance était funèbre. Au Sammy, je tendis au-dessus de la scène des guirlandes de fanions noirs (des rideaux occultants, en réalité), et on fit lire à nos comédiens des morceaux choisis des discours de Roosevelt. À la fin du spectacle, un métallo – un Caribéen à la peau sombre et à la barbe blanche – se leva spontanément de son siège et entonna « The Battle Hymn of the Republic ». Sa voix évoquait celle de Paul Robeson. L'assistance entière garda le silence pendant que le chant de cet homme ébranlait les murs d'un chagrin lugubre.

Le président Truman prêta serment rapidement, sans tambour ni trompette, ni aucune majesté.

Au travail, tout le monde mit les bouchées doubles.

Mais la guerre ne se terminait toujours pas.

Le 28 avril 1945, la coque accidentée et carbonisée du porte-avions de mon frère accosta au Brooklyn Navy Yard, sans l'aide d'un remorqueur. Le *USS Franklin* s'était débrouillé pour revenir cahin-caha depuis l'autre moitié du monde et traverser le canal de Panama, piloté par un équipage squelettique, pour arriver à notre « hôpital ». Les deux tiers de l'équipage étaient morts, portés disparus, ou blessés.

Le bâtiment fut accueilli au bercail au son d'une marche funèbre jouée par une fanfare de la Navy – et Peg et moi étions là, nous aussi.

Depuis le quai, on salua ce vaisseau blessé – que je considérais comme le cercueil de mon frère – regagnant la mère patrie pour y être rafistolé du mieux qu'on le pourrait. Mais même moi, d'un simple coup d'œil à ce monstre d'acier noirci et éviscéré, je voyais que c'était peine perdue.

Le 7 mai 1945, l'Allemagne, enfin, capitula.

Mais les Japonais, eux, résistaient toujours, et de toutes leurs forces.

Cette semaine-là, Mme Levinson et moi écrivîmes pour nos ouvriers une chanson intitulée « Et d'un, et bientôt de deux. »

Et on continua à travailler d'arrache-pied.

Le 20 juin, le *Queen Mary* entra dans le port de New York avec à son bord quatorze mille soldats américains de retour d'Europe. Avec Peg, j'allai les accueillir au Pier 90, dans l'Upper West Side. Peg brandissait un vieux fragment de décor au dos duquel elle avait peint : « Bonjour TOI ! Bienvenue au bercail ! »

« À qui t'adresses-tu en particulier ? lui demandai-je.

— À chacun d'entre eux sans exception. »

J'avais hésité à l'accompagner. L'idée de voir des milliers de jeunes hommes qui rentraient à la maison, et dont aucun ne serait Walter, me semblait d'une tristesse au-dessus de mes forces. Mais Peg avait insisté :

« Ça te fera du bien ! Et, plus important encore, ça *leur* fera du bien. Ils ont besoin de voir nos binettes. »

Finalement, je fus contente de l'avoir écoutée. Très contente.

C'était un après-midi estival absolument délicieux. À ce stade, je vivais à New York depuis plus de trois ans, mais je n'étais toujours pas immunisée contre la beauté de ma ville quand elle est éclairée par un grand ciel bleu, caressée par une brise tiède, quand on sent qu'elle nous aime et ne veut rien d'autre que notre bonheur.

Une vague ininterrompue déversait à quai des flots de matelots, de fantassins (et d'infirmières !) délirants de joie, aussitôt absorbés par cette imposante foule en liesse, dans laquelle Peg et moi constituions une délégation modeste, mais enthousiaste. Nous brandissions sa pancarte à tour de rôle, en nous écorchant la gorge à force d'acclamations. Une fanfare, sur le quai, interprétait avec une ardeur tonitruante des chansons populaires cette année-là. Les soldats lâchaient des ballons dans les airs – ballons dont je ne tardai pas à me rendre compte qu'il s'agissait en fait de préservatifs gonflés. (Je n'étais pas la seule à l'avoir compris : des mères, autour de moi, bataillaient pour empêcher leurs enfants de les ramasser. Cela me fit bien rire.)

Un marin efflanqué et aux paupières ensommeillées qui passait à ma hauteur s'arrêta pour me regarder longuement.

Il me décocha un sourire radieux et, avec un accent du Sud très prononcé, il me lança : « Dis poupée, c'est quoi le nom de cette ville, déjà ?

— On l'appelle New York, matelot », lui répondis-je en lui souriant moi aussi.

Il tendit le doigt vers des grues de chantier, de l'autre côté du quai. « Ça risque d'avoir de la gueule, quand elle sera terminée. »

Puis il glissa un bras autour de ma taille et m'embrassa – exactement comme sur cette célèbre photo prise à Times Square le jour de la victoire contre le Japon. (Ça se faisait beaucoup, cette année-là.) Mais sur cette fameuse photo, on ne voit pas la réaction de la fille. Je me suis toujours demandé quel effet lui avait fait ce baiser.

Je peux te dire, pour sûr, celui que m'a fait le mien – qui était long, passionné, virtuose.

Eh bien, Angela, il m'a beaucoup plu.

Sincèrement. D'ailleurs j'y répondis sans me faire prier – jusqu'au moment où, d'un coup, je me mis à pleurer sans plus pouvoir m'arrêter. J'enfouis le visage au creux du cou du matelot, je m'accrochai à lui, je le noyai sous mes larmes. Je pleurais mon frère, et tous ces autres jeunes hommes qui ne reviendraient pas. Je pleurais pour toutes les filles qui avaient perdu leur amoureux, et leur jeunesse.

Je pleurais parce que nous avions donné tant, trop d'années à cette guerre infernale, interminable.

Je pleurais parce que j'étais épuisée. Parce qu'embrasser des garçons m'avait manqué, et que je voulais en embrasser bien d'autres encore, mais que j'étais maintenant une vieille bique de vingt-quatre ans, et qu'allais-je devenir ? Je pleurais parce que c'était une journée splendide, que le soleil brillait, que tout en ce jour n'était que gloire, et que rien de tout ça n'était juste.

Ce n'était pas du tout ce à quoi s'attendait mon matelot, j'en suis sûre, lorsqu'il m'avait empoignée. Mais il se montra admirablement à la hauteur de la situation.

« Beauté, faut plus pleurer, me dit-il au creux de l'oreille. Dans l'histoire, nous sommes les petits chanceux. »

Il me serrait dans ses bras et il me laissa sangloter tout mon soûl, et quand enfin j'eus repris le contrôle de moi-même, il s'écarta et lança avec un sourire : « Bon, on remet ça ? »

Je ne me fis pas prier.

Il nous faudrait patienter encore trois mois avant la reddition des Japonais.

Mais dans ma tête – et dans mon souvenir nimbé de rose de ce jour d'été –, la guerre se termina à cet instant précis.

26

Permets-moi, Angela, de te raconter sans trop m'étendre les vingt années suivantes de ma vie.

À la fin de la guerre, je restai à New York (évidemment! Où aurais-je pu aller?), mais ce n'était plus la même ville. Tant de choses avaient changé, et si vite! Tante Peg m'avait prévenue de cette fatalité dès 1945. « Quand une guerre se termine, avait-elle dit, rien n'est jamais plus pareil. J'ai déjà vécu ça. Nous devrions tous et toutes nous préparer à nous adapter. Ce serait sage. »

Le moins qu'on puisse dire, c'est qu'elle avait vu juste.

Le New York d'après-guerre était une formidable bête travaillée par l'argent, par des appétits voraces, par l'impatience. Une bête en perpétuelle croissance, surtout à midtown, où l'on rasait des quartiers entiers de vieux immeubles mitoyens et d'anciens commerces pour faire place à des complexes de bureaux et à des immeubles d'habitation modernes. Partout, le piéton devait louvoyer entre les gravats − presque comme si la ville avait été bombardée, finalement. Dans les quelques années qui suivirent, quantité d'établissements de nuit sélects que j'avais fréquentés avec Celia Ray fermèrent, et furent remplacés par des tours d'entreprise de vingt étages. Ce fut le cas du Spotlite, du Downbeat Club, du Stork Club. Un nombre incalculable de théâtres aussi baissèrent définitivement le rideau. Des quartiers entiers, autrefois tout scintillants de néons, évoquaient maintenant des bouches fracturées dans lesquelles on avait défoncé la moitié de la dentition pour y implanter, au petit bonheur la chance, de fausses dents flambant neuves et rutilantes.

Mais le plus grand changement eut lieu en 1950, du moins dans notre petit cercle, puisque c'est à cette date que le Lily Playhouse ferma à son tour ses portes.

Et pas seulement. Le Lily ne se contenta pas de baisser le rideau : il fut démoli. Notre belle et besogneuse forteresse tarabiscotée fut détruite cette année-là par la municipalité, qui souhaitait dégager de la place pour le chantier de Port Authority. En fait, c'est l'ensemble de notre quartier qui fut rasé. Sur l'autel de ce qui deviendrait la gare routière la plus moche du monde, on sacrifia chaque théâtre, église, immeuble, restaurant, bar, blanchisserie chinoise, salle de jeu, fleuriste, salon de tatouage et école. Même Lowtsky's Used Emporium and Notions fut emporté dans la tourmente.

Réduits en poussière sous nos yeux.

Mais, au moins, la municipalité se comporta bien avec Peg. Elle lui offrit cinquante-cinq mille dollars pour le théâtre – un joli petit magot, à l'époque, quand on sait que la plupart des gens du quartier vivaient avec mille dollars par an.

Quand j'avais voulu contester la décision, Peg avait dit : « C'est peine perdue.

— Je ne peux pas croire que tu sois prête à abandonner tout ça ! bramai-je.

— Tu n'as pas idée de ce que je suis capable d'abandonner, petite. »

Et Peg avait raison : c'était un combat perdu d'avance, puisqu'en prenant possession du quartier, la Ville ne faisait qu'exercer son droit de préemption. Après cette condamnation à mort, je boudai copieusement, et Peg me dit : « On ne résiste aux changements qu'à son péril, Vivian. Quand quelque chose marche à sa fin, laisse faire. Le Lily a largement survécu à sa gloire, de toute façon.

— C'est inexact, Peg, corrigea Olive. Le Lily n'a jamais connu aucune gloire. »

Elles avaient toutes les deux raison, chacune à sa façon. Depuis la fin de la guerre, nous vivotions péniblement. Notre public était plus clairsemé que jamais. Nos meilleurs artistes n'étaient jamais revenus vers nous. (Par exemple, Benjamin, notre auteur-compositeur, avait choisi de rester en Europe, et de s'établir à Lyon avec une Française propriétaire d'un night-club. Nous nous régalions à lire ses lettres ; il rencontrait un succès fou dans sa nouvelle carrière d'imprésario et chef d'orchestre, mais nous étions certaines que composer sa musique lui manquait.) Autre problème : notre humble public de quartier avait évolué plus vite que nous. Les gens étaient plus sophistiqués, maintenant – même à Hell's Kitchen. La guerre était une bombe qui avait éventré le monde et saturé l'air d'idées neuves et de goûts nouveaux. Si les spectacles du Lily étaient déjà datés lors de mon premier séjour à New York, ils semblaient maintenant venir droit du Pléistocène. Plus personne n'avait envie de voir des pièces mièvres, des pseudo-vaudevilles dansés et chantés.

Donc oui : quelque modeste gloire que notre théâtre eût possédé un jour, en 1950 elle était depuis longtemps éteinte.

Mais cette disparition restait douloureuse pour moi.

Si seulement j'avais aimé les gares routières autant que j'aimais le Lily Playhouse !

Le jour de la démolition, Peg insista pour être présente sur les lieux. (« Tu ne peux pas redouter ce genre de chose, Vivian, me dit-elle. Il faut les mener à terme. ») En ce jour funeste, je regardai le Lily s'effondrer aux côtés de Peg et d'Olive. J'étais loin d'être aussi stoïque qu'elles. Voir un boulet de démolition viser ta maison et ton histoire – l'endroit qui t'a réellement donné naissance – exige une force d'âme que je ne possédais pas encore. Je fondis en larmes ; c'était plus fort que moi.

Le pire moment ne fut pas de voir la façade s'affaisser, mais celui où ils abattirent le mur entre le foyer et la salle, exposant d'un coup la vieille scène comme elle n'avait jamais été conçue pour être vue.

Peg supporta tout ça sans broncher, sans ciller, même. Elle était faite d'une étoffe sacrément résistante, cette femme. Quand le boulet eut achevé de faire tous les dégâts qu'il pouvait, elle me lança avec un sourire : « Tu sais quoi, Vivian ? Je n'ai aucun regret. Quand j'étais jeune, je croyais sincèrement qu'une vie passée dans le théâtre ne serait que rigolade – et mon Dieu, petite –, ça l'était ! »

Avec l'argent de la transaction à l'amiable, Peg et Olive achetèrent un charmant petit appartement à Sutton Place, et même après cette acquisition, Peg eut encore assez d'argent pour allouer une sorte de pension de retraite à M. Herbert, qui partit s'installer en Virginie, auprès de sa fille.

Peg et Olive appréciaient leur nouvelle vie. Elles trouvèrent l'une et l'autre un travail dans un lycée des environs – Olive en tant que secrétaire du proviseur, un poste taillé sur mesure pour elle, et Peg comme auxiliaire du club théâtre. Elles ne semblaient pas mécontentes des changements survenus dans leur vie. Dans leur nouvel immeuble flambant neuf, il y avait un ascenseur, qui leur facilitait bien la vie puisqu'elles ne rajeunissaient pas – et même un portier, avec lequel Peg pouvait discuter base-ball. (« Les seuls portiers que j'aie jamais eus avant ce jour-là, c'étaient les clochards qui dormaient sous la marquise du Lily ! » plaisantait-elle.)

Bosseuses comme elles l'étaient, les deux femmes s'adaptèrent, sans jamais se plaindre. Il reste cependant d'une tristesse poignante de songer que le Lily Playhouse fut détruit en 1950 – l'année même où Peg et Olive achetèrent leur premier poste de télévision pour leur nouvel appartement moderne. L'âge d'or du théâtre était manifestement révolu. Mais cette évolution-là aussi, Peg l'avait anticipée.

« La télévision finira par tous nous chasser de la ville, avait-elle prédit la première fois qu'elle en avait vu fonctionner.

— Comment le sais-tu ?

— Parce que même à moi, ça me plaît plus que le théâtre. »

Réponse honnête s'il en est.

Une fois acté le décès du Lily Playhouse, je me retrouvai sans toit ni travail – ni famille, d'ailleurs, avec laquelle partager mon quotidien. Emménager avec Peg et Olive n'était pas une option – pas à mon âge. J'avais besoin de m'inventer ma propre vie. Mais pour une femme de vingt-neuf ans, célibataire et sans diplôme, quelle pouvait-elle être, *cette vie* ?

Trouver comment subvenir à mes besoins ne m'inquiétait pas trop. J'avais de coquettes économies, je savais travailler. À l'usage, j'avais appris qu'avec ma machine à coudre, mes grands ciseaux de coupe, un mètre ruban autour du cou et un coussin à épingles au poignet, j'arriverais toujours à m'en sortir. La question était donc : quelle sorte d'existence allais-je désormais mener ?

Pour finir, mon salut vint de Marjorie Lowtsky.

En 1950, Marjorie et moi étions désormais les meilleures amies du monde. C'était une association improbable, mais Marjorie n'avait jamais cessé de s'occuper de moi – en récupérant pour moi des trésors dans les conteneurs sans fond de l'entrepôt – et moi en retour, je m'étais réjouie d'observer cette gamine se transformer en une jeune femme charismatique et fascinante. Elle avait vraiment quelque chose de spécial. Certes, Marjorie avait toujours été une personne un peu à part, mais au sortir des années de guerre elle s'épanouit dans une force créatrice d'une énergie atomique. Elle s'habillait avec toujours autant d'extravagance – en bandit mexicain un jour, en geisha le lendemain – mais elle avait réussi à se réaliser en tant que personne. Du temps où elle vivait encore chez ses parents, et tout en faisant tourner l'entreprise familiale, elle avait étudié à la Parsons School et gagné quelques sous à côté comme illustratrice : pour Bonwit Teller, elle dessinait des gravures de mode romantiques, destinées à leurs publicités dans les journaux ; elle réalisait des diagrammes pour les journaux médicaux ; une fois – une expérience assez mémorable –, une compagnie de voyages lui commanda les illustrations d'un guide de Baltimore tragiquement intitulé *Vous venez à Baltimore ? Mince alors !* Marjorie avait une infinité de cordes à son arc, et n'était jamais inactive.

En plus d'être créative, excentrique et un bourreau de travail, Marjorie était audacieuse, et maligne. Quand la municipalité annonça qu'elle allait raser notre quartier, les parents de Marjorie décidèrent d'accepter l'offre de rachat et de se retirer dans le Queens. Mon amie se retrouva subitement dans la même situation que moi – sans toit, ni travail fixe. Mais plutôt que de se lamenter sur son sort, elle vint me trouver avec une proposition : pourquoi ne pas unir nos forces en habitant et travaillant ensemble ?

Le plan qu'elle m'exposa était simple, mûrement réfléchi, et tenait en peu de mots : *robes de mariée.*

« Tout le monde se marie, Vivian. Il faut qu'on fasse quelque chose ! »

Elle m'avait invitée à déjeuner à l'Automat pour me faire part de son idée. En cet été 1950, la gare routière de Port Authority était un horizon inévitable, et tout notre petit monde était sur le point de s'écrouler. Mais Marjorie (costumée ce jour-là en paysanne péruvienne, avec une superposition de quatre ou cinq gilets et jupes brodées) brillait de détermination et d'excitation.

« Et alors ? Que veux-tu que j'y fasse ? lui demandai-je. Que j'essaie de les en empêcher ?

— Non, que tu les *aides* ! Si on peut le faire, il y a des profits à en tirer. Écoute, j'ai passé la semaine au rayon nuptial de Bonwit Teller, à faire des croquis et à ouvrir grand les oreilles. Les vendeuses disent qu'elles sont débordées de commandes et toutes les clientes se plaignent du manque de variété dans les modèles. Elles veulent toutes une robe unique en son genre, or le choix est finalement assez restreint. J'ai même entendu une fille dire que, si elle avait su, elle aurait fait sa robe elle-même.

— Tu veux que j'apprenne aux filles à coudre leur robe de mariée ? La plupart ne seraient pas capables de coudre une manique.

— Non. Je pense que *nous* devrions faire des robes de mariée.

— Il y a déjà trop de gens sur ce créneau, Marjorie. C'est une industrie en soi.

— Ouais, mais nous, on peut en faire de plus belles. Je pourrais dessiner les modèles, et toi tu les réaliserais. Je connais les étoffes mieux que quiconque, pas vrai ? Et notre stratagème serait de recycler de vieilles robes pour en créer de nouvelles. Tu sais comme moi que les soies et les satins anciens sont de meilleure qualité que tout ce qu'on importe en ce moment. Avec mes contacts, on n'aura aucun mal à se procurer cette matière première – je peux même l'acheter en gros en France. Ils vendent tout ce qu'ils ont, là-bas, en ce moment, tellement ils ont faim. Avec ces étoffes, tu pourras réaliser des robes bien plus belles que toutes celles de Bonwit Teller. J'ai vu comment, pour créer les costumes de scène, tu récupérais des broderies en bon état sur de vieilles nappes. Ne pourrais-tu pas faire pareil avec des dentelles et des tulles ? On créerait des modèles uniques, pour des filles qui ne veulent pas ressembler à tout le monde avec une robe achetée en grand magasin. Les nôtres ne seraient pas industrielles, mais sur mesure. Classiques. Tu pourrais faire ça, n'est-ce pas ?

— Aucune fille ne voudra se marier dans une robe de seconde main », objectai-je.

Mais je n'avais pas plutôt parlé que je me souvins de celle que j'avais improvisée pour mon amie Madeleine, à Clinton, au début de la guerre, en déchirant les robes de mariée de ses grands-mères pour en créer une nouvelle. Le résultat avait été sensationnel.

Voyant que je commençais à piger, Marjorie reprit : « Voilà comment je vois le truc : on ouvre une boutique. Avec ta classe et ton bon goût, on saura créer une ambiance élégante et exclusive. On jouera sur le fait qu'on importe nos tissus de Paris. Les gens adorent ça. Si tu leur dis que ça vient de Paris, ils sont prêts à acheter n'importe quoi. Ce ne sera pas complètement un mensonge ; certains trucs dans le lot arriveront de France – certes, dans des conteneurs remplis de vieilles nippes, mais ça, personne n'a besoin de le savoir. Je me chargerai du tri, et je traquerai les trésors, qu'on transformera en trésors encore plus précieux.

— Tu parles d'ouvrir un *commerce*?

— Une boutique, Vivian. Habitue-toi à dire ce mot. Les Juifs ont des commerces ; nous, nous aurons une *boutique*.

— Mais... Tu es juive.

— *Boutique*, Vivian. *Boutique*. Entraîne-toi, répète après moi : *boutique*. Laisse le mot rouler sur ta langue.

— Et tu voudrais faire ça où ?

— Quelque part autour de Gramercy Park. Ce quartier sera toujours chic. J'aimerais bien voir la municipalité essayer de raser ces maisons-là ! C'est ça que nous vendons aux clientes – l'idée du *chic*. Du *classique*. Je veux qu'on baptise notre boutique L'Atelier. J'ai déjà un local en vue. Mes parents ont dit qu'ils me donneraient la moitié de l'argent du rachat, quand la municipalité démolira l'entrepôt – et franchement, je l'ai pas volé, vu qu'ils m'ont fait trimer comme un docker depuis le berceau. Ma part suffira tout juste à acheter l'endroit que je convoite. »

Je voyais comme son esprit travaillait et cravachait dur – et, pour ne rien te cacher, c'était un peu effrayant. Elle allait sacrément vite en besogne.

« Le local en question se trouve sur la 18e Rue, à un pâté de maisons du parc, poursuivit-elle. C'est un bâtiment sur trois niveaux, avec une devanture au rez-de-chaussée, et un appartement par étage. C'est petit, mais charmant. On pourrait se débrouiller pour lui donner un air de petite boutique dans une rue pittoresque de Paris. C'est l'impression qu'on cherche à créer. Ce n'est pas en mauvais état, et je peux trouver des gens pour le retaper. Tu pourras habiter au dernier étage. Tu sais que je déteste grimper les escaliers. Ça te plaira. Il y a une lucarne, dans ton appartement. Deux, même.

— Tu veux nous acheter un *immeuble*, Marjorie ?

— Non, Vivian, je veux *m'*acheter un immeuble. Je sais combien d'argent tu as à la banque et, sans vouloir te vexer, même le New Jersey n'est pas dans tes moyens. Alors Manhattan... Par contre, tu as assez pour t'acheter des parts de l'entreprise, donc là on fera moitié-moitié. Mais l'immeuble, c'est pour moi. Même si ça doit me coûter jusqu'à mon dernier *cent*, pas question de lésiner sur les moyens. Je ne vais quand même pas louer, non ? Je ne suis pas une immigrante !

— Ben, si...

— Immigrante ou pas, dans cette ville pour que le commerce de détail rapporte des sous, il n'y a qu'une seule façon de procéder : en étant propriétaire des murs, pas en vendant des fringues. Demande à la famille Saks, ou aux Gimbel, ils en savent quelque chose. Encore qu'on gagnera de l'argent en vendant des vêtements, aussi, parce que nos robes de mariée seront tout bêtement sensass, grâce à l'étendue considérable de tes talents, et des miens. Donc, en conclusion, Vivian : oui, je veux *m'*acheter un immeuble. Je veux que *tu* crées des robes de mariée, que *nous* vendrons dans *notre* boutique, et je veux qu'on habite *toutes les deux* au-dessus de celle-ci. C'est ça, le plan. Vivre ensemble, et travailler ensemble. Ce n'est pas comme si on avait d'autres options sur la table, pas vrai ? Alors dis-moi que tu es partante. »

Je réfléchis en profondeur et sérieusement à sa proposition pendant trois secondes, avant de répondre :

« Pourquoi pas ? Faisons ça. »

Tu te demandes peut-être, Angela, si cette décision s'avéra une erreur magistrale. Sache que la réponse est non. Je peux même te dire tout de suite ce qu'il en advint : ensemble, on créa des robes de mariée sublimes pendant plusieurs décennies, et cela nous rapporta suffisamment d'argent pour vivre confortablement ; on prit soin l'une de l'autre comme si nous étions une famille et, aujourd'hui, je vis encore dans ce même immeuble. (Je sais, je suis vieille, mais n'ai crainte je peux encore grimper ces fichues marches.)

Jamais, de toute ma vie, je n'ai fait meilleur choix que de m'associer pour le meilleur et pour le pire avec Marjorie Lowtsky, et de la suivre dans son projet.

Parfois, quand il s'agit de ta vie, c'est tout simplement vrai que d'autres ont de meilleures idées que toi sur le sujet.

Cela dit, ce fut aussi une sacrée paire de manches.

À l'instar des costumes de scène, une robe de mariée repose avant tout sur sa *construction*. Et comme pour toute construction qui se veut monumentale, sa réalisation exige des quantités monumentales d'efforts. Mes modèles étaient particulièrement chronophages puisqu'au lieu de les couper dans des rouleaux d'étoffes neuves et propres, je travaillais à partir de vêtements existants – ou de plusieurs, en l'occurrence – et ça, ça complique la tâche. Il faut commencer par démonter les vieilles robes. Cela fait, on sera limité dans ses options par la quantité de tissu susceptible d'être récupéré. En outre, les soies et les satins anciens, les dentelles finement ouvragées sont des matériaux fragiles qu'il faut désassembler et manipuler avec prudence et délicatesse.

Marjorie m'apportait des ballots de vieilles robes de mariée ou de baptême qu'elle avait récupérées Dieu seul sait où, et je choisissais celles dont je pouvais tirer quelque chose. Souvent, les étoffes avaient jauni avec le temps, ou alors les corsages étaient tachés (ne jamais offrir à une mariée un verre de vin rouge!) Mon premier travail consistait à faire tremper le vêtement dans de l'eau glacée et vinaigrée pour le nettoyer. Si une tache restait indélébile, il me fallait découper autour d'elle, et voir quelle surface de tissu je pouvais sauver. Parfois, j'utilisais l'envers de la pièce, ou je m'en servais pour faire une doublure. Souvent, j'avais l'impression d'être un tailleur de diamants, à essayer ainsi de conserver autant que possible la valeur du matériau original tout en éliminant les parties qui avaient un défaut.

Restait ensuite à créer une robe qui serait une pièce unique. À un certain niveau, une robe de mariée est juste une *robe* – et comme telle, elle est constituée de trois éléments basiques : un corsage, une jupe, et des manches. Cependant, au fil des années, à partir de ces trois ingrédients limités, j'ai créé des robes qui ne se ressemblaient pas du tout – bien obligée : aucune mariée ne veut ressembler à une autre.

Donc oui, c'était un travail exigeant et difficile – tant sur le plan manuel que créatif. Au cours des années, j'eus des assistantes, et cela aidait un peu, mais je n'ai jamais trouvé personne capable de faire ce que je faisais. Et comme il m'était insupportable qu'une robe griffée L'Atelier fût autre chose que parfaite, je consacrais tout le temps nécessaire pour m'assurer que chacune le soit. Si une cliente décidait – la veille au soir du grand jour – qu'elle voulait plus de perles sur son corsage, ou moins de dentelle, c'était moi qui veillais jusqu'après minuit pour procéder aux modifications. Ce travail de détail requiert une patience de moine. On doit croire que ce que l'on crée est sacré.

Par chance, il se trouve que je le croyais.

Naturellement, le plus grand défi pour une créatrice de robes de mariée, c'est d'apprendre à « gérer » ses clientes.

À force d'œuvrer au service de tant et tant de futures épouses, l'expérience m'apprit à m'adapter avec délicatesse aux subtilités relatives à la famille, à l'argent, au pouvoir. Mais, surtout, il me fallut apprendre à comprendre *la peur*. Je découvris qu'une fille sur le point de se marier a toujours peur. Peur de ne pas aimer assez son fiancé, peur que celui-ci ne l'aime pas assez. Peur de la vie sexuelle qui l'attend, ou peur de regretter celle sur laquelle elle referme la porte. Peur que la noce aille de travers, peur d'être le point de mire de centaines d'yeux – et de ne pas l'être si jamais sa robe est ratée, ou si sa demoiselle d'honneur est plus belle qu'elle.

J'admets volontiers, Angela, que dans le grand schéma des choses, ces préoccupations n'ont rien de monumental. Nous venions de sortir d'une guerre mondiale qui avait coûté la vie à des millions d'hommes et de femmes, et détruit celle de millions d'autres ; un tel cataclysme ne souffre aucune comparaison avec les angoisses et les appréhensions d'une future mariée. Cependant, la pression que ces dernières exercent sur un esprit déjà perturbé n'est pas pour autant quantité négligeable. J'en vins donc à considérer que mon travail consistait aussi à soulager ces filles, du mieux que je le pouvais, du poids de ces craintes et de cette pression, mais à la longue j'appris surtout comment on fait pour aider une femme qui a peur – comment me ramener à la réalité devant leurs besoins, et me mettre au service de leurs désirs.

Cette éducation commença sitôt qu'on eut lancé notre entreprise.

Notre boutique était encore dans sa première semaine d'existence quand une jeune femme poussa la porte avec, à la main, la publicité que nous avions fait paraître dans le *New York Times*. (C'était une vignette légendée, signée de Marjorie, représentant deux invitées en train d'admirer une mariée à la silhouette élancée : « Que cette robe est poétique ! s'extasie l'une. Elle l'a ramenée de Paris ? — Presque ! répond l'autre. C'est une création de L'Atelier. Leurs robes sont les plus exquises ! »)

Je voyais bien que la fille était une boule de nerfs. Après lui avoir offert un verre d'eau, je lui montrai les modèles d'exposition sur lesquels je travaillais. Très vite, elle s'orienta vers une robe au volume exubérant – et qui ressemblait comme deux gouttes d'eau à celle du mannequin aussi svelte qu'un cygne de notre publicité. La fille caressa la robe de ses rêves, et en voyant son visage fondre de désir, mon cœur se serra. Je savais que ce modèle n'était pas fait pour elle. Elle était petite, et plutôt replète ; elle aurait eu l'air d'une guimauve.

« Puis-je l'essayer ? » demanda-t-elle.

Je ne pouvais pas la laisser faire ça : en se découvrant dans le miroir, elle verrait sur-le-champ qu'elle était grotesque, et elle quitterait la boutique pour ne jamais revenir. Mais il y avait pire à mes yeux que rater une vente : je savais qu'en se voyant dans cette robe, la fille se sentirait blessée, profondément, et je voulais lui épargner cette douleur.

« Mon chou, lui dis-je aussi délicatement que je le pus, vous êtes ravissante et, selon moi, cette robe-là va vous décevoir amèrement. »

Son visage se défit. Puis, elle redressa ses épaules étroites et elle dit, courageusement : « Oui, je sais. Parce que je suis trop petite, n'est-ce pas ? Et trop ronde, aussi. Je le savais. Je vais être ridicule le jour de mon mariage. »

Quelque chose, dans cette scène, me transperça de part en part. Des douleurs insignifiantes peuvent nous empoisonner la vie ; rien de tel que la vulnérabilité d'une jeune fille rongée par un sentiment d'insécurité pour nous le faire sentir.

N'oublions pas que jusque-là, dans mon travail, je ne m'étais jamais frottée à de *vraies* clientes — aux femmes de la vraie vie, au physique banal, à des filles normales, timides, complexées. Des années durant, je n'avais habillé que des showgirls, des danseuses et des comédiennes, qui aimaient passionnément leur corps (et à raison) et tenaient plus que tout à l'exhiber. J'étais habituée aux femmes toujours heureuses de se déshabiller et de danser devant un miroir — pas à celles qui cillaient en découvrant leur reflet.

J'avais oublié que mes congénères pouvaient être tout sauf vaniteuses.

Ce jour-là, dans ma propre boutique, j'appris une leçon : créer des robes de mariée serait une activité considérablement différente de la création de costumes de scène. Cet être humain qui se tenait devant moi n'était pas une somptueuse showgirl, juste une femme ordinaire qui n'en voulait pas moins être somptueuse pour son grand jour, et qui ne savait pas comment s'y prendre pour y parvenir.

Mais moi, je le savais.

Je savais qu'il lui fallait une robe aux lignes simples, coupée assez près du corps, dans laquelle elle ne disparaîtrait pas. Cette robe devait être en crêpe satin, pour avoir un beau tombé sans coller aux formes, et d'une nuance de blanc légèrement cassé, pour adoucir sa carnation un peu rougeaude. Je savais qu'une simple couronne de fleurs la flatterait plus qu'un voile long, et que des manches trois quarts mettraient en valeur ses mains et ses poignets qui étaient ravissants. Pas de gants non plus pour elle ! En remarquant que la ceinture de sa robe de ville était décalée par rapport à sa taille naturelle, j'avais compris que le tombé de sa robe de mariée devrait être travaillé à partir de sa vraie taille, pour donner l'illusion d'une silhouette en 8. Je sentais aussi que cette fille était si pudique — si impitoyablement lucide et critique envers elle-même — qu'elle ne supporterait pas un décolleté dévoilant la naissance des seins. Ses chevilles, en revanche, on pouvait les montrer, et nous n'allions pas nous en priver. Je savais exactement comment l'habiller.

« Oh, mon chou, ne vous tracassez pas, lui dis-je en l'abritant presque littéralement sous mon aile. Vous êtes entre de très bonnes mains, et vous serez une mariée somptueuse, je vous le promets. »

Et la promesse fut tenue.

Laisse-moi te dire une chose, Angela : j'ai fini par aimer sincèrement toutes les clientes que j'ai vu défiler à L'Atelier. Toutes, sans exception. Cet élan d'amour et d'instinct protecteur à leur égard fut une des plus grandes surprises que m'aura apportées la vie. Même lorsqu'elles étaient exigeantes et hystériques, je les aimais. Et même quand elles n'étaient pas si belles que ça, à mes yeux elles l'étaient.

Avec Marjorie, nous nous étions lancées dans cette entreprise au premier chef pour gagner de l'argent. Ma motivation seconde avait été de pratiquer mon métier de couturière, dans lequel j'avais toujours trouvé une source d'épanouissement. L'autre raison, c'est que je ne savais pas quoi faire de ma vie. Mais je n'aurais jamais pu anticiper le plus grand bénéfice que cette activité devait m'apporter : cet élan puissant de chaleur humaine et de tendresse que je ressentais systématiquement à chaque fois qu'une future mariée à cran franchissait mon seuil et me confiait sa précieuse vie.

En d'autres mots, L'Atelier m'a donné de l'amour.

C'était plus fort que moi, tu vois.

Elles étaient toutes si jeunes, elles avaient toutes tellement peur, et elles étaient toutes tellement attachantes !

27

La plus grande ironie de cette histoire, c'est bien sûr que ni Marjorie ni moi n'étions mariées.

Pendant toutes les années où nous dirigeâmes L'Atelier, nous baignâmes jusqu'aux yeux dans les parures nuptiales, nous aidâmes des centaines de femmes à préparer leurs noces, mais nous, jamais personne ne nous épousa. Nous étions un peu comme ces filles qui, année après année, restent éternellement cantonnées au rôle de demoiselles d'honneur.

Tant Marjorie que moi étions trop particulières – voilà où était le problème. C'était du moins notre diagnostic : *trop particulière pour un en particulier*. Souvent, en plaisantant, on se promettait que ce serait le slogan de notre prochaine entreprise.

La particularité de Marjorie sautait aux yeux. Mon amie était vraiment farfelue, par son excentricité vestimentaire, mais aussi ses centres d'intérêt : elle passait son temps à prendre des cours de calligraphie orientale ou de *respiration* (au temple bouddhiste de la 94e Rue) ; elle apprenait à fabriquer ses propres yaourts (une expérience qui empuantissait l'immeuble entier) ; elle était férue d'avant-gardes artistiques ; elle écoutait des musiques andines éprouvantes pour l'ouïe – du moins pour la mienne. Un jour, elle se porta volontaire pour se faire hypnotiser par des doctorants en psychologie. Elle avait entrepris une psychanalyse. Elle tirait les tarots et le Yi King, lançait les runes. Elle consultait un guérisseur chinois qui lisait ses plantes de pieds (ce dont elle rebattait les oreilles à tout le monde, même si je l'avais maintes fois suppliée d'arrêter de parler de ses pieds en public). Elle suivait en permanence tel ou tel régime alimentaire en vogue – pas nécessairement pour perdre du poids, juste pour être en meilleure santé, ou plus transcendante. Je me souviens qu'une année elle passa l'été à se nourrir exclusivement de pêches au sirop (parce qu'elle avait lu quelque part qu'elles étaient bonnes pour la respiration) avant de basculer sur une cure intensive de sandwiches aux germes de blé et de soja.

Quel homme a envie d'épouser un phénomène qui se nourrit de blé et de soja germés ?

Cela dit, je n'étais pas en reste, autant le reconnaître.
Par exemple : je cultivais ma propre excentricité vestimentaire. Je m'étais tellement habituée aux pantalons pendant les années de guerre que j'en portais maintenant tout le temps. Parce que j'appréciais de pouvoir me déplacer à vélo sans être entravée, certes, mais pas seulement : j'aimais m'habiller avec des vêtements qui ressemblaient à des vêtements d'homme. Je pensais, et continue à penser qu'une femme n'est jamais plus élégante et chic qu'en costume masculin. Dans l'immédiat après-guerre, les beaux draps de laine restaient difficiles à trouver, mais j'avais découvert qu'en retaillant des costumes de seconde main de qualité (on parle ici de pièces de Savile Row des années vingt et trente) je pouvais me composer des ensembles dans lesquels je ressemblais à Greta Garbo – c'est du moins ce que j'aimais imaginer.

Après la guerre, la mode n'était pas aux femmes habillées comme des hommes. Certes, au début des années quarante, un petit tailleur d'inspiration masculine était bien vu – il était presque considéré comme un geste patriotique. Mais sitôt les hostilités terminées, la féminité fit son retour avec une force vengeresse. Dès 1947, Christian Dior prit la mode en otage avec ses robes décadentes : le style « New Look », avec ses tailles étranglées et ses jupes volumineuses, ses poitrines pigeonnantes et ses carrures arrondies, entendait prouver au monde entier que le temps des restrictions était révolu, qu'on pouvait désormais gaspiller soie et dentelles à foison pour le seul plaisir d'être jolie, féminine, froufroutante. Une seule robe New Look pouvait nécessiter jusqu'à vingt-cinq mètres de tissu. Essaie de t'extraire d'un taxi avec un attirail pareil !

Je détestais le New Look. Je n'avais pas la silhouette de pin-up qui convenait à ce genre de robe, pour commencer. Avec mes longues jambes, mon buste étroit et mes petits seins, rien ne valait un pantalon de tailleur et un chemisier. Sans même parler de l'aspect pratique. Comment aurais-je pu travailler, ensevelie sous ces métrages de tissu ? Je passais le plus clair de mes journées par terre, agenouillée sur mes patrons, ou accroupie aux pieds d'une cliente. Pour ma liberté de mouvement, j'avais besoin d'un pantalon, et de semelles plates.

Je suivais donc ma propre inspiration plutôt que les tendances du moment, comme me l'avait enseigné Edna Parker Watson, et cela faisait de moi une originale, pour l'époque – une originale moins haute en couleurs que Marjorie, certes, mais tout de même. Et je m'aperçus que mon uniforme veste-pantalon pouvait être un atout dans ma relation aux clientes. En déféminisant mon apparence (et mes cheveux courts jouaient sur le même registre psychologique), j'indiquais aux futures mariées et à leur mère que je n'étais ni une menace ni une rivale. Ce détail avait son importance, car j'étais physiquement séduisante. Mais pour les besoins de ma profession, il valait mieux que je ne sois pas *trop* séduisante. Même dans l'intimité de la cabine d'essayage, gare à ne jamais faire de l'ombre à la mariée ! Pendant qu'elle choisit la robe la plus importante de sa vie, aucune de ces filles n'a envie de voir l'image d'une femme sexy rôder dans le miroir derrière la sienne. Tout ce qu'elle veut voir, c'est une couturière silencieuse et respectueuse, tout de noir vêtue, et au garde-à-vous – et c'est ce rôle que j'embrassais avec joie.

Une autre de mes particularités : j'en étais arrivée à chérir mon indépendance. Le mariage – qui, en Amérique, ne fut jamais autant une obsession que dans les années cinquante – ne m'intéressait tout simplement pas. Et ce désintérêt faisait de moi une aberration sociale – pour ne pas dire presque une déviante. Mais les difficultés de la guerre m'avaient transformée. Je m'étais rendu compte que je ne manquais ni de ressources ni de confiance en moi, et créer une entreprise avec Marjorie avait ancré dans mon esprit l'idée que disposer de soi était un droit inaliénable. D'après mon nouveau credo, à beaucoup d'égards, je pouvais parfaitement me passer d'un mari. (Si je dois être honnête, je n'avais besoin d'un homme que pour une seule chose.)

J'avais découvert que j'aimais vivre seule dans mon petit nid au-dessus de la boutique, avec ses deux lucarnes, sa chambre microscopique donnant sur la ruelle plantée d'un magnolia, sa kitchenette repeinte par mes soins en rouge cerise. C'était devenu mon territoire et j'avais pris de petits plis curieux : faire tomber la cendre de mes cigarettes dans la jardinière de la fenêtre de la cuisine, par exemple ; me relever en pleine nuit pour lire un roman policier ; manger un reste de spaghettis froids au petit déjeuner ; disposer mes fruits non pas en vrac dans une coupe, mais en rang sur le comptoir brillant de la cuisine. Si on m'avait dit qu'un homme allait emménager dans mon joli petit appartement, j'aurais vécu ça comme une invasion.

En outre, je commençais à douter que le mariage soit, finalement, une si bonne affaire pour les femmes. Quand j'observais autour de moi celles qui étaient mariées depuis plus de cinq ou dix ans, je ne voyais jamais rien d'enviable à leur sort. Les sentiments amoureux s'étaient fanés, et toutes ces femmes semblaient vivre au service permanent de leur mari. Qu'elles le fassent de bon gré ou qu'elles en conçoivent du ressentiment, le résultat restait le même : elles *servaient*.

Quant aux maris, ils ne semblaient pas davantage nager dans un bonheur extatique.

Je n'aurais échangé ma place avec elles pour rien au monde.

D'accord, d'accord, pour être honnête, il me faut aussi dire que personne ne me demandait en mariage.

Je crois bien avoir échappé de peu à une proposition en 1957, de la part d'un banquier de Brown Brothers Harriman. Cette banque d'affaires, toute de discrétion feutrée et de richesse tonitruante, était un temple de l'argent et Roger Alderman était l'un de ses grands prêtres. Imagine : il possédait un hydravion. (Qui a l'usage d'un hydravion ? Était-il un *espion* ? Devait-il larguer des vivres à ses troupes stationnées sur une *île* ? Franchement, c'était ridicule.) De Roger Alderman, je dirai que ses costumes étaient divins, et un bel homme revêtu d'un costume impeccablement coupé et sans un faux pli ne m'a jamais laissée insensible.

Ses costumes me faisaient même tellement d'effet, pour tout dire, que je me persuadai de vivre une idylle avec cet homme pendant plus d'un an – même si, quand j'auscultais mon cœur, je n'y décelais pas l'ombre d'un sentiment amoureux. Et puis Roger Alderman commença à évoquer le genre de maison dans laquelle nous pourrions vivre, à New Rochelle, si un jour nous nous décidions à quitter l'enfer urbain de New York. C'est à ce moment-là que je me réveillai. (Attention, habiter à New Rochelle n'est pas une calamité en soi ; je savais juste qu'un exil dans une de ces banlieues huppées me donnerait en moins de deux envie de me pendre.)

Peu après, je mis délicatement fin à nos arrangements.

Mais avant ça, j'en avais bien profité. Sans être les plus électrisants ou les plus créatifs du monde, nos ébats remplissaient parfaitement leur rôle. Ils me faisaient « grimper aux rideaux », comme nous disions autrefois avec Celia. Cela m'a toujours stupéfiée, Angela, de pouvoir aussi aisément convaincre mon corps de se libérer de toute entrave pendant une relation sexuelle, même avec un homme peu engageant physiquement. (Ce qui n'était pas le cas de Roger, bien sûr. Il était plutôt bel homme – et je le déplore, parfois, mais je suis faite comme ça : la beauté est mon point faible.) Donc, si Roger ne faisait pas palpiter mon cœur, mon corps, lui, était reconnaissant de nos interactions. Le temps aidant, j'avais découvert que je pouvais toujours accéder à une apothéose, quel que soit mon partenaire. Même quand mon esprit ou mon cœur restaient indifférents, mon corps, lui, répondait toujours avec enthousiasme et ravissement.

Et une fois les transports charnels achevés ? Je voulais toujours que l'homme rentre chez lui.

Peut-être me faut-il opérer ici un bref retour en arrière : une fois la guerre terminée, j'avais renoué le fil de mes activités sexuelles – avec un enthousiasme considérable. J'ai beau me dépeindre, dans les années cinquante, comme une vieille fille solitaire, aux cheveux courts et plus ou moins déguisée en homme, que les choses soient bien claires : que je ne veuille pas me marier n'était pas synonyme de renoncement à ma vie sexuelle.

Sans compter que j'étais encore plutôt jolie.

La vérité, c'est qu'au sortir de la guerre ma fringale de sexe était plus vive que jamais. J'étais fatiguée des privations. Physiquement, ces trois années passées à bosser d'arrache-pied au chantier naval (avec pour corollaire une vie de nonne) avaient été éprouvantes, et source de frustration. Je travaillais, je dormais, je repartais travailler le lendemain… La paix retrouvée, quelque chose en moi s'insurgea contre ce régime de privation de plaisir. La vie était forcément faite pour autre chose que le labeur et la peine.

Quand mes appétits se réveillèrent, je m'aperçus que j'avais mûri : ils étaient devenus plus spécifiques, plus curieux, plus sûrs d'eux. Je voulais *explorer*. Le vaste éventail d'expressions de la libido masculine me fascinait. Je ne me lassais pas de ces moments d'intimité profonde qui dévoilaient qui était pudique au lit, et qui ne l'était pas. (Un indice : on est toujours surprise.) J'étais attendrie et étonnée par les petits bruits que les hommes laissent échapper dans leurs instants d'abandon. J'étais curieuse des variations infinies de leurs fantasmes. Électrisée par ces charges fougueuses qu'un élan de tendresse ou un élancement de doute pouvaient stopper net.

Mais j'avais aussi, désormais, des règles de conduite différentes. Ou, plutôt, j'avais une règle : je m'interdisais de coucher avec un homme marié. Je refusais catégoriquement que mes activités sexuelles puissent blesser une autre femme.

Même un homme qui affirmait être en instance de divorce était prié de passer son chemin — car comment savoir ce qu'il en était vraiment ? Je rencontrais beaucoup d'hommes empêtrés dans des procédures de divorce qui semblaient ne devoir jamais aboutir. Un soir, je sortis dîner avec un homme qui, au dessert, m'avoua être marié, mais me soutint que ça ne comptait pas puisqu'il en était à sa quatrième épouse – franchement, peut-on encore se considérer *marié*, à ce stade ?

Et si jamais tu te demandes où je trouvais mes hommes, Angela, sache que jamais, dans l'histoire de l'humanité, une femme, pour peu qu'elle soit *libérée*, n'a eu de difficulté à trouver un homme qui veuille bien coucher avec elle.

Donc, des hommes, j'en trouvais partout – quoique le plus souvent, je les rencontrais au bar de l'hôtel Grosvenor, au croisement de la Cinquième Avenue et de la 10ᵉ Rue. J'avais toujours apprécié cet endroit : un établissement un peu vieillot, un brin guindé, mais d'une élégance sans prétention. En fin d'après-midi, après mes longues journées de couture, j'aimais bien m'asseoir à une des tables nappées de blanc, derrière la devanture, et me plonger dans un roman en dégustant un martini.

Neuf fois sur dix, ces moments se résumaient à ça ; lire, siroter mon cocktail, et me détendre. Néanmoins, régulièrement, un client du bar me faisait porter un verre, et, à partir de là, quelque chose pouvait, ou pas, se passer entre nous – tout dépendait de la suite.

En général, je savais vite déterminer si je souhaitais aller plus loin avec ce gentleman, et, cela fait, je n'aimais pas que les choses traînent en longueur. Jouer les effarouchées, ou au chat et à la souris, ça n'a jamais été ma tasse de thé. D'autant que je trouvais souvent ces conversations usantes. En matière de fanfaronnades viriles, l'après-guerre était une époque détestable. Ces mâles américains n'avaient pas seulement gagné la guerre, mais *conquis le monde*, et leur fierté les rendait intarissables. Je devins donc experte dans l'art de couper court aux bavardages en allant droit au but : « Je vous trouve séduisant. Pouvons-nous aller quelque part où nous serons seuls ? » Je me régalais à observer la surprise, et la joie, de l'homme qui recevait des avances aussi directes, aussi éhontées de la part d'une femme séduisante. Son visage s'illuminait à chaque fois. C'est un instant que j'ai toujours adoré. C'était comme arriver dans un orphelinat avec la hotte du Père Noël.

Le barman du Grosvenor se prénommait Bobby et il était avec moi d'une courtoisie sans faille. Chaque fois qu'il me voyait suivre un des clients de l'hôtel – un homme que j'avais rencontré une heure plus tôt – en direction des ascenseurs, il baissait la tête au-dessus de son journal, et faisait celui qui n'a rien remarqué. Sous son uniforme stylé et son comportement professionnel, Bobby était lui-même un bohémien. Il habitait dans le Village et, chaque été, il partait dans une retraite artistique « naturiste » des Catskills, pour peindre des aquarelles dans le plus simple appareil. Bobby n'était donc pas du genre à porter des jugements. Et si d'aventure un homme qui n'était pas le bienvenu s'obstinait à m'importuner, Bobby intervenait et priait le gentleman de bien vouloir ficher la paix à la dame. J'adorais Bobby, et j'aurais probablement eu une aventure avec lui, à un moment donné, si je n'avais pas eu plus besoin de lui comme sentinelle que comme amant.

Quant aux hommes que j'avais suivis dans leur chambre d'hôtel, une fois notre petite affaire terminée, en général, je ne les revoyais plus jamais.

J'aimais bien quitter leur lit avant qu'ils ne commencent à me raconter à leur propos des détails que je ne voulais pas connaître.

Suis-je jamais tombée amoureuse de l'un de ces messieurs ? La réponse est non. C'étaient des amants, pas des amoureux. Certains devinrent des petits amis, et une poignée précieuse de ces petits amis se transformèrent en amis (ce qui, de tout temps, reste le meilleur des épilogues). Mais au royaume de ce qu'on pourrait appeler l'amour avec un A, rien n'avançait. Peut-être tout bêtement parce que je ne le cherchais pas. Ou était-ce quelque bonne étoile qui veillait sur moi ? Car il n'est rien qui déracinera plus violemment une vie que le véritable amour – du moins pour ce que j'ai toujours pu en observer.

Cependant, j'avais souvent de l'affection pour mes amants. Pendant quelque temps, j'eus une liaison amusante avec un jeune, un *très jeune* peintre hongrois – Botond, un garçon doux comme un agneau. Nous nous étions rencontrés à une exposition de peinture, et je l'avais invité chez moi le soir même. À l'instant de passer aux affaires sérieuses, il m'expliqua qu'il n'avait pas besoin d'utiliser un prophylactique car avec une « femme bien » comme moi, il n'avait aucun risque d'attraper une maladie. Je me rassis dans le lit, rallumai la lumière, et dit à ce garçon qui était pratiquement assez jeune pour être mon fils : « Botond, écoute-moi bien, et grave mes paroles dans ton esprit parce que c'est important : oui, je suis une femme bien, mais si une femme est prête à coucher avec toi alors qu'elle ne te connaît que depuis une heure, c'est qu'elle a déjà fait ça avant. Alors utilise toujours, toujours, toujours un prophylactique. »

Adorable Botond, avec ses joues rondes et son épouvantable coupe de cheveux !

Et puis il y avait Hugh – un veuf qui était un jour entré dans la boutique avec sa fille pour lui offrir sa robe de mariée. C'était un homme réservé, avec un visage qui transpirait la bonté. Je le trouvais si attachant et si séduisant que, une fois la robe livrée, je lui glissai mon numéro de téléphone personnel en disant : « S'il vous plaît, appelez-moi, n'importe quand, si vous voulez qu'on passe une nuit ensemble. »

Je vis bien que je l'avais embarrassé, mais je ne voulais pas le laisser s'échapper !

Et environ deux ans plus tard, un samedi après-midi, le téléphone sonna, et c'était Hugh ! Il se rappela à mon bon souvenir, tout bafouillant de nervosité, et cela fait je compris vite qu'il ne savait pas comment poursuivre la conversation. Je volai à sa rescousse : « Hugh, quelle joie d'avoir de vos nouvelles ! Vous n'avez pas à vous sentir gêné. Ne vous avais-je pas dit de m'appeler *n'importe quand* ? Pourquoi ne viendriez-vous pas tout de suite ? »

Il arriva, parfois, qu'un de ces hommes tombe amoureux de moi. Mais je parvenais toujours à chasser cette idée de leur tête. Rien de plus facile, pour un homme qui vient d'avoir une relation sexuelle enthousiasmante, de se croire amoureux – et crois-moi, Angela, à ce stade j'avais assez d'entraînement pour savoir comment les enthousiasmer. (Un jour où je me plaignais à Marjorie : « Dans la vie, il n'y a que deux domaines dans lesquels je suis douée : le sexe, et la couture », elle me répondit : « Console-toi en te disant que tu as choisi le bon pour gagner ta croûte. ») Donc quand un homme cédait naïvement à un élan sentimental, je lui expliquais en toute simplicité qu'il n'était pas amoureux de moi mais de l'acte sexuel lui-même ; en général, ça suffisait à les calmer.

La sincérité m'oblige à reconnaître que, parfois, ces rencontres nocturnes avec des inconnus me firent courir un danger physique. Cependant, le risque ne fut jamais un frein. J'étais aussi prudente que je le pouvais, mais quand il s'agissait de choisir un homme, je ne pouvais compter que sur mon instinct – et, à l'occasion, je fis de mauvais choix. Il arriva que, derrière les portes closes, les choses se corsent un peu plus que je ne l'aurais aimé. Dans ce cas-là, je gérais la situation comme un marin expérimenté pris dans une méchante bourrasque, et même en dépit de quelques épisodes vraiment déplaisants, jamais je ne me sentis durablement abîmée. La menace du danger ne me décourageait jamais. J'étais disposée à prendre ces risques. Me sentir libre m'importait plus que la sensation de sécurité.

Peut-être te demandes-tu, Angela, si cette promiscuité provoquait parfois chez moi des cas de conscience. La réponse, en toute honnêteté, est non. Que ma conduite, qui semblait détonner avec le comportement des autres femmes, fasse de moi quelqu'un d'inhabituel, j'en étais convaincue, mais de là à penser qu'elle faisait de moi une mauvaise personne ? Jamais.

Attention, il fut un temps où je me considérais comme de la mauvaise graine. Durant la guerre, pendant cette traversée du désert, la honte que m'inspirait l'incident avec Edna Parker Watson restait un fardeau, et l'étiquette de « sale petite putain » ne s'était jamais totalement effacée de ma conscience. Mais avec le retour de la paix, j'avais définitivement tourné cette page. La disparition de Walter, et la conviction douloureuse qu'il était mort sans jamais avoir profité de sa vie, joua je crois pour beaucoup. La guerre m'avait fait comprendre que la vie est à la fois dangereuse et fugace, et qu'il est par conséquent absurde de se refuser le plaisir ou l'aventure pendant qu'on est sur terre.

J'aurais pu passer le restant de ma vie à essayer de prouver que j'étais une bonne fille, mais cela aurait été trahir qui j'étais. J'étais persuadée qu'à défaut d'être une bonne fille j'étais une bonne personne, avec des appétits qui étaient ce qu'ils étaient – et que je me refusais à nier. Tant que je me tenais à l'écart des hommes mariés, je ne faisais de mal à personne.

De toute façon, il arrive un moment dans la vie d'une femme où elle est fatiguée de porter le fardeau de la honte.

Cela fait, elle est libre de devenir qui elle est vraiment.

28

Et puis, j'avais des amies – nombreuses.

La première d'entre elles était bien sûr Marjorie. À l'instar de Peg et Olive, je la considérais comme un membre de ma famille, pour toujours. Mais Marjorie et moi étions aussi entourées de bien d'autres femmes : il y avait Marty, une doctorante en littérature à NYU, très intelligente et drôle, que nous avions rencontrée à un concert gratuit à Rutherford Place ; Karen, une ancienne condisciple de Marjorie à la Parsons School, qui travaillait à l'accueil du MoMA et voulait devenir peintre ; Rowan était gynécologue, ce qui nous impressionnait toutes, et nous était également utile ; Susan était institutrice, et passionnée de danse moderne ; Calie tenait la boutique de fleurs au coin de notre rue ; quant à Anita, qui venait d'une famille riche, elle ne faisait rien de ses dix doigts mais elle nous avait procuré un double de clé de Gramercy Park – ce qui lui valait notre reconnaissante éternelle.

À ce petit groupe s'ajoutaient d'autres femmes, qui entraient et sortaient de ma vie, au gré des mariages (qui nous faisaient parfois perdre une amie) et des divorces (qui pouvaient nous en faire gagner une autre). Il arrivait qu'une amie quitte New York, puis y revienne. Les marées de la vie, en somme.

Si les cercles amicaux s'élargissaient, puis se contractaient avant de s'élargir à nouveau, le lieu de ralliement, en revanche, demeurait le toit-terrasse de notre immeuble, accessible par l'échelle incendie qui passait à l'extérieur de la fenêtre de ma chambre. Dès que le temps le permettait, nous montions un barda de chaises pliantes sur le toit. Été après été, à la lueur des étoiles – ou de ce qui en tient lieu à New York –, on se retrouva là-haut pour fumer nos cigarettes, boire du mauvais vin, écouter de la musique sur un transistor, et partager les grandes et petites préoccupations de nos vies.

Durant une de ces vagues de chaleur qui rendent brutalement l'air irrespirable, Marjorie réussit à monter un grand ventilateur sur pied sur notre toit, qu'elle brancha à une prise de ma cuisine avec une longue rallonge industrielle. À nos yeux à toutes, cette idée géniale faisait d'elle l'égal de Léonard de Vinci. On s'installait face à la brise artificielle en soulevant nos chemises pour se rafraîchir les seins, et on faisait semblant d'être à la plage, quelque part sous les tropiques.

Ce sont là mes souvenirs les plus heureux des années cinquante.

C'est là, sur notre toit, que j'ai appris cette vérité : quand des femmes sont ensemble, sans homme dans les parages, elles n'ont pas besoin d'être qui ou quoi que ce soit en particulier : elles peuvent juste *être*.

Et puis, en 1955, Marjorie tomba enceinte.

J'avais toujours redouté d'être celle à qui ça finirait par arriver – j'étais le bon cheval, à l'évidence – mais il fallut que ça tombe sur la pauvre Marjorie.

Le coupable était un vieux professeur d'arts plastiques, un homme marié avec lequel elle entretenait une liaison depuis des années. (Marjorie aurait dit que la seule coupable, c'était elle, pour avoir gâché tant d'années de sa vie avec un homme qui promettait à longueur de temps de quitter sa femme ; si seulement Marjorie pouvait « arrêter d'être aussi juive ».)

Nous étions une petite bande réunie sur le toit-terrasse le soir où elle nous annonça la nouvelle.

« Tu es sûre ? demanda Rowan, la gynécologue. Tu veux passer faire un test à mon cabinet ?

— Pas besoin d'un test, répliqua Marjorie. Mes règles sont un lointain souvenir.

— Lointain comment ?

— Bon, elles n'ont jamais été très régulières mais je dirais... Trois mois ? »

Il y a toujours un silence tendu quand des femmes apprennent que l'une des leurs est tombée enceinte par accident. C'est un sujet de la plus haute gravité. Je sentais que nous restions toutes sur notre réserve en attendant que Marjorie nous dise ce qu'elle avait décidé, afin de pouvoir la soutenir, quel que soit son choix. Mais une fois lâchée cette bombe, Marjorie se tut, sans fournir plus ample information.

« Qu'en dit-il, George ? » finis-je par demander.

George étant, bien sûr, le professeur d'art marié et antisémite – mais qui, apparemment, adorait coucher avec des femmes juives.

« Pourquoi supposes-tu que George est concerné ? » plaisanta mon amie.

Nous savions toutes qu'il l'était – comment aurait-il pu en être autrement ? Marjorie s'était entichée de lui des années plus tôt, éblouie par ce professeur de sculpture classique.

« Il n'en dit rien, reprit Marjorie, pour la bonne raison qu'il n'en sait rien. Et je crois que je ne lui en dirai rien. Je vais juste arrêter de le voir. Je vais couper le cordon. Au moins, c'est enfin une bonne excuse pour arrêter de coucher avec lui. »

Rowan alla droit au but : « Tu as envisagé un avortement ?

— Non, je ne ferai pas ça. Ou plutôt, j'aurais pu le faire, mais c'est trop tard. »

Elle alluma une autre cigarette et se resservit un verre de vin – parce que dans les années cinquante, c'est comme ça qu'on vivait une grossesse.

« J'ai entendu parler d'un endroit, au Canada – c'est un genre de foyer pour mère célibataire, mais en plus luxueux. Tu as une chambre individuelle, et tout à l'avenant. À ce que j'ai compris, les clientes ne sont plus toutes jeunes. Et elles ont les moyens. Je peux aller là-bas vers la fin, quand je ne pourrai plus le cacher. J'annoncerai aux gens que je pars en vacances – même si personne n'y croira, vu que je n'ai jamais pris de vacances de ma vie, mais c'est tout ce que je peux faire. Le foyer peut même placer le bébé dans une famille juive. Je me demande bien où ils vont dénicher des Juifs au Canada, mais sait-on jamais ? De toute façon, je me fiche de la religion, vous le savez toutes. Du moment que c'est un bon foyer. Ça me semble une facilité plutôt chouette. C'est pas donné, mais je peux compenser. J'utiliserai l'argent de Paris. »

C'était Marjorie tout craché, d'avoir résolu un problème seule de son côté, avant de solliciter ses amies. Même si son plan était sans nul doute solide, il me fendait le cœur. Marjorie n'avait rien voulu de tout ça. Nous rêvions d'aller ensemble à Paris et nous économisions à cette fin depuis des années. Le projet consistait, dès qu'on aurait notre pécule, à fermer boutique tout le mois d'août, à embarquer sur le *Queen Elizabeth* et à voguer vers la France. Après des années de travail sans nous accorder guère plus que quelques week-ends de répit, notre rêve commun était presque à portée de main. Et maintenant, *ça*.

Je sus d'emblée que je l'accompagnerais au Canada. Que nous fermerions L'Atelier tout le temps qui serait nécessaire. Je resterais avec elle jusqu'après la naissance du bébé. Je consacrerais mes économies pour le voyage à Paris à l'achat d'une voiture. Ou tout ce dont elle aurait besoin.

Je tirai ma chaise à côté de la sienne et je lui saisis la main : « Tu as pris ce qui me semble être une sage décision, mon chou. Tu peux compter sur moi.

— Oui, ça semble sage, n'est-ce pas ? » dit Marjorie en tirant sur sa cigarette et en balayant des yeux son cercle d'amies.

Tous les visages exprimaient en cet instant l'amour, la pitié, et une certaine panique, aussi.

Et puis arriva la chose la plus inattendue qui soit. Marjorie se fendit d'un de ces sourires en coin qui lui donnaient l'air un brin dérangé, et dit : « Tant pis si le diable m'emporte, mais je crois que je ne vais pas aller au Canada. Oh bon Dieu, Vivian ! J'ai peut-être perdu la tête, mais je viens de le décider, là, à l'instant. J'ai un plan bien meilleur. Non, non, pas meilleur. Différent. Je vais le garder.

— Le garder ? répéta Karen, l'air estomaqué. Le *bébé* ?

— Et George ? » demanda Anita.

Marjorie, en bon petit poids coq coriace qu'elle avait toujours été, leva le menton dans une expression de défi : « Je n'ai pas besoin de ce fichu George. Vivian et moi élèverons ce môme ensemble. Pas vrai, Vivian ? »

Je n'eus besoin que de quelques secondes de réflexion. Je connaissais mon amie. Quand elle avait pris une décision, les dés étaient jetés. Elle se débrouillerait pour faire en sorte que ça marche. Et j'y veillerais, avec elle, comme toujours.

Pour la deuxième fois dans l'histoire de notre amitié, je répondis à Marjorie Lowtsky : « Pourquoi pas ? Faisons-le. »

Et, une fois de plus, ma vie s'en trouva complètement changée.

Donc nous eûmes un enfant, Angela : notre magnifique, **notre** difficile, notre tendre petit Nathan.

Tout fut dur et compliqué, dans cette aventure.
Si la grossesse ne se passa pas trop mal, l'accouchement fut digne d'un film d'horreur. Après un douloureux travail de dix-huit heures, les médecins optèrent pour une délivrance par césarienne. Et l'intervention tourna à la boucherie : quand une hémorragie se déclencha, ils crurent que Marjorie n'en réchapperait pas ; en lui ouvrant le ventre, ils entaillèrent le visage du bébé d'un coup de scalpel, et faillirent lui arracher un œil ; ensuite, Marjorie contracta une infection et resta près d'un mois à l'hôpital.

À ce jour encore, je maintiens que ces négligences en série résultaient de ce que Nathan était (en vertu de la terminologie polie et sinistre des années cinquante pour désigner un « bâtard ») un enfant « né hors des liens du mariage ». Du coup, les médecins traitèrent leur patiente par-dessus la jambe, et les infirmières ne se montrèrent pas particulièrement gentilles elles non plus.

Ce furent nos amies qui prirent soin de Marjorie pendant sa convalescence. Ses parents – pour les mêmes raisons que les infirmières – ne tenaient pas trop à entendre parler d'elle et du bébé. Cela peut paraître extrêmement méchant (et ça l'était), mais tu n'imagines pas, Angela, quelle marque d'infamie c'était pour une femme, à cette époque, d'être une mère célibataire – même dans une ville aux mœurs aussi libérales que New York. Même pour une femme comme Marjorie (qui n'avait rien d'une jeunette, qui était chef d'entreprise et propriétaire de ses murs), mener à terme une grossesse sans mari sur la photo était *déshonorant*.

Il fallait donc du courage, c'est là que je veux en venir, et elle en avait à revendre. Mais elle se trouvait livrée à elle-même, et il incombait donc, à nous ses amies, de prendre soin d'elle et de Nathan du mieux que nous le pouvions. C'était heureux, d'avoir autant de renfort. Je ne pouvais pas être en permanence avec Marjorie à l'hôpital, puisque, pendant sa convalescence, je m'occupais du bébé. Et ça aussi, c'était un film d'horreur en soi, vu que je n'avais aucune idée quant à la façon de m'y prendre. Je n'avais pas grandi au contact de bébés, et je n'avais jamais eu envie d'en avoir. Je n'avais aucun instinct maternel, ni aptitudes, et, pour ne rien arranger, je ne m'étais pas souciée d'acquérir quelques rudiments de puériculture pendant la grossesse. Je ne savais même pas comment on nourrissait un bébé. Le projet n'avait jamais été que Nathan soit le mien, de toute façon : il était entendu dès le départ qu'il serait le bébé de Marjorie, et que je mettrais juste les bouchées doubles à L'Atelier pour nous faire vivre tous les trois. Mais pendant ce premier mois, Nathan fut mon bébé, et je suis bien obligée de reconnaître, à mon grand regret, qu'il n'était pas entre les meilleures mains.

Sans compter qu'il n'était pas un bébé facile. Il était en sous-poids et sujet aux coliques ; lui faire prendre son biberon était une bataille ; il collectionnait les croûtes de lait et des érythèmes fessiers galopants dont je n'arrivais pas à le débarrasser – « des catastrophes à chaque extrémité », plaisantait Marjorie. Nos petites mains, à L'Atelier, faisaient tourner la boutique du mieux qu'elles pouvaient, mais nous étions au mois de juin – la saison des mariages – et il me fallait mettre la main au moins un peu à la pâte, sinon la mécanique se serait enrayée. Et en l'absence de Marjorie, je devais de surcroît faire son travail. Mais chaque fois que je couchais Nathan dans l'espoir de pouvoir vaquer à mes tâches, il se mettait à hurler, jusqu'à ce que je le reprenne dans mes bras.

La mère d'une de mes futures mariées, en me voyant un matin batailler avec le bébé, m'indiqua l'adresse d'une vieille Italienne qui avait aidé sa fille à la naissance de ses jumeaux. Avec cette vieille dame, qui se prénommait Palma, ce fut comme si saint Michel et tous les anges étaient tombés du ciel. Palma allait rester la nounou de Nathan pendant des années, et on peut dire qu'elle nous sauva la vie – tout particulièrement pendant cette première année si éprouvante. Mais Palma coûtait cher. En fait, Nathan coûtait cher, pour tout. Le bébé maladif devint un petit garçon maladif. Durant ses cinq premières années, je jure qu'il passa plus de temps chez le pédiatre qu'à la maison. Tout ce qu'un enfant pouvait attraper, il l'attrapait. Il souffrait en permanence de problèmes respiratoires et était constamment sous pénicilline – un traitement qui le barbouillait, qui compliquait du coup son alimentation, et créait d'autres problèmes en réaction.

Marjorie et moi n'avions d'autre choix que travailler plus dur que jamais pour payer les factures, maintenant que nous étions trois – et que l'un de nous était perpétuellement fourré chez le docteur.

Tu n'en reviendrais pas du nombre de robes de mariée qu'on débita pendant ces années-là. Dieu merci, les candidates au mariage étaient plus nombreuses que jamais.

Nous ne parlions plus d'aller à Paris.

Les années passèrent. Nathan grandissait – mais pas vraiment en taille. C'était un vrai un petit moustique, cet enfant. Il était très affectueux, très tendre, très doux, mais aussi effroyablement nerveux, et toujours prompt à prendre peur. Et *perpétuellement* malade.

Nous l'aimions tel qu'il était. Il était impossible de ne pas l'aimer – c'était un amour. Tu n'as jamais rencontré de petit bonhomme plus gentil. Jamais de bêtises, jamais la moindre désobéissance. Le seul problème, c'était sa fragilité. Peut-être le maternait-on un peu trop ? Non, *sûrement*. Il faut regarder les choses en face : cet enfant grandissait dans un atelier de robes de mariée, entouré de hordes de bonnes femmes, clientes ou employées, qui étaient plus que disposées à compatir à ses frayeurs et à encourager son côté crampon. « Bon Dieu, Vivian, il va être de la jaquette », me dit un jour Marjorie en voyant son fils pirouetter devant un miroir, emberlificoté dans un voile de mariée. La remarque peut sembler rude, mais pour rendre justice à Marjorie, on pouvait difficilement imaginer que Nathan pût être autre chose en grandissant. Pour plaisanter, nous disions souvent qu'Olive était la seule figure masculine dans la vie de cet enfant.

Lorsqu'il approcha de ses cinq ans, nous prîmes conscience que nous ne pouvions pas inscrire Nathan dans une école publique. Il pesait dans les treize kilos tout mouillé, et la présence des autres enfants le paniquait. Ce n'était pas le genre de petit garçon à jouer au stickball, à grimper aux arbres, à jeter des pierres, à s'écorcher les genoux. Lui, il aimait les puzzles. Il aimait feuilleter des livres – mais rien de trop effrayant. (*Le Robinson suisse*, ça faisait trop peur ; *Blanche-Neige*, pareil ; *Laissez passer les canards*, ça pouvait aller.) Il avait le profil d'un enfant qui se serait fait brutaliser, dans une école publique new-yorkaise. L'imaginer se faire battre comme plâtre par des petits tyrans, des durs à cuire du macadam, nous était insupportable. On l'inscrivit au

Friends Seminary, afin que d'aimables Quakers puissent nous délester de deux mille dollars par an – une petite fortune, à l'époque – pour enseigner à notre doux agneau la Voie de la non-violence en pensée, en paroles et en actes.

Quand ses camarades lui demandaient où était son père, Nathan répondait, comme nous le lui avions appris : « Mon papa est mort à la guerre. » Le mensonge était absurde, puisque Nathan était né en 1956. Mais on se disait que les gamins de maternelle n'y verraient que du feu, que cette réponse tiendrait leur curiosité à distance pendant quelque temps, et que, quand Nathan serait plus grand, on inventerait une histoire plus crédible.

Un jour – Nathan avait environ six ans –, nous profitions tous les trois d'une belle journée ensoleillée à Gramercy Park. Je brodais un corsage de perles et Marjorie tentait de lire le *New York Review of Books* en dépit du vent qui fouettait obstinément les pages. Elle arborait ce jour-là un poncho à l'écossais improbable (violet et jaune moutarde), une paire de sandales turques invraisemblables, dont les bouts pointus rebiquaient, et elle avait emmailloté sa tête dans une écharpe de pilote en soie blanche. On aurait dit un membre d'une guilde médiévale en proie à une rage de dents.

À un moment donné, on releva l'une et l'autre la tête pour observer Nathan. Il était en train de dessiner avec soin des personnages bâtons à la craie sur le revêtement de l'allée quand, subitement, il fut effrayé par une poignée de pigeons descendus picorer à quelques pas de lui. Ces bestioles totalement inoffensives avaient beau ne faire aucun cas de lui, Nathan se tétanisa, les yeux écarquillés de terreur.

« Regarde-le, il a peur de tout, marmonna Marjorie.

— C'est vrai.

— Je ne peux pas même lui donner un bain sans qu'il croie que je cherche à le noyer. Où a-t-il entendu parler de mères qui noient leurs enfants ? Pourquoi une idée pareille a-t-elle seulement germé dans sa tête ? Tu n'as jamais essayé de le noyer dans son bain, Vivian, n'est-ce pas ?

— Je suis presque certaine que non. Mais tu me connais, quand la colère me prend… »

J'avais voulu la faire rire, mais c'était loupé.

« Franchement, je ne sais pas ce qu'il va devenir, reprit-elle, le visage défait par l'inquiétude. Même son bonnet rouge lui fait peur. À mon avis, c'est la couleur. Ce matin, quand j'ai essayé de le lui mettre, il a éclaté en larmes. J'ai dû le laisser mettre le bleu. Tu sais quoi, Vivian ? Ce môme a complètement gâché ma vie.

— Oh, non, Marjorie ! Ne dis pas ça !

— Non, c'est la vérité. Il a tout gâché. Admettons-le. J'aurais dû aller au Canada, et le faire adopter. Comme ça, on aurait encore de l'argent, et je jouirais encore d'un peu de liberté. Je pourrais faire des nuits complètes, sans guetter la prochaine quinte de toux. Je ne serais pas considérée comme une femme déchue, mère d'un bâtard. Je ne serais pas aussi fatiguée. Je trouverais peut-être le temps de peindre. J'aurais encore une silhouette digne de ce nom. Et peut-être même un petit ami. Appelons un chat un chat : c'était une erreur.

— Marjorie, arrête ! Tu ne le penses pas. »

Mais elle n'avait pas encore vidé son sac. « *Si*, Vivian, je le pense. Ce gosse est la pire décision que j'aie prise dans ma vie. Tu ne peux pas le nier. Personne ne peut le nier. »

Je commençais vraiment à m'inquiéter, quand elle ajouta : « Le seul problème, c'est que je l'aime tellement que ç'en est à peine supportable. Franchement, regarde-le ! »

Et je l'ai regardée, notre émouvante petite figurine déjà fêlée par la vie, emmitouflée dans des vêtements de ski, qui tentait de s'éloigner aussi loin que possible des pigeons (ce qui n'est jamais facile, dans un parc de New York). C'était notre petit Nathan, avec son adorable frimousse pâlichonne, ses lèvres gercées et ses joues rougies par l'eczéma, qui cherchait d'un regard paniqué quelqu'un pour le protéger de quelques oiseaux qui pesaient chacun, à tout casser, un quart de livre, et qui l'ignoraient superbement. Il était un petit désastre grêle et fragile comme le verre filé, mais il était parfait, et je l'adorais.

Je coulai discrètement un regard vers Marjorie et vis qu'elle pleurait – elle qui ne pleurait jamais (les larmes avaient toujours été *mon* rayon). Jamais je ne lui avais vu les traits aussi tirés par la tristesse et la fatigue.

« Tu crois que le père de Nathan pourra le reconnaître, si j'arrête d'être aussi juive ? »

Je lui tapai le bras. « Marjorie, ça suffit ! »

— Je suis à bout, Vivian. Mais j'aime tellement cet enfant que, parfois, je me dis que je vais y laisser ma peau. C'est ça, le coup tordu, dans l'histoire ? C'est comme ça qu'on obtient des mères qu'elles se sacrifient pour leurs enfants ? En les piégeant par un trop-plein d'amour maternel ?

— Peut-être. Ce n'est pas une mauvaise stratégie. »

On continua à observer Nathan qui affrontait le spectre des pigeons inoffensifs, indifférents et déjà en train d'aller voir ailleurs.

« Hé ! reprit Marjorie après un long silence, n'oublie pas que mon fils a également gâché ta vie. »

Je haussai les épaules. « C'est sûr, un petit peu. Mais à ta place, je ne m'inquiéterais pas de ça. Ce n'est pas comme si j'avais eu des choses plus importantes à faire. »

Les années passèrent.

La ville continua à changer, et midtown avec elle : tout le secteur était flétri, moisi, sinistre, infect. Nous n'approchions plus de Times Square. C'était devenu des latrines.

En 1963, Walter Winchell perdit sa chronique dans le journal.

Et la mort commença à faucher mes proches.

En 1964, oncle Billy succomba à une crise cardiaque alors qu'il dînait avec une starlette au Berverly Hills Hotel, à Los Angeles. Nous dûmes tous admettre que c'était exactement le départ que Billy Buell aurait souhaité. Comme dit Peg : « Il s'en est allé sur une rivière de champagne. »

Dix mois plus tard, mon père disparut à son tour, et bien moins paisiblement, j'en ai peur. En rentrant du country club en voiture, un après-midi, il dérapa sur une plaque de verglas et percuta un arbre. Il survécut quelques jours à l'accident, mais succomba aux complications d'une opération de la colonne vertébrale pratiquée en urgence.

Ce n'était plus un capitaine d'industrie qui quittait ce monde, mais un homme aigri par la colère. Il avait perdu sa mine d'hématite au sortir de la guerre, à l'issue d'un bras de fer féroce contre les leaders syndicaux. Il avait englouti la quasi-totalité de sa fortune dans des batailles juridiques contre ses employés, et mené l'entreprise à la faillite. Sa politique de négociation était devenue celle de la terre brûlée : *Si je ne peux plus contrôler cette entreprise, personne ne le pourra après moi*. Il quitta ce monde sans avoir pardonné au gouvernement américain d'avoir pris son fils, aux syndicats d'avoir pris son entreprise, au monde moderne d'avoir peu à peu renié au fil des décennies jusqu'au dernier de ses credo adorés et étriqués.

Pour les obsèques, notre petite famille au grand complet – Peg, Olive, Marjorie, Nathan et moi – se transporta à Clinton. Ma mère fut épouvantée par le spectacle de mon amie Marjorie, avec son étrange accoutrement et son étrange enfant, mais elle s'abstint de commentaire. Avec les années, elle était devenue une femme profondément malheureuse, imperméable à toute manifestation de bonté, de la part de qui que ce soit. Elle ne voulait pas de nous à cette cérémonie.

On resta tout juste une nuit, et on se hâta de rentrer en ville.

De toute façon, la maison, c'était New York. Depuis des années.

Un peu plus de temps passa.

Au-delà d'un certain âge, Angela, le temps est comme une de ces giboulées qui s'abattent sur ta tête au mois de mars. Tu t'étonnes toujours de découvrir qu'il s'en était accumulé autant, et en un laps si court.

Un soir de 1964, je regardais l'émission de Jack Paar à la télévision, assez distraitement car j'étais en train de démonter une vieille robe de mariée en veillant à ne pas abîmer les fibres. Quand arriva la pause publicitaire, j'entendis une voix de femme qui m'était familière – la voix rauque, énergique, sarcastique et encrassée de nicotine d'une authentique New-Yorkaise – et qui me décocha un coup dans les entrailles avant même que mon esprit ait le temps de percuter.

Je relevai les yeux et je découvris à l'écran une brunette replète, à la poitrine profilée comme une proue, qui rouspétait, avec son drôle d'accent du Bronx, contre sa cire à parquet : « Non seulement je deviens chèvre avec mes chenapans, mais maintenant les planchers se mettent à coller ? » Cette femme entre deux âges avait un physique banal, mais sa voix, je l'aurais reconnue n'importe où : c'était celle de Celia Ray.

J'avais très souvent pensé à Celia, au cours des années – avec culpabilité, curiosité, anxiété. Les seuls destins que j'étais capable de lui imaginer menaient tous vers une triste issue. Dans mes fantasmes les plus sombres, l'histoire se déroulait ainsi : après son bannissement du Lily Playhouse, Celia avait clopiné d'échec en désastre. Peut-être était-elle morte dans une rue quelque part en chemin, brutalisée par le genre d'hommes qu'elle contrôlait autrefois sans effort. D'autres fois, je l'imaginais dans la peau d'une vieille prostituée. Et quand je croisais dans la rue une pochtronne entre deux âges, je m'interrogeais, parfois : était-ce Celia, cette femme aux cheveux orange et secs comme du foin à force de décolorations ? Ou cette autre aux jambes nues et variqueuses, chancelante sur ses talons ? Ou cette autre encore, aux cernes sombres et mâchés ? Et cette clocharde en train de fouiller dans une poubelle ? N'était-ce pas son rouge à lèvres fétiche, sur cette bouche aux plis affaissés ?

Eh bien, j'avais faux sur toute la ligne. Celia allait bien. Mieux que bien – elle vantait les mérites d'une cire à parquet à la télé ! Je la reconnaissais bien là, ma petite survivante opiniâtre qui continuait à jouer des coudes pour arriver devant les feux de la rampe.

Je ne revis jamais cette publicité, et je n'essayai pas non plus de retrouver la trace de Celia. Outre que je ne voulais pas m'immiscer dans sa vie, je n'étais pas naïve au point d'imaginer que nous aurions encore (et à supposer que cela avait été le cas un jour) quelque chose en commun. Scandale ou pas, je crois que notre amitié était depuis le début destinée à n'être qu'un feu de paille résultant de la collision entre deux jeunes filles vaniteuses, dont les trajectoires s'étaient croisées au zénith de leur beauté et au nadir de leur discernement, et qui s'étaient ouvertement servies l'une de l'autre pour acquérir un statut et faire tourner la tête aux hommes. Ça s'était résumé à ça, franchement, et ça m'allait très bien ainsi. Par la suite, j'avais noué des amitiés féminines plus profondes, plus riches, et j'espérais qu'il en avait été de même pour Celia.

Donc, je n'ai jamais cherché à retrouver sa trace, mais les mots me manquent pour exprimer la joie et la fierté que j'éprouvai en entendant sa voix jaillir de mon poste de télévision, ce soir-là.

J'eus envie de pousser des acclamations.

Un quart de siècle a passé, les amis, et Celia est toujours dans le show-business !

29

À la fin de l'été 1965, tante Peg reçu une lettre pour le moins inattendue.

Elle émanait du responsable du Brooklyn Navy Yard, qui annonçait que le chantier naval fermerait bientôt ses portes définitivement. La ville étant en pleine transformation, la Navy jugeait déraisonnable de maintenir une industrie de construction navale dans un secteur urbain devenu si cher, mais, avant fermeture, elle voulait organiser une cérémonie pour célébrer, et réunir, tous les travailleurs de Brooklyn qui avaient héroïquement trimé en ces lieux pendant la Seconde Guerre mondiale. Et ça tombait bien puisqu'on s'apprêtait justement à fêter le vingtième anniversaire de la victoire.

En fouillant dans ses archives, l'administration du chantier était tombée sur le nom de Peg, enregistrée comme productrice indépendante de divertissements, et elle avait réussi à retrouver sa trace via son dossier fiscal. Le responsable se demandait donc si Mme Buell pourrait envisager de produire, pour le jour de la cérémonie, un petit spectacle commémoratif qui célébrait les accomplissements des travailleurs de l'effort de guerre. Ce qu'ils avaient en tête, c'était un intermède nostalgique d'une vingtaine de minutes, avec des chansons et des danses dans le style de celles des années de guerre.

Ma tante aurait adoré accepter cette commande. Le seul problème, c'est que sa grande carcasse se déglinguait peu à peu. Peg souffrait d'emphysème — ce qui n'avait rien de surprenant après une vie à fumer comme un sapeur — mais aussi d'arthrose, et sa vue commençait à la lâcher. Ainsi qu'elle me l'expliqua : « Tu vois, petite, le docteur dit que chez moi, il n'y a rien qui cloche vraiment, mais rien qui va vraiment bien non plus. »

Elle avait quitté son travail au lycée et pris sa retraite quelques années plus tôt, à cause de sa santé déclinante, et de ses difficultés croissantes à se déplacer. Marjorie, Nathan et moi allions encore dîner chez Peg et Olive quelques soirs par semaine, mais, la plupart du temps, Peg restait allongée sur le canapé, les yeux fermés, en cherchant son souffle, pendant qu'Olive lui lisait les pages sport.

Donc, non, malheureusement, Peg ne serait pas en mesure de produire un spectacle commémoratif au Brooklyn Navy Yard.

Moi, en revanche...

La tâche s'avéra plus facile qu'anticipé – et beaucoup plus amusante.

J'avais participé à la création de centaines et de centaines de sketches, à l'époque, et apparemment, je n'avais pas perdu la main. Pour ma troupe de comédiens et de danseurs, je recrutai quelques étudiants en art dramatique du lycée d'Olive. Susan (mon amie passionnée de danse contemporaine) proposa de s'occuper des chorégraphies, même si celles-ci n'avaient pas besoin d'être très élaborées. J'« empruntai » l'organiste de l'église qui se trouvait à côté de chez nous et on travailla ensemble à l'écriture de quelques chansons rudimentaires et ringardes. Et, bien sûr, je créai les costumes, ce qui se résuma à dénicher un lot de salopettes et de bleus de travail pour toute la troupe, une poignée de foulards rouges noués en fichu sur la tête des filles, en gavroche autour du cou des garçons... Et le tour était joué, ils étaient tous transformés en ouvriers de l'industrie navale des années quarante.

Le 18 septembre 1965, on trimbala tout notre attirail jusqu'au vieux chantier naval et on s'attela aux préparatifs du spectacle. C'était une matinée ensoleillée et venteuse, particulièrement en front de mer. Ces bourrasques qui arrachaient volontiers les couvre-chefs n'avaient cependant pas dissuadé une petite foule de taille très honorable de faire le déplacement et il régnait comme une ambiance de kermesse. Une fanfare de la Navy jouait de vieilles chansons et un groupe d'auxiliaires féminines servait gâteaux et rafraîchissements. Quelques haut gradés de la marine firent des discours pour rappeler comment nous avions gagné cette guerre, et gagnerions toutes celles à venir, jusqu'à la fin des temps. La toute première femme qui avait été autorisée à travailler dans un atelier de soudure prononça quelques mots, d'une voix nerveuse mais plus douce et humble qu'attendu de la part d'une dame ayant un tel actif. Une fillette d'une dizaine d'années, aux genoux éraflés, chanta l'hymne national dans sa jolie robe neuve, qui ne serait plus à sa taille l'été suivant, et qui, dans l'immédiat ne lui tenait pas chaud.

Puis arriva l'heure de notre petit spectacle.

Le responsable du chantier naval m'avait demandé de me présenter et d'introduire succinctement notre saynète. Je n'aime pas beaucoup parler en public, mais je réussis à me sortir sans trop de dommages de l'exercice. Après avoir dit à nos spectateurs qui j'étais et quel avait été mon rôle au chantier naval pendant la guerre, je blaguai sur la médiocrité de la nourriture servie à la cafétéria Sammy, et récoltai quelques rires disséminés de la part de ceux qui s'en souvenaient. Je remerciai les vétérans présents pour les services rendus à la nation, et les familles de Brooklyn pour leur sacrifice. Je dis que mon propre frère avait été officier naval, et qu'il avait perdu la vie dans les tout derniers jours de la guerre. (Je craignais de flancher avant la fin de ce passage, mais non.) En conclusion, j'annonçai que nous avions recréé pour l'occasion une saynète de propagande typique de l'époque, et qui racontait un jour ordinaire sur la chaîne de construction des cuirassés.

On y voyait de vaillants travailleurs, interprétés pas les gamins du lycée en salopette, œuvrer en dansant et chantant à l'avènement de la paix et de la démocratie dans le monde. Conformément au souhait de mes commanditaires, j'avais parsemé les dialogues de clins d'œil à l'adresse des anciens ouvriers du chantier naval.

« On a réussi à livrer dans les temps la voiture du général ! » exultait une de mes jeunes comédiennes qui déboulait sur scène en poussant une brouette.

« Ça suffit, les jérémiades ! » criait une autre à un collègue qui se plaignait des heures trop longues et d'avoir les mains dans le cambouis.

J'avais baptisé le contremaître M. Cossard en sachant que les anciens travailleurs apprécieraient la pique. (Dans le jargon du chantier naval, les tire-au-flanc étaient rebaptisés ainsi.)

Entendons-nous bien, ce n'était pas du Tennessee Williams. Mais le public semblait apprécier et on voyait que ma troupe de lycéens, sur scène, s'amusait énormément. Cependant, le plus gratifiant pour moi, ce fut de voir mon adorable petit garçon de dix ans, assis au premier rang avec sa mère, dévorer le spectacle d'un regard si ébahi qu'on aurait pu croire qu'il était au cirque.

Notre grand final chanté, « Pas le temps pour le café ! », rappelait combien il avait été crucial de tenir le calendrier de production, à n'importe quel prix. Pour les paroles, je m'étais souvenue de plaisanteries rebattues, mais qui faisaient mouche à tous les coups : « Quand bien même nous aurions du café/Il nous manquerait encore du lait !/ Et avec ces fichus rationnements/La soie est moins chère que le café ! »

En point d'orgue, on tuait Hitler, et tout le monde était content.

Nous étions en train de remballer troupe et accessoires dans un bus de ramassage scolaire emprunté pour la journée quand un agent de police en uniforme m'aborda.

« Puis-je vous parler, madame ?

— Bien sûr. Je suis désolée, nous sommes mal garés mais nous n'en avons que pour un instant.

— Pouvez-vous descendre du véhicule, s'il vous plaît ? »

Il avait l'air si sérieux que l'inquiétude me saisit. Quelle infraction avions-nous commise ? J'avais tenu pour acquis que toutes les autorisations étaient en règle.

Je le suivis jusqu'à sa voiture de patrouille, puis il s'adossa à la portière et me dévisagea avec gravité.

« Je vous ai entendue dire tout à l'heure que vous vous appeliez Vivian Morris. C'est bien ça ? » Son accent trahissait le natif de Brooklyn.

« C'est exact, monsieur l'agent.

— Et vous avez bien dit que votre frère avait été tué à la guerre ?

— Oui. »

L'homme retira sa casquette et se passa les doigts dans ses cheveux. En remarquant que ses mains tremblaient, je me demandai s'il n'était pas lui-même un vétéran. Il en avait l'âge, et certains anciens combattants étaient, comme lui, affectés par des tremblements.

Je l'étudiai plus attentivement. Grand, quarante-cinq ans environ. Douloureusement maigre. Une peau mate, et de grands yeux bruns, surplombés de rides soucieuses et soulignées par des cernes sombres. Puis, je remarquai, le long de son cou, ce qui ressemblait à des cicatrices de brûlure, un enchevêtrement de zébrures rouges, roses et jaunâtres, au relief accidenté. C'était donc bien un vétéran, et je devinai qu'il allait me raconter une histoire de guerre.

Mais en lieu et place d'un récit dont j'anticipai qu'il serait pénible à entendre, il lâcha une petite bombe :

« Vous êtes la sœur de Walter Morris, n'est-ce pas ? »

Maintenant, c'est moi qui tremblais. Je sentis mes genoux sur le point de se dérober.

Je n'avais pas mentionné le prénom de Walter pendant mon petit discours.

Le policier enchaîna, sans me laisser le temps de répondre : « Je connaissais votre frère, madame. J'ai servi avec lui sur le *Franklin*. »

J'écrasai une main sur ma bouche pour étouffer un sanglot, puis, d'une voix étranglée en dépit de mes efforts pour la contrôler, je demandai : « Vous connaissiez *Walter* ? Vous étiez *là* ? »

Visiblement, je n'avais pas besoin de préciser le sens de ma question : *Vous étiez là le 19 mars 1945, quand une bombe japonaise a fait exploser les réservoirs de fuel de l'USS Franklin, enflammant tous les avions qui se trouvaient à bord et transformant le navire entier en bombe ? Vous étiez là quand mon frère et plus de huit cents autres hommes ont trouvé la mort ? Vous étiez là quand le corps de mon frère a été inhumé en mer ?*

Il hocha la tête plusieurs fois de suite – un geste nerveux, saccadé.

Oui. Il était là.

Je défendis à mes yeux de regarder la chair meurtrie sur le cou de cet homme – en pure perte.

Et quand ils se détournèrent, je ne savais plus où les poser.

L'homme perçut mon malaise et sa nervosité redoubla. Je lisais presque de la panique sur son visage. Il semblait profondément désemparé, aussi, parce qu'il était terrifié à l'idée de me bouleverser, ou parce qu'il revivait son calvaire. Ou peut-être les deux. En voyant ça, je me repris, j'inspirai un grand coup et m'employai à mettre ce malheureux à l'aise. Qu'était mon chagrin, après tout, comparé à l'épreuve qu'il avait traversée ?

« Merci de me l'avoir dit, repris-je d'une voix légèrement plus assurée. Et pardonnez ma réaction, je vous prie. Entendre le nom de mon frère, après toutes ces années, c'est un choc. Mais c'est également un honneur de vous rencontrer. »

Je posai la main sur son bras, pour lui témoigner ma gratitude d'une légère pression, et il eut un mouvement de recul, comme si je l'avais attaqué. Je retirai ma main, mais lentement. Il me faisait penser aux chevaux que ma mère savait si bien apprivoiser, les nerveux, les agités. Les timorés et les perturbés dont personne hormis elle ne pouvait rien obtenir. Je me reculai imperceptiblement et laissai retomber mes bras le long du corps, pour montrer à cet homme que je n'étais pas une menace, puis j'essayai une autre tactique :

« Comment vous appelez-vous, matelot ? demandai-je d'une voix radoucie, et presque sur le ton de la taquinerie.

— Frank Grecco. »

Il n'esquissa pas de geste pour échanger une poignée de main, ni moi non plus, du coup.

« Vous connaissiez bien mon frère, Frank ? »

Là encore, il hocha la tête, plusieurs fois de suite, nerveusement. « On était tous les deux en poste sur le pont d'envoi. Walter était mon commandant de division. On avait fait nos trois mois de préparation ensemble, aussi. Puis on avait été déployés sur des théâtres différents, mais, à la toute la fin, on s'est retrouvés sur le même bâtiment. Entre-temps, il avait pris du galon, évidemment. »

— Oh. D'accord. » Je n'étais pas certaine de comprendre ce qu'il voulait dire par là, mais je ne voulais pas l'interrompre. J'avais en face de moi un homme qui avait connu mon frère, et je voulais tout savoir de lui.

« Vous avez grandi ici, Frank ? »

Vu son accent, la réponse ne faisait guère de doute, mais je cherchais à lui simplifier les choses du mieux que je pouvais en commençant par des questions inoffensives.

Il dodelina une fois de plus de la tête. « Oui, à South Brooklyn.

— Et vous étiez ami avec mon frère ? »

Il cilla.

« Je dois vous dire quelque chose. » Il ôta sa casquette et passa ses doigts tremblants dans les cheveux. « Vous ne me reconnaissez pas, n'est-ce pas ?

— Pourquoi vous reconnaîtrais-je ?

— Parce que nous nous sommes déjà rencontrés. S'il vous plaît, ne partez pas, madame.

— Pourquoi diable partirais-je ?

— Parce qu'on s'est rencontré en 1941. C'est moi qui conduisais, quand on vous a ramenée chez vos parents. »

Le passé revint gronder à ma face tel un dragon tiré d'un long sommeil, et la puissance et la chaleur de ce souffle me laissèrent tout étourdie. Dans une succession vertigineuse de flashs, je vis défiler les visages d'Edna, Arthur, Celia et Winchell – et je revis aussi le mien, avec les traits de la jeune fille brisée de honte qui était assise à l'arrière de cette vieille Ford déglinguée.

C'était lui, le *chauffeur.*

Le type qui m'avait traitée de sale petite putain devant mon frère.

« Madame… » Cette fois, c'est lui qui m'attrapa le bras. « S'il vous plaît, ne partez pas.

— Arrêtez de dire ça ! m'agaçai-je, la voix hachée – ne voyait-il pas que je n'avais aucune intention de tourner les talons ?

— S'il vous plaît…, reprit-il. J'ai besoin de vous parler. Vous devez comprendre… Je suis désolé.

— Pourriez-vous me lâcher le bras, s'il vous plaît ?

— Je suis désolé », répéta-t-il, avant de faire ce que je lui demandais.

Que ressentais-je ?

De la *répulsion.*

À l'égard de cet homme ? Ou de moi ? Je n'en savais trop rien. Ma seule certitude, c'est que ce sentiment s'abreuvait au calice d'une honte que j'avais crue définitivement bue depuis longtemps.

Je haïssais ce type. Voilà ce que j'éprouvais : de la *haine.*

« Je n'étais qu'un jeune idiot, à l'époque, reprit-il. Je ne savais pas comment me comporter.

— Je dois vraiment y aller, maintenant.

— Non, Vivian, s'il vous plaît, ne partez pas. »

Il avait élevé la voix, ce qui me perturbait, mais le pire était de l'entendre m'appeler par mon prénom – et tout simplement qu'il le connaisse. Je le haïssais pour m'avoir écoutée, sur scène, en sachant tout du long qui j'étais. Pour avoir entendu ma voix s'étrangler quand j'avais évoqué mon frère. Pour avoir probablement connu Walter mieux que moi-même. Je haïssais cet homme parce qu'il avait été témoin des attaques verbales de Walter à mon égard, et qu'il m'avait traitée de sale petite putain. Pour qui se prenait-il, de m'aborder aujourd'hui, après toutes ces années ? La rage se combina au dégoût, et ce précipité me fit l'effet d'un coup de cravache : je devais m'en aller *tout de suite*.

« J'ai un bus plein de gamins qui m'attendent, dis-je en commençant à m'éloigner.

— Vivian ! protesta-t-il. Je dois vous parler. *S'il vous plaît.* »

Mais je grimpai dans le bus, l'abandonnant à côté de son véhicule de patrouille – sa casquette à la main, comme un homme qui demande l'aumône.

Voilà comment, Angela, je fis officiellement la connaissance de ton père.

Ce jour-là, je me demande bien comment, je réussis à m'acquitter de toutes mes tâches.

Je déposai les gamins au lycée et aidai à décharger les accessoires. On reconduisit le bus à son parking avant de rentrer à la maison. Nathan était intarissable d'enthousiasme à propos du spectacle et voulait maintenant, quand il serait grand, travailler au Brooklyn Navy Yard.

Marjorie, bien sûr, voyait que j'étais contrariée et bouleversée. Elle n'arrêtait pas de me regarder à la dérobée, par-dessus la tête de Nathan. D'un mouvement de tête, je lui indiquai que tout allait bien – ce qui n'était vraiment pas le cas.

À la seconde où je retrouvai ma liberté de mouvement, je me précipitai chez tante Peg.

Je n'avais jamais raconté à quiconque ce retour en voiture à Clinton, en 1941.

Personne ne savait avec quelle violence mon frère m'avait éviscérée à coups de reproches et noyée sous des seaux et des seaux de dégoût. Et je n'avais jamais, il va de soi, raconté à personne qu'à ce châtiment s'était ajouté le déshonneur de subir ces foudres devant témoin, et que ce parfait inconnu m'avait asséné le coup de grâce en me traitant de sale petite putain. Personne ne savait que Walter ne m'avait pas tant sauvée de New York que balancée tel un sac d'ordures devant la porte de mes parents, trop écœuré par ma conduite pour souffrir ma vue un instant de plus.

Mais maintenant, je me précipitai à Sutton Place pour raconter cette histoire à Peg.

Ma tante était allongée sur son canapé, comme à son habitude désormais. Elle suivait le match de base-ball à la radio, en tirant sur sa cigarette entre deux quintes de toux. À peine étais-je arrivée qu'elle m'annonça que le Yankee Stadium rendait ce jour-là hommage à Mickey Mantle en fêtant les quinze ans de son exceptionnelle carrière, et lorsque j'éclatai en larmes et commençai à bafouiller trois mots, elle leva la main pour me faire taire : Joe DiMaggio venait de prendre la parole.

« Un peu de respect, Vivian », me gourmanda-t-elle, le plus sérieusement du monde.

Je la bouclai, donc, et la laissai profiter de son petit plaisir. Je savais qu'elle aurait aimé se trouver au stade en ce moment, mais qu'elle n'avait plus la force de se lancer dans une excursion aussi exténuante. Elle écoutait DiMaggio rendre hommage à Mantle avec une expression extatique et émue, et quand le discours s'acheva, des larmes roulaient sur ses joues. Peg pouvait affronter une guerre, les catastrophes, les échecs, la mort d'un proche, les infidélités d'un mari ou la démolition de son théâtre bien-aimé sans verser une larme, mais les grands moments de l'histoire du sport la faisaient pleurer à coup sûr.

Je me demande souvent si, sans cette émotion qui l'habitait, notre conversation aurait pris une autre tournure.

Quand, sitôt achevé l'hommage de DiMaggio, elle s'obligea à éteindre sa radio pour m'écouter enfin, son agacement était palpable – mais Peg était une personne généreuse, et elle le fit sans barguigner. Elle essuya ses yeux, se moucha. Toussa à quelques reprises. Alluma une autre cigarette. Puis elle m'écouta raconter mon infortune avec une attention sans partage.

À mi-chemin de mon récit, Olive revint du marché. Je m'interrompis pour l'aider à ranger les provisions, puis Peg me lança : « Vivian, reprends depuis le début ! Raconte à Olive tout ce que tu viens de me dire. »

Ça, je m'en serais volontiers passée. Avec le temps, j'avais appris à aimer sincèrement Olive Thompson, mais si besoin était d'une épaule pour pleurer, Olive n'était pas, loin s'en faut, ma candidate d'élection. Pour les débordements d'empathie, ce n'était pas la bonne adresse. Mais bon – elle était *là*, et Peg et elle, en vieillissant, étaient peu à peu devenues mes figures parentales.

« Raconte-lui, Vivvie, insista Peg en me voyant hésiter. Crois-moi, pour ce genre de choses, Olive est la meilleure. »

Je repris donc l'histoire depuis le début – mon retour à Clinton en 1941, le trajet en voiture, l'humiliation infligée par Walter, le chauffeur qui m'avait traitée de sale petite putain, mon bannissement à Clinton et ces long mois à ressasser ma honte, et, maintenant, la réapparition du fameux chauffeur – un agent de police, qui s'était trouvé à bord du *Franklin*, qui avait des cicatrices de brûlures, qui avait connu mon frère. Qui savait tout.

Quand j'arrivai à la fin de mon récit, l'attention de Peg et Olive resta braquée sur moi, comme si mon histoire ne s'arrêtait pas là.

« Et ensuite ? Que s'est-il passé ? me relança Peg.

— Rien. Je suis partie.

— *Partie ?*

— Je ne voulais pas lui parler. Je ne voulais pas le voir.

— Vivian, cet homme connaissait ton frère. Il était à bord du *Franklin*, et d'après ta description il a été sévèrement blessé dans l'attaque. Et tu ne veux pas lui parler ?

— Il m'a blessée.

— Il t'a *blessée* ? Tu veux dire que tu as tourné le dos à ce camarade de ton frère, à ce *vétéran*, parce qu'il a égratigné ton orgueil il y a vingt-cinq ans de ça ?

— Ce trajet en voiture a été la pire épreuve de ma vie, Peg.

— Ah oui ? fit sèchement ma tante. As-tu pensé à demander à cet homme qu'elle a été la pire épreuve de *la sienne* ? »

Elle était en train de s'échauffer, ce qui ne lui ressemblait pas du tout, et n'était pas le but recherché. J'étais venue chercher du réconfort, pas des réprimandes.

« Peu importe, repris-je, penaude – je commençais à me sentir idiote, et gênée. Ce n'est rien. Je n'aurais pas dû venir t'embêter un jour comme aujourd'hui.

— Allons, ne sois pas sotte. »

Jamais elle ne m'avait parlé avec autant de brusquerie.

« Si, le moment était mal choisi. Tu es agacée parce que je t'ai empêchée de suivre le match. Je m'excuse d'être passée sans prévenir.

— Vivian, je me contrefiche de ce match.

— Pardon. Je suis bouleversée et je voulais parler à quelqu'un.

— *Tu* es bouleversée ? Tu as laissé en plan ce vétéran blessé pour foncer ici parce que tu voulais parler de *ta vie difficile* ?

— Bon sang, Peg, arrête de m'agresser. Et laisse tomber. Oublie que j'ai dit quoi que ce soit.

— Comment pourrais-je oublier ? »

Elle fut prise d'une nouvelle quinte de cette horrible toux sèche qui donnait l'impression de lui lacérer les poumons. Elle se rassit sur le canapé et Olive lui martela le dos pendant quelques instants avant de lui allumer une cigarette. Peg tira goulûment dessus ; à chaque nouvelle taffe succédait une nouvelle quinte.

Quand elle retrouva sa contenance, sotte que j'étais, je pensais qu'elle allait s'excuser d'avoir été si vache avec moi. Elle doucha vite mes espoirs.

« Écoute, petite, je renonce à piger ce que tu attends de tout ça. Je ne te comprends plus du tout. Et tu me déçois énormément. »

Jamais, *jamais* elle ne m'avait dit une chose pareille. Pas même le jour où j'avais trahi son amie Edna, et manqué de faire capoter son spectacle vedette.

« Et toi, patronne, tu en penses quoi ? » reprit-elle en se tournant vers Olive.

Olive, mains croisées sur les genoux, contemplait le plancher. J'écoutais la respiration laborieuse de Peg et, à l'autre bout de la pièce, un store malmené par le vent qui martelait la fenêtre. Je n'étais pas certaine de vouloir connaître le sentiment d'Olive – mais je n'avais pas le choix.

Quand elle leva finalement les yeux vers moi, Olive arborait son masque habituel de sévérité, mais dès qu'elle commença à parler je sentis qu'elle choisissait ses mots avec grand soin pour ne pas me blesser inutilement.

« Au champ d'honneur se moissonne la douleur, Vivian. »

J'attendis la suite, mais elle s'en tint là.

Peg commença à rire, puis à tousser. « Eh bien, merci pour ta contribution, Olive. Ça règle tout. »

S'ensuivit un long silence. Je me levai pour allumer une des cigarettes de Peg, bien que j'eusse arrêté de fumer quelques semaines plus tôt – enfin, plus ou moins.

« Au champ d'honneur se moissonne la douleur, répéta finalement Olive en ignorant le sarcasme de Peg. C'est ce que m'a inculqué mon père, quand j'étais petite. L'honneur n'est pas un terrain de jeu pour les enfants – les enfants n'ont pas d'honneur, vois-tu, et personne n'en attend de leur part ; ce serait trop difficile pour eux. Et trop douloureux. Mais pour devenir adulte, il nous faut braver le champ d'honneur. Or d'un adulte, on attend tout : qu'il se montre à la hauteur de ses principes, qu'il consente des sacrifices, qu'il soit comptable de ses erreurs et accepte d'être jugé. L'honneur nous commande aussi d'ignorer nos impulsions, et de nous montrer magnanimes, et ce sera douloureux, parfois. Voilà pourquoi au champ d'honneur se moissonne la douleur. Tu comprends ? »

Je fis signe que oui. Les mots je les comprenais. Mais qu'est-ce que ce laïus avait à voir avec Walter, Frank Grecco et moi, je n'en avais pas la moindre idée. J'étais tout ouïe cependant. Je devinais que ces mots prendraient tout leur sens plus tard, quand j'aurais eu le temps de les méditer. Tout ouïe aussi parce que je savais que ce moment était important. Jamais je n'avais entendu Olive délivrer un aussi long discours. Et jamais, je crois, je n'avais écouté qui que ce soit plus attentivement.

« Bien entendu, si le défi se révèle trop risqué, chacun est libre de s'éloigner du champ d'honneur, poursuivit Olive. Mais en ce cas, tu restes un enfant. »

Elle retourna les mains sur ses genoux, paumes offertes, et reprit :

« Mon père m'a inculqué cela quand j'étais jeune, et j'essaie de le mettre en pratique dans ma vie. Pas toujours avec succès, mais j'essaie.

Et s'il y a là quoi que ce soit qui puisse t'aider, Vivian, je t'invite à en faire autant. »

Cela me prit plus d'une semaine pour le contacter.
La difficulté n'était pas de le retrouver – ça, ç'avait été le plus facile : le frère aîné du portier de Peg était capitaine de police et il me confirma en un tournemain que oui, il y avait bien un Francis Grecco affecté au poste de police du 76ᵉ District, à Brooklyn. Il me donna même le numéro de téléphone du standard.
Le plus dur, ce fut de décrocher le téléphone.
Comme toujours.
Lors de mes premières tentatives, je raccrochai systématiquement avant que quelqu'un réponde. Le lendemain, je cherchai à me convaincre que ce coup de fil était une mauvaise idée. Je persévérai dans cette voie pendant quelques jours, puis quand je trouvai le courage de rappeler, sans me défiler au dernier moment, on m'informa que l'agent Grecco était parti faire sa ronde. Souhaitais-je laisser un message ? *Non.*
Je fis d'autres tentatives au cours des jours suivants, qui se soldèrent par la même réponse : l'agent Grecco était en ronde. Pour finir, je consentis à laisser un message. J'indiquai mon nom, et le numéro de téléphone de L'Atelier. (Et si ses collègues se demandaient pourquoi une bonne femme légèrement à cran, qui travaillait dans une boutique de robes de mariée, cherchait avec autant d'insistance à le joindre, grand bien leur fasse.)
À peine une heure plus tard, le téléphone sonna, et c'était lui.
Après un échange de bienséances embarrassées, je lui dis que j'aimerais le voir, s'il y était disposé. Il l'était. Était-il plus simple que j'aille à Brooklyn, ou pour lui de venir à Manhattan ? Manhattan, ce serait parfait, m'assura-t-il ; il avait une voiture, et il aimait bien conduire. Il m'informa qu'il serait libre d'ici quelques heures l'après-midi même, mais quand je lui suggérai de me retrouver à 17 heures à la Pete's Tavern, il hésita puis dit finalement :
« Je suis désolé, Vivian, mais les restaurants et moi, ça fait deux. »
Je ne compris pas trop le sens de cette réponse, mais je ne voulais surtout pas le mettre dans l'embarras.

« Pourquoi ne pas nous retrouver à Stuyvesant Square, en ce cas ? Du côté ouest du parc ? Ce serait mieux ? »

Oui, bien mieux, concéda-t-il.

« Autour de la fontaine ? »

Oui – autour de la fontaine.

Je ne savais pas comment j'allais m'y prendre. Je n'avais vraiment pas envie de le revoir, Angela. Mais les paroles d'Olive résonnaient en boucle dans ma tête : « Tu restes une enfant... »

Les enfants fuient les problèmes. Ils se cachent.

Je ne voulais pas rester une enfant.

Cette conversation m'avait fait repenser, inévitablement, au soir où Olive m'avait sauvée des griffes de Walter Winchell. Je comprenais maintenant pourquoi elle l'avait fait : justement parce qu'en 1941 elle savait que j'étais encore une enfant. Elle voyait que je n'étais pas encore une personne qui pouvait être tenue comptable de ses actes. Me présenter à Winchell sous les traits d'une innocente qui s'était laissé séduire n'avait rien eu d'un stratagème. Olive le pensait vraiment. Elle me voyait pour ce que j'étais – une jeune fille immature, que la vie n'avait pas achevé de modeler. Je n'étais pas encore en mesure d'affronter le douloureux champ d'honneur, et j'avais eu besoin d'une adulte sage et attentionnée pour me sauver. Olive avait été ce champion. C'est elle qui s'était avancée sur le champ d'honneur pour mon compte.

Mais j'étais adulte, maintenant, et il m'incombait désormais d'assumer les conséquences de mes actes. Et peut-être de me montrer magnanime.

Mais comment ?

C'est là que je me souvins de la remarque de Peg, tant d'années plus tôt, sur les ingénieurs de l'armée britannique pendant la Grande Guerre, qui disaient toujours : « Faisable ou pas, nous pouvons le faire. »

Un jour ou l'autre, nous serons tous appelés à faire l'impossible.

C'est en cela qu'il est douloureux, le champ d'honneur, Angela.

Et c'est cela qui m'avait poussé à décrocher mon téléphone.

Ton père arriva le premier au rendez-vous – j'étais pourtant en avance, n'ayant que trois blocs à parcourir entre L'Atelier et le square – et il était en train de faire les cent pas devant la fontaine. Il faisait très souvent ça, je suis sûre que tu t'en souviens. Il était habillé en civil : un pantalon en lainage marron, une chemisette bleu clair en nylon et une veste vert forêt. Les vêtements flottaient autour de son corps. Il était effroyablement maigre.

J'allai vers lui. « Bonjour…

— Bonjour, Vivian. »

Devais-je lui serrer la main ? J'hésitai. Lui non plus ne semblait pas certain du protocole. Finalement, chacun laissa les mains dans ses poches. Jamais je n'avais vu un homme plus mal à l'aise.

Je lui désignai un banc. « Cela vous dirait-il qu'on s'assoie et qu'on discute un peu ? »

Je me sentis idiote – on aurait dit que je lui proposais une chaise dans mon salon plutôt qu'un banc public.

« Être assis, ça ne me réussit pas. Ça vous embête si on marche ?

— Pas du tout. »

On commença à longer la lisière du square, sous les tilleuls et les ormes. Il faisait de longues foulées, mais ce n'était pas un problème – moi aussi.

« Frank, je vous demande pardon pour m'être enfuie l'autre jour.

— Non, c'est moi qui vous demande pardon.

— Non, non, j'aurais dû rester et vous écouter jusqu'au bout. Ma réaction était immature. Mais vous devez comprendre… Vous revoir après toutes ces années, ça m'a profondément déstabilisée.

— Je savais que vous me tourneriez le dos, quand vous apprendriez qui je suis. Vous auriez dû le faire.

— Écoutez, Franck… Tout cela remonte à longtemps.

— J'étais un gamin *idiot*. » Il marqua une pause et se tourna vers moi. « Franchement, je me prenais pour qui, à vous parler comme ça ?

— Ça n'a plus aucune importance.

— Je n'en avais pas le droit. Quel idiot !

— Si on doit parler peu mais bien, j'étais moi aussi une jeune idiote. Cette semaine-là, j'étais même la gamine la plus idiote de tout New York. Vous vous souvenez peut-être des détails de la situation dans laquelle je m'étais fourrée ? »

J'essayais d'introduire un peu de légèreté, mais rien ne pouvait détourner Frank de son *mea culpa*.

« Je cherchais simplement à impressionner votre frère, Vivian, il faut me croire. Il ne m'avait jamais adressé la parole, avant ce jour – il ne m'avait même jamais remarqué. Et pourquoi l'aurait-il fait – un gars aussi populaire que lui ? Et d'un coup d'un seul, voilà qu'il me réveille en pleine nuit – *Frank, j'ai besoin de ta voiture.* J'étais le seul élève officier à la caserne à en avoir une. Il le savait. Tout le monde le savait. Les gars passaient leur temps à vouloir me l'emprunter. Et, bon, le truc, c'est que la voiture était à mon paternel, Vivian. Il m'autorisait à l'utiliser, mais je ne pouvais la prêter à personne. Et donc je suis là, tiré d'un sommeil profond en pleine nuit, en train de parler pour la première fois avec Walter Morris – un gars que j'admire de toute mon âme – et de lui expliquer, sans même savoir pourquoi il a besoin de la voiture, que, non, je ne peux pas la lui prêter. »

Plus il parlait, plus son accent devenait prégnant. Comme si en remontant dans le temps, il replongeait plus profondément en lui et dans ses origines.

« Tout va bien, Frank. C'est le passé.

— Vivian, vous devez me laisser vider mon sac. Pendant des années, je me suis dit que j'allais vous retrouver, pour m'excuser. Mais je n'en avais pas le courage. S'il vous plaît, laissez-moi vous raconter comment ça s'est passé. Quand j'ai dit à Walter "Je ne peux rien pour toi, l'ami", c'est là qu'il m'a expliqué de quoi il retournait. Il m'a raconté que sa sœur s'était fourrée dans de sales draps, et qu'il devait lui faire quitter New York, *pronto*. Il me demandait de l'aider à sauver sa sœur – que pouvais-je faire, Vivian ? Lui répondre non ? C'était Walter Morris. Vous savez comment il était. »

Oui, je savais.

Personne ne pouvait dire non à mon frère.

« Je lui ai dit que la seule solution, pour lui prêter ma voiture, c'était que je conduise. Je me disais, *Peut-être qu'après ça Walter et moi, on sera amis.* Je me disais aussi : *Comment je vais expliquer le kilométrage au paternel ? Et comment on va s'y prendre pour quitter la caserne en douce au beau milieu de la nuit ?* Mais Walter a tout arrangé. Il a obtenu du commandant un jour de permission, pour nous deux. Il n'y avait que lui pour réussir un truc pareil. Je ne sais pas ce qu'il a dû dire ou promettre en échange, mais bref, ça a marché. Et en un rien de temps, nous voilà midtown, où je charge vos valises dans la voiture, et je m'apprête à faire six heures de route, jusqu'à une ville dont je n'avais jamais entendu parler, pour rendre service à une fille que je ne connais pas – mais qui est la plus jolie que j'aie jamais vue de ma vie. »

Il ne cherchait pas à me flatter ou à me charmer. Il énonçait simplement un fait, en bon flic qu'il était.

« Donc, on est dans la voiture, je conduis, et c'est là que Walter commence à vous soumettre à la torture. Jamais je n'avais entendu pareille dégelée. Et je suis censé faire quoi, pendant que Walter vous engueule ? Je n'ai pas à entendre tout ça, mais où puis-je aller ? Je ne me suis jamais trouvé dans une situation pareille. Je viens de South Brooklyn, Vivian, et c'est parfois un quartier rude, mais vous devez comprendre que moi, à l'époque, je suis un gamin qui aime lire, un timide. Pas un bagarreur. Je suis du genre qui marche tête baissée. Et quand les esprits s'échauffent, quand ça commence à crier, je prends la tangente. Mais là, c'est impossible, puisque je suis au volant. Et Walter ne criait pas – il aurait mieux valu qu'il le fasse, je pense. Il était juste en train de vous mettre en pièces, froidement. Vous vous souvenez ? »

Oh que oui.

« Ajoutez à tout ça que je ne connais rien aux femmes. Ces choses dont il parle, qu'il vous reproche ? Je n'y comprends rien. Il dit que vous êtes en photo dans le journal, qu'on vous voit en train de batifoler avec *deux* personnes – une star de cinéma et une *showgirl* ! Je n'ai jamais entendu une histoire pareille. Et pendant qu'il s'acharne sur vous, vous, à l'arrière, vous fumez vos cigarettes et vous encaissez. Quand je regarde dans le rétroviseur, vous ne battez même pas des cils. Tout ce qu'il vous dit, c'est comme de l'eau qui glisse sur les plumes d'un canard. Et je vois bien que ça le rend fou, votre absence de réaction. Que ça alimente sa colère. Je le jure devant Dieu, je n'ai jamais vu personne garder la tête froide plus que vous.

— Je n'avais pas la tête froide, Frank. J'étais en état de choc.

— Qu'importe, vous gardiez votre calme. Comme si vous vous en fichiez. Alors que moi, je transpirais à grosses gouttes, et je me demandais : *C'est comme ça qu'on se parle, chez ces gens-là ? C'est à ça qu'ils ressemblent, les riches ?* »

Ah, songeai-je, *les riches ! Comment diable Frank avait-il pu deviner que Walter et moi étions riches ?*

Et puis : *Suis-je bête ! De la même façon que j'avais pu voir que lui était pauvre, et quantité négligeable.*

« Et là, reprit Frank, je me dis : *Ils ne se rendent même pas compte que je suis là. Je ne suis rien, pour ces gens-là. Walter Morris n'est pas mon ami. Il se sert simplement de moi.* Quant à vous, vous ne m'aviez même pas regardé. Au théâtre, vous m'aviez dit : « Descendez ces deux valises dans la voiture », comme si j'étais un chasseur d'hôtel ou que sais-je. Walter ne nous avait même pas présentés.

« Alors, je sais bien que vous aviez l'un et l'autre le cœur en peine, mais c'est comme si, à ses yeux, je n'étais personne, vous comprenez ? Juste une paire de mains dont il a besoin pour conduire le tacot. Du coup, je me suis demandé comment faire pour ne plus être invisible, et c'est là que je me suis dit : *Ben, grimpe dans le train, suis le mouvement. Essaie de te comporter comme lui, de parler comme lui.* Et c'est comme ça que j'ai dit ce que j'ai dit... Puis j'ai regardé dans le rétroviseur et j'ai vu votre visage, j'ai vu l'effet que mes mots vous faisaient. C'est comme si je vous avais trucidée. Puis j'ai vu son expression à lui. On aurait dit qu'il venait de prendre un coup de batte. Alors que je pensais avoir dit un truc anodin, qui me ferait passer pour un type décontracté – en fait, non, j'avais lâché du gaz moutarde. Parce que même si votre frère ne prenait vraiment pas de gants avec vous, il n'avait jamais employé un mot comme celui-là. J'ai bien vu qu'il se demandait comment réagir. Puis je l'ai vu décider de ne rien faire. Et ça, c'était le pire.

— Oui, tout à fait.

— Faut que je vous dise, Vivian – et je le jure sur la Bible –, jamais de toute ma vie je n'ai dit ce mot à qui que ce soit. Ni avant ce jour ni après. Je ne suis pas ce genre de type. D'où c'est sorti ce jour-là ? Depuis, je me suis repassé cette scène un millier de fois dans ma tête. Je me regarde dire ça, et je me dis : *Frank, qu'est-ce qui t'as pris ?* Et après ça, Walter l'a bouclé. Vous vous rappelez ?

— Très bien.

— Il ne prend pas votre défense mais il ne me dit pas non plus de fermer ma gueule. Et on roule pendant des heures dans ce silence. Je ne peux même pas m'excuser parce que je sens bien que je ne suis plus autorisé à vous adresser la parole, ni à l'un ni à l'autre. Que je n'ai pas été embauché pour ça – je n'avais pas été embauché à proprement parler, mais vous voyez ce que je veux dire...

« Quand on arrive chez vos parents – je n'avais jamais vu une maison pareille –, Walter ne me présente même pas. C'est comme si je n'existais pas. Et quand on repart à la caserne, il ne me décroche pas un mot de tout le trajet. Il ne m'adresse d'ailleurs plus la parole jusqu'à la fin de la formation, il se comporte comme s'il ne s'était jamais rien passé. Comme s'il ne m'avait jamais vu. Après, Dieu merci, on est déployés chacun de notre côté. Je me dis que je ne le reverrai jamais plus, mais il n'empêche, je sais que ce truc va me hanter à jamais, sans que je puisse rien faire pour me racheter.

« Et puis deux ans plus tard, je suis transféré sur le même bâtiment que lui. C'est bien ma chance. À ce stade, il est plus gradé que moi – bon, normal. Il fait celui qui ne me connaît pas. Et je n'ai pas le choix, va me falloir de nouveau supporter ça, chaque jour. »

En l'écoutant raconter sa version de l'histoire et batailler pour s'expliquer, je songeais qu'il me rappelait quelqu'un. Quelqu'un, compris-je après un moment, qui n'était autre que *moi-même* – lors de ma confrontation avec Edna Parker Watson, dans sa loge, quand je me débattais pour plaider une cause perdue d'avance. Frank faisait exactement pareil. Il essayait de décrocher une absolution.

Il m'inspira soudain un immense élan de mansuétude, qui s'étendit à cette jeune fille que j'avais été, mais aussi à Walter, en dépit de son orgueil et de sa condamnation. Quelle humiliation ma conduite avait dû lui infliger ! Et comme il avait dû souffrir de se sentir avili devant quelqu'un qu'il considérait comme un subalterne !

Sur sa lancée, cet élan de mansuétude s'étendit aussi à tous ceux et celles qui, un jour, s'étaient retrouvés empêtrés dans une de ces situations affreusement délicates, embarrassantes, compliquée, qu'on ne voit jamais venir, et qu'on sait encore moins gérer.

« Vous pensez vraiment encore à tout ça, Frank ?

— Toujours.

— Vous m'en voyez désolée, dis-je – et j'étais sincère.

— Ce n'est pas à vous de l'être, Vivian.

— Et pourtant, d'une certaine façon, je le suis. Il y a bien des choses que je regrette infiniment, concernant cet incident. Et plus encore maintenant que j'ai entendu tout ça.

— Vous n'y pensez jamais, vous ?

« — J'ai longtemps repensé à ce trajet en voiture, admis-je. Et plus particulièrement à vos mots. Ils m'ont fait mal. Je ne prétendrai pas le contraire. Mais j'ai tourné la page, il y a quelques années, je n'y ai plus repensé depuis fort longtemps. Ne vous inquiétez pas, Frank Grecco – vous n'avez pas ruiné ma vie, ni quoi que ce soit. Et si nous convenions d'effacer ce triste événement des registres ? Qu'en dites-vous ? »

Il s'immobilisa et se tourna vers moi, les yeux écarquillés. « Je ne sais pas si c'est possible.

— Bien sûr que si. Mettons ça sur le compte des erreurs de jeunesse. »

Je voulus poser la main sur son bras, pour l'assurer que le passif était désormais apuré. Comme lors de notre rencontre au chantier naval, il se recula, presque violemment.

Je lui répugne toujours autant – voilà comment j'interprétai sa réaction. *Sale petite putain un jour, sale petite putain toujours.*

Sans doute avais-je cillé ostensiblement car il protesta aussitôt avec une grimace contrite : « Vivian, pardon – ça n'a rien à voir avec vous ! C'est juste que je ne supporte pas… »

Il s'interrompit et regarda autour de lui, l'air désemparé, comme s'il cherchait quelque passant secourable pour l'extirper de ce mauvais pas, ou m'expliquer sa réaction. Courageusement, il essaya de nouveau : « Je ne sais pas comment vous dire ça. Je déteste en parler. Mais je ne supporte pas qu'on me touche, Vivian. C'est un vrai problème.

— Oh ! fis-je en m'écartant d'un pas.

— Personne ne peut me toucher. Depuis *ça*, ajouta-t-il en désignant vaguement son flanc droit – celui où les cicatrices de brûlure grimpaient jusque sur son cou.

— Vous avez été blessé, dis-je, bêtement. (Bien sûr qu'il avait été blessé !) Je suis désolée, je n'avais pas compris.

— Je vous en prie. Vous n'avez pas à être désolée. Vous n'y êtes pour rien.

— Il n'empêche.

— Je ne suis pas le seul à avoir été amoché, ce jour-là. Quand j'ai repris connaissance, sur le bateau-hôpital, on était des centaines de blessés et certains des gars souffraient de brûlures bien pires que les miennes. Nous étions ceux qu'ils avaient repêchés dans les eaux en flammes. Mais beaucoup se sont parfaitement remis aujourd'hui. Je ne comprends pas. Ils n'ont pas ce truc, comme moi.

— Ce truc...

— Ce truc qui fait que je ne supporte pas le moindre contact. Que je suis incapable de rester assis, ou dans un lieu fermé. Dans une voiture, passe encore – tant que je suis au volant. Mais partout ailleurs, si je dois rester assis trop longtemps, je deviens fou. Il me faut être debout, sur mes pieds, tout le temps. »

Voilà pourquoi il n'avait pas voulu que nous nous retrouvions dans un restaurant, ni même s'asseoir sur un banc du parc. Et ce besoin compulsif d'arpenter en permanence expliquait probablement aussi son extrême maigreur.

Mon Dieu. Le pauvre homme.

« Voudriez-vous qu'on poursuive encore un peu notre promenade dans le parc ? lui proposai-je en voyant qu'il commençait à s'agiter. C'est une belle soirée, et j'aime marcher.

— S'il vous plaît. »

C'est donc ce qu'on fit, Angela.

On marcha, on marcha encore et encore.

30

Je suis tombée amoureuse de ton père, Angela. Évidemment. Et sans que je comprenne vraiment pourquoi. Nous n'aurions pas pu être plus différents. Mais ne serait-ce pas là que l'amour s'épanouit le mieux, dans cette profonde ligne de faille qui existe entre les extrêmes ?

Ayant toujours vécu dans un univers privilégié et confortable, j'avais eu la chance de traverser la vie avec légèreté. Dans un siècle ravagé par la violence, je n'avais que peu souffert de dommages, hormis ceux, anecdotiques, que je m'étais infligés par mon inconséquence. J'avais travaillé dur, certes, mais comme beaucoup de mes contemporains, et habiller de jolies filles restait somme toute une occupation relativement frivole. Pour couronner le tout, j'étais une sensualiste débridée, une libre-penseuse, qui avait fait de la quête du plaisir sexuel l'une des lignes directrices de sa vie.

Frank, par comparaison, était une personne d'un tel *poids*, si imposant dans son essence même. Quelqu'un dont la vie avait été, dès le départ, difficile. Frank n'agissait jamais à la légère, sans réfléchir ou avec insouciance. Né dans une famille d'immigrants pauvres, il n'avait pas eu droit à l'erreur. Il était un catholique fervent, un policier et un vétéran réchappé de l'enfer. Rien en lui n'était sensualiste. Il ne supportait pas qu'on le touche, oui, mais pas seulement. Il n'y avait pas en lui la moindre fibre hédoniste. Ses vêtements n'étaient choisis que pour leur fonction utilitaire. Il mangeait uniquement pour alimenter son corps. Il n'entretenait pas de vie sociale, et ne sortait jamais pour se distraire – il n'avait jamais mis les pieds dans un théâtre. Il ne buvait pas. Ne dansait pas. Ne fumait pas. Il ne s'était jamais battu. C'était un homme frugal, responsable. L'ironie, les taquineries, les imbécillités, ce n'était pas pour lui. Il ne disait jamais que la vérité.

Et, bien entendu, il était un mari fidèle – et le père d'une belle petite fille qu'il avait baptisée d'après les anges de Dieu.

Dans un monde sensé ou raisonnable, comment un homme de la gravité de Frank Grecco aurait-il pu croiser la route d'une personne de ma légèreté ? Qu'est-ce qui nous avait rapprochés ? Nous n'avions rien en commun – hormis mon frère, qui nous avait l'un et l'autre intimidés, et rabaissés. Et le seul moment que nous avions jusque-là partagé dans nos vies était une histoire triste – cette journée de 1941 qui nous avait laissé à l'un comme à l'autre un arrière-goût de honte.

Pourquoi nous aurait-elle conduits à tomber amoureux vingt ans plus tard ?

Je n'en sais rien, Angela.

Je sais seulement que nous vivons dans un monde qui n'est ni sensé ni raisonnable.

Voilà donc ce qui se passa.

Quelques jours après notre premier rendez-vous, l'agent Frank Grecco m'appela pour me demander si nous pourrions refaire une promenade ensemble.

Quand le téléphone avait sonné à L'Atelier, j'avais sursauté. Il était 21 heures passées mais je me trouvais encore là et je venais tout juste de terminer des retouches. Je me sentais stagnante, je n'y voyais plus clair, et comme je m'apprêtais à monter regarder la télévision avec Marjorie et Nathan, je fus à deux doigts de laisser le téléphone sonner. Et quand finalement je décrochai, c'était Frank, qui me demandait si je voudrais aller marcher avec lui.

« Là tout de suite ? Vous voulez aller vous promener *maintenant* ?

— Si vous le voulez bien. Je ne tiens pas en place ce soir, et je vais sortir marcher, de toute façon. J'espérais que vous pourriez vous joindre à moi. »

Cette proposition quelque part m'intrigua, et me toucha aussi. Bien des hommes m'avaient déjà appelée à pareille heure – mais aucun pour me proposer une promenade.

« Ma foi, pourquoi pas ? répondis-je

— Je serai là dans vingt minutes. »

Ce soir-là, nous marchâmes jusqu'à l'East River – en coupant à travers des quartiers qui n'étaient pas vraiment sûrs, en ce temps-là – et poursuivîmes le long des quais livrés au délabrement, jusqu'au pied du pont de Brooklyn. Nous le traversâmes. Il faisait froid, mais il n'y avait pas de vent, et l'exercice physique nous tenait chaud. C'était une nuit de nouvelle lune et on pouvait presque apercevoir quelques étoiles.

C'est ce soir-là que nous nous dîmes tout l'un de l'autre.

C'est ce soir-là que j'appris que Frank était devenu gardien de la paix à cause de son incapacité à rester assis. Quadriller un secteur huit heures par jour, c'était exactement ce qu'il lui fallait pour ne pas devenir fou. C'était également pour ça qu'il acceptait autant de rondes supplémentaires et se portait toujours volontaire pour remplacer un collègue qui avait besoin d'une journée libre. S'il avait la chance de décrocher une double ronde, cela lui permettait de marcher pendant seize heures d'affilée, et d'accumuler suffisamment de fatigue pour dormir ensuite d'une traite. Chaque fois qu'on lui proposait une promotion, il la refusait. Monter en grade aurait été synonyme de travail de bureau, et ça, c'était au-dessus de ses forces.

« Il n'existe que deux boulots à ma portée, me dit-il. Cantonnier, et gardien de la paix. »

Ce métier était cependant bien en deçà de ses capacités intellectuelles. Ton père était un homme très intelligent, Angela. Je ne sais pas si tu en as conscience, car il était extrêmement modeste, mais il n'était pas loin d'être un génie. Ses parents étaient illettrés, certes, et il avait été négligé, au milieu de sa ribambelle de frères et sœurs, mais il était un prodige en mathématiques. Enfant, même si rien ne le distinguait de prime abord du millier d'autres garçonnets de la paroisse du Sacré-Cœur – tous des fils de docker ou de maçon, promis au même avenir que leur père –, Frank était différent : il était exceptionnellement intelligent. Une particularité qui, dès son plus jeune âge, n'avait pas échappé aux religieuses de son école.

Ses parents, eux, étaient convaincus que l'école n'était qu'une perte de temps – *à quoi bon étudier quand tu pourrais travailler ?* – et ils étaient assez superstitieux pour suspendre une gousse d'ail au cou de leur écolier de fils, afin d'éloigner les mauvais esprits. Mais l'école était pour Frank un lieu d'épanouissement. Les religieuses irlandaises avaient beau être peu attentives, dures et promptes aux discriminations à l'égard des enfants italiens, elles furent bien obligées de remarquer combien ce gamin sortait du lot. Elles lui firent sauter quelques classes, lui donnèrent des devoirs supplémentaires, et s'émerveillèrent de son talent à manier les chiffres. Il excellait à tous niveaux.

Il intégra sans difficulté le lycée technique de Brooklyn, d'où il sortit major de sa promotion, puis étudia pendant deux années l'ingénierie aéronautique à la Cooper Union, avant de s'inscrire à l'école de formation des officiers et de s'engager dans la Navy. Pourquoi la marine, alors qu'il était fasciné par tout ce qui touchait aux avions ? On aurait pu s'attendre à ce qu'il veuille devenir pilote. Mais non : ce fut la marine, parce qu'il voulait voir l'océan.

Rends-toi compte, Angela : un gamin de Brooklyn qui grandit avec le rêve de *voir* un jour l'océan alors que celui-ci est à portée de pas et de regard ! Mais de son quartier, Frank n'avait toujours vu que les rues sales, les immeubles miséreux et insalubres, les docks crasseux de Red Hook où son père trimait comme débardeur. On était bien loin des rêves romantiques de navires et de marins héroïques. Il quitta donc la faculté pour s'enrôler dans la Navy, exactement comme mon frère, avant même l'entrée en guerre des États-Unis.

« Quel gâchis ! me confia-t-il ce soir-là. Pour voir l'océan, il m'aurait suffi de marcher jusqu'à Coney Island. J'étais loin de me douter qu'il était si proche. »

Il avait toujours eu l'intention de reprendre ses études, après la guerre, de passer son diplôme et de décrocher une bonne situation. C'était compter sans l'attaque de son vaisseau, dans laquelle il avait failli brûler vif. Et, à l'entendre, la douleur physique n'était pas le pire. Pendant qu'il était encore en convalescence à l'hôpital militaire de Pearl Harbor, brûlé au troisième degré sur la moitié du corps, le capitaine Gehres, commandant de l'*USS Franklin*, avait fait traduire en cour martiale tous les survivants repêchés après l'attaque. Il accusait ces hommes d'être des déserteurs, qui avaient désobéi aux ordres en sautant dans l'eau – alors que beaucoup avaient été, comme Frank, soufflés du navire en flammes.

Pour Frank, cette accusation de lâcheté était pire que tout. Elle le brûlait dans sa chair bien plus profondément que ne l'avait fait l'incendie. Et même si la Navy avait finalement renoncé aux poursuites et reconnu l'accusation pour ce qu'elle était – une tentative de la part d'un gradé incompétent de se défausser de ses nombreuses erreurs en accusant des innocents –, les dégâts psychologiques avaient été commis. Frank savait que beaucoup de leurs camarades restés à bord pendant l'attaque continuaient à les considérer comme des déserteurs. Ces survivants-là furent décorés pour leur mérite, et on éleva les morts au rang de héros. Mais les gars transformés en torchères qui s'étaient retrouvés dans l'eau, eux, restèrent les lâches.

Cette honte-là ne s'était jamais dissipée.

Après la guerre, Frank rentra chez lui à Brooklyn. Mais à cause de ses blessures et de son traumatisme (on appelait ça un « trouble neuropsychiatrique », à l'époque, et il n'existait aucun traitement), il ne fut jamais plus le même. Il essaya de reprendre ses études, de passer son diplôme, mais c'était inenvisageable : il était incapable de demeurer assis dans une salle de classe, il suffoquait, et devait en permanence se précipiter à l'extérieur. (« Je ne supporte pas d'être dans une pièce avec des gens », m'expliqua-t-il). Et même s'il avait pu passer son diplôme, quel genre de boulot aurait-il pu trouver, dès lors qu'il était incapable de rester assis à un bureau ou d'assister à une réunion ? À peine pouvait-il rester tranquille le temps d'un coup de téléphone sans avoir la sensation que sa poitrine allait imploser à force d'agitation et d'effroi.

Comment pouvais-je, moi qui avais une vie facile, confortable, comprendre une douleur comme celle-là ?

Je ne le pouvais pas.

Mais je pouvais l'écouter.

Si je te raconte tout ça, Angela, c'est parce que je me suis promis de tout te dire. Mais aussi parce que je suis à peu près certaine que Frank ne t'a jamais rien raconté de tout ça.

Ton père était fier de toi et il t'aimait. Mais il ne voulait pas que tu connaisses les détails de sa vie. Il avait honte d'avoir failli aux promesses de ses débuts scolaires. Il était gêné d'occuper un emploi à ce point indigne de ses capacités intellectuelles. N'avoir jamais terminé ses études lui brisait le cœur. Et ses troubles psychologiques étaient pour lui une source permanente d'humiliation. Son incapacité à rester assis, à dormir toute une nuit, à supporter un contact physique ou à faire une carrière digne de ce nom ne lui inspirait que dégoût pour lui-même.

Il te protégea de tout ça autant qu'il le put afin que l'histoire de sa vie, lugubre, ne vienne jamais entraver la construction de la tienne. À ses yeux, tu étais une création nouvelle, immaculée et, en gardant une forme de distance avec toi, il espérait te préserver de ses propres fantômes. C'est ce qu'il m'affirma, en tout cas, je n'ai aucune raison de ne pas le croire. Il ne voulait pas que tu le connaisses très bien, Angela, parce qu'il ne voulait pas que ce qu'il avait vécu puisse te faire souffrir.

Je me suis souvent demandé ce que tu pouvais ressentir, d'avoir un père pour qui tu comptais tant, mais qui se tenait délibérément éloigné de ton existence quotidienne. Un jour où je hasardai que tu avais peut-être envie de plus d'attention de sa part, il me répondit que c'était probablement le cas. Mais qu'il préférait garder ses distances afin de ne pas t'abîmer. À ses yeux, il était quelqu'un qui abîmait tout ce qu'il touchait.

C'est ce qu'il me disait.

Il pensait qu'il valait mieux laisser ta mère s'occuper de toi.

Je n'ai pas encore mentionné ta mère, Angela.

Sache que ce n'est pas par irrespect – bien au contraire. Je ne sais pas trop comment parler d'elle, ou du couple qu'elle formait avec ton père. Je ne veux ni t'offenser ni te blesser. C'est donc un terrain sur lequel je vais m'avancer prudemment, sans rien concéder cependant de la rigueur, ou de la minutie de mon récit. Tu mérites à tout le moins d'en savoir autant que moi.

Il me faut préciser avant toute chose que je n'ai jamais rencontré ta mère, ni même vu une photo d'elle. Tout ce que je sais d'elle, je le tiens de Frank, et connaissant son honnêteté foncière, je suis encline à penser que ses descriptions ne travestissaient pas la réalité. Mais était-ce pour autant des portraits *fidèles*? Ta mère était comme nous tous – un être compliqué, impossible à appréhender totalement à partir des impressions d'un seul homme.

Il est donc possible que tu aies connu une femme entièrement différente de la personne que ton père me décrivait.

Frank m'apprit que sa femme – Rosella – et lui étaient originaires du même quartier. Les parents de Rosella, des immigrants siciliens, tenaient l'épicerie de la rue où Frank avait grandi. En tant que commerçants, ils jouissaient d'un statut social supérieur à celui des parents de Frank, qui n'étaient que de simples travailleurs manuels.

Je sais que Frank commença à travailler pour les parents de Rosella vers quatorze ans, comme garçon livreur. Il avait toujours apprécié et admiré tes grands-parents – des gens plus doux et plus raffinés que sa propre famille. C'est donc là qu'il rencontra ta mère – à l'épicerie. De trois ans sa cadette, Rosella était une jeune fille travailleuse, sérieuse. Ils se marièrent quand Frank eut vingt ans, et elle, dix-sept.

Un jour où je lui demandais si Rosella et lui étaient amoureux au moment de leur mariage, il me répondit : « Dans le quartier, on naissait et on grandissait dans un même pâté de maisons, et on épousait quelqu'un du pâté de maisons. C'était dans l'ordre des choses. Rosella était une bonne personne, et j'appréciais sa famille.

— Mais vous l'aimiez ?

— Elle était le genre d'épouse qu'il me fallait. Je lui faisais confiance. Elle savait qu'avec moi elle ne manquerait de rien. Nous n'avons pas été chercher des luxes comme l'amour. »

Ils se marièrent en décembre 1941, immédiatement après Pearl Harbor, comme quantité d'autres couples, et pour les mêmes raisons.

Et bien sûr, Angela, tu vins au monde en 1942.

Je sais qu'une fois déployé, Frank n'eut guère de permissions (expédier son personnel à Brooklyn depuis le Pacifique sud n'était pas chose facile pour la Navy), qu'il resta longtemps sans vous voir, ta mère et toi, et qu'il passa trois Noëls d'affilée sur un porte-avions. Il écrivait des lettres à Rosella, qui répondait rarement : elle n'avait pas terminé sa scolarité et était complexée par son écriture et son orthographe. Comme ses propres parents étaient quasiment illettrés, Frank était l'un des marins du porte-avions qui ne recevaient jamais de courrier.

« Vous en souffriez, de ne jamais recevoir de nouvelles de chez vous ?

— Je ne leur reprochais rien : ni mes parents ni Rosella n'étaient du genre à écrire des lettres. Mais même si elle ne m'écrivait jamais, je savais qu'elle m'était fidèle et prenait bien soin d'Angela. Elle n'avait jamais été de ces filles qui courent les garçons. Sur le bâtiment, beaucoup ne pouvaient en dire autant de leur épouse. »

Vint l'attaque kamikaze, pendant laquelle Frank fut brûlé sur plus de soixante pour cent de son corps. Il insistait volontiers sur le fait qu'il n'était qu'un cas parmi bien d'autres, mais, la vérité, c'est qu'il fut le seul à survivre à des blessures aussi sévères – à l'époque, les grands brûlés étaient tous condamnés. Il y eut ensuite les longs mois éprouvants de convalescence à l'hôpital naval. Quand Frank rentra à la maison, on était en 1946, et il n'était plus le même homme. Il était un homme brisé. Tu avais maintenant quatre ans, et tu ne le connaissais que par une photo. Il me raconta que lorsqu'il t'avait retrouvée, après toutes ces années, il lui avait semblé inconcevable qu'il pût avoir une petite fille aussi jolie, aussi intelligente, aussi gentille. Inconcevable qu'il pût être associé à tant de pureté. Tu avais un peu peur de lui – mais bien moins que lui n'avait peur de toi.

Sa femme lui semblait également une étrangère. En son absence, la jeune et jolie Rosella s'était métamorphosée en matrone : une femme au corps massif, à la physionomie grave, toujours vêtue de noir, qui allait à la messe tous les matins et priait ses saints toute la journée. Elle voulait avoir d'autres enfants. Ce qui, bien sûr, était maintenant impossible puisque Frank ne supportait plus aucun contact physique.

« Après la guerre, j'ai commencé à dormir sur un lit de camp, dans la remise du jardin, me raconta-t-il cette première nuit où l'on marcha jusqu'à Brooklyn. J'en ai fait ma chambre. J'y ai installé un poêle à charbon et ça fait des années que je dors là. C'est mieux comme ça. Mes horaires bizarres n'empêchent personne de dormir. Et il m'arrive de me réveiller en hurlant. Ma femme et la petite n'ont pas besoin d'entendre ça. Pour moi, dormir tourne toujours au désastre. Mieux vaut que je fasse ça seul dans mon coin. »

Il respectait ta mère, Angela. Je veux que tu le saches.

Jamais je ne l'ai entendu prononcer une critique à son endroit – au contraire. Il approuvait sans réserve l'éducation qu'elle te donnait et il admirait son stoïcisme face aux nombreuses déceptions de la vie. Jamais ils ne se chamaillaient, ni ne se disputaient. Mais après la guerre, ils ne se parlaient presque plus, sinon pour prendre des décisions concernant la famille. Frank s'en remettait à Rosella sur tous les sujets et c'était elle qui tenait les cordons de la bourse. Elle avait repris l'épicerie de ses parents, et hérité de l'immeuble qui l'abritait. Elle s'y entendait en affaires, disait-il. Il était heureux que toi, Angela, grandisses dans cet univers et bavardes avec tout le monde. (Il te surnommait « l'astre du quartier ».) Il guettait chez toi les signes avant-coureurs d'un penchant pour la solitude, la réclusion (un reclus, c'est ainsi qu'il se voyait), mais non, tu paraissais normale et sociable.

Mais entre Frank qui passait sa vie à patrouiller, ou à arpenter les rues la nuit, et Rosella qui était accaparée par son travail à l'épicerie ou ton éducation, tes parents n'étaient plus mariés que sur le papier.

À un moment donné, m'expliqua-t-il, il avait proposé à Rosella de divorcer, afin qu'elle puisse se trouver un homme qui comblerait mieux ses attentes. Frank estimait que son incapacité à honorer ses devoirs d'époux et de compagnon leur obtiendrait presque à coup sûr une annulation. Rosella était encore jeune. Avec un autre homme, elle pourrait fonder la grande famille dont elle rêvait depuis toujours. Mais même si l'Église l'avait autorisée à divorcer, Rosella ne l'aurait jamais fait.

« Elle est plus catholique que le pape lui-même, me dit-il. Elle n'est pas du genre à briser un vœu sacré. Et puis, dans notre quartier, personne ne divorce, Vivian, même quand ça tourne au vinaigre. Ce qui n'a jamais été le cas entre Rosella et moi. On vit juste comme en parallèle. Ce que vous devez comprendre, c'est que South Brooklyn est comme une famille. On ne peut pas briser cette famille. Franchement, ma femme est mariée au quartier. C'est lui qui a pris soin d'elle pendant que j'étais à la guerre. Et qui continue à prendre soin d'elle – et d'Angela, aussi.

— Mais vous l'aimez bien, le quartier ?

— Ai-je le choix, Vivian ? me répondit-il avec un sourire chagrin. Le quartier est ce que je suis. J'en ferai toujours partie. Même si j'ai pris une forme de distance, depuis la guerre. On revient, et ils s'attendent tous à retrouver le même gars... Avant, je m'enthousiasmais pour des trucs, comme tout le monde – le base-ball, le cinéma, les fêtes votives de la 4e Rue, les grandes vacances. Mais plus maintenant. Je ne me sens nulle part à ma place. Et le quartier n'y est pour rien. Ce sont de braves gens ; ils voulaient prendre soin des vétérans, quand on est rentrés. Il y avait toujours quelqu'un pour vous payer une bière, venir vous serrer la main, vous offrir des billets de spectacles. Mais moi, je ne pouvais rien faire de tout ça. Au bout d'un moment, les gens ont compris et ils ont appris à me ficher la paix. Maintenant, quand je marche dans ces rues, c'est comme si j'étais un fantôme. Mais ma place reste là. C'est difficile à expliquer à quelqu'un qui n'est pas du quartier.

— Vous ne songez jamais à déménager loin de Brooklyn ?

— Si, chaque jour depuis vingt ans. Mais ce serait injuste pour Rosella et Angela. Et qui me dit que je serais mieux ailleurs ? »

« Et vous, Vivian ? Vous ne vous êtes jamais mariée ? » me demanda-t-il ce soir-là tandis que nous retraversions le pont de Brooklyn.

— J'ai failli. Mais la guerre m'a sauvée.

— Comment ça ?

— Il y a eu Pearl Harbor, mon fiancé s'est engagé et nous avons rompu.

— Je suis désolé.

— Ne le soyez pas. Ce n'était pas un homme pour moi, et j'aurais été un désastre pour lui. C'était quelqu'un de bien. Il méritait mieux.

— Et vous n'avez jamais trouvé un autre homme ? »

Je pris mon temps pour réfléchir à ce que j'allais répondre à ça. Pour finir, j'optai tout bêtement pour la vérité.

« J'en ai trouvé beaucoup d'autres, Frank. Plus qu'on ne pourrait en compter.

— Oh.. »

Comme il semblait avoir subitement perdu sa langue, je ne savais pas trop comment il avait pris ma réponse, ni s'il l'avait bien comprise. Ici, une autre sorte de femme aurait pu opter pour la discrétion. Mais quelque chose de têtu en moi insistait pour que j'enfonce le clou.

« Ce que je veux dire par là, Frank, c'est que j'ai couché avec beaucoup d'hommes.

— Oui, j'avais compris.

— Et que je coucherai avec beaucoup d'autres encore, je suppose. Coucher avec des hommes – de nombreux hommes –, c'est plus ou moins mon mode de vie.

— Okay. Je comprends. »

Il ne paraissait pas perturbé. Juste pensif. Pour ma part, j'étais nerveuse d'avoir dévoilé cette vérité à mon sujet mais, inexplicablement, j'étais lancée, et rien ne pouvait plus m'arrêter :

« Je voulais vous dire ça parce que vous devriez savoir quel genre de femme je suis. Si nous devons être amis, je ne veux pas me heurter à un jugement de votre part. Et si cet aspect de ma vie doit vous poser un problème... »

Il s'immobilisa d'un coup. « Pourquoi vous jugerais-je?
— Réfléchissez Frank. Pensez à notre première rencontre.
— Ah, je vois. Mais vous n'avez pas besoin de vous inquiéter pour ça.
— Bien.
— Je ne suis pas comme ça, Vivian. Je ne l'ai jamais été.
— Merci. Je voulais juste être honnête avec vous.
— C'est moi qui vous remercie de me faire l'honneur de votre honnêteté, répondit-il – et c'est là, je trouve, une des choses les plus élégantes qu'on m'ait jamais dites.
— J'ai passé l'âge de cacher qui je suis, Frank, et d'accepter que quiconque cherche à me faire honte, vous comprenez?
— Je comprends.
— Vous comprenez, très bien, mais... qu'en pensez-vous? »

Je n'en revenais pas de mon insistance, mais c'était plus fort que moi. Son impassibilité me déconcertait.

Il s'accorda un temps de réflexion avant de me répondre.

« Je sais aujourd'hui quelque chose que j'ignorais quand j'étais jeune, Vivian.
— À savoir...?
— Le monde n'est pas logique, Vivian. On grandit en pensant que les choses marchent d'une certaine façon, qu'il y a des règles, qu'on doit s'y conformer. Et c'est ce qu'on s'efforce de faire. Sauf que le monde, il se fiche pas mal de nos règles ou de ce qu'on croit. Il n'est pas logique, et ne le sera jamais. Nos règles, elles ne servent à rien. Le monde parfois s'impose à nous, sans qu'on ait notre mot à dire – voilà ce que je pense. Et on se débrouille pour continuer à vivre, du mieux qu'on peut.
— Je ne crois pas avoir jamais cru que le monde était logique.
— Eh bien moi si. Et j'avais tort. »

On reprit notre promenade. Sous nos pieds, le ruban sombre de l'East River charriait la pollution de la ville vers l'océan.

« Puis-je vous demander quelque chose Vivian ? reprit-il après un moment.

— Bien sûr.

— Cela vous rend-il heureuse ? »

Le ton n'avait rien d'accusateur. Frank, je crois, souhaitait sincèrement me comprendre.

« De coucher avec tous ces hommes, vous voulez dire ?

— Oui. »

La question méritait d'autant plus considération que je n'étais pas certaine d'y avoir réfléchi auparavant. Je ne voulais pas la prendre à la légère.

« Cela me *satisfait*, répondis-je finalement. Voilà ce qu'il en est : je crois qu'il y a en moi une certaine noirceur, que nul ne peut voir. Elle a toujours été là, au plus profond. Et coucher avec tous ces hommes différents, cela satisfait cette noirceur.

— D'accord. Je crois pouvoir comprendre ça. »

Jamais je n'avais évoqué cette vulnérabilité en moi, ni essayé de mettre des mots sur mon expérience, mais je sentais que ceux que j'avais choisis n'étaient pas à la hauteur. Comment expliquer que par « noirceur », je n'entendais ni « péché » ni « mal », mais évoquais seulement une région profondément enfouie de mon imagination, une part de moi-même que la lumière du monde réel ne pouvait pas atteindre. Une part primitive, presque. Antérieure à toute civilisation, assurément. Et au-delà du langage. Une part cachée inaccessible à l'amitié, indifférente au divertissement, imperméable à la joie ou l'émerveillement, une part à laquelle seul le sexe me donnait accès. Quand un homme m'ouvrait la voie jusqu'à cet endroit sombre et secret en moi, j'avais la sensation de retrouver l'origine de mon être.

Étrangement, c'était en ce lieu de sombre abandon que je me sentais le moins salie et le plus sincère.

« Mais cela me rend-il heureuse ? poursuivis-je. Non, je ne crois pas. D'autres choses, dans ma vie, me rendent heureuse : mon travail, mes amitiés, la famille que j'ai créée. New York. Traverser ce pont avec vous, en ce moment. Mais coucher avec tous ces hommes, ça me satisfait, et j'ai appris avec le temps que ce genre de satisfaction est quelque chose dont j'ai besoin, car sinon je serais malheureuse. Je ne dis pas que c'est bien. Je dis juste : voilà comment ça marche pour moi, et c'est quelque chose qui ne changera jamais. Je suis en paix avec ça. Le monde n'est pas logique, comme vous disiez. »

Frank hocha la tête. Il écoutait. Il voulait comprendre. Être capable de comprendre.

Après un autre long silence, il dit : « Eh bien, je pense que vous avez de la chance.

— Pourquoi donc ?

— Parce que les gens qui savent comment être satisfaits ne sont pas si nombreux. »

31

Je n'ai jamais aimé les personnes que j'étais censée aimer, Angela.
Tout ce qui avait été arrangé pour moi n'a jamais marché comme prévu. En choisissant un pensionnat respectable puis une faculté d'élite, mes parents avaient orienté ma vie dans une direction spécifique afin que je puisse faire mon nid dans la communauté destinée à être la mienne. Il faut croire que je n'y étais pas à ma place puisque, à ce jour encore, aucune de mes amies n'est issue de ce monde-là.
Mes parents, ou la petite ville dans laquelle j'ai grandi, ne m'ont jamais inspiré de sentiment d'appartenance. Je n'ai d'ailleurs plus aucun contact avec qui que ce soit à Clinton. Ma mère et moi avions la plus superficielle des relations, jusqu'à sa mort. Quant à mon père, il n'avait guère été qu'un commentateur politique ronchon qui présidait la table des repas.
Mais ensuite, je suis partie vivre à New York et j'ai appris à mieux connaître ma tante Peg. Elle était lesbienne, elle faisait fi des conventions et des responsabilités, buvait trop, elle était panier-percé, elle voulait profiter du présent sans penser aux lendemains qui déchantent, et je l'adorais. C'est elle qui m'a donné tout l'univers qui est le mien, rien de moins.
Et j'ai aussi rencontré Olive, qui n'était pas aimable à première vue mais que je s'en suis venue à aimer, néanmoins. Bien plus que je n'ai aimé mes propres parents. Olive n'était ni chaleureuse, ni affectueuse, mais elle était loyale et bonne. Elle était un peu comme un garde du corps, pour moi. Elle était notre ancre. Quelque moralité que je possède, c'est d'elle que je la tiens.
Ensuite j'ai rencontré Marjorie Lowtsky. Cette adolescente excentrique de Hell's Kitchen, fille d'immigrants et de fripiers, n'était pas

du tout le genre de personne avec qui j'étais censée me lier d'amitié. Or Marjorie est devenue mon associée, mais aussi ma sœur. Je l'aimais de tout mon cœur, Angela. Il n'y avait rien que je ne sois prête à faire pour elle, et la réciproque était vraie.

Puis est arrivé son fils, Nathan. Ce petit garçon à la santé délicate, allergique à la vie elle-même, était l'enfant de Marjorie, mais aussi le mien. Si l'avenir que mes parents envisageaient pour moi avait suivi la voie tracée, j'aurais sûrement eu des enfants – des capitaines d'industrie en puissance, robustes, forts, cavaliers émérites – mais à la place j'ai eu Nathan, et c'était bien mieux.

Toutes ces personnes que seul le hasard semblait avoir agrégées constituaient ma famille, Angela. Ma *vraie* famille. Et si je te raconte tout ça, c'est pour que tu comprennes que j'aimais ton père autant que j'aimais ma famille. Mon cœur ne peut lui offrir plus beau compliment.

Un amour tel que celui-là est un puits profond, aux parois abruptes.

Quand tu y tombes, le sort en est jeté – tu aimeras cette personne à jamais.

Des années durant, quelques soirs par semaine, ton père m'appelait, toujours à une heure improbable, et me demandait : « Vous voudriez aller faire un tour ? Je n'arrive pas dormir.

— Comme d'habitude, Frank, le taquinais-je.

— Non, ce soir, c'est pire que d'habitude. »

Quelle que fût la saison ou l'heure, je lui répondais toujours oui. Je suis toujours partante pour explorer la ville, et j'ai toujours aimé la nuit. En plus, je n'ai jamais eu besoin de beaucoup de sommeil. Mais surtout, j'adorais marcher avec Frank. Il venait de Brooklyn en voiture, il passait me chercher, et nous partions nous promener.

Comme nous eûmes tôt fait le tour de tous les quartiers de Manhattan, nous allâmes explorer les autres *bouroughs*. Je n'ai jamais rencontré personne qui connaisse aussi bien la ville. Il m'emmena dans des coins dont je n'avais jamais entendu parler, et que nous sillonnions jusqu'aux petites heures du matin, tout en discutant. Cimetières, zones industrielles, quais, rues bordées de maisons mitoyennes, cités. Je crois bien qu'on traversa tous les ponts que compte l'agglomération new-yorkaise – et ils sont nombreux.

Personne ne vint jamais nous embêter. C'était là le plus étrange. New York n'avait rien d'une ville sûre, à l'époque, mais nous l'arpentions comme si nous étions intouchables. Souvent notre conversation nous absorbait au point d'occulter notre environnement. Les rues veillaient sur nous, et, miraculeusement, leurs habitants nous fichaient la paix. Il m'arrivait même de me demander si nous n'étions pas devenus invisibles. Parfois, cependant, une patrouille de police s'arrêtait pour nous demander ce qu'on faisait là, et Frank montrait son badge. « Je raccompagne cette dame chez elle », répondait-il invariablement – même si nous nous trouvions à ce moment-là dans un quartier jamaïcain de Crown Heights.

Il arrivait qu'à une heure avancée de la nuit, nous partions en voiture à Long Island pour acheter des palourdes frites dans un drive-in ouvert vingt-quatre heures sur vingt-quatre, ou à Sheepshead Bay pour manger des praires. On se garait sur le quai et on regardait les bateaux de pêche prendre la mer tout en picorant nos coquillages. Au printemps, il m'emmenait à la campagne, dans le New Jersey, pour ramasser des pissenlits au clair de lune – leurs feuilles ajoutent aux salades une note d'amertume très appréciée des Siciliens, m'apprit-il.

Conduire et marcher, c'étaient là les deux seules activités qu'il pouvait mener sans devenir trop anxieux.

Il m'écoutait toujours attentivement. Il devint le confident de ma vie, celui en qui j'avais le plus confiance. Frank était un être entier, limpide, d'une intégrité profonde, inébranlable. La compagnie d'un homme qui jamais ne se vantait (fait rarissime chez ceux de cette génération !) ni ne s'imposait aux autres était apaisante. S'il était en faute, s'il commettait une erreur, il le disait avant que l'autre ne le découvre par lui-même. Rien de ce que je pouvais lui confier de ma vie ne faisait l'objet d'un jugement ou d'une critique. Il n'avait pas peur des reflets de ma noirceur ; n'étant pas en reste question noirceur, il était vacciné contre celle des autres.

Mais surtout, il savait *écouter*.

Je lui disais tout. Quand j'avais un nouvel amant. Une crainte. Quand j'avais remporté une victoire. Je n'étais pas habituée aux hommes qui m'écoutent.

Et ton père, lui, n'était pas habitué à être avec une femme disposée à parcourir près de dix kilomètres avec lui en pleine nuit, sous la pluie, dans le Queens, juste pour lui tenir compagnie quand il n'arrivait pas à dormir.

Je savais qu'il n'abandonnerait jamais sa femme et sa fille, Angela – il n'était pas comme ça. Et il était exclu que je l'attire dans un lit. Outre que ses blessures et ses traumatismes rendaient toute vie sexuelle impossible pour lui, je n'aurais pas pu entretenir une liaison avec un homme marié. Ce n'était pas – ce n'était plus – la femme que j'étais.

Je peux même t'assurer que jamais je n'ai caressé le fantasme de l'épouser. La seule idée du mariage suffisait à m'oppresser. Il ne faisait plus partie de mes aspirations. Et certainement pas avec Frank. Je ne pouvais pas nous imaginer attablés pour le petit déjeuner, en train de discuter devant les journaux. De planifier des vacances. Ce tableau-là, il ne nous ressemblait ni à l'un ni à l'autre.

Et puis, je ne suis pas certaine que l'amour et la tendresse que nous avions l'un pour l'autre auraient été aussi profonds si le sexe s'en était mêlé. Le sexe s'apparente souvent à une tricherie – un raccourci d'intimité. En te donnant à connaître le corps de l'autre, il te dispense de connaître son cœur.

Donc nous étions fidèles l'un à l'autre, à notre façon, et en vivant chacun de notre côté. Le seul quartier de New York que nous n'avons jamais exploré ensemble, c'était le sien : South Brooklyn était le domaine de sa famille, de sa tribu. Par respect pour elle, et d'un accord tacite, nous n'y portâmes jamais nos pas.

Je le présentai brièvement à Marjorie, mais il n'eut jamais l'occasion de connaître mon entourage, ni moi le sien. Mes amies, naturellement, étaient au courant de son existence. Mais Frank, en raison de ses troubles nerveux, n'était pas apte aux rapports sociaux. (Qu'aurais-je fait ? Organisé un dîner pour l'exhiber ? Lui imposer de bavarder poliment avec des inconnues, un cocktail à la main, dans une pièce farcie de monde ? Sûrement pas.) Aux yeux de mes amies, Frank était le fantôme ambulant. Pour leur avoir dit quelle importance il avait dans ma vie, je savais qu'elles l'acceptaient, mais sans comprendre. Comment l'auraient-elles pu ?

Pendant un temps, je l'avoue, je caressai le rêve que Nathan le rencontre et que Frank devienne une figure paternelle pour mon cher petit garçon. Mais ça non plus, ça n'allait pas marcher. Frank arrivait à peine à assumer ce rôle auprès de toi, Angela – son véritable enfant, qu'il aimait de tout son cœur. Pourquoi lui aurais-je demandé de prendre en charge un autre enfant à l'égard duquel il aurait également culpabilisé ?

Je ne lui demandais rien. Et il ne me demandait rien, rien d'autre que : « Voudriez-vous aller marcher ? »

Alors qu'étions-nous l'un pour l'autre ? Quel terme choisirais-tu, Angela ? Nous étions plus que des amis, cela ne fait aucun doute. Était-il mon compagnon ? Étais-je sa maîtresse ?

Aucun de ces mots n'est à la hauteur.

Tous décrivent quelque chose que nous n'étions pas.

Je sais seulement qu'il y avait dans mon cœur un coin délaissé et vacant, dont j'ignorais jusque-là l'existence, et que Frank s'y installa immédiatement. Même si nous n'avons jamais vécu sous le même toit ni partagé un lit, il était en permanence là, en moi. Tout au long de la semaine, je faisais provision d'histoires et d'anecdotes à lui raconter. Je sollicitais son avis, parce que je respectais sa morale. J'en vins à chérir son visage précisément parce que c'était le sien. Même les cicatrices de brûlures devinrent belles à mes yeux. (Sa peau m'évoquait la reliure patinée d'un livre ancien et sacré.) Nos promenades nocturnes, jalonnées de lieux nimbés de mystère et reliées par le fil de nos conversations et de nos déambulations, étaient pour moi un enchantement.

Le temps que nous passions ensemble s'écoulait en dehors du monde, telle était ma sensation.

Rien nous concernant n'était normal.

Nous mangions toujours dans la voiture.

Qu'étions-nous ?

Nous étions Frank et Vivian, deux promeneurs qui sillonnaient New York ensemble pendant que tous ses autres habitants dormaient sur leurs deux oreilles.

Normalement, Frank me téléphonait toujours tard le soir, mais un jour particulièrement torride de l'été 1966 il m'appela au beau milieu de l'après-midi, en demandant s'il pouvait passer me voir immédiatement. Il me sembla être très agité et, effectivement, sitôt qu'il se gara devant L'Atelier, il sauta de voiture et commença à faire les cent pas sur le trottoir devant la boutique avec encore plus de nervosité que de coutume. Je me hâtai de tendre mon ouvrage à une assistante et de m'engouffrer dans la voiture.

« Montez, Frank. Ne restons pas là. Allons-y. »

Nous prîmes la direction de Brooklyn. Frank roula à vive allure et sans desserrer les dents jusqu'à la base aéroportuaire de Floyd Bennett Field. Il se gara tout au bout d'une piste, d'où on pouvait observer les avions de la Naval Air Reserve se présenter pour l'atterrissage. Je compris qu'il devait être particulièrement à cran : c'est toujours à Floyd Bennett Field qu'il venait quand tout avait échoué à le calmer. Le grondement des moteurs lui apaisait les nerfs.

Je me gardai bien de lui demander ce qui n'allait pas. Je savais qu'il finirait par me le dire quand il aurait repris son souffle.

Dans l'habitacle écrasé par la chaleur de juillet, on écoutait le moteur à l'arrêt cliqueter et refroidir, puis, entre deux plages de silence, le grondement d'un avion en train d'atterrir. J'entrouvris ma vitre pour faire entrer un peu d'air, mais Frank, dont les mains restaient agrippées au volant, ne sembla pas le remarquer. Il devait étouffer sous son uniforme, mais ça non plus il ne semblait pas le remarquer.

Un autre avion se posa en ébranlant le sol.

« J'étais au tribunal, aujourd'hui, lâcha-t-il enfin.

— D'accord, dis-je, pour lui faire savoir que j'étais tout ouïe.

— Pour témoigner dans une histoire de cambriolage. Ça s'est passé l'an dernier. Dans une quincaillerie. Des gamins drogués qui cherchaient des marchandises à refourguer. Ils ont roué de coups le propriétaire, donc ils étaient inculpés d'agression. J'avais été le premier policier à arriver sur les lieux.

— Je comprends. »

Ton père était souvent cité à comparaître au tribunal. Naturellement, il avait en horreur ces audiences qui l'obligeaient à rester assis dans une salle bondée, mais jamais elles n'avaient provoqué chez lui un tel émoi. Il avait dû se passer quelque chose de plus troublant.

Il n'avait toujours pas lâché le volant.

« Et j'ai vu un type que j'ai connu autrefois dans la Navy, Vivian, poursuivit-il en continuant à fixer un point droit devant lui. On était ensemble sur le *Franklin*. Tom Denno. Je n'avais plus pensé à ce nom depuis des années. Je ne savais même pas qu'il vivait ici. Il est originaire du Tennessee. Tous ces gars du Sud, on aurait pu penser qu'ils seraient repartis chez eux, après la guerre, pas vrai ? Ben lui, apparemment, il s'est installé à New York. Il est avocat, maintenant, et il représentait un des gamins qui ont cambriolé la quincaillerie. Les parents ont de l'argent, je suppose, puisqu'ils ont pris un avocat. Et il a fallu qu'ils choisissent Tom Denno !

— Cela a dû être une surprise pour vous. »

Ma remarque, une fois de plus, ne servait qu'à lui faire savoir que j'étais là pour l'écouter.

« Je me souviens encore de lui à son arrivée sur le bateau. Ce devait être début 1944. Il débarquait direct de la ferme. Un petit gars de la campagne. On croit toujours que les gamins des villes sont des durs, mais faut voir ceux de la campagne… Moi qui pensais avoir grandi dans la pauvreté, c'était rien comparé à ce qu'ils avaient vécu. Eux, ils avaient connu la vraie misère. Ils se jetaient sur leurs assiettes comme des affamés. C'était la première fois de leur vie qu'ils ne partageaient pas leur repas avec dix frères et sœurs. Certains n'avaient quasiment jamais porté de chaussures. Et ces accents ! On les comprenait à peine. Mais c'étaient de sacrés coriaces, dans la bataille. Et quand on n'était pas sous le feu, ils passaient leur temps à se battre entre eux, ou à la ramener avec les marines qui escortaient l'amiral, lorsqu'il était à bord. Ils ne savaient rien faire sans attaquer bille en tête, vous voyez. Et Tom Denno était le plus dur de tous. »

Je hochai la tête. Frank parlait rarement et avec autant de détails de la vie à bord du porte-avions, ou de ceux qu'il avait connus pendant la guerre. J'ignorais où tout ça allait mener, mais je savais que c'était important.

« Vivian, moi, je n'ai jamais été un dur. » Il était toujours cramponné au volant, comme s'il était une bouée seule à même de lui maintenir la tête hors de l'eau. « Un jour, sur le pont d'envol, un de mes hommes – un gamin du Maryland – a eu une seconde d'inattention, et il a fait un pas dans la mauvaise direction. Il a eu la tête tranchée par une hélice d'avion. Tranchée net, et aspirée dans le propulseur. Sous mon nez. Même si nous n'étions pas sous le feu, ce jour-là, il y avait une activité de routine. Des avions revenaient atterrir toutes les deux minutes. Le pont devait donc rester dégagé en permanence. Et voilà qu'on se retrouvait avec un corps décapité, qu'il nous fallait déplacer d'urgence. Mais j'étais tétanisé. Arrive Tom Denno, qui empoigne le corps sans tête par les chevilles, et le traîne à l'écart – sans doute comme il le faisait avec les carcasses de cochons, à la ferme. Sans broncher. Il sait juste comment faire. Moi, je n'ai pas bougé, je suis toujours pétrifié, et Tom revient vers moi et me tire à l'écart, pour que je ne sois pas le prochain mort. Moi – un officier. Lui, un simple soldat. Un gamin qui n'avait jamais mis les pieds chez un *dentiste*, Vivian. Comment diable s'est-il débrouillé pour devenir avocat à Manhattan ?

— Vous êtes certain que c'est bien lui que vous avez vu aujourd'hui ?

— Oui. Et il m'a reconnu. Il est venu vers moi, il m'a parlé. Et il fait partie du Club des 704 ! Bon Dieu, Vivian ! »

Il me décocha un regard torturé.

« Je ne sais pas ce que ça veut dire, répondis-je aussi délicatement que possible.

— Sept cent quatre, c'est le nombre d'hommes qui sont restés à bord du *Franklin*, lors de l'attaque. Le capitaine Gerhes les a surnommés le Club des 704, et il en a fait des héros. À raison, peut-être. Après tout, ils n'ont pas déserté le navire, eux. Et ils se réunissent tous les ans pour revivre leur gloire.

— Vous n'avez pas déserté le navire, Frank. Même la Navy l'a reconnu. Vous avez été soufflé par-dessus bord, en flammes.

— Peu importe, Vivian. J'étais déjà un lâche bien avant ça. »

Dans sa voix, la panique avait cédé le pas à un calme glaçant.

« Non, c'est faux.

— Si, Vivian. Il n'y a pas de débat, ici. Avant ce jour, cela faisait des mois qu'on essuyait le feu ennemi, et je n'arrivais pas à faire face. Je n'ai jamais pu. À Guam, en juillet 1944, après nos bombardements, je ne pouvais même pas imaginer qu'il reste un seul brin d'herbe dressé. On avait fait pleuvoir un tel déluge sur l'île ! Mais quand nos troupes ont débarqué, fin juillet, elles ont vu des soldats japonais et des tanks sortir de partout. Comment avaient-ils pu survivre ? C'est inimaginable. Nos marines étaient courageux, et les soldats japonais tout autant, mais moi, je ne l'étais pas. Je ne supportais pas le bruit des fusils, Vivian – et ils ne tiraient même pas sur moi. C'est à ce moment-là que ça a commencé. La nervosité, les tremblements. Les hommes se sont mis à me surnommer Tremblote.

— Honte à eux.

— Mais ils avaient raison. J'étais une boule de nerfs. Un jour, un de nos avions n'a pas réussi à larguer sa bombe, et le pilote nous prévient par radio qu'il va devoir atterrir comme ça – avec une bombe de cinquante kilos coincée en soute. Vous imaginez ? Pendant l'atterrissage, la bombe vibre, se détache, dégringole du compartiment et s'en va rouler sur le pont d'envol. Votre frère et quelques autres se sont immédiatement lancés à sa poursuite et l'ont poussée par-dessus bord, comme si de rien n'était rien – et moi, une fois de plus, j'étais paralysé. Incapable d'aider, d'agir, de faire quoi que ce soit.

— Ce n'est pas grave, Frank. » Mais là encore, on aurait dit qu'il ne pouvait pas m'entendre.

« Puis arrive août 1944. On est pris dans un typhon, les vagues en se brisant inondent le pont d'envol, mais on continue les sorties, les avions décollent, atterrissent. Les pilotes, qui doivent se poser sur un timbre-poste au milieu du Pacifique au plus fort de la tempête, eux, ne bronchent jamais. Alors que moi, qui ne suis pas aux commandes d'un de ces fichus avions, mes mains n'arrêtent pas de trembler. Notre convoi était surnommé « la Colonne des meurtriers ». On était censés être les terreurs du coin. Sauf que moi, je n'étais pas du tout une terreur.

— Frank... Peu importe.

— Ensuite, en octobre, les Japonais ont commencé à nous envoyer leurs kamikazes. Comme ils savaient qu'ils allaient perdre la guerre, ils ont voulu faire un baroud d'honneur, couler le plus grand nombre possible de bâtiments américains, par tous les moyens nécessaires, et sans répit. Une fois, on a vu défiler cinquante avions kamikazes en une seule journée. Vous imaginez ?

— Non, pas vraiment.

— Nos gars les descendaient les uns après les autres, mais les Japonais en envoyaient d'autres le lendemain. Ce n'était qu'une question de temps avant que l'un d'entre eux nous touche. On était stationnés à cinquante miles à peine des côtes japonaises. On savait tous qu'on était une cible facile, mais nos gars traitaient ça avec insouciance, ils roulaient des mécaniques, comme si de rien n'était. Et tous les soirs, à la radio, on entendait la Rose de Tokyo annoncer au monde entier que le *Franklin* était déjà au fond de l'océan. C'est à ce moment-là que j'ai arrêté de dormir. Je ne pouvais plus manger, je ne pouvais plus fermer l'œil. J'étais terrifié, à chaque minute qui passait. Parfois, on repêchait un de ces kamikazes qu'on avait descendus pour le faire prisonnier. Un jour, alors qu'on lui faisait traverser sous bonne escorte le pont d'envol, un de ces pilotes s'est libéré et il a couru se jeter à l'eau. Il a préféré se suicider que d'être capturé. Mort avec honneur, pile sous mes yeux. J'ai regardé son visage tandis qu'il courait au-devant de la mort, Vivian – et je le jure devant Dieu, il était bien moins effrayé que moi. »

Frank, je le sentais, était aspiré dans le tourbillon du passé. Ce n'était pas bon. Il me fallait le ramener à la maison – le ramener à lui-même. Au présent.

« Que s'est-il passé aujourd'hui, Frank ? Que s'est-il passé avec Tom Denno, au tribunal ? »

Il relâcha sa respiration mais agrippa le volant avec une force redoublée.

« Il est venu me trouver, juste avant que je sois appelé à la barre. Il se souvenait de mon nom. Il m'a demandé comment j'allais, puis il m'a dit qu'il était devenu avocat, et qu'il habitait dans l'Upper West Side. J'ai eu droit à tous les détails – son adresse, dans quelle université il avait étudié, dans quelle école allaient ses gamins. Il m'a fait un laïus pour me vanter sa réussite. Il faisait partie de l'équipage squelettique qui a ramené le *Franklin* au Brooklyn Navy Yard, après l'attaque. J'imagine qu'il n'a plus quitté New York, après ça. Il a conservé cet accent de petit fermier mal dégrossi, cela dit. Mais son costume vaut probablement plus cher que ma maison. Il m'a toisé, dans mon uniforme, et il a lâché : "Gardien de la paix ? C'est comme ça que la Navy recase ses officiers, de nos jours ?" Bon sang, Vivian ! Que répondre à ça ? "Et on vous autorise à porter une arme ? il m'a lancé. — Ouais, mais je ne m'en suis jamais servi, j'ai dit. — Vous n'avez jamais été un foudre de guerre, Tremblote, pas vrai ?", et là, il a tourné les talons.

— Qu'il aille au diable, Frank. » Je sentais mes poings se crisper. Une bouffée de rage me submergea, si féroce que le bourdonnement du sang dans mes oreilles occulta un instant le grondement de l'avion qui atterrissait devant nous. Je voulais traquer ce Tom Denno et lui trancher la gorge. *Comment osait-il ?* Je voulais aussi prendre Frank dans mes bras, pour le bercer, le réconforter – mais je ne pouvais pas le faire, parce que la guerre l'avait si gravement amoché, tant physiquement que psychologiquement, qu'il ne pouvait même pas se laisser étreindre par une femme qui l'aimait.

Tout cela était tellement méchant, cruel, *injuste*.

Frank m'avait un jour décrit comment, en refaisant surface après avoir été soufflé par l'explosion, il avait émergé dans un brasier géant. Même les algues, enrobées de fuel, étaient en feu. Et les turbines du porte-avions attisaient les flammes, qui dévoraient de plus belle les hommes à la mer. Frank s'était aperçu qu'en battant énergiquement des bras, il pouvait repousser les flammes et se ménager une petite bulle de répit. Deux heures durant et malgré des brûlures sur quasiment tout le corps, il s'était démené pour tenir les flammes en respect, pour tenter de préserver de l'enfer cette infime portion de son monde, jusqu'à ce qu'on le repêche. Et toutes ces années plus tard, je sentais avec quelle énergie du désespoir il essayait encore de faire ça – de trouver un périmètre de sécurité quelque part dans le monde, un endroit où il pourrait arrêter de brûler vif.

« Tom Denno a raison, Vivian. Je n'ai jamais été un foudre de guerre. »

Je voulais tellement le soulager, Angela, mais comment m'y prendre ? Que pouvais-je lui offrir d'autre que ma présence et mon écoute ? Je voulais lui dire qu'il était héroïque, fort, et courageux, et que Tom Denno et le reste du Club des 704 se trompaient, mais je savais que ces paroles tomberaient dans l'oreille d'un sourd. Il me fallait bien dire quelque chose, cependant, parce qu'il souffrait le martyre.

Je fermai les yeux et suppliai mon esprit de me souffler des paroles à lui offrir. Puis je me lançai, avec une confiance aveugle dans le destin et dans l'amour. Je savais qu'ils me feraient don des mots justes.

« Et quand bien même ce serait vrai ? » dis-je, d'un ton plus dur que je ne m'y attendais.

Frank se tourna vers moi et me dévisagea d'un air surpris.

« Et même si c'était vrai, Frank, que vous n'êtes pas une foudre de guerre ? Que vous n'étiez pas taillé pour le combat, et que vous étiez incapable de faire face à la guerre ?

— *C'est* vrai.

— D'accord. Admettons. Qu'est-ce que ça voudrait dire ? »

Comme il gardait le silence, je répétai ma question d'un ton plus impérieux.

« Répondez-moi, Frank. Et lâchez ce fichu volant. On ne va nulle part pour l'instant. »

Il posa les mains sur ses genoux et les fixa.

« Qu'est-ce que ça signifierait, Frank ? Dites-moi.

— Que je suis un lâche. Un raté. » Il avait parlé d'une voix à peine audible.

« Non, Frank, vous vous trompez, ripostai-je, et jamais je n'avais eu de certitude plus féroce. Vous voulez savoir ce que ça veut dire ? *Rien.* »

Il me fixa en battant des paupières, dérouté. Jamais il ne m'avait entendu lui parler avec autant de brusquerie.

« Écoutez-moi bien, Frank Grecco. Que vous soyez lâche – et, pour les besoins de la démonstration, admettons que vous l'êtes – ne signifie strictement rien. Ma tante Peg est alcoolique. Elle est incapable de maîtriser sa consommation d'alcool, ça lui gâche la vie, ça fait d'elle une loque, et ça signifie quoi ? *Rien.* Pensez-vous qu'elle est une mauvaise personne parce qu'elle ne peut pas s'empêcher de boire ? Que ça fait d'elle une ratée ? Bien sûr que non. Elle n'a pas choisi d'être alcoolique. Ça fait partie des tuiles de la vie. On est comme on est – il n'y a rien à faire. Mon oncle Billy était incapable de tenir une promesse ou de rester fidèle à une femme. Cela ne signifiait *rien.* C'était une personne fantastique, Frank, mais on ne pouvait absolument pas lui faire confiance. Il était comme ça, c'est tout. Ça ne signifiait rien. Et ça ne nous empêchait pas de l'aimer.

— Mais les hommes sont censés être courageux.

— Et alors ! m'écriai-je avec pétulance. Les femmes sont censées être *pures*, et regardez-moi. J'ai eu un nombre incalculable d'amants, Frank – et vous savez ce que ça signifie à mon sujet ? *Rien.* C'est comme ça, c'est tout. Vous l'avez vous-même dit, Frank – le monde n'est pas logique. Chacun de nous est constitué d'une certaine façon, et il nous arrive dans la vie des choses que nous ne contrôlons pas. La guerre en est une. Elle vous est tombée dessus, et vous n'étiez pas taillé pour la bataille. Et alors? Tout ça ne signifie strictement rien. Arrêtez de vous infliger cette torture.

— Oui, mais les coriaces de la trempe de Tom Denno…

— Vous ne savez rien de Tom Denno. Et je peux vous garantir que la vie ne l'a pas épargné non plus. Pour qu'un homme adulte s'en prenne à vous avec tant de cruauté? Oui, c'est évident que la vie ne lui a pas fait de cadeau. Non pas que je me soucie de ce connard, mais quelque chose l'a bousillé, lui aussi. Vous pouvez parier là-dessus. »

Il commença à pleurer, et franchement je faillis en faire autant. Mais je retins mes larmes parce que les siennes étaient bien plus importantes, bien plus rares. À cet instant, plus qu'à n'importe quel autre, j'aurais donné des années de ma vie pour pouvoir le serrer dans mes bras, Angela. Mais c'était impossible.

« Ce n'est pas *juste*, lâcha-t-il entre deux sanglots.

— Non, mon cœur, ce n'est pas juste. Mais c'est comme ça, on ne peut rien y faire, et ça ne signifie *rien*. Vous êtes un homme merveilleux. Pas un raté. Vous êtes le meilleur homme que j'aie jamais connu. C'est tout ce qui compte. »

Il pleurait toujours – séparé de moi par une distance de sécurité, comme d'habitude – mais, au moins, il n'était plus cramponné au volant et il avait réussi à me raconter ce qui s'était passé. Dans l'intimité de sa voiture, dans le seul coin de son monde qui n'était pas en feu à cet instant – mais que la chaleur rendait irrespirable – au moins avait-il été capable de dire la vérité.

J'allais rester avec lui jusqu'à ce qu'il ait repris pied, quelque temps que cela exige. C'est tout ce que je pouvais faire. C'était mon seul travail, ce jour-là : rester aux côtés de cet homme de bien, et veiller sur lui.

Quand il eut enfin repris le contrôle de lui-même, il fixa un point derrière le pare-brise avec une infinie tristesse. « Et ça nous mène où, tout ça?

— Je ne sais pas, Frank. Nulle part, peut-être. Mais je suis là. »

C'est à ce moment-là qu'il se tourna pour me regarder. « Je ne peux pas vivre sans vous, Vivian.
— Parfait. Parce que vous n'y serez jamais obligé. »
Ce fut le détour que ton père et moi, Angela, nous trouvâmes pour dire *je vous aime*.

32

Les années passèrent, comme elles le font toujours.

Ma tante Peg mourut en 1969, d'emphysème. Elle fuma jusqu'à la toute fin. Ce fut une mort douloureuse, cruelle. Même si nul ne peut rester totalement lui-même quand le corps souffre autant, Peg fit de son mieux pour demeurer Peg – optimiste, stoïque, enthousiaste. Mais elle arrivait de moins en moins à respirer. C'est horrible d'observer quelqu'un batailler pour absorber l'oxygène. C'est comme être témoin d'une noyade lente. À la fin, tout triste que ce fût, c'était un soulagement de la savoir en paix. Nous ne pouvions plus supporter de la voir souffrir plus longtemps.

Il convient de nuancer le chagrin induit par un deuil, ai-je découvert. La disparition d'une vieille personne qui a eu une vie riche et qui a le privilège de partir entourée des êtres chers n'est pas une tragédie. Il y a tant de façons bien pires de vivre, et de mourir, après tout. De son premier à son dernier jour, Peg avait été gâtée par la vie – et personne ne le savait mieux qu'elle. (« Nous, nous sommes les petits chanceux », disait-elle souvent.) Il n'empêche, Angela, que personne n'avait été plus important ni n'avait eu plus d'influence dans ma vie que Peg, et la perdre fut un crève-cœur. À ce jour encore, même après toutes ces années, je continue à croire que le monde a perdu de sa richesse en l'absence de Peggy Buell.

Sa disparition n'eut qu'un seul aspect positif : elle me décida à arrêter de fumer pour de bon – et c'est probablement pour cela que je suis encore en vie aujourd'hui.

Après la mort de Peg, mon principal souci concernait le devenir d'Olive. Après tant d'années passées à veiller sur ma tante, comment allait-elle occuper son temps ? Je n'avais pas lieu de m'inquiéter, s'avéra-t-il : l'église presbytérienne à deux pas de Sutton Place n'avait jamais assez de bénévoles ; entre l'école du dimanche, les collectes de fonds et les tâches d'intendance, Olive trouva amplement de quoi s'occuper.

Nathan grandit – du moins au regard de l'état civil. On lui fit faire toute sa scolarité dans des établissements quakers. C'était le seul environnement pouvant lui offrir assez de bienveillance. Marjorie et moi n'avions pas renoncé à lui trouver une passion (la musique, l'art, le théâtre, la littérature) mais Nathan n'était pas fait pour les passions. Il aimait la sécurité, le confort. On veilla donc à ce qu'il évolue dans un monde doux, on le choya dans notre petit cocon paisible. On ne lui demanda jamais de se surpasser. À nos yeux, il était très bien tel qu'il était. Parfois, nous étions fières de lui simplement parce qu'il avait traversé la journée sans encombre.

Comme disait Marjorie : « Tout le monde n'est pas destiné à charger le monde en brandissant une lance.

— Tu as raison, Marjorie, lui répondais-je. La lance et la charge, on va te les laisser. »

À L'Atelier, les affaires marchaient toujours bien, même si pendant les années soixante la société changeait, et que de moins en moins de gens se mariaient. Nous avions de la chance sur un point : n'ayant jamais été une boutique de mariage traditionnelle, L'Atelier resta d'actualité quand la tradition prit un coup de vieux. Nous vendions depuis toujours des robes d'inspiration « vintage », bien avant que ce mot ne devienne à la mode. Aussi, quand la contre-culture arriva et que tous les hippies commencèrent à s'habiller avec des fripes toujours plus excentriques, on n'essuya pas de rejet, bien au contraire, on gagna une nouvelle clientèle dans un vivier de jeunes hippies issues de familles fortunées. Ces filles nées dans l'Upper East Side et éduquées dans les meilleures écoles privées voulaient des robes qui leur donnent l'air d'avoir poussé dans les champs.

J'ai adoré les années soixante, Angela. Normalement, vu mon âge, j'aurais dû rejoindre le troupeau des vieilles biques qui se lamentaient sans fin sur la décomposition de la société. Mais n'ayant jamais été une supportrice ardente de ladite société, je n'avais aucune objection à la voir défiée dans ses fondements. Je me réjouissais même de ce vent de révolte, de cette rébellion, de toute cette expression créatrice. Et il va sans dire que j'adorais la mode de cette époque. C'était fabuleux de voir tous ces hippies transformer les rues de notre ville en parade de cirque ! Et tellement libérateur, tellement léger !

Mais les années soixante m'inspirent également de la fierté : toutes ces transformations, tous ces soulèvements, ma communauté en avait semé les graines.

La révolution sexuelle ? J'avais passé ma vie à la faire.

Les couples homosexuels qui menaient une vie conjugale ? Peg et Olive avaient quasiment inventé cela.

Le féminisme ? Les mères célibataires ? Marjorie avait labouré ce sillon.

La haine du conflit et la passion pour la non-violence ? Eh bien, j'aimerais te présenter un adorable petit garçon du nom de Nathan Lowtsky.

Oui, en voyant tous ces bouleversements, toutes ces transformations culturelles, j'étais infiniment fière de me rendre compte que les miens avaient été des précurseurs.

Et puis, en 1971, Frank me demanda un service : il souhaitait, Angela, que je fasse ta robe de mariée.

Cela me surprit à bien des égards.

D'une part, j'étais sincèrement étonnée d'apprendre que tu allais te marier. Ça ne me semblait pas correspondre à ce que ton père m'avait dit de toi. Il avait été extrêmement fier de toi lorsque tu avais obtenu ton master au Brooklyn College, puis ton doctorat à Columbia – en psychologie bien sûr. (« Avec une famille comme la nôtre, observait-il souvent, qu'aurait-elle pu étudier d'autre ? ») Et que tu aies décidé de travailler en milieu hospitalier plutôt qu'en libéral, de traiter quotidiennement les troubles psychiatriques les plus graves et les plus usants moralement, cela le fascinait.

Ton travail était devenu toute ta vie, disait-il. Et il approuvait entièrement. Il était content que tu ne te sois pas mariée jeune, comme lui. Il savait que tu n'étais pas attachée aux traditions, que tu étais une intellectuelle. Il était si fier de ton intelligence ! Je me souviens de sa joie quand, après ta thèse, tu as commencé tes recherches sur les souvenirs refoulés. Il disait que vous aviez enfin trouvé un sujet de conversation et que, parfois, il t'aidait à trier des données.

« Angela est trop bonne et trop attentionnée. Aucun homme ne pourra jamais la mériter. »

Mais, un jour, il m'annonça que tu avais un petit ami.

Il ne s'y attendait pas. Tu avais vingt-neuf ans, à l'époque, et peut-être pensait-il que tu resterais célibataire à jamais. Ne ris pas, mais selon moi, il se disait peut-être que tu préférais les femmes ! Eh bien non – tu avais rencontré quelqu'un que tu appréciais, et que tu voulais présenter à tes parents. Cet homme était chef de la sécurité de l'hôpital. C'était un vétéran, qui venait de rentrer du Vietnam, natif de Brownsville, à Brooklyn, et qui s'apprêtait à reprendre ses études de droit au City Collège. Un Noir, répondant au nom de Winston.

Frank n'était pas contrarié que tu fréquentes un Noir, Angela. Pas une seule seconde. J'espère que tu le sais. Il était même béat d'admiration devant ton courage et ta confiance en toi. Il en fallait, pour amener Winston à South Brooklyn. Quand Frank vit la tête des voisins, quand il vit combien tu les avais mis mal à l'aise et combien le jugement d'autrui t'indifférait, il en tira une grande satisfaction. Mais surtout il appréciait et respectait Winston.

« Je suis content pour elle, disait-il. Angela a toujours su ce qu'elle voulait et n'a jamais eu peur de suivre sa propre voie. Elle a bien choisi. »

Ta mère, à ce que je compris, était moins enthousiaste.

D'après Frank, Winston fut le seul et unique motif de dispute entre Rosella et lui. Il s'en était toujours remis à ta mère pour décider de ce qui était le mieux pour toi, mais là, leurs avis divergeaient. J'ignore les détails de leur dispute, et ce n'est pas important. D'autant que ta mère finit par changer d'avis – à ce qu'on m'a dit, du moins.

Frank m'annonça donc, au début du printemps 1971, que tu allais épouser Winston, lors d'une petite cérémonie intime, et il me demanda de créer ta robe.

« Angela est d'accord ?

— Elle n'est pas encore au courant. Je vais lui en parler. Et lui demander de venir vous voir.

— Vous voulez qu'Angela me rencontre ?

— Vivian, je n'ai qu'une seule fille. Et connaissant Angela, elle ne se mariera qu'une fois. Je veux que vous fassiez sa robe de mariée.

Cela signifierait énormément pour moi. Donc oui, je veux qu'Angela vous rencontre. »

Tu te présentas à la boutique un mardi matin, de bonne heure car tu devais être à neuf heures à l'hôpital. Ton père se gara devant L'Atelier, entra avec toi pour faire les présentations (« Angela, voici ma vieille amie Vivian, dont je t'ai parlé. Vivian, je vous présente ma fille. Bon, je vous laisse voir tout ça ensemble. »), et s'en alla.
Jamais je n'avais été aussi nerveuse en présence d'une cliente.
Le pire, c'est que je sentis immédiatement ta réticence, ton impatience, ton agacement, et ta perplexité : pourquoi ton père, qui n'avait jamais interféré en rien dans ta vie, avait-il insisté pour te conduire dans cette boutique ? Je voyais bien que tu n'avais pas envie d'être là – j'ai un bon instinct pour ce genre de choses – et que tu ne voulais même pas d'une robe de mariée. J'étais prête à parier que tu jugeais les robes de mariée ringardes, démodées et dégradantes pour les femmes. J'aurais gagé un million contre un que tu comptais te marier vêtue comme tu l'étais ce jour-là, avec une blouse paysanne, une jupe en jean et des sabots.

« Docteur Grecco, c'est un plaisir de vous rencontrer. »
J'espérais que tu apprécierais que je t'appelle par ton titre – après avoir entendu tant d'histoires sur toi au fil des années, comprends que j'en aie été moi-même un peu fière !
Tes manières étaient impeccables. « C'est un plaisir partagé, Vivian. » Tu te fendis du sourire le plus chaleureux dont tu étais capable, mais on voyait bien que tu aurais préféré être n'importe où ailleurs.
Tu étais une jeune femme saisissante, Angela. Tu étais moins grande que ton père, mais tu avais hérité de son intensité. Vous aviez ces mêmes yeux sombres, ce même regard inquisiteur, partagé entre curiosité et suspicion. Tes sourcils épais te donnaient un air grave. Tu semblais ne les avoir jamais épilés, et ce détail me plaisait bien. Tu vibrais presque d'intelligence et on te sentait animée de cette énergie toujours sur le qui-vive, comme ton père, mais dans une moindre mesure, heureusement pour toi ; elle restait palpable néanmoins.

« J'ai appris que vous vous mariiez. Félicitations. »
Tu allas droit au but. « Les mariages, ce n'est pas trop ma tasse de thé...

— Je comprends totalement. Croyez-le ou non, ce n'est pas la mienne non plus.

— Vous avez choisi un drôle de créneau professionnel, en ce cas. »

Ta remarque nous fit rire.

« Écoutez, Angela, rien ne vous oblige à être ici. Si vous n'avez pas envie d'une robe de mariée, je ne serai ni blessée ni vexée. »

Là, tu semblas faire machine arrière. Peut-être craignais-tu de m'avoir offensée.

« Non, non, je suis contente d'être là. C'est important pour mon père.

— C'est vrai. Votre père est un ami cher, et le meilleur homme que je connaisse. Mais dans mon métier, je ne me préoccupe pas vraiment de ce que les pères peuvent dire. Ou les mères, d'ailleurs. Seule la mariée m'importe. »

Le mot « mariée » te fit ciller imperceptiblement. L'expérience m'a appris qu'il n'existe que deux sortes de mariées – celles qui se rêvent depuis toujours dans ce rôle, et celles qui abhorrent l'idée, mais sacrifient néanmoins au rite. Je savais sans hésiter dans quelle catégorie te ranger.

« Angela, permettez-moi de vous dire quelque chose. Ça ne vous ennuie pas, que je vous appelle Angela ? »

C'était tellement étrange, tellement intime de prononcer devant toi ce prénom que j'entendais depuis des années !

« Pas du tout.

— Puis-je partir du présupposé que tout ce qui touche à un mariage traditionnel vous répugne et vous rebute ?

— C'est tout à fait exact.

— Et que, si cela ne tenait qu'à vous, l'affaire se conclurait par un passage rapide à la mairie pendant la pause déjeuner ? Voire pas de vœux de mariage du tout, juste une relation au long cours, sans y mêler la loi ? »

Tu esquissas un sourire et je perçus là encore ce flash d'intelligence. « À croire que vous lisez dans mon esprit, Vivian.

— C'est donc quelqu'un d'autre, dans votre vie, qui tient à une cérémonie de mariage dans les règles de l'art. Votre mère ?

— Non, Winston.

— Ah. Votre fiancé. » Tu cillas, une fois de plus. J'avais choisi le mauvais mot. « Votre partenaire, devrais-je dire peut-être ?

— Merci. Oui, c'est Winston. Il veut une cérémonie afin de nous déclarer notre amour devant le monde entier, dit-il.

— C'est mignon.

— J'imagine. Je l'aime sincèrement, mais je regrette de ne pas pouvoir envoyer une doublure faire le boulot à ma place.

— Vous détestez vous trouver au centre de l'attention. Votre père m'a souvent dit ça, à votre propos.

— Je méprise tout ce cirque. Je ne veux même pas porter du blanc. C'est ridicule, à mon âge. Mais Winston y tient.

— Comme la plupart des mariés. Quelque part, les hommes voient dans la robe blanche – si on met de côté l'allusion odieuse à la virginité – le symbole de cet événement exceptionnel. C'est cela qui leur montre qu'ils ont été choisis. Avec les années, j'ai appris combien les hommes attachent d'importance à contempler leur promise s'avancer vers eux toute de blanc vêtue. Ça les aide à museler leur sentiment d'insécurité. Et vous seriez surprise d'apprendre à quel point ils peuvent manquer d'assurance.

— C'est intéressant...

— Oui, je sais de quoi je parle. »

À ce stade, tu t'étais suffisamment détendue pour t'intéresser à ton environnement. Tu t'approchas de mon unique portant et tu commenças à passer en revue les modèles exposés. Ces volutes de crinolines, de satin et de dentelle te mettaient visiblement au supplice.

« Angela, je peux vous dire d'emblée que vous n'aimerez aucune de ses robes. Elles vont même vous rebuter. »

Tu laissas retomber tes bras, l'air défait. « À ce point ?

— Écoutez, je n'ai aucun modèle à vous montrer qui puisse vous convenir. Jamais je ne vous laisserai porter une de ces robes. Elles ne sont pas pour vous – pas pour la petite fille qui réparait elle-même sa bicyclette à dix ans. À ce seul et unique égard, je suis une couturière à l'ancienne : je crois dur comme fer qu'une robe doit flatter la silhouette mais également l'intelligence d'une femme. Et rien sur ce portant n'est assez intelligent pour vous. Mais j'ai une idée. Venez, passons dans mon atelier, et prenons une tasse de thé – si vous avez le temps. »

Je n'avais jamais convié aucune de mes clientes dans l'atelier à l'arrière de la boutique, où régnait désordre et chaos. Je trouvais préférable de les cantonner dans la magie du bel écrin que Marjorie et moi avions créé en devanture – avec ses murs blanc cassé pommelés par la lumière du soleil et son délicat mobilier français. J'aimais bien entretenir mes mariées dans l'illusion de la féminité, vois-tu. C'est le cocon dans lequel la plupart d'entre elles se plaisent à demeurer. Toi, en revanche, je le voyais bien, l'illusion n'était pas ton territoire d'élection. Je me disais donc que tu serais peut-être plus à l'aise au cœur de la fabrique. En outre, je voulais te montrer un livre, et il se trouvait dans l'atelier.

Je préparai du thé puis t'apportai le livre en question – en réalité, un album de photos de mariage anciennes que Marjorie m'avait offert pour Noël. Je l'ouvris sur le portrait d'une mariée française de 1916, vêtue d'une robe tube toute simple, sans aucun ornement, et dont l'ourlet frôlait les chevilles.

« Pour vous, je verrais bien quelque chose dans cet esprit – sans volant, sans chichi, sans rien qui rappelle une robe de mariée traditionnelle. Vous pourriez bouger à votre aise. Le corsage reprend presque le principe d'un kimono – vous voyez? Deux bandes d'étoffe croisées en cache-cœur. Il y a eu une mode inspirée par le vêtement japonais dans les années dix, surtout en France. J'ai toujours trouvé cette forme très belle – ce n'est guère plus compliqué qu'un peignoir de bain, franchement. Et tellement élégant. C'est trop dépouillé pour la plupart des femmes, mais je trouve ça très beau. Et je pense que ça vous irait. La taille est haute, et cette large ceinture en satin, nouée sur le côté, rappelle un peu un obi.

— Un obi? » Tu étais intéressée, maintenant. À raison.

« C'est une ceinture de cérémonie japonaise. Je pourrais vous faire une version de cette robe en blanc cassé – pour faire plaisir aux traditionalistes de votre entourage – et la compléter, pour souligner la taille, d'un authentique obi. Avec des pointes de couleurs vives et audacieuses, rouge et or, par exemple, qui souligneraient votre distance d'avec les conventions et les clichés. Je pourrais vous montrer les deux façons de le nouer. Traditionnellement, selon qu'elles sont mariées ou célibataires, les Japonaises le nouent différemment. Vous pourriez commencer par un nœud de célibataire, et si Winston dénouait la ceinture une fois vos vœux prononcés, vous pourriez la renouer cette fois avec un nœud d'épouse ? Ça pourrait même constituer l'ensemble de la cérémonie. C'est à vous de voir bien sûr.

— C'est très intéressant, Vivian. J'aime bien cette idée. Je l'aime même beaucoup. Merci.

— Ma seule hésitation, c'est que la présence d'un élément japonais dans le paysage pourrait perturber votre père. Compte tenu de son histoire, de la guerre... Mais je ne sais pas trop. Qu'en pensez-vous ?

— Je ne crois pas que ça l'embêterait. Il pourrait apprécier la référence. Comme si j'arborais quelque chose qui représente un peu de son histoire.

— Oui, je le verrais bien penser ça. Mais je lui en toucherai tout de même deux mots, afin de ne pas le prendre par surprise. »

Tu paraissais distraite soudain. Tes traits s'étaient tendus et ton regard se fit perçant.

« Vivian, puis-je vous poser une question ?

— Bien sûr.

— Comment se fait-il que vous connaissiez mon père ? »

Mon Dieu, Angela – j'ignore ce que mon visage révéla à cet instant. S'il me fallait le deviner, cependant, je dirais qu'il devait s'y lire une combinaison de culpabilité, de peur, de tristesse et de panique.

« Vu que mon père n'entretient aucune relation *avec qui que soit*, vous comprenez certainement ma confusion, poursuivis-tu en voyant mon inconfort. Il ne parle à personne. Il vous présente comme une amie chère, mais ça n'a pas de sens. Il n'a aucun ami, il n'a pas même plus de rapports avec ses vieux copains du quartier – et vous n'êtes même pas du quartier. Mais vous savez quantité de choses sur moi. Vous savez qu'à dix ans je réparais moi-même ma bicyclette. Pourquoi diable sauriez-vous une chose pareille ? »

Tu attendis posément ma réponse. J'étais totalement dépassée en termes de puissance de feu. Tu étais une psychologue de métier, Angela, une dissimulatrice professionnelle. Ton travail t'amenait à côtoyer toutes sortes de folies et de mensonges. J'eus le sentiment que tu comptais attendre patiemment que je me décide à parler – et que tu saurais instantanément si j'étais en train de te mener en bateau.

« Je peux entendre la vérité, Vivian. »

Il n'y avait aucune hostilité dans ton expression, mais ta concentration était terrifiante.

Comment aurais-je pu te dire la vérité ? Il ne m'appartenait pas de te raconter quoi que ce soit susceptible de violer l'intimité de ton père – ou de te perturber à la veille de ton mariage. Et comment pouvais-je expliquer la relation qui existait entre Frank et moi ? M'aurais-tu seulement crue, si je t'avais dit la vérité – si je t'avais dit que depuis six ans je passais plusieurs nuits par semaine en compagnie de ton père, et que nous ne faisions rien d'autre que marcher et parler ?

« Frank était un ami de mon frère, répondis-je finalement. Lui et Walter ont servi ensemble pendant la guerre. Ils se sont connus à l'école de formation des officiers, et se sont retrouvés plus tard sur l'*USS Franklin*. Mon frère a été tué pendant l'attaque qui a blessé votre père. »

Tout était exact, Angela – tout, hormis le fait que ton père et mon frère avaient été amis. Et ces larmes qui embuaient mes yeux, elles n'étaient pas pour Walter, ni même pour Frank, mais pour cette situation qui me mettait seule à seule avec la fille de l'homme que j'aimais, avec une jeune femme que j'appréciais énormément, et à qui je ne pouvais rien expliquer. Des larmes, comme j'en avais versé si souvent dans ma vie, pour ces dilemmes insolubles dans lesquels on se trouve parfois empêtrés.

Ton visage se radoucit. « Oh! Vivian, pardon. Je suis désolée. »

Tu aurais pu poser tant d'autres questions, à ce stade, mais tu ne l'as pas fait. Tu voyais qu'évoquer mon frère m'avait bouleversée et je crois que tu avais trop de compassion pour chercher à m'acculer. Quoi qu'il en soit, tu avais une réponse, et elle était *somme toute* plausible. Tu te doutais que l'histoire ne s'arrêtait pas là, je le voyais bien, mais ta bonté te dicta de croire à mon explication – ou te fit renoncer du moins et, par chance, à creuser plus avant.

Et on en revint au sujet qui nous avait réunies : ta robe de mariée.

Et qu'elle était belle, cette robe !

J'allais consacrer les deux semaines suivantes à travailler dessus. Je passai moi-même la ville au peigne fin pour dénicher le plus beau, le plus sensationnel obi ancien que je pourrais trouver (long et large, rouge et brodé de phénix au fil d'or). Son prix était indécent, mais cette petite merveille était sans égal à New York. (Et ne t'inquiète pas, je ne l'ai pas facturé à ton père !)

Pour la robe elle-même, j'avais trouvé une charmeuse de satin blanc cassé au tombé superbe. En guise de doublure, je conçus une combinaison près du corps, avec une brassière intégrée, qui te donnerait subtilement la sensation d'être plus tenue. Je refusai que mes assistantes, ou même Marjorie, posent ne fût-ce qu'un doigt sur cette robe. Je cousis chaque point, chaque couture moi-même, penchée sur mon ouvrage comme si je récitais une prière muette.

Et même si je savais combien tu détestais les ornements, je ne pus m'empêcher, à la jonction des deux bandes de tissus croisées sur ton cœur, de coudre une petite perle prélevée sur un collier qui avait appartenu à ma grand-mère.

Un modeste cadeau, Angela, de ma famille à la tienne.

33

En décembre 1977, je reçus ta lettre m'annonçant la mort de ton père.

J'avais senti que quelque chose n'allait pas. J'étais depuis presque quinze jours sans aucune nouvelle de Frank, ce qui était totalement inhabituel. Pour tout dire, en douze ans, cela ne s'était jamais produit. J'étais de plus en plus inquiète – morte d'inquiétude, même, mais je ne savais pas quoi faire. Je n'avais jamais appelé Frank chez lui, et puisqu'il avait pris sa retraite je ne pouvais plus l'appeler au poste de police. Comme il n'avait aucun ami dont j'aurais pu entendre parler, je n'avais personne à contacter, personne à qui demander s'il allait bien. Je ne pouvais pas vraiment aller frapper à sa porte, à Brooklyn.

Et puis arriva ton petit mot, adressé à mon nom, à L'Atelier.

Je l'ai conservé, pendant toutes ces années.

> *Chère Vivian,*
> *C'est avec le cœur très lourd que je vous écris pour vous annoncer que mon père nous a quittées il y a dix jours. Sa mort a été soudaine. Une nuit, il est sorti se promener dans le quartier, comme il le faisait souvent, et il s'est effondré sur le trottoir. Il semblerait qu'il ait succombé à une crise cardiaque, mais nous n'avons pas demandé d'autopsie. Le choc a été immense pour moi et pour ma mère, comme vous pouvez j'en suis sûre l'imaginer. Mon père avait ses fragilités, certes, mais elles n'avaient jamais été de nature physique. Il débordait d'une telle énergie! Je le croyais éternel. Nous avons fait dire une petite messe dans l'église où il avait été baptisé, et il a été inhumé à Green-Wood, dans le cimetière où reposent ses parents. Vivian, je vous présente mes plus sincères excuses. Ce n'est qu'après les obsèques que j'ai pris conscience que j'aurais dû vous prévenir immédiatement. Je sais combien mon père et vous étiez proches. Évidemment, il aurait voulu que vous soyez informée. Je vous*

prie de pardonner ce petit mot si tardif. Je suis navrée d'être la messagère d'une si mauvaise nouvelle, et navrée aussi de me manifester si tard. S'il y a quoi que ce soit que moi ou ma famille puissions faire pour vous, n'hésitez pas à me faire signe.
    Bien à vous,

Angela Grecco

    Tu avais gardé ton nom de jeune fille.
    Ne me demande pas pourquoi, mais je remarquai immédiatement ce détail, avant même d'avoir entièrement assimilé qu'il était parti.
    Bravo Angela, pensai-je. *Il ne faut jamais se défaire de son nom !*
    Et puis la nouvelle me frappa de plein fouet, et je fis exactement ce que tu imagines : je tombai à genoux, et je pleurai.

    Personne n'a envie d'entendre parler des chagrins d'autrui (d'autant qu'à un certain niveau, ils se ressemblent tous), aussi je n'entrerai pas dans les détails de la tristesse qui fut la mienne. Je dirai seulement que les années qui suivirent furent une période très pénible – la plus dure et la plus solitaire que j'aie jamais connue.
    Ton père avait occupé une place particulière dans ma vie, Angela, et il la conservait dans la mort. Il restait très présent. Il me rendait visite dans mes rêves, il revenait vers moi au travers des odeurs, des bruits, des multiples sensations que procure New York : le parfum de la pluie d'été sur l'asphalte brûlant ; celui, caramélisé, des pralines des marchands de rue en hiver ; la fragrance lactée et aigre que les ginkgos en fleurs diffusent au printemps dans les rues ; les roucoulades des pigeons qui nidifient ; le hurlement des sirènes de police. Où que j'aille dans la ville, il était là. Et pourtant son absence lestait mon cœur de son silence.
    Ma vie continua.
    En surface, son départ ne changea rien à mon train-train quotidien. Je vivais au même endroit, je faisais le même travail. Je consacrais du temps à ma famille et à mes amies. Frank n'avait jamais fait partie de cette routine, alors pourquoi sa mort l'aurait-elle perturbée ? Mes amies savaient que j'avais perdu quelqu'un d'important pour moi, mais elles ne l'avaient jamais rencontré. Et comme personne ne pouvait mesurer combien je l'avais aimé, je n'avais pas le droit,

contrairement à une veuve, d'exprimer publiquement mon chagrin. De toute façon, je ne me voyais pas comme telle. C'était la place qui revenait à ta mère, pas à moi. Comment aurais-je pu être veuve, n'ayant jamais été une épouse ? Il n'avait jamais existé de mot juste pour nommer ce que Frank et moi étions l'un pour l'autre ; l'absence que je ressentis après sa mort fut donc elle aussi à la fois intime et indicible.

Le plus souvent, je me réveillais en pleine nuit et je restais allongée sur le lit à attendre que le téléphone sonne – « Je vous réveille ? Vous voudriez aller vous promener ? »

New York même semblait avoir rétréci, après la mort de Frank. Ces lointains quartiers que nous avions arpentés ensemble ne m'étaient plus accessibles. Ce n'était pas des endroits où une femme pouvait se promener seule, pas même une femme aussi indépendante que moi. Et dans la géographie de mon imagination, quantité de territoires intimes étaient désormais condamnés. Il y avait certains sujets que je n'avais été en mesure d'aborder qu'avec Frank, des endroits en moi que lui seul pouvait atteindre par son écoute – et que je ne serais jamais capable d'atteindre seule.

Malgré tout, je veux que tu saches que, même sans Frank, j'ai continué à jouir de la vie. Je me suis remise de mon chagrin, comme on le fait tous un jour ou l'autre, et j'ai repris goût aux joies de l'existence. À cet égard, j'ai toujours eu de la chance, Angela : par tempérament, et un peu comme ma tante Peg, je n'ai jamais été encline à la tristesse et au désespoir, ni sujette à la dépression, Dieu merci. Et dans les décennies qui ont suivi la mort de Frank, des personnes merveilleuses ont peuplé ma vie – des amants excitants, de nouveaux amis, ma famille d'élection. Je n'ai jamais manqué de compagnie. Mais ton père n'a jamais cessé de me manquer.

Il y avait d'autres personnes pour me prodiguer de l'attention et de la bonté, bien sûr, mais Frank demeurait irremplaçable. Personne ne pourrait jamais rivaliser avec cet homme d'une insondable profondeur, capable d'entendre absolument toutes mes confessions sans juger ni s'inquiéter – avec cette belle âme enténébrée qui semblait perpétuellement à cheval entre le monde des vivants et celui des morts.

Frank était unique.

Alors, qui étais-je pour ton père, ou qu'était-il pour moi ?

Tu as attendu longtemps ta réponse, Angela. Je me suis efforcée de faire en sorte qu'elle soit le plus honnête et le plus exhaustive possible. J'allais m'excuser d'avoir été si bavarde, mais si tu es bien la fille de ton père (ce que je crois), il ne fait aucun doute que tu sais écouter. Tu es de ces personnes qui veulent connaître toute l'histoire. En outre, il m'importait que tu n'ignores rien de moi – le bon comme le mauvais, mes loyautés et mes perversités – afin que tu puisses décider par toi-même que penser de moi.

Mais il me faut insister une dernière fois sur un point, Angela : ton père et moi ne nous sommes jamais étreints, jamais embrassés, nous n'avons jamais été amants. Il est le seul homme que j'ai vraiment aimé, cependant, et de toute mon âme. Et lui aussi m'aimait. Nous n'en parlions jamais, parce que c'était inutile. Nous le savions l'un comme l'autre.

Cela étant, sache tout de même que, avec les années, ton père avait fini par se sentir suffisamment à l'aise avec moi pour pouvoir poser le dos de sa main au creux de ma paume sans grimacer de douleur. Nous pouvions rester assis dans sa voiture de longues minutes à savourer le confort silencieux de ce contact.

Jamais de ma vie je n'ai contemplé autant de levers de soleil qu'avec lui.

Si par ce geste, si toutes les fois où j'ai tenu sa main à l'aube, j'ai volé quelque chose à ta mère, ou à toi, je t'implore de me pardonner.

Mais je ne crois pas que ce soit le cas.

Donc voilà, Angela.

Je suis navrée d'apprendre la mort de ta mère et je te présente mes condoléances. Je suis contente, cependant, de savoir qu'elle a eu une longue vie, une bonne vie j'espère, et une fin paisible. J'espère que tu restes forte malgré ta peine.

Je suis heureuse, aussi, que tu aies pu retrouver ma trace. Dieu merci, j'habite toujours au-dessus de L'Atelier ! C'est l'avantage qu'il y a à ne jamais changer de nom, ni d'adresse, je suppose. On sait toujours où te trouver.

Je dois néanmoins préciser que L'Atelier n'est plus une boutique de robes de mariée, mais un coffee-shop et un bar à jus tenu par

Nathan Lowtsky. Je reste propriétaire des murs, cela dit. Marjorie m'a légué l'immeuble à sa mort, il y a treize ans de ça. Elle savait que je ferais une meilleure gestionnaire que son fils. C'est moi qui ai aidé Nathan à monter sa petite entreprise et à la faire prospérer et, crois-moi, il ne s'en serait jamais sorti tout seul. Nathan, si attachant soit-il, ne renversera jamais de montagne. Mais je l'aime tel qu'il est. Il m'a toujours appelée son « autre mère ». Je suis heureuse de l'affection qu'il a pour moi. Si je me porte outrageusement si bien pour mon vieil âge, c'est à n'en pas douter parce qu'il est aux petits soins pour moi. Mais moi aussi, je m'occupe bien de lui. Nous nous faisons du bien mutuellement. Voilà pourquoi je suis toujours de ce monde, et à cette même adresse depuis 1950.

Merci d'avoir pris la peine de me contacter, Angela. Et merci de m'avoir demandé la vérité. Il n'y a maintenant plus rien que tu ignores.

Avant d'en terminer, je voudrais te dire une dernière chose.

Il y a fort longtemps de ça, Edna Parker Watson m'a dit que je ne serais jamais une personne intéressante. Peut-être avait-elle raison. Ce n'est pas à moi d'en juger. Mais elle m'avait dit aussi que j'appartenais à la pire espèce de femmes – à savoir celles qui ne peuvent pas être amies avec une autre femme parce qu'elles voudront toujours jouer avec des jouets qui ne sont pas les leurs. À cet égard, Edna se trompait. Les années ont montré que j'ai été une bonne amie pour quantité de femmes.

J'ai souvent dit que je n'étais douée que pour deux choses : la couture et le sexe. Je me sous-estimais : je le suis également pour l'amitié.

Je m'autorise cette précision, Angela, parce que je t'offre mon amitié, si tu veux bien l'accepter.

Seras-tu intéressée ? Je l'ignore. Peut-être, après lecture de ces pages, ne voudras-tu plus entendre parler de moi. Peut-être trouveras-tu que je suis une femme méprisable. Ce serait compréhensible. Ce n'est pas mon point de vue (je ne pense plus que quiconque soit méprisable), mais je te laisse en décider par toi-même.

Je me permets cependant de te suggérer, respectueusement, de réfléchir à ma proposition.

Tout le temps où je t'écrivais ces pages, vois-tu, je me représentais la jeune femme que tu étais quand je t'ai connue. Pour moi, tu seras toujours la féministe de vingt-neuf ans intransigeante, intelligente, réfléchie et clairvoyante qui entra dans ma boutique en 1971. Et ce n'est que maintenant que je me rends compte que tu n'es plus une jeune femme. D'après mes calculs, tu auras bientôt soixante-dix ans. Ce qui ne me rajeunit pas, à l'évidence.

Voilà ce que j'ai découvert de la vie, en vieillissant : le monde va en se dépeuplant. Certes, il ne manquera jamais d'êtres humains sur la planète, loin s'en faut. C'est plutôt que, plus les années passent, plus on voit notre entourage se réduire comme peau de chagrin. On perd ceux qu'on aimait, et ceux qui étaient chers à son cœur, et ceux qui connaissent toute son histoire.

Quand la mort commence à clairsemer ces rangs-là, il est difficile de les repeupler et, passé un certain âge, il peut s'avérer difficile de nouer de nouvelles amitiés. Le monde a beau grouiller de jeunes âmes fraîchement créées, il peut se transformer en désert dans lequel la solitude te guette.

J'ignore si tu as déjà éprouvé ce sentiment. Moi, je l'ai éprouvé, et peut-être en sera-t-il de même pour toi un jour.

Pour toutes ces raisons, je voudrais conclure en disant que, bien que tu ne me doives rien, et que je n'attende rien de toi, tu es précieuse à mon cœur. Et si un jour tu t'aperçois que ton monde se dépeuple, que la solitude te guette, et si tu as besoin d'une nouvelle amie, souviens-toi, je t'en prie, que je suis là.

Pour combien de temps encore, je n'en sais rien, bien sûr, mais tant que je demeure sur cette Terre, ma chère Angela, je serai là pour toi.

Merci de m'avoir écoutée.

Vivian Morris

Remerciements

Quantité de généreux New-Yorkais d'hier et d'aujourd'hui ont partagé de leur temps et de leur vie afin de m'aider à créer ce livre.

Margaret Cordi, ma géniale et très chère amie depuis trente ans, native de Brooklyn, m'a guidée tout au long de mes recherches ; elle m'a accompagnée sur le terrain, elle a localisé mes sources et relu ces pages en un temps record. Mais elle a en prime stimulé ma joie et mon enthousiasme à l'égard de ce projet quand le stress de la date butoir les menaçait. Margaret : c'est bien simple, jamais je n'aurais pu écrire cette histoire sans ton aide. À l'avenir, travaillons toujours en tandem sur un roman, d'accord ?

Je serai éternellement reconnaissante à Norma Amigo, la plus sublime et la plus charismatique nonagénaire que j'aie jamais rencontrée, de m'avoir tout raconté de ses jours et de ses nuits du temps où elle était showgirl à Manhattan. C'est grâce à sa sensualité et à son indépendance décomplexées (ainsi qu'à sa réponse, impubliable, à ma question « Pourquoi n'avez-vous jamais voulu vous marier ? ») que Vivian a pu exister pleinement et en toute liberté.

Pour tout ce qui concerne le contexte du divertissement à New York dans les années quarante et cinquante, ma reconnaissance va également à Peggy Winslow Baum (actrice), à la regrettée Phyllis Westermann (autrice-compositrice et productrice), à Pauline Harwood (danseuse) et à l'adorable Lorie Sanderson (qui entretient la flamme du Ziegfeld.)

David Freeland a été un guide essentiel et fascinant, qui m'a aidée à comprendre et à exhumer un Times Square qui n'existera jamais plus.

La perspicacité et la sensibilité de Shareen Mitchell en matière de robes de mariée et de mode, et l'art qui est le sien de se mettre humblement au service de futures mariées sur les nerfs ont totalement remodelé ce pan de l'histoire de Vivian. Merci également à Leah Cahill, pour ses leçons de couture et de coupe. Jesse Thorn a été pour sa part un contact d'urgence inestimable pour toutes mes questions relatives au costume masculin.

Andrew Gustafson Whalen a ouvert pour moi les merveilles du Brooklyn Navy Yard. Bernard Whalen, Ricky Conte ainsi que Joe et Lucy DeCarlo m'ont aidée à appréhender le quotidien d'un gardien de la paix en poste à Brooklyn. Les habitués du D'Amico Coffee, à Carroll Gardens, m'ont offert le voyage dans le temps le plus pittoresque qui se puisse imaginer. Alors un grand merci à Joanie D'Amico, Rose Cusumano, Danny Calcaterra ainsi que Paul et Nancy Gentile pour avoir partagé leurs souvenirs avec moi. Vous m'avez tous fait regretter de n'avoir pas grandi à South Brooklyn à cette époque-là.

Merci à mon père, John Gilbert (lieutenant en retraite, USS Johnston*) d'avoir veillé à l'exactitude de toutes les informations relatives à la Navy. Je suis reconnaissante à ma mère, Carole Gilbert, de m'avoir appris à me secouer et à être résiliente face aux difficultés de la vie. (Jamais je n'en ai eu plus besoin que cette année, maman!) Je suis reconnaissante à Catherine et à James Murdock de m'avoir fait profiter de leurs talents si affûtés de correcteurs. Grâce à vous, ce livre a cinq mille virgules superflues en moins.*

Sans la Billy Rose Theatre Division de la New York Public Library, jamais je n'aurais eu la possibilité de lire les articles de Katharine Cornell – et sans Katharine Cornell, il n'y aurait jamais eu d'Edna Parker Watson.

Je suis reconnaissante à ma grand-tante Lolly de m'avoir donné tous ces vieux ouvrages d'Alexander Wollcott, qui m'ont mise sur la voie de cette histoire. Mais surtout, Lolly, merci de ton extraordinaire optimisme, ton enjouement et ta force hors pair qui me donnent envie d'être une femme meilleure et plus courageuse.

Je suis reconnaissante à mon extraordinaire équipe chez Riverhead – Goeff Kloske, Sarah McGrath, Jynne Martin, Helen Yentus, Kate Stark, Lydia Hirt, Shailyn Tavella, Alison Fairbrother et la feue et tant aimée Liz Hohenadel – de publier mes livres avec autant d'audace et d'intelligence. Merci à Markus Dohe et Madeline McIntosh pour avoir investi et cru en moi. Merci également à mes amis et collègues chez Bloomsbury – Alexandra Pringle, Tram-Anh Doan, Kathleen Farrar et Ros Ellis – qui s'occupent si bien de moi de l'autre côté de l'Atlantique.

Dave Cahill et Anthony Kwasi Adjei : je ne serais pas capable de m'en sortir sans vous. J'espère ne jamais devoir le faire!

Merci à Martha Beck, Karen Gerdes et Rowan Mangan d'avoir lu des milliers de pages que j'ai écrites au cours des années passées, et de m'envelopper dans l'immense aile de votre amour collectif. Merci à Glennon Doyle d'avoir monté la garde à ma porte durant toutes ces nuits. J'en avais besoin, et je lui en suis reconnaissante.

Merci à mes sœurs-épouses, Gigi Madl et Stacey Weinberg, de leur amour et tous leurs sacrifices tout au long d'une éprouvante saison de douleur et de deuil. Jamais je n'aurais pu survivre à 2017 sans vous.

Merci à Sheryl Moller, Jennie Willink, Jonny Miles et Anita Schwartz d'avoir été les premières lectrices enthousiastes de ces pages. Et merci à Billy Buell, de m'avoir gracieusement autorisée à utiliser son fabuleux patronyme.

Sarah Chalfant, comme toujours, tu es le vent qui porte mes ailes.

Miriam Feuerle, je ne me lasse jamais de ta compagnie.

Enfin, un message pour Rayya Elias : je sais combien tu voulais être à mes côtés pendant que j'écrivais ce roman. Tout ce que je peux te dire, ma chérie, c'est que tu étais là, à chaque instant, avec moi. Tu es mon cœur. Je t'aimerai toujours.

Photocomposition Belle Page

Achevé d'imprimer en janvier 2020
par CPI BRODARD & TAUPIN (72200 La Flèche)
pour le compte des Éditions Calmann-Lévy
21, rue du Montparnasse, 75006 Paris

N° d'éditeur : 5122354/01
N° d'imprimeur : 3036725
Dépôt légal : février 2020
Imprimé en France.

May